KB168842

카라마조프의 해석

| II |

카라마조프의 해석 | II |

초판인쇄 | 2022년 2월 22일
초판발행 | 2022년 2월 28일

지은이 | 윤종화
펴낸이 | 서영애
펴낸곳 | 대양미디어

04559 서울시 중구 퇴계로45길 22-6(일호빌딩) 602호
전화 | (02)2276-0078
팩스 | (02)2267-7888

ISBN 979-11-6072-093-8 04800
979-11-6072-091-4(세트)

값 25,000원

* 지은이와 협의에 의해 인지는 생략합니다.
* 잘못된 책은 교환해 드립니다.

카라마조프의 해석 |II|

윤종화 지음

대양미디어

【일러두기】

1. 이 책에서 인용은 도스토옙스키의 저작은 범우사의 번역판을, 니체의 저작은 책세상의 번역판을, 그리고 프로이트의 저작은 (주)열린책들의 번역판을 토대로 하였으며 다른 출판사의 번역판을 인용한 경우에는 저작명에 이어 ( )에 출판사의 머리글자를 함께 적었다.

2. 각주의 경우에 저자가 붙인 주석은 각주 뒤에 〈-원주〉로, 역자가 붙인 주석은 〈-옮긴이〉라고 표시하였으며, 필자의 주석은 별도 표시 없이 각주 처리하였다.

《카라마조프의 해석》을 펴내며

이 책의 제목은 도스토옙스키의 마지막 저작인 《카라마조프의 형제》에서 '카라마조프'를, 프로이트의 대표적인 저작 《꿈의 해석》에서 '해석'이라는 단어를 빌려 합성해 지은 것이다. 그렇다고 단순히 차용한 것은 아니다. 도스토옙스키의 표현을 빌리면 '바로 카라마조프에 인간의 모든 문제가 포함되어 있어서' 해석의 방식을 통하지 않으면 그 숨겨진 의미를 찾아낼 수 없기 때문이다. 그럼에도 이 책의 내용 대부분이 인간의 무의식적 측면을 다루고 있는 만큼 정신분석학에 익숙하지 않은 독자들에게는 어렵게 보일 수 있다. 그래서 될 수 있으면 일반적인 용어와 단순한 문장을 사용하려고 노력했다. 특히 《성서》와 관련된 내용이 많은데 그 이유는 그리스도교 문명의 영향 속에서 탄생한 도스토옙스키와 프로이트의 저작들을 설명하기 위해서는 불가피한 선택이었다.

이 책은 총 7장으로 구성되어 있으며 제1장에서 제4장까지는 제5장과 제6장에서 설명한 '카라마조프'가 무엇을 의미하는지를 이해하기 위한 예비지식을 제공하기 목적으로 쓰인 것이다. 그리고 제7장에서는 '카라마조프'를 극복하기 위한 필자의 해결책을 제시해 놓았다. 아울러 이 책은 정신분석학의 용어의 통일성과 이론의 일관성을 위해서 프로이트의 저작 이외에는 본문에 인용하지 않았으며 다른 정신분석가들의 견해는 각주로 처리했다(다만 정신분석가이면서 사회학자인 E. 프롬의 경우에는 주로 사회학적 견해만 인용하였다). 정신분석가 이외에도 정신분석 이해에 도움을 주는 쇼펜하우어나 니체 등의 저작도 다수 인용하였다. 끝으로 이 책이 출판될 수 있도록 도와준 분들에게 감사한다. 이 책이 《카라마조프의 형제》를 읽고 느꼈던 필자의 전율을 독자에게 조금이나마 전달할 수 있기를 희망하며 그 기대감을 아인슈타인의 다음과 같은 감상으로 갈음하고자 한다.

"도스토옙스키는 어느 과학자보다도, 위대한 가우스보다도 많은 것을 내게 주었다."

2022년 2월, 인천에서

윤 종 화

차 례

제 5 장

카라마조프 I

제5장 카라마조프 I

인간의 본성은 성(性)이다.

– 논어 –

인간의 내적 본질

무의식 속 세 가지 보편적 욕망 중 융합 욕망과 숭배 욕망은 인간의 불멸 본능에서 파생되고 결합 욕망은 결합 본능에서 파생된다. 인간의 이러한 불멸성과 결합성을 추동하는 힘이 **리비도**이다. 따라서 인간의 **내적 본질**은 정신 에너지이자 성 에너지인 리비도라고 할 수 있다. 하지만 인간의 의식은 이러한 내적 본질의 활동을 직접 인식할 수 없고 그 **'원인과 결과의 표상만'**을 볼 수 있을 뿐이다. 바로 이러한 표상이 그 밑에서 작용하고 있는 '더 본질적인 인과관계의 결합'에 대한 주체의 통찰을 불가능하게 한다.

p.140. **'원인과 결과!'**–우리의 지성은 하나의 거울인데, 이 거울 위에서 규칙성을 보여 주는 어떤 사건이 일어난다. 어떤 특정한 사물이 항상 다른 특정한 사물을 뒤따라온다. 우리가 이것들을 인지하고 명명하려 할 때, 우리는 그것들을 원인과 결과라고 명명한다. 우리 어리석은 자들은! 우리가 이 경우 어떠한 것이라도 파악했고 파

악할 수 있는 것처럼! 그러나 우리는 '원인과 결과'의 상(像)만을 보았을 뿐이다. 그리고 바로 이러한 상이야말로 잇달아 일어나는 결합보다 더 본질적인 결합에 대한 통찰을 불가능하게 하는 것이다.

- F. 니체 《아침놀(책)》 中 -

좀 더 쉽게 이해하기 위해서 다음과 같은 질문을 해 보자. 어떤 사람이 무심코 던진 돌에 누군가 맞아서 죽었다면 그 사태의 책임은 누구에게 귀결될까? 무심코 던졌다 하더라도 아마도 모든 책임은 돌을 던진 사람에게 돌려질 것이다. 하지만 진범은 따로 있다. 바로 중력이다. 중력이 없었다면 돌은 떨어지지 않았을 것이고 살인은 일어나지 않았을 것이기 때문이다. 이 질문의 의도는 주체의 감각기관이 지각하는 현상만을 사태의 원인으로 본다면 그 돌에 작용하는 더 근본적인 원인에 대해서는 알 수 없다는 것이다. 이러한 견해는 역설적으로 들릴 수 있다. 예를 들어 진화의 원인을 연구하는 생물학은 진화의 더 본질적인 원인을 밝혀낼 수 없다는 말이 되기 때문이다. 그 이유는 생물학은 인간의 감각기관이 지각할 수 있는 원인만을 과학적 근거로 인정하기 때문이다. 그래서 쇼펜하우어는 역학을 제외한 다른 원인학은 어떤 현상의 내적 본질을 조금도 설명할 수 없다고 말한다.

p.142. 그러나 이것만으로는 그 현상들 속에 있는 어떤 현상의 내적 본질에 대해서 조금도 설명을 얻지 못한다. 이 내적 본질은 '자연의 힘'이라고 불리고 원인학에서 설명하는 영역 밖에 존재하기 때문에, 원인학적 설명은 자연의 힘이 일으키는 불변의 항존성을, 원인학에서 이미 알려진 조건들이 현존할 때마다 '자연법칙'이라 부르는 것이다. (중략) 스스로 나타나는 그 힘 자체, 즉 그들 법칙에 따

라 생기는 현상들의 내적 본질은 가장 단순한 현상이든 가장 복잡한 현상이든 똑같이 원인학에서는 영원히 비밀이며 완전히 낯선 것이고 미지의 것이다. 왜냐하면 원인학에서 지금까지 가장 완전하게 그 목적을 이룬 것은 역학이고 가장 불완전한 것은 생리학인데, 돌이 그 내적 본성에 따라 땅 위에 떨어지거나 어떤 물체가 그 내적 본성에 따라 다른 물체에 충돌할 때 작용하는 힘은, 동물을 운동시키고 자라게 하는 힘과 마찬가지로 미지의 것이며 신비스러운 것이기 때문이다.

- A. 쇼펜하우어 《의지와 표상으로서의 세계》 中 -

장자는 빈 배에 비유해서 감각기관이 유발하는 오류를 설명한다. 빈 배가 와서 자신이 타고 있는 배에 충돌하면 사공은 충돌의 원인이 자연의 힘에 의한 것으로 생각해서 화를 내지 않는다. 하지만 그 배에 사람이 타고 있으면 사공은 충돌의 원인이 그 사람에게 있다고 생각하고 그 사람에게 불같이 화를 낸다.[1] 앞의 경우에 사공이 화를 내지 않는 이유는 그의 두뇌가 자신의 공격성에 연결할 수 있는 관념적 표상을 인식하지 못했기 때문이고, 뒤의 경우에 사공이 화를 낸 이유는 그의 두뇌가 자신의 공격성에 연결할 수 있는 관념적 표상을 인식했기 때문이다. 이렇게 인간의 두뇌는 모든 현상의 뒤에서 행위자를 발견해서 무의식 속 어떤 관념

1) p.431. "…. 방주(方舟)를 타고 강을 건널 때 어떤 빈 배가 와서 자신의 배를 부딪치면 비록 마음이 좁은 사람일지라도 화를 내지 않을 것입니다. 그러나 그 배에 한 사람이라도 타고 있었다면 비켜나라고 소리를 지를 것입니다. 한 번 소리쳐서 듣지 못하면 두 번 소리치고 그래도 듣지 못하면 세 번 소리치되 결국 욕설이 뒤를 따를 것입니다. 앞서는 화를 내지 않았다가 이 경우에 화를 내는 것은 먼저는 빈 배였지만 이번에는 어떤 사람이 타고 있었기 때문일 것입니다. 사람이 자신을 텅 비우고 세상을 노닌다면 누가 능히 그를 해치려 하겠습니까!"

- 장자 《장자(莊子)》 中 -

과 강박적으로 연결하고자 노력한다. 하지만 원인처럼 보이는 그 모두는 착각일 뿐이다.

p.401. 우리는 우리 자신, 즉 행위자를 행위와 구분한다. 이 도식을 이용하는 곳마다, 우리는 모든 현상의 뒤에서 행위자를 발견하려고 노력한다. 그렇게 함으로써 우리가 진정으로 하고 있는 것은 무엇인가? (중략) 원인처럼 보이는 것은 모두 착각일 뿐이다.

어떤 현상을 이해한다는 것은 곧 우리가 실제로 일어나고 있는 무엇인가에 대해서, 그리고 그것이 일어난 방식에 대해 책임을 질 주체를 날조하는 것이다. (중략)

……. 소위 인과성의 본능은 낯선 것에 대한 공포에 지나지 않으며, 또 낯선 것 안에서 이미 잘 알려진 무엇인가를 발견하려는 시도에 지나지 않는다. 인과성의 본능은 원인을 찾는 것이 아니라 익숙한 것을 찾는 것이라는 말이다.

- F. 니체 《권력 의지(부글)》 中 -

장자의 빈 배의 비유는 어떤 행위가 일어나기 위해서는 그 행위 표상이 인간의 정신 속에 있는 어떤 것과 연결되어야 함을 보여준다. 또 쇼펜하우어에 따르면 모든 생명 현상의 밑에는 우리의 의식이 인식할 수 없는 내적 본질이 작용하고 있다. 그렇다면 인간의 모든 생각과 행동은 인간의 내적 본질(본능) 또는 그 내적 본질에서 파생된 어떤 것과의 연결에서 비롯된 결과라고 할 수 있다. 심지어 니체는 철학적인 사유조차도 그렇다고 말한다.

p.18. 철학자들을 오랫동안 충분히 면밀하게 문제시하며 관찰해

온 결과, 나는 다음과 같이 말한다. : 우리는 의식적인 사유의 대부분도 본능의 활동으로 간주해야만 한다. 심지어 철학적인 사유의 경우조차도 그렇게 간주해야만 한다. 유전이나 '선천적인 것'에 대해 다시 배워왔듯이, 우리도 이 점도 다시 배워야만 한다. 출산 행위가 유전이 진행되고 속행되는 전 과정에서 문제가 되지 않듯이, '의식'은 어떤 하나의 중요한 의미에서 본능적인 것에 **대립되는 것**이 아니다.-한 철학자의 의식적인 사유 대부분은 그 자신의 본능에 의해 은밀하게 인도되며 특정한 궤도에서 움직이도록 강요된다. 모든 논리와 그 움직임의 외견상의 독단성 뒤에도 가치 평가가 있다. 더욱 명료하게 말한다면 특정한 방식의 생명을 보존하기 위한 생리학적인 요구가 있다. 예를 들어, 확정된 것은 불확정적인 것보다 가치가 있고, 가상은 '진리'보다 가치가 없다는 것이다. 그와 같은 평가들은 비록 우리에게는 아주 중요한 규제력을 가지고 있다고 해도, 단지 표면적인 평가에 불과할 수 있고, 스스로를 보존하기 위해 우리 같은 존재에게 필요한 일종의 어리석음일 수 있다. 즉 인간이야말로 '만물의 척도'가 아니라고 가정해보면 말이다……

- F. 니체 《선악의 저편(책)》 中 -

니체에 따르면 철학적 사유를 포함해서 인간의 모든 사고와 활동은 내적 본질(본능)의 표상이다. 그리고 그리한 논리와 움직임 뒤에는 **가치 평가**가 있다. 가치 평가는 '생명을 보존하기 위한 특정한 방식의 생리학적 요구'이다. 예를 들어 도덕과 법과 같은 가상의 규제 같은 것이다. 이러한 가상의 규제는 무의식적 방어와 검열이 만들어 내는 정신적 표상들이다. 결론적으로 인간의 모든 활동은 내적 본질의 힘과 무의식적 가치 평가에 의해서 **강박성을 가지고** 은밀하게 인도되며 **반복성을 가지고** 특정한 궤도에서 움직이도록 강제된다고 할 수 있다.

하지만 18세기 이전까지 철학자들은 인간의 내적 본질과 무의식에 대해서는 주목하지 않았고 의식 속에 떠오르는 표상, 즉 외부 대상만을 사유와 탐구의 대상으로 삼아왔다. 이러한 고정 관념에 코페르니쿠스적 전환을 가져온 사람은 임마누엘 칸트였다. 칸트의 한계는 **인식의 형식**에만 주목했다는 것이다. 쇼펜하우어는 칸트의 업적을 계승하면서도 인식의 형식이 아닌 그 인식의 형식을 객체화시킨 **내적 본질**에 주목했다. 비유하자면 칸트가 뇌의 구조에 주목했다면 쇼펜하우어는 뇌의 구조를 그렇게 만든 자연의 힘에 주목했다. 니체가 **'19세기 이후부터 철학이 가능해졌다'**라고 말한 이유는 쇼펜하우어 이후부터 서양 철학이 인간의 내적 본질에 주목했기 때문이다. 또 **'철학자는 심리학자여야 한다'**고 말한 이유는 인간의 무의식에 대해 알지 않고는 모든 학문적 논의가 무의미해졌기 때문이다.

> p.317. 철학자들은 심리학자여야 한다. 겨우 19세기부터 가능해진 일이다. 철학자들은 자신들 앞 서너 걸음 정도의 거리만을 보고 자신의 내면을 파고드는 데서 만족하는 그런 게으름뱅이여서는 절대 안 된다.
>
> - F. 니체 《권력 의지(부글)》 中 -

의식은 리비도(내적 본질)에 의한 무의식적 작용(리비도 집중)과 반작용(리비도 반대 집중)을 합리화하고 지원한다. 리비도 집중이 생존과 번식과 같은 **쾌락 원칙**을 추구하는 것이라면 리비도 반대 집중은 도덕과 법과 같은 **현실 원칙**을 추구한다. 생존과 번식을 추구하는 데 있어서 공동체의 도덕과 법과 같은 외적 환경을 고려해야 한다는 뜻이다. 공동체의 도덕과 법은 선악 관념의 사회적 표상으로 인간의 정신 활동에 규제력을 갖는다. 니체가 도덕과 법을 '스스로를 보존하기 위해서 인간에게 필요한 일종의 어리석음'이라고 비판하는 이유는 인간이 자신의 무의식을 인식할 수 없다는 이유로 도덕과 법의 쇠사슬로 삶의 원천인 자신의 본능과 그 본능의 힘을 옭아맴으로써 자신의 정신을 도덕과 법의 노예로 전락시켰기 때문이다.[2] 인간의 정신을 옭아맨 쇠사슬은 지적 능력이 탁월한 철학자조차도 사물과 현상의 본질에 이를 수 없게 만들었다.

> p.144. 여기서 우리는 '외부'에서는 사물의 본질에 결코 이를 수 없다는 것을 알았다. 외부로부터 아무리 탐구를 해도 형상이나 명칭을 얻는 데 불과하다. 이것은 마치 성의 주위를 돌고 찾아보아도 출입구를 발견하지 못하고 임시로 그 정면을 그려두는 것과 같다. 그리고 이것은 또한 나 이전의 모든 철학자들이 걸어온 길이다.
>
> \- A. 쇼펜하우어 《의지와 표상으로서의 세계》 中 -

쇼펜하우어 이전까지의 철학자들은 사물과 현상의 표상(형상이나 명칭)만을 탐구하다가 사라져 갔다. 인간 활동의 본질은 표상에 있는 것이 아니라 그 표상의 밑에 있다. 성(城)이 무엇인지가 중요한 것이 아니라 성(城)을 탐구하게 하는 **그 힘**이 무엇인지가 중요하다는 뜻이다. 예를 들어 어떤 사람이 돈을 강박적으로 모으고 있다면 그 원인은 자본주의의 힘에 있는 것이 아니라 그것을 추구하게 하는 그 사람의 정신 속 **어떤 힘**에 있다. 또 어떤 사람이 신을 독실하게 믿고 있다면 그 원인은 신의 힘에 있는

2) p.259. 나의 견해는 이렇다. 삶의 원천인 온갖 힘들과 본능들이 도덕의 금지 아래에 묶여서 가만히 누워 있다. 도덕이 삶을 부정하는 본능이기 때문이다. 따라서 삶이 해방되려면, 도덕부터 폐지되어야 한다.

\- F. 니체 《유고(1885년 가을~1887년 가을)》 中 -

것이 아니라 그 사람의 정신 속 **어떤 힘**에 있다. 왜냐하면, 그 어떤 힘은 고대에는 돈 대신 조개껍데기를 모으게 했을 것이고 신 대신 사자나 곰을 숭배하게 했을 것이기 때문이다. 쇼펜하우어는 그 어떤 힘을 **'의지'**라고 불렀다.

성욕과 에로스

쇼펜하우어가 의미하는 의지는 무엇일까? 니체는 쇼펜하우어의 대표적인 저작인 《의지와 표상으로서의 세계》의 제목을 《성(性) 충동과 명상으로서의 세계》라고 바꿔 불렀는데 쇼펜하우어의 의지는 **성 충동**, 즉 **성욕**을 의미한다.[3] 모든 철학자가 들어가려고 했던 성(城)의 비밀은 **성**(性)이었으며 그 성(城)을 탐구하게 하는 어떤 힘은 **성욕**이었다. 이러한 쇼펜하우어의 견해가 정신분석학의 발견과 놀라울 정도로 일치하는 이유는 쇼펜하우어가 인간의 내적 본질이 성욕이라는 것을 통찰했기 때문이었다.[4] 프로이트가 창시한 정신분석학은 예술과 종교와 철학을 포함해서 인간의 모든 활동이 성 충동(성욕)에서 기인했다는 것을 체계적으로 정립한 최초의 학문이라고 할 수 있다.

---

3) p.53. 《의지와 표상으로서의 세계》-좁게, 개인적인 것으로, 쇼펜하우어적인 것으로 재번역하면, 《성(性) 충동과 명상으로서의 세계》

- F. 니체 《유고(1885년 가을~1887년 가을)》 中 -

4) p.263. "정신분석학이 여러 점에서 쇼펜하우어 철학과 일치하는 것은-그는 정동의 우위와 성욕의 탁월한 중요성을 주장했을 뿐만 아니라 억압의 기제 자체도 알고 있었다-내가 그의 이론을 알았기 때문이 아니다. 나는 내 생애에서 아주 늦게야 쇼펜하우어를 읽었다. 정신분석학이 어렵게 이룩한 결과와 놀랍게도 자주 일치하는 추측과 통찰을 제기한 또 다른 철학자인 니체를 나는 바로 그 이유 때문에 오랫동안 피했다. 내게 중요했던 것은 누가 앞섰느냐라는 것이라기보다는 속박되지 않는 것이었기 때문이다."

- S. 프로이트 《정신분석학 개요, 『나의 이력서』》 中 -

p.27. 그러나 무의식적인 정신과정을 설정함으로써 이 세상과 학문의 세계에 결정적으로 새로운 방향이 확립되었다는 것을 나는 여러분에게 확실하게 말씀드릴 수 있습니다.

정신분석의 이러한 첫 번째 주장의 대담성이 지금 언급하려고 하는 두 번째 주장과 얼마나 밀접하게 관련되어 있는지 여러분은 역시 짐작할 수 없을 것입니다. 정신분석이 그 연구 결과의 하나로 공표하고 있는 또 하나의 명제는 좁은 의미에서나 넓은 의미에서 성적(性的)인 것으로 지칭할 수 있는 본능 충동Triebregung이 신경증이나 정신 질환을 불러일으키는 데 상상할 수 없을 만큼 커다란 역할을 하고 있다는 주장입니다. 아니, 그 이상입니다. 이와 같은 성적인 충동은 또 인간 정신 가운데 최고의 문화·예술·사회적 창작 활동에도 결코 무시할 수 없는 지대한 공헌을 해왔습니다.

- S. 프로이트 《정신분석 강의》 中 -

프로이트는 자신의 업적을 두 가지로 요약한다. 하나는 그때까지 막연하게 알려져 있던 무의식의 정신과정을 정립한 것이고 다른 하나는 성욕의 역할에 대한 발견이다. 프로이트에 따르면 성욕은 1) 정신병리(신경증이나 정신 질환)를 불러일으키는 데 상상할 수 없을 만큼, 아니 그 이상으로 커다란 역할을 하고 있으며 2) 더 나아가 예술·문화 등 인류 문명의 창조 활동에도 결코 무시할 수 없는 지대한 공헌을 해 왔다. 물론 동물에게도 성욕은 있으므로 성욕은 인간의 내적 본질일 뿐만 아니라 동물의 내적 본질이기도 하다. 이렇게 인간과 동물의 내적 본질인 성욕에는 삶의 의지가 가장 강하게 나타나 있으며 성욕의 성취는 모든 생물의 **'삶의 궁극적 목적'**이고 **'최고의 목표'**라고 할 수 있다.

p.387. 성욕이 결정적인 가장 강한 삶의 긍정이라는 것은 그것이 자연인이나 동물에게 삶의 궁극적인 목적이며 최고 목표라는 사실로 확인된다. 자연인에게 제일의 노력은 자기 보존인데, 이 배려가 이루어지면 나중에는 단지 종족의 번식에 힘쓸 뿐이며, 자연적인 존재로서 그 이상의 노력은 하지 않는다. 자연도 그 내적인 본질은 삶에 대한 의지이며, 있는 힘을 다해서 인간과 동물을 내몰아서 번식하게 한다. 그렇게 되면 자연은 개체와 더불어 그 목적을 달성한 것이 되고 개체의 몰락에 대해서는 무관심하다. 왜냐하면 삶에 대한 의지로서 자연에 중요한 것은 종족의 보존뿐이며, 개체는 문제가 되지 않기 때문이다. 성욕에는 자연의 내적인 본질, 삶에 대한 의지가 가장 강렬하게 나타나 있으므로 고대 시인이나 철학가들(헤시오도스나 파르메니데스)은 '에로스'는 모든 것을 산출하는 제1자, 창조자, 원리라는 깊은 뜻을 말했다. (아리스토텔레스 《형이상학》 I 의 4를 보라) 페르키데스는 "제우스는 세계를 창조하려고 자기 스스로를 에로스로 만들었다"(플라톤, 《티마이오스》)고 말했다. 1852년에 나온 G. F 쇠만의 《천지 창조자의 애욕》은 이 문제를 자세히 다루고 있다. 인도 사람들이 말하는 마야는 이 가상 세계를 만들어 내는 것이지만, 이것도 애욕으로 바꾸어 말할 수 있다.

- A. 쇼펜하우어 《의지와 표상으로서의 세계》 中 -

성욕은 모든 생명체의 내적 본질이다. 인간은 자신의 핵심 본질을 최고의 존재에게 투사하므로 신들의 이야기 속에 그에 대한 상징과 비유는 반드시 등장한다. 대표적으로 그리스 신화의 **에로스(Eros) 신**을 들 수 있다.[5] 태초에 어머니 신인 가이아와 탄생한 에로스 신은 **영생불멸**하는 모

5) p.27. 태초에 카오스가 있었고, 그 다음에는 넓은 젖가슴을 지닌 가이아가 있었는데,

든 신 중에서 가장 아름다운 신이다. 우선 모든 신의 핵심 신성이 영생불멸이라는 의미는 인간의 궁극적인 최고의 소원, 모든 소원 중의 소원도 영생불멸이라는 뜻이다. 인간에게 불멸에 대한 신앙이 없으면 신에 대한 신앙도 무의미하기 때문이다.[6] 즉 불멸이 인간의 제1의 본질이고 이러한 불멸을 추동하는 힘이 성욕(리비도)이라고 할 수 있다.

에로스 신이 '모든 신과 인간의 이성과 냉철한 사고를 압도하고 다리의 힘을 마비시키는' 힘을 가진 이유도 인간과 동물을 내몰아서 번식하게 함으로써 종족이 영생불멸하도록 하기 위해서이다. 헤시오도스와 달리 플라톤의《향연》에서는 에로스 신을 모든 신(神) 중에서 **'가장 오래된 신'**이라고 말하고 있는데 그 이유는 불멸이 인간의 **가장 오래된 소원**이기도 하기 때문이다.[7] 이러한 에로스 신의 불멸성은 리비도의 핵심 속성인 불멸성과 똑같으므로 그리스 신화의 **에로스**는 정신분석학에서의 **리비도**와 정확히 일치한다고 할 수 있다.

(생략). 그 다음에 에로스가 생겼는데, 이 에로스는 영생불멸하는 모든 신들 중 가장 아름다운 신이었으며, 모든 신들과 인간들의 머릿속의 이성과 냉철한 사고를 압도하며 다리의 힘을 마비시키는 신이었다.

- 헤시오도스《신통기》中 -

6) p.381. 그런데 죽지 않고 영원히 살려는 소원은 무엇보다도 인간의, 적어도 자신의 소원은 자연의 필연성에 의해서 제한받지 않으려는 인간의 소원에 속한다. 그렇다. 이러한 소원이 인간의 궁극적인 최고의 소원, 모든 소원 중의 소원이다. 왜냐하면 삶이 모든 재보의 핵심이기 때문이다. 그러므로 이러한 소원을 성취시키지 않는 신(神), 죽음을 폐기하거나 적어도 다른 새로운 삶으로 대치시키지 못하는 신은 신이 아니다. (중략) 신성에 대한 믿음이 없이는 불멸성에 대한 믿음이 **공허한 것**처럼 불멸성에 대한 믿음이 없이는 신(神)에 대한 믿음은 **무의미**하다.

- L. 포이어바흐《종교의 본질에 대하여》中 -

7) p.70. 에로스는 인간들과 신들 사이에서 위대하고 놀라운 신이며, 그것은 다른 많은 방식으로도 그렇지만 특히나 그 기원에 있어서 그렇다고 말이네.
그는 말했네. "가장 오래된 신이라는 것으로 그 신은 존경받고 있거든. …"

- 플라톤《향연》中 -

p.99. 그러나 정신분석학이 사랑을 〈좀 더 넓은〉 의미로 해석한 것은 결코 독창적인 행위가 아니다 나흐만 존과 피스터가 자세히 밝혔듯이, 철학자 플라톤이 말한 〈에로스(Eros)〉는 그 기원과 기능 및 성애와의 관계에서 정신분석학이 말하는 사랑의 힘, 즉 리비도와 정확히 일치한다.

- S. 프로이트 《문명 속의 불만, 『집단 심리학과 자아 분석』》 中 -

성욕, 즉 리비도가 생명체의 내적 본질(자연의 힘)이라는 쇼펜하우어나 프로이트의 견해는 C. 다윈의 성 선택 진화론에 의해서도 뒷받침된다. C. 다윈은 《종의 기원》에서 생존선택(자연선택) 진화론을 주창했지만, 생존선택만으로는 다양한 생명체의 진화를 설명하기에는 '매우 의심스러웠기 때문에' 그로부터 12년이 지난 후 《인간의 유래》에서 **성 선택에 의한 진화**라는 새로운 가설을 발표했다. 이 책에서 C. 다윈은 인종의 분화에도 성 선택이 중요한 역할을 해 온 것이 틀림없다고 말한다.[8] 수컷 공작새의 화려하고 아름다운 꼬리가 압도적으로 증명하듯이 성 선택 진화론은 말 그대로 성욕(리비도)이 진화를 추동하는 '**자연의 힘**(내적 본질)'이라는 것이다.[9] 그렇지 않고 생존선택(보호 목적)이 진화의 힘이라면 수컷 공작새

8) p.103. 나는 오랫동안 인종의 분화에는 성 선택이 중요한 역할을 해온 것이 틀림없다고 생각해 왔다. 그러나 《종의 기원》에서는 이 생각을 단순히 암시하는 데 그쳤다.

- C. 다윈 《인간의 기원》 머리말 中 -

9) p.429. (주석) 수컷은 빨리 날 수 있기 때문에 포식을 피할 수 있었으며, 따라서 암컷처럼 보호를 위해 색을 바꿀 가능성이 없다는 것은 이해되지만, 그렇다 해도 수컷만이 암컷으로부터의 유전에 의해 보호색을 띠는 일이 없다는 것은 도저히 생각할 수 없는 일이다. 또한 더 화려하지 않은 수컷은 암컷에게 매력이 없기 때문에, 성 선택이 화려한 수컷이 수수해지는 것을 방해와 왔을 가능성이 매우 높다. 어떤 종에서도 수컷의 아름다움은 주로 성 선택을 통해 획득되었고 그것이 보호에도 도움이 되었다면, 그 획득은 자연선택의 도움도 받았을 것이다. (중략) 이처럼 수컷이 아름다워진 것은 전적으로 보호 목적을 위해서라는 것은 매우 의심스럽다.

- C. 다윈 《인간의 기원》 中 -

와 똑같은 생존 환경에서 자라고 똑같은 진화의 기간을 거친 암컷 공작새가 수컷 공작새와 그토록 놀라운 차이를 보일 수 없다.

하지만 C. 다윈의 진지한 견해에도 불구하고 성 선택 가설은 과학계의 냉대와 비난을 받아왔다. 과학계의 **'금욕적 태도'** 때문이다.[10] 금욕적 태도의 의미에 대해서는 나중에 설명하겠지만, 이러한 과학계의 금욕적 태도로 인해서 만약 C. 다윈이 《종의 기원》에서 성 선택 가설을 주장했다면 이 저작은 그토록 많은 인정을 받지 못했을 것이다. 과학계가 성 선택 가설을 받아들이지 않는 표면적인 이유는 **획득 형질의 유전**을 인정할 수 없기 때문이다. 쉽게 말해서 **'인간의 사고가 육체에 영향을 미친다'**라는 것을 인정하지 않는 것이다.[11] 그런데도 프로이트는 획득 형질(후천적 형질)의 유전이 진화의 핵심 요인이라는 견해를 결코 포기하지 않았다.

> p.381. 한 민족이 지닌 전승의 생명력과 그 민족성의 형성에 대해서 말할 경우, 내 염두를 떠나지 않은 것은 유전을 통해 전해진 이러한 전승이지, 전달 수단을 통해 전파된 전승은 아니었다. 나는 이 양자를 구분하지도 않았고, 구분하지 않은 이유가 나의 태만에 있다는 것도 자각하지 못했다. 나의 입장은 오늘날의 생물학이 취하는 입장 때문에 더욱 곤혹스러운 처지로 내몰린다. 생물학은 후천적인 형질의 다음 세대로의 유전을 인정하지 않은 것이다. 그러나 나는 겸허하게 고백하거니와, 생물학이 그런 입장을 취하고 있음에

---

10) p.16. 게다가 생존주의 교리의 금욕적 태도는 가식적이기까지 하다. 생물학자들은 왜 다른 동물의 행동을 설명할 때는 아무렇지도 않게 짝 고르기를 이용하면서, 인간 마음을 빚어냈을지도 모르는 성욕과 짝 고르기를 진화의 전당에서 몰아내 버렸을까?

- G. 밀러 《연애, 생존기계가 아닌 연애기계로서의 인간》 中 -

11) p.372. 기적; 사고가 육체에 영향을 미치는 것을 나는 인정합니다.

- A. 아인슈타인 《나의 인생관》 中 -

도 불구하고 후천적 형질의 유전이라는 요인을 도외시하고는 생물의 진화를 상상할 수 없다.

- S. 프로이트《종교의 기원, 『인간 모세와 유일신교』》 -

프로이트가 획득 형질의 유전을 도외시하고는 생물의 진화를 상상할 수 없다고 말하는 이유는 C. 다윈의 견해처럼 생명의 성적 의지(성 선택)가 정신적 능력의 진화는 물론 신체적 구조의 진화에도 영향을 미친다고 믿었기 때문이다.[12] 성 선택에 의한 진화의 분명한 증거는 영장류의 몸이다. 영장류의 몸은 생존보다는 번식을 위해서 더 많이 진화하고 있기 때문이다. 대표적인 성 선택 진화는 신체가 자기 생식기를 모방하는 것이다.[13] 앞서 인용한 바 있듯이 암컷 인간의 입술과 가슴도 자신의 생식기와 엉덩이를 모방한 것이다. 생존선택은 주로 먹이 환경과 포식자의 영향에 의해서 진화가 이루어지기 때문에 성 선택에 의한 진화가 아니라면

12) p.736. 성 선택의 원리를 인정하는 사람은 대뇌 체계가 현재의 신체 기능 대부분을 제어하고 있을 뿐만 아니라, 다양한 신체 구조와 몇 가지 정신 능력의 진보와 발달에 간접적인 영향을 미치고 있다고 하는, 주목할 만한 결론에 도달할 것이다. 용기, 호전성, 인내심, 강한 힘, 몸의 크기, 모든 무기, 목소리와 악기를 사용한 음악, 아름다운 색채, 줄무늬와 반점, 장식적인 부속품, 이러한 것들은 모두 사랑과 질투의 영향, 소리와 색채와 형태에 대한 미(美)의식, 그리고 그것에 대한 취향을 통해 어느 한쪽 성이 간접적으로 획득해 왔다. 이러한 정신적 능력은 명백하게 대뇌 체계의 발달에 의존하고 있다.

- C. 다윈《인간의 기원》 中 -

13) p.111. 최근 독일의 한 학자가 연구한 바에 따르면, 일부 원숭이는 제 자신을 흉내 내기 시작했다고 한다. 가장 극적인 본보기는 맨드릴과 젤라다 비비이다.

맨드릴 수컷은 선홍빛 페니스를 갖고 있는데, 페니스 양쪽에 있는 음낭은 푸른색이다. 이런 색깔 배열은 얼굴에도 나타나 있어서, 코는 선홍색이고 털이 나지 않은 불룩한 뺨은 짙푸른 색이다. 마치 맨드릴의 얼굴이 생식기 부위를 모방하여 똑같은 시각적 신호를 보내고 있는 것 같다.

- D. 모리스《털 없는 원숭이》 中 -

이러한 진화는 일어날 수 없다.

문제는 생물학은 성 선택과 같은 생명체의 본능적 또는 무의식적 의지를 증명할 수 없다는 데 있다. 쇼펜하우어가 말한 바와 같이 생물학은 진화의 내적 본질을 증명하는 학문이 아니기 때문이다. 획득 형질의 유전에 관한 증명은 이 책의 범위를 벗어나므로 생존선택 가설에 대한 비판은 니체의 다음 견해로 갈음하고자 한다(이때에는 니체는 성 선택 가설에 대해서는 알지 못했을 것이다).

> p.385. 근대 자연 과학이 이러한 스피노자의 도그마에 그토록 완전하게 말려 들어왔다는 사실(가장 최근이자 가장 나쁜 사례는 이 도그마와 이해할 수 없을 정도로 편파적인 '생존 투쟁'이론이 조잡하게 얽힌 다위니즘(Darwinism)이다)은 아마 대다수 자연과학자들의 출신에 근거할 것이다. (중략) 그러나 자연과학자는 그 인간적 모퉁이로부터 벗어나, 자연을 **지배하는 것**이 곤궁이 아니라 과잉과 낭비라는 사실을 인식해야 한다. 그것도 무의미할 정도로 굉장한 과잉과 낭비이다. 생존을 위한 투쟁은 단지 **예외**일 뿐이며, 삶의 의지의 일시적 제한 상태에 불과하다. 크고 작은 투쟁은 곳곳에서 항상 우월, 성장, 확대, 권력을 둘러싸고 이루어진다. 이것들은 힘에 대한 의지에 따르며, 이 힘에 대한 의지야말로 삶의 의지이다.
>
> - F. 니체 《즐거운 지식(동서)》 中 -

과학계가 성 선택 가설을 거부하는 더 근본적인 원인은 과학계의 금욕적인 태도, 다시 말해서 과학자 자신에게 있다. 이러한 과학자의 금욕적인 태도는 눈의 맹점(盲點)에 비유할 수 있다. 맹점은 시세포(視細胞)가 없어서 빛을 구분할 수 없는 데 과학자의 두뇌에도 성(性)과 관련된 표상을 인식할 수 없는 맹점과 같은 기구가 있다. 이러한 정신 기구가 초자아이다. 더 정확하게 표현하면 인간의 두뇌는 자신에게 그러한 맹점이 있다는 사실을 은폐하고 마치 대상이 보이는 것처럼 인식기관을 기만한다. 이러한 두뇌의 기만으로 인해서 과학자들은 자신들이 성 선택 진화론을 받아들이지 못하는 원인이 바로 자신들의 감각에 있다는 사실을 알지 못한다.

> p.479. 과학의 문제는 바로 감각을 원인으로 받아들이지 않고 세상을 설명한다는 데에 있다. 과학이 감각을 원인으로 받아들이지 못하는 이유는 감각을 원인으로 받아들일 경우에 감각 자체를 감각의 원인으로 본다는 뜻이기 때문이다. 과학의 과제는 결코 성취되지 못하고 만다.
>
> - F. 니체 《권력에의 의지(부글)》 中 -

과학자들보다 약하긴 하지만 모든 인간의 정신구조 속에는 이러한 맹점이 있다. 초자아는 성(性)과 관련된 관념적 표상을 검열해서 불쾌 또는 악으로 해석함으로써 의식 속에 입장시키지 않거나, 타의로 입장하게 되면 그 표상을 추방하려고 노력한다. 초자아가 성적 표상을 의식 속에 입장시키지 않거나 추방하려는 이유는 어린 시절 아버지가 성적 호기심을 억압했기 때문이다. 성적 호기심이 억압되면 그 욕구에는 압력이 형성되어 **더욱 강렬한** 성적 호기심으로 발현된다. 하지만 초자아가 성적 표상은 의식 속에 입장시키지 않기 때문에 주체는 성적 호기심이 지닌 공격성을 다른 분야에서 발산하게 되고 이때 선택하는 분야가 과학이다.[14)]

예컨대 비키니 수영복은 과학자의 정신구조를 상징적으로 보여준다.

14) p.341. 내가 과학을 연구하는 것은, 자연의 신비를 이해하고 싶은 억제할 수 없는 욕구 때문입니다. 그것 이외의 감정 때문이 아닙니다.

- A. 아인슈타인 《나의 인생관》 中 -

비키니 수영복은 수컷 인간의 무의식이 가장 보고 싶어 하는 두 부분만을 가림으로써 **더욱 강렬한** 호기심을 끌어낸다. 비키니라는 단어가 과학계의 가장 상징적인 발명품인 원자폭탄을 실험한 비키니섬 이름에서 유래한 것이 우연일까? 또 과학자들이 블랙홀에 대해서 가지는 그토록 강렬한 호기심은 어떻게 설명해야 할까? 로켓을 타고 우주를 여행하는 과학자의 소망을 자신의 남근(로켓)을 타고 어머니 자궁 속(우주)으로 회귀하려는 무의식적 소망으로 해석하는 것은 과도한 것일까? 종교적 억압이 심했던 중세 시대에 이상하리만큼 천재적인 과학자들이 많이 배출된 이유도 종교가 그들의 성적 호기심을 강력하게 억압했고 그 억압된 호기심이 더욱 강렬한 과학적 호기심으로 발현되었기 때문이라고 볼 수 있다.

> p.211. 일정한 나이에 도달하면 무엇인가를 자꾸 캐묻게 되는 어린아이들의 그 물릴 줄 모르는 지적 욕구도 이것으로 설명할 수 있다. 실제로 아이들이 궁금한 것은 단 한 가지이지만 그것을 결코 입 밖에 내지 않는 것이다. 또한 이것으로 신경증에 영향을 받는 몇몇 사람의 수다를 설명할 수도 있다. 그들이 어떤 비밀을 지켜야 하는 경우, 그것을 공개하고 싶은 욕구가 불같으면서도 결국 수다만 떨 뿐 그 비밀을 결코 드러내지 않는 것이다.
>
> - S. 프로이트 《성욕에 관한 세 편의 에세이》 中 -

특히 과학자들이 성(性)에 대해서 강렬하게 끌리면서도 죄책감을 느끼는 이중적인 태도를 보이는 이유도 성적 호기심이 억압되었기 때문이다.[15)]

15) p.28. 학자들의 내숭도 성선택론에 대한 푸대접에 한몫했다. 결국 섹스 이야기니까. 많은 사람들, 특히 과학자들은 섹스에 대해 이중적인 태도를 보인다. 끌리면서도 당황스러워하고, 집착하면서도 죄책감을 느끼며, 속으로는 음란한 생각을 하면서 겉으로는 수도사인척한다.

과학자의 무의식이 궁금한 것은 단 한 가지이지만, 그들의 무의식은 그 영역에 들어가지 못한다. 과학자들의 이러한 이중적인 태도는 그들이 위선적이라는 뜻이 아니다. 과학자의 의식은 자신의 모순적 태도를 인식하지 못한다. 무의식이 잘못된 연결을 해주기 때문이다. 그래서 과학자는 성(性)을 탐구하고 싶은 불같은 욕망을 느끼지만, 수다만 떨 뿐 결코 그 비밀을 발설하지 않는다. 아니 발설할 수가 없다. 그 관념적 표상이 의식 속에 입장하지 못하기 때문이다. 성(性)의 측면에서 과학자는 '자신이 어떤 사람인가를 어떻게든 알고 싶어 하지 않기 위해서' 고통받고 있다고 할 수 있다. 그래서 니체는 과학을 **'금욕주의적 이상의 새로운 형식'**이거나 아니면 **'죄책감(양심의 가책)의 은신처'**라고 말한다.

> p.900. 과학이 금욕주의적 이상의 새로운 현상 형식이 아닌 경우-(중략)-오늘날 과학은 모든 불만, 불신, 회한, 자기 멸시, 양심의 가책의 은닉처인 것이다. (중략) 자기 마비의 수단으로서의 과학, 그대들은 그러한 것을 알고 있는가? …… 우리는 그들을 때로는 아무렇지도 않은 한마디 말로 뼛속까지 상처를 준다. (중략) 그 까닭은 그들은 자기가 어떤 자인가를 어떻게든 알고 싶어 하지 않는 고통받는 자이기 때문이며, 제정신으로 돌아간다는 그 일 하나만을 두려워하는 마취에 걸린 자신을 잃어버린 자이기 때문이다.
>
> - F. 니체 《도덕의 계보(동서)》 中 -

과학자보다는 약하지만, 초자아는 모든 인간의 정신구조 속에 형성되어 있으므로 어디에서나 죄책감을 유발할 수 있는 성적 표상을 검열해서 추방해 버린다. 대표적인 곳이 게임 세계에서다. 게임 세계에서는 온갖

- G. 밀러 《연애, 생존기계가 아닌 연애기계로서의 인간》 中 -

폭력, 살인, 대량학살이 난무하지만 **'유일하고 절대적인 터부'**가 존재한다. 바로 성(性)과 관련된 폭력이다[16](한 가지가 더 있는 데 그것은 **어린 아이**에 대한 폭력이다). 현실 세계에서는 살인이나 대량학살이 성폭력보다 훨씬 무거운 형벌을 받지만, 게임 세계에서는 성(性)과 관련된 폭력이 훨씬 더 죄악시된다. 만에 하나라도 성(性)과 관련된 장면이 등장하면 초자아는 격렬하게 항의하며 그 표상을 의식 속에서도 현실 속에서도 추방해 버리거나 추방하기 위해서 온갖 노력을 다한다.

이러한 규제를 옹호하는 사람은 이러한 규제를 만든 이유가 자신의 초자아 때문이 아니라 청소년에게 악영향을 미치기 때문이라고 온갖 연구결과와 통계를 제시하며 지적 방어를 시도한다. 노골적인 성인물도 있지 않으냐고 반박할 수 있다. 하지만 노골적인 성인물에도 초자아는 여전히 작용한다. 성인물에서의 유일하고 절대적인 터부는 **부모와의 근친상간**이다. 하지만 이 주제가 너무 흥미로운 주제이기 때문에 성인물 제작자는 초자아를 우회하여 부모의 대체 인물, 예를 들면 계모나 계부와의 근친상간을 연출한다. 생물학에서 주장하는 바와 같이 동물에게 근친상간을 막는 유전자가 있다고 하더라고 호모 사피엔스는 근본적인 결함으로 인해서 근친상간을 금하는 유전자의 명령을 거부할 수 있다. 그렇지 않다면 《구약성서》에서 롯과 그의 두 딸 사이의 사건은 일어나지 않았을 것이

---

16) p.685. 법학자 프랜시스 X. 셴은 1980년대부터 출시된 비디오 게임들의 내용을 분석하여, 절대에 가까운 터부를 발견했다.

> 강간은 비디오 게임에 넣어서는 안 되는 유일한 일로 보였다. …… 현실에서는 장난으로 수십 명을 죽이는 것, 그것도 종종 잔혹하게 죽이는 것, 혹은 도시를 몽땅 파괴하는 것이 강간보다 명백히 더 나쁘다. (중략) 강간에 대해서만큼은 "그냥 게임인걸." 하는 정당화가 통하지 않는 듯하다. …… 롤 플레잉 게임의 가상 세계에서도 강간은 터부이다.
>
> -S. 핑거 《우리 본성의 선한 천사》 中 -

다.[17] 롯의 두 딸은 어머니가 소금 기둥으로 변하자(억압이 제거되자) 아버지와 관계를 갖고 자식을 낳는다. 롯의 두 딸의 이야기는 여자아이 버전의 오이디푸스 신화라고 할 수 있다.

> p.314. 아주 총명하고 생기 넘치는 네 살된 소녀에게서 아동 심리의 이런 측면이 특히 분명하게 드러난다. 그 아이는 터놓고 이렇게 말한다. 〈엄마가 어디로 가버릴지도 몰라요. 그러면 아빠는 나와 결혼해야 해요. 내가 아빠의 부인이 되겠어요.〉
>
> \- S. 프로이트 《꿈의 해석》 中 -

오이디푸스 콤플렉스는 어린아이가 어머니를 욕망하는 데서 시작한다. 하지만 이러한 욕망은 아버지에 의해서 억압되고 초자아의 감시 아래 지속적으로 통제된다. 그 결과 거의 모든 사람은 성(性)과 관련된 표상을 지각하게 되면 몸에는 혐오감이나 불쾌감이 자동으로 느껴지고 되고 의식 속에는 악(惡)이라는 생각이 저절로 떠오른다. 하지만 은밀한 곳에서는 죄책감을 느끼지 않는다. 죄책감은 아버지(제삼자)의 꾸지람을 동일

17) p.24. 여호와께서 하늘 곧 여호와께로부터 유황과 불을 소돔과 고모라에 비같이 내리사

…

롯의 아내는 뒤를 돌아보았으므로 소금 기둥이 되었더라

…

롯이 소알에 거주하기를 두려워하여 두 딸과 함께 소알에서 나와 산에 올라가 거주하되 그 두 딸과 함께 굴에 거주하였더니

…

우리가 우리 아버지에게 술을 마시게 하고 동침하여 우리 아버지로 말미암아 후손을 이어가자 하고

…

롯의 두 딸이 아버지로 말미암아 임신하고

\- 《구약성서》 「창세기」 中 -

시한 것이므로 제삼자가 보지 않는 곳에는 작용하지 않기 때문이다. 물론 드미트리의 꿈에서처럼 모든 것을 다 알고 있는 아버지가 자신의 죄악을 마술적으로 알아낼 것이라는 관념이 형성되어 있다면 제삼자가 보지 않는 곳에서도 죄책감이 작동할 수 있다.

정신분석학적 개념에 비유하자면 생존선택은 현실 원칙이고 성 선택은 쾌락 원칙이라고 할 있다. 모든 생명체는 쾌락 원칙을 통해서 생존(불멸)과 번식(결합)을 추구하지만, 현실 원칙을 고려하지 않으면 안 된다. 하지만 자연법칙은 종종 현실 원칙보다 쾌락 원칙을 우위에 둔다. 니체가 자연을 지배하는 것은 **'무의미할 정도로 굉장한 과잉과 낭비'**라고 말한 것처럼 생명체를 진화하게 하는 자연의 힘은 일시적이고 예외적인 생존선택에서 오는 것이 아니라 다양한 성적 낭비에서 온다.[18] 생존선택에 대한 성 선택의 우위에 대한 증거는 우리가 사용하는 언어 정신에도 녹아있다. 가령 생존에 도움이 되는 대상은 '필요하다'라고 말하지만, 번식에 도움이 되는 대상에 대해서는 훨씬 더 강한 표현인 '사랑한다'라고 표현한다.[19]

성욕과 정욕

이 책에서 등장하는 인물 중 성(性)의 중요성을 뒤늦게 깨달은 또 다른 인물은 《아웃사이더》를 저술한 C. 윌슨이다. 그는 자신의 저작에서 프로

---

18) p.177. 사실, 성적 장식을 하는 종들 자체가 모두 성 선택된 낭비들의 버라이어티쇼라고 할 수도 있다. 다양한 성적 낭비가 없었다면, 지구가 이토록 다양한 종들을 품을 수 없었을 것이다.

- G. 밀러 《연애, 생존기계가 아닌 연애기계로서의 인간》 中 -

19) S. 프로이트, 《정신분석학의 근본 개념, 『본능과 그 변화』》, p.128.

이트 이론을 비꼬았지만, 그로부터 20년 후에 책을 저술한 계획의 뒤에 숨어 있는 주요한 힘들 가운데 하나가 성(性)이었다고 고백한다.

> p.11. 지금 생각해도 내가 그때 이 부분을, 즉 소녀의 스커트를 올려다보고 싶어 하다가 지나가는 자동차의 흐름에 좌절해 버리는 남자의 이야기를 《아웃사이더》의 첫 부분으로 선택했던 것은 대단히 흥미롭다. 왜냐하면 비록 내가 《아웃사이더》에서 성(性)에 관해서 거의 언급을 하지는 않았지만, 책을 쓰겠다는 계획의 뒤에 숨어 있는 주요한 힘들 가운데 성(性)이 하나라는 점은 의심할 여지가 없다.
>
> - C. 윌슨 《아웃사이더》 머리말 中 -

소녀의 스커트를 올려다보고 싶어 하는 남자는 A. 바르뷔스의 소설 《지옥》의 주인공이다. 《지옥》의 주인공은 한 매춘부의 집으로 가서 흔히 있는 일을 겪지만, 그가 바랐던 마음의 안정은 얻을 수 없다. C. 윌슨은 이 무명의 아웃사이더가 육체적 욕구가 충족되었음에도 오히려 깊은 좌절감을 느낀다는 데 주목했지만, 《아웃사이더》를 저술할 당시에는 그 좌절감의 근본적인 원인이 무엇인지 알지 못했다.

《지옥》의 주인공이 좌절감을 느끼는 이유는 자신의 진정한 욕망이 무엇인지를 모르기 때문이다. 그의 의식은 자신이 욕망하는 것이 육체적 욕구라고 생각했지만, 그의 무의식이 충족되기를 바라는 것은 정신적 욕망이다. C. 윌슨이 《아웃사이더》를 저술한 후 20년이 지난 후에야 이 책의 첫 부분에 대단한 흥미를 느끼는 이유는 **이제야** 자신이 무엇을 욕망했는지를 깨달았기 때문이다. 그 첫 부분에 해답이 들어있다.

> p.27. 전차(電車)의 위층에 한 소녀가 바람을 쐬면서 앉아 있다.

그녀의 옷은 약간 치켜 올려져 바람에 날려 부푼다. 사람의 물결과 자동차의 홍수가 그녀와 우리 사이를 갈라놓는다. 전차는 어느덧 악몽같이 사라져버린다.

오고 가는 사람들로 가득 찬 거리, 경쾌하게 움직이는 드레스의 물결, 바람에 날리는 드레스 또는 아직 날리지 않는 드레스, 드레스의 물결.

상점 앞의 좁고 긴 거울 앞에 다가서 본다. 약간 창백하고 침울한 눈동자, 내가 바란 것은 한 여자가 아니라 모든 여자다. 그래서 나는 나의 주의를 차례차례 둘러보며 그들을 찾고 있다. [A. 바르뷔스 《지옥》

- C. 윌슨《아웃사이더》中 -

《지옥》의 주인공이 자동차의 흐름에 좌절해 버리는 이유는 자신의 육체적 욕구가 충족되었음에도 그 쾌락이 자신이 바라던 만큼의 쾌락을 주지 못했기 때문이다. 《지옥》의 주인공을 만족시킬 수 있는 것은 **'모든 여자'**이다. 그는 모든 여자의 스커트 속을 들여다보고 싶어 한다. 《지옥》의 결말은 주인공이 모든 여자의 스커트 밑을 들여다볼 방법을 찾음으로써 끝난다. 그 방법은 자신의 방에 있는 구멍을 통해서 옆방에 투숙하는 **모든 여자**의 스커트 밑을 몰래 볼 수 있게 된 것이다. 《지옥》의 이야기는 「창세기」의 대홍수 이야기를 떠올리게 한다. 「창세기」에서 하나님 아버지는 아담의 후예들이 **'모든 여자'**를 아내로 삼으려고 하자 이를 죄악으로 규정하고 대홍수로 인류 전체를 멸망시켜 버린다. C. 윌슨도 이제야 자신이 욕망했던 것이 모든 여자였다는 것을 깨달은 것이다.

《지옥》의 주인공이 모든 여자를 욕망하는 이유는 그가 과거에 모든 여자와도 바꿀 수 없는 **'충분히 좋은 것'**을 박탈당했다는 의미이며 그 최소한의 보상이 모든 여자이다. 정신분석학에 익숙해 진 우리는 《지옥》의 주인공이 박탈당한 것이 어머니의 사랑이라는 것을 알고 있다. 하지만 과거의 박탈감을 보상해 줄 어머니는 이제 존재하지 않는다. 따라서 어머니의 사랑을 박탈한 책임이 있는 아버지와 아버지의 상징은 그 빚을 갚지 않으면 안 된다. 아버지의 상징은 사회의 도덕과 법이다. 어머니 사랑을 박탈당한 주체가 사회의 도덕과 법을 거스르는 반사회적 행위를 한다면 그 이유는 사회에 대해서 '자신에게 진 빚을 갚으라는' 상징적 요구이다.[20] 인간의 무의식 속 어머니에 대한 억압된 욕망과 아버지의 거세 위협의 갈등이 사회적으로 발현된 증상이 반사회적 행위라면 개인적으로 발현된 증상이 성 도착 또는 정신병리(신경증)이다.

> p.20. 신경증 환자는 완고한 체질을 갖고 있어서 문화적 요구에 따라 자신의 본능을 억제하는 데 성공하지만, 그것은 〈표면상〉의 성공일 뿐이고 차츰 억제에 성공하지 못하게 된다. 따라서 이들은 내면의 향상을 포기하고 엄청난 정력을 소비해야만 겨우 문화 활동을 수행할 수 있거나, 이따금 문화 활동을 중단하고 앓아누워야 한다. 내가 신경증을 성도착의 〈음화〉라고 표현한 것은 신경증의 경우에는 억제된 도착적 충동이 무의식의 부분에서 표출되기 때문이

---

20) p.193. 우선 나는 반사회적 정신병리(psychopathy)라는 용어를 정의해 보겠다. 이 용어는 비행 아동이 치료되지 않는 채 성인이 된 경우를 말한다. 비행 아동은 더 어린 시절에 겪은 박탈의 상처를 치유받지 못한 반사회적인 소년, 소녀들이다. 박탈의 상처란 충분히 좋은 것을 가지고 있었지만 그 후에 그것을 더 이상 가지지 못하게 된 상처를 말한다. 그것은 또한 박탈이 발생한 시기에 그 박탈을 외상으로 지각할 수 있을 만큼 아동에게 성장과 자아의 조직화가 이루어져 있었음을 뜻한다. 비행 아동 및 반사회적 아동들이 사회나 가족에 대해서 '자신에게 진 빚을 갚으라는' 식의 태도를 보이는 것은 나름대로 일리 있는 요구이기도 한다.

- D. 위니캇 《성숙과정과 촉진적 환경》 中 -

다. 다시 말하면 신경증은, 사진의 양화처럼 겉으로 드러난 성도착과 똑같은 성향을 갖고 있지만 그것이 〈억압된〉 상태에 있기 때문이다.

- S. 프로이트 《문명 속의 불만, 『문명적 성도덕과 현대인의 신경병』》 中 -

어린아이의 어머니에 대한 욕망은 아버지의 거세 위협으로 억압하는데 성공한 것처럼 보이지만 그것은 표면상으로 성공일 뿐 어머니에 대한 욕망은 절대 제거되지 않는다. 마치 물이 끓는 냄비에 덮개를 덮으면 냄비 안의 압력이 높아지는 것과 마찬가지로 어머니에 대한 욕망이 억압되면 그 욕망은 더 높은 압력을 지니게 된다. 이때의 강렬한 에너지를 지닌 성적 욕망이 **정욕**이다. 이러한 정욕을 억제하기 위해서는 그에 맞먹는 리비도(정력)를 소비(반대 집중)해야만 한다. 이러한 리비도 반대 집중이 **죄책감**이다. 그리고 죄책감의 사회적 표상이 도덕과 법이다. 《지옥》의 주인공이 자신은 재능도 없고 사명도 없다고 말하는 이유는 자신의 리비도를 자신의 욕망을 억압하는 데 써야 하기 때문이다.

파스칼이 정욕을 인간의 제2의 본성이라고 했듯이 정욕은 인간의 자발적인 행위의 원천이며 그 정욕을 억압하는 도덕과 법과 같은 사회적 힘은 타의적인 행위의 원천이다.[21] 인간만이 정신병리에 걸리고 문명을 건설할 수 있는 이유는 성욕이 아닌 이러한 정욕 때문이다. 성욕이 있는 동물에게는 정신병리도 없고 문명이라고 불릴만한 것도 없기 때문이다. 성욕을 쇼펜하우어의 **삶의 의지**에 비유할 수 있다면 정욕은 니체의 **권력의지**에 비유할 수 있다. 성욕이 **종(種)의 불멸**을 위해서 개체의 유전 형질

21) p.102. 현상의 이유. 정욕과 힘은 우리의 모든 행위의 원천이다. 정욕은 자발적인 행위를, 힘은 타의적인 행위를 하게 한다.

- B. 파스칼 《팡세》 中 -

을 우월하게 만들고 그 유전된 우월한 형질을 통해 종(種)을 성장시키고 확대하게 하는 **자연의 힘**이라면, 정욕은 **자신의 불멸**을 위해서 다른 열등한 동종을 복종시키고 결합시키고자 하는 **권력 의지**이다.

> p.490. 지금까지 살았던 생물학자들이 저지른 근본적인 오류는 종(種)이 문제가 아니라 보다 강한 개인들을 키워 내는 것이 문제라는 점을 보지 못한 점이다(다수는 오직 수단에 지나지 않는다).
>
> 삶은 내적 관계를 외적 관계에 지속적으로 적응시키는 것이 아니라, 내부에서 시작해 더욱 많은 양의 '외부' 현상을 복종시키고 결합시키는 권력 의지이다.
>
> \- F. 니체 《권력 의지(부글)》 中 -

유아 성욕론

인간의 성욕, 더 정확하게 말하면 인간의 정욕은 정신병리를 포함한 인간의 모든 정신 현상과 인류 문명의 원동력이다. 정신분석학의 이러한 입장으로 인해서 정신분석 이론은 범성욕론이라는 비판을 받아왔다. 이보다 더 큰 비판을 받은 것은 유아가 성욕을 가지고 있다는 유아 성욕론이다. 꼬마 한스의 사례에서 그가 어머니를 성적으로 욕망한다는 전제로 논의를 해 왔지만, 막상 꼬마 한스가 성인과 같은 성욕을 가지고 있을까 하는 진지한 질문은 받는다면 우리는 아마도 대답을 망설일지도 모른다. 이 주제가 가지고 있는 민감성에도 불구하고 한 번 진지하게 논의하려는 것은 결국 인간 본성의 모든 문제가 유아 성욕으로 수렴되기 때문이다.[22)]

---

22) p.209. 아이는 성(性) 그 이상이다. (중략) 오십 년 전만 해도 심리학에서 아동기 성에

p.126. 유아가 자기들을 돌보아 주는 사람들에 대해 느끼는 애정과 존경을 성적인 사랑과 동일시하려는 것에 대해 어쩌면 반박하고 싶은 생각이 들 수도 있을 것이다. 그러나 나는 좀 더 면밀하게 심리적인 검사를 해본다면 아무런 의심 없이 이러한 동일성을 확립할 수 있을 것이라고 생각한다. 유아가 자기를 돌보아 줄 책임이 있는 어떤 사람과 맺는 관계는 그 아이에게 성기 부위의 성적인 흥분과 끝없는 만족의 원안을 제공한다. 이것은 특히 자기를 돌보아 주는 사람이 대체로 어머니이기 때문에 그러한데, 어머니는 아이를 자기 자신의 성생활에서 도출된 감정들을 갖고 대한다. 즉, 아이를 쓰다듬고 입을 맞추고 어르면서 아주 분명하게 아이를 완전한 성 대상의 대체물로 다루는 것이다. 만일 어머니가 자기의 모든 애정표현이 아이의 성 본능을 일깨우고, 나중에 강해지도록 준비를 시키고 있다는 사실을 알게 된다면 아마도 깜짝 놀랄 것이다. 그녀는 자기가 한 일을 성(性)과는 관계없는 〈순수한〉 사랑으로 여긴다. 왜냐하면 그녀는 아이를 돌보는 동안 어쩔 수 없는 경우가 아니면 아이의 성기에 자극을 가하지 않기 위해 조심하기 때문이다. 그러나 우리가 알기로는 성 본능이 성기 부위의 직접적인 자극에 의해서만 일깨워지는 것은 아니다. 우리가 애정이라고 하는 것은 예외 없이 어느 날엔가는 성기 부위에도 그 영향을 미친다. 더군다나 만일 어머

대한 금기 때문에, 아동의 삶의 성적 부분이 제외되었다.

아동기 동안에 성적 본능의 모든 구성요소들은 고도로 복잡한 방식으로 한데 모아지고, 건강한 아이의 전체 삶을 풍요롭게 하고 복잡하게 하는 역할을 한다. 아동기 공포의 많은 부분은 성적 아이디어와 흥분, 그리고 그에 따른 의식적이고 무의식적인 정신적 갈등들과 관련되어 있다. (중략)

사춘기와 성인의 성의 기초는 아동기 동안에 놓여지고, 모든 성 도착들과 성적 어려움들의 뿌리 역시 그 시기에 놓여진다.

- D. 위니캇 《아이, 가족, 그리고 외부 세계》 中 -

니가 정신생활 전반에서 본능에 의해 수행되는 부분이 매우 중요하다는 것을 더 잘 이해한다면-그 모든 윤리적·심리적 성취에서-그녀는 사실을 알게 된 뒤에도 별로 자책을 하지 않을 것이다. 그녀는 단지 아이에게 사랑하는 법을 가르치는 자기의 임무를 완수하고 있을 뿐이다. 결국 아이는 왕성한 성적 욕구를 지닌 강하고 능력 있는 사람으로 자라나야 하고, 평생 동안 인간들이 본능에 의존해야만 할 수 있는 모든 일을 수행해야 한다.

- S. 프로이트《성욕에 관한 세 편의 에세이》中 -

그리스 신화에서 어머니 신인 가이아와 에로스 신이 같이 생겨난 것처럼 어머니의 가장 중요한 임무는 유아의 삶의 본능이자 성 본능인 리비도(에로스)를 일깨우는 것이다. 이렇게 일깨워진 유아의 리비도는 자신을 **성적으로** 사랑하게 함으로써 자신의 **불멸**을 추구하게 하고 어머니를 **성적으로** 사랑하게 함으로써 타인과의 **결합**을 추구하게 한다. 만약 어머니가 이러한 역할을 제대로 하지 않으면 유아는 자신을 사랑할 수 없게 됨으로써 죽음을 갈망하게 되고 또 타인을 사랑할 수 없게 됨으로써 정력적인 인생을 살 수 없게 된다.[23] 따라서 어린아이에게 왕성한 성적 욕구가 없다는 뜻은 어린 시절 그의 어머니가 어머니의 역할을 제대로 하지 못했다는 뜻이 된다.

23) p.119. …, 2차 세계대전 직후에 Spitz는 시설과 보육원에서 유아들에 대한 일련의 관찰 연구를 수행하였는데, 그곳에서 유아들은 신체적인 보살핌은 받았지만, 일정한 보모로부터의 자극이나 애정은 거의 받지 못했다. 감정적으로 굶주리고 발달이 지체된 아기들이 공허하게 카메라를 응시하는 모습을 담은 Spitz의 영상(1947)은 유아에 대한 모성 박탈의 파괴적인 효과를 극적으로 보여주었다. 그는 손상된 대상 관계를 기록했을 뿐만 아니라, 욕동, 자아, 인지, 운동 발달에서의 결손을 증명하였고 극단적인 경우, 모성 박탈은 유아의 죽음까지 가져온다는 것을 보여주었다.

- P. 타이슨 외《정신분석적 발달이론의 통합》中 -

서양과 달리 동양에서는 어린아이가 성욕을 가지고 있다는 견해에 암묵적으로 동의해 왔다. 과거에 있었던 7세(만 5세) 이상의 남녀가 함께 있는 것을 금지하는 **남녀칠세부동석**이라는 관습은 어린아이의 성욕을 인정하는 일례라고 할 수 있다. 또 우리나라에서 남자아이가 5세(만3세) 이상이 되면 여성 전용의 공중목욕탕 출입을 금지하는 관습도 마찬가지이다. 동양의 이러한 관습들은 남자아이가 5세(만 3세) 정도의 나이가 되면 최소한 성(性)에 대하여 인식할 수 있다는 것을 인정하고 있음을 보여준다.[24] 프로이트는 어린아이의 성욕은 **'3세 내지 5세 사이'**에 최초의 정점에 이른다고 말한다.

p.197. 오이디푸스 콤플렉스는 두 가지의 근본적인 생물학적 사실, 즉 인간이 유아기에 오랫동안의 의존기를 갖는다는 사실과 인간의 성생활이 놀랍게도 3세 내지 5세 사이에 최초의 정점에 도달했다가 억제기가 지나면 사춘기와 더불어 새롭게 시작된다는 사실의 심리적 상관 개념이라는 것을 이해하면, 이러한 놀라움은 감소된다.

- S. 프로이트 《정신분석학 개요, 『정신분석학 소론』》 中 -

인간은 태어나서 오랫동안 어머니의 양육과 보호에 의존해야 하며 이러한 근본적인 결함으로 인해서 이 세상에서 어머니를 가장 사랑하게 된

---

24) p.149. 이런 견해에 대해, 어떻게 유아가 성적 기관에 대한 지식을 가질 수 있으며 그것에 의미를 부여할 수 있는가라는 의문이 제기된다. 클라인은 원색장면을 목격한 많은 아이들을 치료했던 경험을 토대로, 성(性)에 대한 그들의 지식이 원색장면을 목격한 데서 왔다고 생각했다. 그녀는 장애를 입은 아이들 모두가 이런 경험을 한 것은 아니라는 것을 알고 있었지만, 그들의 놀이 내용이 성교에 대한 무의식적 지식을 갖고 있음을 보여준다고 느꼈기 때문에, 결국 아이들은 처음부터 성교에 대한 지식을 가지고 태어난다는 가정을 채용할 수밖에 없었다(Klein, 1946).

- F. 써머즈 《대상관계 이론과 정신병리학》 中 -

다. 이러한 어머니에 대한 사랑은 아버지에 의해서 억압됨으로써 인간의 정신구조는 정욕적으로 된다. 그리고 잠재기에는 온갖 선악의 지식을 습득함으로써 정욕을 통제하는 혐오감이나 수치심 등의 반동 형성이 구축된다. 두뇌가 거의 발달하고 신체의 리비도 집중이 다시 활성화되는 사춘기 이후부터는 유년기 초기에 형성된 충동(정욕)과 잠재기에 형성된 억제(반동 형성)가 서로 싸우기 시작된다. 오직 인간에게만 이러한 '2단계성 발달단계'가 있는 이유는 인간만이 덜 발달된 두뇌를 가지고 태어나기 때문이다.

p.238. 인간 성생활의 가장 기이한 성격은 중간에 휴식기가 있는 성욕의 2단계적 발달이다. 생후 4, 5세에 그것은 최초의 정점에 도달한다. 그런 다음 성욕의 이런 조기 만개는 사라진다. 이제까지 활기를 띠던 충동들은 억압되고 사춘기에 이르기까지 지속되는 잠재기가 시작된다. 이 시기에 도덕, 수치, 혐오감과 같은 반동 형성들이 구축된다.

2단계로 나누어진 성발달 과정은 모든 생명체 중에 오직 인간만이 가지고 있는 특징인 것처럼 보인다. 이로 인해 인간의 신경증적 성향이 생물학적으로 결정될 수도 있다. 사춘기에 들어서면 유년기 초기의 충동과 대상 리비도 집중이 다시 활성화되고 오이디푸스 콤플렉스의 감정적 유대도 활성화된다. 사춘기의 성생활에서는 유년기 초기의 충동들과 잠재기의 억제가 서로 싸운다.

- S. 프로이트《정신분석학 개요, 『나의 이력서』》中 -

잠재기 또는 사춘기의 청소년이 어떻게 공동체의 도덕을 동일시해서 반동 형성을 구축할 수 있느냐에 대한 의문이 생길 수 있다. 청소년기에 가장 영향력 있는 공동체의 도덕은 또래 동료의 **욕설**이다. 이 시기의 욕설 대부분은 **성적 욕망** 또는 **근친상간**에 대한 것인데 그 이유는 소년의 무의식이 **투사**를 통해 다른 사람도 자신과 같은 욕망을 품고 있다고 생각하기 때문이다. 자신에게 그러한 욕망이 없다면 타인을 비난할 필요가 없다(소녀들은 이러한 욕망이 없으므로 이러한 종류의 욕설을 하지 않는다). 소년들은 타인에 대한 욕설을 통해 자신의 욕망을 통제하고 있다고 할 수 있다. 따라서 타인에 대한 성적 비난은 스스로 느끼는 **'죄책감의 전구체이며 대체물'**이라고 할 수 있다.[25] 욕설은 내가 나의 정욕을 억제했기 때문에 너도 너의 정욕을 억제하지 않으면 안 된다는 **사회 정의**에 대한 개념을 형성하게 해 준다.

또래 간의 욕설은 무의식적으로 이루어진다. 무의식은 자신 또는 타인에게서 성적 표상을 인식할 때마다 그 표상과 선악 관념을 연결한다. 예를 들어 외설적 표상은 불쾌나 악의 관념에 연결(해석)하고 금욕적 표상은 쾌락이나 선의 관념에 연결(해석)하는 방식이다. 이러한 연결이 잘못되거나 반대로 되면 성 도착이 된다. 이렇게 동일한 자극이 그 사람의 무의식(지성)에 따라서 선(쾌)으로도 악(불쾌)으로도 해석할 수 있다. 주체의 무의식적 자아는 이러한 방식으로 선(쾌락)과 악(불쾌)의 관념에 따라 외부 표상을 해석함으로써 자기만의 초자아를 형성한다. 말하자면 우리를 영리하게 만드는 것은 자신의 본능 작용이 선(쾌락)인지 또는 악(불쾌)인

25) p.155. 투사라는 방어기제의 도움을 받아 이러한 노선으로 발달해 가는 자아는 자신을 비판하는 권위를 내사하여 이를 초자아 속으로 함입한다. 이제 자아는 금지된 충동을 외부로 투사할 수 있게 된다. 초자아는 우선 타인에게 엄격하고 그 후에 스스로에게 가혹해진다. 초자아는 어떤 일이 비난받을 만한 것인지 배워가고, 투사라는 방어기제를 통해서 불쾌한 자기비판으로부터 스스로를 보호한다. 타인의 잘못에 대한 격렬한 분개는 스스로 느끼는 죄책감의 전구체이며 대체물이다. 자신의 죄책감에 대한 지각이 임박할수록 타인에 대한 분개는 자동적으로 증가한다.

- A. 프로이트 《자아와 방어기제》 中 -

지를 구분해 주는 선악 관념 덕분이라고 할 수 있다.[26] 이렇게 외부 표상과 무의식 속 선악 관념과 연결하는 정신 활동이 **지적 활동**(주지화)이고 그 총체적 능력이 **지능**이다. 이러한 지적 활동을 통해서 인간은 자신의 본능을 제어할 수 있게 된다. 절대다수의 유기체들과 달리, 오로지 인간만이 선(쾌)과 악(불쾌)을 아는 일에 하나님과 같은 **지성적** 존재가 된 것이다.

> p.203. 첫째로, 의지가 생겨나기 위해서는 쾌와 불쾌의 표상이 필요하다. 둘째로, 강력한 자극이 쾌, 혹은 불쾌로 느껴지는 것은 우리에게서 대부분의 경우 무의식적으로 작용하는 지성의 **해석**에 의한 것이다. 따라서 동일한 자극이 쾌로도, 불쾌로도 해석될 수 있다. 셋째로, 지성적 존재에게만 쾌와 불쾌, 의지가 주어져 있다. 절대다수의 유기체들은 이것을 지니고 있지 않다.
>
> - F. 니체 《즐거운 학문(책)》 中 -

인간의 지능은 자신의 본능과 무의식의 작용을 의식에서 다룰 수 있는 표상(개념)과 연결함으로써 자신의 본능을 **장악하려는** 시도의 소산물이다. 이러한 지적 성취는 자신의 힘을 증명해 주고 권력의 감정을 느끼

---

26) p.208. 다들 기억하고 있듯, 정신분석적 메타 심리학에 따르면 감정 및 본능 작용과 단어 표상과의 연결은 본능의 제어를 향한 첫 번째이자 가장 중요한 발걸음이다. 이러한 논의 속에서 사고는 〈리비도를 적게 소비(방출)하면서〉 상대적으로 적은 양의 리비도 투여를 전치시키는, 일종의 실험적 행동〉(프로이트, 1911)이다. 이와 같은 본능 생활의 주지화는 본능 작용과 의식에서 다룰 수 있는 개념을 서로 연결시킴으로써 이를 장악하려는 시도로서, 가장 이른 시기에 이루어지는 인간 자아의 가장 일반적이고 또한 가장 필수적인 성취 중 하나다. (중략)

… 리비도 투여 증가가 자동적으로 본능 작용을 지적으로 파악하려는 자아의 노력을 배가시킨다는 것이 사실이라면, 이를 통해 우리는 본능적 위험이 인간을 영리하게 만들어 준다는 것 또한 이해할 수 있을 것이다.

- A. 프로이트 《자아와 방어기제》 中 -

게 해 준다(물론 거세 공포를 회피하게 해 줌으로써 안식을 주기도 한다). 마치 왜소한 다윗이 돌팔매라는 단순한 무기로 거대한 골리앗을 쓰러뜨리듯이 왜소한 무의식적 자아는 **연결(해석)**이라는 단순한 무기로 거대한 이드의 힘을 통제할 수 있는 **권력**을 갖게 된 것이다. 지적 활동이 주는 이러한 안식과 권력의 감정으로 인해서 인간의 무의식은 자신과 외부 표상을 강박적으로 연결하려는 내적 불가피성을 지니게 된다. C. 다윈도 모든 현상에 대해서 어떤 원인을 구하거나 설명을 만들어 내지 않고는 견딜 수 없는 무의식의 힘(영혼의 힘)에 주목했다.[27] 이러한 무의식의 강박성으로 인해서 무의식에 의해 지배되는 인간의 이성과 지능은 아직 미지의 것, 새로운 것, 체험되지 않는 감정은 원인에서 재빠르게 제거함으로써 빈번하게 잘못된 연결을 일으킨다.

> p.852. 진리의 표준으로서 쾌감('힘')의 증명. 원인을 구하는 충동은 공포라는 감정에 의해서 제약되고 자극된다. '왜?'라는 물음이 가능하다면, 원인을 위해 원인을 제공한다기보다는 오히려 안심시키고, 만족시키고, 마음을 가볍게 하기 위해 원인을 부여할 것이다. 이미 알려진 어떤 것, 체험된 것, 회상 속에 각인된 것이 원인으로 설정되는 것은 이 욕구의 첫 번째 결과이다. (중략) 아직 미지의 것, 새

---

27) p.152. 상상력, 경이, 호기심 같은 중요한 능력이 어느 정도의 추론 능력과 함께 조금이라도 발달했다면, 인간이 지금 자기 주변에서 일어나는 일을 이해하고 싶어 하는 것은 매우 자연스러운 일로서, 자신의 존재에 대해 막연히 고찰하게 될 것이다. 매클레난(M'Lennan)이 말한 것처럼 "삶의 모든 현상에 대해 인간은 무언가의 설명을 만들어 내지 않고는 견딜 수가 없다. 그리고 그것이 보편적이라는 점에서 판단하면 가장 단순한 가설로서 인간이 맨 처음 생각한 것은, 자연현상을 동물, 식물, 그 밖의 자연물의 존재, 그리고 자연의 힘으로 돌리는 것이, 인간 자신이 지니고 있다고 자각하고 있는 것과 같은, 행동을 일으키게 하는 영혼의 힘으로 돌리려는 생각이었던 것 같다."

- C. 다윈《인간의 기원》中 -

로운 것, 체험되지 않는 감정은 거기서는 가장 재빠르고 가장 빈번하게 제거된다.

그 결과는 일종의 원인 설정이 더욱 우세해지고 체계적으로 집중화되어 마침내는 지배적으로 나타난다. 다시 말하면, 다른 원인이나 설명을 간단히 배제하면서 나타난다는 것이다.

- F. 니체 《우상의 황혼(동서)》 中 -

유아 성욕을 믿기 어려운 이유는 성인의 관점에서 어린아이를 관찰하기 때문이다. 남성이 여성의 젖을 빨고 여성과 스킨십을 하면 당연히 성적인 행위로 간주하지만, 어린아이가 어머니의 젖을 빨고 어머니와 스킨십을 하는 것은 누구도 성적인 행위로 생각하지 않는다. 더 정확하게 말하면 무의식의 검열 기제가 그러한 성적 표상을 의식 속에 입장시키지 않는다. 또 하나 지적할 점은 성인의 성생활과 어린아이의 성생활은 그 본질에서 완전히 다르다는 점이다. 그것은 어린아이가 느끼는 성적 쾌락은 성인에 견주면 비교가 되지 않을 정도로 더 강렬하다는 것이다. 성인은 성적 쾌락을 주로 성기와 관련하여 **부분적으로** 느끼지만, 어린아이는 **온몸으로** 느낀다. 어린아이는 아직 정신과 신체가 확실히 구분되어 있지 않기 때문이다. 따라서 어린아이가 느끼는 쾌락은 성적 쾌락이라기보다는 리비도적 쾌락에 더 가깝다. 어린아이의 이러한 리비도적 쾌락은 어머니 자궁 속에서 느꼈던 어머니 신과 합일된 **황홀감**에 비유할 수 있다.

p.424. 유아의 감정적 충동은 성인과 견주면 비교가 되지 않을 정도로 강렬하고 끝없이 용출할 수 있을 정도로 깊다. 이 감정 충동의 용출을 원상태로 되돌릴 수 있는 것은 오로지 종교적인 황홀뿐이다. 신(神)에 대한 귀의에서 생기는 이런 환희는 이로써 위대한 아

버지에로의 회귀에 대한 첫 반응이었다.

- G. 프로이트《종교의 기원, 『인간 모세와 유일신교』》中 -

프로이트는 어린아이가 느끼는 종교적 황홀감과 같은 감정적 충동을 '위대한 아버지에로의 회귀에 대한 반응'이라고 말하는데, 이러한 신비한 황홀감은 어머니의 자궁 속에서 어머니 신(우주 또는 대지)과 합일되어 있을 때 습득한 감각이다. 이때의 유아는 자신을 어머니 신과 완전히 동일시함으로써 유아에게는 자신을 신과 같은 존재로 느끼는 **'거대한 자기애'**가 형성된다.[28] 이 거대한 자기애가 전능 관념의 원천이 된다.

모든 어린아이의 무의식 속에는 자신을 신과 동일시하는 이러한 거대한 자기애가 형성되어 있다. 이러한 거대한 자기애가 외부 대상(자아 이상)에 투사되어 외부 대상을 숭배하고자 하는 욕망이 악마의 두 번째 유혹인 숭배 욕망이다. 종교에서 자주 목격되는 신비적 황홀감은 무의식적 자아가 유아기로 퇴행해서 어머니 신(우주와 대지)과 합일되는 정신 현상이다. 신비가 인간의 양심을 매혹할 수 있는 이유도 신비가 불러일으키는 감정이 어머니 자궁 속에서 어머니 신과 합일되어 있을 때의 환상을 불러일으키기 때문이다. 이러한 어머니 신과 합일된 감정이 종교적 표상과 연결되면 성모 마리아의 환각으로 나타날 수 있다.

---

28) p.171. 「신(神)에 대한 콤플렉스」라는 논문에서 존스(Jones, 1913)는 "거대한 자기애"(p247)를 신(神)과 완전히 동일시하는 "무의식적 환상"과 같다고 보았다. 존스(Jones, 1923)는 또한 신비적 황홀감이 자아와 자아 이상의 융합이라는 것을 처음으로 밝혔는데, 그것을 기독교, 힌두교, 그리고 불교의 다양한 신비적 황홀감 속에서 자기애가 가장 초기적이고 무비판적인 형태로 퇴행하는 것이라고 묘사하였다. 슈뢰더(Schroeder, 1922)는 일체감, 무한함, 무(nothingness), 전능감 그리고 우주와 합일된 느낌을 출산 전의 정신적 성향으로 귀속시키면서 "임신 중의 결합"의 양상이 동양과 서양 둘 다의 신비적 경험에 대한 묘사와 명백히 같다고 보았다.

- M. 엡스타인《붓다와 프로이트》中 -

p.78. 옛날에는 성모 마리아에 대한 환각이 농촌 소녀들에게 얼마나 자주 일어났는지 생각해 보십시오. 그런 현상이 수많은 신자를 끌어들여 (가령 순례지에 예배당을 건립하게 하는 계기가 되는 한) 이러한 소녀들의 환각 상태는 치료가 손을 댈 수 없는 영역이었습니다. 오늘날은 성직자도 이런 현상에 대한 입장을 바꿨습니다. 경찰과 의사가 그 소녀를 방문하는 것을 허락합니다. 그리고 그다음부터 그들에게 성모에 대한 환각은 아주 드물게 나타납니다.

- S. 프로이트 《프로이트의 치료기법, 『정신분석치료의 미래 기회들(1910)』》 中 -

어린아이는 리비도가 완전히 육신화되기 전이므로 어머니와의 합일된 상태를 자신의 전체로서 느낄 수 있다. 도스토옙스키는 이렇게 성인의 정신구조가 되기 전의 정신구조를 지닌 어린아이를 **'전혀 다른 성질을 가진 별개의 생물'**이라고 표현한다.

p.389. "… 이렇게 말하면 놀라지도 모르지만, 알료샤, 나도 역시 아이들을 무척 좋아해. 그리고 한 가지 주목할 점은 잔인하면서도 정욕적이고 육욕이 왕성한 카라마조프적 인간이 때로는 굉장히 아이들을 좋아할 때가 있다는 사실이야. 아이들이 어릴 때는, 예를 들어 일곱 살 정도까지는 어른들과는 너무나 다르기 때문에 전혀 다른 성질을 가진 별개의 생물처럼 생각되거든. …"

- 도스토옙스키 《카라마조프의 형제》 상 中 -

카라마조프적 인간은 정욕적인 인간을 말한다. 카라마조프적 인간이 어린아이를 좋아하는 이유는 카라마조프적 인간의 정신구조와 7살 정도까지의 어린아이의 정신구조가 유사하기 때문이다. 물론 어린아이의 정신구조가 '잔인하고 육욕이 왕성하다'라는 견해에 동조하기 어려울 것이다. 그 이유는 어린아이의 카라마조프적 특질이 유치하게 드러나기 때문이다. 예를 들어 꼬마 한스는 여동생이 죽기를 바라지만 누구도 꼬마 한스에게 살인 의도가 있다고 생각하지 않는 것과 같다. 하지만 그가 성인이 되어 누군가를 잔인하게 살해할 수 있게 된다면 그 주된 요인은 어린 시절에 사고실험을 통해서 미리 연습했기 때문이다.

특히 5세 이전의 어린아이는 무의식 상태에서 살기 때문에 환상 속에서 산다고 말할 수 있다. 그 대표적인 환상은 오이디푸스 콤플렉스와 관련된 것들이다. 예를 들어 아버지가 자신을 질투한다고 상상하는 남자아이의 환상은 아버지가 자신을 죽이려 한다거나 버렸다는 전설이나 신화로 발전한다.[29] 이러한 전설이나 신화에서 주인공은 항상 아버지의 거세 위협을 상징하는 힘든 역경을 극복하고 **영웅으로** 성장해서 아버지의 지위를 빼앗음으로써 아버지에게 복수하는 것으로 끝난다. 여자아이의 경우 자신을 질투하는 어머니는 계모(신데렐라)나 마녀(백설 공주)로 등장하는 동화로 형상화된다. 남자아이의 환상과 마찬가지로 이러한 종류의 동화에서도 주인공은 항상 계모나 마녀의 음모를 극복하고 **아름답게** 성장해서 아버지의 상징인 왕이나 왕자와 결혼함으로써 질투하는 어머니

29) p.268. 이 주제의 신화적 변형에 버려진 아이에 대한 이야기가 있다. 왕위를 이을 자로 태어난 아이가 어렸을 때부터 버려진다. 때로는 오이디푸스나 페르세우스의 이야기처럼 꿈속에서 혹은 신탁에 의해 그 아이가 왕위를 빼앗을 운명을 타고났다는 예언을 듣고 아이의 부친이나 조부에 의해 버려지고, 때로는 로물루스의 이야기처럼 그 아이의 부친으로부터 왕위를 빼앗은 찬탈자가 아이가 커서 복수할 것을 두려워 버려지고, 야손이나 오레스테스 · 제우스 · 호루스 · 모세 · 키루스의 이야기와 같이 악인의 살해 음모로부터 아이를 지키려는 동정자에 의해 버려지기도 한다. 이야기의 다음 단계에서는 운명의 아이가 훌륭하게 자라 그가 지나온 고난으로 영웅적 기질이 넘쳐 힘과 영광 속에 그의 왕국으로 돌아간다.

- A. J. 토인비 《역사의 연구》 中 -

상징(계모나 마녀)에 복수하는 것으로 끝난다. 어린아이들이 이러한 전설이나 신화 그리고 동화를 좋아하는 이유는 그러한 이야기들 속에 자신들의 소망이 정확하게 투사되어 있기 때문이다. 각 국가나 민족이 보유하고 있는 이러한 전설이나 신화, 또는 동화가 그 국가나 민족이 지리적으로 서로 멀리 떨어져 있어서 서로 아무런 관계가 없는데도 불구하고 놀라우리만큼 유사하고 반복되어 나타나는 이유는 부모와의 관계 속에서 겪게 되는 어린아이의 경험이 대부분 대동소이하기 때문이다. 이렇게 선악 관념에 구애받지 않고 자신의 욕망이나 소망을 드러내는 어린아이의 정신구조는 이드(본능 충동)가 지배하는 상태라고 할 수 있다.

> p.102. 자명한 일로서 이드는 어떠한 가치도, 어떠한 선악도, 어떠한 도덕도 알지 못합니다. 그러나 그것의 모든 과정을 쾌락 원리와 내밀하게 연결되어 있는 경제적 요소 혹은 양적 요소가-여러분이 이 표현을 원한다면-지배하고 있습니다. 방출되기를 요구하고 있는 충동 에너지는 모두 이드 안에 있다고 말할 수 있습니다. 이러한 본능 충동의 에너지는 다른 정신적 영역 안에서와는 또 다른 상태, 즉 훨씬 가볍고 방출되기 쉬운 상태에 있는 것처럼 보입니다.
>
> - S. 프로이트 《새로운 정신분석 강의》 中 -

그럼에도 도스토옙스키가 7살 이전의 어린아이를 '별개의 생물'이라고 표현한 이유는 어린아이의 정신구조는 아직 선악 관념이 완전하게 형성되지 않는, 어른들과는 **'전혀 다른 성질'**을 지니고 있기 때문이다. 《구약성서》의 표현을 빌리자면 성령(리비도)이 아직 육신화 되지 않은 상태이며 《신약성서》의 표현을 빌리자면 심령이 가난한 상태이며 정신분석학적으로 말하자면 초자아(선악 관념)를 갖고 있지 않은 상태이다.

p.200. 어린이는 성인과는 심리적으로 전혀 다른 존재입니다. 그는 아직도 초자아를 갖고 있지 못하며 자유 연상의 방법도 별 도움이 안 되고, 친부모가 아직 존재하고 있으므로 전이는 다른 역할을 하게 됩니다.

- S. 프로이트 《새로운 정신분석 강의》 中 -

그리스도가 '천국이 어린아이와 같은 사람의 것이니라'라고 말하는 이유도 어린아이에게는 선악 관념(초자아)이 형성되어 있지 않기 때문이다.[30] 초자아는 아버지의 거세 위협 더 나아가 외부의 위협을 방어하기 위해서 형성된 자아이므로 진짜 자기(참 자기)가 아니라 거짓 자기이다.[31] 천국에 들어가기 위해서는 무의식이 **'미숙한 유아기 상태로 돌아가'** 거짓 자기 밑에 숨어 있는 자신의 참 자기를 발견해야 한다. 이렇게 거짓 자기의 방어막(껍질)을 돌파해서 참 자기(본질)를 찾는 것이 정신분석이다. 그때야 주체의 정신은 자신의 참 자기와의 의사소통을 통해 **재탄생**할 수 있다.

그리스도가 의미하는 천국 또는 하나님의 나라는 인간이 자신의 무의

---

30) p.32. 그 때에 사람들이 예수께서 안수하고 기도해 주심을 바라고 어린아이들을 데리고 오매 제자들이 꾸짖거늘
예수께서 이르시되 어린아이들을 용납하고 내게 오는 것을 금하지 말라 천국이 이런 사람의 것이니라 하시고

- 《신약성서》「마태복음」 中 -

31) p.190. 단지 참 자기만이 정신분석의 대상이 될 수 있다. 거짓 자기에 대한 정신분석은 내면화된 환경을 분석하는 것에 지나지 않으며 그것은 항상 분석가에게 실망만을 안겨줄 뿐이다. (중략) …. 먼저 환자는 내면화된 환경의 짐을 분석가에 넘겨줌으로써 분석가에게 의존적이 되고 미숙한 유아의 상태로 돌아갈 수 있어야 한다. 그때에야 비로소 분석가는 환자의 참 자기와 의사소통할 수 있고 분석을 진행할 수 있다.

- D. 위니캇 《성숙과정과 촉진적 환경》 中 -

식을 **'돌이켜'** 유아기 초기 상태로 회귀한 상태에 대한 비유이다.[32)]이 의미는 자신의 무의식 속 **선악 관념**(복종 관념)을 극복하라는 뜻이다. 또 그리스도가 어린아이와 같이 자기를 낮추라는 의미는 자신의 **전능 관념**도 극복해야 한다는 뜻이다. 다시 말해서 어머니에 대한 욕망(전능 관념)과 아버지의 거세 위협(복종 관념)을 극복한 상태, 즉 오이디푸스 콤플렉스를 극복한 상태여야만 천국에 들어갈 수 있고 천국에서 큰 자, 즉 정신적으로 가장 자유로운 인간이 될 수 있다는 뜻이다. 니체의 상징과 비유를 빌리면 그리스도의 **어린아이**는 복종 관념이 지배적인 **낙타**와 전능 관념이 지배적인 **사자**를 극복한 정신을 의미한다고 할 수 있다.

p.31. 정신은 일찍이 '너희는 행할지어다'라는 것을 자신이 받드는 가장 성스러운 것으로서 사랑하였다. 그는 이제 이 가장 신성한 것들 속에서 미망과 자의를 발견해야만 한다. 그리고 자신이 가장 사랑하고 있던 것에서 자유를 강탈해야 한다. 이 강탈을 위해서 사자가 필요한 것이다.

그렇지만 형제들이여, 생각해 보라. 사자가 행할 수 없었지만 어린아이가 행할 수 있는 것을! 그것은 무엇이겠는가? 왜 강탈하는 사자가 다시 어린아이로 변해야 하는 것인가?

아이는 천진무구요 망각이다. 어린아이는 새로운 시작, 유희, 스스로 돌아가는 수레바퀴, 최초의 운동, 그리고 '그렇다'라는 성스러

---

32) p.29. 그 때에 제자들이 예수께 나아와 이르되 천국에서는 누가 크니이까
예수께서 한 어린아이를 불러 그들 가운데 세우시고
이르시되 진실로 너희에게 이르노니 너희가 돌이켜 어린아이들과 같이 되지 아니하면 결단코 천국에 들어가지 못하리라
그러므로 누구든지 이 어린아이와 같이 자기를 낮추는 사람이 천국에서 큰 자니라
-《신약성서》「마태복음」中 -

운 긍정이다.

그렇다, 형제들이여. 창조라는 유희를 위해서는 '그렇다'라는 성스러운 말이 꼭 필요하다. 바로 그때, 정신은 자의에 의해 움직이며, 세계에서 길 잃은 자는 자아의 세계를 정복한다.

나는 정신의 세 가지 변화에 대해 그대들에게 말했다. 어떻게 해서 정신이 낙타가 되며, 낙타가 사자가 되고, 사자가 어린아이가 되었는가에 대해 말했다.

- F. 니체 《차라투스트라는 이렇게 말했다(동서)》 中 -

니체의 비유에서 낙타는 초자아(복종 관념)가 강한 인간을 상징하고 사자는 알렉산더 대왕과 같은 자아(전능 관념)가 강한 인간을 상징한다.[33)]그리고 어린아이는 자신의 복종 관념과 전능 관념을 모두 극복한 정신에 대한 비유이다. 실제의 어린아이와 비유적 어린아이의 차이점은 후자의 어린아이는 **'자유를 강탈한'** 사자의 과정을 거친 이후의 상태를 의미한다. 자유를 강탈했다는 의미는 복종 관념(너희는 행할지어다)을 극복하고 자신의 전능 관념을 회복했다는 뜻이다. 어린아이는 이러한 전능 관념도 극복한 정신을 의미한다. 니체는 인간의 정신이 어떻게 해서 자신의 본질(참 자기)을 찾을 수 있는지를 말하고 있다고 할 수 있다. 그 방법은 자신의 복종 관념을 먼저 극복한 후 전능 관념을 회복하고 그다음에 전능 관념을 극복하는 것이다. 여기서 니체 철학의 전환을 볼 수 있는데 이전까지는 초인의 모델이 알렉산더나 나폴레옹과 같은 인물이었지만 이제 어

33) p.1203. 결혼한 뒤에는 필리포스가 꿈을 꾸었다. 그가 아내의 몸에 사자 형상을 봉인하는 꿈이었다. 점술가들은 꿈 이야기를 듣고는 그에게 아내를 조심하라고 충고했다. 그러나 텔메수스의 아리스탄드로스는, 사람이란 안이 비어 있는 것에 봉인을 하지 않는 법이라며, 그의 아내가 사자처럼 용맹한 왕자를 잉태하는 꿈이라고 말했다.

- 플루타르코스 《영웅전 II》 中 -

린아이로 바뀌었다는 점이다.

니체의 상징과 비유는 우리의 향후 고찰과 관련이 있는데 《카라마조프의 형제》에서 첫째 아들인 드미트리의 정신구조는 **낙타**에, 둘째 아들인 이반의 정신구조는 **사자**에, 그리고 셋째 아들인 알료샤의 정신구조는 **어린아이**에 비유할 수 있기 때문이다. 우리는 드미트리와 이반의 성격 구조의 비교를 통해서 낙타와 사자의 차이를, 이반과 알료샤의 성격 구조의 비교를 통해서 사자와 어린아이의 차이를 이해하게 될 것이다. 더 나아가 이러한 정신구조의 차이가 **리비도 차이**라는 것도 알 수 있게 될 것이다. 그리고 궁극적으로는 인간의 정신이 어떻게 **어린아이의 정신**으로 되돌아갈 수 있는가에 대해서 고찰하게 될 것이다.

융합 욕망의 승화

이제 성욕이 정신병리에 어떠한 역할을 하고 또 인류 문명에 어떻게 공헌을 하고 있는지를 개략적으로 살펴보자. 리비도의 불멸 본능은 정욕화됨으로써 두 가지 형태로 발현되며 그 첫 번째 형태가 악마의 첫 번째 유혹인 어머니 젖가슴과 융합하려는 욕망이다. 프로이트가 어머니의 젖가슴은 사랑과 굶주림이 만나는 곳이라고 정의했듯이 어머니 젖이 정욕화되었다는 의미는 입(구순)에 리비도가 집중되어 육신화되면서 무의식이 지상의 빵과 모든 여자를 욕망하게 되었다는 뜻이다. 이러한 욕망은 언어의 사용에도 흔적을 남기고 있다. 예를 들어 성적 대상을 먹는 것으로 표현하는 것이다.

p.322. 성의 구순기는 언어의 사용에 영원한 흔적을 남겼다. 예

를 들면 사람들은 통상 〈맛있어 보이는〉 사랑-대상이라는 말을 한다. 그리고 좋아하는 사람을 〈사탕〉이라고 표현한다. 우리는 환자에게 단것만 먹었던 시기가 있었다는 것을 기억할 것이다. 꿈에 나오는 단것이나 사탕 등은 항상 포옹이나 성적인 만족을 나타내는 것이다.

- S. 프로이트 《늑대인간》 中 -

성적 대상을 먹는 것에 비유하거나 성행위를 먹는 행위로 표현하는 이유는 그러한 대상과 행위가 어머니 젖의 상징과 어머니 젖을 먹는 상징 행위이기 때문이다. 금욕적인 종교에서 단식을 중요시하는 이유도 먹는 행위가 성적 쾌락과 유사한 쾌락을 주기 때문이다. 또 재산과 여성을 동일시하는 이유도 남성의 무의식 속에는 재산(지상의 빵)과 여성이 똑같다는 관념이 형성되어 있기 때문이다.[34)]

어머니 젖에 대한 욕망에서 파생된 또 다른 부분 욕망은 항문 충동(또는 항문 성애)이다. 항문 충동은 유아가 어머니 젖을 먹고 생긴 똥을 자신의 신체 일부처럼 생각해서 배변 행위에 대해서 불안을 느끼고 똥을 자신의 몸속에 축적하려고 욕망이다. 이러한 욕망은 성인이 되었을 때 **귀중한 것, 특히 돈**을 모으려는 상징 행위를 통해 반복 재현된다.

p.281. 분석가들은 항문 성애라는 용어에 포함되어 있는 다양한

34) p.679. 마고 윌슨과 마틴 데일리는 「아내를 소유물로 착각한 남자」라는 글에서, 여성을 아버지나 남편의 재산으로 취급한 세계의 여러 전통 법률들을 망라했다. (중략) 이러한 사회적 계약에서는 여성의 이해가 대변되지 않으므로, 강간은 그녀를 소유한 남자에 대한 위반 행위이다. 강간은 물건을 불법적으로 망가뜨리거나 귀중한 재산을 훔친 행위처럼 개념화되었다. 강간을 뜻하는 단어 'rape'이 'ravage(파괴)', 'rapacious(강탈적인)', 'usurp(탈취)'와 어원이 같은 것만 봐도 알 수 있다.

- S. 핑거 《우리 본성의 선한 천사》 中 -

본능적 충동이 성생활과 일반적인 정신 활동을 건립하는 데 매우 중요한 역할을 한다는 점에 오랫동안 의견을 같이 하고 있다. 이 역할은 정말 굉장히 중요하다. 이러한 바탕에서 형성된 성애가 변형된 것 중 가장 두드러진 것이 돈에 대한 태도라는 것은 대체로 알려진 바이다. 왜냐하면 살아가는 동안에 이 귀중한 물질은 원래 항문성감대의 산물인 똥에 대해서 적당했던 정신적 흥미를 자신에게 끌어당기기 때문이다.

- S. 프로이트 《늑대인간》 中 -

구강 충동의 상징 행위가 재산에 집착하려는 것이라면 항문 충동의 상징 행위는 돈을 모으려는 것이다. 융합 욕망의 주체가 재산에 집착하고 돈을 모으려는 이유는 어머니 젖의 표상을 지닌 대상을 보존하고 축적함으로써 죽음 불안에서 벗어나고 어머니 젖을 먹는 것과 같은 쾌락을 얻을 수 있기 때문이다. 이렇게 인간은 어머니 젖에 대한 정욕을 지상의 빵으로 승화시킴으로써 경제적 활동을 추구한다. 《카라마조프의 형제》에서 드미트리가 '아버지가 어머니 재산을 가로챘다'라고 생각하거나 다른 일은 가볍게 생각하면서도 '아버지에게 사취당했다고 생각하는 3천 루블'에 대해서만은 **'이상하리만큼 격분하고 거의 미친 듯이 흥분하는'** 이유는 아버지가 그의 정당한 **심리적 상속 재산인 어머니 젖**을 박탈했다는 무의식적 관념이 투사되었기 때문이다(아버지를 이상화하는 경우에는 아버지의 상속 재산에 대한 집착으로 발현된다).[35)]

35) p.199. 반대로 그는 전적으로 근래의 문제(아버지가 돌아가신 후에 발생한 유산의 처분)와 관련된 정보-어머니가 자신의 정당한 몫을 빼앗았다는 불평-를 제시했다. 이때 그것을 분개심에 가득 차서 극도로 신랄하게 표현하는 그의 모습을 본 분석가는 그가 숨은 편집증을 갖고 있을 가능성이 있다고 생각했고, (중략). (돌이켜 보면, 이 불평의 의미는 다음과 같이 해석될 수 있었다: 그가 아버지의 재산과 관련해서 기만당했다는 드러난 비난 뒤에는, 어머니가 그로 하여금 아버지를 존경하는 관계를 경험

p.167. 그리고리는 미챠의 유년 시절을 증언함에 있어서 (중략). "게다가 피를 나눈 아버지로서 현재 아들의 몫으로 되어 있는 그 어머니의 재산을 가로챈 것도 옳은 일은 못 됩니다."라는 말도 했다.

p.181. … 즉 피고는 자기가 받은 굴욕이나 실패에 대해서는 이를 용이하게 생각해 내고 가벼운 기분으로 말하고 있음에도 불구하고 사취당했다고 생각하는 3천 루블에 대해서는 이상하리만큼 격분을 해서 말했다는 것이었다. 요컨대 피고는 이 3천 루블 얘기만 나오면 전에도 그랬지만 거의 미친 듯이 흥분하는데, (중략)

- 도스토옙스키 《카라마조프의 형제》 하 中 -

융합 욕망은 불멸 본능이 정욕화된 것이다. 그래서 융합 욕망의 대상은 어머니 젖의 표상과 더불어 반드시 **불멸의 표상**도 지니고 있어야만 한다(마찬가지로 숭배 욕망도 불멸 본능에서 파생되었으므로 그 대상들도 모두 불멸의 표상을 지니고 있어야 한다). 재산이 불멸의 표상을 지닌 이유는 그 자체로 **영구적으로 보존**되는 속성을 지니고 있기도 하지만 자손에게 상속을 통해 **영구적으로 보존**할 수 있는 속성도 가지고 있기 때문이다. 이렇게 불멸의 표상을 지닌 대상들은 인간의 무의식이 아주 좋아한다. 예를 들어 피라미드가 돌로 만들어진 이유도 돌이 **불멸성**을 지니고 있기 때문이다. 파라오들은 몇십만 년 이상 존재할 수 있는 돌에 자신의 불멸 본능을 투사함으로써 자신이 불멸의 존재임을 말없이 보여 주고자

하지 못하게 방해했고 그리하여 부성적 이상들, 가치들, 그리고 목표들에 의해 안내받는 자기-구조를 형성하지 못하게 함으로써 그의 정당한 심리적 상속의 기회를 박탈했다는 더 깊은 비난이 숨겨져 있다.

- H. 코헛 《자기의 회복》 中 -

했다.[36)]

특히 도구나 무기로 만들 수 없어서 거의 쓸모가 없는 금속인 황금이 화폐의 제왕이 된 이유도 황금이 리비도의 두 가지 속성인 불멸성과 결합성을 모두 가지고 있기 때문이다.[37)] 황금은 영구적으로 고유의 성질을 잃지 않는 불멸성을 지니고 있으며 또 녹여서 더 큰 것을 만들 수 있는 결합성도 지니고 있다. 철은 결합성은 있지만, 불멸성이 없어서 화폐의 제왕이 될 수 없고 다이아몬드는 불멸성이 있지만, 결합성이 없어서 화폐의 제왕이 될 수 없다. 종이 화폐는 불멸성이 없는데도 어떻게 화폐의 역할을 할 수 있는지에 대한 의문이 제기될 수 있는데 종이가 화폐로 사용될 수 있는 이유는 불멸성(영속성)의 역사적 표상인 **국가**가 종이 화폐의 불멸성을 보증해주기 때문이다.[38)] 따라서 국가가 소멸하면 종이 화폐는 아

---

36) p.55. 무엇보다도 더 두드러진 점은 이 사회가 돌 속에서 찾아 낸 불멸성이다. 이미 5000년 이상이나 되는 동안 스스로는 생명이 없지만 창조자의 존재를 말없이 보여주는 피라미드는 아마 앞으로 몇십만 년은 더 이어질 것이다.

- A. J. 토인비 《역사의 연구》 中 -

37) p.173. 여기서 우리는 베커와 완전히 일치하는데, 화폐는 불멸성, 죽음 거부, 우주 중심성의 극도로 강력한 상징이 될 수 있었다. 높은(정신적인) 수준을 향한 수직적 초월을 허용하기 위해 화폐를 사용하는 대신 인간은 화폐 자체를 목적으로 수평적 축적을 할 수 있었다. 그 결과 화폐는 식생활에서 새로운 잉여물을 대표했고, 더 많은 돈은 더 많은 삶을 의미했으며, 무제한의 돈은 무제한의 삶 또는 불멸을 의미했다. (중략) "루터는 이미 화폐 속에서 비종교적이고 악마적인 본질을 보았다. 돈에 대한 강박은 악마성이고 그것은 신의 모사다. 따라서 … 돈에 대한 강박은 종교적 강박의 대체물이며 물질에서 신을 찾고자 하는 시도다"라고 브라운은 말한다. 또 베커는 '황금은 새로운 불멸의 상징이 되었다"고 진지하게 말한다.

- K. 윌버 《에덴을 넘어서》 中 -

38) p.649. … 세계 국가에 속한 시민의 눈으로 바라보면, 그들 시민은 단순히 그들의 지상 국가가 영구히 이어지기를 바랄 뿐만 아니라, 이 인간의 제도가 불멸성을 보증받고 있다고 실제로 믿고 있다는 사실을 발견하게 되고, (중략), 그 세계 국가에는 마침 그 시기에 종말을 앞둔 상태에 있음을 분명히 나타내는 사건이 일어나고 있음에도 여전히 그렇게 믿고 있음을 발견하게 된다.

- A. J. 토인비 《역사의 연구》 中 -

무런 가치를 지니지 않게 된다.

> p.227. 국가에 관해서 마키아벨리는 이렇게 말하고 있다. "(중략) 정치의 최대 목표는 **영속성**이며, 이것은 자유보다도 훨씬 가치가 있어 다른 모든 것을 능가한다."
>
> - F. 니체《인간적인 너무나 인간적인 Ⅰ(책)》中 -

악마의 첫 번째 유혹인 지상의 빵에 대한 융합 욕망이 사회적 질서로 발현된 것이 자본주의라고 할 수 있다. 마르크스는 지상에 빵(상품과 화폐)을 **'할례받은 유대인'**에 비유한다.[39] 유대인이 화폐를 모으는 데 집착하기 때문이다. 우선 유대인이 화폐에 집착하는 이유를 살펴보면 역사적 원인도 있겠지만 더 근본적인 원인은 어린 시절 할례의 정신적 충격으로 인해서 자신의 몸에서 무언가가 떨어져 나가는 불안을 방어하기 위해서 이다.[40] 돈을 문자 그대로 자기 몸처럼 생각하는 것이다. 유대인보다 약하긴 하지만 대부분 인간도 융합 욕망으로 인해서 신성하고 고결한 **불멸의 신앙**을 버리고, 초라하고 악취가 나는 **지상의 빵**에 집착하게 된다. 재산과 화폐는 어머니 젖과 융합되었다는 환상을 불러일으킴으로써 입의 정욕을 만족시켜준다. 반복되지만, 상품이나 화폐가 인간의 융합 욕망을 대리 만족시킬 수 있는 이유는 인간의 두뇌는 윤곽이나 패턴만을 인식해서 리비도 목적(불멸과 결합)의 성취 여부와 성취 정도를 판단하기 때문

39) p.235. 자본가는 모든 상품이-비록 그것이 아무리 초라해 보이고 악취가 난다 해도-맹세코 진실에서는 화폐이며 내면적으로 할례받은 유대인이고 나아가 화폐를 더 많은 화폐로 만드는 기적을 행하는 수단임을 알고 있다.

- K. 마르크스《자본 Ⅰ》中 -

40) p.291. 한편, 자신의 신체 일부를 빼앗길지도 모른다는 두려움은 기댈 언덕을 마련하기 위해 계속해서 더 많은 돈을 모으게끔 만든다.

- M. 클라인《아동 정신분석》中 -

이다.[41)]

숭배 욕망의 승화

리비도의 불멸 본능이 정욕화됨으로써 발현되는 두 번째 형태는 악마의 두 번째 유혹인 숭배 욕망이다. 숭배 욕망은 신비한 어머니가 정욕화됨으로써 형성된다. 이 의미는 신비한 어머니 모습이나 목소리를 보거나 듣고자 하는 감각기관에 리비도가 집중되어 육신화되면서 무의식이 어머니 신을 욕망하게 되었다는 뜻이다. 더 세분하면 어머니 신의 **형상**을 갈망하는 정욕(광기와 정신착란)의 대상화가 **예술**이고, 어머니 신의 **관념**을 갈망하는 정욕(광기와 정신착란)의 대상화가 **종교**이며 어머니 신의 **이념**을 갈망하는 정욕(광기와 정신착란)의 대상화가 **철학**이다. 이러한 어머니 신에 대한 숭배 속에는 인간 스스로의 삶과 스스로에게 부여한 가치가 나타나므로 그것이 외적 대상에 대한 숭배라도 인간 자신에 대한 숭배가 된다.[42)]

41) p.46. 지난 수십 년 신경과학과 행동경제학 같은 분야에서 이룩한 연구를 통해 과학자들은 인간을 해킹할 수 있는 수준에 이르렀다. (중략) 그 결과 음식부터 배우자에 이르기까지 모든 것에 대한 우리의 선택이 어떤 신비로운 자유의지가 아니라 아주 짧은 순간에 확률을 계산하는 수십억 개의 뉴런에서 비롯되는 것임을 알게 되었다. '인간의 직관'이라고 과시해 온 것이 사실은 '패턴 인식'으로 드러난 것이다. 좋은 운전사, 은행원, 변호사라고 해서 교통이나 투자, 협상에 관한 마술적 직관이 있는 것이 아니라, 반복되는 패턴을 인식함으로써 부주의한 보행자나 부적격 대출자, 부정직한 사기꾼을 알아보고 피할 뿐이다.

- Y. 하라리 《21세기를 위한 21가지 제언》 中 -

42) p.102. 나는 동물을 통해서 인간이 자기 자신을 숭배한다는 주장을 했다. (중략) 왜냐하면 인간이 하나의 본질을 이유 없이 숭배하는 곳에서 인간은 이러한 본질 속에서 스스로의 광기와 정신착란을 대상화하기 때문이다.

나는 앞의 주장과 더불어 이 절의 가장 중요한 명제에 도달했다. 인간은 자신의 삶

숭배 욕망이 형성되는 원인은 어린아이와 어머니가 너무 일찍 분리됨으로써 어머니 모습이나 목소리를 갈망하는 감각기관에 리비도가 과도하게 집중되기 때문이다. 신체 일부분에 리비도가 과도하게 집중되면 그 부분은 전체 정신에서 분열되어 새로운 심리적 조직이 된다. 신체 일부분을 심리적 조직이라고 부르는 이유는, A. 아인슈타인이 말한 것처럼, 정신과 신체는 **'같은 것의 두 가지의 다른 형태'**일 뿐이기 때문이다. 물리적인 두뇌와 추상적인 관념(생각)은 분리될 수 없다는 뜻이다.[43] 어머니와의 관계에서 형성된 이러한 관념(욕망)의 집합이 **자아**를 형성하고 이러한 자아에서 아버지의 거세 위협으로 분열된 심리적 조직이 **초자아**이다. 따라서 자신을 관찰하고 비판하는 초자아도 자아의 일종이다. 이렇게 자아는 여러 가지 기능에 따라 나누거나 분열될 수 있다. 정신병리가 생기는 이유는 원래 통합되어 있던 자아가 심리적 외상을 방어하기 위해서 분열되거나 왜곡되기 때문이다. 정신병리 치료는 분열된 자아들을 다시 통합하거나 왜곡된 자아를 수정함으로써 원래의 자아가 지닌 응집성을 회복하는 것이다.[44]

이 의존하고 있다고 알고 있거나 믿는 것을 신으로 숭배한다. 바로 그 때문에 숭배의 대상 속에서 인간이 스스로의 삶과 스스로에게 부여한 가치가 나타나고 직관되며 결국 신의 숭배는 인간의 숭배에 의존하다.

- L. 포이어바흐 《기독교의 본질》 中 -

43) p.236. 게다가 특정 영역의 상세한 시냅스 및 신경 연결 구조는 그 영역이 얼마나 집중적으로 쓰였느냐에 직접 달린 결과다. 뇌 스캔 해상도가 높아져 수상돌기 성장이나 새 시냅스 형성까지 상세히 볼 수 있게 되자, 뇌가 문자 그대로 생각에 따라 자라고 적응한다는 사실이 분명해졌다. '나는 생각한다, 고로 존재한다'는 데카르트의 금언에 새로운 의미가 더해진 셈이다.

- R. 커즈와일 《특이점이 온다》 中 -

44) p.243. 나보다 먼저 쓴 학자들의 글은 나에게 많은 것을 가르쳐 주었으며, '성격이란 통합된 그 무엇'이라는 생각을 확고하게 해주었다. 즉 성격은 성공적인 통합을 드러내는 것이며, 성격장애는 비록 자아 구조는 왜곡되어 있지만 통합된 상태를 유지하고 있음을 의미한다. 그리고 통합은 시간적 요소를 가지고 있다는 것을 기억해야 한다.

p.81. 자아란 정말이지 아주 독특한 주체입니다. 그것이 어떻게 대상이 될 수 있다는 것입니까? (중략) 자아는 자기 스스로를 대상으로 만들 수 있고, 다른 대상들처럼 자신을 다룰 수 있고, 자신을 관찰하고, 비판하고, 그 외에 자신을 상대로 무슨 일이든 감행할 수 있습니다. 그때에 자아의 일부는 다른 나머지 부분과 상대하게 됩니다. 그러므로 자아는 나뉠 수 있는 것으로서, 자신의 여러 가지 기능에 따라 분열됩니다. 적어도 일시적으로라도 말입니다. 이렇게 쪼개진 자아는 나중에 다시 통합될 수 있습니다.

- S. 프로이트 《새로운 정신분석 강의》 中 -

1) 예술가의 정욕의 승화

니체가 예술을 **'병적 현상'**이라고 부르고 종교를 **'정신병동'**에 비유하고 도스토옙스키가 라스콜리니코의 철학을 **일종의 정신병리**로 묘사했듯이 예술과 종교와 철학은 주체의 정신병리(광기와 정신착란)가 승화되어 대상화된 것이다. 그러한 정신병리를 일으키는 주요 원인은 **'과도한 성적 에너지'**, 즉 **정욕**이다.[45] 예술은 정욕을 사회가 용인하는 **형상**의 형태로 승화시키는 방식이다. 예술가는 특히 자신의 **신체(감각기관)**를 사용해서 어머니에 대한 욕망을 **형상화**함으로써 자신의 정욕(매우 강한 충동)을 만족시킬 수 있는 정신구조를 지닌 사람이다.

아동의 성격은 일관된 발달 과정의 토대 위에서 형성되며, 이와 같은 일관성을 경험한 아동은 과거와 미래를 가지게 된다.

- D. 위니캇 《박탈과 비행》 中 -

45) p.207. … 승화는 만일 그렇게 승화되지 않았다면 사회적으로 승인되지 않는 형태(도착증적 행동)나 신경증적 증상으로 방출되었을 과도한 성적 에너지를 사회적으로 용인된 안전밸브를 통해 내보는 기능을 한다.

- D. 에반스 《라깡 정신분석 사전》 中 -

p.506. 다시 말해서 환상에서 다시 현실로 돌아갈 수 있는 길이 있다는 것이며, 그것은 바로 예술이라는 것입니다. 예술가는 기본적으로 내향적인 사람이며, 이런 사람들은 신경증과 그다지 멀리 떨어져 있지 않습니다. 예술가는 매우 강한 충동의 욕구들에 의해서 움직이며, 명예, 권력, 부, 명성, 그리고 여성들의 사랑을 갈구합니다. 하지만 그에게는 이런 만족에 도달할 수 있는 수단이 없습니다. 그래서 예술가는 다른 불만족스러운 상태에 놓인 사람과 마찬가지로 현실에 등을 돌리고, 리비도를 포함하는 모든 자신의 관심을 자신의 환상에 의한 욕망의 형상화에 쏟게 되는데, 여기에서 신경증으로 통하는 길이 열릴 수 있는 것입니다. 물론 완전히 신경증으로 귀결되지 않도록 하기 위해서는 여러 가지 요인들이 종합적으로 작용해야 합니다. 신경증이 예술가들의 작업 능력에 얼마나 자주 부분적인 장애를 일으키는지에 관해서는 이미 잘 알려져 있습니다. 아마도 거의 확실하게 예술가들의 기질에는 승화를 향한 강렬한 힘과 함께, 갈등을 좌우하는 억압에는 취약한 측면이 있는 것 같습니다.

- S. 프로이트 《정신분석 강의》 中 -

예술가가 신체를 이용해서 리비도를 발산할 수 있는 이유는 어린 시절 리비도가 신체(감각기관)에 지배적으로 배분되어 감각 신경이 형성되었기 때문이다. 따라서 예술가는 감각기관의 정욕이 정신을 지배하는 뇌 체계로 되어있다고 할 수 있다. 감각기관의 성적 에너지가 폭발 직전 상태가 되면 그러한 성적 황홀경에 대한 갈망은 뇌로 전달되고 예술가는 자신의 무의식 속 한구석에 자리 잡은 어머니 신을 완전하고 아름다운 것으로 형상화함으로써 성적 황홀경을 간접적으로 만족시킨다.

p.573. **예술의 기원에 관하여**. 성적 에너지로 폭발 직전 상태에 있는 뇌 체계의 특징, 즉 완벽하게 만들고 완벽한 것으로 보려고 드는 것이 예술의 기원이다. 한편, 완전하고 아름다운 모든 것은 그런 사랑스런 상태와 그런 상태에 특유한 관점을 무의식적으로 상기시키는 역할을 한다. (중략) (생리학적으로 말하면, 이 축복은 예술가의 창조적 본능이고 그의 정액을 그의 피 속으로 분배하는 것이다). 예술과 아름다움에 대한 욕망은 성적 황홀경에 대한 간접적인 갈망이며, 이 갈망이 뇌로 전달된다. 세상은 "사랑"을 통해 완전해진다.

- F. 니체 《권력 의지(부글)》 中 -

정신분석학적으로 표현하자면 예술가는 신체의 리비도 통로를 통해서 자신의 정욕을 방출시킬 수 있는 정신구조 지닌 사람이다. 프로이트가 인용한 레오나르도 다빈치의 어린 시절 기억은 어떻게 정욕이 신체의 리비도 통로를 통해서 방출될 수 있는지를 이해할 수 있게 해준다.

p.188. 내가 이렇게 독수리에 대해 깊은 관심을 갖게 된 것은 이미 오래전부터인 것만 같다. 아주 어렸을 때의 기억인 것 같은데, 요람에 누워 있을 때 독수리 한 마리가 내게로 내려와 꽁지로 내 입을 열고는 여러 번에 걸쳐 그 꽁지로 내 입술을 쳤던 일이 있었기 때문이다.

- S. 프로이트 《예술, 문학, 정신분석, 『레오나르도 다 빈치의 유년의 기억』》 中 -

레오나르도 다빈치의 **'아주 어렸을 때의 기억'**은 요람에 누워 있을 때 **독수리**가 꽁지털로 여러 번 자신의 **입술**을 쳤던 기억이다. 이렇게까지 유아기 초기의 경험을 기억하고 있다는 것은 이 기억에 리비도가 과도하게 집중되고 그 기억이 정욕화되어 있다는 뜻이다. 프로이트는 이 기억에 대한 정신분석을 통해 독수리의 꽁지털이 **남성의 성기**를 상징하므로 레오나르도 다빈치가 동성애자일 것으로 추측했다.

이 책에서는 다른 관점에서 이 기억에 접근해 보고자 한다. 리비도 발달단계에 의하면 레오나르도 다빈치의 기억은 구순기(젖먹는 시기) 단계에서 일어났을 가능성이 크며 이는 리비도가 입(구강)에 집중되어 정욕화되었다는 것을 뜻한다. 그리고 독수리의 꽁지털은 붓과 같은 부드러운 표상을 연상시킨다. 이를 종합하면 레오나르도 다빈치의 기억은 그의 무의식이 부드러운 표상(붓)과 연결해서 리비도를 발산할 수 있는 신체적 통로를 찾았다는 것을 보여준다.

> p.194. 우리는 이제 왜 레오나르도가 독수리와의 그 경험을 자신이 젖을 먹던 시기와 관련하여 기억하고 있는지 그 이유를 이해할 수 있다. 그러나 이 엉뚱한 기억 뒤에는 다른 것이 아니라, 단지 어머니의 젖을 먹던 기억, 다시 말해 모든 다른 예술가들과 마찬가지로 그 역시 붓을 통해 하느님의 어머니와 그 아들을 묘사함으로써 표현해 내고자 했던 지극히 인간적이고 아름다운 그 장면만이 숨어 있을 뿐이다.
>
> - S. 프로이트 《예술, 문학, 정신분석, 『레오나르도 다 빈치의 유년의 기억』》 中 -

그런데 성적 기관이 아닌 다른 기관을 통해서 리비도를 방출한다는 의미는 리비도의 방출 방식에 장애가 발생했음을 뜻한다. 이러한 리비도 방출 장애는 긍정적인 의미에서는 **승화**로 불리지만 부정적인 의미에서는

성 도착이다. 성적 기관이 아닌 다른 기관을 통해서 리비도를 방출하기 때문이다. 예술가가 도착의 방식으로 리비도를 방출하는 이유는 성적 욕망에 대한 본능적 죄의식을 방어하기 위해서이다. 이러한 방어를 특징적으로 하는 성격 구조를 **히스테리 성격 구조**라고 한다. 이러한 사람들은 '**무의식적 관념(욕망)들을 신체적**으로 실현시킬 수 있는 독특한 신경계를 가진 사람들'이다.

> p.324. 그러나 히스테리 환자의 병은 이 성적인 욕구에서 비롯되며 대개 그 욕구와 싸우기 때문에, 다시 말해 성(性)을 방어하기 때문에 생긴다.
>
> … 히스테리 소질을 지닌 사람들은 결합가가 높은 관념들을 신체적으로 실현시킬 수 있는 독특한 신경계를 가지고 있는 사람들이다.
>
> - J. 브로이어 & S. 프로이트 《히스테리 연구》 中 -

예술가는 바로 이러한 히스테리에 기초하여 성격이 특징지어져 있는 사람이다. 다시 말해서 예술가는 무의식 속에 '깊이 둥지를 튼' 죄의식(자기 경멸)으로 인해서 자신의 정욕을 성적 기관이 아닌 다른 신체 기관을 통해서 발산함으로써 인류 문명에 이바지할 수 있는 독특한 신경계를 가진 사람이라고 할 수 있다.

> p.481. 현대의 예술가는 그 생리학에 있어서 히스테리증과 극히 닮았지만, 성격상으로도 또한 이 질환에 기초하여 특징지워져 있다. (중략), 그 병적인 허영심이 그에게 장난을 치고 있는 것이 아니라면 이 허영심은 끊이지 않는 열병과 같은 것이며 이 열병은 마취제를 필요로 하고 일시적인 진정을 약속한다면 여하한 자기기만에도, 여

하한 광대연기에도 꽁무니를 빼는 일이 없다(긍지에의 능력을 갖지 못하며 깊이 둥지를 튼 자기 경멸 때문에 끊임없이 복수할 필요가 있다는 것-이것이 거의 이 종류의 허영심의 정의이다).

- F. 니체《권력에의 의지(청하)》中 -

참고로 레오나르도 다빈치의 기억에 등장하는 독수리는 주체의 **모성적 전능 관념**의 크기를 상징한다.[46] 그래서 모성적 전능 관념이 지배적인 권력자는 무의식적으로 자신이 세우거나 물려받은 국가의 상징으로 독수리를 자주 사용했다. 예를 들어 로마 제국과 그 뒤를 이은 히틀러의 제3 제국의 상징이 독수리였다. 알렉산더에 관한 이야기에서 독수리가 등장하는 이유도 알렉산더가 모성적 전능 관념이 지배적인 인물이었음을 의미한다.[47] 또 나폴레옹이 사자 대신 '날개를 편 독수리'를 자신(프랑스)의 상징으로 대체한 것도 그가 어머니 관념의 영향을 더 많이 받았다는 것을 무의식적으로 드러낸 것이다[48](독수리는《카라마조프의 형제》에

46) p.195. 이집트인들은 또한 모성(母性)신을 숭배했는데, 이 모성신은 독수리 머리로 표현되곤 했다. 때로 이 모성 신은 여러 개의 머리를 갖고 있는 형상으로 표현되곤 했는데, 그럴 때면 언제나 그중 하나는 꼭 독수리의 머리였다. (중략) 독수리는 이렇게 실제로 어머니와 관계가 있다.

- S. 프로이트《예술, 문학, 정신분석,『레오나르도 다 빈치의 유년의 기억』》中 -

47) p.1235. 점술가 아리스탄드로스가 흰 망토를 입고 머리에 금관을 쓴 채 달려오더니 손을 들어 하늘을 가리켰다. 거기에는 독수리 한 마리가 높이 떠서, 알렉산드로스를 따라 적군으로 날아가고 있었다. 이것을 본 병사들은 샘물처럼 용기가 솟아, 장군을 따라 전속력으로 말을 달렸다.

- 플루타르코스《영웅전 II》中 -

48) p.17. 프랑스 제국의 위대한 국새(國璽)는 '푸른 들판에서 휴식을 취하는 사자'로 결정되어 이미 법령도 작성되었지만, 나폴레옹은 '사자'라는 단어를 지우고 '날개를 편 독수리'로 대체했다. 독수리. 그것은 바로 로마이며, 그의 선조 샤를마뉴 대제였다. 독수리가 로마 군단의 힘을 상징했듯이, 날개를 편 독수리는 공화국 대군의 상징이 되리라.

서 이반 카라마조프가 추구하는 이상적 자아의 상징이기도 하다). 레오나르도 다빈치가 독수리에 대하여 깊은 관심을 가진 이유도 그의 무의식이 어머니 관념의 영향을 많이 받았기 때문이다. 다만 니체의 《차라투스트라는 이렇게 말했다》에서 차라투스트라를 호위하는 두 마리 동물은 독수리와 뱀인데 이러한 상징은 니체가 어머니 관념(독수리)과 아버지 관념(뱀)의 영향을 동시에 받았음을 시사한다. 이러한 상반된 상징은 니체의 무의식 속에 서로 상충하는 관념이 공존하고 있다는 것으로 해석될 수 있다.[49)]

예술가를 주인공으로 하는 한 문학 작품에 대한 고찰을 통해 예술가의 정욕과 그로 인한 정신병리(히스테리)가 어떻게 인류 문명에 이바지하는지를 더 잘 이해할 수 있다. 문학 작품의 이름은 고갱을 모티브로 한 《달과 6펜스》이다. 《달과 6펜스》의 주인공인 찰스 스트릭랜드는 화가가 되기 위해서 가정을 버리고 가출한다. 그런데 작가는 스트릭랜드를 '잔인하고 이기적이고 야비하고 관능적인 인간', 즉 카라마조프적 인간이라고 정의하면서도 다른 한편으로 그를 '이상주의자'라고 말한다.

p.220. 나는 예술이란 성적 본능이 구현된 것이라 본다. 아름다운 여인의 모습이나 밝은 달빛을 받은 나폴리 항구, 티티언이 그린 「매장(埋葬)」이 사람의 마음에 불러일으키는 감정은 다 한가지이다. 어떻게 생각하면, 스트릭랜드가 보통 방식으로 성욕을 방출하기 싫어했던 것은 예술적 창조에서 얻을 수 있는 만족감에 비해 그것이 야비하게 여겨졌기 때문인지도 모른다. 지금까지 나 스스로 스트릭랜

- M. 갈로 《나폴레옹 3》 中 -

49) p.173. 신화에서 독수리와 뱀은 상반된 갈등을 나타낸다. 심리학적인 의미에서, 그 대극들은 의식/무의식; (중략) 남성성/여성성일 수 있다.

- E. 애크로이드 《꿈 상징 사전》 中 -

> 드를 잔인하고 이기적이고 야비하고 관능적인 인간인 것처럼 그려 놓고, 이제 와서 새삼스레 대단한 이상주의자인 것처럼 말하고 있으니 나마저 이상한 느낌이 든다. 하지만 사실이 그러하니 어쩌랴.
>
> - S. 몸 《달과 6펜스》 中 -

작가는 예술가의 정욕이 어떻게 승화되는지를 아주 절묘하게 표현하고 있는데 예술가는 자신의 정욕을 **'보통의 방식으로 방출하기 싫어하는'** 성격 구조를 가진 사람이다. 예술가가 이렇게 자신의 정욕을 보통의 방식으로 방출하기 싫어하는 이유는 정욕에 대한 죄의식을 느끼기 때문이다. 작가는 그러한 죄의식을 **'야비하게 여긴다'**라고 표현한다. 예술가의 죄의식은 자신의 정욕을 보통 사람들처럼 **'이러저러한 방식'**으로 소모하는 것을 허락하지 않는다.[50] 정욕적 인간인 스트릭랜드가 자신의 작품에서는 이상주의(순결)를 표방하는 이유도 그의 죄의식 때문이다. 예술가는 다른 사람보다 **'더 강한 성욕'**을 가지고 있지만, 아이러니하게도 그에 대한 죄의식으로 인해서 성적 대상(여성)에 대하여 **'참을 수 없는 혐오감'**을 느끼는 사람이다.

> p.202. "난 사랑 같은 원치 않아. 그럴 시간이 없소. 그건 약점이지. 나도 남자니까 때론 여자가 필요해요. 하지만 욕구가 해소되면

---

50) p.504. 예술가는 아마도 본성상 필연적으로 관능적인 인간이자 일반적으로 쉽게 흥분하는 인간이며, 모든 의미에서 민감하고, 자극과 자극의 암시에 멀리서부터 이미 반응을 한다. 그럼에도 불구하고 평균적으로는 자신의 과제 및 대가다움에의 의지의 압제 하에 실제로는 절도 있고 많은 경우 순결하기까지 한 인간이다. 그의 지배적인 본능이 그것을 원하는 것이다 : 그 본능은 예술가가 이러저러한 방식으로 자기 소모를 하는 것을 허락하지 않는다. 예술적 잉태에서 방출되는 힘과 성교에서 방출되는 힘은 동일한 것이다.

- F. 니체 《유고(1888년 초~1889년 1월 초)》 中 -

곧 딴 일이 많아. 난 그 욕망을 이겨내지는 못하지만 그걸 좋아하지 않아요. 그게 내 정신을 구속하니까 말야. 나는 언젠가 모든 욕정에서 벗어나 아무런 방해도 받지 않고 내 일에 온 마음을 쏟을 수 있는 때가 있었으면 하오. 여자들이란 사랑밖에 할 줄 아는 게 없으니까 사랑을 터무니없이 중요하게 생각한단 말야. 그래서 우리더러 그게 인생의 전부인 양 믿게 하고 싶어해요. 하지만 그건 하찮은 부분이야. 나도 관능은 알지. 그건 정상적이고 건강해요. 하지만 사랑은 병이야. 내게 여자들이란 쾌락을 충족시키는 수단에 지나지 않아. 나는 여자들이 인생의 내조자니, 동반자니, 반려자니 하는 식으로 우기는 것을 보면 참을 수가 없소.

- S. 몸 《달과 6펜스》 中 -

스트릭랜드는 자신의 정욕이 약점이며 이겨낼 수 없다고 말한다. 물론 정욕은 누구나 이겨내기 어렵다. 하지만 예술가가 보통 사람보다 정욕을 **훨씬 더** 이겨내기 어려운 이유는 신체에 리비도가 지배적으로 배분되어 있어서 보통 사람보다 성적 쾌락을 **훨씬 더** 강렬하게 느끼기 때문이다. 하지만 역설적으로 정욕에 대한 죄의식도 보통 사람보다 **훨씬 더** 크다. 예술가와 유사한 정신구조를 지닌 주체는 **여성**이다. 여성도 신체에 리비도가 지배적으로 배분되어 있어서, 테베의 예언자인 테이레시아스의 말처럼, 남성보다 성적 쾌락을 훨씬 더 강렬하게 느끼지만 그만큼 죄의식도 훨씬 더 강하다.

p.480. 오늘날에는 〈천재〉가 신경쇠약의 한 형태라고 판정되어도 좋듯이, 아마 예술적 암시력도 그렇게 간주되어도 좋을 것이다.-그리고 현대의 예술가들은 사실 얼마나 히스테리 여성과 닮아

있는가!!!

- F. 니체 《권력에의 의지(청하)》 中 -

예술가와 여성의 무의식적 죄의식은 성적 표상을 인식할 때마다 그 표상을 불쾌 또는 악의 관념에 연결해서 주체에게 혐오감이나 수치심을 유발하게 함으로써 정욕의 성취를 방해한다. 바로 이러한 **'수수께끼 같은 모순'**-**과장된 성적 욕망**과 그것에 대한 **지나친 혐오감**-이 히스테리 성격 구조의 가장 두드러지는 특성이다.

p.56. 히스테리 환자의 특성은 우리가 이미 수치심, 역겨움, 도덕성의 형태로 접했던, 정상치를 넘는 정도의 성적인 억압과 성 본능에 대한 저항 심리, 그리고 성적인 문제를 지성적으로 고찰하는 것에 대한 본능적인 혐오 같은 것으로 나타난다. 이러한 특성들 때문에 환자들이 성적인 문제를 전혀 인식하지 못한 채 곧장 성적인 성숙기로 넘어가는 눈에 띄는 사례들도 있다. 피상적으로 보면 히스테리에서는 이 특징적인 경향이 히스테리의 두 번째 기질적 특성, 즉 성 본능의 우세한 발달에 자주 가려진다. 그러나 정신분석은 예외 없이 이러한 요인들 가운데서 가장 중요한 것을 밝혀낼 수 있고, 히스테리를 특징짓는 두 가지 반대되는 특성 - 과장된 성적 갈망과 성욕에 대한 지나친 혐오 -을 드러냄으로써 히스테리가 제기하는 수수께끼 같은 모순을 해결할 수 있다.

- S. 프로이트 《성욕에 관한 세 편의 에세이》 中 -

스트릭랜드의 여성에 대한 혐오감은 쇼펜하우어나 니체의 견해를 떠올리게 하는데 둘 사이에는 근본적인 차이점이 있다. 이러한 차이는 리비도가 지배적으로 배분된 장소가 달라서 생긴다. 스트릭랜드와 같은 예술가는 리비도가 **신체**에 지배적으로 배분되어 있지만, 니체와 같은 철학자는 리비도가 **정신**에 지배적으로 배분되어 있다. 이러한 리비도 배분 장소의 차이는 혐오하거나 거부하는 성적 표상에서도 그대로 적용된다. 그래서 예술가는 여성의 **신체적 특성**을 혐오하고, 철학자는 여성의 **정신적 특성**을 싫어한다. 다시 말해서 리비도가 어디에 지배적으로 배분되어 있느냐에 따라서 사물과 현상에 대한 태도나 견해도 다르게 된다는 뜻이다. 예를 들어 카라마조프 삼 형제 중 첫째 아들인 드미트리는 히스테리 성격 구조를 지닌 유형에 가깝다. 이러한 성격적 특질은 자신의 정욕에 대한 견해에도 그대로 투사된다.

p.175. … 내가 지금 너한테 말하려는 것은 저 하느님한테서 정욕이라는 것을 부여받은 '벌레'에 관한 얘기야.

알겠니, 알료샤? 내가 바로 그 벌레란 말이다. 그건 특히 나를 두고 한 말이야. 우리 카라마조프 일가는 모두 그런 인간들이지. 그래 천사 같은 너의 내부에도 그런 벌레가 살고 있어서 네 피 속에 폭풍을 일으키는 거야. 암, 폭풍이구말구. 정욕은 폭풍이니까. 아니, 폭풍보다 더하지! 미(美)라는 건 소름이 끼칠 정도로 무서운 거야! 그것이 무섭다는 건, 미에는 정의가 없고 미는 정의를 내릴 수 없기 때문이지. 하느님은 우리에게 수수께끼만을 던져 주고 있는 거야. 미 속에는 양 극단이 한데 존재할 뿐더러 온갖 모순이 함께 존재하고 있거든. 나는 원래 학식이 없는 놈이지만 여기 대해서는 여러 모로 생각해 보았어. 정말이지 신비가 너무나도 많아! 너무나도 많은 수수께끼가 지상에 사는 인간을 괴롭히고 있는 거야. 이 수수께끼를 풀라는 건 몸을 적시지 않고 물속에서 나오라는 것과 다를 게 없어.

아, 미라는 건 정말! 그리고 또 내가 참을 수 없는 건 고상한 마음과 뛰어난 지혜를 지닌 인간이 마돈나의 이상을 품고 출발했다가도 결국 소돔의 이상으로 끝나고 만다는 사실이야. 아니, 더욱 무서운 것은 이미 소돔의 이상을 가슴 속에 품고 있는 인간이 마돈나의 이상을 부정하지 않고 마치 순결 무구한 청년 시절처럼 그 이상을 동경하며 진심으로 가슴을 불태우고 있다는 사실이야. 정말이지. 인간의 마음은 넓어, 너무나도 넓어. 나는 그걸 좀 좁히고 싶어. 정말이지 뭐가 뭔지 알 수가 없다니까! 이성(理性)의 눈에는 오욕으로 보이는 것이 감정의 눈에는 아름다운 미로 보이니 말이야. 도대체 소돔 속에 미가 있을까? 너는 믿지 않을지 모르지만, 대다수의 인간들에게 있어서 미는 바로 그 소돔 속에 깃들여 있는 거야. 너 이 비밀을 알고 있었니? 미는 무서울 뿐만 아니라 신비로운 거야. 바로 이게 무서운 점이지. 거기서 악마와 신이 싸우고 있는 거야. 그리고 이 싸움터가 바로 인간의 마음이지.

- 도스토옙스키 《카라마조프의 형제》 상 中 -

드미트리는 자신의 정욕을 **미학적** 관점에서 설명하고 있다. 그의 관점에서 정욕은 미(美)와 추함의 양극단을 포함하고 있으며 육욕적인 소돔의 이상과 숭고한 마돈나의 이상을 모두 가지고 있는 모순덩어리이다. 정욕의 모순성은 마치 몸을 적시지 않고 물속에서 나와야만 하는 수수께끼와 같다. 드미트리의 이러한 견해는 스트릭랜드의 정욕(열정)에 대한 묘사와도 일치한다.

p.276. "스트릭랜드를 사로잡은 열정은 미를 창조하려는 열정이었습니다. 그 때문에 마음이 한시도 평안하지 않았지요. 그 열정이

그 사람을 이리저리 휘몰고 다녔으니까요. 그게 그를 신령한 향수(鄕愁)에 사로잡힌 영원한 순례자로 만들었다고나 할까요. 그의 마음속에 들어선 마귀는 무자비했어요. 세상엔 진리를 얻으려는 욕망이 지나치게 강한 사람들이 있잖습니까. 그런 사람들은 진리를 갈구하는 나머지 자기가 선 세계의 기반마저 부숴버리려고 해요. 스트릭랜드가 그런 사람이었지요. 진리 대신 미를 추구했지만요. 그 친구에게는 그저 한없는 동정을 느끼지 않을 수 없었어요"

- S. 몸 《달과 6펜스》 中 -

스트릭랜드의 **'무자비한 정욕(마귀)'**은 그의 정신을 이리저리 휘몰고 다니지만, 동시에 그의 죄의식은 그를 미를 창조하려는 **'영원한 순례자'**로 만든다. 드미트리도 무의식 속에 소돔의 정욕을 품고 있지만, 마치 순결 무구한 청년 시절처럼 마돈나의 이상을 동경하며 가슴을 불태운다. 드미트리는 정욕의 이러한 모순성을 **'더 무서운 것'**이라고 표현하고 있는데 드미트리의 내부에서 이 두 개의 양극단이 서로 싸우고 있기 때문이다. 정욕은 소돔의 이상을 아름답고 신비하게 느끼지만, 그의 죄의식은 그것을 두려워하고 오욕으로 느낀다. 여기서 주목할 것은 드미트리가 정욕에 관해서 **'특히 자신을 두고 한 말'**이라고 한 점이다. 이 의미는 드미트리는 죄의식보다는 정욕에 더 심리적 가치를 두고 있다는 뜻이다.

이렇게 자신의 정욕에 대해서 모순을 느낀다는 것은 스트릭랜드나 드미트리의 성격이 **히스테리**에 기초하여 구조화되어 있다는 뜻이다. 히스테리는 자신의 정욕을 신체(감각기관)를 사용해서 방출하는 정신병리이다. 드미트리의 직업이 **군인**이고 스트릭랜드의 직업이 **화가**인 이유도 신체를 사용하는 데에서 정욕적 쾌락을 느끼기 때문이다(이후에 설명이 되겠지만 군인이라는 직업은 **강박신경증**의 특질도 동시에 가지고 있다). 따라서 스트릭랜드나 드미트리와 같은 히스테리 성격 유형은 죄의식의 성취보다는 정욕의 성취를 더 추구한다. 그 이유는 리비도가 신체에 지배적으로 배분되어 있어서 정욕의 성취로 인한 육체적 쾌락이 죄의식이 주는 정신적 고통을 압도하기 때문이다. 하지만 리비도가 다른 장소에 지배적으로 배분된 성격 유형의 경우에는 육체적 쾌락이 그다지 크지 않으므로 정욕에 대해서 **부정적인** 경향을 보인다. 다음은 리비도가 정신에 지배적으로 배분된 이반의 견해이다.

> p.375. "… 나의 이 거칠기 짝이 없는 광적인 생활욕을 쳐부술 만한 절망이 과연 이 세상에 존재할까? 결국 그런 절망이 존재할 수 없을 것이라는 결론을 얻었어. 하기는 이것 역시 서른 살까지의 얘기고, 그 후부터는 나 자신도 그런 생의 의욕을 느끼지 않을 것 같지만 말이야. 폐병장이 같은 도학자(道學者)들은 이러한 생활욕을 저열하다고 단정해 버리곤 하지. 특히 시인이라는 자들은 더해. 바로 이 생활욕은 어느 의미에 있어서 카라마조프적인 특질이야. 이건 사실이야. 아무튼 이러한 특질은 너의 핏속에도 틀림없이 숨어 있어. …"
>
> - 도스토옙스키 《카라마조프의 형제》 상 中 -

이반은 드미트리와 달리 정욕(생활욕)을 비판적 관점에서 바라본다. 이반은 시인의 견해를 빌려 정욕을 '저열하다'라고 표현하고 있는데 사실 시인은 예술가와 같은 성격 유형으로 정욕에 대해서 모순적인 관점을 취하지만 이반은 시인의 양가적 견해에서 부정적인 견해만 취하고 있다. 이러한 부정적 견해는 지적 능력이 탁월한 사람들에게도 두드러지게 나타나는데 그 이유는 리비도가 신체가 아닌 정신에 지배적으로 배분되어 있어서 육체적 쾌락보다 정신적 쾌락을 더 중요시하기 때문이다. 멀리 갈 필요도 없이 지적 능력이 탁월한 프로이트가 정욕에 대해서 부정적인 견해를 가지고 있는 이유도 그의 리비도가 정신에 지배적으로 배분되어 있기 때문이다.

p.194. 윤리적인 모든 속박에서 벗어난 자아는 성 본능의 모든 요구들과 일치된 자신을 발견합니다. 그것들은 이미 우리의 미적 교육과정을 통해 나쁜 것이라는 판단이 내려진 것들이며 모든 관습적인 제약에 반하는 것들입니다. 쾌락을 추구하는 욕망, 즉 우리가 말하는 리비도는 자기의 대상을 아무런 제약 없이 선택하고 금지된 것을 가장 열렬히 선택합니다. 다른 사람의 아내를 탐낼 뿐만 아니라 인간적인 합의에 의해 성스러운 대상으로 인식되어 온 근친상간적 대상, 즉 남자에게는 어머니나 누이, 여자에게는 아버지나 오빠까지 욕구의 대상이 됩니다(앞서 기술된 50세 부인의 꿈도 역시 근친상간적인 꿈으로써 그 리비도는 틀림없이 아들을 향하고 있다). 우리가 인간적인 본성과는 거리가 먼 것으로 믿어왔던 정욕(情慾)은 꿈을 만들어 내기에 충분한 힘을 가지고 있는 것입니다. 증오는 아무런 절제 없이 날뛰게 됩니다. 자기와 가장 가까운 사람들, 자신의 삶 속에서 가장 사랑하고 있는 사람들인 부모나 형제, 배우자, 자기 자식들에 대한 복수나 죽음의 소망들도 결코 이상한 것이 아닙니다. 이렇게 검열을 받게 되는 소망들은 실로 지옥(地獄)에서 솟아오르는 것처럼 보입니다.

- S. 프로이트 《정신분석 강의》 中 -

프로이트는 정욕이 '지옥에서 솟아오른 소망으로 가득 찬 꿈을 만들어

내기에 충분한 힘을 가지고 있다'라고 표현하는 데 이는 이반의 견해와 유사하다. 드미트리와 스트릭랜드의 견해가 서로 유사하고 이반과 프로이트의 견해가 서로 비슷한 이유는 드미트리와 스트릭랜드의 경우에는 **신체**에 리비도가 지배적으로 배분되어 있어서 **육체적 쾌락**을 중요시하지만, 이반과 프로이트는 **정신**에 리비도 지배적으로 배분되어 있어서 **정신적 쾌락**을 더 중요시하기 때문이다. 이렇게 리비도가 어느 곳에 지배적으로 배분되어 있느냐에 따라서 형제라고 할지라도 성격(개성이나 성품)에 있어 **'심한 대조'**를 이룬다.

> p.53. 이반에 대한 드미트리의 열광적인 평가는 알료샤의 눈에는 매우 이상한 것으로 보였다. 왜냐하면 드미트리는 이반에 비해 거의 아무런 교육도 받지 못한 인간이라 해도 과언이 아니었고, 개성으로 보나 성품으로 보나 그처럼 서로 닮지 않은 사람들을 찾아보기 어려울 만큼 심한 대조를 이루고 있었기 때문이다.
>
> \- 도스토옙스키 《카라마조프의 형제》 상 中 -

니체의 구분에 따르면 리비도가 신체에 지배적으로 배분된 유형은 '**육욕적인 마음**(무의식)을 가진 사람'이라고 할 수 있고 리비도가 정신에 지배적으로 배분된 유형은 '**정신적인 마음**(무의식)을 가진 사람'이라고 할 수 있다.[51] 드미트리와 같이 육욕적인 마음을 가진 사람은 정신보다 감각

51) p.244. 정신적인 사람들은 다른 사람들, 즉 "육욕적인 마음"을 가진 사람들을 전혀 상상할 수 없으며-상상해서도 안 되는 방식으로 감각적 사물의 매력과 마력을 느낀다-그들은 최대의 선의에서 감각주의자들이다. 왜냐하며 그들은 저 섬세한 여과기, 묽게 하고 축소시키는 장치, 또는 사람들이 민중의 언어로 "정신"이라고 명명하는 그것이 무엇으로 불리든 간에, 그것보다는 감각이 더욱 근본적인 가치가 있다고 인정하기 때문이다.

\- F. 니체 《유고(1885년 가을~1887년 가을)》 中 -

에 더 근본적인 가치를 둔다. 이러한 사람들이 예술가가 될 수 있는 이유도 정신적인 마음을 가진 사람들이 상상할 수 없는 방식으로 감각적 사물에 대해서 매력과 마력을 느끼기 때문이다. 반면 이반과 같은 정신적인 마음을 가진 사람은 감각적 대상을 공허하고 비현실적으로 느낀다. 그럼에도 드미트리가 이반에 대해서 '**이상할 정도로 열광적인 평가**를 하는' 이유는 이반의 정욕이 **정신성**이 더 강하기 때문이다(이에 대해서는 별도로 고찰할 예정이다).

지금까지의 정욕과 죄의식에 대한 논의를 통해 예술의 본질에 대해서 통찰할 수가 있는데 예술은 쾌락을 주는 정욕(욕동)과 그 쾌락을 거부하는 죄의식(규범적 질서) 사이에서 일어나는 타협의 소산물이라고 할 수 있다. 말하자면 예술은 정욕과 죄의식의 욕구를 모두 만족시킬 수 있는 승화 방식이다.[52] 예술은 자신의 내적 카오스(정욕)를 지배하기 위해서 그 카오스를 일정한 양식(죄의식) 속에 구현한 것이다.[53] 그 대표적인 양식이 르네상스 시대의 **원근법**이다. 원근법은 자신의 정욕(충동)을 일정한 형식 속에 집어넣어 그것을 모범으로 삼아 자신의 모든 정욕을 성취하기 위한 수단이라고 할 수 있다.

p.304. 세계를 해석하는 것, 그것은 우리의 욕구이다. 우리의 충

52) p.421. 예술의 가치는 다음 두 가지 요소에서 비롯된다. 다시 말해 예술의 가치는 쾌락을 주는 욕동과 규범적인 질서에서 나온다(하트만 1939a, pp.77-88). 예술은 욕동과 자아의 요구 모두에 봉사한다.

- J. 그린버그 & S. 밋첼 《정신분석학적 대상관계 이론》 中 -

53) p.52. 예술가의 위대함은 그가 위대한 양식에 근접하는 정도, 위대한 양식에 대한 그의 능력 정도에 따라 측정되는 것이다. (중략) 인간이 바로 그 모습인, 카오스를 지배한다는 것; 자신의 카오스에게 형식이 되라고 강요하는 것: 형식으로 필연성이 되라는 것 (중략) ; 법칙이 되라는 것

- F. 니체 《유고(1888년 초~1889년 1월 초)》 中 -

동과 이것의 찬성과 반대이다. 여하한 충동도 일종의 지배욕이며, 어느 것이나 그 원근법을 가지고 있고, 이 스스로의 원근법을 모범으로 삼아 그 밖의 모든 충동에 강제로 따르고 있는 것이다.

- F. 니체 《권력에의 의지(청하)》 中 -

2) 종교인의 정욕의 승화

예술가가 죄의식과의 타협을 통해서 자신의 정욕을 성취하는 성격 유형이라면, 종교인은 정욕의 성취보다는 죄책감의 성취에 더 근본적인 가치가 있다고 여기는 성격 유형이다(여기서 종교인인 아버지 신을 숭배하는 종교인을 의미한다). 따라서 예술가는 자신의 정욕을 **형상화하기** 위해서 노력하지만, 종교인인 자신의 정욕을 **억제하기** 위해서 애쓴다. 그래서 예술가의 법칙은 비교적 자유롭지만, 종교인의 법칙은 아주 엄격하다. 예술가의 법칙을 **양식**이라고 부르고 종교인의 법칙을 **도덕**이라고 부르는 이유가 여기에 있다. 예술가는 자기 자신에게서 양식을 찾지만, 종교인은 자기 자신에게서 도덕을 찾지 않는다. 종교인은 기본적으로 절대로 자유롭게 느끼지 못하는 사람으로서 죄책감에 종속되어 있으면서 그 종속의 조건과 상태를 승화시키는 사람이다.

p.488. 종교적인 사람은 감사하거나 의심하는 마음으로 고양의 감정을 해석하며, 그 기원을 자기 자신에게서 찾지 않는다(우울한 감정의 기원도 마찬가지로 본인에게서 찾지 않는다). 종교적인 사람은 기본적으로 절대로 자유를 느끼지 못하는 사람이며, 종속의 조건과 상태를 승화시키는 사람이다.

- F. 니체 《권력 의지(부글)》 中 -

종교인이 죄책감을 승화시키려는 이유는 아버지의 거세 위협 때문이다. 아버지의 거세 위협을 방어하기 위해서 어린아이의 무의식은 그 위협에 리비도를 집중해서 그 위협을 전체 자아에서 분열시킨다. 이렇게 리비도가 집중되어 분열된 자아가 초자아이다. 그런데 아버지의 거세 위협이 너무 강해서 리비도가 과도하게 집중되면 주체의 무의식은 아버지의 거세 위협을 두려워하는 것이 아니라 그것을 욕망하게 된다(물론 의식은 여전히 두려워한다). 이러한 환상을 토대로 성격이 구조화된 사람은 성적 유혹이 있을 때마다 성적 충동을 단념하는 상징 행위를 통해서 죄책감을 회피함으로써 안식을 얻는다. 대표적인 상징 행위가 종교에서의 **강박적 사고**(참회)나 **강박적 행위**(기도)이다.

p.18. 이런 상황의 일부 양상은 종교 생활의 영역에서도 볼 수 있다. 종교의 형성 과정도 억압, 다시 말해서 특정한 본능적 충동을 단념하는 것에 그 바탕을 두고 있는 것으로 보인다. 그러나 신경증에서 확인했듯이 이러한 충동은 성적 본능으로만 이루어져 있는 것은 아니다. 성적인 내용물이 전혀 없는 것은 아니지만 이러한 충동은 자기 본위의, 사회적으로는 유해한 본능이다. 계속되는 유혹에 뒤따르는 죄의식, 신의 징벌에 대한 공포 형태의 불안은 신경증의 경우보다는 종교의 영역에서 훨씬 더 우리에게 낯익다. 성적인 내용물의 혼효(混淆) 때문이거나, 본능의 일반적인 특성 때문이겠지만 본능의 억압은 종교 생활에서도 불가피한 과정으로 나타나는 것으로 확인되고 있다. 죄악으로서 완전한 타락은 신경증 환자보다는 종교적으로 경건한 사람들에게 훨씬 일반적인 현상인데, 바로 이러한 현상이 이른바 참회라고 하는 새로운 종교 활동의 형태를 만들어 낸다. 강박 신경증 환자들에게도 여기에 상응하는 증상이 있다.

- S. 프로이트 《종교의 기원, 『강박 행동과 종교 행위』》 中 -

프로이트는 종교를 강박신경증에 비유하는 데 이 의미는 꼬마 한스가 아버지의 거세 위협을 방어하기 위해서 짐말에 대한 **공포증**에 걸린 것처럼 종교인은 아버지의 거세 위협을 방어하기 위해서 **강박신경증**에 걸린다는 뜻이다.[54] 손을 반복 강박적으로 씻음으로써 불안에서 벗어나는 신경증 환자처럼 종교인은 참회와 기도를 반복 강박적으로 함으로써 죄책감에서 벗어날 수 있다. 이러한 불안에 대한 방어는 **'기분 좋게 느끼는 수단'**이 되므로 성적 쾌락과 같은 쾌락을 가져다준다.[55] 말하자면 성욕의 성취 대신 죄책감의 성취를 통해서 정욕을 만족시키는 것이다. 죄책감의 성취가 주는 이러한 정욕적 쾌락으로 인해서 주체의 무의식은 유아적 환상에 계속 머무르게 되고 정신적 성장(현실 숙달)을 거부하게 된다. 니체

54) p.598. 신경증이 조직화된 방어 패턴이라는 점에서, 주된 방어들을 열거하는 것이 필수적이라고 생각된다. 본능적 삶과 관련된 무의식적 갈등에 속하는, 견딜 수 없는 불안에 대한 주된 방어들의 종류는 여럿이다.

첫째, (생략)

둘째, 사랑과 증오의 갈등 때문에 생긴 죄책감을 달래주는 강박 의례, 즉 일종의 죽은 신(神)을 믿는 종교로서의 방어

셋째, 정서적 갈등의 일부를 복통이나 히스테리적인 국소 마비와 같은 신체 기능과 관련된 갈등으로 전환시키는 방어

넷째, 불안을 자극하는 어떤 상황이나 공포를 일으키는 물건을 피하게 만드는 조직화된 공포증을 발생시키는 방어

- D. 위니캇 《소아의학을 거쳐 정신분석학으로》 中 -

55) p.43. 한편 거짓 자기는 대개 유아적 환상에서 나오고, 거짓 자기의 목적은 현실 과제에 대처하기보다는 방어적 환상을 충족시키는 데 있다. 예를 들면, 보호받고 있다는 환상을 조장하기 위해 자기 활성화를 회피하고, 그것이 곧 "기분 좋게 느끼는" 수단이 된다. 거짓 자기의 목적은 적응이 아니라 방어이다. 거짓 자기는 고통스런 감정을 차단한다. 즉, 거짓 자기는 현실에 숙달되려는 자세를 취하는 대신 고통스런 감정을 회피하려 하고, 그 목적을 위해 현실 숙달이 희생된다.

- J. F. 매스터슨 《참자기》 中 -

가 기도 행위가 '무의미하고 신을 모독하는 행위'이며 '오락'이라고 표현하는 이유도 참회나 기도가 신에 대한 진정한 숭배가 아니라 자신의 죄책감의 정욕을 만족시키기 위한 **음란한 행위**이기 때문이다.

p.497. 신이 전지하고 모든 것을 배려하는 이성을 가지고 있다는 것을 믿을 경우 근본적으로 이러한 기도는 무의미하고 신을 모독하게 되는 것임에도 불구하고, 그리스도교가 기도를 고수했다면,-그리스도교는 그 속에서 다시 자신의 놀랄 만한 뱀 같은 교활함을 나타냈던 것이다; 왜냐하면 만약 "기도하지 말라"라는 분명한 계명은 아마 지루함으로 인해 그리스도교인들을 이교로 향하게 했을 것이기 때문이다. 즉 그리스도교의 기도하고 일하라는 말에서 기도하라는 오락을 대신했던 것이다: 그리고 만약 이 기도하라가 없었다면 일하는 것을 단념한 저 불행한 자들, 즉 성자들은 도대체 어떤 일을 해야만 했겠는가!

- F. 니체 《인간적인 너무나 인간적인 II(책)》 中 -

그리스도가 남에게 보이기 위한 기도 행위(외식)는 **'자기 보상을 이미 받았다'**라고 말하는 이유는 기도 행위가 하나님을 위한 것이 아니라 자신의 정욕적 쾌락을 위한 **자기애적 행위**이기 때문이다.[56] 그리스도가 기도를 '골방에 들어가 문을 닫고 하라'는 말한 이유도 기도 행위가 하나님

---

56) p.8. 또 너희는 기도할 때에 외식하는 자와 같이 하지 말라 그들은 사람에게 보이려고 회당과 큰 거리 어귀에 서서 기도하기를 좋아하느니라 내가 진실로 너희에게 이르노니 그들은 자기 상을 이미 받았느니라

너는 기도할 때에 네 골방에 들어가 문을 닫고 은밀한 중에 계신 네 아버지께 기도하라 은밀한 중에 보시는 네 아버지께서 갚으시리라

-《신약성서》「마태복음」 中 -

을 위한 행위가 아니라 제삼자에게 보임으로써 죄책감에서 벗어나기 위한 상징 행위라는 것을 알고 있기 때문이다. 그래서 도스토옙스키는 죄책감(양심의 가책)으로 자신을 고민하게 하는 행위를 아버지의 거세 위협을 욕망하는 **'죄책감에 대한 사랑'**이며, 정욕적 쾌락을 느끼기 위한 **'정신적 정욕'**이며 거세 위협을 방어하기 위한 **'정신병리(신경성 발작)'**라고 말한다(스타브로긴은 양심이 강한 인물이므로 도스토옙스키는 죄책감 대신 **'양심의 가책'**이라고 표현하고 있다).

> p.404. "왜 당신은 그때, 그런 수치스럽고 비열한 결혼을 했는지, 그 이유를 당신은 알고 있습니까? (중략) 당신이 결혼한 것은 고민의 욕망 때문입니다. 양심의 가책에 대한 사랑 때문입니다. 정신적 정욕 때문입니다. 그때 신경성 발작이 움직인 겁니다…… 말하자면, 상식에 대한 도전이 너무 강하게 당신을 유혹했던 거예요! …"
>
> \- 도스토옙스키 《악령》 상 中 -

3) 철학자의 정욕의 승화

철학자의 정욕의 승화는 예술(히스테리)과 철학(편집증)의 차이점을 살펴봄으로써 더 잘 이해할 수 있다. 그리고 예술과 철학의 차이점을 이해하게 되면 종교(강박신경증)의 본질도 자연스럽게 이해할 수 있게 되는데 그 이유는 종교는 정신 병리적으로 예술과 철학의 **중간쯤**에 위치하기 때문이다. 예술가는 리비도가 신체에 지배적으로 배분되어 있어서 신체적 활동(감각)을 통해서 자신의 정욕을 만족시킨다면, 철학자는 리비도가 정신에 지배적으로 배분되어 있어서 정신적 활동(사유)을 통해서 정욕을 만족시킨다. 예술가가 성적 대상이 아닌 **자기 작품**과 사랑에 빠지는 것처럼 철학자는 성적 대상이 아닌 **자기 생각**과 사랑에 빠진다는 뜻이다. 철학자에게는 사유하는 활동 자체가 **'성적인 즐거움'**이고, 사유를 통해 결론을 끌어내는 것이 **'성적인 만족감'**을 준다. 철학자에게는 **'사유 행위가 성행위'**나 마찬가지라고 할 수 있다.

> p.98. 우리는 강박 신경증이 생성되는 데 가학적 본능의 요소가 중요한 역할을 한다는 것을 이미 언급했다. 강박증 환자가 인지 본능을 강하게 가지고 태어났다면, 곰곰이 생각하는 것이 주 증상이 된다. 생각하는 과정 자체가 성행위처럼 되는 것이다. 즉 생각의 내용이 성적인 즐거움을 가져오는 것이 정상이나 우리 환자의 경우에는 생각하는 행동 자체가 성적인 즐거움이고, 한 생각을 계속하여 결론을 끌어내는 것이 성적인 만족감을 준다. 인지 본능의 영향을 받는 강박 신경증에서는 인지 본능이 사고하는 과정과 연결되어 있어서 행동으로 분출되고자 헛수고하는 힘을 끌어들여 생각의 장으로 나오게 하는데 아주 적합하다. 그렇게 해서 다른 종류지만 즐거운 만족을 얻을 기회를 가지게 되는 것이다. 이렇게 해서 대치 행동은 다시 생각을 준비하는 행동으로 바뀔 수 있게 된다. 행동을 지연시키는 것은 생각에 붙들려 있는 것으로 대치된다. 그래서 결국은 이 모든 괴상한 과정이 새로운 장으로 옮겨지는 것이다.
>
> - S. 프로이트 《늑대 인간, 『쥐 인간』》 中 -

위 지문은 사실 편집증에 더 적합한 설명이지만 강박신경증에도 적용되는 때도 있으므로 강박신경증에 대해서 좀 더 이해할 필요가 있다. 강박신경증은 매우 흥미로운 정신병리이다. 정신적 특질과 신체적 특질을 **동시에** 지니고 있기 때문이다. 이렇게 된 원인은 리비도가 정신에서 신체로 전환되는 과정에서 심리적 외상을 방어했기 때문이다. 그래서 앞서 언급했듯이 강박신경증은 정신적 특질이 강한 편집증과 신체적 특질이 강한 히스테리의 중간에 해당하는 정신병리라고 할 수 있다. 따라서 강박신경증도 정신적 특질이 강하면 편집증(망상)처럼 사유 활동을 성행위처럼 여기게 된다(나중에 구체적으로 논증을 하겠지만 신학자나 과학자의 정신구조가 여기에 해당한다).

> p.67. 정신의학에서 망상은 강박 관념 바로 옆에 있다. 왜냐하면 그 두 가지 모두 순전히 지적인 혼란이기 때문이다. 따라서 편집증은 지적인 정신병으로서 강박증 바로 옆에 있다. 만약 강박 관념이 어떤 정동 장애에서 기인하고, 그 관념의 힘이 어떤 갈등에 빚지고 있다는 것을 증명할 수 있다면, 똑같은 관점이 망상에도 유효할 것이다.
>
> \- S. 프로이트 《정신분석의 탄생》 中 -

우리의 심미적 감정에는 거슬리지만, 이처럼 예술, 종교, 철학과 같은 인류 문명은 **정욕의 소산물**이다. 정욕은 성욕이 병리적으로 된 상태이다. 따라서 정확하게 말하면 인류 문명은 **정신병리의 소산물**이라고 할 수 있다. 예술은 **히스테리**의 소산물이고, 종교는 **강박신경증**의 소산물이고 철학은 **편집증**의 소산물이다. 예술가는 히스테리를 통해서 일차적으로 자기애적 쾌락(정욕적 쾌락)을 얻고 이차적으로 예술 작품을 남김으로써 공동체에 이익을 준다. 종교인은 강박신경증을 통해서 일차적으로 자신이 특별히 양심적인 사람이라는 자기애적 쾌락(정욕적 쾌락)을 얻고 이차적으로 종교 활동을 통해 공동체에 이익을 준다. 철학자는 편집증을 통해서 일차적으로 자신은 예민한 인식력을 갖고 있다는 자기애적 쾌락(정욕적 쾌락)을 얻고 이차적으로 사유 체계를 정립함으로써 공동체에 이익을 준다. 이렇게 인류 문명은 '**정신병리**(정신 질환)로부터 얻는 **이차적 이익**'으로 인해서 생겼다고 할 수 있다.

> p.222. 강박신경증과 편집증에서는 증상들이 취하는 형태가 자아에게 매우 소중해진다. 왜냐하면 그 증상들은 자아에게 득이 되지 못하더라도 다른 방법으로는 얻을 수 없는 자기애적 만족을 얻게 해 주기 때문이다. 강박신경증 환자가 구성하는 체계는 그로 하여금 자기가 특별히 깨끗하거나 특별히 양심적이기 때문에 다른 사람들보다 더 낫다고 느끼게 함으로써 자기애를 부추긴다. 그리고 편집증 환자의 망상적 구조는 그의 예민한 인식력과 상상력에 그가 다른 데서는 쉽게 찾을 수 없는 활동 분야를 제공한다.
>
> 이 모든 것은 결국 우리에게 잘 알려진, 신경증에 뒤따르는 〈질환으로부터 얻는 (2차적인) 이익〉이 되는데, 그 이익은 자아가 증상을 편입시켜 그 증상을 더 많이 고착시킬 수 있도록 도와준다.
>
> - S. 프로이트《정신병리학의 문제들, 『억압, 증상 그리고 불안』》中 -

결합 욕망의 승화와 카리스마

리비도의 결합성에 있어서 중요한 것은 개체의 불멸이 아니라 종(種)의 불멸이다. 종이 불멸하기 위해서는 유리한 형질의 유전을 통한 지속적인 진화가 필요하다. 따라서 개체는 유리한 형질을 다음 세대로 전하기 위해서 다른 개체와 결합하기 위해서 끊임없이 노력한다. 그리고 종의 불멸에 봉사한 뒤에는 자연법칙에 의해서 죽음(멸망)으로 인도된다.

p.329. 왜냐하면 자연에서 중요한 것은 개체가 아니라 오직 종족이며, 자연은 종족의 보존에는 모든 열성을 기울여서 무수한 씨앗과 생식 충동의 강렬한 힘을 통해 낭비라고 할 정도로 배려하고 있기 때문이다. 이와 반대로 개체는 자연에 있어 아무런 가치가 없고 또 가치를 가질 수도 없다. 왜냐하면 무한한 시간, 무한한 공간, 그리고 그 안에 있는 무한한 개체들이 자연의 나라이기 때문이다. 그러므로 자연은 언제나 필요하다면 개체를 저버린다. 따라서 개체는 무수한 방식으로 보잘것없는 우연으로 파멸에 몸을 맡기고 있을 뿐만 아니라, 이미 근본적으로 멸망할 것으로 정해져 있고, 종족 보존에 봉사한 그 순간부터 자연에 의해 멸망으로 인도된다.

- A. 쇼펜하우어 《의지와 표상으로서의 세계》 中 -

다른 개체와 결합하기 위해서는 다른 개체를 끌어당기는 힘이 있어야 한다. 이러한 힘에는 두 가지 종류가 있다. 하나는 개체 자신의 진화를 통해 다른 개체를 유혹하는 힘이다. 다른 하나는 다른 개체로부터 우월한 형질을 얻기 위해서 개체를 더 큰 집단으로 결합시키는 힘이다. 전자의 예를 들면 수컷 동물이 자신의 핵심 능력을 희생시켜 자신의 피부나 목소리를 아름답게 변화시키는 것이다.[57] 후자의 예는 대규모 무리를 이루

57) p.505. 청란(Argusianus argus)은 이보다 더욱 놀랍다. (중략) 몇 명의 화가에게 그 깃을 보여주자 모두가 그 완벽한 색조에 감탄을 나타냈다. 이렇게 예술적인 색조를 한 장식이 정말 성 선택에 의해 획득된 것일까 하고 의문을 갖는 사람도 있을 것이다. (중략)

…. 우리는 이렇게 결론을 내리는 수밖에 없다. 왜냐하면 수컷이 구애의 자세를 취할 때 말고는 첫째날개깃을 절대로 펼치지 않으며, 움푹한 구멍 속에 들어 있는 공 장식도 완전한 모습을 보여주지 않기 때문이다. (중략) 많은 사람들은 암컷이 그렇게 세련된 색조와 섬세한 무늬의 아름다움을 이해한다는 것은 결코 있을 수 없는 일이라고 단언할 것이다. 암컷들이 이렇게까지 인간에 가까운 취향을 가지고 있다는 것은 틀림없이 놀라운 일이지만, 암컷은 하나하나의 아름다움을 보는 것이 아니라 아마도

는 것이다. 이렇게 종의 불멸을 위해서 결합하려는 의지가 모든 생명체가 지닌 **결합 본능**이다.

하지만 인간의 결합 본능은 정욕화됨으로써 악마의 세 번째 유혹인 결합 욕망이 된다. 결합 욕망은 전능 관념이 지배적인 주체에게는 다수 동종을 지배하려는 **지배 욕망**으로 발현되고 복종 관념이 지배적인 주체에게는 우월한 존재 아래 결합하려는 **결합 욕망**으로 나타난다. 그 결과 다른 생명체에게는 협력적 관계를 맺게 하는 결합 본능이 인간에게만은 소수 개체의 복지를 위한 다수 개체의 희생으로 나타난다.

> p.489. 근본적인 현상은 무수히 많은 개체들이 소수의 개체를 위해 희생된다는 것이다. 물론, 이 소수의 개체들이 진화를 계속할 수 있도록 하기 위해서이다.
>
> \- F. 니체 《권력 의지(부글)》 中 -

결합 본능은 불멸 가능성의 정도에 따라 그 강도가 달라진다. 불멸 가능성이 낮은 생물일수록 결합 본능의 강도는 강해지고 반대로 불멸의 가능성이 큰 동물일수록 결합 본능의 강도는 약해진다. 사자나 독수리와 같이 진화가 고도화된 동물의 무리가 작은 이유도 불멸 가능성이 다른 동물보다 크기 때문이다. 덧붙이자면 리비도가 신체보다 정신에 더 집중될수록, 즉 진화가 고도화될수록 무리 크기가 작아진다(인간 중에서는 철학자들이 그렇다). 인간의 시기심에도 불구하고 인간이 소수의 천재를 숭배하는 이유도 우리의 무의식은 그들의 유리한 형질을 효모처럼 번식시킬 수 있다는 것을 간파하고 있기 때문인지도 모른다.[58)]

전체적인 효과를 느낄 것이다.

\- C. 다윈 《인간의 기원》 中 -

58) p.261. 게다가 성장기 문명 참여자 중 대다수는 겉치레로 칠해진 교육이라는 도금을

p.571. 철학자들이 서로 사랑하도록 만들어져 있는 건 아니다. 독수리는 결코 무리를 지어 날지 않는다. 그런 일은 자고새나 찌르레기한테 맡기는 게 좋다… 위로 날아오르고, 발톱을 갖는다는 것, 이것이야말로 위대한 천재의 운명이다. (갈리아니)

- F. 니체 《권력에의 의지(청하)》 中 -

자신이 무력하다고 느끼는 호모 사피엔스도 생존(불멸)과 번식(결합)을 위해서 더 큰 집단을 형성할 수밖에 없었다. 지구의 최상위 포식자인 호모 사피엔스가 자신이 무력하다고 느끼는 이유는 우리의 무의식은 여전히 **유아적 상태**에 머물고 있기 때문일 것이다. 이렇게 큰 집단이 운영되기 위해서는 무엇보다도 집단 구성원 사이의 의사소통 수단이 필요하다.[59] 특히 누가 지배하고 누구에게 복종할 것인가를 아는 것은 군집 동물에게 가장 중요한 자기 보존 능력이다.

그런데 같은 영장류라도 원숭이 무리는 집단 규모가 수백 마리를 초과하지 않는다. 하지만 인간 집단은 수백 명을 넘어서 최대 수십억 명에 이른다. 이러한 대규모 집단이 서로 의사소통을 하기 위해서는 인간에게는 다른 동물과 다른 특유한 의사소통 수단이 있다고 가정할 수 있다(여기서 의미하는 의사소통기능은 언어나 몸짓과 같은 의식적 기능이 아니

벗기면 미개인과 똑같은 감정을 지닌 인간이다. 인간의 본질은 절대 변하지 않는다는 속담에서 이 진리를 찾아볼 수 있다. 천재라 부르든 신비가라 부르든 혹은 초인이라 부르든 이런 뛰어난 사람들은 평범한 인간성 덩어리 속에 던져진 효모와 같다.

- A. J. 토인비 《역사의 연구》 中 -

59) p.41. 집단을 이루어 사는 사회적 동물은 집단 구성원 사이의 의사소통이 무엇보다 중요하다. (중략) 원숭이를 오래 관찰한 사람이라면 의심하지 않겠지만, 랭거(Rengger)에 따르면 원숭이들은 몸짓이나 표정을 통해 인간 수준에 맞먹을 만큼 의사소통을 하고 있다. (중략)

- C. 다윈 《인간과 동물의 감정 표현》 中 -

라 텔레파시와 같은 무의식적 기능을 말한다). 그 의사소통 방법은 **집단적 투사 능력**이다. C. 다윈은 인간만이 가지고 있는 이러한 투사 능력을 **'인간 정신의 경이로움 중에서도 가장 경이로운 능력'**이라고 말한다.[60] 집단적 투사의 대표적인 예가 '정서적으로 흥분 상태에 놓인 대중의 **심리적 전이**'라고 할 수 있다.

> p.77. 커다란 곤충들의 무리에서 어떻게 전체의 의지가 형성될 수 있는지 우리들은 확실히 알지 못합니다. 아마도 그것은 그러한 직접적인 심리적 전이 과정을 통하여 가능할 것입니다. 이것은 계통 발생적인 진화를 거치면서 감각기관을 통해 인지되는 기호와 같은 보다 좋은 전달 방법의 도움으로 인해 퇴행되어 버리기는 했지만 고대로부터 내려오는 인류의 개개 존재들 사이의 의사소통 방법이었으리라는 추측을 가능케 합니다. 그러나 이러한 오래된 방법은 배후에 그대로 남겨져서 어떤 조건 하에서는 아직도 발동될 수 있습니다. 가령, 매우 정서적으로 흥분 상태에 놓인 대중의 경우가 그러합니다.
>
> - S. 프로이트 《새로운 정신분석 강의》 中 -

인간은 타인에게 자신의 리비도(관심)를 투사함으로써 타인의 정신(두뇌의 신경세포)에 영향을 미칠 수 있고 그와 반대도 마찬가지이다. 이러

60) p.405. 우리는 관심의 투사는 신체의 특정 부위나 기관에 영향을 줄 수 있다는 점을 살펴보았다. 그리고 이는 의지에 영향을 받는 것 같지는 않았다. 그러나 인간 정신의 경이로움 중에서도 가장 경이로운 능력이라고 말할 수 있는 관심의 투사에 관한 기제는 매우 접근하기 어려운 주제다. 뮐러에 따르면 뇌의 감각 신경세포가 강렬한 인상에 자극을 받는 것은 운동 신경세포가 골격근에 영향을 미치는 과정과 유사하다.
- C. 다윈 《인간과 동물의 감정 표현》 中 -

한 정신 현상이 가능한 이유는 상호 대상이 지닌 표상이 인간의 본능 또는 무의식 속 관념(욕망)을 자극하기 때문이다. 투사의 효과는 동식물과의 관계(애니미즘)는 물론 화폐와의 관계(경제), 또는 미신적인 관계(종교), 더 나아가 기업이나 국가 등의 관계(이데올로기) 속에서도 발생한다.[61] 주체의 무의식은 투사를 통해 표상들과 전이 관계를 형성함으로써 그 표상을 지닌 대상들과 서로 의사소통을 하고 있다는 상상 속에서 살아간다. 인간이 화폐를 매개로 경제적으로 결합하고, 신을 매개로 종교적으로 결합하고, 사상(이데올로기)을 매개로 제국 아래 결합할 수 있는 이유도 투사를 통해 그러한 대상들이 지닌 표상들과 전이 관계를 형성할 수 있기 때문이다. 그런데 인간만이 화폐, 신 또는 사상이 지닌 표상과 전이 관계가 형성되는 이유는 그러한 것들이 프로이트가 말한 **리비도적 유대**로 결합(결속)시키는 힘이 있기 때문이다. 쉽게 표현하면 그러한 대상이 **성적(에로스적) 쾌락**을 주기 때문이다.

p.100. …, 집단은 모종의 힘에 의해 묶여 있는 게 분명하다. 그런데 세상의 모든 것을 결속시키는 에로스의 힘보다 더 훌륭하게 이런 위업을 달성할 수 있는 힘이 어디 있겠는가?

- S. 프로이트 《문명 속의 불만, 『집단 심리학과 자아 분석』》 中 -

61) p.43. 결과적으로, 투사의 효과는 특히 대상 관계의 측면에서 경험된다. 투사적 기능은 대상 관계에서 일차적으로 표현된다. 그러나 투사 기능은 다른 비인간적 상황에서도 작용할 수 있다. 이것은 환경과의 원시적인 애니미즘적 상호 작용, 혹은 마술적이며 미신적인 상호 작용에서 발생할 수 있다. 그것은 또한 보다 현실적인 상황에서 애완동물과의 상호 작용이나 다른 동물과의 상호 작용에서, 혹은 심지어 개인과 그의 사회 환경－사회 조직, 사회 제도, 사업 조직, 정부 등등－과의 상호 작용에서 발생할 수 있다.

- W. 마이쓰너 《편집증과 심리치료》 中 -

인간 자체도 타인에게 성적 쾌락을 줄 수 있으므로 인간도 타인을 결합시킬 수 있는 힘이 있다. 그 힘의 하나는 **육체적 매력**으로 **성적 매력**으로 부르는 것이다. 다른 하나는 **정신적 매력**으로 **카리스마**로 부르는 것이다. 성적 매력이 다른 개체를 성적으로 유혹해서 성적 결합으로 유도할 수 있는 능력이라면 카리스마는 다수 개체를 유혹해서 하나의 집단으로 창조해내는 능력이다. 르 봉은 이러한 카리스마를 **'위세'**라고 부르며 **'모든 지배력의 가장 강력한 원동력'**이라고 말한다.

> p.150. 위세는 사실상 어떤 개인이나 작품 또는 이념이 우리 마음에 행사하는 일종의 지배력이다. 이러한 지배력은 우리의 모든 비판 능력을 마비시키고 우리의 영혼을 놀라움과 존경심으로 가득 채운다. 이 지배력이 불러일으킨 감정은 모든 감정들처럼 설명될 수 없는 것이지만, 아마도 최면에 걸린 사람이 경험하는 암시 같은 종류의 것처럼 보인다. 위세는 모든 지배력의 가장 강력한 원동력이다.
>
> \- G. 르 봉 《군중심리학》 中 -

성적 매력은 신체적 투사를 통해서 타인의 무의식(마음)에 지배력을 행사할 수 있고, 카리스마는 정신적 투사를 통해서 집단의 무의식(마음)에 지배력을 행사할 수 있다. 전자의 예로 예술가를 들 수 있다. 예술가는 리비도가 신체에 지배적으로 배분되어 있으므로 신체적 투사를 통해 타인의 무의식을 지배할 수 있는 사람이다. 《달과 6펜스》의 작가는 어떻게 예술가(남성)의 신체적 표상이 투사되어 타인(여성)의 무의식을 지배할 수 있는지를 탁월한 심리 분석과 더불어 문학적 비유를 통해서 다음과 같이 묘사하고 있다.

p.156. 나는 블란치 스트로브가 스트릭랜드를 격렬하게 싫어했던 이유는 처음부터 자기도 모르게 그에게 성적으로 끌리는 데가 있었기 때문이 아닌가 하는 생각이 들었다. 하기야 나 같은 사람이 그 불가해하게 얽히고설킨 성(性)의 문제를 어떻게 풀 수 있으랴. 하여간 스트로브의 열정은 그녀의 그런 본성을 만족시켜주지 못했는지 모른다. 그녀가 스트릭랜드를 싫어했던 것은 자신의 욕구를 만족시킬 수 있는 힘이 그에게 있음을 느꼈기 때문이 아닐까. 남편이 스트릭랜드를 데려오겠다는 것을 격렬히 반대했을 때만 해도 아마 그것은 진심이었을 것이다. 그녀는 왠지 그가 무서웠던 것이다. 그녀가 이 일의 결과가 불행하리라는 것을 미리 내다보고 있었다는 생각이 든다. 방식은 기이하지만 어쨌든 그녀가 스트릭랜드에 가졌던 공포감은, 스트릭랜드가 아주 기묘한 방식으로 그녀를 어지럽혔기 때문에 자신에게 느꼈던 두려움을 상대방에게 전이(轉移)한 것이었다고 생각된다. 스트릭랜드는 거칠고 투박하게 생겼다. 눈의 표정은 초연하고 입은 육감적이며, 몸집은 크고 건장했다. 그는 야성적인 열정을 가진 사람이라는 인상을 주었다. 그녀도 아마 나처럼 그에게서, 물질이 대지와 맺었던 처음의 관계를 잃지 않고 그 자체의 혼을 아직 지니고 있던 때, 그러니까 역사 초창기의 야성적 존재를 연상시키는 어떤 사악한 요소를 그에게서 느꼈는지 모른다. 그가 그녀에게 어떤 영향을 미쳤다면, 그녀는 어쩔 수 없이 그를 사랑하거나 증오할 수밖에 없었을 것이다. 그녀는 그를 증오했다.

(중략)

… 사티로스의 열띤 추적에 쫓겨 그리스의 숲을 달아나는 요정의 꿈을 꾸고 있는 것일까? 요정은 죽을힘을 다해 날렵하게 달아나건만 사티로스는 한 걸음 한 걸음씩 가까이 뒤쫓아와, 급기야 요정은

그의 뜨거운 입김이 목덜미에 훅 끼쳐옴을 느낀다. 하지만 요정은 한사코 말없이 달아나고 사티로스는 말없이 쫓아오는데, 그처럼 쫓고 쫓기다 요정은 마침내 붙잡히고 만다. 그때 요정의 심장이 그처럼 거세게 뛰었던 것은 공포감 때문이었을까 황홀감 때문이었을까?

블란치 스트로브는 무자비한 정욕의 손아귀에 사로잡히고 말았다. 스트릭랜드를 미워하는 감정은 아마 여전하였을 것이다. 하지만 그녀는 그를 강렬하게 원했다. 지금까지의 생활이 죄다 허망하게만 여겨졌다. 지금까지 그녀는 다정하면서도 성마르고, 생각이 깊으면서도 분별이 없던 복잡한 여자였지만 이제는 딴사람이 되어 버렸다. 바커스 신(神)의 무녀(巫女)가 되어버린 것이다. 욕망 덩어리가 되어버렸다.

- S. 몸 《달과 6펜스》 中 -

스트로브의 아내인 블란치 스트로브는 남편이 스트릭랜드를 자기 집에 데려와서 치료해 주자고 하자 끔찍한 일이 일어날 것이라며 **'격렬하게 싫어한다'**. 작가는 그 이유가 블란치가 스트릭랜드에게 '자기도 모르게 **성적으로 끌리는 데가 있었기 때문**이라고' 말한다. 블란치가 스트릭랜드를 '격렬하게 싫어한 이유'는 자신의 성적 욕망에 대해서 무의식적 죄의식이 활성화되었기 때문이다. 블란치의 이러한 모순적 태도는 그녀가 **히스테리** 성격 구조를 지니고 있음을 보여준다. 그녀의 **무의식**은 자신의 강렬한 성적 욕망과 그와 모순된 죄의식에 대해서 알고 있었기 때문에 '이 일의 결과가 불행하리라는 것을 **미리 내다보고**' 있다. 이렇게 타인의 무의식 속 성적 욕망을 자극해서 그 성적 욕망을 자신에게 투사하게 할 수 있는 힘이 성적 매력이다.

스트릭랜드가 '아주 기묘한 방식으로 그녀를 어지럽혔다'라는 의미는 스트릭랜드의 신체적 표상이 그녀가 자신의 욕망을 투사하게 할 정도로 성적 매력을 가지고 있다는 뜻이다. 하지만 아무리 강렬한 신체적 표상이라고 할지라도 타인의 무의식 속에 그 신체적 표상에 연결할 수 있는 성적 관념이 형성되어 있지 않다면 그와 관련된 감정이 의식 속에 떠오르지 않으므로 전이 관계가 형성되지 않는다. 그렇다면 블란치의 무의식 속에 형성되어 있는 강렬한 성적 욕망은 무엇일까? 그것은 아버지의 남근에 대한 소망이다. 스트릭랜드의 **'몸집이 크고 건장한'** 신체적 표상이 블란치의 무의식 속에 잠자고 있던 **몸집이 크고 건장한 아버지**에 대한 관념을 자극한 것이다. 그녀의 어린 시절 '거칠고 투박했던' 그녀의 아버지는 **증오하는** 존재였지만 동시에 **사랑하는** 존재였다.

그녀의 무의식은 아버지에 대한 이러한 양가감정(사랑과 증오)을 스트릭랜드에게 투사해서 전이 관계를 형성하고 그 속에서 아버지와 관계를 압축적으로 반복 재현함으로써 어린 시절 아버지와 함께 있었던 환상 속으로 빠져들어 간다.[62] 그녀의 무의식 속 **죄의식**은 남편이 스트릭랜드를 집으로 데리고 오는 것을 **격렬하기** 싫어했지만, 동시에 무의식 속 **남근**

---

62) p.42. 글로리아와 그의 분석가는 점차 어린 시절 글로리아가 아버지와 가진 관계의 중요성을 자각하게 되었다. 그녀에게 아버지는 매우 자극적이면서 동시에 무서운 존재였다. 분석과정 동안 그녀는 그녀의 아버지가 반나체로 우쭐대고 다녔던 것을 여러 번 기억해 냈다. 그녀는 거대하고도 악마적으로 보이는 그의 페니스에 현혹되는 동시에 혐오를 느꼈다. 그녀가 얻어들은 성과 출산에 대한 정보를 가지고 아무리 생각을 해봐도 어떻게 그녀의 작은 성기가 그렇게 큰 페니스에 맞을 수 있는지 상상할 수가 없었다. 일반적인 성욕과 특히 그의 아버지에의 성욕은 강렬하게 흥분을 일으키면서도 동시에 위험스러워 보였다. 생의 중요하고 불안을 야기하는 모든 영역처럼, 분석 상황 그 자체도 (전이 속에서) 이 중심적이고 충격적인 사건의 주변에 조직화되었다. 분석가의 해석은 그의 아버지의 페니스처럼 거대하고, 그래서 자극적이면서도 위험스러워 보였고 그녀의 마음은 그녀의 어린 시절의 작은 성기처럼 작고 상처입기 쉬워 보였다. 그녀는 그 해석들을 받아들이고 싶었으나 그것들이 자신을 파괴시킬까 두려웠다.

- S. 밋첼 & M. 블랙 《프로이트 이후》 中 -

소망은 남편이 스트릭랜드를 집으로 데리고 오기를 **강렬하게** 소망했다. 히스테리 성격 구조에서 먼저 승리하는 것은 **정욕**이기 때문에 그녀의 무의식은 스트릭랜드의 '무자비한 정욕의 손아귀'에 사로잡히고 만다(강박신경증 성격 구조에서는 **죄책감**이 승리한다).

작가는 블란치의 남근 소망과 그에 대한 죄의식을 그리스 로마 신화의 **사티로스**와 **요정**에 비유한다. 사티로스가 그녀의 남근 소망을 상징하는 이유는 사티로스는 남근이 항상 발기되어 있기 때문이고 요정이 그녀의 죄의식을 상징하는 이유는 성적 상징에 쫓긴다는 것은 성관계에 대해서 죄의식을 느낀다는 의미이기 때문이다.[63] 하지만 그녀는 히스테리 성격 구조이므로 남근 소망이 '한 걸음 한 걸음씩' 그녀의 무의식을 장악하기 시작하고 마침내 남근 소망의 정욕에 사로잡히고 만다. 이렇게 야성적인 아버지의 남근을 가지고 싶어 하는 소녀들의 남근 소망을 모티브로 한 동화가 《미녀와 야수》이다. 이런 종류의 환상적인 이야기에서 아버지 남근의 상징은 야수로 등장하고 죄의식의 상징은 그 야수에게 쫓기는 여자로 등장한다.

> p.121. 그러나 꿈-환상이 자극하는 기관의 형태에만 주의를 기울이는 것은 아니다. 그것은 기관 내에 들어 있는 물질도 상징화의 대상으로 할 수 있다. (중략) 또는 자극 자체, 자극에 의한 흥분의 종류, 자극이 갈망하는 대상이 상징적으로 묘사되거나, 꿈속의 자아가 자신의 상황을 표현하는 상징과 구체적으로 결합하기도 한다. 그래서 우리는 통증의 자극을 받으면 물어뜯으려는 개나 사납게 날뛰는

63) p.395. 만약 여성이 황소에 의해 쫓기는 꿈을 꾼다면, 그것은 그녀가 남자들과의 성관계를 두려워하는 것을 의미할 수 있다. 황소는 여성의 아버지를 나타낼 수 있는데, 그와 같은 경우 그녀는 자기 아버지에 대한 고착을 해제해야 할 것이다.
- E. 애크로이드 《꿈 상징 사전》 中 -

황소와 필사적으로 싸우는 꿈을 꾸고, 성적인 꿈에서 꿈꾸는 여인은 벌거벗은 남자에게 쫓긴다.

- S. 프로이트 《꿈의 해석》 中 -

《카라마조프의 형제》에서도 이와 유사한 모티프가 나온다. 알료샤와 약혼자인 리즈는 알료샤를 배신하고 이반에게 청혼한다.

p.30. "… 글쎄 어느 날 갑자기-그건 나흘 전에 당신이 마지막으로 왔다가 돌아간 바로 뒤였어요-한밤중에 그애가 갑자기 발작을 일으키면서 고함과 비명을 지르며 히스테리 증세를 나타내지 않겠어요! 리자는 다음날도, 그 다음날도 연달아 발작을 일으키고 말았어요. 그앤 갑자기 나더러 '난 이반 표도로비치가 미워요. 다시는 우리 집에 발을 들여놓지 못하게 거절해 버려요!' 하지 않겠어요

(중략)

p.41. 리자는 알료샤가 나가자마자 고리쇠를 벗기고 문을 조금 열더니 문틈 사이로 손가락 한 개를 디밀어 넣고 힘껏 문을 닫아 손가락을 짓찧었다. (중략) 그러고는 시꺼멓게 멍든 손가락과 손톱 밑에 배어 나온 피를 뚫어지게 바라보기 시작했다. 그녀의 입술은 파르르 떨리고 있었다. 그녀는 재빨리 입속으로 중얼거렸다.

"난 천하에 몹쓸 년이야!"

(중략)

p.66. "아 참 잊기 전에 형님께 이 편지를." 알료샤는 겁먹은 듯이 이렇게 말하고 호주머니에서 리자의 편지를 꺼내 이반에게 전했다. 마침 두 사람은 가로등 옆에 와 있었으므로 이반은 편지의 필적을 이내 알아보았다.

"아, 이건 그 작은 악마가 보낸 거구나!" 그는 독기 어린 웃음을 터뜨리더니 겉봉도 뜯지 않고 갈기갈기 찢어 공중으로 내던져 버렸다. 편지 조각은 사방으로 흩어져 날아갔다.

"아직 열여섯 살도 채 안 됐을 텐데 벌써 프로포즈를 하다니!" 그는 다시 보도를 걸으면서 경멸하듯 말했다.

"프로포즈라니 그게 무슨 말입니까?" 알료샤는 외쳤다.

"뻔하지 뭐냐. 음탕한 계집들이 하는 그런 프로포즈 말이다."

- 도스토옙스키 《카라마조프의 형제》 하 中 -

블란치가 남편을 버리고 스트릭랜드와 동거한 것처럼 리자는 약혼자인 알료샤와 헤어진 후 이반에게 프러포즈한다. 이반은 리자를 **'음탕한 계집'**이라고 표현하는데 이는 리자가 남근 소망을 가지고 있다는 뜻이다. 두 여성의 공통점은 자신의 남편 또는 약혼자를 배신하기 전에 새로운 대상을 **극도로 싫어한다**는 점이다. 이러한 극도의 혐오감은 자신의 성적 욕망에 대한 죄의식이 발현된 것이다. 따라서 두 여성 모두 히스테리 성격 구조라는 것을 알 수 있다. 실제로 리즈는 히스테리 발작을 일으킨다. 여기서 주목할 점은 육체에 리비도가 지배적으로 배분된 여성은 죄의식을 혐오감이나 불쾌감과 같은 **육체적 감각**으로 느낀다는 것이다(남성은 정신에 리비도가 지배적으로 배분되어 있으므로 죄책감과 같은 **정신적 감정**으로 느낀다).[64] 이처럼 히스테리는 두 개의 서로 마주치는 소망

64) p.280. 프로이트의 설명에서 가장 중요한 것은 어떤 환자의 성욕은 죄의식에 의해 지배되는 반면 어떤 환자의 성욕은 혐오감에 의해 지배된다는 사실이다. 이는 죄의식과 혐오감이 결코 동시에 나타나지 않는다는 뜻이 아니라 전반적인 상황으로 미루어볼 때 그 중 어느 하나가 우세하는 것을 의미한다.
p.273. 하지만 우리는 혐오감을 (서구 문명의 전형적인) 여성의 에고 이상의 한 가지 산물로, 죄의식을 남성의 전형적인 에고 이상의 산물로 간주하는 것이 옳을 것이다. 혐오감과 죄의식은 사회화 과정 속에서 충동의 만족에 대해 취하는 특정한 태도이다.
- B. 핑크 《라캉과 정신의학》 中 -

을 성취하고자 하는 정욕의 충돌, 또는 그 소망을 관장하는 심리적 조직 간의 갈등이 신체적으로 발현된 정신병리이다.

> p.658. 히스테리 증상은 각기 다른 심리적 조직에 근원을 두고 있는 두 개의 대립된 소원 성취가 한 표현에서 마주치는 경우에만 생겨난다.
>
> - S. 프로이트 《꿈의 해석》 中 -

블란치의 무의식이 남편이 아닌 스트릭랜드를 선택한 이유는 그가 남근 소망의 정욕과 죄의식의 정욕을 동시에 만족시켜 줄 수 있었기 때문이다. 마찬가지로 리자의 무의식이 알료샤가 아닌 이반을 선택한 이유도 이반이 남근 소망의 정욕과 죄의식의 정욕을 동시에 만족시켜 줄 수 있기 때문이다(얄료샤는 그녀의 남근 소망의 정욕은 만족시켜줄 수 있지만, 죄의식의 정욕은 만족시켜 줄 수 없다). 여성들이 **나쁜 남자**에게 종종 매혹되는 이유도 그녀들의 무의식이 자신을 불행하게 만들 수 있는 힘을 지닌 남성을 아주 예리하기 간파해 내기 때문이다.[65] 이렇게 죄의식은 마조히즘의 형태로 발현된다. 블란치와 스트릭랜드의 관계가 불행으로 끝난 것은 우연이 아니라 그녀의 죄의식의 정욕이 고통과 불행을 욕망했기 때문이다. 타인의 무의식을 매혹하는 이러한 정욕의 권력적 속성은 다수 대중에게도 적용된다. 그러한 현상은 남성 예술가에 대한 여성 팬들의 열광에서 흔히 찾아볼 수 있다.

---

65) p.74. 이루어질 수 없는 사랑대상에 대한 이러한 피학적 열중은 히스테리 인격구조를 가진 여성 환자에게서도 나타날 수 있다. 예를 들어, 이런 환자는 자신을 부당하게 대우하는 남성과만 사랑에 빠질 수 있다. 그 외에도 이루어질 수 없는 사랑대상을 선택하는 것은 아니지만, 명백히 가학적인 대상을 선택하는 경우가 있다.
- O. 컨버그 《인격장애와 성도착에서의 공격성》 中 -

p.133. 그러한 과정을 관찰하려면, 공연을 끝낸 가수나 피아니스트 주위에 모여드는 열광적인 부인과 소녀들의 무리를 생각해 보면 된다. 이들은 하나같이 감상적인 사랑에 빠져 있다. 이들이 저마다 무리 속의 다른 사람들을 질투하기는 쉬울 것이다. 그러나 모여든 사람의 수가 너무 많아서 사랑의 대상에게 가까이 다가갈 수 없기 때문에, 그들은 대상에게 도달하기를 단념하고, 서로 머리채를 잡아당기는 대신 통일된 하나의 집단처럼 행동한다. 즉 행사의 주인공에게 공통된 행동으로 경의를 표하는 것으로 기뻐할 것이다. 원래는 서로 연적이었음에도, 그들은 동일한 대상에게 비슷하게 사랑에 빠져 있다는 이유로 자신들을 서로 동일시하는 데 성공한 것이다.

- S. 프로이트 《문명 속의 불만, 『집단 심리학과 자아 분석』》 中 -

남성 예술가에게 열광하는 사람들이 주로 **'부인과 소녀들'**인 이유는 여성의 리비도도 신체에 지배적으로 배분되어 있어서 남성 예술가의 신체적 표상에 자극받기 때문이다. 쉽게 말해서 여성 팬들이 연예인에게 열광하는 것은 자신의 성적 욕망을 대리 만족시키기 위해서이다. 하지만 여성들의 의식이 자신의 행위에 대해서 혐오감이나 수치심을 느끼지 못하는 이유는 그녀들의 초자아가 성적 표상이 의식 속에 입장하지 못하게 하기 때문이다. 이러한 성적 매력은 예술가에게만 있는 것은 아니다. 앞서 언급한 바 있듯이 프랑스 혁명의 대명사인 로베스피에르가 급부상한 원인도 그의 성적 매력에 있었다.

p.241. 분명히 말하지만 환경이 그를 크게 도와주었다. 사람들은 꼭 필요한 지배자를 찾아 그에게로 눈길을 돌렸다. 그러나 그때 이미 그는 거기에 있었다. 여기서 우리가 찾고자 하는 것은 그가 급부

상한 원인이다. 나는 그의 내면에서 오늘날 우리에게는 없는 어떤 개인적인 매력을 찾으려 한다. 그가 여자들 사이에 인기가 높았다는 사실도 이 이론을 뒷받침할 수 있을 것이다. 그가 연설을 하는 날이면, "통로는 여자들로 미어터졌으며…… 재판정에는 7, 9백 명이나 몰려들었다. 그들이 박수갈채를 보내며 황홀해 하는 모습이란! 그가 자코뱅파가 모인 자리에서 연설을 할 때면 감동에 복받쳐 흐느끼는 소리가 들렸고, 남자들도 홀을 무너뜨릴 듯 우르르 몰려들었다"고 한다.

- G. 르 봉《프랑스 혁명과 혁명의 심리학》中 -

르 봉은 로베스피에르가 프랑스 혁명에서 권력을 잡을 수 있었던 이유를 그의 성적 매력에서 찾는다. 로베스피에르의 리비도가 여성들의 무의식을 매혹할 수 있었던 이유는 그의 연설 때문이다. 신체(입)를 사용하는 연설이 성적 쾌락을 주기 때문이다. 히틀러가 독일 국민을 매혹시킬 수 있었던 이유도 그의 연설이 주는 성적 흥분(오르가슴) 때문이었다.[66] 이처럼 음악이나 연설이 성적 쾌락을 주는 이유는 공작 꼬리나 청란 깃털의 **색조**처럼 음악이나 연설의 **음조**도 성적 대상을 성적으로 흥분시킬 수 있는 구애 수단이었기 때문이다.[67]

66) p.284. 이렇게 더러운 말의 일관된 흐름은 그와 청중이 모두 광란 상태에 이를 때까지 지속된다. 연설을 멈출 때면 그는 거의 소진 상태에 있다. 호흡이 거칠며 땀으로 흠뻑 젖어 있다. 많은 저술가들은 그의 연설에서 성적인 요소를 언급하여, 그 절정을 오르가슴이라고 기술하기도 한다.

- 월터 C. 랑거《히틀러의 정신분석》中 -

67) p.75. 혹은 내가 이미 살펴보았듯이 원시 시대 구애의 과정에서 노래하는 습관이 처음으로 탄생하고, 그 노래는 강렬한 느낌-열렬한 사랑, 경쟁, 승리-과 연관되어 있다고 생각할 수 있다. 우리가 매일 새가 노래한다고 느끼는 것처럼 동물들도 음악적 표현을 한다. 더욱 놀라운 사실은 긴팔원숭이가 반음을 올렸다 내렸다 하면서 정확한 음계를 사용할 수 있다는 것이다.

- C. 다윈《인간과 동물의 감정 표현》中 -

그런데 로베스피에르가 남성의 무의식도 매혹할 수 있었던 이유는 로베스피에르의 리비도가 신체뿐만 아니라 정신에도 배분되어 있었기 때문이다. 정확하게 말하면 정신이 아니라 **초자아**이다. 여성 대부분이 신체에 리비도가 배분되어 있다고 한다면 남성 대부분은 초자아에 리비도가 지배적으로 배분되어 있다. 대표적인 초자아 관념이 **선악 관념**이다. 그래서 남성 대부분은 자신의 초자아(선악 관념)를 대상에 투사해서 그 대상과 전이 관계를 형성한다. 로베스피에르는 '정의와 덕의 나라 건설'이라는 선악 관념을 제시함으로써 남성들의 초자아에 지배력을 행사할 수 있었고 이러한 지배력의 행사를 통해서 권력을 장악할 수 있었다. 남성이 여성보다 역사나 정치 등에 관심이 많은 것도 이러한 이유 때문이다.

이 단계부터는 리비도는 타인을 육체적으로 매혹하는 성적 매력을 넘어서 타인을 정신적으로 포섭(包攝)하는 카리스마적 성격을 가진다. 카리스마는 리비도가 정신에, 더 정확하게 말하면 **자아**에 지배적으로 배분될수록 더 강해진다. 이러한 카리스마적 힘이 니체가 말하는 타인을 지배하고자 하는 권력 의지이다. 《카라마조프의 형제》에서 이반이 숭배받는 이유도 그의 리비도가 정신(자아)에 지배적으로 배분되어 있기 때문이다.

> p.133. "…. 물론 카테리나 이바노브나도 이반처럼 매력적인 남자를 끝내 거절할 수는 없겠지. 벌써부터 두 형제 사이에서 갈피를 못 잡고 있으니까. 그런데 이반은 대체 어떻게 했길래 자네들 모두를 그렇게 사로잡았지? 자네 식구는 하나같이 모두 그를 숭배하고 있으니 말이야 그렇지만 그 사람은 자네들을 조소하고 있어. 잘됐다, 너희들은 굿이나 해라, 난 앉아서 떡이나 먹겠다 하는 식이란 말이야."
>
> - 도스토옙스키 《카라마조프의 형제》 상 中 -

이반은 탁월한 지능을 가진 인물이다. 많은 사람, 특히 남성들이 이반을 숭배하는 이유는 그들의 무의식이 그의 정욕의 정신성을 인식하기 때문이다. 이반의 정욕이 정신적 특질을 가지게 된 이유는 리비도가 신체로 전환되지 않고 정신에 고착화되었기 때문이다. 여성이 철학자보다 예술가에게 더 매혹당하고 남성이 예술가보다는 철학자에게 더 매혹당하는 이유도 남성과 여성의 리비도가 배분된 정신 기구가 다르기 때문이다. 사람들이 광신자라는 그 이유만으로 광신자를 숭배하는 이유도 광신자가 지닌 리비도의 정신성이 사람들의 무의식(마음)을 사로잡기 때문이다.

> p.270. 그가 위험한 인물이라는 중요한 이유는 대부분의 수도사들이 그에게 전적으로 공명하고 있을뿐더러 수도원을 방문하는 일반 민간인들 중에도 그가, 이른바 '광신자'임에 틀림없다는 것을 인정하면서도 많은 사람들이 그를 위대한 의인으로서, 위대한 고행자로서 깊이 존경하고 있다는 데 있었다. 아니, '광신자'라는 사실이 오히려 사람들의 마음을 사로잡았던 것이다.
>
> \- 도스토옙스키 《카라마조프의 형제》 상 中 -

여기서 우리가 관심을 가져야 할 점은 왜 이반은 다른 사람의 리비도에 지배당하지 않고 다른 사람의 리비도를 지배할 수 있는가이다.

> p.137. 군중의 지도자들은 대개 사상가들이라기보다는 행동가들이다. 그들은 예리한 통찰력을 갖고 있지도 않고, 또 그렇게 될 수도 없을 것이다. 왜냐하면 통찰력은 일반적으로 사회현상에 대해 의문을 갖게 하고, 그것을 지닌 사람들의 활동을 방해하기 때문이다. 군중의 지도자들은 특히 병적으로 신경질적이거나 흥분을 잘하고 거

의 광기에 가까운 상태에 있는, 절반은 소외된 사람들 가운데에서 배출된다. 그들이 지지하는 이념이나 추구하는 목표가 아무리 터무니없을지라도, 그들의 신념 앞에서는 어떠한 이성적 사고도 더 이상 영향력을 행사하지 못한다. (중략)

……, 프랑스 혁명의 지도자들처럼 군중의 정신을 휘저어놓은 강한 신념을 가졌던 위대한 사람들은, 그들이 우선 [자신들이 설파하는] 신조에 사로잡힌 다음에야 비로소 군중을 매혹시킬 수 있었다. 이들은 사람들의 영혼 속에 신앙이라 불리는 엄청난 힘을 불어넣을 수 있었고, 그 신앙은 사람들로 하여금 그들 꿈의 절대적 노예가 되게 만들었다.

- G. 르 봉《군중심리학》中 -

카리스마는 높은 정신성(거의 광기에 가까운 상태)을 의미한다. 따라서 카리스마적 지도자가 되기 위해서는 리비도가 정신에 지배적으로 배분되어야 한다. 리비도가 정신에 지배적으로 배분된 유형은 철학자이다. 여기서 철학자의 의미는 초자아(복종 관념)가 강한 학자나 과학자를 의미하는 것이 아니라 초자아가 없거나 약한 정신구조를 지닌 사람을 말한다.[68] 르 봉이 말하는 사상가는 초자아가 강한 학자를 말한다. 학자가 카리스마적 지도자가 되기 어려운 이유는 초자아가 전능 관념의 발현을 방해하기 때문이다. 초자아는 자아의 행동에 대해서 의문을 갖게 하고, 검열을 통해 자아의 활동을 방해한다. 이러한 자기 자신에 대한 의문은 외부 투사되어 사회현상에 대한 의심으로 발현된다. 히틀러의 말을 빌리면

68) p.380. 감히 말하건대, 학자와 과학자는 근본적으로 철학자와 다른 사람이다. (중략) 학자는 인식 영역의 군집 동물이다. 학자가 공부를 하는 것은 그렇게 하라는 명령을 받았기 때문이고, 그 사람 앞의 다른 사람들도 그렇게 했기 때문이다.

- F. 니체《권력 의지(부글)》中 -

이러한 사람은 위대한 학자(이론가)라고 할지라도 위대한 지도자(선동자)가 될 수 없다.[69]

> p.26. 가능한 승화의 양과 필요한 성행동의 양은 당연히 사람마다 다르고, 직업에 따라서도 달라진다. 금욕적인 예술가를 상상하기란 어렵지만, 금욕적인 젊은 '학자'는 드물지 않다. 학자는 금욕을 통해 모든 정력을 학문에 쏟을 수 있는 반면, 예술가의 성경험은 예술적 성취를 강력하게 자극한다. 대체로 나는 금욕이 오히려 정력적이고 독립적인 행동가나 독창적인 사상가, 또는 대담한 해방론자나 개혁가를 키우는데 이바지 한다는 인상을 받지 못했다. 금욕은 오히려 행실은 바르지만 의지가 약한 사람, 강력한 개인의 지시에 마지못해 따르는 경향이 있는 군중 속에 파묻혀 자신의 존재를 잃어버리는 사람을 키우는 경우가 훨씬 많다.
>
> - S. 프로이트 《문명 속의 불만, 『문명적 성도덕과 현대인의 신경병』》 中 -

그런데 철학자도 카리스마적 지도자가 되기는 어렵다. 그 이유는 여성 대부분은 리비도가 신체에 지배적으로 배분되어 있고 남성 대부분은 리비도가 초자아에 지배적으로 배분되어 있어서 리비도가 자아에 지배적으로 배분된 철학자와는 집단적 전이 관계가 형성되기 어렵기 때문이다. 따라서 여성과 남성 모두의 리비도를 지배할 수 있는 유형은 리비도가 **신체에도** 지배적으로 배분되고 **정신에도** 지배적으로 배분된 사람이다.

---

69) p.716. 그러나 위대한 이론가가 위대한 지도자라는 것도 더 드물다. 오히려 **선동자**가 지도자에 알맞을 것이다. 어떤 문제에 대해 오로지 학문적으로만 연구하는 많은 사람은 기꺼이 들으려고 하지 않지만, 그것은 이해할 수 있는 것이다.

- A. 히틀러 《나의 투쟁》 中 -

하지만 이렇게 리비도가 분산되어 배분되면 불가피하게 **리비도의 권력적 속성**은 약해질 수밖에 없다(아버지의 역할은 어린아이의 반역적인 리비도를 분산시킴으로써 복종적인 인간이 되도록 만드는 역할이다). 그래서 리비도가 신체와 정신 모두에 지배적으로 배분된 유형은 **아주 드물게** 나타난다. 이러한 유형의 사람은 다수 여성의 무의식을 매혹하면서도 동시에 다수 남성의 무의식에도 지배력을 행사할 할 수 있다.

리비도가 신체에도 지배적으로 배분되고 정신에도 지배적으로 배분된 유형으로 가장 대표적인 인물은 히틀러이다. 히틀러의 리비도가 신체(입)에 지배적으로 배분되었다는 증거는 그의 **연설 능력**이고 그의 리비도가 정신에 지배적으로 배분되었다는 증거는 다양한 학문에 걸친 그의 **광범위한 독서**에 대한 갈망이다.[70] 그렇다면 어떻게 히틀러의 리비도는 신체와 정신에 동시에 지배적으로 배분될 수 있었을까? 다시 말해서 어떻게 다수 대중의 리비도를 그토록 강렬하게 끌어당길 수 있는 **'광기(광신적 소질)'**를 가질 수 있게 되었을까? 바로 **어머니로**부터 물려받았기 때문이다.

> p.131. "… 나는 오래 전부터 자넬 관찰해 왔어. 자네도 별수 없는 카라마조프군, 영락없는 카라마조프야. 그러고 보면 혈통이란 건 어쩔 수 없는 거야. 아버지한테선 호색적인 성질을, 어머니한테선 광신적인 소질을 물려받은 셈이군. 아니, 왜 그렇게 떨고 있나? 내가 정곡을 찔렀기 때문인가? …"
>
> \- 도스토옙스키 《카라마조프의 형제》 상 中 -

70) p.53. 히틀러는 다양한 학문에 걸친 광범위한 독서를 했지만, 그러한 지적인 노력의 결과로 이른바 완벽함과 전능성을 지니게 된 것이라고는 생각하지 않았다.

\- 월터 C. 랑거 《히틀러의 정신분석》 中 -

도스토옙스키가 의미하는 광기는 자기와 대상(어머니)의 경계를 구별하지 못하는 정신병적 현상을 말한다.[71] 이러한 정신병적 맹아는 유아기에 어머니 사랑이 과도하게 결핍되거나 반대로 과도하게 충족될 때 형성된다. 정신병적 맹아는 전자의 경우에는 정신 그 자체가 분열되어 문자 그대로 **정신분열증**으로 발현되고 후자의 경우 어머니 정신과 유아의 정신이 합일되어 **정신합일증**-이러한 정신병은 없지만, 알료샤의 정신구조를 이해하는 데 필요하다-으로 발현될 수 있다. 《카라마조프의 형제》에서 전자의 정신구조를 가진 인물이 스메르쟈코프이고 후자의 정신구조를 가진 인물이 알료샤이다. 알료샤의 정신구조는 어머니의 정신과 합일된 상태인 **'모성애적 몰두 상태'**에 정지되어 있다고 할 수 있다.

이러한 정신 현상이 발생하는 원인은 주체의 무의식이 유아기 초기에 자신과 어머니(자기 대상)를 구별하지 못하는 상태에 머무르고 있기 때문이다. 어머니는 유아에게 젖떼기와 같은 적절한 좌절을 줌으로써 유아와 어머니 사이에 경계를 설정하지만, 어머니가 적절한 좌절을 주지 않고 오랫동안 어린아이를 보호할 경우 어린아이는 자기와 어머니 사이의 경계를 구별하는 능력을 발달시키지 못하게 되고 어머니와 정신적으로 합일된 상태인 광신적 소질을 지니게 된다. 알료샤도 오랫동안 어머니의 보호를 받게 됨에 따라 이러한 정신병적 정신구조를 지니게 된다. 이러한 정신병적 정신구조가 알료샤의 성격 구조의 **'정곡'**이다.

히틀러나 알료샤가 지닌 광기 또는 카리스마가 다수 대중의 무의식을

71) p.371. 성적인 열정에서 넘어서게 되는 가장 중요한 경계는 자기의 경계이다. 퇴행적인 융합 현상이 자기-비자기의 구분을 흐리게 만드는 데 반해서, 자기의 경계 넘기는 자기의 경계를 넘으면서도 분리된 자기 경험을 유지할 수 있다. (중략) 정신병적 동일시는 자기-대상 경계를 용해시켜버리기 때문에 이렇게 규정된 열정을 가질 수 있는 능력을 저해한다. 다시 말해 광기와 열정은 동일 선상에 있지 않다.

- O. 컨버그 《내면세계와 외부현실》 中 -

사로잡을 수 있는 이유는 바로 이러한 **모성적 특질** 때문이다. 다수 대중의 무의식은 카리스마가 있는 인물이나 광신자와의 동일시(숭배)를 통해 어머니 자궁 속에서의 합일 상태를 느낄 수 있다. 히틀러가 독일 민족을 그의 절대적 노예로 만들 수 있었던 이유도 그의 강렬한 모성적 리비도가 독일 민족에게 어머니와의 합일된 감정을 느낄 수 있게 해주었기 때문이다.[72] 히틀러의 사례에서 보듯이 어머니와의 합일된 감각을 일깨우는 상징 행위는 **'모든 지배력의 가장 강력한 원동력'**이 된다. 카리스마나 광기가 신성한 것으로 숭배받고 **'최고 유형의 권력'**인 이유는 그것이 인간의 무의식 속 가장 깊은 곳에 잠자고 있는 어머니와의 합일된 환상을 일깨우기 때문이다.

> p.48. 광인을 숭배하는 것은 언제나 생명력이 넘치는 자, 막강한 자를 숭배하는 것이기도 하다. 광적인 사람들과 귀신들린 사람들, 종교적 간질 환자들을 포함한 모든 괴상한 사람들은 최고 유형의 권력으로, 신성한 것으로 여겨져 왔다.
>
> - F. 니체 《권력 의지(부)》 中 -

이상의 논의를 통해 알 수 있는 사실은 카리스마가 강한 혁명가나 선동

---

72) p.108. 그리고 히틀러 연설의 시작 부분에서 우리는 청중의 의식을 교란함으로써 최면을 조장하는 의사소통 기술을 발견할 수 있다. 심리해석학자인 쾨니히 Hans-Dieter König는 이를 "잠을 재우는 모성적 상호 작용"의 국면이라고 명명했다. 이때 사용된 최면을 유도하는 의사소통 기술의 첫 번째 단계를 통해 청중 개개인의 의식의 자율성은 전체와 일체감을 느끼려 하게 되고 그 결과 청중은 몽환적 상태에 빠지게 된다. "그런 다음 히틀러는 이렇게 몽롱한 모성적 세계에 함몰된 청중들의 의식 상태……도전적인 부성적 상호 작용을 통해 끄집어낸다." 그리고 그의 연설은 마침내 무아지경의 광기로 치닫게 된다.

- S. 마르크스 《나치즘, 열광과 도취의 심리학》 中 -

가가 될 수 있는 인물은 그의 무의식이 어머니와 합일된 상태에 머무른 사람이라고 할 수 있다. 이제 도스토옙스키가 『대신문관』 속에 숨겨놓은 가장 신성모독적인 질문을 할 시점이다. 아버지한테선 정욕을, 어머니한테선 광신을 물려받은 알료샤는 그리스도의 화신이다. 그렇다면 도스토옙스키는 그리스도의 내적 본성이 **정욕과 광기의 혼합체**라고 말하고 싶은 것일까? 도스토옙스키는 그 대답을 그리스도의 재림 장면 속에 숨겨놓았다.

> p.407. "… 그리스도는 눈에 띄지 않게 살그머니 모습을 나타냈어. 그러나 세상 사람들은-실로 기이한 일이지만-그분이 그리스도란 것을 순식간에 알아챘단 말이야. 바로 여기는 내 극시 중에서도 가장 뛰어난 대목 가운데 하나라 해도 과언이 아닐 테지. 즉 어떻게 민중이 그를 알아보았느냐 하는 점이 재미있거든. 민중은 억누를 수 없는 강력한 힘에 이끌려 그리스도를 향해 밀려가서 순식간에 그를 에워싸고 그의 뒤를 따라가는 거야. …"
>
> \- 도스토옙스키 《카라마조프의 형제》 상 中 -

『대신문관』의 그리스도 재림 장면에서 그리스도는 눈에 띄지 않게 살그머니 재림하지만 **'실로 기이하게도'** 세상 사람들은 그가 그리스도라는 것을 **'순식간에 알아챘다'**. 그리고 다수 민중은 억누를 수 없는 강력한 힘에 이끌려 그리스도를 따라간다. 도스토옙스키는 이 장면을 『대신문관』에서 **'가장 뛰어난 대목'**이라고 말하는데 그 이유는 이 장면이 그리스도의 내적 본성을 압축적으로 묘사하고 있기 때문이다. 다수 대중이 숭배할 수밖에 없게 만드는 그리스도의 내적 본성은 어머니 신과 일체감을 느끼는 '환상에서만 만족할 정도로 **미쳐버린 성 충동**', 즉 **광기와 정욕**이라고

할 수 있다.[73)]

다만 히틀러와 그리스도에게는 두 가지 차이점이 있다. 하나는 히틀러의 의식은 무의식의 지배를 받지만, 그리스도의 의식은 무의식을 통제할 수 있다는 점이다. 다른 하나는 히틀러는 모성적 마조히즘과 부성적 사디즘이 혼합되어 있다면 그리스도는 순수한 모성적 마조히즘만을 지니고 있다는 점이다. 정교회의 러시아에서 이러한 도스토옙스키의 견해는 너무 신성모독적이어서 도스토옙스키는 어떻게 민중이 그리스도를 알아보았는지에 대한 이유를 직접 설명하지 않는다. 항상 그렇듯이 그 이유를 간접적으로 알 수 있는데 바로 그리스도의 화신인 알료샤의 성격적 특질을 통해서이다. 알료샤의 성격적 특질인 **'제4의 호색한'**이 그리스도의 내적 본성이었던 것이다.

> p.130. "… 그런데 알료샤, 나는 자네한테만은 정말 놀라지 않을 수 없네. 어떻게 그렇게 순결할 수 있나? 자네 역시 카라마조프의 혈육이 아니냐 말이야! 자네 집안에서 육욕이 곪아 터질 지경에까지 이르렀어. 그래서 지금 그 세 사람의 호색한은 서로 상대방을 뒤쫓고 있는 거야……. 장화 속에 비수를 감추고 말이야. 이렇게 세 사람이 서로 박치기를 한 셈인데. 어쩌면 자네도 제4의 호색한인지도 모르지."

---

73) p.173. 이상의 위대한 관능주의자, 변형되고 이해받지 못한 감성의 성자들, (나사렛 예수, 성 아시시, 성 프랑스와 드 폴과 같은) 전형적인 〈사랑〉의 사도들 : 이들에게서 무지로 인해 잘못 조처된 성 충동이 결국 환상에서만 만족할 정도로 미쳐버린다 : 즉 〈신〉, 〈인간〉, 〈자연〉이란 환상에서. (이 만족 자체는 단순한 가상이 아니다 : 이 만족은 〈신인일체의 신비 unio mystica〉의 열광자에게서 발생한다. 어떤 정도이든 간에 그들의 의지 작용이나 이해작용의 외부에서, 가장 감각적이면서 자연스러운 성 만족이라는 생리적 부산 징후를 갖고서 말이다.).

- F. 니체 《유고(1887년 가을~1888년 3월)》 中 -

- 도스토옙스키 《카라마조프의 형제》 상 中 -

리비도 배분에 따른 세 가지 성격 유형

도스토옙스키가 그토록 순결한 알료샤의 성격 구조를 제4의 호색한이라고 표현하는 이유는 알료샤의 순결성도 리비도의 특성 중 하나라는 것을 말하기 위해서이다. 리비도는 오이디푸스 콤플렉스에 의해서 1) 드미트리처럼 **육욕적**으로도 되기도 하며 2) 이반처럼 **지능적**으로 되기도 하고 3) 알료샤처럼 **순결하게** 되기도 한다. 이는 인간의 리비도는 **세 가지 속성**을 지니고 있다는 뜻이기도 하다. 다시 말해서 카라마조프 삼 형제는 인간이 가질 수 있는 **세 가지 성격 유형**을 상징한다(제1의 호색한인 아버지 표도르는 이반의 정신구조와 같으므로 제외된다). 인간의 성격 유형이 세 가지 유형으로 분화된다는 도스토옙스키의 견해는 프로이트에 의해서도 뒷받침된다. 프로이트는 리비도가 인간의 세 가지 정신 기구(이드, 자아, 초자아) 중에서 어느 곳에 지배적으로 배분되는가에 따라 인간의 성격을 **'세 가지 유형'**으로 분류할 수 있다고 말한다.

p.330. 리비도가 우리의 정신 장치 중에서 어느 곳에 지배적으로 배치되는가에 따라 리비도 유형을 세 가지로 분류해 볼 수 있다. 이들 유형에 이름을 붙이는 일이 쉽지는 않지만, 심층 심리학의 도움을 얻어서 정리해 본다면 성애적 유형, 강박적 유형, 자기애적 유형으로 나눌 수 있을 것이다.

- S. 프로이트 《성욕에 관한 세 편의 에세이, 『리비도의 여러 가지 유형』》 中 -

프로이트에 따르면 리비도 배분에 따른 세 가지 성격 유형은 1) 성애적 유형, 2) 강박적 유형, 3) 자기애적 유형이다. 성애적 유형은 리비도가 **신체(이드)**에, 강박적 유형은 리비도가 **초자아**에, 그리고 자기애적 유형은 리비도가 **자아**에 지배적으로 배분된 경우이다. 이러한 순서는 정신 기구의 발달 순서(이드→초자아→자아)와 유사하게 보이지만 실제로는 **그 반대**이다. 유사하게 보이는 이유는 이드에 대한 오해에서 비롯된다. 갓 태어난 유아에게는 이드(본능)만 존재하는데 이때의 이드의 리비도는 정신성만을 가지고 있으므로 이때의 이드를 **정신 이드**라고 할 수 있다. 유아가 성장하면서 정신 리비도는 점차로 신체 리비도로 전환되며 이때의 신체화된 리비도를 **신체 이드**라고 부를 수 있다.

인간의 성격 구조 형성은 정신 이드에 리비도가 배분(집중)되면서 시작하고 정신 이드로부터 자아가 서서히 형성되기 시작한다. 따라서 자아는 모든 인간의 성격 구조의 중심이며 이러한 자아에 리비도가 집중되면 **자기애적 유형**이 된다. 다만 정신발달 정도에 따라서 자아의 형성 정도도 다르므로 자기애적 유형은 자아가 어느 정도 성장했을 때 리비도가 집중되고 그 자아가 성격 구조의 중심이 되었을 때 형성되는 성격 구조라고 전제해야 한다. 자아의 발달 과정에서 아버지의 거세 위협과 같은 심리적 외상을 경험하게 되면 자아에서 초자아가 분열되고 이 초자아에 리비도가 지배적으로 배분되면 초자아가 성격 구조의 중심이 되면서 **강박적 유형**이 된다. 이후에는 리비도의 신체화가 완료되고 이 신체 이드에 리비도가 지배적으로 배분되면 신체 이드가 성격 구조의 중심이 되면서 **성애적 유형**이 된다. 이렇게 인간의 성격 구조는 이드의 작용(성적 흥분)과 자아(초자아)의 반작용(반동 형성)과의 절충을 통해서 구조화된다.

p.144. 우리가 〈성격〉이라고 기술하는 것은 상당 부분이 성적인

흥분이라는 자료로 구성되며, 아동기 이후 고착된 본능, 승화라는 수단을 통해 얻어진 구조, 그리고 이용할 수 없는 것으로 인식되어 있는 성욕 도착적 충동들을 효과적으로 저지하는 데 쓰이는 다른 구조들로 이루어져 있다. 그러므로 아동기의 다양한 성욕 도착 요인은 반동-형성을 통해 더 나은 방향으로 발달될 수 있다면, 장점들 가운데 하나로 여겨질 수 있다.

- S. 프로이트 《성욕에 관한 세 편의 에세이》 中 -

인간의 성격 유형이 리비도 배분으로 결정된다는 가설에 대해서는 동양사상이 좀 더 깊은 통찰을 줄 수 있다. 공자의 말씀을 기록한 《논어》에서 공자는 **'인간의 본성은 성(性)'**이라고 말한다. 한문은 표의문자(表意文字)이므로 인간 본성이 무엇인가에 대한 해답은 **'성(性)'**이라는 문자 그 자체 속에 담겨 있다. 성(性)이라는 문자는 마음(心)과 생기게 하다(生)라는 두 개의 문자로 구성된 복합 문자로 **마음을 생기게 하는 것이 성**(리비도)이라는 뜻이다. 다시 말해서 리비도(성)가 인간의 마음을 만든다는 의미이다. 성격(性格)이라는 단어도 성(性)과 차이를 의미하는 격(格)이라는 문자로 구성된 복합 단어로서 성격 차이가 리비도(성) 차이를 의미함을 알 수 있다.

한 걸음 더 들어가면 마음을 한자로는 감정(感情)이라고 한다. 감(感)이라는 단어는 영향이나 작용 따위가 대상에 가하여진다는 의미를 지닌 함(咸)자와 마음(心)으로 구성되어 있는데, 이를 종합하면 감(感)은 **마음을 억압하는** 심리적 구조로 관념과 정서의 복합체(콤플렉스)를 의미함을 알 수 있다. 정(情)이라는 단어는 마음(心)과 깨끗이 하다(靑)로 구성되어 있는데 **마음을 발산하는** 심리적 구조를 의미함을 알 수 있다. 따라서 감(感)은 마음의 에너지(리비도)가 **'긴장되어 구속된'** 상태이고 정(情)은 마음의 에너지(리비도)가 **'자유롭게 발산되려는'** 상태라고 할 수 있다.

> p.192. 이런 상황 때문에 브로이어는 우리의 정신적인 삶에는 두 종류의 에너지 집중상태가 존재한다고 가정했던 것이다. 그가 말하는 두 종류의 상태란, 하나는 에너지가 긴장되어 〈구속된〉 상태이고, 또 하나는 에너지가 자유롭게 움직이며 어디론가 발산되려고 하는 상태를 말한다.
>
> - S. 프로이트 《정신분석학의 근본 개념, 『무의식에 관하여』》 中 -

동양 사상은 리비도가 만들어 내는 인간의 감정을 사단칠정(四端七情)으로 분류한다. 사단은 네 개의 도덕적 감정으로 동정심(연민), 수치심, 양보심, 정의감을 말하고, 칠정은 기쁨, 분노, 슬픔, 두려움, 사랑, 미움, 욕망을 말한다. 정신분석학의 개념을 적용하면 칠정이 이드의 작용으로 만들어지는 심리라면 사단은 자아(초자아)의 반작용으로 만들어지는 심리라고 할 수 있다. 이드의 작용이 만들어 내는 마음에는 **성적 소망** 또는 **공격성**이 동반되고 자아(초자아)의 반작용은 그러한 이드를 제어한다.[74] 프로이트는 이러한 자아와 이드의 관계를 **'기수와 그의 말의 관계'**에 비유한다. 이러한 비유를 하는 이유는 인간의 무의식은 말을 타는 행위가

---

74) p.47. 자아는 본능적 충동과 연관된 감정에 대해서도 그만큼 적극적이고 열성적으로 스스로를 방어한다. 본능의 요구를 거절할 때, 이러한 감정들과 타협하는 것이 항상 자아의 첫 번째 임무가 된다. 사랑, 갈망, 질투, 굴욕, 고통, 애도는 성적 소망이 동반된다. 증오, 분노, 격노는 공격적 충동과 함께한다. 이러한 감정들이 결부되어 있는 본능적 욕구를 밀어내기 위해서는, 자아가 이를 제어하기 위해서 동원하는 그 모든 다양한 수단들로 감정 또한 굴복시켜야 한다. 다시 말해서 감정 또한 변형되어야 하는 것이다. (중략) 본능적 욕구와 연관된 감정의 운명은 관념적 표상의 운명과 같지 않다는 것을 우리는 알고 있다.

- A. 프로이트 《자아와 방어기제》 中 -

성행위의 상징이라는 것을 알고 있기 때문이다.[75)]

p.105. 자아와 이드의 관계는 기수와 그의 말(馬)의 관계와 비교해 볼 수 있습니다. 말은 동력을 위한 에너지를 공급합니다. 기수는 그 짐승의 힘을 어디로 끌고 나가야 할지 목표를 정할 수 있는 우선권을 가집니다. 그러나 자아와 이드 사이에는 말이 원하는 방향대로 기수가 인도해 주어야만 하는, 이상적이지 않은 경우가 매우 빈번하게 일어납니다.

자아는 억압에 대한 저항을 통해 이드의 한 부분과 결별하는 경우가 있습니다. 그러나 억압은 이드 안으로까지 계속 확장되지 않습니다. 억압된 것은 나머지의 이드와 결합됩니다.

어느 속담은 동시에 두 주인을 섬기지 말라고 경고하고 있습니다. 불쌍한 자아의 경우는 훨씬 힘이 듭니다. 그것은 엄격한 주인 셋을 섬겨야 합니다. 그것은 그들의 요구와 주장들을 조화시키기 위해서 노력합니다. 그러나 이러한 요구들은 언제나 엇갈려 나가면서 결코 합치될 수 없는 듯이 보일 때도 있습니다. 그러므로 자아가 이러한 상황에서 그렇게 자주 좌초하게 되는 것은 결코 이상한 일이 아닙니다. 자아가 섬기는 세 주인은 외부 세계, 초자아 그리고 이드입니다.

- S. 프로이트 《새로운 정신분석 강의》 中 -

프로이트의 견해를 논의하기 전에 먼저 고려할 할 점은 어떤 사람의 견해는 그 사람의 정신구조에 관한 자기 진술이라는 것이다. 프로이트가 자

75) p.195. 말, 특히 종마(種馬)는 성(性)의 상징이다. 말은 타는 것은 성행위를 상징한다.

- E. 애크로이드 《꿈 상징 사전》 中 -

아와 이드의 관계를 기수(騎手)와 말처럼 **서로 분리된** 사물에 비유했다는 것은 그의 정신구조도 자아와 이드가 분열되어 있다는 의미이다. 다시 말해서 프로이트의 성격 구조는 자아(또는 초자아)를 중시하는 성격 유형이라는 것을 뜻한다. 프로이트의 성격 구조와 달리 **켄타우로스**처럼 자아와 이드가 **서로 융합된** 성격 구조도 있다. 이렇게 인간의 정신구조가 자아와 이드가 기수와 말처럼 분리된 구조냐 아니면 켄타우로스처럼 융합된 구조냐의 논쟁은 동서고금을 막론하고 지금까지도 변주된 형태로 반복 재현되어 왔다.

우리나라에서도 이러한 논쟁은 수백 년간 이어져 왔는데 그 대표적인 것이 퇴계 이황의 이기이원론과 율곡 이이의 이기일원론의 대립이다. 여기서 **이(理)**는 자아(초자아)가 지닌 **이성**을 의미하고 **기(氣)**는 이드의 **성적 소망 또는 공격성**을 의미한다. 퇴계의 이기이원론은 자아와 이드는 분리되어 있으며 자아가 이드를 통제할 수 있다는 가설이다.[76] 이러한 주장은 프로이트의 견해와 유사하다. 이 의미는 퇴계의 정신구조와 프로이트의 정신구조가 비슷하다는 뜻이기도 하다. 반면 율곡의 이기일원론은 자아와 이드는 융합되어 있으며 자아가 이드를 완전히 통제할 수 없다고 주장한다.[77]

---

76) p.181. 고봉의 의견을 받아들여 '이기겸발설'을 수용하면서 퇴계가 예시하였던 '사람과 말'의 비유는 퇴계의 천재성과 유니크한 해학정신이 번득이는 명장면인데, 그 내용은 다음과 같다.

옛사람이 사람이 말을 타고 드나드는 것으로서 이(理)가 기(氣)를 타고 움직이는 것을 비유한 것은 참으로 좋습니다. 무릇 사람은 말이 아니면 문밖을 드나들지 못하고, 말은 사람이 아니면 길을 잃게 되니, 사람과 말은 서로 따라야 하며 떨어질 수 없습니다.

\- 최인호 《유림 6권》 中 -

77) p.186. 율곡은 퇴계의 비유를 다음과 같이 비판하고 있다.

그리고 또 사람이 말을 탄 것에 비유하면 사람은 곧 성(性)이요, 말은 곧 기질이니, 말의 성질이 양순하기도 하고 난폭하기도 한 것은 기품의 성질로 인한 차이인 것이 여기서 우리가 궁궁해야 할 점은 누구의 주장이 타당한가가 아니라 왜 그러한 주장을 하는지에 대한 **이유**이다. 퇴계가 이기이원론을 주장하는 이유는 그의 정신구조가 아버지의 영향(강박적 특질)을 더 많이 받았기 때문이고 율곡이 이기일원론을 주장하는 이유는 그의 정신구조가 어머니의 영향(자기애적 특질)을 더 많이 받았기 때문이다(율곡의 어머니는 어머니의 대명사로 불리는 신사임당이다). 이렇게 심오한 사상이나 철학이라는 것은 그 사람의 **정욕(이드)의 작용**(유희)과 그 정욕을 억압하는 **자아의 반작용**(투쟁)이 언어 기호로 표현된 것에 불과하다.[78] 하지만 위대한 철학자들조차 자신들이 자신의 **'가장 강력한 충동'**인 정욕에 대하여 **'스스로 말하고 있다는 것'**을 의식하지 못하며 자신의 **'근본적인 문제가 자신에게 있다'**라는 사실을 알지 못한다.[79]

다. 문을 나설 때에는 혹 말이 사람의 뜻에 따라가는 경우도 있고, 혹 사람이 말의 다리만 믿고 그대로 나서는 경우도 있다. 말이 사람의 뜻에 따라 나가는 경우에는 사람이 주(主)가 되는 곧 도심(道心)이요, 사람이 말의 다리만 믿고 그대로 나아가는 경우에는 말이 주(主)가 되니, 곧 인심이다. 문 앞의 길은 사물이 마땅히 가야 할 길이니, 사람이 말을 타고 문을 나서지 않았을 때에는 사람이 말의 다리를 믿을 것인지, 말이 사람의 뜻을 따를지 양쪽 다 그 단서를 볼 수 없으니, 이것은 도심과 인심이 본래에는 아무런 상대적인 묘맥(苗脈)이 없는 것과 같다.

- 최인호 《유림 6권》 中 -

78) p.34. 사상은 욕정들의 유희와 투쟁에 관한 **기호**다. 그것은 항상 그것의 숨겨져 있는 뿌리들과 연결되어 있다.

- F. 니체 《유고(1885년 가을~1887년 가을)》 中 -

79) p.343. 그러나 위대한 철학자들에게서도 이런 순진함이 있다. **그들은 자신이 스스로에 대해 말하고 있다는 것**을 의식하지 못하고 있다-그들은 문제가 되고 있는 것이 '진리'라고 생각한다-그러나 근본적으로 문제가 되고 있는 것은 그들이다. 아니면 오히려, 그들 속에 있는 가장 강력한 충동이 스스로를 밝히는 것이며, 이럴 때 근본 충동은 매우 파렴치하고 무구하다-그 **충동**은 주인이 되고자 하며 아마도 모든 사물, 모든 사건의 목격이 되고자 한다! 철학자는 충동이 **언젠가 한번 말하게끔** 하는 일종의 기회이자 그렇게 말하는 것을 가능케 하는 것일 뿐이다.

- F. 니체 《유고(1882년 7월~1883/84년 겨울)》 中 -

카라마조프 삼 형제

프로이트의 리비도 배분에 따른 세 가지 성격 유형을 카라마조프 삼 형제와 각각 매칭시키면, 첫째 아들 드미트리는 성애적 유형, 둘째 아들 이반은 강박적 유형, 그리고 셋째 아들 알료샤는 자기애적 유형으로 볼 수 있다(이제부터 카라마조프 삼 형제의 성격 유형을 줄여서 삼 형제 모델이라고 부르기로 한다). **삼 형제 모델**에는 리비도 배분원리가 작용한다. 그중 가장 중요한 요소는 **어머니의 사랑**이다.[80] 어머니의 사랑을 얼마나 받았느냐에 따라 성격이 달라진다는 뜻이다. 여기에는 형제의 **'태어난 순서'**가 아주 중요한 역할을 한다. 형제의 태어난 순서에 따라 어머니의 사랑을 받는 정도가 달라지기 때문이다. 그래서 프로이트는 형제자매들의 태어난 서열의 위치가 그 아이의 '**인생 전반에 걸쳐서 중요한 계기**로 작용한다'라고 말한다.

> p.452. 여러분이 아이들을 직접 관찰하고, 아이들에게 남아 있지만 아직 분석에 의해서 영향을 받지 않은 유년 시절의 기억들을 평가해 보면, 앞에서 언급한 내용들과 함께 아주 유사한 많은 사실들이 눈에 들어옵니다. 이로부터 여러분은 무엇보다 다음과 같은 결론을 내릴 것입니다. 형제자매들 가운데 아이들이 제각기 태어난

---

80) p.205. 나는 유아기와 어린 아동기에 직접 관찰한 적이 있던 성인 환자에게서 어린 시절의 경험이 아주 중요하다는 사실에 대해 크게 배운 적이 있다. 나는 그 환자에 관해 정기적으로 기록을 했고, 그 기록은 내게 영향을 끼쳤다. 종종 그 기록에서 나는 현재 나타나고 있는 환자의 정신의학적 상태가 이미 유아-어머니 관계에서 드러났던 것임을 알 수 있었다.(내가 여기에서 말하고 있는 것은 초기 현상이므로 유아-아버지 관계는 제외되었다. 아버지는 유아에게 어머니 또는 어머니의 대리자로서만 의미가 있다. 아주 초기 단계에서 남자로서의 아버지는 유아에게 아직 중요하지 않다.
- D. 위니캇 《성숙과정과 촉진적 환경》 中 -

서열의 위치가 나중에 펼쳐질 인생 전반에 걸쳐서 중요한 계기로 작용하고, 이 계기는 모든 전기의 서술 과정에서 고려되어야 한다는 것입니다.

- S. 프로이트 《정신분석 강의》 中 -

리비도 배분원리에서 그다음 중요한 요소는 아버지의 거세 위협이다. 따라서 삼 형제 모델은 오이디푸스 환경이 결정한다고 할 수 있다. 삼 형제의 태어난 순서별로 오이디푸스 환경의 특징들을 개략적으로 살펴보면 첫째 아들은 **성적으로 왕성한** 부모 밑에서 성장하게 될 확률이 높다. 또 첫째 아들이므로 동생의 출생을 경험할 가능성이 크다. 둘째 아들은 아버지는 물론 형에 대하여도 **이중의 거세 위협**을 경험하게 되므로 성격구조가 **수동적으로** 되기 쉽다. 형은 종종 아버지를 대신하여 어머니에 대한 **연적의 역할**을 하기 때문이다.[81] 셋째 아들은 **성적으로 무관심한** 아버지와 나이 차이가 큰 첫째 형과 주눅 든 둘째 형으로 인하여 비교적 거세 위협이 없는 환경에서 성장하게 된다. 그리고 어머니는 성적으로 무관심한 아버지 대신 셋째 아들(막내)에게 자신의 리비도를 집중할 수 있게 된다. 단, 오이디푸스 콤플렉스는 무의식 영역에 형성되므로 형제간의 나이 차이는 **5세 이하**이어야 한다. 다만 첫째 아들과 셋째 아들의 나이 차이는 5세 이상일 수 있다.

p.347. 우리의 연구를 통하여, 우리가 신경증의 현상(증후)이라고 부르는 것은 특정한 경험이나 각인된 인상의 결과라는 것, 바로 이런 이유에서 이것을 병인성 심적 외상이라고 부르게 되었다는 것

81) p.347. 형은 〈지난날을 상상하는 것〉에 의해 어린 날의 사건 속에 놓이게 된 훗날의 모든 연적을 대리할 뿐이다.

- S. 프로이트 《꿈의 해석》 中 -

을 알았다. 이제 우리 앞에는 두 가지 과제가 놓여 있다. 그것은, (1) 이 두 경험의 공통된 특징, (2) 신경증적 증후군의 특징을 찾아야 하는 것이다.

(1) (a) 이 모든 심적 외상은 5세까지의 유년기에 형성된 것이다. 특히 흥미로운 것은 언어 능력이 발휘되기 시작할 즈음에 각인된 인상이라는 점이다. 2세부터 4세까지의 기간은 가장 중요한 것으로 보인다. (중략) (b) 문제의 경험은 대체로 완전히 잊혀진다. (중략)

(c) 이러한 체험은 성적(性的), 공격적 성격으로 각인된 인상과 관계가 있고, 유아기에 있었던 자아의 손상(자기애적 굴욕)과도 무관하지 않음이 분명하다. 이러한 맥락에서 보면, 어린아이는, 어른이 되었을 때와 달리 성적인 행위와 공격적인 행위를 뚜렷하게 구분하지 않는다는 사실은 주목할 만하다. (중략)

이 세 가지 요인-태어난 지 5년 이내에 이런 경험을 한다는 사실, 경험을 망각한다는 사실, 경험의 성적(性的), 공격적 내용-은 서로 밀접한 상호 관계를 갖고 있다.

- S. 프로이트 《종교의 기원, 『인간 모세와 유일신교』》 中 -

다시 강조하자면, 인간의 성격 구조 형성에 있어서 가장 중요한 요소는 어머니의 사랑이다. 어머니의 사랑은 **자아의 강도**(응집성)와 관련이 있으며 자아의 강도는 **'2세부터 4세까지의 기간'**에 집중적으로 형성된다. 하지만 자아가 정상적으로 발달하기 위해서는 2세 이전에도 어머니의 사랑을 충분히 받아야만 한다. 2세 이전에 어머니 사랑을 충분히 받지 못하면 **정신병적 자아**가 형성되고 2세부터 4세 사이에 어머니의 사랑을 박탈(거절)당하면 자기애적 굴욕으로 인해서 **손상된 자아**가 형성된다. 그 결과 전자의 경우에는 **정신병**에 걸릴 가능성이 커지고 후자의 경우에는 **신경증**에 걸릴 가능성이 커진다.[82] 4세 이후에는 자아의 강도가 거의 형성된다.

도스토옙스키는 이러한 정신분석적 요소들을 고려하여 삼 형제의 나이 차이를 5세 이하-드미트리는 26세, 이반은 24세, 알료샤는 20세-로 설정하고 있다. 주목할 점은 둘째 아들인 이반과 셋째 아들인 알료샤의 나이 차이가 **4세**라는 점이다. 이는 이반도 자아가 강하게 형성될 때까지 어머니의 사랑을 충분하게 받았음을 의미한다. 그럼에도 이반이 형(드미트리)을 증오하고 동생(알료샤)과 친구가 될 수 없는 이유는 그의 무의식이 형으로부터 받은 거세 위협과 동생에게 어머니의 사랑을 빼앗긴 경험을 **'죄다 기억하고'** 있기 때문이다.

> p.375. "나는 죄다 기억하고 있어. 알료샤, 네가 열한 살 때까지라면 무엇이든 다 기억하고 있지. 그때 나는 열다섯 살이었어. 열다섯 살과 열하나라는 나이 차이 때문에 그때는 형제끼리 서로 친구가 될 수 없었지. 그때 내가 너를 좋아했는지 어땠는지 그것조차 생각나지 않는구나…."
>
> - 도스토옙스키 《카라마조프의 형제》 상 中 -

82) p.321. 정신병은 대인관계에서 발생한 긴장을 처리하기 위해서 억압적인 방어를 사용하는 정신신경증과 달리, 보다 초기의 경험과 관련된 질병으로 볼 수 있다. 정신병 환자에게 진정한 오이디푸스 콤플렉스란 없다. 왜냐하면 그 개인은 순수한 삼각관계 경험 이전의 발달 단계에 사로잡혀 있기 때문이다.
p.320. 정신신경증은 오이디푸스 콤플렉스 단계, 즉 세 사람의 전체 인간들 사이의 관계를 경험하는 단계에서 발생한 질병을 일컫는다. 이 관계들로부터 발생하는 갈등은 방어적인 조치들을 야기하는데, 이 조치들이 경직되게 조직화됨으로써 정신신경증이 된다.
- D. 위니캇 《성숙과정과 촉진적 환경》 中 -

한 가지 전제할 사항은 삼 형제 모델은 보편적인 모델이며 삼 형제 각각의 특수한 오이디푸스 환경에 따라서 리비도가 지배적으로 배분되는 정신 기관이 달라질 수 있다는 점이다. 카라마조프 삼 형제의 오이디푸스 환경을 구체적으로 분석하면 다음과 같다.

1) 첫째 아들 = 성애적 유형

첫째 아들 드미트리는 **신체**에 리비도가 지배적으로 배치된 **성애적** 유형이라고 할 수 있다. 도스토옙스키의 용어를 빌리면 **육욕적** 유형이다. 알료샤의 친구인 라키친은 드미트리에 대하여 다음과 같이 묘사한다.

> p.130. "… 가령 그 드미트리라는 인간이 정직한 사람이라 할지라도(어리석기는 하지만 사람은 정직해) 어쨌든 그는 호색한이야. 이것이 그 사람에 대한 정의이고 또 그 사람의 내면적인 본질의 전부지. 그건 자네의 아버지가 그에게 야비한 육욕을 물려주었기 때문이다. …"
>
> \- 도스토옙스키 《카라마조프의 형제》 상 中 -

라키친은 호색한이라는 명칭이 '드미트리에 대한 정의'이자 그의 **'내면적 본질의 전부'**라고 말한다. 라키친이 이렇게 말하는 이유는 드미트리의 리비도 대부분이 신체 이드에 배분됨으로써 신체 이드가 드미트리의 성격 구조의 대부분을 형성하고 있기 때문이다. 그런데 도스토옙스키는 드미트리가 성애적 유형이 된 이유가 아버지가 그에게 '**야비한 육욕**을 물려주었기 때문'이라고 말한다. 여기서 '야비하다'라는 의미는 드미트리의 무의식이 정욕을 죄의식보다 더 중요시한다는 뜻이다. 그런데 왜 드미트리의 아버지는 다른 형제들과 달리 드미트리에게만 야비한 육욕을 물려준 것일까?

첫째 아들이 출생하는 시기의 아버지는 그의 인생에 있어서 성적으로 가장 왕성한 시기라고 할 수 있고 따라서 아버지의 성적 행동은 신체적으로 드러날 가능성이 크다(젊은 부모의 신체적 건강이 첫째 아들에게 유전되었을 가능성도 있지만 이러한 유전적인 영향은 논외로 한다). **첫째 아들**인 꼬마 한스의 경우에서처럼 **첫째 아들**은 아버지와의 성적 경쟁에서 어머니를 쟁취하기 위해서 경쟁자인 아버지의 말과 행동과 같은 신체적 특성을 동일시하게 된다. 또 성적으로 왕성한 부모의 성적 관계에서 비롯되는 여러 상황은 리비도가 어린아이의 신체에 집중되게 하는 요인이 될 수 있다. 특히 부모의 성교 장면을 보게 되면 어린아이의 성적 성향은 사디즘적(가학적)으로 되기 쉽다.

p.179. 아이들이 집에서 우연히 부모의 성교 장면을 보게 된 경우, 그 아이들이 갖게 되는 성 이론이 세 번째 성 이론이다. 그러나 일어난 일에 대한 그들의 이해는 매우 불완전한 것일 수밖에 없다. 그들이 두 눈으로 관찰한 것이 아무리 자세하다 하더라도-가령, 관찰한 것이 성행위를 하는 부모의 체위나 그들이 내는 신음소리, 혹은 그 밖에 여러 세세한 상황의 어떤 것이든-아이들은 항상 똑같은 결론에 도달하게 된다. 즉, 아이들이 그 상황에서 채택하는 것은 〈가학적 성교〉라는 견해이다. 아이들은 성교를 강한 자가 약한 자에게 강압적으로 행하는 행동으로 인식하게 되며, 그래서 아이들은 (특히 남자아이들의 경우) 그 성교를 자기네들의 경험을 통해 잘 알고 있는 장난-우연한 일이긴 하지만 성적 흥분을 동반하는 장난질-에 비유하게 된다.

- S. 프로이트 《성욕에 관한 세 편의 에세이, 『어린아이의 성 이론에 관하여』》 中 -

첫째 아들에게 태초의 에덴동산은 **외설스런** 어머니의 성적 유혹과 **질투하는** 아버지의 거세 위협이 공존하는 세계이다. 이와 더불어 동생(둘째 아들)의 출생으로 어머니(자기 대상)에게 버림받았다고 느끼게 된다[83](드미트리의 경우에는 **세 살 때** 어머니가 가출한다). 이러한 오이디푸스 환경에서 첫째 아들은 어머니 이브가 주었던 '살아 있음과 현실성의 느낌'을 다시 얻기 위해서 자신의 신체를 **'성애적으로 자극하게 되고'** 이러한 자극적 활동은 리비도가 신체 이드에 지배적으로 배분되게 함으로써 **'방탕한'** 성격 구조를 갖게 된다.

p.183. "예, 내 말이 바로 그겁니다." 하고 노인은 고집스러운 태도로 맞장구를 쳤다. "한 사람의 지혜도 좋지만 두 사람의 지혜라면 더욱 좋습니다. 그런데 저 사람한테로는 다른 지혜가 찾아가지 않았기 때문에 자기 지혜만을 써 버렸던 것입니다. 대관절 저 사람은 자기 지혜를 어디에 써 버렸을까요? 어디에 경주했던 것일까요-적당한 말이 생각나지 않는군요." 늙은 의사는 코 앞에서 손을 내저으며 말을 이었다. "앗, 생각났어. 바로 spazieren입니다."

"방탕이란 뜻인가요?"

83) p.161. 분석가와 환자가 깨닫게 된바, 아동기 신체-놀이와 간접적으로 관련된 것처럼 보이는 유일한 성인 행동은 그가 성인의 삶에서 자기 대상들에 의해 버림받았다고 느낄 때 즐거움이 없는 성적 활동들에 착수하고 외설적인 사진들에 강박적인 흥미를 갖는 것이었다. 이 활동들의 의미는 그가 신체-자기의 살아있음과 현실성의 느낌을 다시 얻기 위해서 자신을 성애적으로 자극하는 것에 있는 것으로 보이다.

- H. 코헛 《자기의 회복》 中 -

"예, 그렇습니다. 방탕입니다. 저 사람은 자기 지혜를 방탕에다 낭비했습니다. 너무 깊이 빠졌기 때문에 그만 이성을 잃고 만 셈입니다. 그러나 저 사람은 남의 은혜를 아는 다정다감한 청년입니다. …"

- 도스토옙스키 《카라마조프의 형제》 하 中 -

도스토옙스키는 드미트리에게 두 사람의 지혜가 찾아가지 않고 자기 지혜마저도 방탕에 써 버렸다고 말한다. 두 사람의 지혜는 부모에게서 배운 받은 지혜로 **'자기 지혜'**는 어머니에게서 습득한 지혜를 뜻하고 **'다른 지혜'**는 아버지로부터 배운 지혜를 의미한다. 어머니로부터 받은 지혜는 오성과 직관의 지혜이고 아버지로부터 배운 지혜는 이성과 논리의 지혜이다. 첫째 아들은 아버지의 성욕이 왕성한 시기에 어린 시절을 보내기 때문에 아버지로부터 이성과 논리의 지혜를 얻지 못한다. 또 동생의 출생으로 인해서 어머니로부터 받은 자기 지혜도 자신을 성애적으로 만족시키는 데 사용해 버린다. 그래서 대부분의 첫째 아들(장남)은 이성적 유형보다는 육욕적 유형이 될 가능성이 크다. 마하트마 간디의 첫째 아들(하릴랄)이 방탕한 생활을 한 이유도 아버지 간디가 성적으로 왕성한 시기에 어린 시절을 보냈기 때문이다.[84] 이렇게 리비도가 신체에 지배적으로 배분되어 성애적 유형이 되면 그의 무의식도 성적 대상을 선택하는 데 있어서 신체적 특성을 중요시하게 된다. 드미트리가 그루센카라는 여성에게 강렬하게 끌리는 이유도 그녀의 **'기막힌 곡선미'** 때문이다.

---

84) p.559. 간디는 장남을 사랑했고, 장남 때문에 마음에 상처를 입었다. (중략) 하지만 간디는 아들과의 거리를 좁히려 들기에는 심리적으로 무기력한 상태였다. 그는 "하릴랄을 임신했을 때 나는 정욕의 노예였다"라고 쓰고 있다. "하릴랄이 어렸을 때 나는 줄곧 육욕과 사치에 사로잡혀 있었다."

- G. 애쉬 《간디 평전》 中 -

p.194. "… 그저 곡선미라고나 해둘까. 그 그루셴카라는 악녀에겐 기막힌 곡선미라는 게 있거든. 그것이 발에도, 심지어 왼발의 새끼발가락에까지도 나타나 있단 말이야. 난 그걸 보고 거기다 키스를 했지. 그저 그것뿐이야, 정말이야, 맹세해도 좋아! …"

(중략)

"너 같은 순진한 소년은 아마 잘 모르겠지만 이건 모두 악몽이야, 무의미한 악몽이지. 바로 여기에 비극이 있는 거야! …"

- 도스토옙스키 《카라마조프의 형제》 상 中 -

드미트리가 악녀인 그룬셴카를 사랑하게 된 이유는 그녀의 곡선미 때문이다(더 중요한 표상은 따로 있다). 이는 드미트리의 정신구조 속에 어머니 신체와 관련된 성적 관념이 형성되어 있다는 것을 의미한다. 이러한 성적 관념에 부합하는 타인의 신체적 표상은 그의 인생에 **'아주 결정적인 의미'**를 지니게 되고 **'강박적으로 사랑에 빠지게 되는 중요한 연결고리'**가 된다.

p.305. 그것은 최초 성교 장면과 후에 나타난 강박증적 사랑에 중요한 연결고리가 된다. 그 사랑은 그의 인생에 아주 결정적인 의미를 가지게 된다. 그리고 그것은 또 그가 사랑에 빠지는 조건과 그 강박증을 설명하는 조건을 보여 준다.

엉덩이를 내밀고 등은 평평하게 해서 엎드려 마루를 닦고 있는 그 여자를 보았을 때 그는 성교하는 장면에서 그의 어머니가 취했던 자세를 다시 만나게 되었다. 그녀는 그에게 어머니가 된 것이다. 그는 이 장면이 살아났기 때문에 성적으로 흥분에 사로잡혔다.

- S. 프로이트 《늑대인간》 中 -

한마디로 말해서 그루센카는 드미트리에게 **유혹하는** 어머니가 된 것이다. 그래서 드미트리는 그룬세카와의 사랑을 **'무의미한 악몽'**이라고 말한다. 그룬세카와의 사랑이 **'무의미한'** 이유는 그루센카와 실제로 사랑에 빠진 것이 아니라 그루센카가 지닌 유혹하는 어머니 표상과 사랑에 빠졌기 때문이다. 또 그루센카와의 사랑이 **'악몽'**인 이유는 그 사랑이 무의식의 악마적 힘(정욕)에 의해 강요된 사랑이기 때문이다. 드미트리의 **'비극이 바로 여기에 있는'** 이유는 그의 의식은 그루센카에 대한 강렬한 애정이 그의 정욕이 만들어 낸 환각이라는 사실을 모르기 때문이다.

2) 둘째 아들 = 강박적 유형

삼 형제 모델에서 둘째 아들은 강박적 유형일 확률이 높다. 그 이유는 아버지와 형으로부터 받는 이중의 거세 위협 때문이다. 이중의 거세 위협으로 인해서 초자아에는 리비도가 과도하게 집중됨으로써 강력한 초자아가 형성되고 이 초자아가 성격 구조의 중심이 된다(첫째 아들에게도 초자아가 형성되지만 둘째 아들만큼 강력하지는 않다). 이러한 성격 구조로 인해서 주체는 성인이 되었을 때 성적 표상에 대해서 **'비관적인 관점과 금욕적인 태도'**를 보인다.

정신분석학적으로 설명하자면 첫째 아들의 경우에는 초자아와 신체 이드가 **서로 대립**하지만 둘째 아들의 경우는 초자아에게 신체 이드가 **완전히 복종**한다. 따라서 자아도 초자아를 상대로 대립하기보다는 신체 이드의 욕망을 단념시키고 죄책감의 욕망을 만족시키려고 애쓴다. 이때 이드의 충동을 통제하려는 자아의 노력이 신체적으로 발현된 현상이 **강박적 행위**이고 정신적으로 발현된 현상이 **강박적 사고**이다.

강박적 정신구조로 인해서 둘째 아들의 가장 큰 목표는 어떠한 희생을 무릅쓰더라도 거세 불안과 죄책감을 회피하는 것이 된다. 그래서 거세 불안과 죄책감으로부터 자신을 보호해 줄 수 있는 외부 대상에 비정상적으로 의존하게 된다.[85] 이러한 정신적 메커니즘이 사회적 제도로 발전한 것이 금욕적인 종교이다. 금욕적인 종교에서 성욕의 만족을 엄격히 금하고 그것을 죄악으로 규정하는 이유도 그 교리가 아버지의 거세 위협을 토대로 하고 있기 때문이다. 이러한 상징 체계 내에서 주체는 성적 유혹에 굴복했을 때는 죄책감을 느끼게 되고 본능적 충동을 단념했을 때는 죄책감으로부터의 해방과 쾌락을 느끼게 된다.

p.402. 개성화의 과정에서 외부에 있는 억제력의 일부가 내면화하고, 자아 내부에 동인이 조성되면, 이것이 바로 자아의 나머지 부분과 대치하고, 동인을 비판하고 금지시키는 것이다. 이때 우리는 이 새로운 동인을 〈초자아〉라고 부른다. (중략) 그러나 장애 요소가 외부적인 것일 경우 충동의 단념이 〈오로지〉 불쾌한 느낌만을 안기는 데 견주어 내적인 이유에서, 말하자면 초자아에 복종하는 의미에서 충동을 단념할 때는 이와는 다른 경제적인 작용이 나타난다. 이 충동의 단념이 불유쾌한 느낌을 야기시키는 것은 피할 수 없는 일이나, 경우에 따라서는 자아에 일종의 쾌감을 안기기도 한다. 말하자면 대리 만족을 통한 쾌감이 이것이다. 이 경우 자아는 의기양양해진다. 자아는 본능 충동을 포기하고는 가치있는 일이라도 해낸

85) p.190. 이러한 아이들은 비관적인 관점과 금욕적인 태도를 취한다. 그들의 가장 큰 목표는 어떠한 희생을 무릅쓰더라도 불안과 죄책감을 물리쳐내는 것인데, 심지어 그것이 모든 행복과 욕동의 충족을 포기하는 것일지라도 그러하다. 그와 동시에 그런 아이들은 자신의 대상에 비정상적으로 많이 의존하는데, 왜냐하면 불안과 죄책감에 대한 보호와 지원을 자신의 외적 환경에 의존하기 때문이다.

- M. 클라인 《아동 정신분석》 中 -

듯이 자랑스러워 한다. (중략) 초자아는 개인의 행동을 유아기에 감독하는 양친(그리고 교육자)의 후계자 겸 대리인으로서, 양친(그리고 교육자)의 기능을 한결같이 수행한다. 초자아는 자아를 항구적인 종속 상태에다 두고 끊임없이 여기에다 압력을 가하는 것이다. 유아기에 그렇듯이 자아는 최고 권위자인 초자아의 사랑이 자기에게 쏠리고 있다는 것을 안다. 그래서 자아는 초자아로부터 인정받을 때는 이것을 해방으로 느끼고 초자아의 비난에는 양심의 가책을 느낀다. 자아는 초자아에 대한 본능적 충동의 단념이라는 희생을 지불하면, 그 보상으로 초자아로부터 더 큰 사랑을 받을 것이라고 기대한다. 자아는 바로 이 사랑받을 만한 행위를 한 것을 의식하고는 자랑스러워 하는 것이다.

- G. 프로이트 《종교의 기원, 『인간 모세와 유일신교』》 中 -

둘째 아들의 또 다른 불행은 동생(셋째 아들)이 태어남으로써 어머니의 사랑마저도 동생에게 박탈당하는 것이다. 둘째 아들은 자신의 리비도 대부분을 이중의 거세 위협을 방어하는 데 이미 소모(반대 집중)했기 때문에 첫째 아들과 달리 동생에게서 어머니의 사랑을 되찾고자 하는 노력을 포기한다. 그래서 둘째 아들 유형은 **보수적으로** 되기 쉬우며 사회적 야망을 포기하고 **종교에 귀의**하기도 한다. 이렇게 둘째 아들은 가족 내에서도 사회 내에서도 자신의 자리를 차지하지 못하고 매우 불행한 삶을 살아가는 유형이라고 할 수 있다.[86)]

86) p.167. 많은 아이들이 집과 학교에서 전혀 다른 모습을 보이는 것도 바로 저런 이유 때문이다. 가장 흔하게 접할 수 있는 도식은 학교에서는 새로운 것들을 발견하느라 신난 아이가 집에 돌아오면 보수적이고 자기 안에 갇혀 있으며, 의존적이며 공황에 가까운 상태에 빠져 있는 모습이다. 이때 어머니나 주변의 다른 가까운 사람이 그에게 아주 섬세하게 적응하여 위기를 면하는 경우가 많다. (중략) 그런 종류의 일은 아

그런데 도스토옙스키는 이반에게는 보통의 둘째 아들과 다른 오이디푸스 환경을 제공한다. 그것은 이반이 **4세까지** 어머니 사랑을 과도하게 받음으로써-정신분석학에서는 이러한 관계를 **'자기애적으로 얽혀 있다'** 라고 표현한다-자아가 매우 발달하게 되었다는 것이다. 그럼에도 어린 아이에게 어머니 사랑의 갑작스러운 박탈은 심각한 심리적 외상을 끼친다. 특히 이반처럼 어머니에게 과도하게 사랑받고 있었던 중에 그러한 심리적 외상은 그만큼 더 강한 심리적 충격을 준다.[87] 이반의 정신병리(자기애적 성격 장애)가 심각한 이유도 바로 여기에 있다. 이반의 심리적 외상의 정도는 어머니와의 심리적 거리로 드러난다.

p.225. "이반, 이반! 빨리 물을 가져와라. 제 어미와 똑같구나, 정말 똑같애. 그때도 꼭 저랬다니까! 얘, 입으로 물을 뿜어 줘라. 나도 그렇게 해주곤 했어. 이 애는 제 어미 때문에, 제 어미 때문에 그만……." 표도르는 이반에게 중얼거렸다.

"하지만 내 어머니와 알료샤 어머니는 같은 분이라고 생각하는데요. 안 그렇습니까?" 이반은 분노와 모멸을 참다못해 불쑥 이렇게

이가 가족 내에서 자기 자리를 찾지 못하거나 자리 자체가 없을 때 일어난다. 셋째가 태어나 둘째가 가운데에 끼는 경우를 그런 예로 들 수 있다. 그리고 그는 그대로, 누군가가 그의 성격이 변했다는 사실을 깨닫거나 그가 좋은 가정에서 자랐음에도 불구하고 박탈을 경험했다는 사실을 눈치챌 때까지 그런 상태에 머무르게 된다.

- D. 위니캇 《가정, 우리 정신의 근원》 中 -

87) p.264. 이러한 어머니의 관계 능력의 제한은 종종 자기애적 성격장애로 고통받는 환자들의 아동기 내력에서 확인될 수 있는데, 그들에게 떠오르는 최초의 기억들은 형제의 출생을 그들 장애의 주요 원인으로 간주하는 것으로 보인다. 그러나 자기애적 장애의 주요 원인이 되는 사건은 형제의 출생이 아니라-대부분의 아이들은 실제로 이런 사건을 겪으면서 자기애 영역에 심각한 상처 없이 살아남는다-어머니가 큰 아이와 자기애적으로 얽혀 있는 상태에서 새아기와 자기애적으로 얽히는 관계로 갑작스럽게 옮겨가는 변동이다.

- H. 코헛 《자기의 분석》 中 -

말했다.

노인은 그의 번쩍이는 눈초리를 보고 흠칫 몸을 떨었다. 그러나 이때 비록 짧은 순간이긴 했으나 아주 괴이한 현상이 일어났다. 알료샤의 어머니가 곧 이반의 어머니라는 것을 표도르는 순간적이나마 까맣게 잊고 있었던 모양이다.

- 도스토옙스키 《카라마조프의 형제》 상 中 -

이반의 아버지 표도르는 이반의 어머니가 곧 알료샤의 어머니라는 사실을 순간적으로 잊고 있다. 그 정도로 이반과 그의 어머니 사이에는 심리적 거리가 있었다는 뜻이다. 이러한 심리적 거리가 생긴 이유는 알료샤가 태어나자 이반을 그토록 사랑했던 어머니가 갑작스럽게 이반에게서 리비도(사랑)를 철수했기 때문이다. 어머니의 갑작스러운 리비도 철수는 어린아이의 성격 구조 형성에 심각한 영향을 미치는데 그 이유는 신체에 배분되어야 할 리비도가 심리적 외상을 방어하기 위해서 왜곡되어 배분되기 때문이다. 따라서 이반이 강박적 유형이 된 원인은 아버지의 거세위협이 아니라 어머니의 갑작스러운 리비도 박탈이다.

어머니 사랑의 박탈이 어린아이의 성격 구조 형성에 미치는 영향은 박탈의 정도와 나이에 따라 달라진다. 나이마다 심리적 외상을 방어하는 정신 기구가 다르기 때문이다.[88] 박탈 시기가 유아기이면 자아가 거의 형성되지 않은 상태이므로 심리적 외상을 방어하는 정신 기구는 정신 이드가 된다. 이 경우 정신 이드가 분열됨으로써 문자 그대로 정신분열증을 가진 정신구조를 지니게 된다. 이렇게 유아기 초기의 어머니 사랑은 주체가 살

88) p.140. 어머니에게서 떨어지는 분리가 아동에 미치는 영향력은 박탈의 정도와 아동의 나이에 따라 달라진다. (중략) 이에 따라 지금은 아동은 될 수 있는 대로 어머니의 보호로부터 분리되어서는 안 된다는 인식이 널리 받아들여지고 있다.

- D. 위니캇 《박탈과 비행》 中 -

아갈 수 있는 **삶의 토대**가 되며 평생 건강한 정신을 유지하는데 필수적인 요소이다.[89)]

유아기 이후 어머니 사랑의 박탈 시기가 **4세 이전**이면 자아가 어느 정도 형성되어 있는 시기이므로 심리적 외상을 방어하는 정신 기구는 **약한 자아**가 된다(이 시기의 박탈의 주요 원인은 동생의 출생이나 아버지의 거세 위협이다). 어머니의 리비도 철수 시기가 **4세 이후**이면 자아가 강하게 형성되어 시기이므로 심리적 외상을 방어하는 정신 기구는 **강한 자아**가 된다(물론 개인차가 있다). 따라서 어머니 사랑의 박탈 시기에 따라 인간의 성격 구조는 두 가지 방향으로 발달할 수 있음을 알 수 있다. 자아가 약한 경우에는 **이상화된 부모 표상**에 리비도를 집중해서 그 대상에게 의존(숭배)하는 것이고 자아가 강한 경우에는 자신의 전능 관념에 리비도를 집중해서 **과대 자아**를 확립하는 것이다. 전자의 삶은 신과 같은 **전능한 존재**에 의존함으로써 자기애(자존감)를 보존하고자 하고 후자의 삶은 **자기 자신**에게 의존함으로 자기애(자존감)를 보존하려고 한다.[90)] 특히 어머니와 자기애적으로 얽혀 있던 어린아이에게 어머니 사랑의 박탈은 가장 심각한 외상이므로 아무리 강한 자아라 할지라도 심각한 정신적 손상

---

89) p.340. 이 초기 단계에서 환경의 중요성은 너무 크기 때문에, 우리는 정신분열증이 일종의 환경 결핍의 질병이라는 뜻밖의 결론에 도달하도록 강요받는다. 초기에 완벽한 환경은 이론적으로 유아의 최초의 정서적 또는 정서적 발달을 가능하게 하는 요소이고, 나중의 정서발달을 위한 토대이며, 평생 지속되는 정신건강을 위한 성향이 된다.

- D. 위니캇 《소아의학을 거쳐 정신분석학으로》 中 -

90) p.235. 모성적 돌봄의 결함에 의해 생겨난 일차적 자기애의 평형 상태의 파괴와 그와 관련된 실망감과 박탈의 경험은 아동으로 하여금 과시적인 과대적 자기를 확립하거나 혹은 이전의 완전함을 전능한 자기 대상, 즉 이상화된 부모상에게 돌리도록 이끈다(Kohut, 1971). 유아기의 초기부터 생애 전체를 통하여, 성취되지 못한 욕구와 소원은 박탈감으로부터 벗어나고자 반복적으로 시도한다. 게다가 박탈의 경험은 자존감의 저하와 밀접하게 연관되어 있다.

- W. 마이쓰너 《편집증과 심리치료》 中 -

을 입을 수밖에 없다. 그 결과 자아가 분열되어 **'자아(인격) 분열'**을 특징으로 하는 성격 구조가 형성될 수 있다.

> p.128. 〈꿈과 광증의 주요 특징은 과장된 사고의 결합과 판단의 약화이다.〉 냉정하게 판단하면 말도 안 되는, 자신의 정신적 능력에 대한 〈과대평가〉가 정신병과 꿈에서 나타난다. 정신병의 〈두서없이 떠오르는 관념〉들은 꿈의 〈빠른 표상 흐름〉과 일치한다. 양측 모두 〈시간 척도〉가 결여되어 있다. 예를 들어 꿈에서 자신의 지식을 두 인물에게 분배하고 그중 낯선 자아가 원래의 자아를 바로잡아 주는 〈인격 분열〉은 환각적 편집증의 유명한 인격 분할과 전적으로 일치한다. 꿈꾸는 사람 역시 다른 사람이 자신의 생각을 말하는 소리를 듣는다.
>
> \- S. 프로이트 《꿈의 해석》 中 -

좀 더 구체적으로 설명하자면 강한 자아가 형성된 상태에서 어머니 사랑의 박탈과 같은 심리적 외상을 경험하게 되면 자아는 전능 관념에 리비도를 집중해서 그 부분을 분열시켜 과대 자아를 형성하고 **과대 자아**는 성격 구조의 중심이 된다(약한 자아의 경우에는 **초자아**가 형성되고 초자아가 성격 구조의 중심이 된다). 분열된 과대 자아에는 리비도가 집중되어 있으므로 전체 자아의 일부분에 불과하지만, 전체 자아를 지배하게 된다. 예를 들어 이반의 과대 자아의 화신이 대신문관이다. 이러한 자아 분열이 병리적으로 되어서 환각으로 나타난 것이 이반의 악마이다. 프로이트가 이러한 현상을 **'환각적 편집증**(섬망증)**의 유명한 인격 분할'**이라고 표현했듯이 이반의 악마는 이반과 지식을 공유하고 이반의 **'원래의 자아를 바로 잡아주는 낯선 자아'**의 역할을 한다.

p.122. 그래서 그는 앞서 얘기한 바와 같이 자기가 섬망증에 걸리기 직전에 있다는 것을 거의 의식하면서도 그대로 앉아 맞은편 벽 앞에 놓인 소파 위의 어떤 대상을 열심히 바라보고 있었다. 거기엔 어떻게 들어 왔는지 모르지만 어떤 사람이 앉아 있었다.

(중략)

… "하지만 여보게," 이반은 신경질적으로 손님을 보고 말했다. "자네가 아니더라도 그걸 생각해 냈을 거야. 그 때문에 나는 지금 괴로워하고 있었으니까! 자넨 왜 남의 일에 참견하는 거지? 마치 나 자신이 기억해내지 못한 것을 자네가 귀뜸해 준 것으로 믿게 하려는 것처럼 말이야."

- 도스토옙스키 《카라마조프의 형제》 하 中 -

이반은 4세까지 어머니의 헌신적인 사랑을 받았기 때문에 전능 관념이 지배적인 자아를 가지게 되었지만, 알료샤의 출생으로 어머니 사랑을 갑작스럽게 박탈당함으로써 심각한 심리적 외상을 입게 된다. 이렇게 되면 어린아이의 무의식은 어머니의 사랑을 되찾는데 모든 정신 에너지를 집중하게 된다. 4세에는 언어를 습득한 상태이므로 어머니 사랑의 척도는 **어머니 칭찬**이 된다.[91] 그런데 어린아이가 성장하면서 어머니 사랑과 어머니 칭찬과의 연결고리가 희미해짐으로써 이제 누군가의 칭찬을 받는 것만으로도 그 칭찬은 어머니의 사랑을 받는 것과 같은 환상을 불러일으

---

91) p.265. 오이디푸스 시기 이전의 어린 소년은 어머니의 자기애적 리비도가 강하게 집중되는 상태에 있게 된다. 그리고 자기애적인 어머니의 경우, 아이를 칭송해주는 것을 필요로 하는 시기가 지나서까지도 계속해서 아이를 칭송해준다. 그러다가 그 어머니는 다른 아이가 생기자마자 큰 아이에게 집중되었던 자기애적 리비도를 철수시켜 새 아이에게 투자함으로써 큰 아이에게 상처를 입히게 된다.

- H. 코헛 《자기의 분석》 中 -

킨다. 이반의 악마가 이반이 자신의 죄를 고백하려는 행위의 동기를 **'사람들한테 칭찬을 받고 싶어서'**라고 말하는 것은 이반의 성격 구조의 정곡을 찌르는 표현이라고 할 수 있다.

p.150. "그놈이 그렇게 말했다니까, 글쎄 그놈이. 그놈도 그걸 알고 있어. 자넨 선행을 하려고 하면서도 그걸 믿지 않아. 그래서 자넨 화를 잘 내고 괴로워하는 거란 말이야. 그 때문에 자넨 그처럼 복수심에 불타는 거야. (중략)

"그건 그놈의 말이 아니라 형님의 말이지요?" 알료샤는 슬픈 듯이 소리쳤다. "형님은 병 때문에 지금 헛소리를 하며 자신을 학대하고 있는 거예요!"

"아니야. 그놈은 자기가 하는 말을 알고 있어. 그놈은 나보고-자네는 자존심 때문에 가는 거야. 그리고 일어나서 말하겠지. '아버지를 죽인 건 나요. 당신들은 왜 겁이 나서 몸을 움츠리는 거요. 당신들은 거짓말을 하고 있소! 나는 당신들의 의견을 경멸하오, 나는 당신들의 공포를 경멸하오!'라고. 그놈은 나한테 이렇게 말했어. 그리고 갑자기 '하지만 여보게, 자넨 그자들한테 칭찬을 받고 싶어서 그러는 거야. 저 사람은 살인범이지만 얼마나 너그러운 마음씨를 갖고 있는가! 형을 구하기 위해 자기의 죄를 고백하고 나섰으니!-이런 칭찬을 듣고 싶은 거지' 하고 말하지 않겠어. 하지만 그건 거짓말이야, 알료샤." 이반은 눈을 번득이며 갑자기 소리쳤다.

"나는 그까짓 시시껄렁한 놈들의 칭찬을 바라지도 않아. 그건 거짓말이야, 알료샤, 그놈이 거짓말을 한 거야. 이건 너한테 맹세할 수 있어!

- 도스토옙스키 《카라마조프의 형제》 하 中 -

이반은 자신이 스메르쟈코프를 사주해서 아버지를 살해했다고 법정에서 자백하려고 한다. 악마는 이반이 자백하려는 진짜 동기를 '타인의 칭찬을 받기 위해서'라고 말한다. 이반의 의식은 그건 거짓말이라고 강하게 부정한다. 하지만 정신분석에서는 이러한 강한 부정은 억압된 것을 인정하는 방식이다. 즉 어떤 사실을 강하게 부정하는 것은 그 사실을 의식 속에 입장시키고 싶지 않다는 뜻이다.

3) 셋째 아들 = 자기애적 유형

셋째 아들인 알료샤는 리비도가 자아에 지배적으로 배분된 자기애적 유형이다. 이렇게 된 원인은 셋째 아들이 몇 가지 이유로 첫째 아들이나 둘째 아들과는 다른 오이디푸스 환경에서 자라기 때문이다. 첫 번째 이유는 아버지가 나이가 먹어가면서 어머니에 대한 성적 관심이 감소했다는 것이다. 어머니는 그에 대한 보상심리로 인하여 셋째 아들(막내)에게 리비도를 더 집중하게 되고 그 결과 셋째 아들은 다른 형제보다 전능 관념은 더 강화되고 따라서 자아의 강도도 더 강해진다. 두 번째 이유는 둘째 아들이 이중의 거세 위협으로 인하여 어머니에 대한 욕망을 추구하지 않는다는 것이다. 이상의 두 가지 이유로 셋째 아들은 아버지나 형으로부터의 거세 위협을 느끼지 않으며 그 결과 오이디푸스 콤플렉스가 약하게 형성된다. 세 번째 이유는 셋째 아들은 **막내**이기 때문에 동생의 출생에 따른 어머니 사랑의 박탈을 경험하지 않으므로 어머니가 자신을 계속해서 보호하고 있다는 관념과 정서를 가지고 된다(만약 동생이 태어난다면 셋째 아들은 첫째 아들의 역할을 하게 된다). 이러한 관념과 정서는 성인이 되어서도 어머니가 계속 자신을 보호해 주고 있다는 심리적 울타리를 제공한다. 이렇게 삼 형제 모델에서 셋째 아들이자 막내는 **'어머니의 편**

애 대상'이 된다.

> p.357. 이 우두머리의 아들들의 삶은 고달픈 것이었다. 만일에 아버지의 질투심을 유발하게 될 경우, 이들은 죽음을 당하거나 거세를 당하거나 무리에서 내쫓기거나 했다. (중략) 지극히 자연스러운 일일 테지만, 대개의 경우 아들 중에서 막내가 가장 기대치가 높았다. 나이가 가장 어린 막내가 그런 기대를 한몸에 모을 수 있었던 것은 어머니의 사랑을 통해 보호를 받을 수 있었던 데다, 아버지가 나이를 먹어가다가 세상을 떠나면 그 뒤를 이을 가능성이 가장 높았기 때문이었다. 여기에서 우리는 흡사, 장남은 배제의 대상, 막내는 편애의 대상이 되는 전설이나 동화를 읽은 듯한 착각에 사로잡힌다.
>
> - S. 프로이트《종교의 기원,『인간 모세와 유일신교』》-

삼 형제 모델은 모든 어린아이가 유아기에 전능 관념(핵심적인 과대주의)을 습득하는 것을 전제로 하고 있다(스메르쟈코프는 이 전제에 해당하지 않는다). 이 과정에서 첫째 아들이나 둘째 아들은 어머니 사랑의 박탈이나 아버지의 거세 위협을 방어하기 위해서 전능 관념(자아)의 강화에 사용해야 할 리비도를 초자아나 신체 이드에 분산시켜 배분하게 되지만 그러한 심리적 외상을 경험하지 않는 셋째 아들(막내)은 리비도를 오로지 자아에 지배적으로 배분하게 된다. 따라서 첫째 아들과 둘째 아들에게는 어머니 관념과 아버지 관념이 혼합된 오이디푸스 콤플렉스가 형성되지만 셋째 아들은 어머니 관념이 지배적인 오이디푸스 콤플렉스가 형성된다.[92] 이렇게 셋째 아들의 리비도는 분산 배분되지 않고 그대로 정신

92) p.177. 예를 들어, 유아기 초기에 포부들과 이상화된 목표들의 흔적들은 나란히 획득되기 시작하는 반면, 대부분의 핵심적인 과대주의는 아동기 초기 동안에(아마도 주로 둘째와 셋째, 그리고 넷째 해 동안에) 핵심 포부들로 공고화되고, 대부분의 핵심적인

이드 속에 보존됨으로써 **고도의 정신성**을 지니게 된다. 이러한 고도의 정신성이 **카리스마**로 셋째 아들의 카리스마는 그들이 살아가면서 삶의 주인공이 되게 하는 중요한 요소가 된다. 세 자매 중 셋째 딸도 마찬가지이다. 이러한 실제 삶의 현상들은 전설이나 신화 또는 민담 등의 주된 모티브가 된다.

p.270. 이제 똑같은 상황을 소재로 갖고 있는 신화와 민담과 문학 작품들의 다른 많은 장면들이 자연스럽게 우리의 머릿속에 떠오를 것이다. 목동 파리스도 세 여인들 중에서 가장 아름다운 세 번째 여인을 선택했다. 신데렐라 역시 같은 방식으로 두 언니들을 물리치고 왕자님에게 가장 사랑을 받았던 셋째였다. 프시케 또한 아필레의 이야기 속에서 세 자매 중 가장 나이 어리고 아름다운 셋째였다. (중략) 좀 더 광범위한 탐색을 해보고자 한다면 누구든지 핵심적인 동일한 특징들을 간직하고 있는 같은 모티브가 변형된 형태로 반복되고 있음을 알게 될 것이다.

(중략)

이 세 자매는 과연 어떤 인간들이었고 또 왜 반드시 셋째만이 선택받아야 했을까?

- S. 프로이트 《예술, 문학, 정신분석, 『세 상자의 모티브』》 中 -

프로이트는 신화나 문학 작품 등에서 세 자매 중 셋째 딸(막내)을 주인

이상화 구조들은 아동기 후기 동안(아마도 주로 인생의 넷째와 다섯째, 그리고 여섯째 해)에 획득되는 것으로 보인다. 자기의 보다 초기 구성물들은 주로 어머니 자기 대상과의 관계에서 도출되는 데 반해, 나중에 획득되는 구성물들은 어느 한쪽 성의 부모 인물들과 관련된다.

- H. 코헛 《자기의 회복》 中 -

공으로 하는 모티브가 변형된 형태로 반복되고 있다는 사실을 발견한다. 프로이트가 제시한 사례를 제외하고도 《미녀와 야수》에서도 세 자매가 등장하며 그중에서 **가장 아름다운** 셋째 딸이 주인공이다. 도스토옙스키의 경우에는 《백치》에서 이러한 세 자매 모티프를 사용하고 있다. 여기에서 셋째이며 막내인 아글라야가 세 자매 중 **뛰어난 미인**이며 집안의 우상이다. 우리나라에서도 셋째 딸은 얼굴도 안 보고 결혼한다는 구전이 있다. 이렇게 셋째 아들 또는 셋째 딸이 가장 총명하거나 가장 아름다운 이유는 어머니의 **리비도 집중**을 많이 받았기 때문이다.

> p.27. 최근 몇 년 사이에 장군의 세 딸, 알렉산드라, 아젤라이다, 아글라야는 장성하여 성인이 되었다. (중략) 특히 막내는 뛰어난 미인이라 벌써부터 사교계에서 크게 주목받기 시작했다. (중략) 아니, 두 언니가 집안의 우상 격인 막내를 위해 희생을 한다는 소문까지 나돌고 있었다.
>
> \- 도스토옙스키 《백치(동서)》 中 -

그런데 프로이트는 왜 삼 형제를 모티프로 하는 이야기들 속에서는 이러한 법칙을 발견하지 못한 것일까? 그 이유는 여성은 초자아가 거의 형성되지 않으므로 성격 구조가 그대로 드러나지만, 남성의 경우에는 초자아로 인해서 성격 구조가 은폐되거나 복합적으로 발현되기 때문이다. 그렇지만 삼 형제를 모티프로 하는 사례가 없는 것은 아니다. 《꼬마 돼지 삼 형제》라는 동화는 삼 형제 모델의 전형이라고도 할 수 있다. 이 동화에서도 늑대를 물리치는 **가장 총명한** 돼지는 셋째 돼지이다. 이 동화에서 꼬마 돼지를 잡아먹으려는 늑대는 아버지를 상징한다. 이렇게 아들을 잡아먹는 아버지의 모티프는 그리스 신화에까지 거슬러 올라간다.

p.337. 예컨대 당신은 어린 소년이 아버지에 의해서 잡아먹힐까 얼마나 자주 두려워하는지를 듣게 되면 틀림없이 놀라게 될 것입니다. (중략) 그러나 나는 크로노스(Kronos) 신(神)이 자신의 아이를 어떻게 집어삼켜 버렸나 하는 것을 학창 시절에서 회상할 수 있도록 신화적인 이야기를 상기시킬 수도 있습니다. (중략) 오늘날 우리는 또한 늑대와 같은 굶주린 동물이 나타나는 수많은 동화를 생각할 수 있으며, 우리는 그것을 아버지의 변장으로 인식할 것입니다.

- S. 프로이트 《정신분석학 개요, 『비전문가 분석의 문제』》 中 -

이 동화는 한 가지 상징을 통해서 삼 형제의 성격 구조를 상징적으로 보여준다. 그것은 삼 형제가 만드는 **집의 구조**이다. 집의 구조는 아버지의 거세 위협(초자아)을 견디어 낼 수 있는 삼 형제의 **자아의 강도**를 의미한다.[93] 첫째 아들의 집의 구조는 밀짚으로 만들어져 있어 자아가 초자아의 공격에 가장 취약하다. 둘째 아들의 집의 구조는 나무로 만들어져 있어 그나마 자아가 초자아의 공격을 어느 정도 버틸 수 있다. 여기에서 첫째 아들보다 둘째 아들의 자아가 더 강하지 않느냐는 반론이 제기될 수 있는 데 둘째 아들은 신(神)과 같은 이상화된 부모 표상에 의존하고 있을 때는 첫째 아들보다 자아가 더 강하게 보일 수 있다. 셋째 아들의 집의 구조는 벽돌로 만들어져 있어 오히려 자아가 초자아보다 더 강하다.

삼 형제를 모티프로 하는 또 다른 사례는 영화 《대부》이다. 아버지 비토 코를레오네는 지능적인 인물이다. 그의 첫째 아들 소니는 **육욕적인** 인물이다. 그는 드미트리를 연상시킨다. 둘째 아들 프레도는 어린 시절 앓은 병으로 인해 **유약한** 인물로 나오고 항상 형이나 동생의 **눈치를 살피**

93) p.349. 집이나 건물은 당신 자신의 상징이다.

- E. 애크로이드 《꿈 상징 사전》 中 -

는 인물이다. 셋째 아들이자 막내인 마이클은 삼 형제 중에서 **가장 뛰어난 지적 능력**을 지닌 인물로 결국 그가 아버지의 뒤를 이어 조직의 우두머리가 된다. 역사 속에서 삼 형제 중 셋째 아들로 가장 유명한 인물은 마하트마 간디이다. 간디(모한다스)는 셋째 아들임에도 불구하고 아버지(카바)의 후계자가 된다.[94)]

우리나라의 역사 속에서도 유명한 인물은 셋째 아들인 경우가 많다. 가장 대표적인 인물은 세종대왕이다. 그의 아버지 태종은 형제 중 유일하게 과거에 급제한 뛰어난 지적 능력을 지닌 인물이었다. 그의 첫째 아들 양녕은 여색을 탐해 세자 자리에서 쫓겨나는 인물로 그 역시 **육욕적인** 드미트리를 연상시킨다. 둘째 아들 효령은 **내성적인** 인물로 세자가 되는 것을 포기하고 종교에 귀의한다. 셋째 아들 충녕(세종)은 **탁월한 지적 능력**을 지닌 인물로 결국 그가 왕이 된다. 세종은 표음문자인 한글을 창제했는데 한 개인이 한 민족의 문자를 만든 것은 세계사에서 최초이자 유일한 사례이다.

그런데 세종의 형제는 네 명이었기 때문에 삼 형제 모델이 적용되지 않는다는 반론이 제기될 수 있다. 전제한 바와 같이 삼 형제 모델은 형제간의 나이 차이가 **5세 이하**일 때에만 적용된다. 5세 이후에는 무의식의 영역이 거의 완성되어 심리적 외상이 관념화되지도 않고 자아도 상당히 발달하므로 심리적 외상의 영향도 크게 받지 않기 때문이다.[95)] 하지만 5세

---

94) p.38. 모한에게는 형이 둘 있었는데, …. (중략).

카바는 자기 집안이 대대로 맡아온 수상직을 어떤 아들에게 잇게 할 것인지 고민하다가 결국 모한다스를 후계자로 삼기로 결정했다.

- G. 애쉬 《간디 평전》 中 -

95) p.304. 5세가 넘은 아동들은 대부분 가족과 떨어져서 잘 지낼 수도 있고, 심지어는 아동에게 이로울 수도 있다는 사실을 보여주고 있습니다. 그러나 5세 이전의 어린 아동이 어머니와 떨어져서 지내는 데에는 커다란 위험이 따릅니다.

이 주제에 대하여 많은 연구가 이루어졌는데, (중략), 어린 아동이 어머니와 오랫동

이전에 어머니 사랑을 박탈당한다는 것은 어린아이에게 **정신적으로 '커다란 위험'**과 **심리적으로 '엄청난 고통'**을 수반한다. 세종과 그의 동생과의 나이 차이는 **여덟 살**로 세종에게 동생은 질투와 시기의 대상이 아니라 오히려 애정의 대상이었을 것이다.

> p.277. 아이가 형제자매들의 모습에서 자신의 경쟁자를 발견하고 미워하게 되리라는 것은 의심할 필요가 없습니다. 그리고 이러한 감정 상태는 긴긴 세월을 거쳐 성숙기에 이르기까지 계속되며 나중에도 끊임없이 지속되는 경우가 빈번하다는 것은 익히 알려진 사실입니다. 이러한 미움이 사랑하는 감정으로 바뀌는 경우도 충분히 많습니다. 아니면 차라리 사랑하는 감정과 중첩된다고 말할 수도 있겠습니다. 어쨌거나 적대적인 마음이 일반적으로 연원이 더 오래된 듯이 보입니다. 자신의 동생을 새로 맞이하게 된 두 살 반에서부터 네댓 살 먹은 어린아이들에게서 그러한 모습을 가장 쉽게 발견할 수 있습니다. 그 경우 동생은 환영받지 못하고 배척됩니다. 〈나는 저 아이가 마음에 들지 않아. 황새가 그 애를 다시 데려갔으면 좋겠어〉 라는 등의 말을 일상적으로 들을 수 있습니다. 그 결과로, 새로이 태어난 그 아이를 깎아내릴 수 있는 기회라면 모두 이용되는 것은 물론이고 그에게 상처를 입히려는 시도나 심지어는 직접적인 암살 기도 역시 전대미문의 일이 아닌 것이 됩니다. 특히 나이 차이가 적을 경우, 강한 정신적 활동이 눈을 뜨게 되는 시기에 이른

안 헤어져 있는 것이 아주 중요한 비행의 원인 중 한 가지 외적 요인으로 나타나고 있습니다. 통계적으로 타당성이 있는 일련의 비행 청소년 사례 조사에서 절반 이상이 생후 첫 5년 내에 6개월 또는 그 이상의 기간 동안 어머니와 친숙한 환경에서 떨어져 고통스러운 시간을 가진 것으로 나타났습니다.

- D. 위니캇《박탈과 비행》中 -

> 아이는 동생의 모습에서 자신에 대한 강한 경쟁자를 발견하고는 그에 대한 대비를 하는 것입니다. 그런데 나이 차이가 많아지면 그 새로운 존재는 처음부터 재미있는 대상, 이를테면 일종의 살아 있는 인형처럼 여겨져서 애틋한 마음을 유발하게 되며, 나이 차이가 여덟 살 이상이 되면 특히 여자아이의 경우, 보호해 주려는 모성적인 충동을 일으키게 됩니다. 어쨌든 정확하게 말해서 형제자매가 죽기를 바라는 소원을 꿈의 배후에서 발견하게 될 때, 그것을 그렇게 기이한 것으로 여길 필요는 없는 것이며 예전의 어린 시절에서 그 원형을 손쉽게 찾아볼 수 있는 것입니다. 또 그것은 이후의 시간 동안 함께 자라 나가는 사이에 생길 수도 있습니다.
>
> \- S. 프로이트 《정신분석 강의》 中 -

세종 대왕 이외에도 한국민이 가장 존경하는 이순신 장군도 삼 형제 중 셋째 아들이다. 그는 무인이었지만 전쟁 중에도 항상 책을 읽을 정도로 **뛰어난 지적 능력**을 지니고 있었다. 그는 23번의 왜군과의 전투에서 전부 승리했으며 특히 바다의 조수간만의 차를 이용한 전략으로 12척의 전선으로 133척의 규모의 적군을 물리치기도 한다. 현대적인 인물 중에서 삼 형제 중 셋째 아들은 노무현 대통령과 삼성의 이건희 회장 등이 있다.

왜 이렇게 실제 역사 속에서도 셋째만이 선택을 받는 것일까? 그 이유는 셋째 아들의 정신구조의 밑바탕에는 그를 위대한 인물로 만드는 원동력이 숨어 있기 때문이다. 바로 **어머니의 사랑**이다. 그래서 삼 형제 모델에서 가장 중요한 요인은 무의식이 형성되는 과정에서 어머니의 사랑을 1) 얼마나 강하게 2) 또 얼마나 오랫동안 받았느냐의 여부이다. 물론 위대한 인물 중에는 셋째 아들(막내)이 아닌 인물도 많다. 하지만 어머니의 사랑이라는 관점에서 살펴보면 실질적으로 셋째 아들(막내)인 경우가 많다. 예를 들어 첫째 아들인 알렉산더 대왕은 동생이 없었기 때문에 **실제로 막내**였고 둘째 아들인 나폴레옹은 동생과의 나이 차이로 인해 **실질적 막내**였다. 알렉산더나 나폴레옹의 어머니에 대한 사랑이 남다른 이유도 형제가 없거나 형제와의 나이 차이로 인해서 어머니의 사랑을 집중적으로 받았고 박탈당한 경험이 없었기 때문이다.[96)][97)] 또 히틀러도 **실질적 막내**로 자랐다. 도스토옙스키가 알료샤와 그의 어머니와 관계를 매우 중요하게 다루고 있는 이유도 그의 메시아적 카리스마가 어머니의 사랑에서 기인한 것이기 때문이다.

> p.25. 그래도 그녀는 표도르에게 두 아들, 이반과 알렉세이를 낳아 주었다. 큰아들은 결혼하던 첫해에, 작은아들은 결혼 후 3년이 지나서였다. 그녀가 세상을 떠났을 때 알렉세이는 네 살이었지만, 이상한 일은 - 내가 아는 바에 의하면 - 알렉세이가 평생 동안 자기 어머니를 기억하고 있었다는 사실이다.
>
> - 도스토옙스키 《카라마조프의 형제》 상 中 -

알료샤(알렉세이)가 이상할 정도로 평생 자기 어머니를 기억하고 있다

---

96) p.1241. 알렉산드로스는 어머니에게도 많은 선물을 보냈지만, 정치에 대해서는 간섭하지 말아 달라고 요청했다. 어머니가 그의 결정에 불같이 화를 내었을 때, 그는 자식으로서 끝까지 참고 견뎠다. 언젠가 안티파트로스가 올림피아스를 비난하는 긴 편지를 그에게 보내자, 알렉산드로스는 어머니의 눈물 한 방울이 그러한 편지 1만 통보다 더 강한 힘을 가지고 있음을 안티파트로스는 모른다고 말했다.

- 플루타르코스 《영웅전 II》 中 -

97) p.347. 나폴레옹은 끊임없이 어머니의 대범한 성격과 강한 정신력과 숭고함과 자부심에 대해 경의를 표하고 찬미했다. 그녀는 셰익스피어나 플루타르코스의 작품에 나올 법한 인물이었다. (중략) 나폴레옹이 그의 성공의 열쇠가 된 강한 정신력과 성격을 어머니로부터 물려받은 것은 확실하다.

- 조르주 보르도노브 《나폴레옹 평전》 中 -

는 의미는 그의 정신이 자기애 단계부터 어머니와 합일되어 있음을 뜻한다. 자기애 단계에서의 어머니의 정신은 아들에 대한 헌신과 희생으로 가득 차 있으므로 셋째 아들의 정신구조도 헌신과 희생을 바탕으로 형성된다. 셋째이면서 막내아들이 역사 속에서 헌신과 희생의 상징으로 나타나는 이유도 유아기에 어머니의 정신적 특질을 내면화했기 때문이다. 또 셋째 아들은 동생의 출생으로 어머니 사랑을 박탈당하지 않으므로 리비도가 정욕화되지 않기 때문에 **지상의 빵**이나 **타인의 칭찬**을 갈망하지 않으며 그것을 추구하지도 않는다. 따라서 경제적 부나 사회적 명예를 성취하지 못했을 때 열등감이나 수치심도 느끼지 않는다. 알료샤의 이러한 성격적 특질로 인해서 도스토옙스키는 독자들이 알료샤가 뛰어난 인물이라고 느끼지 못할 것을 뻔히 내다보고 있다.

> p.10. 나는 나의 주인공 알렉세이 표도르비치 카라마조프의 전기(傳記)를 시작함에 있어 다소의 의혹을 느끼게 된다. 그것은 다름 아니라 알렉세이 표도르비치를 나의 주인공이라 부르기는 하지만 그가 결코 뛰어난 인물이 아니라는 것을 나 자신도 잘 알고 있으며, "당신은 자기의 주인공으로 알렉세이 표도르비치를 선택했는데, 도대체 그에게 무슨 훌륭한 점이 있단 말이오? 그가 무슨 훌륭한 일을 했소? 그가 누구에게 무엇으로 유명하단 말이요? 그리고 무엇 때문에 우리 독자는 그의 생애의 사실을 연구하느라고 시간을 낭비해야 한단 말이오?" 하는 따위의 질문들이 불가피하다는 것을 예견할 수 있기 때문이다.
>
> 그 중에서도 마지막 질문은 가장 치명적인 것이다. 왜냐하면 이 질문에 대해서는 그저 "소설을 읽어보시면 스스로 아시게 될 겁니다"라고 대답할 수밖에 없기 때문이다. 그런데 만약 이 소설을 다

읽고 난 후에도 나의 알렉세이의 뛰어난 점을 인정할 수도 없고 거기에 동의할 수도 없다고 한다면 어쩔 것인가? 내가 이런 말을 하는 것은 유감스럽게도 그런 일이 있으리라는 것을 빤히 내다보고 있기 때문이다. 나에게는 확실히 뛰어난 인물이긴 하지만 과연 그것을 독자에게 증명할 수 있을는지 어떨는지가 몹시 의심스럽다.

- 도스토옙스키 《카라마조프의 형제》 상 中 -

셋째 아들인 알료샤는 삼 형제 중에서 가장 개성이 없는 인물이다. 첫째 아들 드미트리처럼 정력적이지도 않고 둘째 아들 이반처럼 지능적이지도 않다(전형적인 삼 형제 모델에서 둘째 아들은 강박적 유형이지만, 카라마조프 삼 형제는 이반으로 인해서 전형적인 삼 형제 모델과 다소 차이가 있다). 그래서 도스토옙스키는 독자들이 《카라마조프의 형제》를 다 읽고 난 후에도 알료샤의 뛰어난 점을 인정할 수 없고 거기에 동의하지 않을 것이라고 뻔히 예상까지 하고 있다. 그렇다면 우리가 인정할 수 없고 동의할 수 없는 알료샤의 뛰어난 점은 무엇일까? 그것은 알료샤가 그리스도와 같은 **백치의 정신구조**로 되어있다는 있다는 것이다.[98] 사람들은 그리스도가 백치의 정신구조로 되어있다는 것을 인정할 수도 없고 동의할 수도 없었기 때문에 그리스도를 천재나 영웅으로 그렸다. 하지만

98) p.40. 예수는 천재의 반대다 : 그는 백치 Idiot 다. 현실을 이해하지 못하는 그의 무능을 우리는 알고 있다 : 그는 자신이 이전에 들어서 서서히 이해했던, 즉 잘못 이해했던,-자신의 경험과 자신의 세계와 자신의 진리를 그 안에서 갖추었던 대여섯 단어들의 주위를 맴돈다. 그 외의 것들은 그에게는 낯설다. 그는 모든 사람들이 필요로 하는 말을 했다.-그는 그 말을 다른 사람들과는 다르게 이해했다. 그는 단지 자신의 몽롱한 대여섯 단어만을 이해할 따름이었다. 남자 본연의 본능들은-성적인 것뿐 아니라, 싸움과 긍지와 영웅주의에 대한 본능들은-한 번도 그에게서 깨어나지 않았다는 것. 그는 뒤처져 있었고 아이처럼 사춘기 연령에 머물러 있었다는 것 : 이 점들은 간질성 노이로제 유형의 특질이다.

- F. 니체 《유고(1888년 초~1889년 1월 초)》 中 -

도스토옙스키는 그리스도의 정신구조가 바로 백치의 정신구조와 똑같다는 것을 통찰했다. 그래서 그가 그리스도의 정신구조를 묘사하기 위해서 저술한 책의 제목도 《백치》였고 주인공인 미쉬낀 공작이 **'정신병 환자'**인 이유도 그리스도의 정신구조가 정신병적 특질(간질성 노이로제)을 지니고 있었기 때문이었다.

백치의 정신구조를 이해하기 위해서 앞서 삼 형제 모델의 사례에 등장한 총명한 셋째 아들들을 다른 관점에서 살펴볼 필요가 있다. 모든 이야기에서 그들의 최초의 선택이 행복한 결말로 끝났기 때문에 결론적으로 **총명했다**고 말할 수 있지만 그들의 최초의 결정은 모두 **백치 같았다**. 《아기 돼지 3형제》에서 다른 두 형은 필요 이상으로 집을 튼튼하게 짓는다고 동생을 놀려 댄다. 영화 《대부》에서 셋째 아들은 아버지의 복수를 위해 상대편 보스를 죽이겠다고 하자 동료 마피아들은 그를 비웃는다. 셋째 아들인 세종 대왕은 중국을 숭배하는 지식인들의 반발을 무릅쓰고 한글을 창제했고 역시 셋째 아들인 이순신 장군은 왕의 명령에 따르지 않았다는 죄로 백의종군한다. 셋째 아들인 노무현 대통령은 지역갈등을 해소하고자 당선 가능성이 낮은 지역에서 수차례나 출마함으로써 실제로 **백치(바보)**라고 불렸다. 이렇게 셋째 아들들은 한결같이 어린아이처럼 현실을 이해하지 못하는 무능함을 보여주었고 백치 같은 선택을 하는 인물들이었다. 하지만 그들이 역사의 주인공이 될 수 있었던 이유는 **소박하고 순진한 백치**처럼 보이면서도 사물과 현상의 본질을 깊숙이 꿰뚫어 볼 수 있는 평범한 사람은 **'꿈도 꾸지 못할 지혜'**를 지니고 있었기 때문이었다.

삼 형제 모델과 정신병리

삼 형제 모델은 오이디푸스 환경에 따라 어린아이의 리비도가 어떻게 세 개의 정신 기구에 지배적으로 배분되는지를 이해할 수 있게 해준다. 여기서 얻을 수 있는 통찰은 리비도 배분이 정신병리와 밀접한 관계가 있다는 점이다. 인간의 정신 기구에 배분되는 것이 리비도이기 때문에 리비도 배분에 문제가 생긴다면 그것은 정신 기구의 장애, 즉 정신병리로 나타나기 때문이다. 프로이트에 따르면 첫째 아들 유형인 성애적 유형은 **히스테리**에, 둘째 아들 유형인 강박적 유형은 **강박신경증**에, 셋째 아들 유형인 자기애적 유형은 **정신병**에 걸릴 가능성이 크다고 말한다. 프로이트의 이러한 견해는 셋째 아들의 정신구조가 백치(정신병)의 정신구조와 유사하다는 가설과도 일맥상통한다.

> p.333. 성애적 유형의 사람들은 병이 들면 히스테리로 발전될 가능성이 높으며, 강박적 유형의 사람들은 강박 신경증에 걸릴 가능성이 높다고 추측할 수 있다. 그러나 이런 추측 역시 내가 방금 얘기했던 대로 불확실한 것이다. 자기애적 유형의 사람들은 보통 때는 외부 세계에 대해 독립적인 태도를 견지한다. 그러나 이들이 외부 세계에 대해 좌절을 느끼게 되면 특히 정신병에 걸리기 쉽다. 또 범죄를 저지르기에 안성맞춤인 상황이 조성되기도 한다.
>
> - S. 프로이트 《성욕에 관한 세 편의 에세이, 『리비도의 여러 가지 유형』》 中 -

인간이 정신병리에 걸리는 근본적인 원인은 인간은 두뇌와 신체가 아주 미성숙한 상태로 태어나므로 출생 후에도 장기간 정신과 신체에 리비도가 배분된다는 데 있다. 동물은 어미의 자궁 속에서 리비도 배분이 거의 완료되어 태어나기 때문에 심리적 외상이 생기더라도 정신병리에 걸리지 않는다. 하지만 인간은 리비도가 완전히 배분되지 않고 태어나므로 심리적 외상에 따라 리비도 배분이 왜곡되어 정신병리에 쉽게 걸린다. 비유하자면 분열과정 중에 있는 세포에 발생한 사소한 외상이 성체가 되었을 때 심각한 신체적 장애를 가져오듯이 발달 과정 중에 있는 정신에 발생한 사소한 외상도 성인이 되었을 때 심각한 정신적 장애를 가져올 수 있다.

> p.487. 그러나 유아기 시절의 체험들이 지니는 의미는, 종종 사람들이 쉽게 생각하는 것처럼 선조들의 체험이나 성년기의 체험이 지니는 의미에 비해서 완전히 무시해버릴 수 있는 것이 아닙니다. 오히려 유아기의 체험들은 그와는 반대로 각별한 평가를 받아야 합니다. 왜냐하면 그 체험들은 발달 과정이 완결되지 않은 상태에서 이루어진 것이기 때문에 더욱 더 중요한 의미를 지닙니다. 그리고 바로 이런 정황에 의해서 외상적인 영향력을 행사하기에 적합하다고 볼 수 있습니다. 룩스(W. Roux)와 다른 학자들의 발달 기제에 관한 연구들은 세포가 분열하는 과정에 있는 수정란을 바늘로 찌를 경우, 심각한 발달상의 장애를 가져온다는 점을 우리에게 보여주었습니다. 애벌레나 다 자란 동물은 그런 상처를 입을 경우에는 별다른 장애 없이 견디어 낼 것입니다.
>
> - S. 프로이트《정신분석 강의》中 -

정신분석에서는 성애적 유형의 정신병리인 히스테리와 강박적 유형의 정신병리인 강박신경증을 합쳐서 **신경증**이라고 부른다. 문자 그대로 **신**

체의 신경과 관련된 정신병리이기 때문이다. 반면 자기애적 유형의 정신병리는 **정신병**이라고 부른다. 이렇게 부르는 이유는 주로 자기애적 유형의 정신병리가 **정신적 활동, 즉 생각**과 관련된 정신병리이기 때문이다. 과대망상(편집증)이 정신병에 속하는 이유가 여기에 있다. 하지만 리비도 배분의 장애라는 측면에서 보면 정신병리의 본질은 같다. 다만 정신병리 증상이 신체 기관의 영역에서 발현되는 히스테리가 눈에 더 띄고 정신 기관의 영역에서 발현되는 편집증은 눈에 덜 띈다는 점이 다를 뿐이다(강박신경증은 증상이 신체 또는 정신으로 발현되거나 신체와 정신 모두에서 발현된다).

> p.62. 생식기에 부속된 기관과 그 기관을 대체하는 기관인 성감대의 중요성은 모든 정신 신경증 가운데에서도 히스테리에서 가장 극명하게 드러난다. 그러나 이것은 그 중요성이 다른 형태의 질병에서는 조금이라도 덜하다는 뜻이 아니라, 단지 다른 형태의 질병의 경우(강박 신경증과 편집증) 증상의 형상이 신체적인 통제와 관련된 특정한 중추에서 좀 더 멀리 떨어진 정신 기관의 영역에서 일어나기 때문에 눈에 덜 띈다는 것뿐이다.
>
> - S. 프로이트 《성욕에 관한 세 편의 에세이》 中 -

그런데 프로이트는 자기애적 유형이 범죄를 저지를 수 있는 상황에 쉽게 빠진다고 말하는 데 그 이유는 자기애적 유형에게는 초자아(죄책감)가 제대로 형성되지 않기 때문이다. 초자아가 제대로 형성되지 않은 원인은 아버지가 존재하지 않았거나 오이디푸스 시기 이후까지 어머니가 계속 보호했기 때문이다. 초자아(복종 관념)가 제대로 형성되지 않았다는 것은 전능 관념이 지배적이라는 뜻도 된다. 자기애적 유형인 알료샤가 이후에 그리스도처럼 **'혁명가'**가 되는 이유도 그의 자기애적 특질로 인해서 그의 정신구조 속에 복종 관념이 형성되지 않았기 때문이다. 하지만 아직까지는 알료샤의 무의식은 어머니 관념에 지배되고 있으므로 **'복종과 신비주의'**를 추구한다.

p.441. …, 콜랴는 흥분해서 말을 가로챘다.

"천만에요. 당신은 복종과 신비주의를 원하죠. 기독교는 예를 들면 하층 계급을 노예로 만들려고 돈 많고 권력 있는 사람들만을 위한 봉사를 해왔다는 것, 그건 당신도 인정하겠죠?"

"아, 자네가 그걸 어디서 읽었는지 알겠어. 분명히 누군가 자네한테 가르쳐 준 거야!" 알료샤가 소리쳤다.

"아니, 제가 그걸 어디서 읽었다고 단정하는 이유가 뭡니까? 아무도 저한테 그런 걸 가르쳐 준 사람은 없어요. 저 스스로도 알 수가 있으니까……. 또 만일 원하신다면 말하겠어요. 저는 그리스도를 반대하진 않습니다. 그리스도는 가장 인도적인 인격자였으니까요. 만약 오늘날 그 사람이 살아 있다면 필시 혁명가의 대열 속에서 뛰어난 활약을 할 거예요…… 그건 틀림없는 일이에요."

"도대체 어디서 그런 말을 주워 들었지? 어떤 바보하고 사귄 거야?" 알료샤는 소리쳤다.

- 도스토옙스키 《카라마조프의 형제》 중 中 -

복종은 어머니 젖가슴과 융합하려는 융합 욕망을 뜻하고 신비주의는 어머니의 자궁 속 상태로 회귀해서 어머니 신(자아 이상)과 합일하려는 무의식적 갈망을 의미한다.[99] 이러한 무의식적 갈망이 어머니 신을 구하

99) p.46. 신비한 황홀경에 대한 초기의 연구로부터 프로이트의 유명한 표현인 "끝없는

는 마음이다. 신비주의는 어머니 자궁에서 태어난 인간, 즉 모든 인간의 무의식 속에 내면화되어 있다. 그래서 인간은 전능한 신이나 끝없는 우주와 합일되려고 무의식적으로 시도하거나 망망대해에 떠 있는 대양적 느낌을 갈망한다. 종교는 인간의 이러한 신비주의 욕구를 이용해서-콜랴의 말처럼-하층 계급인 다수 민중을 노예로 만들어 왔다. 그리스도 시대에 다수 민중을 노예로 만들어서 천국에 들어가지 못하게 한 사람들은 바리새인들과 서기관들이었다. 그리스도는 다수 민중이 천국에 들어가는 것을 막거나 '배나 더' 악마의 노예(지옥 자식)가 되게 만드는 유대교의 성직자들(바리새인들)과 율법학자들(서기관들)을 파괴하기 위해서 혁명을 일으켰지만 사도 바울(바오로) 덕분에 엉뚱하게도 새로운 성직과 신학을 낳았다.[100)]

> p.133. 기독교는 분노를 품고 있는 대중의 가슴에 피어난, 평화를 사랑하는 불교 운동 같은 것이었다. … 그러나 바오로에 의해서 그만 신비한 이교도 숭배 같은 것으로 변해버렸다. (중략)
>
> 바오로는 자신의 가르침의 바탕을 종교적 감정을 일으킬 거대한 대중이 품고 있던 신비주의 욕구에 두고 있다. 그는 어떤 제물을, 유혈의 잔혹한 장면을 찾고 있으며, 이 장면은 비밀 숭배의 이미지들

자기애의 복원"으로서 "대양적 느낌"이나, 우리 시대의 연구가들이 신비한 결합에 대해 묘사하는 시도에 이르기까지 그 핵심은 일반적으로 신비주의, 특히 명상이 자아와 자아 이상을 합하려는 시도를 나타낸다는 생각의 변형이었다.

- M. 엡스타인 《붓다와 프로이트》 中 -

100) p.40. 화 있을진저 외식하는 서기관들과 바리새인들이여 너희는 천국 문을 사람들 앞에서 닫고 너희도 들어가지 않고 들어가려 하는 자도 못하게 하는도다

화 있을진저 외식하는 서기관들과 바리새인들이여 너희는 교인 한 사람을 얻기 위해서 바다와 육지를 두루 다니다가 생기면 너희보다 배나 더 지옥 자식이 되게 하는도다

- 《신약성서》「마태복음」 中 -

과 겨룰만한 것이어야 했다. 십자가에 매달린 신, 피를 마시는 행위, "제물"과의 신비적 결합 등이 그런 장면이다.

그는 삶을 사후까지 연장시키려 노력하고, 사후의 삶을 이미 언급한 '희생'과 인과관계에 놓이도록 고안하고 있다(디오니소스와 미트라, 오시리스의 방식을 좇아서). (중략)

성직자들과 신학자들을 파괴하려던 시도가 바오로 덕분에 엉뚱하게도 새로운 성직과 신학을 낳았다. 말하자면, 지배하는 신분과 교회가 탄생하기에 이른 것이다. (중략)

이것은 그 문제의 터무니없는 측면이며, 비극적인 유머이다. 예수가 실제 삶을 통해서 직접 전복시켰던 것들을 바오로가 대규모로 다시 일으켜 세웠으니 말이다. 마침내 교회 조직이 완성되었을 때 교회는 국가의 존재에 대한 허가권까지 쥐기에 이르렀다.

- F. 니체 《권력 의지(부글)》 中 -

콜랴라는 소년은 이반의 어린 시절 모델로 이반과 마찬가지로 사디즘적 전능 관념이 지배적인 정신구조를 지니고 있다. 콜랴는 도스토옙스키가 《카라마조프의 형제》 제2부의 저술을 염두에 두고 알료샤와 **정치적으로** 대립하는 인물로 설정한 것으로 추측된다. 『대신문관』에서 이반과 알료샤가 사상적으로 대립했다면 제2부에서는 콜랴와 알료샤가 정치적으로 대립했을 것이다. 가령 콜랴는 나폴레옹과 같은 권력자로, 알료샤는 그의 통치에 저항하는 그리스도와 같은 혁명가로 등장하는 것이다(또한 콜랴는 차르처럼 러시아 정교회의 전폭적인 지지를 받는 인물일 것이다.

알료샤의 융합 욕망과 신비주의에 대한 욕구는 알료샤의 미래에 알려주는 복선이다. 아직 알료샤의 융합 욕망과 신비주의는 관념적 표상과 연결되지 않았지만, 만약 관념적 표상이 연결되면 그리스도처럼 필시 혁명가의 대열에 뛰어든다는 것을 의미한다. 혁명가의 대열에 뛰어든다면 그는 차르에 맞서면서 정교회의 **성직과 신학**을 파괴하려고 했을 것이다. 하지만 알료샤가 그리스도로 변신하기 위해서는 자기 본질(불멸)의 발견과 죽음 불안의 극복을 통해 거듭나야만 한다. 신비주의는 자기 본질을 발견하게 해 줄 수 있지만 죽음 불안을 극복하게 할 수는 없다. 그래서 신비주의가 잘못된 표상과 연결되면 죽음을 통한 불멸의 추구, 즉 순교와 같은 자살의 역설로 이어진다. 알료샤가 구세주가 되기 위해서는 **'현실 생활과 접촉하지 못하고 어머니 신에 열중하고 있는'** 그의 신비주의를 고쳐야만 한다.

> p.439. "저는 오래전부터 당신을 보기 드문 분으로 존경해 왔습니다." 콜랴는 다시 성급히 더듬거리며 중얼거리듯 말했다. "당신은 신비주의자이며, 수도원에 들어갔다는 말을 들었습니다. 전 당신이 신비주의자란 걸 알고 있지만, 그렇다고 당신과 사귀고 싶은 마음이 달라지진 않았어요. 현실 생활과 접촉하면 당신은 아마 고쳐질 겁니다. ……당신과 같은 성격은 언제나 그렇게 되거든요."
>
> "자넨 어떤 의미로 나를 신비주의자라고 하지? 또 내게서 무얼 고친다는 말인가?" 알료샤는 놀라서 말했다.
>
> "그 신(神)인지 뭔지에 열중하는 것 말입니다."
>
> \- 도스토옙스키 《카라마조프의 형제》 중 中 -

알료샤와 같은 성격 구조가 자신의 잘못된 신비주의를 **'언제나 고칠 수 있는'** 이유는 자아가 매우 강하기 때문이다.[101] 자아가 강한 사람은 일시

101) p.106. 자기애적 성격장애의 분석에서 전이 신경증의 치료에서 나타나는 것과 유사한 극복과정이 일어나며, 그 과정에서 원초적 자기-대상에게 투자되어 있는, 억압되거나 떨어져 나간 자기애적 요소가 현실 자아와 접촉하게 되고, 결국 현실 자아의 통

적으로 외부의 신을 숭배하더라도 항상 자신 속에서 신(불멸)을 발견하게 된다. 현재 알료샤의 리비도가 어머니 표상(원초적 자기 대상)에 투자되어 있는 이유는 어머니의 갑작스러운 죽음 때문이다. 그가 수도원에 들어간 이유도 그의 무의식이 어머니 표상과의 연결을 갈망하기 때문이다. 이렇게 무의식이 자신의 본질(불멸)이 아닌 자신의 현재의 불안이나 두려움을 방어해 줄 수 있는 껍질(방어막)에 열중한 상태가 정신병리이다. 이제 카라마조프 삼 형제의 정신병리가 그들의 삶에 어떻게 영향을 미치는지 좀 더 구체적으로 분석해 보자.

1) 첫째 아들 = 성애적 유형 = 히스테리

첫째 아들 유형인 성애적 유형은 리비도 배분 장애가 발생하면 히스테리로 걸린 가능성이 크다. 히스테리의 원인은 정욕의 작용에 대한 죄의식의 반작용 때문이다. 그렇다면 첫째 아들인 드미트리도 **강한 정욕**과 더불어 그에 따른 **강한 죄의식**을 가진 성격 구조로 되어있다고 할 수 있다.

> p.194. 그런데 알겠니, 알렉세이? 나는 비열하고 나태한 정욕에 고민하는 저열한 인간인지는 모르지만, 그러나 이 드미트리 카라마조프는 결코 도둑이나 소매치기나 날치기로 전락할 수는 없는 거야. (중략)"
>
> \- 도스토옙스키 《카라마조프의 형제》 상 中 -

드미트리가 자신의 정욕을 '비열하고 나태하다'라고 표현하고 자신을

제를 받게 된다.

\- H. 코헛 《자기의 분석》 中 -

'저열한 인간'이라고 비난하는 데서 강한 죄의식을 엿볼 수 있다. 이러한 죄의식으로 인해서 드미트리는 자신이 도둑으로 전락하는 것을 두려워하고 약혼녀에게 빌린 돈을 강박적으로 갚으려고 하게 된다. 드미트리의 이러한 강박성은 친부살해와 관련해서 벌어지는 일련의 사건에서 최초의 요인이 된다. 앞서 남성 중에서 히스테리적 정신구조를 가진 사람을 예술가라고 말한 바 있는 데 드미트리가 예술가가 되지 못한 이유는 드미트리의 성격 구조가 **순수한** 성애적 유형이 아니라 성애적 유형에 강박적 특질이 **혼합된** 유형이기 때문이다(강박신경증을 남성의 정신병리라고 하듯이 대부분 남성의 성격 구조는 아버지의 거세 위협으로 인해서 강박적 특질을 지니고 있다).

2) 둘째 아들 = 강박적 유형 = 강박신경증

둘째 아들 유형인 강박적 유형은 리비도 배분 장애가 발생하면 강박신경증에 걸릴 가능성이 크다. 강박신경증에 걸리는 이유는 누군가 자신의 이기적인 욕망을 감시하고 질책하고 있다는 무의식적 죄책감 때문이다. 이러한 감시와 질책의 기능을 하는 정신 기구가 초자아이다. 초자아는 자아가 아버지의 거세 위협을 방어하기 위해서 자신의 일부를 분열시키고 그 분열된 자아에 리비도를 지배적으로 배분함으로써 형성된다. 그리고 이 초자아가 성격 구조의 중심이 되면서 강박적 유형이 된다. 강박적 유형은 초자아가 주는 불안과 두려움에서 벗어나기 위해서 강박적 행위나 강박적 사고를 반복 재현하게 되며 그 대표적인 상징 행위가 종교 활동이다. 따라서 종교가 **가장 금지하는** 행위들은 역설적으로 강박적 유형이 **가장 바라는** 소망들이라고 할 수 있다.

p.20. 강박적 행위가 신경증적 징후로 드러내는 절충의 특징은 종교관례에서 쉽게 찾아볼 수 있는 특징이기도 하다. 그러나 종교가 금지하는 행위들-억압되어 있던 본능의 표현-이 얼마나 자주 종교라는 허울 좋은 이름으로 자행되고 있는지 상기해 보면 신경증이 어떤 것인지 알 수 있을 것이다.

이러한 유사성과 상사성에 주목한다면 강박신경증을 종교의 병리학적 내용물로 파악하고, 신경증을 개인의 종교성으로 종교를 보편적인 강박신경증으로 파악하는 것도 가능할 것이다. 이 양자에서 가장 중요한 유사성은 인간의 내부에 깃들어 있는 타고난 본능발현의 체념이다. 가장 중요한 차이가 있다면 이 본능의 성격일 것이다. 신경증의 경우 이 본능은 성적인 것에서 오는 것인데 견주어, 종교의 경우 이기적인 데서 솟아오른 것이라는 것이다.

- S. 프로이트 《종교의 기원, 『강박 행동과 종교 행위』》 中 -

성애적-히스테리 성격 유형이 죄의식보다 성적 욕망을 더 중요시한다면 강박적-강박신경증은 성적 욕망보다 죄책감을 더 중요시한다. 바꿔 말하자면 성애적-히스테리 유형은 성적 욕망을 만족시킴으로써 쾌락을 얻지만, 강박적-강박신경증 유형은 죄책감의 정욕을 만족시킴으로써 쾌락을 얻는다. 강박신경증의 이러한 성격적 특질은 성적 욕망을 죄악시하는 금욕적인 종교, 특히 아버지 신 숭배 종교의 특질과 유사하다.

그런데 프로이트는 강박신경증과 종교의 가장 중요한 차이는 강박신경증은 **'성적인'** 것이고 종교는 **'이기적'**이라는 데 있다고 말한다. 여기서 종교가 이기적이라는 의미는 종교적 신에게 인간의 이기적 소망이 투사되어 있다는 뜻이다.[102] 프로이트의 이러한 단어 선택은 종교의 본질이 성적

102) p.104. 요약하면, 내가 이해하는 이기주의는 자기보존 본능이다. (중략)

욕망이 아니라는 오해를 불러일으킬 수 있는데 프로이트가 이렇게 말하는 이유는 이 논문을 저술할 당시에는 프로이트가 성 본능과 자기보존 본능(이기주의)을 구분하고 있었기 때문이다. 이후에 프로이트는 자기보존 본능과 성 본능이 똑같은 본능이라는 것을 인정함으로써 종교에 대한 그의 견해는 '성적인 요소와 이기적 요소의 결합'이라는 견해로 수정된다.

이반의 경우로 되돌아가면 이반은 강박적 유형이기는 하지만 이반의 강박성은 초자아에 의한 것이 아니라 자아에 의해 생긴 것이다. 어머니 사랑의 갑작스러운 박탈은 자신이 못나서 어머니를 빼앗겼다는 **열등감**과 어머니가 자신을 거절했다는 **수치심**을 형성한다. 이반의 강한 자아는 이러한 심리적 외상을 방어하기 위해서 열등감과 수치심을 억압하고 전능 관념에 리비도를 집중해서 자신은 인간의 제약을 초월한 특별한 존재라는 **우월감**과 자신에게는 모든 것이 허용되어 있다는 **허영심**을 발달시킨다. 그 결과 이반은 열등감과 수치심을 방어하려는 **자기 채찍질**과 자신의 우월성을 과시하려는 **과대주의** 사이를 오가게 된다.[103](만약 일반적인 둘째 아들처럼 자아가 약했다면 열등감과 수치심을 더 강하게 느끼게 되어 은둔자가 될 가능성이 크다). 도스토옙스키는 어린 시절 어머니 사랑

예를 들면 아폴로(Apollo)는 심리적, 도덕적 질병의 의사이다. 그러나 숭배의 근거이고 신성의 원리이며 종교적 대상을 신(神)으로 만드는 것은 인간에 대한 이들의 관계, 이들의 유용성, 이들의 자비인데 그것이 바로 인간의 이기주의이다. 내가 먼저 나 자신을 사랑하고 나 자신을 존경하지 않을 때 나에게 유용하고 자비로운 것을 어떻게 사랑하고 존경할 수 있는가?

- L. 포이어바흐 《종교의 본질에 대하셔》 中 -

103) p.298. 그런 환자는 가혹한 자기-공격을 통해서만 자신을 통제할 수 있는데, 이것이 그가 그토록 자신을 부정적으로 평가절하는 이유이다. 이러한 자기-공격의 고통을 방어하기 위해서, 경계선 환자는 이상적인 자기-이미지와 동일시하고, 과대주의를 사용하여 자신은 정상적인 인간의 제약을 초월하는 특별한 존재라고 느낀다. 그 결과 현실적인 가치와 금지 대신에 과대주의와 자기-채찍질 사이를 오가게 된다.

- F. 써머즈 《대상관계 이론과 정신병리학》 中 -

을 박탈당해서 이제는 누구도 사랑하지 못하는 이반의 이러한 성격 구조를 **'공중에 떠도는 먼지'**에 비유한다.[104)]

> p.284. "… 그러나 이반은 어느 누구도 사랑할 놈이 아니야. 이반은 사람이 달라. 이반은 말이다, 알겠니, 알료샤, 공중에 떠도는 먼지와 같아, 바람이 불면 사라져 버리는 먼지 말이다……."
>
> - 도스토옙스키 《카라마조프의 형제》 상 中 -

유아기에 유아는 어머니에게 리비도를 집중해서 어머니를 내면화함으로써 자아를 형성하기 시작한다. 하지만 어머니(이상화된 대상)를 갑작스럽게 상실하거나 어머니에게 심각하게 실망하게 되면 자아의 어머니에 대한 내면화는 중단되고 리비도 집중은 원래 어머니(원초적 자기 대상)에게 고착된 상태로 남게 된다.[105)] 그 결과 어린아이는 삶을 정력적으로 살아가는 데 필요한 강한 자아(내적 구조)를 획득하지 못하게 되고 이러한 정신구조의 결핍을 메우기 위해서 한평생 어머니를 표상하는 여러 가지 외부 대상에 의존하면서 살아가게 된다.

---

104) p.246. 다시 한번 그녀는 자신에 대한 생생한 느낌이 없다고 말했다. 그녀는 다음 30분 동안 또 다시 말이 없었고, 그러다가 자신은 "구름처럼 둥둥 떠있는 존재인 것 같다"고 말했다. 그리고 그녀는 자신에게는 아무 것도 중요한 것이 없다는 것과, 자신은 기대에 순응함으로써 자신의 중요성을 느끼려고 한다고 말했다.

- F. 써머즈 《대상관계 이론과 정신병리학》 中 -

105) p.57. 그러나 만일 아이가 이상화된 대상을 상실하거나 그 대상에 대해 실망(심각하고 갑작스럽거나 시기적절하지 않게)함으로써 외상을 경험하게 된다면, 최적의 내재화는 일어나지 않는다. 이때 아이는 필요한 내적 구조를 획득하지 못하게 되며, 그의 정신은 원초적 자기-대상에 고착된 상태로 남게 된다. 그 결과 그는 일생 동안 늘 대상을 갈망하면서 이런저런 대상들에게 의존한 채 살아가게 된다. 그는 이런 대상들을 상실한 자신의 부분들에 대한 대체물로서 간주하게 되고, 따라서 그것들을 강렬하게 추구하고 의존하게 된다.

- H. 코헛 《자기의 분석》 中 -

특히 이반의 경우처럼 언어(논리)를 배운 후에 어머니 사랑을 박탈당하게 되면 리비도가 정신적 활동에 집중됨으로써 지능이 과도하게 발달하게 된다. 이렇게 지능이 과도하게 발달하게 되면 지능은 정신과 다른 어떤 것으로 작동하기 시작한다.[106] 이때의 지능은 심리적 외상을 방어하기 위해서 자신이 경험한 유사한 외상(박해)을 계속해서 기대하고 심지어 추구하게 되며 그와 관련된 자료들을 수집하고 간직하는 일을 한다. 이반이 어린아이가 박해받는 자료들을 수집하는 이유도 심리적 외상으로부터 자신을 보호하기 위해서이다. D. 위니캇이 적절하게 설명했듯이 이렇게 자기애적 정신병리에 걸리게 되면 정신 에너지(리비도)가 전능 방어를 통해 자기애를 보존하는 데 집중되기 때문에 정신적 발달이 이루어지지 않고 정신 에너지가 자신의 본질이 아니라 껍질에 집중됨으로써 진정한 삶을 살아갈 수 없게 된다. 도스토옙스키는 이렇게 지능이 정신보다 더 중요하게 되는 현상을 '사상(지능)이 주체를 꿀꺽 삼켜버렸다'라고 표현한다.

p.169. "…. 그리고 또 자네가 사상(思想)을 삼킨 게 아니라 사상이 자네를 꿀꺽 삼켜버렸으니까, 연기하지 않을 것이라는 것도 역

106) p.390. 내가 보기에, 지능이 정신과는 다른 어떤 것으로서 작동하기 시작하는 것은 반동 국면이 견딜 수 없는 것으로 느껴지는 경계선과 관련이 있다. 그때 지능은 반동을 일으키는 침범들을 끌어모으고, 세부사항들과 순서들을 간직하는 것을 통해서 유아가 존재의 연속성의 상태로 돌아갈 때까지 정신을 보호한다. 보다 외상적인 상황에서 지능은 과도하게 발달하고, 심지어 정신보다 더 중요해질 수 있다. 그때 지능은 출생 이후로, 여전히 정신을 보존하려는 목적으로 계속해서 박해를 기대하고 심지어 추구하는 것을 통해서 그런 기억들을 수집하고 간직하는 일을 한다. 이런 방어의 가치는 그런 개인이 마침내 분석을 받게 될 때 드러난다. 왜냐하면 분석 상황에서 우리는 주의 깊게 수집된 일차적 박해들이 기억되는 현상을 만나기 때문이다. 그때 환자는 마침내 그런 기억들을 잊을 수 있게 된다.

- D. 위니캇 《소아의학을 거쳐 정신분석학으로》 中 -

시 알고 있다네."

"뭐라고? 사상이 나를 꿀꺽 삼켜버렸다고?"

- 도스토옙스키 《악령》 하 中 -

이렇게 사상(사고 체계)에 의해서 정신이 지배당하는 정신병리가 편집증이다.[107] 앞으로 구체적으로 논의가 되겠지만 이반의 모든 사상은 어린 시절의 심리적 외상과 그에 대한 자아의 방어를 외부에 투사해서 정립한 편집증적 사유 체계라고 할 수 있다. 예를 들면 어머니의 사랑을 많이 받았기 때문에 신 자체는 인정하지만, 그 이후에 어머니 사랑을 박탈당했기 때문에, '최후의 결론으로서' 신의 세계는 인정하지 않는 것'이다.

p.385. "… 난 솔직히 고백하지만, 내게는 이런 문제를 해결할 아무런 능력이 없어. 잔인하다. 나의 지성은 유클리드식이야. 지상적인 것이야. 그러니 이 지상 이외의 문제를 내가 어떻게 해결할 수 있니?

알료샤, 너한테 충고하지만, 결코 그런 문제는 생각하지 않는 것이 좋아. 특히 신의 문제, 신의 존재 여부에 관한 문제는 말이야. 이런 모든 문제는 삼차원의 관념밖에 지니지 못한 인간의 두뇌로는 엄두도 낼 수 없는 문제야. 그래서 나는 신(神)을 인정해. 기꺼이 인정할 뿐만 아니라 우리에겐 전혀 미지의 것인 신의 영지(英知)와 그 목적도 인정해. 그리고 인생의 질서도 의의도 믿고, 우리를 언젠가는 하나로 결합시켜 준다는 영원의 조화도 나는 믿어. 그리고 우주

107) p.186. 즉 사고 체계에 의해 지배당하고 있는 편집증 환자를 말한다. 이 사고 체계는 항상 모든 것을 설명하는 데 사용되어야 하며 그렇지 못할 때에는 심한 생각의 혼동, 혼돈감, 모든 예측 가능함의 상승 등의 상태에 빠진다.

- D. 위니캇 《가정, 우리 정신의 근원》 中 -

의 궁극적인 목표이며 언제나 신과 함께 있는 그 말씀, 또 동시에 신 자신이 기도한 그 말씀을 믿어. 즉 영원이라는 것을 믿는 거지. 여기 대해서는 참으로 많은 말들이 만들어져 있지만 말이야. 어떠냐? 나도 좋은 길을 걷고 있는 것 같지 않니? 그렇지만 놀라지 말아. 나는 최후의 결론으로서는 이 신의 세계를 인정할 수 없어. 이 세계가 존재한다는 것은 알고 있지만, 그래도 이것을 절대로 받아들일 수가 없어. 나는 신을 인정하지 않는다는 건 아니야. 알겠니? 나는 신이 창조한 세계, 신의 세계를 인정할 수 없다는 거야. …"

- 도스토옙스키 《카라마조프의 형제》 상 中 -

위 지문에서 이반이 의미하는 신은 어머니 신의 개념과 아버지 신의 개념이 혼합되어 있다. 좀 더 구체적으로 설명하자면 유아기에 어린아이는 어머니 표상에 리비도를 집중해서 어머니 표상을 내면화함으로써 자아를 형성해 나간다. 하지만 막내를 제외하고는 어린아이 대부분은 동생의 출생으로 갑작스럽게 어머니와 분리된다. 이때 어린아이는 어머니 대신 자신의 리비도를 집중할 수 있는 대체 대상을 탐색하게 되고 그 대체 표상은 대부분 아버지가 된다.[108] 어린아이는 이번에는 아버지 표상에 리비도를 집중해서 아버지 표상을 동일시함으로써 자아를 형성해 나간다(이

108) p.149. 그는 어린 시절 남동생이 태어난 후에 무조건적으로 칭찬해주던 어머니가 갑자기 비판적이고 거절하는 태도를 보이자, 강렬한 자기애적 좌절에 대처하고자 아버지를 자신의 애착 관계를 형성할 수 있는 찬양받는 이상적 인물로 세우려고 시도하였다. 그러나 이 시도는 여러 가지 이유로 실패했다. (중략)

따라서 이상화된 아버지 상을 창조하려던 아이의 시도는 좌절되었고, 그는 삶의 초기에 자기애적 평정을 재생시키기 위해 사용하던 태도와 행동들로 철수했다. 그는 한때 어머니의 도움으로 경험했던 예전의 과대주의와 과시적 요소를 다시 형성함으로써 자신의 자존감을 높이려고 했다.

- H. 코헛 《자기의 분석》 中 -

때에는 아버지를 질투하는 것이 아니므로 아버지에 대해서 존경심을 갖게 된다). 이렇게 어린아이의 자아가 어머니 표상 또는 아버지 표상을 충분히 자기 내면에 통합할 수 있을 때까지 부모의 사랑을 받게 되면 어린아이는 강한 자아를 가진 성인으로 성장하게 된다.

그렇지 않고 자아가 적당히 강해지지 않은 상태에서 아버지에게도 거절당하게 되면 어린아이는 자신의 신체를 성애적으로 자극하는 방식으로 자신의 '살아 있음과 현실성의 느낌'을 얻으려고 한다.[109] 하지만 자아가 충분히 강해진 상태에서 아버지에게도 실망하게 되면 어린아이는 리비도를 자신의 정신에 집중해서-정신적으로 고뇌한다는 뜻이다-지능을 발달시킴으로써 지적으로 조숙하게 된다. 이반도 어머니 사랑을 박탈당한 후 아버지를 이상화(사랑)하려고 시도했지만, 자신의 리비도를 수용해주지 못한 아버지에게 실망하게 되고 그래서 아버지를 미워하게 된다(그럼에도 이성과 논리와 같은 아버지의 지혜는 조금이나마 습득하게 된다). 그 결과 이반의 지능은 과도하게 발달하게 되고 정욕화됨으로써 '유클리드식이고 지상적으로' 된다. 이 의미는 그의 무의식이 **수학적 논리**에 집착하고 되고 **지상적 대상(권력)**에 집착하게 되었다는 뜻이다.

한편 이반의 아버지에 대한 미움은 아버지 신(하나님)에게 투사되어 아버지 신은 자신을 미워하는 박해자가 된다(어린아이는 어머니를 미워하는 대신 아버지를 미워한다). 이반이 어머니 신을 상징하는 '인류를 언젠가는 하나로 결합시켜 준다는 **불멸(영원)의 조화**'는 인정하면서도 아버지

109) p.405. …, 그가 세 살 되던 해에 그의 남동생이 태어났을 때, 한 번에 한 아이만 다룰 수 있었던 그의 어머니는 정서적으로 그를 돌보는 일을 포기했다. 그는 아버지에게 구원의 손길을 청했지만, 어머니의 방해와 이상화를 견디지 못하는 아버지의 무능력으로 인해 그 시도는 실패했다 그 소년은 신체 활동에 몰두하는 것을 통해서 자기의 자기애적 긴장을 방출하고자 했다.
- F. 써머즈《대상관계 이론과 정신병리학》中 -

신이 만든 세계를 인정하지 않는 이유도 어머니 신에게는 자신을 사랑해 준 어머니 관념이 투사되어 있고 아버지 신에게는 자신을 거부한 박해자로서의 아버지 관념이 투사되어 있기 때문이다. 이렇게 내부의 지각(감정들)을 외부 대상에 대한 지각으로 대체하는 방어기제를 특징으로 하는 정신병리가 편집증이다.

> p.171. 편집증에서 증상-형성의 기제는 내부의 지각(감정들)이 외부의 지각으로 대체될 것을 요구한다. 그래서 〈나는 그 남자를 미워한다〉는 명제는 투사의 기제로 〈그 남자는 나를 미워한다(박해한다), 그래서 내가 그를 미워하는 것은 정당하다〉는 것으로 바뀐다. 그래서 강요하는 무의식의 감정은 그것이 외부의 인식의 결과인 것처럼 등장한다.
>
> 〈나는 그 남자를 사랑하지 않는다 - 나는 그를 미워한다, 그가 나를 박해했기 때문이다.〉
>
> 관찰해보면 그 박해자가 한때는 사랑의 대상이었던 사람이라는 데에는 의심의 여지가 없다.
>
> - S. 프로이트 《늑대 인간, 『편집증 환자 슈레버』》 中 -

드물기는 하지만, 아버지가 어머니의 대체 표상의 역할을 잘 하게 되면 어린아이는 자신을 버린 어머니를 경멸할 수 있는 자신감을 얻게 된다. 쇼펜하우어나 니체가 이러한 경우이다. 하지만 이반의 경우에 아버지가 어머니를 대체할 수 없었기 때문에 이반의 무의식은 '아버지에게는 어떤 실제적인 도움을 받을 수 없다'라는 것을 깨닫게 되고 아버지를 '멸시하게' 된다.

p.28. 그래서 그는 대학에서의 첫 2년 동안 무진 고생을 했다. 그 동안 그는 밥벌이를 하면서 공부를 해야 했으니 말이다. 여기서 주목할 것은 그가 그때 아버지한테 한 번도 편지 연락을 취하려 하지 않았다는 사실이다. 그것은 그의 오만함과 아버지에 대한 멸시 때문이었는지도 모르지만, 그보다는 냉철한 상식적 판단 결과 자기 아버지한테서는 어떤 실제적인 도움도 받을 수 없다는 것을 깨달았기 때문이었을 것이다.

- 도스토옙스키 《카라마조프의 형제》 상 中 -

결론적으로 이반의 사상은 어린 시절 형성된 어머니 관념과 아버지 관념이 한꺼번에 아버지 신에 투사되어 형성된 것이다(러시아 정교회는 어머니 신을 인정하지 않으므로 어머니 관념도 아버지 신에게 투사된다). 이반이 아버지 신을 '멸시하는' 무신론자인 이유도 '아버지에게는 어떤 실제적인 도움을 받을 수 없다'라는 관념이 아버지 신에 투사되어 있기 때문이다.

3) 셋째 아들 = 자기애적 유형 = 정신병

셋째 아들 유형인 자기애적 유형은 리비도 배분 장애가 발생하면 정신병에 걸릴 확률이 높다. 그런데 《백치》에서의 미쉬낀 공작처럼 알료샤와 같은 인물을 정신병 환자로 볼 수 있는지에 대한 의문이 생길 수 있다. 우리가 흔히 알고 있는 정신병 환자에 부합하지 않기 때문이다. 하지만 도스토옙스키가 알료샤가 어머니로부터 **'광신적인 소질'**을 물려받았다고 밝힌 바 있듯이 유아가 어머니 사랑을 **과소하게** 받아도 정신병에 걸릴 수 있지만, 유아가 어머니 사랑을 **과도하게** 받아도 정신병에 걸릴 수 있다. 이반의 경우와 비교하면 이반의 정신병리가 어머니와의 갑작스러운 분리로 인해서 자아가 **'너무 조숙하게'** 되어버렸다는 데 있다면, 알료샤의 정신병리는 어머니와의 적절한 분리가 이루어지지 않고 과도하게 연장됨으로써 자아가 **'자율성을 상실했다'**라는 데 있다.[110] 알료샤에게 강한 자아가 형성되어 있으면서도 '복종과 신비주의'를 추구하고 '신에게 열중하는' 이유도 자아가 아직 어머니 관념으로부터 자율성을 회복하지 못했기 때문이다.

자기애적 유형 중에서도 알료샤는 **순수한** 자기애적 유형이라고 할 수 있다. 순수하다는 의미는 리비도 배분 과정에서 심리적 외상이 없었으므로 리비도가 정욕으로 변질되지 않았다는 뜻이다. 첫째 아들과 둘째 아들은 동생의 출생으로 인한 어머니 사랑의 박탈을 방어하기 위해서 또는 아버지의 거세 위협을 방어하기 위해서 리비도가 정욕으로 변질되지만 셋째 아들(막내)은 이러한 심리적 외상을 경험하지 않으므로 리비도가 순수한 상태를 유지하게 됨으로써 순결한 정신구조를 갖게 된다. 따라서 순수한 자기애적 유형의 무의식 속에는 어머니가 자신을 거절했다는 **열등감과 수치심**의 관념과 정서도 형성되지 않고 어머니의 사랑을 받는 동생을 부러워하는 **시기심**의 관념과 정서도 형성되지 않는다.[111] 또한, 아버지의

110) p.56. 만일 어머니가 자율성을 얻으려는 아동의 노력을 과도하게 방해하고, 자신에게 의존되어 있는 아동을 편안하게 지지해 주다가 갑작스럽게 밀어내면, 아동은 조숙한 태도를 갖게 될 수밖에 없다. 다른 한편, 만일 어머니가 아이를 의존적 부속물로 사용한다면, 아동은 분리 독립과정 상실의 위험을 경험하게 된다. 또한 이때 어머니는 자율성을 추구하는 아동의 노력을 가로막고 공생적 의존을 연장시키려고 시도할 것이다.

- W. 마이쓰너 《편집증과 심리치료》 中 -

111) p.151. 동시에 아이는 엄마의 거절에 직면해서 엄마의 사랑을 받고자 하는 자신의 리비도적 욕구, 즉 자신의 초기 사랑을 표현하는 것이 위험한 것이라고 느끼게 된다. (중략) 좀 더 깊은 수준에서(또는 좀 더 초기 단계에서) 그 경험은 욕구의 표현이 무시되거나 과소평가되는 것에 대한 수치의 경험이다. 이런 굴욕과 수치의 경험

거세 위협이 없었으므로 아버지에 대한 **증오심**이나 비굴하게 굴복하는 데 대한 **모욕감**의 관념과 정서도 형성되지 않는다. 간단히 말해서 순수한 자기애적 유형은 세상이 자신을 위해서 존재한다고 믿는 사람이다.

> p.37. "저런 사람은 정말이지 이 세상에 둘도 없을 거야. 인구 백만의 낯선 대도시 한복판에 돈 한 푼 없이 혼자 버림을 받는다 해도 결코 굶어 죽지도 않거니와 얼어 죽지도 않을 거야. 사람들이 곧 먹을 것을 주고 곧 있을 곳을 마련해 줄 테니까. 그리고 만약 아무도 돌봐 주는 사람이 없으면 자기 자신이 이내 몸둘 곳을 찾아내겠지. 그에겐 그런 것쯤은 조금도 어려운 일이 아니고 굴욕도 아니거든. 그리고 또 그를 돌봐 주는 사람에게도 그것이 조금도 부담이 되지 않을 뿐더러 오히려 그것을 흐뭇하게 생각할지도 모르지."
>
> \- 도스토옙스키 《카라마조프의 형제》 상 中 -

알료샤가 타인에게 도움을 받아도 수치심이나 굴욕감을 느끼지 않는 이유는 타인의 도움이 활성화시킬 수 있는 수치심이나 굴욕감과 같은 관념과 정서가 알료샤의 무의식 속에는 존재하지 않기 때문이다. 투사의 의미를 생각해 보면 무슨 뜻인지를 쉽게 이해할 수 있다. 주체가 타인의 행위로 인해서 수치심이나 굴욕감을 느낀다는 것은 거꾸로 말하면 자신이 타인에게도 같은 행위를 하게 되면 그 사람도 수치심이나 굴욕감을 느껴야 한다는 것을 무의식적으로 전제하고 있다. 이러한 무의식적 인식으로

으로 인해 그는 무가치감과 결핍감을 느낀다. 그 자신에 대한 가치감은 위협받는다; 그리고 그는 자신을 '열등하다'는 의미로 나쁘다고 느낀다. (중략) 동시에 나쁨에 대한 그의 감각은 또한 그가 경험하는 지독한 무력감에 의해 더욱 악화된다. (중략) 그리고 그것은 해체의 경험이요 절박한 심리적 죽음의 경험이다.

\- R. 페어베언 《성격에 관한 정신분석학적 연구》 中 -

인해서 사람들은 타인을 돕는 행위를 **부담**으로 느끼게 된다. 하지만 알료샤를 돌봐주는 것이 사람들에게 **'조금도 부담이 되지 않을뿐더러 오히려 그것을 흐뭇하게 생각하는'** 이유는 사람들의 무의식이 알료샤에게 수치심이나 굴욕감의 관념과 정서가 없다는 것을 간파하기 때문이다. 알료샤가 다른 사람을 경멸하거나 비난하지 않는 이유도 그의 무의식 속에 그와 관련된 관념과 정서가 형성되어 있지 않으므로 그러한 관념과 정서를 타인에게 투사할 수 없기 때문이다.

> p.33. 스무 살 때 그야말로 음탕의 소굴이나 다름없는 아버지 집에 돌아와 차마 눈뜨고 볼 수 없는 광경을 목격하게 되었을 때도 순결무구한 그는 그저 말없이 그 자리를 피했을 뿐, 비록 상대방이 누구이든 결코 멸시하거나 비난하는 빛을 보인 적이 없었다.
>
> \- 도스토옙스키 《카라마조프의 형제》 상 中 -

삼 형제 모델에서 셋째 아들은 어머니 사랑의 박탈을 경험하지 않았으므로 자신을 **불멸의 존재**처럼 느끼는 전능 관념이 지배적인 자아가 형성된다. 나폴레옹이 자신을 불사신이라고 여기고 영웅처럼 행동할 수 있는 이유도 5세 이전에 어머니 사랑의 박탈을 경험하지 않았기 때문이다. 또 셋째 아들은 아버지의 거세 위협을 경험하지 않으므로 자아의 리비도가 초자아로 분산되지 않아서 리비도가 **아주 응집된** 자아가 형성된다. 그리고 초자아가 없거나 약하므로 제삼자(초자아)의 비난이나 실패했을 때의 수치나 굴욕을 두려워하지 않고 그만큼 큰 확신을 지니고 자신의 신념을 추구할 수 있게 된다.[112] 앞서 언급한 셋째 아들이나 셋째 딸의 처음 선택

112) p.308. 자기의 응집성이 강화됨에 따라 다양한 직무들(예컨대 전문적인 일들)을 수행하는 자아의 능력이 강화되며, 이와 동시에 대상 사랑에 대해 집중적으로 관심을 갖는 자아의 능력 또한 증가한다. (중략) 개인이 자신에 대해 보다 안전하게 느낄수

을 보면 그들이 제삼자의 비난이나 실패했을 때 수치나 굴욕을 거의 의식하지 않고 있다는 사실을 알 수 있다. 다만 셋째 아들의 문제는 어머니에 대한 **장기간의 의존**으로 인해서 어머니의 표상을 지닌 **정신적인 상징**을 지닌 대상, 예를 들면 **국가**나 **민족** 등과 합일(합치)되고자 하는 소망이 매우 강렬하다는 점이다(이와 달리 어머니와 일찍 분리하게 되면 어머니 표상이 정욕화되어 **지상적인 상징**을 지닌 대상, 예를 들면 **재산**과 **성적 대상**과 융합되고자 하는 소망이 강렬해진다).

> p.221. "…. 그는 이른바 '민족적 근원'(즉 우리나라의 사색적 지식 계급에 속하는 이론가들 사이에서 이런 기묘한 명칭이 통용되고 있습니다만), 바로 이 '민족적인 근원'에 합치하려고 애쓰는 청년입니다. 아시다시피 그는 수도원에 들어가 있었으며, 이제 조금만 더 있으면 아주 수도사가 될 뻔한 청년입니다. …"
>
> \- 도스토옙스키 《카라마조프의 형제》 하 中 -

일반적으로 의미하는 정신분열증(조현병)에 걸린 인물은 스메르쟈코프이다. 그의 어머니는 출산과정에서 사망해서 스메르쟈코프는 어머니의 사랑을 받지 못하고 자라게 된다. 그 결과 불멸 본능(어머니 신을 구하는 마음)이 완전히 일깨워지지 않고 죽음 본능이 지배적으로 된다.[113] 이

록 자신이 누구인가에 대한 그의 감각은 더 확실한 것이 되며, 그의 가치 체계는 보다 안전하게 내재화된다. 그는 거절과 굴욕을 경험하는 일 없이 보다 큰 확신을 가지고 자신의 사랑(대상-리비도적 집중)을 효과적으로 제공할 수 있다.

\- H. 코헛 《자기의 분석》 中 -

113) p.56. 조현병 환자는 자포자기한다. 아무 희망도 없는 것이다. 나는 여태껏 자신이 성부나 성모 또는 타인에게 사랑받는 사람이라고 말하는 조현병 환자를 본 적이 없다. 조현병 환자는 자신은 신이거나 악마이다. 또는 신에게서 멀어진 지옥에 있다.

\- R. D. 랭 《분열된 자기》 中 -

렇게 어머니가 부재한 환경에서 성장하는 어린아이는 어머니가 없는 이유가 자신 때문이라고 느끼는 **열등감과 수치심**의 관념과 정서가 형성되고 어머니가 있는 다른 사람을 부러워하는 **시기심**의 관념과 정서가 형성된다. 스메르쟈코프가 다른 사람은 **'죄다 가지고 있는데 자기에는 아무것도 없다'**라는 생각하는 이유도 유아에게 어머니는 세상의 모든 것과도 바꿀 수 없는 존재이기 때문이다.

"p.285. 나는 몇 가지 정보를 수집해 왔습니다만, 그는 자기의 출생을 증오하고 또한 그것을 수치로 생각하고 있었습니다. 그는 언제나 이를 갈며 나는 '스메르쟈시챠야(악취를 풍기는 여자)의 자식'이라는 걸 상기하곤 했습니다. 그는 어린 시절의 은인인 그리고리 노부부에게조차 존경심을 표시하지 않았습니다. 그리고 러시아를 저주하고 조소하며, 프랑스인으로 귀화하기 위해 프랑스로 떠날 공상을 하고 있었습니다. (중략) 그는 자기 자신 이외에는 아무도 사랑하지 않았습니다만, 이상하리만큼 자존심만은 강했던 듯합니다. 그는 좋은 옷과 깨끗한 셔츠와 반짝반짝 빛나는 구두를 문명으로 생각하고 있었습니다. 그는 자기를 표도르 파블로비치의 사생아로 생각하고 있었으므로, 정식 아들들과 비교해서 자기 처지를 얼마든지 저주할 수 있었던 것입니다. 그들은 죄다 가지고 있는데 자기는 아무것도 없다. (중략)

… 아아, 시기심이 많고 자존심이 강한 사람에겐 절대로 큰돈을 보이는 게 아닙니다. 그런데 그는 처음으로 그런 돈뭉치를 보았던 것입니다. 무지개빛 돈뭉치의 인상은 곧 어떤 결과로 나타나지는 않았으나, 그의 상상에다 병적인 영향을 주었음에 틀림없습니다."

- 도스토옙스키 《카라마조프의 형제》 하 中 -

유아에게 어머니 자궁 속은 천국에 비유할 수 있고 자궁 밖은 지옥에 비유할 수 있다. 이 지옥의 감정이 죽음 불안이다. 어머니의 사랑은 유아를 죽음 불안에서 보호해 주고 어머니 자궁 속에서 느꼈던 천국의 감정을 유지시켜 주는 역할을 한다. 하지만 스메르쟈코프처럼 유아기 초기부터 어머니의 사랑을 받지 못하면 유아는 천국의 감정을 보호하기 위해서 자신의 정신을 분열시킨다. 다시 말해서 천국의 감정은 **좋은 어머니** 관념이고 지옥의 감정은 **나쁜 어머니** 관념이라고 할 수 있다. 이러한 정신의 분열로 인해서 유아의 무의식은 항상 좋은 어머니, 즉 어머니 자궁 속으로 퇴행하려고 노력하게 된다. 또 현실 세계에서도 좋은 어머니 상징과 연결하려고 시도하게 된다. 스메르쟈코프가 **러시아**를 저주하고 조소하며 **프랑스**로 떠나려는 이유도 그의 분열된 어머니 관념이 외부 상징(국가)에 투사되어 자신이 태어난 러시아를 **나쁜 어머니**로, 프랑스를 **좋은 어머니**로 간주하기 때문이다. 스메르쟈코프의 이러한 상징 행위는 무의식 속 나쁜 어머니(죽음 본능)를 제거하고 좋은 어머니(불멸 본능)를 찾으려는 무의식적 시도이다. 하지만 스메르쟈코프의 무의식은 죽음 본능의 영향력이 너무 크기 때문에 결국 죽음(해체) 본능의 소망을 성취하기 위해서 자살한다.[114] 이반의 경우에는 나쁜 어머니의 영향력보다 좋은 어머니의 영향력이 더 크기 때문에 자살하지 못한다.

p.149. "…. 내 일은 십자가지 교수대는 아니야. 아무렴, 나는 목을 매진 않아. 알료샤, 너 아니? 난 절대 자살할 수 없는 놈이야! 그

114) p.451. 분열성 자살은 자기 파괴적 충동이 분노나 적대감의 형태로 표현되는 우울증적 자살과는 다소 다르다. 오히려, 분열성 자살은 삶의 현실을 더 이상 견디어 내지 못하고 무감각해지는 결과로 나타난다. 거기에는 삶의 무대를 떠나 투쟁을 포기하려는 조용하고도 완강한 결심이 있다.

- W. 마이쓰너 《편집증과 심리치료》 中 -

건 비굴하기 때문일까? 난 겁쟁이는 아냐. 삶에 대한 갈망 때문이지! …"

- 도스토옙스키 《카라마조프의 형제》 하 中 -

그런데 도스토옙스키는 스메르쟈코프가 '**이상하리만큼** 자존심이 강하다'라고 말한다. 스메르쟈코프의 자존심이 강한 것이 **이상한 이유**는 라스콜리니코프나 이반의 경우에는 전능 관념이 지배적인 정신구조로 되어 있어서 자존심이 강한 것은 당연하지만 스메르쟈코프는 전능 관념이 형성되어 있지 않으므로 자존심이 강할 수 없기 때문이다. 이러한 차이가 발생하는 이유는 자존심의 원천이 개인별로 다소 다르기 때문이다. 라스콜리니코프와 이반의 자존심의 원천이 **전능 관념**이라면 스메르쟈코프의 자존심의 원천은 **자기애(나르시시즘)**이다. 스메르쟈코프가 '자기 자신 이외에는 아무도 사랑하지 않는' 이유도 자기애에 리비도가 집중되어 정욕화되었기 때문이다. 바꿔서 말하면 어머니를 성적으로 사랑할 수 있는 경험을 하지 못해서 그의 무의식이 자신을 성적으로 사랑하는 자기애적 단계에 여전히 머물러 있다는 뜻이다. 반면 어머니를 성적으로 사랑한 경험은 있지만 자아가 허약한 드미트리의 경우에 자존심의 원천은 '대상 리비도의 만족', 쉽게 표현하면 **다른 사람의 사랑을 받는 것**이다.

p.83. 자존심의 한 부분은 근원적인 것, 즉 유아기 나르시시즘의 잔재이다. 자존심의 또 한 부분은 경험을 통해 강화된 전능성(자아 이상의 실현)에서 생겨난다. 그리고 또 다른 부분은 대상 리비도의 만족에서 형성된 것이다.

- S. 프로이트 《정신분석학의 근본 개념, 『나르시시즘 서론』》 中 -

유아는 기본적으로 거대한 자기애를 가지고 태어난다. 따라서 유아의 정신 이드는 자기애적 리비도로 채워져 있다. 이러한 거대한 자기애는 어머니의 사랑에 의해서 전능 관념으로 발달한다. 하지만 스메르쟈코프의 경우에는 어머니의 사망으로 자기애가 전능 관념으로 발달하지 못한다. 어머니 사망으로 인한 심리적 외상을 방어하기 위해서 리비도가 자기애에 고착되어 정신적 발달이 멈추었기 때문이다(이반의 경우에는 전능 관념에 리비도에 고착되어 정신적 발달이 멈춘 경우이다). 또 어머니를 사랑할 수 있는 경험을 하지 못하게 됨으로써 타인을 사랑할 수 있는 능력을 획득하지 못하게 된다(이반의 경우에는 사랑하는 능력은 획득했지만, 그 능력을 상실한 경우이다). 그 결과 자기애적 자존심은 매우 강하지만 자기 자신 이외에는 아무도 사랑하지 못하게 된다.

스메르쟈코프와 이반이 **똑같은 외상**(열등감과 수치심)을 경험했음에도 불구하고 성격 구조의 형성에 있어서 커다란 차이가 발생하는 이유는 심리적 외상을 방어하는 정신 기구가 다르기 때문이다. 스메르쟈코프의 경우에는 심리적 외상을 방어하는 정신 기구가 **정신 이드**라서 정신이 분열되지만, 이반의 경우에는 심리적 외상을 방어하는 정신 기구가 **강한 자아**라서 자아가 분열된다. 또 스메르쟈코프와 알료샤는 **정반대의 외상**으로 인해서 정반대의 성격 구조가 형성된다. 스메르쟈코프의 심리적 외상은 어머니 사랑을 **너무 부족하게** 받았다는 것이고 알료샤의 심리적 외상은 **너무 과도하게** 받았다는 것이다. 이러한 정반대의 외상의 차이로 인해서 스메르쟈코프는 죽음 불안을 해소해 주는 어머니를 경험하지 못해서 그의 무의식은 어머니 신(이상화 어머니 원상)과 합일(융합)을 두려워하지만, 알료샤는 죽음 불안을 해소해 주는 어머니를 경험함으로써 그의 무의식은 어머니 신(이상화 어머니 원상)과의 합일(융합)을 갈망하게 된다. 스메르쟈코프의 이러한 취약한 성격 구조는 그의 **건강염려증**에서도 드러난다.

스메르쟈코프가 '좋은 옷과 깨끗한 셔츠와 반짝반짝 빛나는 구두를 **문명으로** 생각하는' 이유는 어머니로부터 신체적 자극을 받지 못해서 정신과 신체 간에 통전이 이루어지지 않았고 이러한 정신과 신체가 해리(단절)된 현상이 **'정신적 또는 신체적 질병에 대한 염려'**로 발현되기 때문이다.[115]

D. 위니캇의 정신병리 구분 - 4가지 유형

삼 형제 모델(스메르쟈코프를 포함해서)의 성격 구조와 정신병리 간의 연관성은 D. 위니캇의 4가지 정신병리 분류로 검증할 수 있다.[116]

115) p.163. … 자기애적 성격 장애를 분석할 때 만나게 되는 중심적인 불안은 거세 불안이 아니라 자기애적 구조와 그 에너지가 무분별하게 침범하는 것에 대한 공포이다. (중략) 그것들은 이상화 부모 원상과의 황홀한 융합이나 신(神) 또는 우주와의 융합을 향한 유사 종교적 퇴행에서 발생하는 것과 같은 현실적 자기를 상실하는 것에 대한 공포, 현실과의 접촉을 상실하는 것에 대한 공포 및 비현실적인 과대적 경험에서 발생하는, 영원히 고립되는 것에 대한 공포, 과시적 리비도가 침범하는 데서 발생하는 수치와 공포스런 자기 의식에 대한 경험, 그리고 신체와 정신의 단절에서 발생하는 신체적 및 정신적 질병에 대한 염려 등이다.

- H. 코헛 《자기의 분석》 中 -

116) p.186. D. 위니캇의 정신병리 분류(제목과 일련번호는 필자가 부여한 것임)

1) 신경증 환자들(무의식적 동기와 양가감정에 사로잡힌 자들);
2) 우울증 환자들(자살을 생각하거나 이에 대한 대안으로 커다란 성취의 공헌을 이룩하려는 양극 사이를 배회하는 사람들);
3) 분열성 환자들(정체감과 진정한 느낌을 가지는 개인으로서 자신을 세워 가야 하는 평생의 과제를 이미 부여받은 사람들);
4) 정신분열증 환자들(진정한 느낌을 적어도 아픈 동안에는 가질 수 없으며, 대리적 삶을 기초해서만 (겨우) 어떤 것을 성취할 수 있는 사람들.)

- D. 위니캇 《가정, 우리 정신의 근원》 中 -

1) 첫째 아들 드미트리 = 신경증 환자

D. 위니캇의 정신병리 분류에 따른 첫 번째 유형은 **'신경증적'** 성격 구조로 1) 무의식적 동기와 2) 양가감정에 사로잡힌 유형이다. 무의식적 동기는 주로 성적 욕망이고 양가감정은 사랑과 증오와 같은 이중의 감정을 말한다. 이러한 이중의 감정으로부터 죄의식 또는 죄책감이 형성된다. 신경증적 성격 구조 중에서도 히스테리 성격 구조는 성적 욕망과 죄의식이 충돌하는 경우로서 **성애적 성격 유형**에 해당하고 강박신경증 성격 구조는 성적 욕망과 죄책감이 충돌하는 경우로서 **강박적 성격 유형**에 해당한다. 첫째 아들 드미트리는 리비도가 신체 이드에 지배적으로 배치된 히스테리 성격 구조로 때때로 성적 욕망이 죄의식을 압도해서 죄의식(양심의 가책)을 전혀 느끼지 않기도 한다(드미트리는 강박적 특질도 동시에 지니고 있다).

> p.167. 미챠도 마찬가지여서 그루셴카의 얼굴을 보자마자 질투심 같은 건 날아간 듯이 사라져 버리고 순식간에 남을 잘 믿는 고상한 인간으로 변하는 것이다. 뿐만 아니라 자기 자신의 비굴한 감정을 경멸하기까지 했다. 그러나 이것은 다음과 같은 사실을 증명하는데 지나지 않는다. 즉 다름 아니라 그루셴카에 대한 그의 사랑에는 그 자신이 부여한 것보다 훨씬 고상한 어떤 것이 포함되어 있어서 언젠가 동생 알료샤에게 설명했던 것 같은 〈육체적 곡선미〉니 정욕이니 하는 것만은 아니었다는 사실이다. 그러나 그 대신 그루셴카가 모습을 감추기가 무섭게 미챠는 곧 그녀가 비열하고 교활한 배신행위를 하고 있지나 않을까 의심하기 시작하는 것이었다. 그리고 이미 그때에는 양심의 가책 같은 것은 전혀 느끼지도 않았다.

- 도스토옙스키 《카라마조프의 형제》 중 中 -

드미트리가 그루셴카와 사랑에 빠진 이유는 그녀가 지닌 어머니 표상(육체적 곡선미) 때문이다. 그런데 도스토옙스키는 드미트리의 사랑에는 '그 자신이 부여한 것보다 훨씬 고상한 어떤 것'이 포함되어 있다고 말한다. 드미트리의 **의식**은 자신이 그루셴카와 사랑에 빠진 이유가 그녀의 육체적 곡선미 때문이라고 생각하고 있지만, 그의 무의식은 **'의식이 부여한 것보다'** 더 많은 것을 간파하고 있다. 나중에 구체적으로 설명이 되겠지만, 드미트리의 무의식이 부여한 '훨씬 고상한 그것'은 **어머니를 구원**하려는 소망이다. 어린 시절 드미트리의 어머니는 그를 버리고 가출을 했기 때문에 그는 그룬센카가 '모습을 감추기가 무섭게'–이것은 어머니의 가출을 표상한다–그루센카가 '비열하고 교활한 배신행위'–이것은 어머니가 자신을 버린 행위를 표상한다–를 하지 않을까에 대해 항상 의심한다. 드미트리는 자신을 배신하고 가출한 어머니와의 경험을 그루센카와의 전이 관계 속에서 압축적으로 반복 재현하고 있다고 할 수 있다. 그래서 드미트리의 무의식은 어머니를 상징하는 그루센카와 결혼함으로써 어머니를 구원하려고 한다. 더 정확하게 말하면 어머니를 구원함으로써 어머니로부터 받은 자신의 심리적 외상을 회복(치료)하려고 하고 있다.

p.303. 환자는 이제 자기 스스로 판단하지 못하고, 자기를 사랑해 주는 사람을 맹목적으로 믿고 어떤 낯선 사람의 말도 믿지 않는 아이처럼 행동한다. 이런 전이의 상황이 가져오는 진짜 위험은 환자가 자신의 본능을 오인하여 그것이 과거의 재현이 아니라 새로운 체험이라고 치부한다는 점이다. 말하자면 그 남성 환자가 긍정적 전이 뒤에 숨기고 있는 강한 성적 욕구를 느끼면서도 이것을 정열

적인 사랑이라고 믿는다는 점이다.

- S. 프로이트 《프로이트의 치료기법, 『정신분석치료의 기법(1938/1940)』》 中 -

드미트리가 자신의 사랑을 '무의미한 악몽'이라고 묘사한 것처럼 그루센카와의 사랑은 새로운 체험이 아니라 과거의 체험이 재현된 것이다. 하지만 드미트리의 의식은 현재의 대상과 과거의 경험과의 연결고리를 기억하지 못하므로 현재의 그루센카에 대한 정열적인 사랑이 과거에 어머니에 대한 욕망이 만들어 낸 환각이라는 것을 알지 못한다. 드미트리가 자신의 과거를 반복 재현하는 이유는 일차적으로 어머니와 열정적으로 사랑에 빠졌던 환상을 불러일으키기 위한 것이기도 하지만 훨씬 고상한 목적은 어린 시절로 돌아가 자신을 버릴 수밖에 없었던 어머니를 구원하려는 것이다. 하지만 현재는 어머니가 없으므로 그 어머니 표상을 지닌 대상을 구원하는 상징 행위를 통해 어머니를 구원한다. 라스콜니코프가 어머니와 여동생의 대체 표상인 **매춘부**인 소냐의 구원을 통해서 어머니와 여동생을 구원하려고 했던 것처럼 드미트리도 어머니의 대체 표상인 **고급 매춘부**인 그루센카의 구원을 통해서 어머니를 구원하려고 한다.

p.209. 이러한 형태의 연인을 관찰하는 사람들에게 가장 놀랍게 보이는 것은 그들이 자신이 사랑하는 여성을 〈구원〉해 준다고 생각하며 내보이는 충동이다. 그들은 그녀가 자신을 필요로 하고, 그가 없이는 모든 도덕적 통제를 상실하여 급격하게 형편없는 지경으로 몰락할 것이라 확신한다. 그러므로 그는 그녀를 포기하는 대신 그녀를 구원하려 하는 것이다. 몇몇 개인적 사례를 보면, 사랑의 대상이 되는 여자를 구해야 한다는 생각이 그 여자의 성적 변덕과 곤경

에 처한 그녀의 사회적 지위를 결부시켜 정당화되는 경우를 볼 수 있다.

- S. 프로이트 《성욕에 관한 세 편의 에세이, 『남자들의 대상 선택 중 특이한 한 유형』》 中 -

2) 둘째 아들 이반 = 우울증 환자

D. 위니캇의 정신병리 분류에 따른 두 번째 유형은 **'우울증적'** 성격 구조로 1) **자살**을 생각하거나 2) 이에 대한 대안으로 **커다란 성공**을 이룩하려고 **'양극 사이를 배회하는'** 유형이다. 이 유형에 대한 묘사는 정확하게 이반의 성격 구조에 대한 설명이라고 할 수 있다. 이반은 성장함에 따라 점점 우울한 소년이 되어간다.

p.27. 그는 결코 겁쟁이는 아니었지만 성장함에 따라 왜 그런지 우울하고 말수가 적은, 무뚝뚝한 소년이 되었다.

- 도스토옙스키 《카라마조프의 형제》 상 中 -

전능 관념이 지배적인 어린아이가 어머니의 사랑을 박탈당하게 되면 어린아이는 자신이 열등하다고 생각하고 수치심을 느끼게 되고 이러한 열등감과 수치심을 방어하기 위해서 전능 관념에 리비도를 집중해서 **과대 자아**를 형성하게 된다(전능 관념이 약하게 형성되어 있다면 거세 위협에 리비도를 집중해서 **초자아**를 형성한다). 과대 자아는 오만한 태도와 타인에 대한 경멸을 통해 자신의 열등감과 수치심을 보상받는다(초자아가 강한 유형은 타인의 복종과 타인에 대한 모욕을 통해 자신의 굴욕적 복종을 보상받는다). 이렇게 해서 과대 자아와 열등감은 완전하게 양립할 수 있게 된다.

p.286. 잘 알려져 있듯이 열등감의 신경증적 망상은 한쪽으로만 치우친 것이며 따라서 다른 원인들로부터 생겨나는 자기 과대평가와 완전하게 양립할 수 있다.

- S. 프로이트 《정신병리학의 문제들, 『매 맞는 아이』》 中 -

우울적 성격 유형이 자살을 하게 되는 이유는 자신 속의 나쁜 부분(열등감과 수치심)을 정화해서 상처 입은 자기애를 회복하고 박탈당한 어머니(이상화된 사랑 대상)와 재연합하고자 하는 **'이중적인 목적'** 때문이다.[117] 이러한 정신구조 속 나쁜 부분이 외부에 투사되어 인격화된 환각(망상)이 이반의 악마이고 자신의 정신 속에서 이러한 악마(지옥)를 축출하려는 갈망이 발현된 것이 자살 충동이다.

p.431. "그럼 그 끈적끈적한 새잎은 어쩌하구요? 그리고 소중한 무덤은? 사랑하는 여자는? 그럼 형님은 무엇을 발판으로 살아가겠다는 겁니까? 어떻게 그런 것들을 사랑하겠냔 말입니다. " 알료샤는 다시 슬픔에 젖은 어조로 소리쳤다. "가슴과 머리에 그런 지옥을 품고 있으면서 어떻게 그런 짓을 할 수가 있을까요? 아니, 형님은 예수회 사람들을 찾기 위해 여길 떠날 겁니다. 만일 그렇지 않다면 자

117) p.430. 심지어 우울적 자살에서도 종종 자기를 정화하고 그리고 나서 전능하고 이상화된 사랑 대상과 연합(재연합)하고자 하는 이중적인 목적이 발견된다. 우울적 자살은 자기비판이나 자기비하적인 생각에 몰두하여 행해지는데, 부분적으로는 자신을 처벌하는 것이 목적이지만, 자기 청결, 정화, 나쁜 부분의 제거가 일차적인 목적이다. 즉 자살 행위는 귀신 축출이 된다.

- W. 마이쓰너 《편집증과 심리치료》 中 -

살이라도 해 버릴 겁니다. 도저히 견디어 낼 수 없을 거예요."

- 도스토옙스키 《카라마조프 형제들》 상 中 -

어린 시절에 받은 어머니의 사랑은 인간이 정력적인 삶을 살아갈 수 있게 하는 **토대**이고 **발판**이다. 스메르쟈코프는 이러한 삶의 토대가 아예 형성되지 않았고 이반은 이러한 삶의 발판을 상실한 경우이다. 도스토옙스키는 이렇게 삶의 발판을 잃어버린 이반의 정신상태를 '머리와 가슴에 **지옥**을 품고 있다'라고 묘사한다. 지옥은 천국(어머니 자궁 속)에서 얻은 '신의 **온전성**과 우주와의 **조화**'에 대한 감각의 상실을 상징한다.[118] 구체적으로 말하면 머리의 지옥은 어머니 사랑을 되찾기 위한 **과대 자아의 고뇌**를 의미하고 가슴의 지옥은 어머니 사랑을 거절당한 **열등감과 수치심**을 말한다. 이반의 과대 자아는 어머니를 표상하는 타인의 칭찬과 사회적 권력을 손아귀에 넣기 위해서 고군분투하게 되고 이 과정에서 좌절하게 되면 견딜 수 없는 열등감과 수치심으로 자살 충동을 느끼게 된다. 그럼에도 이반이 쉽게 자살을 하지 못하고 **'자살 충동과 모든 것을 정복하려는 욕망'** 사이에서 배회하는 이유는 역설적으로 이반의 불멸 본능(삶의 본능)이 강하게 형성되어 있다는 방증이다(따라서 이반의 자살 충동은 스메르쟈코프의 자살 충동과 본질에서 다르다).

p.375. "… 내가 비록 인생에 대한 믿음을 잃고 사랑하는 여성에 실망하고 사물의 질서를 의심한 끝에 더 나아가서 이 세상의 모든 것을 무질서하고 저주받은 악마의 소산이라고 확신하여 인간의 환

---

118) p.344. 천국의 정반대 되는 곳으로서의 지옥은 정신의 혼란을 상징하거나, 심지어 언제 발생할지 모르는 자아의 완전한 상실을 상징한다. 이에 반하여 천국은 개인이 온전성과 조화에 도달하는 것을 나타낸다.

- E. 애크로이드 《꿈 상징 사전》 中 -

멸의 공포를 남김없이 맛본다 하더라도, 그래도 나는 살기를 원할 거야. 일단 이 술잔에 입을 댄 이상 마지막 한 방울까지 다 마셔 버리기 전엔 결코 입을 떼지 않겠어! 하기는 30이 되면 죄다 마셔 버리지 않았더라도 그 잔을 내던지고 떠나갈 거야……. 어디로 갈지는 모르지만……. 그러나 30까지는 내 청춘이 모든 것을 정복하리라고 나는 확신해-인생에 대한 환멸도 혐오도 죄다. …"

- 도스토옙스키 《카라마조프의 형제》 상 中 -

3) 셋째 아들 알료샤 = 분열성 환자

D. 위니캇의 정신병리 분류에 따른 세 번째 유형은 **'분열성'** 성격 구조로 1) **정체감과 진정한 느낌**을 가지는 개인으로서 2) 자신을 세워 가야 하는 **평생의 과제를 이미 부여받은 사람**이다. 이 유형의 묘사도 정확하게 알료샤의 성격 구조에 대한 것이라고 할 수 있다.

p.45. 그는 진지하게 생각한 끝에 신(神)과 영생(永生)이 존재한다는 확신을 얻자마자 곧 본능적으로 자기 자신에게 말했다. "영생을 위해 살고 싶다. 어중간한 타협 같은 건 결코 받아들이지 않겠다"고. 이와 마찬가지로 만일 그가 신과 영생이 존재하지 않는다고 단정해 버렸다면 그는 곧 무신론자나 사회주의자가 되고 말았을 것이다.

- 도스토옙스키 《카라마조프의 형제》 상 中 -

알료샤는 본능적으로 신과 불멸(영생)이 존재한다고 확신하고 신과 불멸을 위해서 살아가는 것을 자신의 **평생의 과제로 부여받은** 사람이다. 특히 알료샤는 '**어중간한 타협**은 결코 받아들일 수 없다'라고 말하는데 그 이유는 알료샤의 정신구조가 어머니와 합일된 상태이기 때문에 무의식이 분열되지 않아서 정신 에너지가 매우 강렬하게 발현되기 때문이다. 따라서 이미 언급한 바 있듯이 이러한 정신구조는 정신분열적이라고 부르기보다는 정신합일적이라고 부르는 것이 좀 더 타당하다고 볼 수 있다. 이러한 인물들이 선동가나 혁명가의 자질을 지닌 이유도 리비도(정신 에너지)가 변질되거나 분산되거나 않고 리비도의 정신성(카리스마)이 그대로 보존되어 타인의 리비도를 지배할 수 있기 때문이다.[119)]

알료샤의 리비도는 정욕으로 변질되지 않았기 때문에 알료샤의 어머니와 합일되려는 소망의 대상은 **지상적**이고 **피상적**인 표상을 지닌 대상이 아닌 **정신적**이고 **본질적**인 표상을 지닌 대상을 추구한다. 대표적인 표상들이 신(불멸), 우주, 대지, 망망대해, 민족, 국가 등이다. 이러한 표상들이 어머니 관념을 표상하는 이유는 이러한 대상들이 모두 **불멸성**을 지니고 있기 때문이다. 알료샤의 어머니와 합일되려는 이러한 소망을 **불멸 신앙**이라고 부르기로 하자. 알료샤의 불멸 신앙은 불멸 본능(어머니 신)이 직접 발현된 것이므로 그에 부합하는 표상과 연결되면 어중간한 타협을 결코 받아들일 수 없는 광신의 상태가 된다(이반의 경우에는 어머니 사랑의 박탈로 자아가 왜곡되어 진정성 있는 삶을 살 수 없다).[120)] 다음의

---

119) p.14. '분열성'이라는 용어의 의미가 분열성 현상을 포함하는 개념으로 확대된다면, 분열성 집단은 매우 포괄적인 것이 된다. 예를 들면, 광신주의자들, 선동가들, 범죄자들, 혁명가들, 그리고 공동체를 붕괴시키는 대부분의 사회병질적 성격 부류가 여기에 포함된다.

- W. R. 페어베언 《성격에 관한 정신분석학적 연구》 中 -

120) p.241. 피상적 인격은 정상적으로 보이기 때문에 세상은 그를 진짜 인격으로 간주하기 쉽다. 그러나 그에게 세상은 진정한 것으로 느껴지지 않는다. 그의 주된 감정은 지루함, 산만함, 그리고 공허함이다. (중략) 위니캇에게 "진정성(authenticity)"은 참자기가 지배하는 건강한 인격을 나타내는 결정적인 요소이다. 진정성이 없는 삶을 산다는 것은 자아가 왜곡되었음을 말해준다. 그것은 인격구조가 방어적 반응으로 이루어져 있고, 따라서 환경과의 진정한 접촉을 차단된 채 살아가고 있음을 말해준다.

짧은 문단 속에는 알료샤의 성격 구조가 어떻게 형성되었는지에 대한 거의 모든 정신분석적 정보가 들어있다.

> p.45. 아마도 그의 어린 시절에 대한 기억 속에는 어머니가 미사에 가끔 데리고 가곤 하던 교외의 수도원에 관한 것이 고이 간직되어 있었는지도 모른다. 혹은 그의 '미치광이' 어머니가 그를 양손으로 안아 내밀었던 성상 앞으로 비스듬히 비쳐들던 석양이 그의 마음에 작용했는지도 모른다. 깊은 생각에 잠겨 그가 이 고장으로 찾아온 것도 실은 모든 것이냐, 아니면 2루블이냐를 가려내기 위해서였는지도 모른다. 그리고 이 수도원에서 그 장로를 만났던 것이다.
>
> \- 도스토옙스키 《카라마조프의 형제》 상 中 -

어머니 사랑의 박탈과 마찬가지로 어머니 사랑의 경험도 리비도가 집중됨으로써 무의식적 관념과 정서를 형성한다. 두 가지 경험의 차이점은 전자의 경우에는 방어의 목적이므로 리비도가 정욕으로 변질되어 공격성을 띠게 되지만 후자의 경우에는 방어의 목적이 아니므로 리비도가 정욕으로 변질되지도 않고 따라서 공격성을 띠지 않는다. 그럼에도 그 관념에는 리비도가 집중되어 있으므로 반복 재현하기 위해서 그에 부합하는 표상을 찾아 헤맨다. 알료샤가 성인이 되어 자신이 태어난 **고향**을 찾아오고 어머니와 추억이 있던 **수도원**을 찾은 이유도 그의 무의식이 어머니 관념에 부합하는 표상을 찾아서 연결하도록 추동하기 때문이다. 알료샤가 조시마 장로를 숭배하는 이유도 조사마 장로가 어머니의 표상을 지니고 있기 때문이다.

역사 속에서 알료샤와 똑같은 정신구조를 가진 인물은 마하트마 간디

\- F. 써머즈 《대상관계 이론과 정신병리학》 中 -

이다. 간디 역시 삼 형제 중 **셋째 아들(막내)**이었다.[121] 간디도 어린 시절 어머니와의 추억으로 인해서 메시아적 혁명가가 되었다고 할 수 있다. 어머니의 영향 측면에서만 보면 알료샤의 정신구조와 유사한 또 다른 인물은 히틀러이다. 그래서인지 히틀러가 독일 민족의 메시아로 부상되는 과정도 아주 유사하다. 히틀러가 정신적으로 어머니와 합일된 상태에 있었다는 것을 보여주는 장면은 **의사가 본적이 없을 정도로** 어머니를 잃은 그의 슬픔이 **남다르다**는 데 있다[122](알료샤의 성격적 특질도 **이상할 정도로** 평생 동안 어머니를 기억하고 있었다는 데 있다). 그런데 어머니와 정신적으로 합일된 상태에서 어머니가 사망하게 되면 무의식 속 **'그 무엇인가'**는 불현듯 고개를 들고 일어나서 주체를 '어떤 새롭고 신비로운, 불가피한 길'로 끌고 가서 새로운 표상과 연결을 하도록 만든다.

> p.37. 얼마 후 그가 어머니의 무덤을 찾고 있다는 것이 드러났다. 그는 그때 고향에 온 목적이 실은 그것 한가지라고 시인하려고 했다. 그러나 고향에 온 이유가 오직 그것뿐이라고는 생각되지 않는다. 그보다는 그의 마음 속에 무엇인가가 불현듯 고개를 들고 일어나서 그를 어떤 새롭고 신비로운, 불가피한 길로 끌고 가는 것이었

121) p.39. 아니, 간디에게 어머니는 그 이상의 의미가 있었다. (중략) 어머니 푸틀리바이는 매우 독실한 신자였다. (중략) 푸틀리바이는 결혼 후에도 계속 이 종파와 관계를 유지했으며 때로는 자기 부부가 다니는 사원에 막내아들인 간디를 데려가곤 했다. 그녀는 집에 있을 때는 대부분의 시간을 간디를 낳은 방에서 지냈다.

- G. 애쉬 《간디 평전》 中 -

122) p.169. 그녀는 1907년 12월 21일에 사망, 크리스마스 이브에 묻혔다. 마지막 모습을 기억하려고 그는 어머니의 임종 모습을 스케치했다. 블로흐 박사는 아돌프 (히틀러)가 몹시 상심했다고 말했다. 그는 "의사 생활 동안 아돌프만큼 슬픔으로 수척해진 사람을 보지 못했다"고 말했다. (중략) 아돌프는 장례식 후 누이들이 떠난 뒤에도 오랫동안 어머니의 무덤 옆에 서 있었다. 분명히 그는 세상의 밑바닥으로 떨어진 것이다.

- 월터 C. 랑거 《히틀러의 정신분석》 中 -

는데 그때는 그 자신도 미처 몰랐고 또 설명할 수 없었다고 하는 편 이 가장 적절한 표현일 것이다.

- 도스토옙스키 《카라마조프의 형제》 상 中 -

이 장면에서 도스토옙스키는 무덤(죽음)과 어머니(불멸)가 대조를 이루도록 묘사하고 있는데 어머니는 죽음과 불멸을 모두 상징하기 때문이다. 알료샤 자신도 미처 몰랐고 또 설명할 수 없었지만 알료샤가 어머니의 무덤을 찾는 이유는 그의 무의식 속 어머니 신(불멸 신앙)이 새로운 표상을 찾고 있기 때문이다. 알료샤가 어머니의 무덤 앞에서 찾은 새로운 불멸 신앙의 표상은 **불멸의 종교**이고 그것을 실현하기 위한 상징 행위는 고결한 어머니 표상을 지닌 고결한 승려인 조시마 장로를 숭배하는 것이다.

히틀러도 어머니 죽음을 떠올리며 불멸의 신앙에 연결할 표상을 발견하는데 그것은 불멸의 독일 제국이었고,[123] 그것을 실현하기 위한 상징 행위는 자신이 **'프리드리히 대왕이나 M. 루터'**가 되는 것이었다.[124] 히틀

123) p.330. 나는 어머니 무덤 앞에 선 날 이래 두 번 다시 운 일이 없었다. (중략) 이 긴 전쟁 가운데 죽음이 많은 사랑하는 전우나 친구를 우리의 전열(戰列)에서 빼앗아 갔을 때도 한탄하는 일은 거의 죄악처럼 생각되었다. (중략) 그리고 마침내 나 자신이 숨어든 가스에 의해서 쓰러지고 두 눈이 나빠져 영원히 장님이 되지 않을까 하는 두려움으로 인해 한때 절망에 빠지려 할 때도 양심의 목소리가 나를 크게 꾸짖었다. (중략) '가엾은 사나이여, 너는 몇천 명의 네 전우가 너보다 몇백 갑절이나 나쁜 상태에 빠져 있는데 그래도 울려고 하느냐.' 그리하여 나는 그때도 둔감하게 묵묵히 나의 운명을 좇았던 것이다. 하지만 지금 나는 울지 않을 수 없었다. 지금 비로서 나는 조국의 불행에 비한다면 개인적인 고뇌라는 것이 얼마나 작은 것인지 깨달았던 것이다.

- A. 히틀러 《나의 투쟁》 中 -

124) p.339. 그러나 현대로부터 이해되지 않음에도 이념이나 이상을 위해 투쟁을 관철할 각오가 있는 이 세상 위대한 용사는 그들 속에서 헤아려질 수가 있다. (중략)

그러나 여기에는 참으로 위대한 정치가뿐만 아니라 그 밖의 위대한 개혁자도 모두 속한다. 프리드리히 대왕과 나란히 마르틴 루터나 리하르트 바그너도 서는 것이다.

- A. 히틀러 《나의 투쟁》 中 -

러의 무의식은 **불행한 어머니 나라**인 독일에서 불행한 어머니 표상을 발견하고 그 어머니를 구원하고자 했던 것이다.[125] 알료샤와 히틀러의 정신구조의 차이는 앞서 설명한 바 있듯이 알료샤의 정신구조 속에는 고결한 어머니 관념이 지배적이었다면 히틀러의 정신구조 속에는 **독일적인** 어머니 관념과 더불어 **폭력적인** 아버지 관념이 동시에 지배적이었다는 것이다. 도스토옙스키가 경고했듯이 아버지가 자식을 슬프게 하면 한 개인이 인류의 적이 되고 인류 전체를 멸망시킬 수 있다는 사실을 히틀러는 여지없이 증명했다.

4) 네 번째 유형 = 정신분열증 환자

D. 위니캇의 정신병리 분류에 따른 네 번째 유형은 **'정신분열증'** 성격구조로 1) 진정한 느낌을 적어도 아픈 동안에는 가질 수 없으며, 2) **대리적 삶**에 기초해서만 겨우 어떤 것을 성취할 수 있는 사람이다. 스메르쟈코프는 유아기 초기에 어머니 표상(자기 대상)을 내면화하지 못해서 자기 존재에 대한 진정한 느낌이 전혀 형성되지 못했다. 따라서 자신과 비슷한 연배의 다른 사람에게 의존하게 된다[126](신경증 환자는 부모처럼 권위가 있거나 우월한 존재에게 의존한다). 스메르쟈코프가 특히 이반을 숭배하고 이반의 설교에 완전히 머리가 돌아버린 이유도 자신과 유사한 분

125) p.219. 독일 사람들이 독일을 보통 '아버지의 나라'라고 말한 반면, 히틀러는 거의 항상 '어머니의 나라'라고 했다는 사실은 매우 의미 있다.

- 월터 C. 랑거 《히틀러의 정신분석》 中 -

126) p.169. 반면에 정신병자는 사태를 다르게 제시한다. 갈등은 경쟁자나 연인과 같은 자신과 비슷한 연배에 대한 것이다. 정신병자는 상징계의 권위적인 인물로부터 동의를 구하려고 하지 않는다. 오히려 자신과 비슷한 상상적인 타인이 정신병자의 자리를 침범한다.

- B. 핑크 《라캉과 정신의학》 中 -

열적 성격 구조를 지닌 이반이 자신의 삶을 대리하고 있다고 여기기 때문이다(이반은 자아가 분열되어 있고 스메르쟈코프는 정신 이드가 분열되어 있다).

p.220. "… 그런데 어제 이 고장의 변두리에서 병고에 시달리던 한 백치가 자살을 했습니다. 그는 이 사건에 밀접한 관계를 가진 사람으로, 그 집 하인으로 있었습니다만, 어쩌면 표도르의 사생아일지도 모르는 스메르쟈코프입니다. 그는 예심 때 히스테릭한 눈물을 흘리면서 이 젊은 카라마조프, 이반 표도르비치가 그 무절제한 사상으로 자기에게 얼마나 큰 영향을 주었는지를 얘기했습니다. '그분의 생각에 의하면 이 세상에서는 무엇이든지 다 허용된다는 것입니다. 앞으로는 금지당할 것이 하나도 없다고 그분은 언제나 가르쳐 주었습니다.'라고 그는 말했습니다. 이 백치는 자기가 받은 설교 때문에 완전히 머리가 돌아 버렸던 것 같습니다. 물론 그의 지병인 간질병과 주인댁에서 돌발한 무서운 소동이 그의 정신착란을 부채질한 건 말할 필요도 없습니다. …"

- 도스토옙스키 《카라마조프의 형제》 하 中 -

H. 코헛에 의하면 삼 형제 모델을 2가지 유형으로 분류할 수도 있다. 하나는 'Guilty Man'으로 **성적 활동**을 지향하지만, **죄의식** 또는 **죄책감**에 짓눌린 유형이고 다른 하나는 'Tragic Man'으로 **자기실현에 쫓기는** 유형이다.[127] Guilty Man은 D. 위니캇의 신경증 환자로 첫째 아들인 드미트

127) p.134. 나는 폭넓은 관점에서, 인간의 활동은 두 개의 목표를 지향하는 것으로 보아야 한다고 생각한다. 그 목표가 욕동들의 활동을 지향하고 있다면 그것은 죄책감에 짓눌린 인간(Guilty Man)에 해당될 것이고, 그것이 자기의 실현을 지향하고 있다면 비극적 인간(Tragic Man)에 해당될 것이다. 간단히 부연하자면, 죄책감의 인간은

리와 같은 성격 유형을 의미한다. 그리고 Tragic Man은 D. 위니캇의 우울증 환자로 둘째 아들인 이반와 같은 성격 유형을 의미한다. 이외에 H. 코헛은 '창조적인 인간'이 있다고 하는데 이 유형은 D. 위니캇의 분열성 환자로 셋째 아들인 알료샤와 같은 성격 유형으로 볼 수 있다. 지금까지의 논의를 종합하면 인간의 성격 유형을 다음과 같이 정리할 수 있다.

카라마조프 3형제 모델	프로이트	D. 위니캇	H. 코헛
첫째 아들 (드미트리)	성애적	신경증	Guilty Man
둘째 아들 (이반)	강박적	우울증	Tragic Man
셋째 아들 (알료샤)	자기애적	분열성	창조적 인간

* 스메르쟈코프는 예외적인 경우로서 삼 형제 모델에서 제외했다.

쾌락 원리 안에서 살고 있다; 그는 쾌락-추구 욕동들을 만족시키기 위해 노력하고, 성감대들에서 발생하는 긴장들을 줄이려고 시도한다. (중략) 다른 한편, 비극적 인간은 그의 핵심 자기의 패턴을 표현한다; 그의 노력들은 쾌락 원리 너머에 놓여 있다. 여기에서도 역시 인간의 실패들이 그의 성공을 그늘지게 한다는 부인할 수 없는 사실이 나로 하여금 "자기 표현적인" 또는 "창조적인 인간"으로 부르기보다는 "비극적인 인간"으로 부르게 했다.

- H. 코헛 《자기의 회복》 中 -

제6장

카라마조프 II

제6장 카라마조프 II

진리를 알지니 진리가 너희를 자유롭게 하리라.

- 《신약성서》「요한복음」 中 -

리비도와 인류 문명

리비도는 모든 생명체의 내적 본질로 모든 생명체가 **불멸**을 추구하고 **결합**하도록 추동하는 자연의 힘이다. 하지만 어떤 이유에서인지 인간에게만 이러한 **'자연의 조화'**는 깨져버렸다. 리비도는 변질되어 **정욕**(욕동)이 되었고 정욕은 **성 도착**과 **정신병리**를 일으켰다.[1] 이러한 성 도착과 정신병리의 소산물이 우리가 문명이라고 부르는 것들이다. 예술이 히스테리의 소산물이라면 종교는 강박신경증의 소산물이고 철학은 편집증의 소산물이다. 이렇게 인류 문명의 기초를 이루는 것은 정욕(성적인 요소)이 만들어 낸 정신병리(신경증)에 개인의 자기애적 욕구(이기적 요소)가

---

1) p.329. … 라깡은 "모든 프로이트의 발견은 인간 속의 모든 자연적 조화가 심각하게 혼란되었다는 것을 우리에게 가르쳐 준다"라고 주장한다. (중략)

인간 존재에서 자연적 질서의 부재는 인간의 성(sexuality)에서 가장 명확히 드러날 수 있다. (중략) 인간에 자연스런 성관계와 같은 것은 없다. 이것의 한 결과는 도착증이 성을 통제하는 예기된 자연적 · 생물학적 규범을 참조하여 정의될 수 없다는 것이다. 동물적 본능이 비교적 불변인 반면에 인간의 성은 극도로 가변적이고 생물학적 기능을 목표로 삼지 않는 욕동에 의해 지배된다.

- D. 에반스 《라깡 정신분석 사전》 中 -

결합한 것이다.

> p.129. 신경증은 한편으로는 예술, 종교, 철학이라고 하는 위대한 사회적 소산과 심오한 일치를 두드러지게 보여 주기도 한다. 그러나 다른 한편으론 신경증은 이런 사회적 소산이 왜곡된 결과로 보이기도 한다. 히스테리는 예술 창조의 캐리커처, 강박 신경증은 종교의 캐리커처, 편집증은 철학 체계의 캐리커처라고도 할 수 있을 것이다. 이러한 편차는 결국 신경증이 비사회적 산물이라는 것에서 유래한다. 신경증은 집단적인 노력을 통해 사회적으로 성취시켜야 하는 것을 개인적인 수단을 통해 스스로 성취시키고자 한다. 신경증에 결정적인 영향을 미치는 것은 성적인 원동력인 것에 견주에, 여기에 대응하는 문화 소산의 기초를 이루는 것은 이기적 요소와 성적인 요소와의 결합에서 생겨난 사회적 충동인 것이다.
>
> - S. 프로이트《종교의 기원,『토템과 터부』》中 -

리비도의 궁극적인 목표이고 최고 목표는 불멸이다. 모든 생명체에게 불멸의 유일한 통로는 다른 개체와의 결합을 통해서 자손을 번식시키는 것이다. 하지만 인간은 정욕으로 인해서 도착적 방식으로 불멸을 추구한다. 예술가는 불멸의 작품을 남기고, 종교인은 불멸의 신을 숭배하고, 철학자는 불멸의 명성을 추구한다.[2)] 하지만 그러한 불멸은 거짓이고 환각이다. 그럼에도 그것들은 인간의 무의식 속 관념과 환상을 일깨움으로써

---

2) p.50. 우리는 영원히 살고 싶어서 '불멸의' 교향곡을 작곡하고, 전쟁에 나가 '영원한 영광'을 추구하고, 심지어 자신의 영혼이 '천국에서 영원한 행복을 누리다'는 말에 목숨까지 내놓는다. 우리가 지닌 예술적 창의성, 정치적 신념, 종교적 신앙심은 상당 부분 죽음에 대한 두려움에서 연료를 얻는다.

- Y. 하라니《호모 데우스》中 -

쾌락(즐거움)을 준다.[3] 인간은 진리를 원하는 것이 아니라 쾌락을 원한다. 그래서 예술가는 **거짓 형상**을 만들고, 종교인(성자)은 **환상의 신**을 숭배하고, 철학자는 **가상의 진리**를 원한다. 이렇게 인간은 정욕의 지배를 받으며 **'정욕의 노예'**가 되었다.

> p.291 그렇긴 하지만 로고진은 아까 자신의 '신앙이 사라져 간다'고 얼마나 암울하게 말했던가! 그는 심한 고통을 겪어야 할 것이다. 그는 '저 그림을 좋아한다'고 말했지만, 사실은 좋아하는 게 아니라 그래야 할 필요성을 느낀 것이다. 로고진은 결코 단순한 정욕의 노예가 아니다. 그는 인생의 투사라고도 할 수 있다. 그는 억지로 자신의 잃어버린 신앙을 되찾고 싶어 한다. 지금 그에게는 신앙이 절실히 필요하다…… 그렇다! 그는 무엇이든 좋으니 믿고 싶은 것이다! 누구든 믿고 싶은 것이다.
>
> \- 도스토옙스키 《백치(동서)》 中 -

인간이 정욕의 대상에 집착하는 이유는 그 대상이 불안을 상쇄시키고 자신이 살아 있음을 느끼게 해 주기 때문이다. 사람들은 돈과 여자 그리고 예술과 종교를 좋아한다고 말하지만, '사실은 좋아하는 게 아니라 **그**

---

3) p.290. 예술은 오로지 거짓으로만 가능하다!

내 눈은 감긴 채 변화하는 수많은 형상들을 본다. 이것은 환상을 생산해 낸다. 나는 그것들이 실재와 일치하지 않음을 안다. (중략)

전체 세계를 오로지 가상으로 관찰할 수 있는 자만이 세계를 갈망과 욕구 없이 살필 수 있는 위치에 있을 것이다－예술가와 철학자. 여기서 욕구는 종식된다.

사람들이 세계에서 진리를 추구하는 동안은 욕구의 지배 아래 있는 것이다 : 그러나 그는 **즐거움**을 원하는 것이지 진리를 원하는 것은 아니다. 그는 진리에 대한 믿음을 원하는 것이다. 즉 이러한 믿음이 주는 즐거움의 영향을 원하는 것이다.

가상으로서의 세계－성자, 예술가, 철학자

\- F. 니체 《유고(1872년 여름~1874년 말)》 中 -

래야 할 필요성(강박성)을 느낀 것이다.' 그렇지 않으면 죽음 불안(자기의 상실)과 분리 불안(고립감)과 같은 자기 자신과의 접촉 상실의 공포를 느끼게 된다.[4] 그래서 인간은 불안을 회피하기 위해서 그 대상이 아무리 고통을 준다 하더라고 예속과 집착을 선택한다. 어찌 보면 사람들은 '결코 단순한 정욕의 노예가 아니라 자신의 잃어버린 **불멸의 신앙**을 억지로 찾기 위해 고군분투하는 인생의 투사'인 것이다. 지금 사람들에게는 불멸의 신앙이 절실히 필요하다. 그래서 불멸의 표상만 지닌 대상을 발견하면 무엇이든 좋으니 믿고 싶은 것이다. **'뭐든지 믿고 싶은 것이다.**' 이러한 믿음이 주는 쾌락(즐거움)의 영향을 원하는 것이다.

인간이 문명 활동을 할 수밖에 없는 또 다른 이유는 정욕의 공격성을 분출해 내지 않으면 그 공격성(흥분)이 정신을 공격해서 정신적 고통을 유발하기 때문이다. 성적 에너지로 폭발 직전에 있는 대뇌 흥분이 창조 활동을 통해서 말초 신경 흥분으로 전환되면 대뇌 흥분이 감소하거나 사라짐으로써 정욕으로부터 정신을 보호할 수 있게 된다.

> p.275. 괴테는 창의적인 예술 활동으로 이러한 흥분을 분출해 내고서야 비로소 어떤 경험을 다루었다고 느끼곤 했다. 괴테의 경우 창의적인 예술 활동이야말로 감정에 직속된 당연한 반사였고 이 반사가 일어나지 않으면 흥분 속에서 고통이 지속되었던 것이다.

4) p.454. …, 밋첼은 환자들이 병리적 패턴에 고집스럽게 매달리는데, 그것은 그 패턴이 그들이 알고 있는 유일한 관계 유형이기 때문이라고 보았다. (중략) 아이는 자신의 불안을 최대로 줄인 상태에서 부모와 관계하기 위해 무엇을 해야 하는지를 배운다. 그리고 이 관계 양태들은 이후의 모든 상호작용을 위한 형판이 된다. 이 패턴을 재료로 삼아 개인은 자기를 건설한다. 아동기에 배운 그 패턴은 쉽게 포기되지 않는데, 그 이유는 그것이 불안을 피하는 방법으로 형성된 것이기 때문이다. 그것이 위협받는다면, 개인은 자기의 상실 및 고립감과 같은 접촉 상실의 공포를 느끼게 된다.

- F. 써머즈 《대상관계 이론과 정신병리학》 中 -

대뇌 흥분과 말초 통로의 흥분과정은 그 크기가 상보적(相補的)이다. 즉 반사가 일어나지 않으면 대뇌 흥분이 증가한다. 대뇌 흥분이 말초 신경 흥분으로 전환되면 대뇌 흥분이 감소하거나 사라진다.

- J. 브로이어 & S. 프로이트 《히스테리 연구》 中 -

정욕이 형성되는 원인은 아버지의 거세 위협으로 어머니에게 집중된 리비도가 억압되기 때문이다. 이때의 정욕은 거세 위협이 클수록 강해진다. 또 다른 원인은 어머니 사랑의 갑작스러운 박탈이다. 이때의 정욕은 자아가 강할수록 강해진다. 강한 자아가 그만큼 방어도 강하게 하기 때문이다. 이러한 심리적 외상의 차이로 인해서 전자의 자아는 어머니 표상을 지닌 대상의 **사랑**을 갈망하고(아버지의 거세 위협이 너무 강하면 아버지 표상을 지닌 대상의 사랑을 갈망하다), 후자의 자아는 자신의 수치심을 방어해 줄 **힘과 권력**을 갈망한다. 전자처럼 대상의 **사랑**에 집착하는 정신병리가 **신경증**이고 후자처럼 **권력**에 집착하는 정신병리가 **편집증**이다.[5)]

삼 형제 모델을 적용하여 설명하자면 첫째 아들 드미트리와 둘째 아들 이반은 **자연의 조화**가 깨짐으로써 리비도가 정욕으로 변질된 경우이다. 드미트리에게 자연의 부조화는 아버지의 거세 위협과 어머니의 가출이며 이반에게 자연의 부조화는 어머니 사랑의 갑작스러운 박탈이다. 이러한 정신의 부조화로 인해서 드미트리와 이반은 **이 지상에서** 자신의 정신적 부조화를 보상받고 치료되기를 바란다. 심리적 외상이 아동기 초기에 발생한 드미트리는 **어머니의 육체**를 표상하는 대상으로 보상받기를 원하고 심리적 외상이 아동기 후기에 발생한 이반은 **어머니의 칭찬**을 표상

5) p.302. 편집적인 사람들은 힘과 권력의 문제에 관심이 매우 많고 또한 행동화의 경향을 보인다는 점에서 정신병질적인 사람들과 몇 가지 공통점이 있다. 그러나 편집적인 사람들은 사랑할 수 있는 능력을 지니고 있다는 점에서 결정적으로 차이가 있다.

- N. 맥윌리엄스 《정신분석적 진단》 中 -

하는 대상으로 보상받기를 원한다. 그래서 드미트리는 이 지상에서 **여성**을 갈구하고 이반은 이 지상에서 **권력**을 갈망한다. 반면 셋째 아들 알료샤는 자연의 조화가 유지됨으로써 리비도가 정욕으로 변질되지 않은 경우이다. 그래서 알료샤는 이 지상에서는 아무런 대상도 갈구하지 않는다. 다만 **정신적으로** 어머니와 다시 합일되기를 갈망할 뿐이다.

이러한 방어 패턴들은 성격 구조를 형성하는 요소가 된다. 성격 구조에는 신경증적 성격 구조와 정신병적 성격 구조가 있다. 신경증적 성격 구조를 지닌 사람들이 추구하는 창조 활동(정욕의 발산)의 소산물이 **예술**과 **종교**라면 정신병적 성격 구조를 지닌 사람들이 추구하는 창조 활동(정욕의 발산)의 소산물이 **철학**이다. 정욕이 예술 또는 종교로 승화되는 이유는 선악 관념을 우회하기 위해서이다. 우회한다는 의미는 아담이 **지식의 과실**을 먹고 무화과 나뭇잎으로 자신의 남근을 가린 것처럼 이제 정욕을 성적 방식이 아닌 **지적인 방식**으로 발산하지 않으면 안 되게 되었다는 뜻이다. 그런데 지식은 **반역적 속성**을 지니고 있으므로 정욕을 지적인 방식으로 성취한다는 의미는 정욕과 **'대립되는'** 방향으로 성취한다는 뜻이 된다. 마치 자신과 반대인 것처럼 선악 관념은 정욕과 대립한다.[6] 이렇게 정욕과 대립하는 선악 관념의 정신적 표상이 **죄의식** 또는 **죄책감**이다.

이러한 '힘이 비슷한 두 가지 반대되는 충동'은 두 가지 방식으로 표현된다. 하나는 정욕과 죄의식 '모두를 **동시에** 표현하는 방식'으로 그 해결

---

6) p.477. 만약 어떤 충동이 **보다 지적으로** 변하면, 새로운 이름, 새로운 자극, 새로운 평가를 받는다. 새롭게 변한 이 충동은 때때로 이전 단계의 충동과 **대립된다**. 마치 자신과 반대인 것처럼 (가량 잔인함)-가령 성욕과 같은 많은 충동들은 지성과 결합해 더 많은 섬세함의 능력을 획득했다. (인류애, 마리아와 성인 숭배, 예술가적 몽상 ; 플라톤이 말하기를 인식과 철학에 대한 사랑은 승화된 성욕이라고 했다.) 이전의 직접적인 작용은 **그와 나란히** 서 있다.

- F. 니체 《유고(1881년 봄~1882년 여름)》 中 -

책이 **히스테리** 방식이다. 따라서 히스테리 방식은 '일석이조'라고 할 수 있다. 다른 하나는 정욕과 죄책감을 '**각각** 표현하는 방식'으로 그 해결책이 **강박신경증** 방식이다. 강박신경증 방식은 서로 반대되는 성향을 각각 표현하므로 비논리적이고 모순적으로 보인다. 예술(히스테리)이 조화롭게 보이고 종교(강박신경증)는 그렇지 않게 보이는 이유가 여기에 있다.

> p.46. 그러나 그 행동들은 힘이 비슷한 두 가지 반대 방향의 충동들을 나타내는 것이다. 그리고 내가 지금까지 본 바에 의하면 그 반대되는 충동들을 항상 사랑과 미움이었다. 이런 종류의 강박증적 행동은 증상을 만들어 내는 새로운 방법을 보여주기 때문에, 이론적으로 특히 흥미를 끈다. 히스테리에서는 보통 서로 반대되는 경향을 모두 동시에 표현하는 해결책을 찾아낸다. 일석이조인 것이다.
>
> 그런데 강박증에서는 두 가지 반대되는 경향이 각각 만족할 표현을 찾는데, 하나씩 연속적으로 나타나며 그 반대되는 표현을 논리적으로 연관지으려 한다. 그 상반된 사항 사이의 논리적 관련은 대체로 보편적 논리에는 맞지 않는 것이다.
>
> \- S. 프로이트《늑대인간, 『쥐 인간』》中 -

정욕과 죄의식을 **동시에** 만족시킬 수 있는 히스테리 방식이 이기적 요소와 결합하여 사회적 산물로 탄생한 것이 예술이고, 정욕과 죄책감을 **각각** 만족시킬 수 있는 강박신경증 방식이 이기적 요소와 결합하여 사회적 산물로 탄생한 것이 종교이다. 종교는 정욕을 더 중요시하는 종교와 죄책감을 더 중요시하는 종교로 나뉜다. 전자가 로마 가톨릭과 같은 어머니 신 숭배 종교이다. 그래서 어머니 신 숭배 종교는 예술도 선호한다. 후자는 유대교와 같은 아버지 신 숭배 종교이다. 그래서 아버지 신 숭배 종교는 예술을 혐오하고 거부한다.[7] 앞서 로마 가톨릭을 히스테리에 비유하고 프로테스탄티즘을 강박신경증에 비유한 이유도 이러한 정신분석적 근거 때문이다. 반면 철학은 선악 관념을 우회하지 않는다. 철학자에게는 선악 관념이 약하게 형성되어 있거나 형성되지 않기 때문이다. 도스토옙스키가 '사상이 정신을 꿀꺽 삼켜버렸다'라고 묘사하듯이 철학자에게는 사유하는 활동 자체가 **'성적 즐거움'**이고, 사유를 통해 결론을 끌어내는 것이 **'성적 쾌락'**을 준다.

니체의 표현을 인용하자면 정욕과 지성(죄의식)의 결합으로 **'예술가적 몽상'**이 시작되었고, 정욕과 지성(죄책감)의 결합으로 **'성모 마리아와 성인 숭배'**가 가능해졌다. 더 정확하게 말하면 **아버지 신 숭배**가 가능해졌다. 그리고 정욕과 지성(인식)의 결합으로 철학이 탄생했다고 할 수 있다. 덧붙이자면 과학의 탄생도 지성(죄책감)이 정욕(혼돈)을 혐오한 결과였다. 종교와 과학의 차이는 종교가 과학보다 죄책감의 정욕을 더 중요시한다는 점이다. A. 아인슈타인의 말대로 **'예술과 종교와 과학은 모두 한 그루의 나무에서 뻗어 나온 가지'**라고 할 수 있다.[8] 그 한 그루의 나무는 어머니 대지에 뿌리를 내린 **선악과나무**라고 할 수 있다.

p.441. 바꿔 말하면, 과학은 지성이 혼돈을 혐오한 결과였다. 내가 나 자신에 대해 깊이 생각할 때, 이와 똑같은 혐오가 나에게도 적용된다. 나는 나의 내면세계를 표현할 수 있는 도식을 만들어 냄으로써

7) p.275. 유대인 학자 유세푸스(Josephus)는 말한다. "우리의 입법자는 형상을 만드는 것을 금했다. 왜냐하면 그는 형상을 만드는 예술을 신에게도 인간에게도 유용하지 않는 어떤 것으로 간주했기 때문이다."

- L. 포이어바흐 《종교의 본질에 대하셔》 中 -

8) p.375. 모든 종교, 예술, 과학은 한 그루의 나무에서 뻗어 나온 가지입니다.

- A. 아인슈타인 《나의 인생관》 中 -

지적 혼돈을 극복하고 싶었다. 도덕도 이런 종류의 단순화였다.

- F. 니체 《권력 의지(부글)》 中 -

예술과 종교는 순응하는 방식이든 대립하는 방식이든 인간의 정욕을 발산하기 위해서, 완곡하게 표현하면, 승화시키기 위해서 탄생했다고 할 수 있다. 순응하는 방식은 아름답고 완벽한 형상을 창조해 내거나 신비한 우상을 숭배하는 것이고 대립하는 방식은 전통적인 예술 양식을 파괴하거나 우상 숭배를 거부하는 것이다. 이러한 대립하는 성적 경향성이 예술이나 종교에 투사된 현상이 예술에서는 **'입체파와 같은 사조'**이고 종교에서는 **'우상 파괴주의'**이다.[9)]

특히 아버지 신 숭배 종교는 정욕과 대립하는 방식으로 정욕을 성취하는 보편적인 수단이 되었다. 《구약성서》의 야훼 하나님이 형상을 만들지 말고 우상을 숭배하지 말라고 한 이유도 형상에서 느끼는 아름다움이나 우상이 주는 신비함이 성적 쾌락을 주기 때문이었다. 음악도 마찬가지이다. 그래서 유대인의 축제에는 음악이 없다.[10)] 시각 예술의 색조와 마찬가지로 음악 예술의 음조가 성적 흥분을 유발하기 때문이다. 니체가 말

---

9) p.600. 그러나 시각 예술 분야 속에는 세속 문화와 종교 사이의 공통 기반 위에 있는 이미 알려진 한 미래주의의 형태가 있는데 그것인즉 우상 파괴주의이다. 우상 파괴자는 전통적인 예술 양식을 부정한다는 점에서는 현대의 입체파 회화 주창자와 비슷하나, 그가 적의를 나타내는 것은 종교와 결부된 예술에 한정되어 있다는 것과 그런 식으로 적의를 품는 것은 예술적 동기에서가 아닌 신학적 동기에서라는 점이 특이하다. 다시 말해서 우상 파괴주의의 본질은 신 또는 신보다 낮은 지위에 있는 피조물이라도 거의 그 모습이 우상 숭배의 대상이 될 우려가 있는 일체의 것으로 보고 시각적으로 표현하는 일에 반대하는 데 있다.

- A. J. 토인비 《역사의 연구》 中 -

10) p.411. 악기를 사용하지 않은 것은 전적으로 랍비들이 반대했기 때문이다. 랍비들 대부분이 모든 예술 음악에 반대했다. 예술 음악이 기도문의 거룩한 단어나 특별히 하나님의 이름을 과도하게 반복해 사용한다는 이유에서였다.

- P. 존슨 《유대인의 역사》 中 -

했듯이 **'예술과 아름다움에 대한 욕망은 성적 황홀경에 대한 간접적인 갈망'**이며, 이러한 성적 흥분에 대한 간접적인 갈망이 뇌로 전달된 것이 예술에 대한 욕구이다. 다만 초자아를 우회하기 위해서 그것을 성적 흥분이라고 표현하지 않고 **'아름다움'**이라고 표현한다(종교에서는 **신비함**이라고 표현한다). 인간의 눈을 자극하는 아름다움이나 신비함이 마음(무의식)을 사로잡아 끄는 이유도 그러한 대상이 성적 쾌락을 주기 때문이다. 같은 이유로 그것을 성적 매력이라고 표현하기를 꺼리며 그냥 **'매력'**이라고 표현한다(카리스마도 마찬가지이다).

> p.110. 성감대는 성적인 흥분을 도입하는 데 중요한 역할을 하기 마련이다. 눈은 어쩌면 성 대상에서 가장 멀리 떨어진 부위일 수도 있지만 대상을 얻으려고 할 때는 흥분의 특별한 성질에 의해 가장 빈번하고 쉽게 자극을 받는데, 그 흥분이 성 대상으로 인해 일어났을 때 우리는 그것을 아름다움이라고 표현한다(같은 이유로 성 대상의 장점은 〈매력〉이라고 기술된다).
>
> \- S. 프로이트 《성욕에 관한 세 편의 에세이》 中 -

《구약성서》의 야훼 하나님은 성적 쾌락을 준다는 이유로 철학에도 반대했다. 십계명 제3조에서 '하나님의 이름을 망령되게 부르지 말라'고 하고 있기 때문이다.[11] 이 계명이 철학을 금지하는 이유는 '철학은 신학의 시녀이다'라는 말처럼 인간은 신(불멸)의 본질을 설명하기 위해서 끊임없이 노력해왔기 때문이다. 플라톤의 이데아부터 칸트의 물 자체까지 지금까지의 철학의 모든 핵심적 개념은 신(불멸)을 목표로 제시된 **'오만한'**(망

11) p.112. 너는 네 하나님 여호와의 이름을 망령되게 부르지 말라 여호와는 그의 이름을 망령되게 부르는 자를 죄 없다 하지 아니하리라

\- 《구약성서》 「출애굽기」 中 -

령된) 개념들이었다.[12] 이러한 이유로 유대교에서는 야훼 하나님에 이름을 부여하는 것을 금기시했고 위배했을 때에는 돌에 맞아 죽을 수 있었다. 이러한 신성 모독을 저지른 죄수를 사형시키려던 집행관이 하나님의 이름을 말했다가 오히려 자신이 사형당하는 웃지 못할 상황이 극화되기도 했다.[13]

이러한 망령된 이름 중에서도 그리스도가 야훼 하나님을 **'자기의 친아버지'**라고 부른 것은 **가장 망령된 이름**이었다.[14] 그리스도가 야훼 하나님을 아버지 하나님으로 부른 이유는 야훼 하나님과 유대인 사이에 형성된 **'전이 현상을 정복'**하기 위해서이다. 전이 현상은 자신의 관념(충동)이나 환상에 **'현재성과 실제성'**을 부여해서 그 대상에 **집착(복종)**하는 것이다. 이러한 전이 현상을 정복하기 위해서는 야훼 하나님의 정체를 정의할 필

12) p.165. 〈아아, 인간들아, 너희들의 비참에 대한 구원을 너희 안에서 찾는 것은 헛된 일이다. 너희들의 모든 지혜의 빛은 진리도 선도 결코 너희 안에서 발견할 수 없음을 아는데 도달할 뿐이다. 철학자들은 이것을 너희들에게 약속하였지만 이루지 못하였다. 그들은 너희들의 참된 선이 무엇인지, 참된 상태가 무엇인지 모른다. 그들이 알지도 못하는 불행을 어떻게 치유해 줄 수 있었겠는가. 너희들의 주된 병은 너희를 신으로부터 갈라놓은 오만이고 너희를 땅에 매어두는 정욕이다. 그런데 그들이 한 일은 이 병 중 하나를 자라게 하는 것뿐이었다. 그들이 신(神)을 목표로 제시한 것은 단지 오만을 자라게 하는 것뿐이었다. 그들은 너희들이 본성으로써 신을 닮고 신과 합치된다고 믿게 하였던 것이다.

- B. 파스칼 《팡세》 中 -

13) p.298. 성경에 나오는 십계명의 세 번째 계명은 인간에게 신의 이름을 망령되이 일컫지 말라고 지시한다. 사람들은 이것을 어린애처럼 이해하기 쉽다. (중략) (유명한 희극 그룹 몬티 파이튼의 공연 중에 '여호와'를 함부로 부른 자를 처형하려던 집행관이 "여호와라고 말하면"이라고 했다가 되레 자신이 군중의 돌에 맞아 죽는 장면이 나온다).

- Y. 하라리 《21세기를 위한 21가지 제언》 中 -

14) p.150. 유대인들이 이로 말미암아 더욱 예수를 죽이고자 하니 이는 안식일을 범할 뿐만 아니라 하나님을 자기의 친 아버지라 하여 자기를 하나님과 동등으로 삼으심이러라

- 《신약성서》「요한복음」 中 -

요가 있었다. 그 이유는 어떤 적도 그 자리에 없거나 허수아비인 상태에서는 쳐부술 수 없기 때문이다. 정신분석적으로 표현하면 야훼 하나님에 대한 '감정적 발현들을 치료의 맥락 속으로 편입시켜서 **그것들을 성찰적 관찰에 종속시켜 그것들의 심리적 가치에 따라 인식하도록 조작하는 것**' 이다. 그럼으로써 악마의 유혹과 싸움에서 승리를 거두고 **'정신병리(신경증)로부터의 영원한 회복'**을 얻을 수 있다.

p.109. 꿈에서처럼 환자는 그가 가진 무의식적 충동들을 일깨운 결과들에 현재성과 실제성을 부여한다. 그는 실제 상황에 대해 아무런 고려도 하지 않은 채, 자신의 정동들을 행위로 옮기려 한다. 이런 감정적 발현들을 치료의 맥락 속으로, 그의 개인사 속으로 편입시키고, 그것들을 성찰적 관찰에 종속시켜 그것들의 심리적 가치에 따라 인식하도록 조작하여야 한다. 의사와 환자 사이에서, 지성과 본능적 삶 사이에서, 인식과 행동 욕구 사이에서 벌어지는 이 싸움은 거의 유일하게 전이의 현상에서만 일어난다. 이 전투에서 승리를 거둔 후 승리의 표현이 바로 신경증으로부터의 영원한 회복이다. 전이 현상들을 정복하는 것이 분석치료사에게 가장 큰 어려움이라는 점은 부정할 수 없다. 그러나 우리에게 바로 그 전이 현상들이 환자의 숨겨진, 그리고 망각한 사랑의 충동들을 즉각적이고 분명하게 하며 귀중한 도움을 준다는 점을 잊어서는 안 된다. 그 이유는 어떤 적도 그 자리에 없거나 그 허수아비인 상태에서는 쳐부술 수 없기 때문이다.

- S. 프로이트 《프로이트의 치료기법, 『전이의 역동에 대하여(1912)』》 中 -

인간의 정욕을 통제하기 위한 노력은 《신약성서》에서도 이어진다. 《신약성서》에서는 인간의 정욕을 세 가지로 분류하고 있다. 그 세 가지는 1) **육신**의 정욕, 2) **안목(눈)**의 정욕, 3) **자기 자랑**의 정욕이다.[15] 십계명과 매칭시키면 십계명 제1조의 어머니 신에 대한 욕망은 '육신의 정욕'에, 십계명 제2조의 형상이나 우상에 대한 숭배는 '눈의 정욕'에, 그리고 십계명 제3조의 철학에 대한 숭배는 '자기 자랑의 정욕'에 연결될 수 있다. 《신약성서》의 이러한 견해는 탁월한 정신분석적 통찰을 담고 있다. 첫 번째는 지금으로부터 2천 년 전에 인간의 성격 구조가 선천적으로 타고난 것(하나님 아버지에서 온 것)이 아니라 후천적으로 구조화되는 것(세상으로부터 온 것)이라는 사실을 알고 있었다는 것이다. 두 번째는 세상과 세상에 있는 것에 집착(사랑)하게 하는 힘이 **정욕**이라는 사실도 간파하고 있었다는 것이다.

어떤 대상에 집착한다는 것은 자신을 **성적으로** 사랑하는 **'자기 성애적'**인 것이다.[16] 대상에 대한 애착과 집착은 자기애(나르시시즘)를 그 대상에 투사해서 그 대상을 사랑함으로써 자기를 **간접적으로** 사랑하는 상징 행위이기 때문이다. 그 대표적인 현상이 **페티시즘**(주물숭배 또는 물신숭배)이다. 페티시즘의 대상은 너무 이른 현실 인식을 거부하기 위해서 만

---

15) p.389. 이 세상이나 세상에 있는 것들을 사랑하지 말라 누구든지 세상을 사랑하면 아버지의 사랑이 그 안에 있지 아니하니

이는 세상에 있는 모든 것이 육신의 정욕과 안목의 정욕과 이생의 자랑이니 다 아버지께로부터 온 것이 아니요 세상으로부터 온 것이니라

이 세상도, 그 정욕도 지나가되 오직 하나님의 뜻을 행하는 자는 영원히 거하느니라

- 《신약성서》「요한일서」中 -

16) p.172. 사랑은 자가성애적(autoerotic)이며, 근본적으로는 나르시시즘적 구조를 가지고 있다. 왜냐하면, "우리가 사랑할 때 사랑하고 있는 것은 우리 자신의 자아, 즉 상징적 차원에서 구현된 우리 자신의 자아이기 때문이다."

- D. 에반스 《라깡 정신분석 사전》中 -

들어 낸 망상이 투사된 대상이다. 이러한 망상적 대상은 유아의 욕구를 마술적으로 만족시켜 주므로 유아는 이 껍질(방어막) 속에 머물게 되고 그 궤도를 벗어나지 못하게 됨으로써 정신적 발달이 멈춘다(이반의 사상도 이러한 유아적 망상에 속한다).[17] 니체가 대상을 사랑하고 숭배하는 행위를 **'매춘'**에 비유하는 이유는 이러한 애착과 집착이 자기의 본질을 위해 사용되어야 할 리비도를 희생해서 가상의 쾌락과 교환하기 때문이다.[18]

육신의 정욕은 주로 어머니 젖과의 분열(죽음 불안)을 방어하기 위한 방어 패턴이고 눈의 정욕은 어머니 존재와의 분리(분리 불안)를 방어하기 위한 방어 패턴이라고 할 수 있다. 자기 자랑의 정욕은 수치심을 방어하거나 자기애적 만족을 얻기 위한 방어 패턴이다. 이러한 세 가지 유형의 정욕은 프로이트의 세 가지 리비도 성격 유형과 매칭시킬 수 있다. 첫 번째 **육신의 정욕**은 문자 그대로 리비도가 신체 이드에 지배적으로 배분된 경우로서 **성애적 유형**에 해당한다. 두 번째 눈의 정욕은 리비도가 눈에 지배적으로 배분되어 있다는 뜻이다. 《신약성서》가 특히 눈의 정욕을

17) p.240. 위니캇에 따르면, 주물애착의 기원은 유아가 준비를 갖추기도 전에 그를 망상 세계로부터 현실 세계로 나가도록 강요하는 침범에서 찾을 수 있다. 이런 조숙한 현실 인식을 방어하기 위한 목적으로, 욕구가 그 자체로서 만족을 가져다주는, 즉 마술적 소망이 충족되는 "전능 영역" 안에서 주물대상이 만들어진다. 그런 대상은 중간대상과는 달리, 전능 통제에서 제한된 통제로 옮겨가는 과정을 돕지 못하고, 아이/환자를 전능 통제의 궤도 안에 머무르게 한다; 주물대상은 욕망을 항상 마술적으로 만족시켜주기 때문에 쉽게 포기할 수 없다. …, 주물대상은 외부에 있는 것으로 경험되지 않는다. …, 따라서 그것에 대한 애착은 환각적인(illusional) 것과는 달리 망상적(delusional)이다.

- F. 써머즈 《대상관계 이론과 정신병리학》 中 -

18) p.387. 사랑이란 무엇인가? 자신으로부터 나가고자 하는 욕구이다. 인간은 숭배하는 동물이다. 숭배하는 것, 그것은 자신을 희생하는 것이며, 몸을 파는 것이다. 그래서 모든 사랑 또한 매춘이다.

- F. 니체 《유고(1887년 가을~1888년 3월)》 中 -

강조한 이유는 인간의 리비도는 눈에 압도적으로 배분되기 때문이다. 눈은 감각기관 전체를 대표한다고 할 수 있다. 감각기관의 정욕을 성취하려는 사람이 **예술가**라면 감각기관의 정욕에 '대립하는' 방식으로 죄책감의 정욕을 성취하려는 사람이 **종교인**이다. 따라서 **눈의 정욕**은 반대되는 방식으로 **강박적 유형**에 매칭시킬 수 있다. **자기 자랑의 정욕**도 문자 그대로 **자기애적 유형**에 매칭시킬 수 있다. 이는 자기애적 특질에는 자기 자신에 대해 **'지나치게 자랑하는'** 성격적 특성이 포함되어 있음을 알 수 있다. 이러한 자기애적 특질이 강한 인물로 알렉산더 대왕을 들 수 있다.[19)]

혼합적 성격 유형

지금까지의 논의를 종합하면 삼 형제 모델에서 삼 형제의 정신병리에 따라 그 문화적 소산물을 매칭시킬 수 있다. 첫째 아들 유형인 성애적-히스테리 성격 구조의 문화적 소산물은 **예술**이고 둘째 아들 유형인 강박적-강박신경증 성격 구조의 문화적 소산물은 **종교**이며 셋째 아들 유형인 자기애적-편집증 성격 구조의 문화적 소산물은 **철학**이라고 할 수 있다.[20)]

19) p.1223. 그러나 그는 술을 마시면 자신의 군사적 업적을 지나치게 자랑했다. 타고난 성품이기도 했지만, 부분적으로는 아첨꾼들의 말을 들어온 탓이기도 했다. 마음이 곧은 친구들은 알렉산드로스가 그럴 때마다 몹시 난처했다. 왕 앞에서 아첨꾼들과 경쟁하듯 칭찬을 늘어놓고 싶지도 않았고, 칭찬을 하지 않음으로써 왕의 노여움을 사고 싶지도 않았다. 지나친 칭찬은 낯부끄러운 일이지만, 칭찬을 전혀 하지 않는 것도 위험한 행동이었으리라.

- 플루타르코스 《영웅전 II》 中 -

20) p.151. 세 정욕은 세 학파를 만들었다. 철학자들은 단지 이 세 정욕 가운데 하나를 따랐을 뿐이다.

- B. 파스칼 《팡세》 中 -

이러한 연결에 대해서 반론이 있을 수 있다. 이 책에 등장하는 첫째 아들 대부분(쇼펜하우어, 니체, 마르크스, 프로이트 등)이 첫째 아들 유형인 예술가에 가깝기보다는 셋째 아들 유형인 철학자에 가깝기 때문이다. 반면 둘째 아들로 태어난 도스토옙스키와 둘째 아들 유형인 종교인은 일치하는 것처럼 보이기도 하고, 셋째 아들인 마하트마 간디는 셋째 아들 유형인 철학자와 유사하게 보이기도 한다. 삼 형제 모델과 실제 인물의 성격 유형이 서로 어긋나게 보이는 이유는 남성의 경우에는 리비도가 두 개의 정신 기구에 분산되어 배분된 **'혼합된 유형'**이 더 빈번하게 관찰되기 때문이다.

> p.331. 그러나 우리의 경험을 근거로 삼아 볼 때, 이런 순수한 유형들보다는 세 유형이 혼합된 유형들이 더 빈번하게 관찰된다는 것을 알 수 있다. 그리고 이런 새로운 혼합형들, 예컨대 성애적-강박적 유형, 성애적-자기애적 유형, 자기애적-강박적 유형 등의 분류가, 사실상 우리가 분석을 통해 알아낸 개인의 심리 구조를 오히려 더 잘 분류한 것처럼 보인다. 이런 혼합형들을 잘 분석해 보면 이들에게서 우리가 오래전부터 잘 알고 있었던 인물들의 모습을 발견하게 된다.
>
> - S. 프로이트 《성욕에 관한 세 편의 에세이, 『리비도의 여러 가지 유형』》 中 -

남성에게 혼합형 성격 유형이 많은 근본적인 원인은 남근 때문이다. 남자아이가 여자아이보다 어머니에 대한 욕망을 더 강하게 느끼는 이유도 남근 때문이고 여자아이가 느끼지 못하는 거세 불안을 느끼는 이유도 남근 때문이다. 그래서 아버지 밑에서 자란 남자아이는 강하든 약하든 정신구조 속에 **초자아의 특질**, 즉 **강박적 특질**을 지니게 된다.[21] 강박적 특질은 생각이나 행동으로 자신의 성적 욕망이나 성적 호기심을 통제하려는 성격상의 특성이다. 이러한 특성은 외부에 투사되어 다른 대상을 통제하려는 상징 행위로 나타난다. 예를 들어 대상을 **측정**하거나 **계산**하려는 행위이다.[22] 남성이 재산이나 여자를 축적하고 그것들을 계산하려는 이유도 이러한 강박적 특질 때문이다. 그래서 강박적 유형은 **'지적 수준이 평균을 넘고 매사에 지나치게 정확하다.'** 이러한 성격적 특질로 인해서 강박적 유형은 수학자나 과학자에게서 많이 볼 수 있다.

> p.354 강박 신경증 환자는 원래 매우 활력이 넘치거나, 고집이 세고 대체로 지적 수준도 평균을 넘는 사람들입니다. 환자는 만족스러울 정도로 높은 윤리적 성숙의 단계에 도달한 경우가 대부분입니다. 그래서 지나치게 양심의 가책을 느끼고, 매사에 지나치게 정확합니다.
>
> - S. 프로이트 《새로운 정신분석 강의》 中 -

강박적 특질은 다른 유형과 결합할 수도 있다. 꼬마 한스는 첫째 아들-성애적 유형(예술가)이지만 아버지의 거세 위협으로 둘째 아들-강

21) p.339. 그러나 강박적 정신병리의 중요한 원인 요소는 강한 거세 불안 때문에 초자아의 지시를 고수하려는 욕구이다. (중략) 여러 가지 이유로 남아는 자신의 리비도적 · 공격적 충동을 통제하는 데 여아보다 더 많은 어려움을 겪는다. 충동성이 더 크기 때문에, 가혹한 내사물의 영향을 받기 쉽고, 거세 불안이 계속될 수도 있다.

- P. 타이슨 외 《정신분석적 발달이론의 통합》 中 -

22) p.166. 측정과 계산에 대한 일체의 강박은 어머니의 몸속에 관한 것 그리고 그 몸속에 있는 아이들의 수, 성차 등등을 알아내고자 하는, 강박적으로 되어버린 충동에서 비롯된 것으로 밝혀졌다.

- M. 클라인 《아동 정신분석》 中 -

박적 특질도 지니게 된다. 그가 훗날 순수한 예술가가 아닌 **오페라 감독**이 된 이유도 자신의 정욕을 하나의 질서(양식) 속에서 통제하려고 하는 강박적 특질 때문이다(꼬마 한스의 실제 이름은 Herbert Graf로 나중에 유명한 오페라 감독이 되었다). 이와 반대로 첫째 아들-성애적 유형(예술가)이 아버지의 영향을 받지 않고 어머니의 영향만을 받게 되면 셋째 아들-자기애적 특질(철학자)을 지니게 된다. 첫째 아들-성애적 유형(예술가)인 레오나르도 다빈치는 '서자'였기 때문에 5세까지 아버지의 영향을 받을 수 없었고 어머니의 사랑 가득한 유혹에 노출됨으로써 **예술가**이면서 **철학자**가 될 수 있었다.

> p.254. 서자였기 때문에 그는 아마도 다섯 살 때까지는 아버지의 영향을 받을 수 없는 조건 속에서 자랐을 것이고 이로 인해 그에게는 유일한 위안이었던 어머니의 사랑 가득한 유혹에 노출되어 있었다.
>
> - S. 프로이트 《예술, 문학, 정신분석, 『레오나르도 다 빈치의 유년의 기억』》 中 -

레오나르도 다빈치를 과학자가 아닌 철학자로 보는 견해는 억지로 끼워 맞춘 것으로 보일 수도 있다. 하지만 과학과 철학이 구분되지 않았던 그 당시에는 철학자는 과학자이기도 했다. 또 니체가 과학을 **'금욕주의의 새로운 형식'**이거나 **'죄책감의 은신처'**라고 했듯이 과학자는 자신의 성적 호기심(성적 탐구)을 억압하는 강박적 유형을 기본적인 성격 구조로 지니고 있다. 레오나르도 다빈치의 과학적 탐구가 보여 준 **'대담성과 독립성'**은 어린 시절에 성적 호기심을 억압했다면 불가능한 것이었다.

p.243. 대부분의 아이들에게-오늘날이나 아주 먼 옛날이나 마찬가지로-그것이 어떤 것이든 권위에 복종하려는 욕구는 너무나도 강력한 것이어서, 만일 이 권위가 위협을 받게 되면 아이들에게는 이 세계 전체가 흔들리는 것이 되지만, 레오나르도만은 바로 이 권위가 없는 상태에서 살 수 있었다. 만일 그가 어린 시절에 아버지를 포기하는 것을 배우지 못했다면 그는 권위를 부정하며 살 수 없었을 것이다. 훗날 그의 과학적 탐구가 보여 준 대담성과 독립성은 아버지에 의해 억압되지 못한 어린 시절의 성적 탐구를 전제 조건으로 갖고 있고 성적인 대상으로부터 완전히 멀어지기는 했지만 여전히 어린 시절의 탐구의 연장선에 있다.

레오나르도처럼 어린 시절부터 아버지의 위협에서 벗어나 있었고 탐구를 진행하는 동안에도 권위의 사슬들을 벗어 던졌던 사람이 여전히 교조적(教條的)인 종교에서 벗어나지 못한 채 신앙을 간직하고 있다면, 우리의 추측은 이론(異論)의 여지없이 반박을 당하게 될 것이다.

- S. 프로이트 《예술, 문학, 정신분석, 『레오나르도 다 빈치의 유년의 기억』》 中 -

물론 A. 아인슈타인과 같은 창의적인 과학자도 있다. 이 경우에는 강박적 유형에 자기애적 특질(철학자)이 혼합된 경우라고 할 수 있다. 남성의 성격 유형은 이렇게 복합적으로 발현되는 경우가 많으므로 우리는 사람들의 성격 차이가 **지나치게** 크다고 생각하지만, 리비도 배분원리를 이해하면 **'모든 인간은 똑같으며 조금도 다를 것이 없다.'** 도스토옙스키는 인간의 성격 유형을 계단 층계에 비유하여 설명한다.

p.178. “내가 얼굴을 붉혔기 때문에 그런 말을 하는 거죠.” 갑자기 알료샤가 말했다. “내가 얼굴을 붉힌 건 형님의 얘기 때문도 아니고 형님의 행실 때문도 아닙니다. 나 자신도 형님과 똑같은 인간이기 때문에 그런 겁니다.”

“네가? 그건 좀 지나친 말인걸.”

“아니 그렇지 않습니다.” 알료샤는 열띤 어조로 말했다(그도 이미 오래 전부터 그런 생각을 마음속에 품고 있었던 것 같았다). “누구나 똑같은 층계에 서 있는 거예요. 다만 내가 제일 아랫단에 서 있다고 한다면, 형님은 좀더 위 열 서너 계단쯤 되는 곳에 서 있을 뿐입니다. 나는 그 문제를 이렇게 보고 있어요. 그러나 그것은 조금도 다를 것이 없어요. 결국 똑같은 성질의 것이지요. 맨 아랫단에 발을 디딘 자는 언젠가는 반드시 맨 윗단까지 올라가게 마련이니까요.”

“그럼 아예 발을 내딛지 말아야겠구나?”

“그럴 수만 있다면 내딛지 말아야죠.”

“아니, 넌 그럴 수 있니?”

“그럴 수 없을 것 같아요.”

- 도스토옙스키 《카라마조프의 형제》 상 中 -

도스토옙스키의 층계론에 의하면 모든 인간은 똑같은 층계에 서 있으며 다만 어느 계단에 서 있는가가 다를 뿐이다. 첫째 아들인 드미트리는 층계의 **조금 윗단**에 있으므로 순수한 성애적 성격 유형이 아닌 그 아래 단계와 **혼합된** 유형이라고 할 수 있다. 층계의 중간 단계는 강박적 성격 유형이라고 할 수 있다. 따라서 드미트리는 성애적-강박적 유형이라고 할 수 있다. 알료샤는 층계의 **맨 아랫단**에 있으므로 **순수한** 자기애적 성격 유형이다. 이반은 알료샤보다 조금 윗단에 있는 강박적-자기애적 유형이라고 할 수 있다. 이렇게 인간의 성격은 리비도가 어느 정신 기구에 지배적으로 배분되었느냐만 다를 뿐 결국 똑같은 성질의 것이다. 드미트리나 이반도 원래는 계단의 맨 아래 단계에 있었지만, **어떤 심리적 외상에 의해서** 윗단으로 올라가 버린 것에 불과하다. 카라마조프 삼 형제의 성격 구조에 대해서 본격적으로 고찰하기 전에 먼저 혼합형에 대해서 알아보자.

1) 성애적 - 자기애적 유형

프로이트는 리비도 유형 중에서 **'가장 흔한'** 유형으로 성애적-자기애적 유형을 꼽는다.

> p.332. 성애적-자기애적 유형은 아마 우리가 가장 흔하게 볼 수 있는 유형일 것이다. 이 유형은 극단적인 유형들이 결합되어서, 각각 상대방의 유형을 누그러 뜨린다. 이 유형은 다른 성애적 유형들과 달리, 자기애적 특징이 지배적으로 작용하면서 공격성과 행동성이 함께한다는 것을 알 수 있다.
>
> - S. 프로이트 《성욕에 관한 세 편의 에세이, 『리비도의 여러 가지 유형』》 中 -

성애적-자기애적 유형은 '극단적인 유형들의 결합'이다. 성애적 유형은 리비도가 **신체(이드)**에 지배적으로 배분된 유형이고 자기애적 유형은 리비도가 **정신(자아)**에 지배적으로 배분된 유형이기 때문이다. 성애적 유형은 성적 욕망이 강하므로 **공격성**이 강하고 자기애적 유형은 자아가 강하므로 **행동성**이 강하다. 따라서 공격성과 행동성을 동시에 갖춘 성애적-자기애적 유형은 **다소 무모한** 성격 유형이라고 할 수 있다. 삼 형제 모델을 적용하면 이러한 유형의 혼합이 가능한 이유는 첫째 아들-성애적 유형이 어머니의 사랑을 과도하게 받음으로써 셋째 아들-자기애적 특질을 가지게 되었기 때문이다. 가령 첫째 아들이면서 막내인 경우(외아들)인 경우이다. 또 다른 경우는 첫째 아들과 둘째 아들의 나이 차이기 5세 이상 벌어져 첫째 아들이 실질적 막내인 경우이다. 정신병리 측면에서는 히스테리(예술가)와 편집증(철학자)이 혼합된 성격 유형이라고 할 수 있다.

역사적 인물 중에서 이 유형에 해당하는 인물은 레오나르도 다빈치 이외에 **음악가**가 되고 싶었던 니체와 **화가**를 지망했던 히틀러를 들 수 있다. 이들은 첫째 아들로서 성애적-히스테리 성격 유형에 해당하지만, 특수한 오이디푸스 환경으로 인하여 셋째 아들의 특질인 자기애적-편집증 특질(철학자)을 가지게 된 경우이다. 그 특수한 오이디푸스 환경의 원인은 니체의 경우 **아버지의 조기 사망**이고 히틀러의 경우 **형제의 조기 사망**이다. 특히 히틀러는 형제들의 잇따른 사망으로 **'다섯 살'**이 될 때까지 어머니의 사랑을 한 몸에 받았다.[23] 그래서 니체와 히틀러는 첫째 아들 특질인 히스테리(예술가) 성격 구조와 셋째 아들 특질인 편집증 성격 구조(철학자)를 동시에 가지게 되었다. 다만 레오나르도 다빈치와 달리 니체와 히틀러가 뛰어난 예술가가 되지 못한 이유는 성애적 특질보다 자기

23) p.214. 어쨌든 이 모든 자료들을 보면, 어머니와 아돌프 (히틀러) 간에 매우 강한 애착이 있었음을 알 수 있다. 이것은 아돌프가 태어나기 전에 두 명 혹은 세 명의 아이를 잃었기 때문이다. (중략) 결국 그녀는 성격을 거의 버려놓을 정도로 그의 변덕을 다 들어주었으며 과보호적인 태도를 취했다. 태어나 다섯 살이 될 때까지 어머니의 가장 소중한 존재였던 아돌프는 어머니로부터 아낌없는 사랑을 받았다. 남편의 행동과 그가 23년 연상이라는 사실, 그리고 부부간에 애정이 별로 없었던 것으로 보아, 남편에게 줄 사랑의 많은 부분을 아돌프에게 쏟은 것이다.

- 월터 C. 랑거 《히틀러의 정신분석》 中 -

애적 특질이 더 강했기 때문이다. 니체의 이러한 성격적 특질은 전능 관념과 결합하여 '**예술가**적인 독재자와 **철학자**적인 권력자'에 의한 세계 지배 욕망으로 발현된다. 히틀러가 니체를 자신의 정신적 스승으로 여긴 것은 이러한 리비도적 유사성 때문이다.

> p.679. 지금부터는 보다 포괄적인 형태의 지배에 호의적인 조건이 처음으로 형성될 것이다. 지금까지 이 땅 위에서 발견된 적이 없는 그런 형태의 지배 말이다. (중략) 세계 종(種) 연맹 같은 것을 설립하는 것도 가능할 것이다. 이 연맹은 지배적인 종족을, 미래 "이 땅의 주인들"을 기르는 임무를 맡은 것이다. 대단히 엄중한 자기 훈련을 바탕으로 한 새롭고 거대한 귀족사회가 바로 그것이다. 저기선 철학적인 권력자들과 예술가적인 독재자의 의지가 수천 년 동안 뚜렷한 흔적을 남길 것이다.
>
> - F. 니체 《권력 의지(부글)》 中 -

성애적 측면에서만 보면 음악가가 되고 싶었던 니체의 리비도는 **귀(청각)**에 지배적으로 배분되었다고 할 수 있고 이러한 리비도 성향으로 인해서 니체는 어린 시절 음악을 직접 작곡하기도 했고 훗날 바그너를 숭배하기도 한다. 또 화가를 지망한 히틀러의 리비도는 **눈(시각)**에 지배적으로 배분되었다고 할 수 있고 이러한 리비도 성향은 히스테리 발작 시 **실명**(失明)으로 나타났다.[24] 이렇게 히스테리 성격 구조는 무의식 속 관념(욕망과 충동)이 생성한 정욕의 흥분을 신체를 통해서 발산시킬 수 있

---

24) p.235. 어떤 사람들은 히틀러를 처음 만났을 때 그가 '꿰뚫어 보는' 듯한 눈으로 쳐다봐서 꼼짝을 못했다고 말했다. (중략) 또 위기의 순간 그의 히스테리 발작이 실명(失明)으로 나타났다는 사실도 잊지 말아야 할 것이다.

- 월터 C. 랑거 《히틀러의 정신분석》 中 -

는 성격 구조를 말한다. 그럼에도 히스테리는 정욕의 흥분을 신체적 효과로 **'전환'**한 것에 불과하므로 다른 정신병리와 본질적으로 다르지 않다. 바꿔 말하면 히스테리는 **신체적** 편집증이라고 할 수 있고 편집증은 **정신적** 히스테리라고 할 수 있다.

> p.296. 관념이 즉각적으로 생생한 신체적 효과를 낼 때 이것이 의미하는 것은, 그 관념이 생성한 흥분이 뇌 속에서 확산되는 것이 아니라 신체적 효과와 관련된 통로로 흘러 나간다는 것이다. 그리고 이 관념이 신체적 효과를 낸다는 바로 그 이유 때문에, 그리고 그 심리적 자극의 총량이 신체적 총량으로 〈전환〉되었기 때문에 그 관념은 관념의 흐름에서 그 관념을 특징지어 줄 명료성을 잃어버린다. 특징을 갖는 대신 나머지 관념들 속에서 그 관념을 잃어버리게 되는 것이다.
>
> - J. 브로이어 & S. 프로이트 《히스테리 연구》 中 -

히틀러와 관련해서 한 가지 더 주목할 점은 그의 리비도는 **입(구강)**에도 집중되어 있었다는 점이다. 그래서 히스테리 발작 시 실명뿐만 아니라 **실어증**도 나타났다.[25] 그가 입을 사용하는 연설을 좋아한 것도 이러한 리비도 성향 때문이다. 특히 히틀러는 **당분**을 매우 좋아했는데 당분을 좋아한다는 것은 유아기 초기 어머니의 젖가슴을 **무자비하게** 다루고 싶은 욕

25) p.223. 이때 그는 소량의 화학제에 노출되어 있었다. 그는 즉각 자신이 눈이 멀어 말을 할 수 없게 되었다고 믿었다. 병원에서 여러 주 보냈지만 그의 증상이나 질병 과정이 실제 화학제 환자에게서 보이는 소견과 일치하지는 않았다. 실명과 실어증 둘 다 히스테리임이 확실했다. 당시 그를 치료했던 의사는 그의 경우를 매우 전형적인 히스테리 증상으로 보았고 전쟁이 끝난 후 여러 해 동안 저명한 독일 의과 대학에서 수업 시간에 사례로 인용하였다.

- 월터 C. 랑거 《히틀러의 정신분석》 中 -

망의 상징 행위이다.[26] 여기서 무자비하다는 의미는 잔인하다는 의미가 아니라 자비와 무자비를 분별하지 못한다는 뜻이다. 이후에 이러한 무자비는 모성애를 내면화함으로써 **연민**으로 바뀐다.[27] 도스토옙스키는 당분과 무자비함의 관계를 단 것을 좋아하는 터키인의 무자비함에 비유한다. 이 비유 속에서 어머니와 젖먹이의 표상은 터키인들의 구강 충동을 자극하고 그들은 아이에게서 달콤한 행복을 박탈함으로써 **성적 쾌락(관능적 기쁨)**을 느끼게 된다.

p.390. "… 그런데 이 터키인들은 거의 관능적(官能的)인 기쁨을 느끼면서 아이들을 괴롭힌다는 거야. 칼로 어머니 배를 가르고 태아를 끄집어내는 자가 있는가 하면, 심한 경우엔 어머니가 보는 앞에서 젖먹이를 공중에 던져 올렸다가 떨어져 내려오는 것을 총검으로 받는다는 거야. 어머니가 보는 앞에서 그런 짓을 한다는 것이 주

26) p.235. 입도 역시 매우 중요한 색정대로서의 성질을 띠게 되었던 것 같다. 이에 대해 대부분의 저술가들이나 제보자들은 히틀러의 이상한 식습관을 언급하고 있다. 그는 많은 양의 당분, 사탕, 과자, 케이크용 크림 등을 야채식에 덧붙여 매일 먹는 한편 고기, 맥주, 담배는 싫어했다. (중략) 또 그는 입으로 오염되는 것을 병적으로 두려워했고 때로는 강박적으로 입을 씻는 것에 집착했다. (중략) 이와 관련하여 그가 비어 홀 쿠데타의 실패 후 굶어 죽으려고 했다든가, 제1차 세계 대전이 끝난 후에 히스테리성 실어증에 걸렸다든가, 연설을 좋아한다든가 하는 것을 기억해야 한다.

- 월터 C. 랑거 《히틀러의 정신분석》 中 -

27) p.511. '무자비한(ruthless)이라는 단어로부터 이 문제에 접근하는 것이 유익할 것이다. 처음에 유아는 (우리의 관점에서 볼 때) 무자비하다. 즉, 본능적인 사랑의 결과에 대해 아직 관심이 없다. 이 사랑은 본래 충동, 몸짓, 접촉, 관계의 한 형태이며, 유아에게 자기-표현의 만족을 주고, 본능 긴장에서 해방시켜 준다. 뿐만 아니라 그것은 대상을 자기의 외부에 위치시킨다.

유아가 자신의 무자비성을 느끼지 않는다는 사실을 주목할 필요가 있다. 그러나 돌이켜 볼 때, (그리고 이것은 퇴행에서 발생한다) 개인은 이렇게 말할 수 있다. '나는 그때 무자비했어요!' 그 단계는 연민(ruth) 이전의 단계이다.

- D. 위니캇 《소아의학을 거쳐 정신분석학으로》 中 -

로 놈들의 쾌감을 만족시켜 주는 거겠지. (중략) 겸해서 말하지만, 터키인들은 단 것을 무척 좋아한다는 거야."

- 도스토옙스키 《카라마조프의 형제》 상 中 -

성애적-자기애적 유형은 서로 극단적인 유형의 혼합형이기는 하지만 때때로 정욕의 성취를 위해 성애적 특질(이드)과 자기애적 특질(자아)이 서로 동조적으로 되기도 한다. 이렇게 이드(공격성)와 자아(행동성)가 서로 동조적일 경우에는 그 **시너지 효과**로 인해서 군중의 리비도를 지배할 수 있는 **카리스마적(야심적) 선동가**가 탄생할 수 있다. 하지만 이드의 공격성을 통제할 수 있는 초자아가 약하거나 없으므로 **광신적으로(쾌락 지향적)** 되기 쉽다. 이러한 광신적 소질로 인해서 니체는 말년에 실제로 **광인**이 되었고 히틀러는 **카리스마적 선동가**가 되었다.[28)]

그리스도나 석가모니 역시 첫째 아들이지만 성애적-자기애적 유형이라고 할 수 있다. 다만 니체나 히틀러와 달리 그리스도와 석가모니는 죽음에 버금가는 고행을 통해 성애적 정욕(지상의 빵과 모든 여자)과 자기애적 정욕(세계 지배 욕망)을 극복함으로써-악마의 세 가지 유혹과 관련된 일화가 이러한 극복 과정을 상징한다-인류를 구원하는 **과제를 지향하는 카리스마적(이상적) 메시아**가 될 수 있었다.

28) p.184. 핵심 자기의 양극성에 대한 정의와, 그것의 발생론에 대한 개요는 하나의 개념적인 도식에 지나지 않는다. 그렇지만, 비록 그것이 추상적 개념이기는 하나 그것은 분석가가 임상 작업에서 관찰하는 경험적 자료의 복잡성을 의미 있게 고찰할 수 있게 해 준다. 그것의 도움으로 우리는 핵심 자기들의 미묘한 차이와 다양성과 유형-그것들이 주로 야심적인지 이상적인지, 카리스마적인지 메시아적인지, 과제 지향적인지 쾌락 지향적인지-을 이해할 수 있을 뿐만 아니라, (중략), 환경적 요인들의 다양성(다시금 아이의 초기 삶 동안의 커다란 사건들 및 그것들에 대한 개략적인 요인들과 주로 부모의 성격과 아이가 자라난 분위기가 끼친 깊은 영향)이 지닌 중요성을 이해할 수 있다.

- H. 코헛 《자기의 회복》 中 -

2) 성애적-강박적 유형

성애적-자기애적 유형이 **극단적** 유형의 결합이라면 성애적-강박적 유형은 **유사한** 유형의 결합이라고 할 수 있다. 그 이유는 성애적 유형이 성적 욕망에 대한 죄의식으로 갈등하듯이 강박적 유형도 성적 욕망에 대한 죄책감(초자아)을 두려워하기 때문이다.

> p.331. 성애적-강박적 유형에서는 본능적 생활의 우세성이 초자아의 영향력에 의해서 제약을 받는다. 이 유형에서는 동시대의 인물이나 부모, 선생님, 기타 모범이 될 만한 사람들의 영향에 대한 의존도가 최고조에 달한다.
> - S. 프로이트《성욕에 관한 세 편의 에세이, 『리비도의 여러 가지 유형』》中 -

삼 형제 모델에 의하면 성애적-강박적 유형은 첫째 아들인 성애적 유형이 둘째 아들의 특질인 강박적 특질을 갖게 된 경우이다. 이 유형은 **지나치게 엄격한 아버지**가 있는 가정에서 흔히 발생하는 경우로 죄의식과 죄책감이 결합하여 강박적 유형보다 **더 강한** 강박적 유형이 된 경우이다. 따라서 이 유형은 엄격한 신이나 모범이 될 만한 위인에 대한 의존도가 매우 강하다. 이 책 속에서 언급된 인물 중 이 유형에 해당하는 인물은 M. 루터이다. M. 루터는 첫째 아들이었으며 **'지나치게 엄격한 아버지'**를 피해 수도원으로 도망쳤다고 전해진다. 그는 **지나치게 강한** 강박적 특질로 인해서 '악마(정욕)에 대한 두려움과 자기 자신의 구원에 대한 걱정이 **지나치게 컸다.**'

p.36. 루터는 자기 자신의 구원에 대한 걱정이 컸고 또 악마에 대한 두려움이 지나치게 컸다. 그 두려움은 그의 고해 신부조차도 누그러뜨리지 못할 정도로 심했다. 그런 심리 상태였던 루터는 자신이 지옥을 피할 수 있도록 신을 달랠 가장 확실한 방법을 찾았다. (중략) 그는 또한 신의 은총이 아니고는 누구도 구원받을 수 없다고 생각했다.

- G. 르 봉 《프랑스 혁명과 혁명의 심리학》 中 -

3) 자기애적-강박적 유형

프로이트가 마지막으로 언급한 혼합형은 자기애적-강박적 유형이다. 강박적-자기애적 유형을 먼저 설명해야 하지만 프로이트가 언급하지 않았기 때문에 먼저 자기애적-강박적 유형에 관해서 설명하고자 한다.

p.332. 끝으로 자기애적-강박적 유형이 있는데, 이 유형은 문화적 관점에서 볼 때 매우 귀중한 가치를 지닌다. 왜냐하면 외부 세계로부터 보다 독립된 상태로 만들어 주며, 양심의 요구에 대해 더 생각하게 하고, 활기찬 활동력을 증가시켜 주기도 하기 때문이다. 또 초자아에 대하여 자아의 힘을 강화시켜 준다.

- S. 프로이트 《성욕에 관한 세 편의 에세이, 『리비도의 여러 가지 유형』》 中 -

자기애적-강박적 유형은 매우 흥미로운 유형이다. 이러한 성격 유형은 **자연적으로** 만들어지기 어렵기 때문이다. 지금까지의 삼 형제 모델의 논리에 따르면 자기애적-강박적 유형은 셋째 아들인 자기애적 유형이 둘째 아들의 강박적 특질을 갖게 된 경우이다. 하지만 어머니의 강한 보호를 받는 셋째 아들이 아버지의 거세 위협으로 인해 강박적 특질을 갖는다는 것은 현실적으로 일어나지 않는다. 따라서 이러한 성격 유형이 만들어지기 위해서는 특수한 오이디푸스 환경이 필요하다. 그것은 첫째 아들이나 둘째 아들을 **자기애 단계**(유아기 초기)에서 **인위적으로** 심리적 외상을 가함으로써 자기애적 특질을 갖도록 리비도를 고착시키는 것이다. 그 인위적인 방법이 **할례**이다.

고대의 할례 의식은 대략 **열세 살**에 이루어졌지만, 유대인의 할례 의식은 **'태어난 지 8일째 날'**에 한다.[29] 이렇게 **자기애 단계**에서 행해지는 거세의 상징 행위는 두 가지 효과가 있다. 하나는 정신 리비도가 신체 리비도로 전환되기 전에 리비도를 **정신**에 고착시키기 때문에 어린아이의 정신구조가 **자기애적 특질**을 지니게 된다. 자기애적 특질을 지니게 된다는 의미는 1) **전능 관념**이 강하게 형성되고 2) **뛰어난 지적 능력**을 지니게 된다는 것을 뜻한다. 이러한 할례 풍속으로 인해 유대인은 탁월한 지적 능력을 지니게 되었고 이러한 사실은 히틀러조차 인정할 정도이다.[30]

할례의 또 다른 효과는 **복종 관념(강박적 특질)**도 강화한다는 것이다. 유아의 정신은 할례에 따른 죽음 불안을 방어하기 위해서 정신 이드 일부분을 분열시킨다(유아는 자신의 정신과 신체를 구분할 수 없으므로 신체적 고통도 정신적 고통으로 느낀다). 이렇게 분열된 정신 이드는 자신

29) p.73. 할례를 거행하던 고대 사회에서 할례는 이제 어른이 되었음을 사회적으로 승인하는 의식으로 대략 열세 살에 이루어졌다. 그러나 모세의 아들은 태어나자마자 어머니 십보라에게 할례를 받았으며(출애굽기 4:24-26), 모세 법전에는 태어난 여드레 되는 날에 양피를 제거하는 의식이 수록되어 있다(레위기 12:3).

- P. 존슨 《유대인의 역사》 中 -

30) p.432. 유대인의 지적 성질은 몇천 년에 걸쳐 교육된 것이다. 유대인은 오늘날에는 〈영리하다〉로 통하고 있으며, 어떤 의미로는 모든 시대에 그러했다.

- A. 히틀러 《나의 투쟁》 中 -

의 리비도를 오로지 죽음 불안을 방어하는 데 집중함으로써 자아가 현세의 삶에 집착하게 만들고 죽음 불안을 해소해 주는 신과 같은 존재에게 강렬하게 의지하도록 만든다. 할례의 이러한 두 가지 효과로 유대인은 **자기애적** 전능 관념(영웅주의)과 **강박적** 복종 관념(가련한 굴종)이 공존하는 아주 독특한 정신구조를 지니게 된다. 니체는 유대인의 이러한 **이중적인** 정신구조를 예리하게 간파했다.

> p.628. 그 결과 현재 유대인의 영혼과 정신의 자원은 비범한 것이다. 곤궁에 처했을 때 심각한 곤란에서 벗어나기 위해 술잔을 들거나 자살하는 일은-재능이 뒤떨어지는 사람들이 범하기 쉬운데-유럽에 사는 모든 사람들 중에서 유대인에게 가장 드물다. 어떤 유대인이라도 그 아버지들과 할아버지들의 역사 속에, 무서운 상황 하에 있을 때의 가장 냉정하고도 깊은 생각과 굽히지 않는 인내를 보인 실례들과 불행과 우연을 최상으로 이용한 책략의 보고를 가지고 있다. 가련한 굴종으로 위장한 그들의 용기와 자기가 무시당하는 것을 무시하는 그들의 영웅주의는 모든 성자의 미덕도 능가한다.
>
> \- F. 니체 《아침놀(동서)》 中 -

유대인이 어떠한 극단적인 상황에서도 자살하지 않는다는 것은 자아가 매우 강하다는 의미이고 전능 관념이 지배적인 정신구조로 되어있다는 뜻이다. 반면 유대인이 신에게 가련할 정도로 굴종적이라는 것은 초자아가 매우 강하다는 뜻이고 복종 관념이 지배적인 정신구조로 되어있다는 의미이다. 이렇게 유대인의 정신구조 속에는 서로 모순적인 정신 기구가 대립하고 있다. 도스토옙스키에 따르면 이러한 모순적인 정신구조가 외부에 투사되어 사유 체계로 정립되면 **'대단히 우수한 사상을 형성**

한다.' 세계사에 큰 영향력을 끼친 다수의 사상가가 유대인에게서 배출될 수 있었던 이유도 이러한 모순적인 정신구조 덕분이다. 전지전능한 야훼 하나님은 할례의 언약을 통해서 '목이 뻣뻣한' 99%의 유대인은 통제할 수 있었지만 '전혀 상반된 변종'인 1%의 유대인은 통제할 수 없었다. 지난 세기에 **'매우 귀중한 가치를 지닌'** 세 명의 유대인-마르크스, 프로이트, 아인슈타인-이 모두 무신론자들이기 때문이다.[31)]

좀 더 논의를 진행하자면 그리스 로마인의 후손인 유럽인이 유대인을 멸시했던 것은 남근 우월감 때문만은 아니다. 리비도가 신체에 지배적으로 배분된 유럽인의 리비도 성향은 리비도가 정신에 지배적으로 배분된 유대인의 성향을 이해하기 어려웠다(그리스 로마 문명의 이러한 육체적 특질은 그리스도교에 의해서 점차 강박적 특질의 발달로 이어진다). 특히 게르만 민족의 **육체적** 특질은 유대 민족의 **정신적** 특질을 받아들일 수가 없었다. 이러한 민족적 특질은 각자의 문명 속에도 그대로 드러난다. 히틀러가 지적했듯이 유럽인의 성애적-히스테리 특질은 수많은 뛰어난 예술가를 배출하게 했다.[32)] 반면 유대인의 자기애적-편집증 특질은 육체적 활동보다는 지적 활동을 선택했다. 이렇게 **서로 반대되는** 리비도 성향의 충돌이 20세기에 반복재현된 사건이 홀로코스트이다.[33)]

---

31) p.250. 나는 자기 창조물에게 상이나 벌을 내리고, 우리 내면에서 일어나는 것과 같은 의지를 지닌 신(神)을 상상할 수 없다. 사람이 육체적 죽음 뒤에도 계속 산다는 것 또한 생각할 수도 없고, 생각하고 싶지도 않다. 나약한 사람들이 두려움과 터무니없는 이기심에서 그런 생각을 한 것이다.

- A. 아인슈타인 《나의 인생관》 中 -

32) p.434. …, 특히 모든 예술 가운데 여왕 지위를 차지하는 두 분야인 건축과 음악은 유대인 전체의 독창성에 힘입은 바가 없다는 것이다.

- A. 히틀러 《나의 투쟁》 中 -

33) p.206. 사실 유대인 사회는 외세의 통치를 받아들이기에는 지적 수준이 너무 높고 너무나 발전된 사회였다. 그리스인도 로마의 지배를 받을 때 같은 문제에 직면한 바 있

p.400. 근 2천 년에 걸쳐 유대인의 삶을 지배해 온 이러한 정신적 노력의 탁월한 성과가 어떤 영향력을 발휘하게 된 것은 당연하다. 이러한 노력은, 물리적인 힘의 강화가 대중의 이상 노릇을 하기 쉽던 시절에도 야만성과 폭력으로 기울어지는 경향을 억제하는 데 큰 힘이 되었다. 그리스인들이 획득한 정신 활동과 육체 활동의 조화의 기회가 유대인에게는 주어지지 않았다. 정신과 육체의 갈등 속에서 유대인은 보다 가치 있는 것에 대한 선택을 결단하지 않으면 안 되었다.

- S. 프로이트 《종교의 기원, 『인간 모세와 유일신교』》 -

4) 강박적-자기애적 유형

이 유형은 프로이트가 언급한 혼합형에 없는 유형이다. 하지만 도스토옙스키 작품의 주인공들-리스콜리니코프, 스타브로긴, 특히 이반 카라마조프-의 성격 구조를 이해하기 위해서는 강박적-자기애적 유형을 가정할 필요가 있다. 강박적-자기애적 유형은 둘째 아들 유형인 강박적 유형이 셋째 아들 유형인 자기애적 특질을 지니게 된 경우이다. 강박적-자

다. (중략)

여기에 유대인의 어려움이 있다. 유대인은 그리스인보다 더 유서 깊은 문화를 가지고 있었다. 예술이나 몇 가지 분야에서는 그리스인의 상대가 되지 못했지만, 문학만큼은 모든 양식에서 우월했다. (중략)

억지 비교는 삼가야겠지만, 고대의 그리스인과 유대인의 관계는 19세기와 20세기 초반 유대인과 독일인의 관계와 흡사하다. (중략) 유대인이 그리스 문화와 화해하려면 그리스인이 유대인의 관점을 받아들일 수밖에 없었다. 결국 그리스인은 기독교를 통해 유대인의 관점을 받아들였다.

이처럼 유대인의 대(對)로마 반란은 유대 문화와 그리스 문화의 충돌이라는 점을 이해해야 한다.

- P. 존슨 《유대인의 역사》 中 -

기애적 유형은 **서로 상충하는 유형**의 결합으로 이루어져 있다. 강박적 유형은 리비도가 **초자아**에 지배적으로 배분된 유형이고 자기애적 유형은 리비도가 **자아**에 지배적으로 배분된 유형이기 때문이다(여기서 초자아는 죄책감이 아니라 **양심**을 의미한다). 초자아는 자아를 감시하고 비판한다. 따라서 유대인과 마찬가지로 이러한 유형은 **사상가**가 되기 쉽다. 다만 유대인과의 차이점은 유대인이 과학적 논리(강박적 특질)를 기반으로 하는 사상적 성향이 강하다면 이 유형은 세계 지배(자기애적 특질)를 기반으로 하는 사상적 성향이 강하다. 도스토옙스키는 이러한 성격 유형을 **'악령이 깃들여 있다'**라고 묘사한다.

> p.340. 좀 얘기가 빗나가지만, 한마디 더 해야만 할 것 같다. 나의 의견으로는, 이 기록이 병 때문에 한 일이라기보다는 오히려 이 사람에게 깃들여 있는 악령의 짓이라 할 수 있겠다. 비유해 말하자면, 아주 괴로운 아픔에 고생하는 인간이 조금이라도 고통을 가볍게 하려고 마음먹고 아니, 가볍게 하려는 게 아니라 한순간이라도 현재의 고통을 다른 고통으로 바꿔보려고, 자리 위에서 몸을 비틀며 구르는 것과 흡사했다. 그러므로 체제니 이성이니 등에 마음을 쓸 여유가 없음은 두말할 나위도 없었다. 이 기록의 근본 사상은 그야말로 무서운 자기형벌의 요구였다. 민중 전체를 앞에 둔 형벌, 짊어져야 할 십자가의 요구였다. 더욱이 이 십자가에 대한 요구가 뭐라 해도 십자가를 믿지 않는 인간에게 생긴 것이었다. 따라서 이 하나만으로 대단히 우수한 사상을 형성한다-이것은 어떤 다른 기회에 스테판 트로피모비치가 말한 것이다. 또 다른 일면으로 보면, 이 기록 전체가 확실히 다른 목적으로 쓰여져 있건만 폭풍처럼 광포한 것이었다. 필자가 설명한 바로는 그는 이것을 쓰지 않고서는 도저히 배

> 겨낼 수가 없었다는 것이다. 즉, '강제되었다는 것'이다. 그것은 확실히 그럴 듯한 것으로, 그는 될 수 있는 한 이 고배(苦杯)를 피하려고 했음에 틀림없다. 그래도 실제로는 쓰지 않을 수 없어 새로운 광포성을 발휘할 호기를 잡았던 것이다. 그렇다, 병자는 자리 속에서 뒹굴면서 하나의 고통을 다른 고통으로 바꾸려고 했다. 그런데 세상에 맞서 투쟁하는 일이 그로선 가장 감당해 낼 수 있는 일처럼 생각되어 이 세상에 도전했던 것이다.
>
> - 도스토옙스키 《악령》 중 中 -

악령이 깃든 성격 구조는 십자가를 믿지 않는 자아(전능 관념)와 십자가의 자기형벌을 욕망하는 초자아(양심)가 서로 대립하는 성격 구조를 말한다. 《죄와 벌》에서 라스콜리니코프가 전당포 노파를 살해한 후 양심에 의해서 자수가 '강제되었듯이' 《악령》에서도 스타브로긴은 범죄를 저지르지만, 양심에 의해서 자신의 범죄 기록을 남기도록 '강제된다'. 이렇게 강박적-자기애적 유형의 자아는 자신의 양심과 평생 투쟁해야만 한다. 한 사람의 정신 속에서 자아는 모든 여자를 가질 수 있는 초인이 되기를 바라고 양심은 십자가를 짊어지라고 강제한다.

이 유형은 유대인의 성격 구조와 유사하지만, 차이점은 유대인은 강박적 특질(초자아)이 더 강하므로 자신의 전능 관념을 **위장**하지만, 이 유형은 자아(자기애적 특질)가 더 강하므로 자신의 전능 관념을 그대로 드러낸다는 것이다. 그래서 유대인은 가혹한 환경에서도 지배자에게 반기를 들지 않지만, 정확하게 말하면 **들지 않게 되었지만**, 강박적-자기애적 유형은 **'세상에 맞서 투쟁하고 세상에 도전한다.'** 자아는 이러한 고통스러운 싸움을 그만두고 싶지만, 전능 관념의 악마적 힘(반복 강박)으로 인해서 이 싸움은 '악령에 사로잡힌 것 같은 양상'을 띠게 된다.

p.429. 같은 것이 반복해서 회귀함으로써 무언가 이상하게 불안한 것이 생긴다는 사실이 어떻게 어린 시절과 관련을 맺고 있는지를 알아보아야 할 것인데, (중략) 무의식 속에서 실제로 우리는 충동에서 기인하는 〈반복 강박〉을 구별해 낼 수 있다. 이 강박 관념은 아마도 충동들 자체의 가장 내적인 속성에 종속되어 있는 것일 텐데 쾌락 원칙을 넘어설 만큼 상당히 강력한 것이어서 어떤 정신적 움직임들의 경우에는 마치 악령에 사로잡힌 것 같은 양상을 띠게 된다.

- S. 프로이트 《예술, 문학, 정신분석, 『두려운 낯설음』》 中 -

강박적-자기애적 유형은 자신의 내면에서 벌어지는 정신 기구 간의 투쟁을 외부 세계에 투사해서 사유 체계를 수립한다. 이 유형의 정신세계 속에서 벌어지는 초자아와 자아의 투쟁은 외부 세계에서는 긍정과 부정, 신앙과 무신론, 하나님과 초인 등의 투쟁으로 형상화된다. 이렇게 정신적 갈등이 외부에 투사되어 수립된 사유 체계가 철학(우수한 사상)의 기원이다. 이 유형의 사유 체계가 우수한 이유는 다른 성격 유형의 정신 기구 간의 갈등을 모두 대표할 수 있기 때문이다. 예를 들면 성애적-히스테리 유형은 자신의 강한 성욕과 죄의식의 갈등을 이러한 사유 체계에 투사해서 자신의 내적 모순을 이해할 수 있다. 마찬가지로 강박적-강박신경증 유형은 자신의 성욕과 죄책감의 갈등을 이러한 사유 체계에 투사해서 자신의 내적 모순성을 이해할 수 있다.

삼 형제 모델을 적용하면 강박적-자기애적 유형은 둘째 아들인 강박적 유형이 셋째 아들의 자기애적 특질을 지니게 된 경우이다. 이러한 경우는 동생(셋째 아들)이 태어나지 않아 실제로 막내가 되거나 동생과 나이 차이가 5세 이상 나는 경우로 실질적 막내가 되는 경우이다. 역사적 인물 중에서 후자에 해당하는 사람은 나폴레옹이다. 나폴레옹은 둘째 아들이었으며 동생과의 나이 차이(6살)로 인해서 실질적 막내였다. 또 어머니의 '대범한 성격과 강인한 정신'을 내면화함으로써 이반보다도 자기애적 특질(자기 자랑의 정욕)이 훨씬 더 강했다고 볼 수 있다.[34)]

다만 둘째 아들로 강박적 유형이었던 도스토옙스키가 알료샤를 통해서 그리스도의 **순수한** 자기애적 특질을 탁월하게 묘사할 수 있었던 이유는 사형대에 선 경험으로 인해서 그의 정신이 강박적 특질에서 자유롭게 되었기 때문이다. 이렇게 자신의 성격 구조의 중심을 이루고 있는 **껍질(정욕)**에서 자유롭게 되면 그 밑바탕에 있는 **본질(불멸)**을 자연스럽게 드러난다. 도스토옙스키는 불멸의 신앙을 회복함으로써 모든 정욕에서 자유롭게 된 인격인 그리스도를 이해하게 되었고, 이러한 정신적 각성으로 인해서 그리스도의 필요성을 주장했고 언제나 그리스도를 묘사하려고 했던 것이다.

p.535. 겉으로 보기에는 믿을 수 있을 것처럼 보이는 몇몇 증언들에 따르면 그는 죽는 순간까지 신앙과 무신론 사이에서 흔들리고 있었다. 대단한 지성을 갖고 있던 그는 신앙이 제기하는 여러 가지 지적인 문제들을 극복하고 신앙을 향해 나갈 수가 없었다. 세계사의 차원에서 일어났던 일을 개인적으로 되풀이하면서 그는 그리스도의 이상으로 말미암아 죄에서 벗어날 수 있는 출구를 찾기를 희망했고 자신이 당하고 있는 고통을 내세우며 그리스도의 필요성을 주장하기도 했다.

---

34) p.320. 그는 어머니의 이 찬탄하는 시선을 좋아했다. (중략)

그는 세상의 누구보다도, 자신을 바라보며 찬탄하는 어머니가 필요했다. 그는 어머니에게 중얼거리듯 낮은 소리로 말했다.

"어머니가 돌아가시면, 세상에는 저보다 열등한 자들만 남게 됩니다."

- M. 갈로 《나폴레옹 1》 中 -

- S. 프로이트 《예술, 문학, 정신분석, 『도스토옙스키와 아버지 살해』》 中 -

정욕(카라마조프)으로부터의 구원

삼 형제 모델이 타당하다면 도스토옙스키의 말대로 모든 인간은 똑같다. 하지만 인간이 지나칠 정도로 서로 다르게 보이는 이유는 정욕, 즉 카라마조프 때문이다. 도스토옙스키가 《카라마조프의 형제》를 저술한 이유는 정욕, 즉 카라마조프의 본질을 밝히기 위해서이다. 바로 여기에 '인간의 **모든 문제**가 포함되어 있기' 때문이다.

> p.131. "… 만일 자네에게도 호색적인 피가 흐르고 있다면, 자네와 한 뱃속에서 나온 이반은 어떨까! 그 사람 역시 카라마조프거든. 호색과 탐욕과 광신 - 바로 여기에 자네 카라마조프 일가의 모든 문제가 포함되어 있는 거야. …"
>
> - 도스토옙스키 《카라마조프의 형제》 상 中 -

인간의 모든 문제가 정욕에 포함되어 있는 이유는 정욕이 인간의 본질을 은폐해서 그 본질이 인식되지 못하도록 하기 때문이다. 정욕이 일으키는 이러한 자기 인식의 왜곡, 즉 정신착란이 정신병리이다. 도스토옙스키에 따르면 정욕에 의한 정신병리는 세 가지 형태-**호색, 탐욕, 광신**-로 발현된다. 모든 인간은 공통적으로 이러한 세 가지 병리적 특질을 지니게 되지만 태어난 순서에 따라 그중 하나가 지배적으로 드러난다. 첫째 아들-성애적 유형은 문자 그대로 신체적 정욕(호색)을 추구한다. 둘째 아들–강박적 유형은 타인의 칭찬이나 사회적 칭송과 같은 추상적 정욕(탐욕)을 추구한다(일반적인 삼 형제 모델의 둘째 아들–강박적 유형은 죄책감의 정욕을 추구한다). 정욕이 호색이나 탐욕으로 발현되는 이유는 일차적으로 그 대상들이 불안을 해소해 주고 쾌락을 주기 때문이기도 하지만 이차적으로 어머니 사랑의 박탈로 인한 심리적 외상을 **'어머니로부터 치료받으려는 충동'** 때문이기도 하다.[35)]

하지만 이제 어린 시절의 어머니는 존재하지 않으므로 더 정확하게 표현하면 어머니 표상을 지닌 대상으로부터 치료받으려는 충동이다. 드미트리가 그루센카라는 여성의 사랑을 갈망하는 이유도 그녀가 어머니 표상을 지니고 있어서 그녀가 자신을 치료할 수 있다는 것을 드미트리의 무의식이 간파하고 있기 때문이다. 이반이 알료샤에게 **'치료받고 싶어 하는'** 이유도 알료샤가 모성적 리비도를 지니고 있어서 그가 자신을 치료할 수 있다는 것을 이반의 무의식이 간파하고 있기 때문이다.

p.386. "형님, 무엇 때문에 '세계를 허용하지 않는지' 그 이유를 설명해 주시겠습니까?" 하고 알료샤는 말했다.

"물론 설명해 주고 말고, 그건 비밀도 아니고, 또 그러기 위해서 여기까지 얘기를 끌고 온 거니까. 얘, 알료샤, 나는 너를 타락시켜서 너의 발판으로부터 너를 끌어내리려는 건 아니야. 어쩌면 나는 너

---

35) p.80. 탐욕스러움은 박탈의 원인을 제공한 어머니로부터 치료를 받으려고 하는 유아 충동의 일부이다. 이 탐욕스러움은 반사회적이다. 그것은 훔치기의 전조이며, 어머니가 치료적 관점을 가지고 적응해줄 때 충족되고 치료될 수 있다. (중략) 어머니가 유아의 강박적 요구를 일상생활 속에서 받아줄 때, 박탈이 일어났던 그 발생 지점 가까운 곳에서 박탈 콤플렉스를 성공적으로 치료할 수 있다. 박탈 경험으로 인해 생긴 증상은 치료자인 어머니가 유아에게 박탈 경험을 제공한 자신에 대해 증오를 표현할 수 있게 해줄 때 치료될 수 있다.

- D. 위니캇 《박탈과 비행》 中 -

한테 치료를 받고 싶어하는지도 모르지."

- 도스토옙스키 《카라마조프의 형제들》 상 中 -

이반은 자신이 '세상을 허용하지 않게 된' 이유가 어린 시절 어머니 사랑의 박탈로 인한 정신병리 때문이라는 것을 알고 있다. 이반의 정신병리는 자신을 신 또는 초인과 같은 존재라고 믿는 과대망상(편집증)이다. 《죄와 벌》의 라스콜리니코프가 정신병 환자인 이유도 자신을 나폴레옹과 같은 존재라고 믿은 정신착란 때문이다.[36] 실제로 알렉산더, 카이사르, 나폴레옹 등 자신을 신이나 초인으로 생각한 사람들은 모두 정신병리(간질) 환자였다. 이러한 유형은 카이사르처럼 자신의 존재를 행동으로 구현하기 위해서 자기 자신과 끝없는 싸움을 벌이며 위대한 업적을 이루기 위해서 자신이 이미 이룬 것과 치열하게 경쟁을 벌인다.[37]

p.408. 이러한 명제는 행위의 충동을 초고도로 구현한 예들에서

36) p.243. Ernest Jones(1913)는 거대 유형의 자기애적인 사람들을 생생하게 묘사한 첫 번째 분석가일 것이다. Jones는 이들이 자기과시, 도도한 태도, 정서적인 접근 불가능, 전능 환상, 자신의 창조성에 대한 과대평가, 판단적 경향 등을 특징으로 보인다고 기술하였다. 또한 그는 이런 유형의 사람들이 정신병에서부터 정상에 이르는 연속선 위에 있다고 묘사하면서, "그런 사람들이 미치게 되면 자신이 신(神)이라는 망상을 드러내 놓고 표현하는 경향이 있으며, 이런 사례는 어떤 정신병자 수용소에서나 접할 수 있다."(p.245)

- N. 맥윌리엄스 《정신분석적 진단》 中 -

37) p.1321. 카이사르는 위대한 업적을 이룬 사람이었지만 타고난 명예욕과 성취에 대한 열망은 그칠 줄 몰랐다. 따라서 그는 이제까지 힘들게 이룬 업적들을 즐기며 누리기보다는, 미래에 더 큰 업적과 새로운 영광을 얻기 위한 자극으로서 받아들였다. 그는 마치 자신이 과거에 이룬 업적을 다 써버린 사람과도 같았다. 그의 열망은 다른 사람인 듯 내부에서 일어나는 자기 자신과의 끝없는 싸움이었으며, 자신이 이미 이룬 것과 이루려고 하는 것 사이의 치열한 경쟁이기도 했다.

- 플루타르코스 《영웅전 II》 中 -

증명할 수 있을 것이다. 이 점에 관해서는 정신과 의사의 지식과 경험에 귀 기울이는 것이 좋을 것이다. 이에 따르면 시대를 통틀어 행동을 가장 열망했던 사람들 중 네 사람(알렉산드로스, 카이사르, 마호메트, 나폴레옹)은 간질 환자였으며, 바이런 역시 이 병에 걸려있었다.

- F. 니체 《아침놀》 中 -

정욕의 세 번째 병리적 특질은 **광신**이다. 광신은 자신과 어머니 신과의 경계를 구분하지 못하는 정신 상태를 말한다. 알료샤가 **'복종과 신비주의'**를 추구하는 이유도 아직 알료샤의 무의식이 자궁 속 어머니 신과 합일 상태에서 벗어나지 못했기 때문이다. 이러한 **'어두운 신비주의'**를 치료하지 못하면 히틀러의 경우처럼 어머니 표상을 지닌 대상(독일)에 대한 '**맹목적인 사이비 애국주의**로 줄달음치게 됨으로써' 인류에게 심각한 재앙을 가져올 수 있다. 광신이 위험한 이유는 그들의 모성적 리비도가 다수 대중의 무의식 속 **'원초적 자궁에 대한 동경'**을 일깨워 그들의 양심을 지배함으로써 그들을 자신의 목적에 이용할 수 있게 되기 때문이다.[38] 이렇게 정욕이 만들어 내는 **'호색과 탐욕과 광신'**의 문제를 풀지 못하면 인류 문명은 불멸할 수 없다. 인류 문명이 영속하기 위해서는 개개인이 자신의 **'정욕(욕동)의 힘'**으로부터 자유로워져야 한다. 개개인의 고통과 불행에서 벗어나기 위해서도 그렇다.

---

38) p.199. 태아는 자궁, 즉 시간적 한계가 없는 원초적이며 바다 같은 무제한의 우주 속에서 살아간다. 인터뷰 내용에 따르면 나치의 이데올로기는 '영원한 게르만 문화' 혹은 '민족 공동체' 내부에서의 평온함 등의 관념을 통해 그 추종자들이 가지고 있었던 대양의 영원성과 불멸성 같은 원초적 자궁에 대한 동경에 호소했다.

- S. 마르크스 《나치즘, 열광과 도취의 심리학》 中 -

p.245. 분석 치료의 성공에 관한 한, 그것에 결정적이라고 인정되는 세 가지 요인-즉, 정신적 상처의 영향, 욕동의 기질적인 힘, 자아의 변질-중에서, 우리에게 중요한 것은 유일하게 중간의 것, 즉 욕동의 힘이다. (중략) 우리의 첫 번째 질문은 다음과 같은 것이었다. 분석 치료를 통해 욕동과 자아의 갈등이나, 병의 원인이 되는 자아에 대한 욕동의 요구를 항구적으로 그리고 결정적으로 청산하는 것이 가능한가? 오해를 피하기 위해 **욕동의 요구의 항구적인 청산**이라는 표현이 무엇을 의미하는지 명확히 해둘 필요가 있다. 물론 그것은 〈요구를 사라지게 해서, 더 이상 그것에 대해 왈가왈부하는 것을 듣지 못하게 하는 것〉을 의미하지는 않는다. 일반적으로 그것은 불가능할 뿐만 아니라, 바람직하지도 않다. 그것은 대충 욕동의 **길들이기**라고 기술할 수 있는 다른 것을 의미한다. 다시 말해 그것은 욕동이 자아와 완전히 조화를 이루어서, 자아 속에 있는 다른 여러 경향들의 영향이 욕동에 접근할 수 있게 되어, 그것이 더 이상 독자적인 방식으로 충족을 추구하지 않는 것을 말한다. 만약 그것이 어떤 방법과 방식을 통해 이루어지는지 묻는다면, 그것에 답하기는 그렇게 쉽지 않다. 단지 우리는 다음과 같이 말할 수 있다. 〈결국 마녀의 도움을 요청해야 한다!〉 그것은 마녀 메타 심리학을 말한다.

- S. 프로이트 《끝이 있는 분석과 끝이 없는 분석》 -

정욕(욕동)을 제거하는 것은 불가능할 뿐만 아니라 바람직하지도 않다. 정욕은 이미 우리의 정신과 신체의 일부가 되어 우리의 무의식(마음과 몸)을 지배하고 있기 때문이다. 따라서 정욕의 힘에서 자유롭게 되는 방법은 정욕을 제거하는 것이 아니라 **'길들이기'**를 통해서 **'정욕이 자아와 완전한 조화를 이루는 것'**이다. 정욕의 길들이기는 정욕의 특성을 **사전에**

이해하고 그럼으로써 **자아를 휘어지게 함으로써** 정욕의 힘에 탄력적으로 대응하는 것이다. 프로이트는 이러한 방식을 '결국 마녀의 도움을 요청해야 한다'라고 말한다. 이 의미는 파우스트가 젊음의 비밀을 알기 위해서 마녀에게 도움을 청했듯이 **정욕의 비밀**을 알기 위해서는 자신의 **악마(정욕)**와 소통해야 한다는 뜻이다. 소통 방법은 악마가 만들어 내는 자기기만과 환각을 추적함으로써 악마(정욕)를 이해하는 것이다.

예를 들어 『대신문관』에서의 대신문관의 사상은 이반의 이성이 수립한 고차원적 사유 체계가 아니라 이반의 과대 자아의 정욕이 투사된 자기 진술이다. 반면 그리스도의 등장은 이반의 본래 자아가 자신의 정신병리를 치료하고 싶은 소망의 상징이다. 하지만 이반의 과대 자아는 치료에 저항한다. 이반이 자신이 치료를 받고 싶어 하는지 그렇지 않은지를 확신하지 못하는 이유도 무의식 속 본래 자아와 과대 자아의 소망이 서로 충돌하기 때문이다. 정신 나간 말처럼 들리지만, 이렇게 인간의 무의식 속에는 치료되기를 원하는 본래 자아(참 자아)와 치료되기를 원하지 않는 분열된 과대 자아(거짓 자아)가 동시에 존재하고 있다.

p.350. 〈맙소사! 이것은 이제껏 당신이 내게 한 말 중 가장 정신 나간 말이군요. 도저히 믿을 수가 없어요. 그렇게 고통받고 또 그렇게 자발적으로 자신의 아픔에 관해서 털어놓고, 치료를 위해서 그렇게 엄청난 희생을 치르는 환자가 치료되기를 원하지 않는다고 말하다니! 지금 당신이 말하는 것이 이런 뜻은 아니겠죠!〉

천만에요! 내가 말하려는 건 바로 그것입니다. 내가 말한 것은 사실입니다. 물론 이것이 진실의 전체는 아니지만, 확실히 진실의 일부이지요. 환자는 치료되기를 원합니다. 하지만 동시에 치료되기를 원하지 않습니다. 그의 자아는 통일성을 상실하였습니다. 그런 이유 때문에 그의 의지 역시 통일성을 상실하였습니다. 그렇지 않다면 그는 정상일 테니까요.

- S. 프로이트《정신분석학 개요, 『비전문가 분석의 문제』》中 -

이반과 같이 악령이 깃든 성격 유형에게 자아의 분열은 너무나 큰 고통을 유발하기 때문에 이반의 본래 자아는 알료샤에게 **'자발적으로 자신의 고통에 관해 털어놓고 치료를 위해서 엄청난 희생을 치르지만'**, 이반의 과대 자아는 치료에 저항한다(다른 유형의 경우에는 이반만큼 그렇게 고통스럽지 않다). 과대 자아가 치료받기를 원하지 않는 이유는 과대 자아는 심리적 외상을 방어하기 위해서 형성된 심리 구조이므로 그 자체가 불안을 없애주고 쾌락을 주기 때문이다. 이반이 치료에 저항하는 장면은 『대신문관』의 마지막 장면에 '문학사에서 가장 이해하기 힘든 형태로' 묘사되어 있다.

p.430. 알료샤는 불쑥 이렇게 말했다. "형님은 하느님을 믿고 있지 않아요!" 그는 이렇게 덧붙였으나, 그의 음성에는 비애가 서려 있었다. 그는 형이 자기를 냉소적인 눈으로 보고 있는 것처럼 느껴졌던 것이다. "그런데 형님의 시는 어떻게 끝나는 겁니까?" 갑자기 눈을 내리깔며 알료샤는 물었다. "아니면 그것으로 이미 끝난 건가요?"

"나는 이렇게 끝을 맺기로 했어. 심문관은 말을 마치고 얼마 동안 죄수의 대답을 기다렸지. 그는 상대방의 침묵이 괴로웠어. 그러나 죄수는 조용히 노인의 눈을 들여다보며 뭐라고 대꾸할 기색도 없이 그냥 귀를 기울이고 있을 뿐이야. 노인은 무섭고 괴로운 말이라도 좋으니 뭐라고 말해 주기를 바랐어. 그러나 갑자기 죄수는 말없이 노인에게 다가오더니, 90 나이의 그 핏기 없는 입술에 조용히 입을 맞췄지. 그것이 대답의 전부였어. 노인은 부르르 몸을 떨었어. 그의 입술 양끝이 경련을 일으킨 듯 파르르 떨리는 것 같았어. 그는 곧 문 쪽으로 걸어가서 문을 열어젖히고는 죄수를 향해 '자, 어서 나가. 그리고 다신 오지 말아라…… 두 번 다시 오지 말란 말이다. ……앞으로 영원히!' 이렇게 말하고 그를 '어둠의 광장'으로 내 보냈어. 죄수는 조용히 떠나가는 거지."

"그래서 노인은 어떻게 됐나요?"

"그 키스는 노인의 가슴속에서 불타고 있었지만, 그래도 여전히 자기 사상에 머물고 있었지."

"그리고 형님도 그 노인과 한패죠, 형님도?" 알료샤는 슬픈 듯이 외쳤다.

- 도스토옙스키 《카라마조프의 형제》 상 中 -

그리스도는 이반의 입술에 조용히 입을 맞춘다. 그리스도의 키스는 이반의 가슴속에서 불타긴 했지만, 그의 사상을 바꾸지 못한다. 사상(신념조직)은 심리적 외상이 주는 불안이나 우울을 특별히 방어하기 위해서 현실을 자신의 적응적인 필요와 욕구에 따라서 해석하고 조직화하려는 **편집증**의 소산물이다.[39] 이반이 **'여전히 자기 사상에 머물고 있다'**라는 의미는 이반이 자신의 정신병리로부터 자유롭게 되기를 거부한다는 뜻이다. 주목할 점은 이반의 심리이다. 이반은 왜 자신이 그리스도의 복음을

39) p.299. 편집적인 상태의 마음은 개인으로 하여금 자신의 현실을 어떤 적응적인 필요에 따라서 해석하고 조직하도록 하는 일관된 신념의 조직이라고 볼 수 있다. 개인이 자신의 경험을 조직화하는 방식은 특히 근저의 불안이나 우울에 대항하는 특별한 방어적 욕구를 위해 사용된다.

- W. 마이쓰너 《편집증과 심리치료》 中 -

수정해서 세계 지배를 욕망하게 되었는지에 대한 긴 연설을 마친 후에 그리스도의 반응을 기다린다. 그런데 이반은 '그리스도의 침묵이 괴로웠고, 무섭고 괴로운 말이라도 좋으니 그리스도가 뭐라도 말해 주기를' 바란다. 자신을 신과 같은 존재라고 생각하는 이반이 왜 그리스도의 침묵을 괴로워하고 무섭게 느낀 것일까? 당연히 그리스도가 하나님의 아들이기 때문이 아니다. 그 이유는 그리스도가 이반의 **정욕의 비밀**에 대해서 알고 있다는 것을 이반도 알고 있기 때문이다. 그 비밀은 이반의 정신이 **'유아적 상태'**에 머물러 있다는 것이다. 다시 말해서 이반의 **정신병리의 비밀**은 이반의 정신이 **'유아기의 비자의적 사고(사상)'**에 의해서 지배되고 있다는 것이다.

> p.32. 나는, 그가 자기도 모르게 무의식의 중요한 특징을 들추어냈는데 그 특징이란 바로 유아기와 관계있는 것이라고 말했다. 무의식은 바로 유아적이다. 다시 말하면, 이것은 유아기에 다른 자아와 분리되어 다른 자아와 함께 성장하지 못하고 결과적으로 억압된 부분인 것이다. 억압된 무의식의 파생물이 그의 병의 증상인 비자의적 사고를 만들어 내는 것이다.
>
> - S. 프로이트 《늑대 인간, 『쥐 인간』》 中 -

이반의 정신은 유아적 망상(편집증)에 사로잡혀 있다. 유아적 망상은 '자신은 타인과 다르게 특별하고 특혜받은 존재이며 자신은 아무도 대적할 수 없는 강력한 힘을 가진 신과 같은 인물'이라는 것이다.[40] 이반의 이

40) p.230. 병리적 자기애는 다면적인 증상으로 나타난다. 그것은 보호받는 아이로 남으려는 유아적이며 신경증적인 소원을 포함한다; 병리적 자기애의 소원 속에는 자신은 타인들과는 다르게 대가를 치르지 않고서도 사랑을 받고 관심을 받아야 하는 특별하고 특혜받은 사람이라는 확신이 숨어 있고; 자신은 아무도 대적할 수 없는 강력한 힘

러한 비자의적 사고는 어머니로부터 받은 심리적 외상을 방어하기 위해서 형성된 껍질(방어막)이다. 그리스도는 이반의 이러한 성격 구조를 **'화살처럼 깊숙이 꿰뚫어 보고'** 있는 것이다.

이반의 정신병리가 치료되기 위해서는 유아적 망상에 깨어나야 한다. 그리스도가 이반에게 키스를 하는 이유는 그러한 과대망상에서 깨어나라는 뜻이다. 정신분석적으로 표현하면 **'자신의 위대함에 대한 유아적 망상'**을 드러내서 의식이 인식하도록 해야 한다. 하지만 유아적 망상이 깨어지면 그 밑에 은폐된 수치심과 열등감에 드러나게 된다. 이반이 그리스도의 침묵을 두려워하는 이유는 자신의 수치심과 열등감에 직면하는 것을 두려워하기 때문이다. 그래서 이반은 자신의 사상(정신병리)에 머무르며 그리스도와 의사소통하는 것에 대해서 강하게 저항하고 있는 것이다.[41)]

정욕을 길들이기 위해서는 어린 시절 심리적 외상으로 인해서 본래 자아에서 **'분열되어 떨어져 나가 고립된'** 자아를 찾아서 그 자아가 본래 자아에 통합되도록 함으로써 분열된 자아의 정욕이 정신을 지배하지 못하도록 하는 것이다. 도스토옙스키는 카라마조프 삼 형제에 대해서 그들의

을 가진 신(神)과 같은 인물이 될 수 있다는 과대망상이 있으며; (중략) 마지막으로 자신이 항상 기대해왔고 계속 기대하는 것을 주지 않는 부모에 대한 분노 등이 있다.

- W. 마이쓰너 《편집증과 심리치료》 中 -

41) p.157. 물론 분석의 목적은 발달적 자리가 어떤 것이든 간에 억압되거나 통합되지 못한 (고립되고, 떨어져 나가고, 부정된) 과대 자기의 측면을 성격(현실 자아) 안에 통합하는 데 있으며, 자아가 과대 자기의 에너지를 성숙한 자아의 부분을 위해 사용할 수 있게 되는 데 있다. 따라서 치료과정에서 거울 전이가 일어나는 동안에 일차적으로 수행되어야 할 것은 환자가 자신의 위대함에 대한 유아적 환상을 드러내도록 돕는 것이다. 그러나 그러한 환상을 의식에 떠올리고, 과거에 해리시켰던 과대적 추구를 현실 자아가 점차적으로 수용하는 것은 그리고 그 환상에 대해서 치료자와 의사소통하는 것은 강한 저항을 불러일으킬 수 있다.

- H. 코헛 《자기의 분석》 中 -

무의식 속에서 이렇게 성장을 멈춰버린 유아적 자아를 찾아서 성장시키는 방식으로 정욕의 길들이기, 즉 카라마조프적 인간의 구원방식을 제시한다. 구원방식은 리비도가 지배적으로 배분된 정신 기구가 형제마다 다르므로 치료방식도 조금씩 다르다. 이제 카라마조프 삼 형제가 어떻게 구원되지는, 바꿔말해서 그들의 정신병리가 어떻게 치료되는지를 구체적으로 고찰해보자.

첫째 아들 드미트리의 구원

삼 형제 모델에서 첫째 아들은 성애적-히스테리 유형으로 리비도가 신체 이드에 지배적으로 배분된 유형이다. 문자 그대로 자신의 본능적 욕구에 충실한 유형이다. 프로이트는 성애적 유형을 다음과 같이 정의한다.

> p.330. 성애적 유형의 특징은 쉽게 설명할 수 있다. 성애주의자들의 주된 관심, 혹은 그들의 리비도의 대부분은 사랑을 향해 있다. 이들에게는 사랑을 하는 일, 특히 사랑을 받는 일이 가장 중요하다. 그들은 항상 사랑의 상실에 대한 두려움에 지배받으며, 사랑을 주지 않을 수도 있는 남들에게 매우 의존적이다. 가장 순수한 형태만 두고 보더라도 이 유형은 아주 흔하다. 다른 유형과 혼합되기도 하고, 공격성의 전도에 따라 여러 가지 변형된 유형으로 나타나기도 한다. 사회, 문화적인 관점에서 볼 때 이 유형은 이드의 기본적이고 본능적인 욕구를 나타낸다. 이런 욕구에 대해 다른 정신 작용들도 대개 순응을 한다.

- S. 프로이트 《성욕에 관한 세 편의 에세이, 『리비도의 여러 가지 유형』》 中 -

첫째 아들－성애적 유형의 리비도 대부분이 외부 대상으로부터 사랑받는 것에 집중되는 이유는 어머니의 사랑을 너무 빨리 상실하거나 아버지의 거세 위협으로 그 심리적 외상에 리비도가 집중되어 정욕화되었기 때문이다. 어머니 사랑의 조기 상실의 원인은 주로 동생의 출생 때문이다. 동생에게 어머니 사랑을 빼앗긴 경험으로 인해서 이 유형은 사랑받는 데 집착하며 사랑을 잃지나 않을까 항상 두려워한다. 또 아버지의 거세 위협으로 어머니에 대한 욕망이 억압되면 더 강렬하게 어머니의 대체 인물을 갈망하게 된다. 이러한 오이디푸스 환경으로 인해서 첫째 아들은 삼 형제 중에서 성적 욕망이 가장 강하며 질투와 증오심도 가장 강하다. 그래서 첫째 아들에게서는 오이디푸스 콤플렉스도 가장 뚜렷하게 드러난다. 프로이트는 이 유형이 **'매우 흔하다'**라고 말하는데 그 이유는 당연히 첫째 아들이 가장 많기 때문이다. 성애적 유형이 막내이거나 동생과 5세 이상의 나이 차이가 나면 성애적－자기애적 유형이 되고 지나치게 엄격한 아버지 밑에서 자라게 되면 성애적－강박적 유형이 된다.

카라마조프 삼 형제에서 첫째 아들인 드미트리는 성애적 유형에 강박적 특질이 혼합된 **성애적－강박적** 유형으로 두 가지 성격적 특질 중 성애적 특질이 더 강하다. 그 이유는 세 살 때 어머니가 가출했기 때문이다. 이러한 심리적 외상을 방어하기 위해서 드미트리는 자신을 **성애적으로** 자극함으로써 리비도가 신체에 지배적으로 배분되게 된다. 도스토옙스키는 드미트리의 이러한 성격적 특질을 **'현재 있는 그대로의 러시아를 대표하고 있다'**라고 표현한다.

p.222. "그는 지금 우리 앞 피고석에 앉아 있습니다. 우리는 그의 생활과 업적과 행위를 눈앞에 보고 있습니다. 마침내 때가 와서 모든 것이 표면에 드러나고 만 것입니다. 그의 두 동생이 '유럽주의'와 '민족적 근원'을 신봉하고 있는 데 반해 그는 현재 있는 그대로의 러시아를 대표하고 있습니다. 아아, 그러나 러시아 전체를 대표하고 있는 것은 아닙니다. 만일 러시아 전체라면 그야말로 큰일입니다! 그러나 거기서는 그녀, 우리들의 로세유쉬카(러시아의 애칭), 즉 우리의 어머니인 러시아가 느껴집니다. 그녀의 냄새가 나고 그녀의 목소리가 들립니다.

- 도스토옙스키 《카라마조프의 형제》 하 中 -

도스토옙스키가 드미트리와 같은 유형이 러시아를 대표한다고 말하는 이유는 모든 인종과 민족의 기본적인 유형은 첫째 아들 유형이기 때문이다. 그러나 러시아 **전체**를 대표하지 않는 이유는 둘째 아들 유형도 있고 셋째 아들이 유형도 있기 때문이다. 또 도스토옙스키는 드미트리에게서 '어머니의 냄새'가 나고 '어머니의 목소리'가 들린다고 말하는 데 이는 드미트리의 무의식이 어머니의 **육체적 특질**을 내면화했다는 뜻이다. 첫째 아들 유형이 예술가 유형인 이유도 어머니의 육체적 특질을 내면화하기 때문이다. 반면 이반은 '유럽주의'를 신봉하고 알료샤는 '민족적 근원'을 신봉한다는 의미는 두 사람은 어머니의 오성과 직관과 같은 **정신적 특질**을 내면화했다는 뜻이다. 이반의 유럽주의 신봉은 유럽 문명에 대한 이반의 **지적 욕망**을 의미하고 알료샤의 민족적 근원에 대한 신봉은 **어머니 대지와 합일**하려는 소망을 뜻한다.

따라서 드미트리와 같은 유형은 고차원적인 정신분석이 필요할 정도로 그렇게 특이한 유형은 아니다. 하지만 도스토옙스키는 드미트리에게 아주 독특한 성격적 특성을 부여함으로써 인간 본성에 대한 그의 놀라운 정신분석적 통찰력을 보여준다. 프로이트는 이러한 유형을 자신의 한 논문에서 '성적 대상 선택 중 특이한 유형'이라고 규정했는데 이는 첫째 아들-성애적 유형의 성적 대상 선택이 특이하다는 의미가 아니라 어린 시절 어머니와의 특수한 경험으로 인한 성적 대상 선택이 특이해진 경우라고 할 수 있다.

p.210. 만일 우리가 여기에 제시된 유형의 여러 특징들-여자가 결혼이나 약혼을 한 상태도 아니고, 필시 매춘부 같아야 하고, 또 남자가 그녀에게 높은 가치를 부여할 수 있어야 하고, 질투심을 유발하여야 하며, 남자 스스로 순결함을 유지하려고 애써야 하며, 자기가 한 여자를 사랑하는 것은 곧 그녀를 구원하기 위함이라는 생각을 해야 하는 등의 남자에게 부과되는 조건들-을 개관해 본다면, 그 여러 특징들이 어떤 단일한 원인에서부터 도출되었다고 보기에는 무리가 있다. 그러나 이런 유형에 속하는 남성들의 이력에 대해 정신분석적으로 연구해 보면 그 근원이 되는 원인을 찾아내는 것은 어렵지 않다. 이상스럽게 부여된 대상-선택의 조건들과 사랑을 행하는 매우 독특한 행동 양식은 우리가 정상적인 사람들의 사랑에서도 찾을 수 있는 동일한 심리적 근원들을 가진다. 바로 그 심리적 근원들은 유아기 때 고착된 어머니에 대한 애정의 감정에서 비롯된 것이며, 이러한 고착의 결과 가운데 하나를 보여주는 것이기 때문이다.

- S. 프로이트 《성욕에 관한 세 편의 에세이, 『남자들의 대상 선택 중 특이한 한 유형』》 中 -

프로이트는 성적 대상 선택에 있어 특이한 유형의 특징으로서 1) 여자가 결혼이나 약혼을 한 상태가 아니고, 2) 필시 **매춘부** 같아야 하고 3) 남자가 그녀에게 높은 가치를 부여할 수 있어야 하고, 4) 질투심을 유발하여야 하며, 5) 남자 스스로 순결함을 유지하려고 애써야 하며, 6) 자기가 여자를 사랑하는 것은 곧 그녀를 **구원**하기 위함이라는 생각을 해야 하는 등의 조건을 말하고 있는데 이러한 묘사는 놀라울 정도로 드미트리의 심리 상태를 요약하고 있다. 드미트리가 현재 사랑하고 있는 1) 그루센카는 결혼이나 약혼을 한 상태는 아니며, 2) 알료샤를 유혹하는 등 **매춘부** 같은 기질을 가지고 있으며, 3) 드미트리는 약혼녀를 버릴 정도로 그녀에게 높은 가치를 부여하고 있다. 그녀는 드미트리의 아버지와의 결혼도 저울질하고 있어서 4) 드미트리의 질투심을 유발하고 있으며, 드미트리는 그루센카와의 결혼을 위해서 약혼녀에게 빌린 돈을 갚으려 하는 등 5) 자신의 순결함을 유지하려고 애쓰고 있다. 프로이트는 이러한 심리적 근원이 유아기에 고착된 어머니에 대한 애정의 감정에서 비롯되었다고 말하고 있는데 드미트리가 그루센카를 사랑하는 이유는 6) 바로 자신의 어머니를 **'구원'**하기 위해서이다. 특히 여섯 개의 요건 중 가장 중요한 요건은 매춘부와 같은 여자이어야 한다는 것이다. 드미트리가 그루센카와 사랑에 빠진 근본적인 원인도 그녀가 **'고등 매춘부'**로 여겨지고 있기 때문이다.

p.156. 사람들은 카테리나의 경쟁자인 그루센카가 법정에 나타나기를 그에 못지않은 흥분을 가지고 기대하고 있었다. 두 사람의 경쟁자-귀족적인 자만심에 찬 아가씨와 이른바 '고등 매춘부'가 법정에서 대면하는 것을 괴로울 만큼의 호기심을 품고 기다리는 것이었다.

그런데 이 고장 부인네들에게는 그루센카가 카테리나보다 더 잘 알려져 있었다. 이 고장의 부인네들은 '표도르 파블로비치와 그 불행한 아들 미챠를 파멸시킨' 그루센카를 전부터 잘 알고 있었으므로, 거의 모든 사람이 이구동성으로 '별로 미인도 아닌, 더없이 평범한 러시아의 시골 계집애'한테 어떻게 부자(父子)가 다 같이 그토록 반할 수 있었는지 모르겠다며 놀라운 눈으로 보아 왔던 것이다.

- 도스토옙스키 《카라마조프의 형제》 하 中 -

그루센카는 매춘부의 표상을 지닌 여성이다. 일반적으로는 남성은 여성의 순결을 중요시하기 때문에 매춘부와 같은 여성을 경멸하지만, 드미트리는 '귀족적이고 자만심에 찬' 약혼녀 카테리나 이바노브나를 버리고 '별로 미인도 아닌, 더없이 평범한 시골 계집애'와 같은 그룬센카를 사랑한다. 드미트리가 매춘부와 같은 여성을 사랑하는 이유는 어린 시절 심리적 외상으로 형성된 **두 가지 관념**이 반복 재현되었기 때문이다. 하나는 그루센카가 갑자기 **다른 남성**(여기서는 드미트리의 아버지)에게 속할 수 있게 되었기 때문이다.

p.206. (1) 사랑의 첫 번째 전제 조건은 굉장히 구체적으로 설명될 수 있다. 그리고 이 첫 번째 전제 조건 속에서 우리는 이 유형의 다른 특징들도 찾을 수 있다. 이 조건을 우리가 전제 조건의 하나로 부르는 것은 반드시 〈상처입은 제삼자〉가 있어야 한다는 이유 때문이다. 말하자면 이 조건은 문제가 되는 사람이 누구에게도 구속되어 있지 않는 여자-즉, 결혼하지 않은 여자나 결혼을 했지만 구속받지 않은 부인-는 결코 자신의 사랑의 대상으로 선택하지 않는다는 것이다. 대신 남편이나 약혼자로, 혹은 친구로서 소유권을 주장하는 다른 남자가 있는 여성만을 사랑의 대상으로 선택한다는 것이

다. 어떤 경우에 있어서는 이 전제 조건이 그대로 들어맞는 경우가 있다. 따라서 어떤 한 여성이 어느 남성에게도 속하지 않는 한 철저히 무시되고 거부당하는 지경까지 될 수 있지만, 그녀가 다른 남성에 속하게 되는 순간 즉각적으로 열정적 감정의 대상이 되기도 하는 것이다.

- S. 프로이트 《성욕에 관한 세 편의 에세이, 『남자들의 대상 선택 중 특이한 한 유형』》 中 -

드미트리의 무의식은 그루센카와의 관계에서 어린 시절 어머니와의 관계를 압축적으로 반복 재현하고 있다. 어린아이는 어머니의 존재는 언제라도 자신과 결혼할 수 있는 자유로운 상태라고 상상한다. 하지만 아버지의 거세 위협으로 어머니와의 결혼을 포기한다. 따라서 아버지 표상을 지닌 사람이 어머니를 소유할 것 같은 패턴은 질투와 증오심을 불러일으키지 않는다. 하지만 아버지 표상을 지니지 않은 **다른 남성**의 소유가 될 것 같은 패턴을 인식하게 되면 그 패턴은 질투와 증오심을 불러일으킨다. 드미트리가 그루센카를 전부터 알고 있었고 그동안 무시하고 있었지만 **'하필이면 때를 같이하여'** 그루센카를 사랑하게 된 이유도 다른 남성(드미트리의 아버지)이 그녀의 소유권을 주장하기 시작했기 때문이다(여기서 유념해야 할 점은 현재의 드미트리의 아버지는 과거의 아버지 표상을 지닌 사람이 아니라 다른 남성의 표상을 지닌 사람이라는 것이다).

다시 말해서 드미트리의 무의식이 그루센카가 다른 남성의 소유가 될 것 같은 패턴을 인식하는 순간 그의 무의식 속 관념(질투)과 정서(증오심)가 다시 정욕화되면서 그루센카가 즉각적으로 **'열정적 감정의 대상'**이 된 것이다. 드미트리가 자신의 아버지에 대해서 광적인 분노를 느끼고 있었던 **'특별한 원인'**은 3천 루블이라는 돈 때문이 아니라 새로운 삼각관계가 어린 시절 억압되어 있던 아버지에 대한 질투와 증오심을 자극했기 때문이다. 프로이트의 진술을 도스토옙스키의 문학적 묘사로 바꾼다면, '완전히 정상적인 정신기능을 가진' 드미트리의 마음(무의식)은 1) 다른 남성이 그루셴카에 대해서 열정을 느끼고 있다고 인식하는 순간 2) 그의 마음(무의식)이 갑자기 불타올라 3) 걷잡을 수 없는 **'카라마조프식 특유의 정열'**에 사로잡히고 만다.

> p.228. "…. 그분의 말에 의하면, 피고는 완전히 정상적인 정신기능을 가지고 있었고 지금도 가지고 있으며, 다만 짜증 어린 증오감에 사로잡혔을 뿐이라는 겁니다. 문제는 바로 여기에 있습니다. 피고가 언제나 광적인 분격을 느끼고 있었던 이유는 결코 3천 루블이라는 돈 때문이 아닙니다. 거기에는 어떤 특별한 원인이 잠재해서 그의 분노를 자극시켰던 것입니다. 그 원인은 바로 질투였던 것입니다!"
>
> (중략)
>
> "…. 그와 동시에 피고의 아버지인 노인도 그 여자한테 열정을 느끼고 있었습니다-그야말로 놀라운 숙명적인 합치가 아닐 수 없습니다. 왜냐하면 두 사람 다 전부터 이 여자를 보기도 하고 알고도 있었는데 하필이면 때를 같이하여 두 사람의 마음이 갑자기 불타올라 걷잡을 수 없는 카라마조프식 특유의 정열에 사로잡히고 말았으니 말입니다. …"
>
> \- 도스토옙스키 《카라마조프의 형제》 하 中 -

'카라마조프식 특유의 정열에 사로잡혔다'라는 의미는 무의식 속 관념이 활성화됨으로써 드미트리의 의식이 그 관념이 지닌 **정욕의 힘**에 지배당하게 되었다는 뜻이다. 다시 강조하자면 드미트리가 현재의 아버지에 대해서 질투하는 이유는 현재의 아버지는 지금은 **다른 남성의 표상**을 지니고 있기 때문이다. 그루셴카와의 반복 재현된 삼각관계 속에서 과거의 아버지 표상을 지닌 사람은 **삼소노프 노인**이다. 그래서 드미트리는 삼소노프 노인에 대해서는 질투와 증오심을 느끼지 못한다. 즉 반복 재현된 삼각관계 속에서 그루셴카는 어머니이고 삼소노프 노인은 아버지인 것이다.

> p.233. 다행히 여자는 아버지한테 가 있지 않았으므로 그(드미트리)는 자기가 직접 그 여자(그루센카)를 삼소노프의 집으로 데려다 주었습니다. (이상하게도 그는 삼소노프에 대해서만은 질투를 느끼지 않았습니다. 이것은 이 사건 중에서 가장 주의할 만한 심리적 특징입니다!)
>
> \- 도스토옙스키 《카라마조프의 형제》 하 中 -

드미트리의 무의식 속에는 어머니는 위대한 아버지의 **'합법적인 소유'**이므로 질투를 해서는 안 되고 어머니를 **'양보'**해야만 한다는 오이디푸스 콤플렉스가 형성되어 있다. 도스토옙스키가 아버지의 살인 사건과 관련하여 드미트리의 이러한 심리를 **'가장 주의할 만한 심리적 특징'**으로 말하는 이유는 드미트리가 삼소노프 노인에 대해서는 질투를 느끼지 못하고 그 억압된 질투를 실제 아버지인 표도르에게 전이함으로써 아버지를 살해하려고 하기 때문이다. 어린 시절 갑자기 어디선가 처음으로 모습을 드러낸 남동생처럼 낯선 남성이 어머니를 빼앗을 것 같은 삼각관계가 반복되면 아버지와의 삼각관계에서 억압된 질투와 증오심이 재활성화되면서 카라마조프적 인간이 되어버리고 마는 것이다.

p.208. 이상한 것은 이러한 질투의 표적이 되는 사람이 사랑하는 사람의 합법적 소유가 아니라 낯선 사람, 즉 사랑의 대상에게 의혹의 눈길을 보낼 수 있을 정도로 묘한 관계 속에 처음으로 모습을 드러낸 존재라는 것이다. 그런데 여러 사례에서 분명하게 드러나는 것은, 사랑에 빠진 남성이 자기 사랑의 대상이 된 여성을 혼자서만 소유하겠다는 소망을 내보이지 않고 삼각관계의 상황을 즐긴다는 사실이다. 일례를 들면, 부인의 외도로 심한 고통을 당했다는 내 환자 중 한 사람은 부인의 재혼하겠다는 말에 반대하지 않았고, 심지어 부인의 재혼을 위해 자신이 할 수 있는 모든 노력을 다했다고 한다. 그리고 그 후로도 그는 그녀의 새 남편에 대해 어떠한 질투도 보이지 않았다는 것이다. 또 다른 유형의 환자는 그의 첫 번째 애인의 남편을 매우 질투하여 그 여자에게 남편과 관계를 끝내도록 강요하였다. 그러나 그 후 많은 사랑의 행각 속에서는 그는 이러한 유형 속에 속하는 사람처럼 행동했으며, 자기 애인의 법적인 남편은 간섭자로 여기지도 않았다고 한다.

- S. 프로이트 《성욕에 관한 세 편의 에세이, 『남자들의 대상 선택 중 특이한 한 유형』》 中 -

그런데 아버지의 거세 위협이 너무 강하면 어린아이는 거세 위협 자체에 리비도를 집중해서 정욕화하게 되고 그 속에서 성적 쾌락을 얻게 된다. 쉽게 말해서 아버지에게 어머니를 빼앗기는 마조히즘적 환상을 즐기는 것이다. 하지만 드미트리의 경우에는 아버지의 거세 위협이 그 정도로 강하지는 않았기 때문에 **'질투심이 강하게'** 된다. 그래서 만약 그루센카에게 아버지가 아닌 '**다른 사내**가 나타났다면, 그 상대방이 누구든 간에 그는 곧 맹렬한 질투를 일으켜 피투성이로 만들었을 것이다'. 그러나 그루센카의 현재의 합법적인 남편(삼소노프 노인)과 아직 본 적도 없는 과거의 합법적인 남편(첫 번째 애인인 장교)에 대해서만큼은 '**질투와 증오심을 느끼지 않았을 뿐만 아니라** 가벼운 적의마저도 느끼지 않는다'.

p.214. 여기서 한 가지 말해 둘 것은 미챠는 이때 한순간이나마 갈등을 느끼지 않았다는 사실이다. 그토록 질투심이 강한 미챠가 이 새로운 인물, 땅에서라도 솟아난 것처럼 느닷없이 나타난 이 새로운 경쟁자, 이 '장교'에 대해 조금도 질투를 느끼지 않았다고 말한다면, 아마 독자 여러분은 내 말을 곧이들으려 하지 않을 것이다. 만일 그 장교가 아니고 다른 사내가 나타났다면, 그 상대방이 누구든간에 그는 곧 맹렬한 질투를 일으켜 그 무서운 손을 또다시 피투성이로 만들었을는지도 모른다. 그러나 그녀의 이 '첫애인'에 대해서만은 지금 이렇게 마차를 달리고 있는 동안에도 그는 질투의 증오를 느끼지 않았을 뿐만 아니라 가벼운 적의마저도 느끼지 않았다.-물론 아직까지 상대방을 본 적이 없었지만.

'이미 이 문제에 대해선 논의할 여지가 없다. 이것은 그 두 사람의 권리이니까. 이것은 그녀가 5년간이나 잊지 않고 간직해 두었던 첫사랑이 아니냐 말이다. 즉 그녀는 5년 동안 오로지 그 사나이만을 사랑해 온 거다. 그런데 나는 무엇 때문에 이런 데 뛰어들었을까? 이런 경우 나 같은 게 뭐냐 말이다! 도대체 무슨 관계가 있다는 거냐? 양보해라, 미챠 길을 비켜 줘라!

- 도스토옙스키 《카라마조프의 형제》 중 中 -

어린아이에게 아버지는 합법적인 남편이자 어머니의 첫 번째 애인이다. 따라서 아버지와 첫 번째 애인은 어머니에 대해서 합법적인 권리를 가지고 있다. 유아기에는 어머니가 자신의 소유라고 믿었지만 오이디푸스 콤플렉스가 형성된 후에는 어머니를 아버지의 소유로 인정하지 않으면 안 된다. 이제 삼각관계에서 어린아이는 **비합법적 남편**이며 **제삼자**가 된다. 비합법적 남편은 질투해서는 안 되며 소유권을 주장해서도 안 된다. 제삼자는 어머니와 **아무 관계도 없는** 사람이기 때문에 어머니를 **'양보'**해야만 한다. 이러한 심리로부터 인간의 **양보심**(讓步心)이 형성되며 이러한 양보심이 기득권 인정의 기원이라고 할 수 있다.

매춘부와 사랑에 빠지는 두 번째 조건은 어린 시절 어머니에 대해서 '성적으로 이런저런 나쁜 소문이 떠돌았거나' 어머니가 '정절과 신뢰에 의심을 받은' 적이 있어야 한다는 것이다.

> p.207. (2) 두 번째 전제 조건은 그렇게 지속적으로 유지되는 조건은 아니지만 그대도 첫 번째 조건 못지않게 주목해야 할 조건이다. 그리고 첫 번째 전제 조건이 종종 독립적으로 발생하는 것과는 달리 이 전제 조건은 대상-선택의 유형이 구체적인 것이 되기 위해서는 첫 번째 전제 조건과 함께 나타나야 하는 것이기도 하다. 두 번째 전제 조건은, 정숙하고 명성에 흠잡을 데 없는 여성은 자신을 사랑의 대상이라는 위치로까지 끌어올릴 그런 매력을 발휘하지 못하며, 단지 성적으로 이런저런 나쁜 소문이 떠돌거나 정절과 신뢰에 의심이 가는 여성만이 사랑의 대상이 될 수 있다는 것이다. 여기서 후자, 즉 성적 문란함의 요소는 사랑의 희롱에 싫어하는 기색을 내보이지 않는 기혼녀에게 나지막한 목소리로 따라다니는 소문에서부터, 매춘부나 사랑의 기술에 능숙한 여자들의 상대를 가리지 않는 난교(亂交)에 이르기까지 그 실제적 한계 내에서 다양하게 나타날 수 있다. 그리고 우리의 유형에 속한 남성들은 이런 종류의 요소

가 없이는 결코 만족을 느끼지 못한다. 따라서 이 두 번째 전제 조건은 조금 거칠게 표현하면 〈매춘부에 대한 사랑〉이라 할 수 있을 것이다.

- S. 프로이트 《성욕에 관한 세 편의 에세이, 『남자들의 대상 선택 중 특이한 한 유형』》 中 -

드미트리가 그루센카에게 카라마조프적 특유의 열정에 사로잡힌 첫 번째 이유는 그녀를 사랑하는 다른 남성이 나타났기 때문이고 두 번째 이유는 그녀가 매춘부와 같은 여자이기 때문이다. 전자의 조건은 **'어머니는 아버지에게 속한다'**라는 관념을 반복 재현하기 위한 조건이고 후자의 조건은 '**성적으로 문란한** 어머니 관념'을 반복 재현하기 위한 조건이다. 그래서 매춘부와 사랑에 빠지기 위해서는 두 번째 조건은 첫 번째 조건과 같이 나타나야 한다. 누구에게나 어머니는 아버지의 소유라는 관념이 형성되어 있기 때문이다.

p.210. 우리가 이제 보여주어야 할 것은, 우리의 유형이 지니고 있는 특징적 요소-사랑의 조건들과 사랑의 행위-들이 실제로는 어머니와 관련된 심리적 원인에서 비롯된 것이라는 우리의 주장이 그럴듯한 개연성을 가지고 있다는 점이다. 이것은 첫 번째 전제 조건-즉 어디에 구속되지 않는 여성이어서는 안 되고, 또 상처받는 제삼자가 반드시 있어야 한다는-과 관련지어 볼 때 가장 쉽게 보여줄 수 있다. 가족이라는 울타리에서 자라나는 아이에게는 어머니가 아버지에게 속한다는 사실이 어머니가 가지는 본질 중에서 분리할 수 없는 부분이며, 상처받는 제삼자가 다른 누구도 아닌 바로 아버지라는 사실을 아주 분명하게 받아들인다. 사랑하는 사람을 과대

평가하는 특성과 그녀를 독특하고 대치할 수 없는 존재로 간주하는 특성은 아이들의 경험에 비추어 보면 아주 당연한 일로 여겨질 수 있다. 왜냐하면 누구도 한 어머니 이상 소유할 수 없으며, 어머니와의 관계라는 것이 의심할 바 없고 반복할 수 없는 사건에 기초하기 때문이다.

- S. 프로이트 《성욕에 관한 세 편의 에세이, 『남자들의 대상 선택 중 특이한 한 유형』》 中 -

드미트리가 매춘부를 사랑하는 심리 조직을 갖게 된 원인은 그의 어머니 때문이다. 어린아이는 자신의 어머니를 성모 마리아처럼 생각하며 자신은 순결한 임신에 의해서 태어났다고 믿는다.[42] 그렇지 않으면 자신의 존재 자체가 부정되기 때문이다. 이러한 환상으로 인해서 어린아이는 자신의 어머니가 성적으로 문제가 있어도 그럴 리 없다고 현실을 한사코 거부한다. 하지만 어린아이의 무의식이 사랑하는 어머니는 실제로는 성적으로 문제가 있는 어머니이기 때문에 어른이 되어서 성적으로 문제가 있는 여성과 사랑에 빠지게 된다. 그래서 카체리나처럼 '정숙하고 명성에 흠잡을 데 없는' 여성은 사랑의 대상으로서 매력을 발휘하지 못한다. 드미트리가 '정절과 신뢰에 의심이 가는' 그룬센카와 사랑에 빠진 이유는 바로 '성적으로 문란했던 어머니'와 관계를 반복 재현하려는 갈망 때문이다.

42) p.250. (각주) 아이는 엄마에게서 성모 마리아의 이미지를 본다. 아이는 자신이 순결한 임신에 의해서 태어났다고 믿는다. (중략) 남자아이는 이후 다른 여자들을 만났을 때 곧 그녀들이 불완전하다거나 성에 차지 않는다고 비난한다. (중략) 반면 엄마와 닮은 여자는 아이에게 있어서 엄마의 모든 특징을 겸비한 모성상으로 고양된다. (중략) 아이는 여자를 엄마로 생각하기 전까지는 만족할 수 없다.

- B. 핑크 《라캉과 정신의학》 中 -

p.212. 반면 사랑에 대한 두 번째 전제 조건 - 선택 대상이 매춘부와 같아야만 한다는 조건 - 은 어머니 콤플렉스에서 파생되어 나온 것은 결코 아닌 것처럼 보인다. 성인의 의식적 사고는 그의 어머니를 말할 나위 없이 도덕적으로 순결한 사람으로 간주하려고 한다.

(중략)

따라서 연구를 하다 보면 우리는 소년의 삶에서 어느 한 시점, 즉 소년이 처음으로 어른들의 성 관계에 대해 어느 정도 제대로 알게 될 때인 사춘기 이전의 시기까지 되돌아갈 수 있는 것이다. 아이에게 공공연한 경멸과 반항을 일으켰던 여러 정보들이 그때쯤이면 아이에게 성생활의 비밀을 알게 해 주고, 동시에 성인들의 권위라는 게 그들의 성적 활동과 어울리지 않는 것으로 비쳐지기 때문에 자연히 무너지게 된다. 이제 막 어른들의 비밀을 알기 시작한 아이에게 심각한 영향을 미치는 그런 발견들은 곧 자신의 부모에게도 그대로 적용된다. 그러나 자기 부모에게의 적용이 그대로 받아들여지는 것은 아니다. 아마 아이는 다음과 같은 말로 자기 부모에게 적용하기를 한사코 거부할 것이기 때문이다. 〈그래, 너희 부모와 다른 사람들은 서로 그렇게 할지 모르지만 우리 부모들은 절대 그럴 리 없어.〉

이러한 〈성적인 깨우침〉에 뒤따르는 필연적인 귀결로 소년은 생계의 수단으로 성행위를 하고 사람들에게 경멸의 손가락질을 당하는 여성들이 존재함을 알게 된다. 물론 소년 자신은 그러한 경멸의 느낌을 전혀 갖지 않는다.

- S. 프로이트 《남자들의 대상 선택 중 특이한 한 유형》 中 -

드미트리의 어머니는 아버지 표도르와 결혼을 하고 드미트리를 낳지만, 드미트리가 세 살 때 가난뱅이 신학교 출신 교사와 가출을 해 버린다. 이러한 사건으로 인해서 드미트리는 어린 시절 자신의 어머니에 대해서 성적으로 이런저런 나쁜 소문을 들으면서 성장했을 것이다. 그러나 어린 아이는 자신의 어머니를 '말할 나위 없이 도덕적으로 순결한 사람'으로 간주하려고 하므로 그의 무의식 속에는 이러한 나쁜 소문을 가진 여성을 **'구원'**하겠다는 무의식적 소망을 가지게 된다. 그러한 소망은 성인이 되었을 때 성적으로 문제가 있는 여성(특히 매춘부)과 사랑에 빠지게 되는 심리적 조건이 된다.

또 드미트리의 경우에는 어머니가 자신을 버렸다는 심리적 외상으로 인해서 그의 무의식 속에는 '상냥하고 진실한' 어머니를 찾으려는 갈망도 있다. 하지만 심리적 외상에 결부된 공격성으로 인해서 이러한 무의식적 갈망이 외부로 표출될 때는 '거칠고 잔인한' 행동으로 나타난다.[43] 드미트리가 '정열적이고 잔인하게' 행동하는 이유도 **자신의 공격성을 버텨줄 수 있는 안정된 어머니**를 찾고 있기 때문이다. 인간이 '폭력적이고 악(惡)한' 이유는 역설적으로 '회개하여 훌륭하고 고상한' 인간으로 다시 태어나고자 하는 무의식적 갈망의 표현이라고 할 수 있다.

p.293. 그렇습니다. 이러한 마음을-아아, 너무나 오해받기 쉬운

43) p.77. 반사회적 경향성에는 두 가지의 특성이 있는데, 그 하나는 훔치기로 나타나고, 다른 하나는 파괴 행동으로 나타난다. (중략) 파괴 행동은 아동 자신의 충동적 행동을 버텨줄 수 있는 안정된 환경을 찾고 있는 것이다. 즉 그는 잃어버린 환경을, 다시 말해서 아동이 신뢰할 수 있기 때문에 마음껏 움직이고 행동하고 흥분할 수 있게 허용해주는 인간다운 태도를 찾고 있는 것이다.

특히 아동의 이 파괴 행동은 사회 전체의 반동을 자극한다. 아동은 이때 엄마의 팔과 신체에서 시작해서 무한히 넓어질 수 있는 경계, 즉 그를 담아줄 수 있는 울타리를 찾고 있는 것이다.

- D. 위니캇 《박탈과 비행》 中 -

이러한 마음을 나는 끝까지 변호하렵니다-이러한 마음은 매우 자주 상냥한 것, 아름다운 것, 진실한 것을 갈망하게 됩니다. 이를테면 자기의 거칠고 잔인한 성질의 대조로서 그런 마음은 무의식적으로 그런 것을 갈망합니다. 그저 굶주린 듯이 갈망할 뿐입니다. 정열적이면서도 잔인해 보이는 그들은 일단 무엇이든, 이를테면 여자를 사랑하게 되면 곧 미칠 듯이 그 여자에게 열중해 버리고 말지만, 그러나 그 사랑은 어디까지나 정신적인 고상한 사랑입니다. 제발 웃지 말아 주십시오. 이것은 그런 성질의 사람에게는 흔히 있을 수 있는 일입니다. 그런 인간들은 도저히 그 정열을, 때로는 매우 난폭한 그 정열을 숨길 수가 없는 겁니다. 이것이 사람들에게 충격을 주기 때문에 사람들은 그 점만을 보고 그 인간은 보지 않는 것입니다. 그들의 정열은 곧 타 버리고 말지만, 난폭하고 잔인해 보이는 그들은 고상하고 아름다운 여성 옆에서 자기 갱생의 길을 찾습니다. 회개하여 훌륭한 인간이 되고 고상하고 성실한 인간이 될 가능성을 찾는 것입니다. 무어라고 조소하신대도 상관없습니다. 어쨌든 '고상하고 훌륭한 것'이 되려고 하는 것입니다!

- 도스토옙스키 《카라마조프의 형제》 하 中 -

드미트리가 그루센카에게 '미칠 듯이 열중하게' 된 이유는 무의식이 자아의 취약성을 보완하려고 하기 때문이다. 자아가 강하게 형성되지 못한 이유는 3세 때 어머니가 가출함으로써 자아의 리비도가 분산되었기 때문이다. 도스토옙스키가 드미트리의 사랑을 **'어디까지나 정신적인 고상한 사랑'**이라고 표현하는 이유도 그루센카와의 사랑이 육체적 사랑처럼 보이지만 그 본질은 **정신적 문제**이기 때문이다. 다시 말해서 정신적 문제가 육체적 애착으로 발현된 것이다. 어떤 대상에 대한 과도한 애정이나 집착을 광신이나 미쳤다고 표현하는 이유도 그러한 애착이나 집착이 주체의 정신구조의 취약성을 방증하고 있기 때문이다. 그래서 무의식은 자신의 취약한 자아 조직을 외부 대상으로 보완하려고 한다. 예를 들어 첫째 아들-성애적 유형은 '성적 대상과의 관계에 집착함으로써', 둘째 아들 유형인-강박적 유형은 '종교에 헌신함으로써', 셋째 아들-자기애적 유형은 '정치 권력을 얻는데 열성적으로 참여함으로써' 자신의 정신구조의 취약성을 보완하려고 한다. 이러한 상징 행위들이 문제가 되는 이유는 자신의 모든 내적 문제를 투사를 통해서 외부 대상에 있는 것처럼 인식함으로써 외부 대상으로부터 안정감을 얻으려 하기 때문이다.[44)]

드미트리의 정신병리는 어머니 표상을 지닌 그루센카에 대한 집착으로 발현된다. 드미트리의 정신병리가 치료하기 위해서는 드미트리의 무의식을 심리적 외상이 발생한 시점으로 회귀시켜서 성장을 멈춰버린 어린아이를 찾아서 다시 성장시켜야 한다. 무의식이 심리적 외상이 발생한 시점으로 회귀하기 위해서는 어머니 표상을 지닌 대상과 전이 관계가 형성되어야 한다. 드미트리의 무의식은 그루센카와의 전이 관계 속에서 어머니 사랑을 박탈당한 시점으로 회귀한다. 도스토옙스키는 '때와 장소에 너무나도 어울리지 않는' 드미트리의 꿈을 통해 드미트리가 어떻게 자신의 분열된 자아를 찾아서 다시 성장시키는지를 보여준다.

---

44) p.468. 결과적으로 내사물의 내적 조직과 응집성, 그리고 그것과 관련된 자기 조직이 취약할수록 자기 조직은 외부로부터 오는 안정감을 더욱 절박하게 필요로 하게 된다.
이러한 외부적 원천은 다양한 형태를 띨 수 있다. 그것은 다양한 유형의 집단에 가입하는 것, 종교에 헌신하는 것, 정치에 열성적으로 참여하는 것, 혹은 개인적으로 자기 유지를 위한 관계에 집착하는 것을 포함한다. (중략) 자기의 내적 취약성을 위하여 외부의 지지를 필요로 하는 이러한 경우에 문제가 되는 것은 그러한 개인이 단순히 외부적 자원에 의존한다는 것만이 아니라, 그보다도 모든 것을 왜재화시키는 정신 조직이 있어서 투사를 통해서 자기의 내적 욕구와 관계를 맺는다는 사실에 있다.
- W. 마이쓰너 《편집증과 심리치료》 中 -

p.370. 그는 이상한 꿈을 꾸었다. 그것은 때와 장소에 너무나도 어울리지 않는 꿈이었다.

(중략)

그중에서도 특히 가장자리에 서 있는 한 여자는 키가 크고 뼈가 앙상한 40 안팎의 아낙네였는데, 겉보기엔 스무 살 정도로밖에 보이지 않았다. 그녀의 갸름한 얼굴은 여윌 대로 여위었고, 그 팔에 안긴 갓난애는 울고 있었다. 유방은 이미 말라 버려서 젖이라곤 한 방울도 나오지 않는 것 같다. 갓난애는 추위에 얼어 자줏빛이 된 앙상한 조그만 주먹을 뻗치며 목청을 다해 울부짖고 있었다.

"왜 저렇게 울고 있지? 왜 저렇게 울고 있어?" 그들 옆을 쏜살같이 지나가며 미챠는 이렇게 물었다.

"아귀(餓鬼)예요." 마부는 대답했다. "아귀가 우는 겁니다."

마부가 어린애라고 하지 않고 농군들이 쓰는 표현대로 '아귀'라고 한 것이 마챠의 마음을 찔렀다. 그리고 마부가 '아귀'라는 표현을 썼기 때문에 한층 더 애처롭게 느껴져서 더욱 그 말이 마음에 들었던 것이다.

"그런데 왜 아귀는 울고 있지?" 미챠는 바보처럼 꼬치꼬치 캐물었다.

"왜 저 손을 저렇게 드러내 놓고 있지? 왜 옷으로 감싸 주지 않는 거야?"

"아귀는 꽁꽁 얼었어요. 옷도 얼어서 녹여 줄 수가 없답니다."

"아니 왜 그렇게 되었을까? 왜 그렇게 됐지? 어리석게도 미챠는 질문을 그치지 않는다.

"집이 불타 버린 가난한 사람들이라 먹을 것이 있어야죠. 그래서 집을 다시 짓겠다고 구걸하고 있는 겁니다."

"아니야! 아니야," 미챠는 여전히 납득이 가지 않는다는 표정이었다.

"왜 집을 불태운 어머니들이 저렇게 서 있지? 왜 인간은 가난하지? 왜 아귀는 불쌍해? (중략) 왜 아귀에게 젖을 먹이지 않는 거야?"

미챠는 비록 이치에 맞지 않는 어리석은 질문을 하고 있었지만 그는 반드시 이것을 묻고 싶었고 또 반드시 물을 필요가 있었다는 것을 마음속으로 절감하고 있었다. 그는 지금까지 한 번도 경험한 적이 없는 감격이 가슴속에 북받쳐 오르는 것을 느끼며 울고 싶은 심정이 되었다. 이제부턴 아귀가 더 이상 울지 않도록, 거무죽죽하게 시들어빠진 아귀의 어머니가 울지 않도록 해주고 싶었다. 그리고 지금 이 순간부터는 어느 누구의 눈에서도 눈물이 흐르지 않도록 해주고 싶었다. 어떤 장애가 있더라도 카라마조프의 결단을 가지고 지금 당장이라도 이 모든 것을 해주고 싶었다.

"나는 당신 곁에 붙어 있겠어요. 이젠 다신 당신을 버리지 않겠어요. 한평생 당신을 따라가겠어요." 그루센카의 애정 어린 정다운 목소리가 그의 귓전에서 울려 퍼졌다.

- 도스토옙스키 《카라마조프의 형제》 중 中 -

드미트리의 꿈에서 '겉보기엔 **스무 살 정도로 보이는** 키가 크고 뼈가 앙상한 **40대 안팎의 아낙네**'는 드미트리의 **어머니**를 상징한다. 드미트리의 어머니 표상이 이렇게 보이는 이유는 어린 시절의 어머니 표상(스무 살)과 현재 추정되는 어머니 표상(40대 안팎)이 뒤섞여 있기 때문이다. 그녀의 팔에 안긴 갓난애는 드미트리 자신을 상징한다. 어머니의 '말라버린 유방'과 갓난애의 '목청을 다한 울부짖음'은 드미트리의 무의식 속에 저장된 어머니 사랑의 결핍과 그로 인한 어머니 사랑에 대한 갈망을 상징하다. 드미트리는 자신을 **'아귀'**라고 표현하는데 아귀는 어머니 사랑에 굶주리고 그래서 어머니 사랑을 탐욕스럽게 갈망하는 드미트리의 자기 표상이다. 아귀라는 표현이 드미트리의 **'마음에 든'** 이유도 아귀가 지닌 언어적 의미가 드미트리의 자기 표상에 부합하기 때문이다.

도스토옙스키가 드미트리의 꿈을 '**때와 장소**에 너무나도 어울리지 않는' 꿈이라고 말하는 이유는 **현재** 상황이 무의식 속 **과거의** 기억과 느낌의 흔적을 일깨웠기 때문이다. 그 기억과 느낌은 드미트리의 무의식이 **'바보처럼 꼬치꼬치 캐묻고 싶은'** 다음 질문으로 환원할 수 있다. 자신은 왜 어머니의 젖(사랑)을 충분히 먹지 못하고 굶주렸던 것일까? 어머니는 왜 자신을 옷으로 감싸주지 않고 꽁꽁 얼게 놔두었을까? 이러한 질문들은 **과거를 기억하지 못하는** 드미트리의 의식에게는 '이치에 맞지 않는 어리석은 질문'이지만 **과거를 기억하고 있는** 드미트리의 무의식(마음속)은 '반드시 묻고 싶었고 또 반드시 물을 필요가 있었다는 것을 절감하고 있었던 질문'이었다. 드미트리의 무의식이 이런 질문을 하는 이유는 드미트리의 의식이 자신이 왜 애처롭고 불쌍한 어린 시절을 보내야만 했는지에 대한 **그 이유**를 알아야만 어린 시절의 심리적 외상을 수용함으로써 정신병리를 치료할 수 있기 때문이다.

드미트리의 꿈은 드미트리의 무의식이 어머니를 온 마음으로 사랑했던 유아기로 회귀했음을 보여준다. 이것이 가능했던 이유는 드미트리가 어머니 표상을 지닌 그루센카를 온 마음으로 사랑하게 됨으로써 전이 관계가 형성되었기 때문이다. 전이 관계 속에서 드미트리의 무의식은 어머니 사랑의 상실로 인해서 정신적 성장이 멈춰버린 과거의 고착점으로 퇴행한다. 그리고 자신이 왜 그토록 불우한 어린 시절을 보낼 수밖에 없었는지에 대한 이유를 '바보처럼 꼬치꼬치' 캐묻는다. 하지만 어떤 대답에도 그의 의식은 '여전히 납득이 가지 않는다'. 그러한 대답으로 자신의 심리적 외상을 용서하기에는 심리적 외상이 너무 컸기 때문이다. 그때 어머니 표상을 지닌 그루센카가 **'다신 드미트리를 버리지 않겠다'**라고 말함으로써 드미트리의 무의식은 자신의 심리적 외상을 용서하고 정신병리를 치료할 수 있게 된다. 무의식적 차원에서 어머니와의 옛날의 좋은 관계가 회복됨으로써 어린 시절 심리적 외상으로 생긴 정신구조 속의 결함(틈)이 극복된 것이다. 그러자 드미트리의 **'내부에 갇혀 있던'** 고립된 자아는 다시 성장하게 되고 동시에 드미트리의 난폭하고 잔인한 성격적 특질도 사라지게 된다.[45] 정신병리가 치료됨으로써 카라마조프적 인간에서 **'새로운 인간'**으로 거듭나게 된 것이다.

p.51. 알료샤, 난 지난 두 달 동안에 내 내부에서 새로운 인간을 느끼게 되었어. 내 내부에서 새로운 인간이 소생한 거야! 그 인간은 지금까지 내 내부에 갇혀 있었는데, 만일 이번의 타격만 없었더라도 밖에 나타나지 않았을지도 모르지. 무서운 일이야! 나는 광산으로 유배되어 10년 동안 곡괭이를 휘두르며 광석을 캐낸다 해도 그런 건 조금도 무섭지 않아. 지금 내가 무서워하는 것은 다른 거야. 새로 소생한 그 인간이 어디론가 가 버릴까 봐 그게 무서운 거야! 나는 거기서도, 광산의 동굴에서도 나와 같은 죄수나 살인범 속에

---

45) p.149. 정신과 의사에게 있어서 악한 사람이란 병든 사람이다. 악함은 반사회적인 경향성이 드러내는 임상적인 모습에 속한다. 그것은 오줌싸기에서부터 훔치기와 거짓말하기 그리고 공격적 행동, 파괴적 행동과 강박적인 잔혹함 그리고 성도착증을 포함한다. (중략)

종종 이런 아동이 이차적인 습득을 발달시키기 전에 그 아동을 치료한다면, 우리는 그 아동이 그의 정신 안에 발생한 틈을 건너 되돌아가도록 도울 수 있으며, 따라서 훔치기 대신에 어머니 또는 부모와 옛날의 좋은 관계를 회복할 수 있도록 도울 수 있다. 그 틈이 극복되면 악함은 그에게서 사라진다.

- D. 위니캇 《성숙과정과 촉진적 환경》 中 -

서 인간다운 마음을 발견하여 그들과 합류할 수 있을 거야. 왜냐하면 거기서도 생활하고 사랑하고 괴로워할 수 있을 테니까! (중략)

우리는 모두 그들을 위하여 책임을 지지 않으면 안 돼! 나는 왜 그때 그 순간에 '아귀'의 꿈을 꾸었을까? "왜 아귀는 저렇게 불쌍하지?" 하는 물음은 그 순간 내게는 하나의 예언이었던 거야! 나는 그 '아귀'를 위해 가는 거야. 왜냐하면 우린 모든 사람, 모든 '아귀'에 대해 책임이 있기 때문이지. (중략) 난 모든 사람을 위해 가는 가야.

- 도스토옙스키 《카라마조프의 형제》 하 中 -

드미트리의 내부에서 소생한 '새로운 인간'은 분열된 자아(거짓 자아)가 아닌 본래 자아(참 자아)를 말한다. 예전에는 드미트리의 정신 에너지가 육신의 정욕을 성취하는 데 집중되어 있었다면 이제는 자신의 본질(하나님)을 위해서 사용할 수 있게 된 것이다. 이 의미는 드미트리의 무의식이 어머니 신을 구하는 마음(불멸의 신앙)을 회복하였음을 의미하며 이는 드미트리의 무의식이 자신을 진정으로 사랑할 수 있게 되었고 이 세상도 진정으로 허용할 수 있게 되었음을 의미한다. 드미트리가 '왜 아귀는 저렇게 불쌍하지?'라는 물음을 **'하나의 계시(예언)'**라고 말하는 이유는 자신의 정신적 상태가 **'아귀'**였다는 것을 이제는 알았기 때문이다. 베드로의 사례에 비유하면 베드로가 자신의 복종 관념을 알게 됨으로써 더는 미풍양속에 복종하지 않게 된 것처럼 이제 드미트리는 자신이 아귀라는 것을 알게 됨으로써 더는 아귀처럼 살 필요가 없어진 것이다. 예전에는 그는 자신을 몰랐기 때문에 아귀처럼 어머니 표상을 지닌 그루센카에게 집착했지만, 이제 자신을 알게 되었기 때문에 그룬센카에게 집착하게 않게 되고 자신의 운명을 받아들 수 있게 된 것이다.

이렇게 자신의 심리적 외상이 **'의식화되고 받아들여지고 용서되면'** 비로소 자아는 하나로 통합되어 껍질(방어 조직)을 유지할 필요가 사라지며 **'연민(자비)의 힘'**이 자동으로 속박에서 풀려나게 된다(이반이 경우에는 수치심이 가로막고 있다).[46] 드미트리가 모든 '아귀'에 대해서 더 나아가 모든 사람에 대해서 책임을 느끼는 이유는 지금까지 아귀처럼 자신의 정욕을 만족시키기 위해서만 살았다는 것을 알게 되었기 때문이다. 도스토옙스키는 이렇게 모든 인간이 자신의 호색(방탕)과 탐욕과 광신(허영과 자만)을 극복하고 새로운 인간으로 **'계몽'**됨으로써 **'연민(자비)'**을 행할 수 있을 때 **'인류의 진정한 결합으로 전진할 수 있다'**라고 말한다.

> p.62. "… 그리고 결국에 가서 인간은 오늘날처럼 잔인한 쾌락－탐욕, 방탕, 허영, 자만 그리고 시기에 찬 상호 간의 경쟁에서가 아니라 계몽과 자비의 행위에서만 기쁨을 발견하게 될 것이다. 이것은 과연 공상에 지나지 않을까? 이것은 공상이 아니며, 그때가 눈앞에 다가와 있음을 나는 확신한다. (중략) 나는 우리를 비웃는 사람들에게 묻고 싶다. "만일 우리들의 희망이 공상이라면 당신들이 그리스도의 힘을 빌지 않고 당신들의 머리만 가지고 언제 집을 짓고 언제 공평한 사회를 이룩할 수 있겠는가?"라고. 만약에 그들이 자기들이야말로 인류의 결합을 위해서 전진하고 있다고 주장한다 하더라

46) p.46. 어머니가 없다고 느끼면 두려워졌는데, 이 두려움의 공포가 그의 정신을 너무 위협했기 때문에 대신 자신을 문제로 만들어서 자기가 부족하고 모자란다는 감정으로 뒤바꾸었다. 그가 성인이 되고 얼마 지나지 않아, 그의 어머니가 뇌졸중으로 마비가 되어 자리에 눕게 되었다. (중략) 무의식적으로 거부해 온 그런 양상들이 되돌아왔을 때, 그래서 그것들이 의식화되고 받아들여지고 관용하게 되고 통합될 때, 비로소 자기는 하나가 되고 자의식의 껍질을 유지할 필요가 사라지며 자비의 힘이 자동으로 속박에서 풀려난다. 내 환자가 최종적으로 어머니의 정서적 부재에 대한 자신의 공포를 알 수 있게 되었을 때, 그는 어머니가 처한 정서적 곤경에 대해 공감을 느끼기 시작했다. 전에는 그의 수치심이 그것을 사전에 가로막았던 것이다.

- M. 엡스타인 《붓다의 심리학》 中 -

도 그것을 진실로 믿는 사람들은 그들 가운데 제일 단순한 사람들 뿐일 것이다. (중략) 사실 터무니없는 공상적 경향은 우리들보다 그들에게 더 많다. 그들은 공평한 사회를 이룩하려고 생각하지만, 그리스도를 거부했기 때문에 결국 이 세상을 피로 물들일 것이다.

왜냐하면 피는 피를 부르고, 칼을 뽑아 든 자는 칼로 죽기 때문이다. 그래서 만일 그리스도의 서약이 없었다면 사람들은 이 지상에 마지막 두 사람이 남을 때까지 서로 싸울 것이다. 그리고 이 마지막 두 사람조차 그들의 자만심을 억제하지 못하고 그중 한 사람이 상대방을 죽이고 자기 자신도 파멸하고야 말 것이다. …"

- 도스토옙스키 《카라마조프의 형제》 중 中 -

둘째 아들 이반의 구원

삼 형제 모델에서 둘째 아들은 강박적-강박신경증 유형으로 리비도가 초자아에 지배적으로 배분된 유형이다. 프로이트는 강박적 유형을 다음과 같이 정의한다.

p.330. 두 번째 유형은 강박적 유형이라고 이름 붙인 것이다. 얼핏 보기에 이 이름은 이상해 보일 수도 있다. 이 유형은 엄청난 긴장하에서 자아와 분리되는, 초자아의 힘이 두드러지게 부각되는 유형이다. 이런 유형의 사람들은 사랑의 상실에 대한 두려움보다는 양심에 대한 두려움에 지배받는다. 말하자면 이들은 외향적인 의존도보다는 내향적인 의존도를 더 중시한다. 이들은 상당한 자립성을 보이기도 한다. 사회적인 관점으로 볼 때 이들은 진정한 의미의 가

장 두드러진 보수주의자들이다.

- S. 프로이트 《성욕에 관한 세 편의 에세이, 『리비도의 여러 가지 유형』》 中 -

둘째 아들-강박적 유형의 성격 구조를 좀 더 잘 이해하기 위해서 정신 기구들의 분화 과정에 대해서 좀 더 깊게 고찰해 볼 필요가 있다. 정신 이드는 리비도의 저장소로 리비도는 주체가 불멸과 결합을 추구하도록 추동한다. 이러한 내적 본질의 추동으로 유아의 무의식 속에는 전능 관념이 형성되고 전능 관념은 **자아**의 주된 요소가 된다. 불멸하기 위해서는 하나님처럼 모든 것을 창조할 수 있어야 하고 제우스 신처럼 모든 것으로 변신할 수 있어야 하기 때문이다. 유아가 성장함에 따라 유아는 자신과 어머니를 구별할 수 있게 되고 리비도는 **자아**(전능 관념)와 **어머니**(이상화 대상)에게 분산되어 집중된다. 이 시점에서 어머니와 분리되는 것과 같은 심리적 외상을 경험하게 되면 리비도가 자아에 지배적으로 배분되지 않고 어머니를 이상화(숭배)하는데 지배적으로 배분되거나 아버지의 거세 위협이 강하면 아버지를 이상화(복종)하는 데 지배적으로 배분된다. 따라서 어머니와의 분리가 늦게 일어날수록 리비도는 자아(전능 관념)에 집중됨으로써 자아의 응집성은 강해진다.

그런데 둘째 아들의 경우처럼 이중의 거세 위협과 동생의 출생으로 어머니 사랑을 일찍 박탈당하게 되면 자아에서 **강력한** 초자아가 분화됨으로써 강박적 유형이 된다. 이런 유형의 사람은 자아가 매우 허약하고 초자아는 매우 강하므로 자아가 초자아(죄책감)의 지배를 받게 된다. 이러한 정신구조를 지닌 주체는 자신의 정신구조를 외부에 투사해서 초월적 존재에 의존하고 그 존재의 지배를 받게 된다. 도스토옙스키 작품에서 강박적 유형의 대표적인 인물은 《악령》의 키릴로프라고 할 수 있다.

p.261. "스타브로긴도 역시 사상에 먹혀버렸어."

키릴로프는 침울하게 방안을 걸어다녔다. 상대방의 말을 눈치채지 못하고서, 이렇게 지껄였다.

"어떻게?" 하고 표트르 스테파노비치는 귀를 기울였다. "어떤 사상에? 그 사람이 자네한테 뭐라고 했어?"

"아니야, 내가 추측한 거야. 스타브로긴은 가령 신앙을 갖고 있더라도, 자기가 신앙을 갖고 있다는 사실을 믿지 않을 거야. 또 반대로 신앙을 갖고 있지 않아도, 그 신앙을 갖고 있지 않다는 사실을 믿지 않는 사람이다."

"흠, 스타브로긴에게는 그것보다 현명한 다른 점도 있다네……."

불안하게 대화의 방향과 키릴로프의 창백한 얼굴을 주시하면서, 표트르 스테파노비치는 시비조로 이렇게 중얼거렸다.

'뒈질 놈, 여간해서 자살하려 들지 않는군' 하고 그는 속으로 생각했다. '전부터 짐작하고 있었어. 말하자만, 두뇌의 산물(産物)이지, 그거뿐이야. 젠장 아무 쓸모도 없는 녀석들!'

(중략)

"어쩐지 자네는 나를 앞에 두고 자살을 자만하는 것 같군?

"나는 모두가 살아남아 있는 게 늘 놀랍게 여겨져."

"흠, 그것도 일종의 관념이지. 그러나……."

(중략)

'흥, 어지간한 데까지 도달했군' 하고 표트르 스테파노비치는 독살스럽게 중얼댔다. "나는 나의 무신앙(無信仰)을 선언해야 할 의무가 있어" 하고 키릴로프는 방안을 돌아다녔다. "나에겐 '신이 없다'는 것보다 더 고원한 사상은 없다.……." (중략)

"보게나, 나의 눈으로 보면, 자네는 어쩐지 수사(修士)보다 믿음이 더 열심인 것 같군"

(중략)

'…… 무엇보다도 야비한 일은 저 녀석이 수사 이상으로 신(神)을 믿고 있다는 사실이다……'

- 도스토옙스키 《악령》 하 中 -

강박적 유형이 자신의 정신구조를 외부에 투사하면 세상에는 자신을 초월한 존재가 있다고 믿는 **'미신적 경향'**으로 나타난다. 초월적 존재는 종교의 신뿐만 아니라 초월적 관념이나 사상도 포함된다. 물론 성애적 유형도 자아가 약하므로 미신적 경향을 지니고 있지만, 강박적 유형의 미신적 경향이 가장 명백하게 드러난다. 강박적 유형은 이러한 초월적 대상에 의존하지 않고는 살아갈 수 없다. 이러한 믿음은 맹목적이므로 그 믿음에는 논리성이나 합리성이 없다. 그래서 뛰어난 판단력을 지닌 과학자인데도 불구하고 강박적 특질이 강하게 되면 신의 존재를 믿게 된다.

p.144. 강박신경증 환자들은 대다수가 뛰어난 판단력의 소유자들인데도 불구하고 이 같은 미신적 경향을 보인다.

관념의 만능성은 강박신경증 환자의 경우에서 가장 명백하게 드러나는데 그것은 이런 식의 원시적 사고방식의 결과가 의식에 가장 가까이 접근해 있기 때문이다. 하지만 우리는 이것이 강박신경증의 가장 두드러진 특징이라고 오해해서는 안 된다. 그 까닭은, 분석적 연구에 따르면 다른 신경증에서도 같은 것이 발견되기 때문이다.

- S. 프로이트 《종교의 기원, 『토템과 터부』》 中 -

키릴로프가 강박적 유형인 이유는 어떤 전능한 관념(관념의 만능성)에 의존해서 살아가려고 하기 때문이다. 스테파노비치가 '나에겐 신은 없다'라는 관념을 가진 키릴로프가 '신을 수도사 이상으로 믿고 있다'라고 말하는 이유는 이러한 관념 체계는 객관적 증거의 기반 위에 세워진 것이 아니라 허약한 자아를 불안으로부터 보호하고 그 관념 체계에 집착함으로써 쾌락을 느끼고자 하는 내적 욕구의 기반 위에 세워진 것이기 때문이다.[47] 스테파노비치가 키릴로프의 사상을 **'두뇌의 산물'**이며 **'일종의 관념'**으로 치부하고 키릴로프를 '**아무 쓸모도 없는** 녀석'이라고 말하는 이유도 키릴로프의 정신이 그러한 '**아무 쓸모도 없는** 관념'에 지배되고 있기 때문이다.

키릴로프의 어린 시절에 대한 정보가 없지만, 키릴로프의 관념적 표상(사상)을 통해 그의 성격 구조의 형성과정을 다음과 같이 추측해 볼 수 있다. 우선 동생의 출생으로 인한 어머니와의 분리(모성적 돌봄의 불가피한 결함)로 인해 생겨나는 심리적 외상(자기애적 균형의 파괴)의 결과는 두 가지 방향으로 전개된다.[48] 하나는 어머니와의 분리가 **일찍** 일어난 경우로서 이때에는 전능 관념(자기애적 완전함)에 집중되어야 할 리비도가 '이상화된 어머니 표상'에 집중됨으로써 자아 이상(어머니 신)이 형성

47) p.317. 신념 체계는 증거의 기반 위에 세워지는 것이 아니라 만족을 제공하는 내적 욕구의 기반 위에 세워지는 것이다. 종교적 신념 체계는 삶의 의미와 죽음에 직면한 인간의 불안을 포함하여, 인간의 가장 기본적이고 근본적인 욕구와 불안에 대해 응답한다.

- W. 마이쓰너 《편집증과 심리치료》 中 -

48) p.233. 코헛(1971)의 틀에 따르면, 모성적 돌봄의 불가피한 결함으로 인해 생겨나는 본래적 자기애적 균형의 파괴는 본래적 자기애를 과대적이고 과시적인 자기 이미지(과대적 자기)로 대체하거나, 혹은 자기애적 완전함의 요소를 전능한 대상, 즉 이상화된 부모상(像, imago)에게 돌리는 것으로 나타난다. (중략) 최적의 상황에서, 과대적 자기의 과시주의와 과대주의가 점차 보다 성숙한 성격 구조로 통합되며, 따라서 그것은 출현하는 건강한 자존감을 위한 자기애적 기초가 된다. 이상화된 부모상은 내사에 의하여 자아 이상 혹은 초자아의 이상화된 측면으로서 통합될 수 있다.

- W. 마이쓰너 《편집증과 심리치료》 中 -

되거나 아버지의 거세 위협에 집중됨으로써 초자아(아버지 신)가 형성된다. 이 경우가 키릴로프에 해당하는데 키릴로프의 경우에는 아버지의 거세 위협보다는 어머니와의 조기 분리가 더 큰 심리적 외상이었던 것처럼 보인다. 그 이유는 키릴로프가 **'자살을 자만하고'** 있기 때문이다. 전능한 관념에 **'먹혀버린'** 키릴로프와 같은 유형에게 자살은 자기 처벌이 아니라 '**마술적이고 전능한 순간의 성취**, 또는 **인간의 한계에 대한 승리**'로 여겨지며 이러한 유형에게 자살은 역설적으로 자살(**죽음**)이라는 마술적 여행을 통해서 자신의 본질(**불멸**)을 보존하려는' 상징 행위가 된다.[49)]

어머니와의 분리로 인한 심리적 외상의 또 다른 전개는 스타브로긴의 경우처럼 어머니와의 분리가 **늦게** 일어난 경우로서 이때에는 **강한 자아**가 분열되어 과대 자아(과대적 자기)가 형성된다. 이러한 분리시기의 차이로 인해서 키릴로프는 강박적 특질이 강한 유형이 되었고 스타브로긴은 자기애적 특질이 강한 유형이 되었다고 할 수 있다. 따라서 키릴로프는 초자아 관념에 의해 지배되지만, 스타브로긴은 초자아 관념에 지배되지 않는다. 스테파노비치가 스타브로긴에 대해서는 '역시 사상에 먹혀버렸지만 **현명한 다른 점도 있다**'라고 말하는 이유도 스타브로긴은 어떤 초월적 존재나 관념에 의존하지 않기 때문이다. 스타브로긴의 '현명한 다른 점'은 이반처럼 자신의 모든 관념이나 사상이 **'무의식의 발산물로서 쓰레**

---

49) p.431. 자살은 처벌 이외의 목적 때문에 일어날 수 있다. 죽음에 매혹되고, 그것을 평화스러운 피난처로 알고, 그곳으로 가기 위해 자기 파괴를 시행하는 사람들이 있다. 그런가 하면 어떤 사람들은 자살을 마술적이고 전능한 순간의 성취, 불가피한 인간의 한계에 대한 승리로 여기기도 한다. 대부분의 사람들에게서 스스로를 파괴하는 자살은 자기 파괴를 목적으로 한다는 주장이 가능하지만, 그러나 그것이 전부는 아니다. 비록 환상적일지라도 이 자살 행동의 더욱 전적인 의도는 죽음이라는 마술적 여행을 거쳐서 더 나은 삶을 위하여 자신의 본질을 보존하려는 것이다. [말츠버거와 부이(Maltsberger and Buie, 1980)]

- W. 마이쓰너 《편집증과 심리치료》 中 -

기이고 환상'이라는 사실을 알고 있다는 것이다.

p.133. "하느님은 존재하는 거야, 존재하지 않는 거야?" 이반은 다시 사납고 집요하게 소리쳤다.

"그러고 보니 자네 진정으로 묻는구먼? 여보게, 솔직히 말해서 나는 그것을 몰라."

"자넨 그것도 모르면서 하느님을 본단 말인가? 그렇지, 자넨 독립적인 존재가 아니라 나 자신이야. 자넨 나 이상의 아무것도 아니란 말이야! 자넨 쓰레기야, 자넨 나의 환상이야!"

"원한다면 나도 자네와 같은 철학을 가봉할 수 있어. 그게 공평하겠지. '나는 생각한다, 그러므로 나는 존재한다' 이건 알고 있어. 그 밖에 내 주위에 있는 모든 것, 이 모든 세계, 하느님 그리고 사탄-이 모든 것이 스스로 존재하느냐 혹은 내 발산물, 즉 태고적부터 홀로 존재하고 있는 내 자아의 일관된 발전에 지나지 않느냐 하는 것은 나에게 증명되지 않았어. …"

- 도스토옙스키 《카라마조프의 형제》 하 中 -

키릴로프와 스타브로긴(이반)의 가장 큰 차이점은 관념 또는 사상에 있어서 합리성 또는 논리성의 유무이다. 키릴로프의 관념에는 합리성이 없지만, 스타브로긴의 사상에는 합리성이 있다. 가령 키릴로프는 불합리하더라도 신을 믿을 수 있지만, 스타브로긴은 불합리하면 신을 믿지 않는다. 물론 스타브로긴의 정신도 '**사상**에 먹혀버렸지만' 그의 사상에는 논리성이 있다는 점에서 키릴로프와는 다르다. 도스토옙스키의 표현을 빌리면 키릴로프의 **관념**에는 **'넓은 아량'**이 있고 스타브로긴의 **사상**에는 **'넓은 아량'**이 없다.

p.353. "…. 당신의 오빠는 나에게 이런 이야기를 했지요. 자기 향토에 대한 유대(紐帶)를 잃은 자는 자기의 신(神), 즉 목적조차도 잃은 자라고 말입니다. 아무튼 이런 모든 것을 의논을 하자면 한이 없겠습니다만, 단지 나라는 인간에게서는 아량도 힘도 티끌만치도 없는 오직 부정(否定)만이 흘러나왔을 뿐입니다. 아니, 부정조차 흘러나오지 못했습니다. 모든 것이 천박하고, 생기가 없는 것뿐이지요. 아량이 넓은 키릴로프는 관념을 이기지 못해 자살하고 말았지요. 그러나 나의 눈으로 보면 키릴로프는 건전한 판단력을 잃었기 때문에 넓은 아량을 가질 수 있었습니다. 나는 아무리 해도 판단력을 잃을 수가 절대로 없었던 것이에요. 그토록 관념에 몰두할 수 없는 거요. 절대로, 절대로 나는 자살할 수가 없습니다.

- 도스토옙스키 《악령》 하 中 -

이반을 포함해서 키릴로프나 스타브로긴의 심리적 외상의 원인은 똑같다. 따라서 키릴로프나 스타브로긴 모두 **'자기 향토(어머니 대지)와 유대'**를 잃게 됨으로써 **자기의 어머니 신도** 잃게 되고 그 결과 **리비도의 목적**(불멸과 결합)조차도 잃게 된다. 하지만 이들의 성격 구조는 다르게 형성된다. 어머니와의 분리시기가 다르기 때문이다. 키릴로프는 어머니와의 분리를 일찍 경험했기 때문에 키릴로프의 정신구조는 자아 이상(어머니 신)에 지배된다. 키릴로프의 정신구조가 '넓은 아량'을 가질 수 있는 이유는 **'건전한 판단력'**을 지닌 자아가 취약하므로 **불합리한** 관념에 몰두할 수 있기 때문이다. 반면 스타브로긴은 어머니와의 분리를 늦게 경험했기 때문에 스타브로긴의 정신구조는 과대 자아에 지배된다. 스타브로긴은 자아가 강하기 때문에 건전한 판단을 할 수 있다. 그래서 불합리한 관념 때문에 자살할 수 없다. 하지만 삶의 발판인 어머니 신도 불멸의 신앙도 잃어버림으로써 삶이 '천박하고 생기가 없으며 오직 부정만 발견할 뿐'이다. 결과적으로 스타브로긴도 자살하는 데 이는 《악령》의 중대한 결점이라고 할 수 있다. 이반은 자살하지 않고 정신병에 걸리는데 니체를 보더라도 이러한 결론이 좀 더 정신분석적으로 타당하다.

둘째 아들인 이반은 강박적 유형이기는 하지만 강박적 특질보다 자기애적 특질이 더 강한 강박적-자기애적 유형이다. 자기애적 특질(자아)이 더 강한 이유는 4세가 될 때까지 어머니의 사랑을 받았기 때문이다. 이렇게 4세 이후까지 어머니의 사랑을 받음으로써 자아가 아주 강해지면 자기애적 특질을 지니게 된다. 자기애적 유형에게는 초자아 가설이 적용되지 않는 데 그 이유는 자기애적 유형은 아버지의 거세 위협이 없는 환경에서 성장하므로 초자아가 약하게 형성되거나 형성되지 않기 때문이다. 프로이트는 자기애적 유형에 대해서 다음과 같이 정의한다(다음 글에서 프로이트가 의미하는 초자아는 아버지의 거세 위협으로 형성된 초자아를 말한다)

> p.331. 자기애적 유형이라고 부르는 세 번째 유형은 주로 부정적인 측면에서 설명된다. 자아와 초자아 사이의 긴장이 존재하지도 않으며(이런 유형의 힘에 대해 말할 때는 초자아 가설을 사용할 필요도 없다), 성애적 욕구가 우세한 것도 아니다. 이 유형에 속한 사람들의 주된 관심사는 자기 보존이다. 이들은 독립적이며 두려움이 없다. 이들의 자아는 쉽게 이용할 수 있는 상당한 정도의 공격성을 지니고 있으며, 이런 공격성은 손쉽게 실제 행동을 통해서 드러난다. 성애 생활에서는 사랑받는 것보다 사랑하는 것을 더 선호한다. 이들은 다른 사람들에게 〈강한 개성을 지닌 사람들〉이란 인상을 심어 주는 경우가 많다. 이들은 또 다른 사람들을 지원해 주는 역할에

특히 잘 맞으며, 리더 역할을 맡거나, 문화발전에 신선한 자극을 주거나, 고정된 상황을 깨부수는 데도 적합하다.

- S. 프로이트 《성욕에 관한 세 편의 에세이, 『리비도의 여러 가지 유형』》 中 -

프로이트가 자기애적 유형은 '주로 부정적인 측면'에서 설명된다고 한 이유는 자아와 초자아 사이에 긴장이 존재하지 않기 때문이다(기수와 말의 비유처럼 여기서도 프로이트가 이드를 통제할 수 있는 자아 또는 초자아의 기능을 중요시하고 있음을 알 수 있다). 자아와 초자아 사이에 긴장이 존재하지 않는 이유는 초자아가 약하게 형성되었거나 형성되지 않아서 자아와 대립하지 않기 때문이다. 따라서 자기애적 유형은 죄책감의 영향을 크게 받지 않는다(하지만 어머니의 모성애를 오랫동안 내면화했기 때문에 양심은 더 강할 수 있다). 이렇게 자기애적 유형은 초자아의 감시와 검열을 받지 않으므로 '독립적이고 두려움이 없으며 행동성이 강하다'. 또한 초자아의 사회적 표상인 도덕과 법에도 크게 구애받지 않으므로 '고정된 상황을 타파하고 문화발전에 신선한 자극을 주기도' 한다. 하지만 자아가 강한 상태에서 어머니의 사랑을 박탈당하게 되면 **수치심**과 **열등감**에 압도당하게 된다.[50)]

이반도 4세 때 어머니 사랑의 갑작스러운 박탈로 인한 수치심에 압도당하게 된다. 이반의 강한 자아는 이러한 심리적 외상을 방어하기 위해서

50) p.242. 분석가는 우선 이런 반응들을 무의식적인 죄책감의 영향으로 설명하는 경향이 있다; 즉 그것들을 부정적 치료 반응이라고 추정하기 쉽다(프로이트, 1923). 그러나 여러 가지 면에서 이런 설명은 옳지 않다. 자기애적 성격 장애인들은 일반적으로 죄책감의 영향을 크게 받지 않는다. 그들은 주로 수치감에 의해 압도당하는 경향을 갖는다. 즉 그들은 과대 자기의 원초적 측면들의 분출, 특히 그것의 중화되지 않은 과시주의에 대해 반응한다.

- H. 코헛 《자기의 분석》 中 -

자신을 분열시켜 과대 자아를 형성한다. 분열된 과대 자아는 전체 정신에서 고립되지만, 리비도가 집중되어 있으므로 현실에 아랑곳하지 않고 자신의 목표를 추구하게 된다. 이때의 과대 자아가 추구하는 목표는 리비도가 고착된 시점, 즉 정신적 성장이 멈춘 시점에서의 목표를 의미하므로 **'원초적 형태'**를 유지하게 된다.[51] 이반과 대신문관이 자신을 **전능한** 신과 같은 존재로 생각하는 이유도 그들의 정신발달 상태가 **전능 환상**의 상태에서 멈추었기 때문이다. 이렇게 정신발달이 전능 환상에서 멈추게 되면 주체는 자신은 예외적인 인간이며 자신은 **'신과 대적할 수 있는 특별한 존재'**이므로 '자신의 마음에 안 맞는 **신의 계율에는 불복종할 수 있다**'라는 초인 사상으로 발현된다.

> p.348. 환자들은 말한다. 자신들은 고통을 충분히 당했고 박탈도 겪을 만큼 겪었다고. 그러니 이제 새로운 요구를 더 이상 자신들에게 하지 말아 달라고. 그 어떤 마음에 안 맞는 계율에 더 이상 굴복할 수 없다고. 왜냐하면 그들은 자신들을 〈예외〉라고 생각하고 있고, 계속해서 그렇게 남아 있으려고 하기 때문이다. 이러한 유형의 환자들의 주장은 종종 특별한 섭리(攝理) 같은 것이 그들을 보호해 주고 있고, 그로 인해 자신들은 고통스러운 희생을 면할 수 있다는 확신으로까지 진전된다. 강렬하게 표현되는 이러한 내적인 확신들에 맞서 환자들을 설득하기에는 의사의 주장은 무력하기만 하다. (중략)

---

51) p.118. 그러나 만일 과대 자기가 발달을 거쳐 적절히 통합되지 못한다면, 이 요소는 현실 자아로부터 떨어져 나가거나 혹은 억압되어 현실 자아로부터 분열될 것이다. 그때 과대 자기는 더 이상 외부 현실에 의해 영향을 받지 않으며, 원초적 형태를 유지한다.

- H. 코헛 《자기의 분석》 中 -

…. 내가 살펴본 사례들의 경우, 모든 환자들에게 공통된 특수성을 〈그들의 진정한 삶이 시작되기 이전의 운명들〉 속에서 밝혀낼 수 있었다. 환자들의 신경증은 어린 시절의 초기에 그들을 다치게 했던 경험들, 또는 고통들과 긴밀하게 관련을 맺고 있는데, 환자들은 전혀 그런 일이 없다고 생각하고 있다. 그래서 그들로서는 자신들이 그러한 경험이나 고통을 겪었다는 것이 부당한 것이고 자신들에게 가해진 위해라고 판단할 수 있다. 이런 부당함에서 환자들이 이끌어 낸 특권들, 그리고 거기에서 비롯되는 불복종은 훗날 신경증으로 폭발하는 갈등들을 한층 첨예하게 하는 데 적지 않게 기여하게 된다.

- S. 프로이트 《예술, 문학, 정신분석, 『정신분석에 의해서 드러난 몇 가지 인물 유형』》 中 -

어린 시절 그들을 다치게 했던 경험을 방어하기 위해서 세워진 이러한 생각들은 이반의 정신을 꿀꺽 삼켜버림으로써 이반의 정신을 지배하게 된다. 이반이 그리스도에게 **'불복종'**하는 이유도 과대 자아가 유아기의 전능 환상에 계속 머물러 있으려고 하기 때문이다. 그리고 전능 환상 속에 계속 머물기 위해서 사회적 권력과 세계 지배를 추구하게 되지만 외관상의 성공에도 불구하고 그러한 성공은 무의미하고 오히려 절망감만 가져올 뿐이다. 다만 대신문관과 달리 이반의 경우에는 전능 관념과 상반된 **강한 양심**이 형성되어 있어서 전능 관념(독수리)이 하늘로 날아오르게 못 하게 하고 있다(따라서 정확하게 말하면 대신문관은 이반의 과대 자아만 투사되어 인격화된 인물이라고 할 수 있다).

p.152. "… 자네의 희생이 아무 소용이 없다면 법정엔 무엇하러

가? 그건 자네 자신이 무얼 하러 가는지 모르기 때문이야! 그런데 자넨 정말 가기로 결심한 건가? 아직도 완전히 결심을 굳힌 건 아니잖나? 자넨 밤새도록 앉아서 갈까 말까 망설이겠지. 그렇지만 자넨 결국 가고 말 거야. 자네 자신이 가게 되리라는 걸 알고 있어. 자네의 결심이 어떻든 그 결심이 자네 마음대로 되지 않는다는 것을 자네 자신이 알고 있겠지. 자네가 가는 건 가지 않고는 배겨 낼 수 있는 용기가 없기 때문이야. 왜 그런 용기가 없는가. 그건 자네 자신이 알아내야 해. 그것이 자네에게 주어진 수수께끼야!' 그리고 일어나 가 버렸어. 네가 오니까 가 버렸어. 그놈은 나더라 겁쟁이라고 하더라, 알료샤. Le mot de I' enigme(그 수수께끼)란 말은 내가 겁쟁이란 뜻이야! '그런 독수리는 하늘을 날아오르지 못하는 법이야!' 하고 그놈은 덧붙여 말했어! (중략) '칭찬을 받고 싶어 간다'는 건 야만적인 거짓말이야! 알료샤, 너도 날 경멸하지. 하긴 나도 요즘 와서 너를 다시 미워할 것 같다만! 그 악당놈도 마찬가지야. 나는 그놈이 미워죽겠어! …"

- 도스토옙스키 《카라마조프의 형제》 하 中 -

악마는 이반이 '용기없는 겁쟁이'이며 '하늘로 날아오르지 못하는 독수리'라고 비난한다. 이반의 독수리가 날아오르지 못하는 이유는 양심 때문이다. 이반의 논리적이고 합리적인 의식적 자아는 자백이 아무 소용없는 행위라는 것을 알고 있지만, 어머니의 칭찬을 갈망하는 **양심의 정욕**은 이반이 자백하러 가지 않고는 배겨낼 수 없게 만든다. 악마가 '이반이 법정에 무엇을 하러 가는지 모른다'라고 말하는 이유는 이반의 의식은 자신이 자백하러 가는 이유가 양심의 가책 때문이라고 생각하지만 진정한 이유는 **'어머니 칭찬을 받고 싶어 가는'** 것이기 때문이다. 그래서 이반은 자백이 아무 소용이 없다는 것을 알고 있지만 가는 것이다.

이렇게 자신이 왜 자백하러 가는지에 대한 이유를 모르는 이반의 의식은 자신이 '칭찬을 받고 싶어 법정에 간다'라는 것을 '야만적인 거짓말'이라고 부인한다. 그럼에도 이반의 의식은 **막연하게나마** 자신이 법정에 가는 이유를 알고 있다. 그렇지 않다면 알료샤가 다시 미워지고 악마가 미워죽을 이유가 없기 때문이다. 그래서 이반의 의식은 악마의 **'수수께끼'**라는 표현이 '자신이 겁쟁이란 뜻이다'라는 것을 안다. 나폴레옹과 같은 인물이라면 양심의 가책을 느끼지도 않으며, 아니 느낄 필요도 없이 법정에 가지 않았을 것이기 때문에 수수께끼라고 할 수 없기 때문이다.

이반의 독수리는 이반의 모성적 전능 관념을 상징한다. 독수리가 모성적 전능 관념을 상징하는 이유는 독수리가 눈부시지 않고 해(日)를 응시할 수 있는 능력을 지니고 있기 때문이다.[52] 이때 해(日)는 아버지를 상징하고, 눈부시지 않고 해를 응시할 수 있는 능력은 아버지를 똑바로 볼 수 있는, 즉 아버지의 거세 위협에 대항할 수 있는 용기를 의미한다.

> p.472. 오, 형제들이여, 그대들은 용기가 있는가? 담대한가? 목격자들 앞에서의 용기가 **아니라**, 지켜볼 신(神)을 두고 있지 않은 은자의 용기, 독수리의 용기가 있는가?
>
> \- F. 니체 《차라투스트라는 이렇게 말했다(책)》 中 -

52) p.191. 눈부시지 않고 해(日)를 응시할 수 있다는 망상적인 특권은 신화적인 흥미를 끄는 부분이다. 우리는 라이나흐의 글을 통해 고대의 박물학자들은 이 힘은 독수리만이 가지고 있다고 믿었다는 것을 알고 있다. 독수리는 공중 가장 높은 곳에 사는 존재로 하늘과 해 그리고 번개와 특히 가까운 관계를 가지게 된 것이다. 우리는 같은 책에서 독수리들이 새끼를 정통의 자손으로 받아들이기 전에 시험을 한다는 것을 알게 된다. 즉 새끼들이 눈을 깜빡이지 않고 해를 바라보지 못하면 둥지에서 내쫓는 것이다.

\- S. 프로이트 《늑대 인간, 『편집증 환자 슈레버』》 中 -

독수리가 전능 관념을 상징하는 이유는 이렇게 아버지(해)를 거역할 수 있는 표상을 지니고 있기 때문이다. 카이사르나 나폴레옹과 같은 인물이 자신의 상징으로 독수리를 사용하는 이유도 자신들이 아버지 신을 극복한 정신구조를 지니고 있음을 무의식적으로 드러내려고 하기 때문이다. 특히 히틀러의 독수리는 자신의 초자아를 극복하고 하늘로 날아오름으로써 인류의 기억 속에 불멸의 존재로 남게 되었다.[53)]

이러한 인물들의 과대 자아가 지닌 문제는 스스로를 지탱할 수 없으며 과대 자아가 지닌 정욕의 **'계속적인 충족'**을 필요로 한다는 것이다.[54)] 과대 자아는 자신 속의 적을 외부에 투사해서 가상의 적을 만들어 그 적과 끊임없는 싸움을 지속한다. 정신 속에 이러한 방어적 구조가 형성된 원인은 어린 시절 어머니 사랑을 박탈당한 원인에는 초월적 존재의 섭리가

---

53) p.544. 그러나 만일 한 민족이 대부분 육체적으로 쇠약해 있다면, 이러한 늪에서는 진실로 위대한 인물은 절대 나오지 못할 것이다. 어쨌든 그러한 인물이 활동한다 해도 이미 그 이상 커다란 효과를 거두지는 못할 것이다. 타락한 오합지졸은 그를 전혀 이해하지 않거나, 아니면 의지가 약해져 이러한 한 마리 독수리의 날아오름을 더 이상 뒤따르지 못할 것이다.

- A. 히틀러 《나의 투쟁》 中 -

54) p.238. 자기애를 이해하는데 필요한 몇 가지 기본적인 요소가 있다. 자기애는 스스로를 지탱할 수 없으며, 새로운 욕구의 계속적인 충족을 필요로 한다. 그것은 본질상 비타협적이며 무제한적이다. 그것은 내적인 안정성이 없으며, 만족할 줄 모르는 특성을 갖는다. 병리적 자기애는 어떤 연대도 허용하지 않으며, 오직 적만이 있을 뿐이다. 아동은 현실과의 투쟁을 통해서 그 현실이 없었더라면 자신은 박탈당하지 않았을 것이고 자기 자신이 소원하는 것을 가질 수 있었을 것이라는 확신을 갖게 된다. 그의 소원이 지닌 성질 자체가 그것의 실현을 미리 배제하며, 이것이 바로 그의 박탈 경험의 근본적 원인이 된다. 이런 점에서 우리는 자기애와 편집적 과정 사이를 연결시키는 내적 연계가 있음을 파악하기 시작한다. 편집적 과정은 자기애에 봉사하게 된다. 그것은 분리하고 나누고자 한다; 그것은 적을 발견하고 확립하려고 한다. 그것은 박탈당하고 위협받은 자기애가 유지되고 회복되는 과정이다. 그리고 우리는 편집적 과정의 목적은 자기의 방어와 보존이라는 사실을 잊어서는 안 된다.

- W. 마이쓰너 《편집증과 심리치료》 中 -

작용하고 있다고 믿기 때문이다. 하지만 초월적 존재에게 굴복하는 강박적 유형과 달리 자기애적 유형은 초월적 존재에게 굴복하지 않는다. 이러한 자기 정신 속 가상의 존재와의 치열한 투쟁이 편집증을 일으키는 주요 요인이 된다. 카이사르가 《갈리아 전기》를 저술하고 나폴레옹이 '작가'가 되고자 한 이유도 자신의 내적 투쟁을 묘사하기 위해서라고 할 수 있다.[55] 이러한 자기 관찰을 외부에 투사해서 사변적 체계로 구축하려는 편집증적 성향의 사회적 소산물이 철학이다.

> p.76. 편집증 환자가 제기하는 불평을 살펴보면 양심에 의한 자기비판은 근본적으로 그 자기비판의 토대가 된 자기 관찰과 일치함을 알 수 있다. 달리 말하면 양심의 기능을 떠맡은 정신 활동이 철학에 지적 작업의 재료를 제공하는 내면 연구에도 똑같이 나타난다는 것이다. 이런 점에서 나름의 사변적 체계를 구축하려는 편집증 환자들의 독특한 성향도 어느 정도 이해 가능한 것인지도 모른다.
>
> - S. 프로이트 《정신분석학의 근본 개념, 『나르시시즘 서론』》 中 -

리비도 성격 유형별로 정신병리가 조금씩 다른 이유는 시기별로 심리적 외상을 다르게 받아들이기 때문이다.[56] 성애적 유형은 성적 본능에 대

55) p.449. …, 그는 때로 장 자크 루소와 같은 작가가 되기를 꿈꾸었다. 빌란트와 괴테는 그의 앞에서, 언제가 이성에 의해 다스려질 인간들의 정념에 대해서 말하고 있었다.
나폴레옹은 발걸음을 떼어놓으며 단언하듯 말했다.
"이성, 그것이 바로 우리의 철학자들이 말하는 것이요, 어디에서도 보지는 못했지만, 나는 이성의 힘을 추구하오."
- M. 갈로 《나폴레옹 3》 中 -

56) p.32. 자기애적 성격장애에서 (1) 수치심, (2) 대상 사랑의 상실, (3) 대상 상실의 경험들이 우세하고 전이 신경증에서 (a) 죄책감, (b) 거세 불안의 경험이 우세하다는 것은 더 이상 설명할 필요가 없는 진단적인 기정 사실이 아니라, 자기애적 성격장애의 정신병리에서 중심적인 역할을 하는 자기-대상이 본질적으로 전이 신경증에서의 대상

한 죄의식의 경험이 우세하고 강박적 유형은 거세 불안으로 인한 죄책감의 경험이 우세하다. 반면 자기애적 유형은 어머니 사랑의 상실에 따른 수치심의 경험이 우세한다. 이러한 경험에서 파생된 불안이나 두려움을 방어하기 위해서 만들어진 방어적 구조가 개인의 성격 구조의 요소이고 정신병리의 원인이다.

바꿔말하면 자신의 성적 욕망에 대하여 **혐오감**(죄의식)을 느끼도록 만들어진 방어적 구조가 주된 성격적 특질인 경우가 히스테리 성격 구조이고 자신의 성적 욕망에 대해서 **죄책감**을 느끼도록 만들어진 방어적 구조가 주된 성격적 특질인 경우가 강박신경증 성격 구조이다. 히스테리와 강박신경증의 정서적 표상이 다른 이유는 히스테리는 신체에 리비도가 집중되어 있어서 **신체적 감정**으로 느끼고 강박신경증은 초자아에 리비도가 집중되어 있어서 **정신적 감정**으로 느끼기 때문이다.[57] 그리고 거절당하는 것에 대해서 **수치심**을 느끼도록 만들어진 방어적 구조가 주된 성격적 특질인 경우가 편집증 성격 구조이다.

이반의 주된 정서가 수치심이 이유도 어린 시절 이반의 주된 경험이 어머니 사랑의 상실(박탈)이기 때문이다. 그래서 이반은 거절당하고 비웃음을 받는 것을 두려워하고 그것을 방어해 줄 사회적 명예와 권력을 사랑한다. 그리고 이러한 수치심에 대한 두려움은 유사한 외상에 다시 또 노출되는 것을 막아주는 **'신호 기능'**으로서 기능하게 된다.[58] 스메르쟈코프

과 같지 않다는 사실로부터 온 직접적인 결과이다.

- H. 코헛 《자기의 분석》 中 -

57) p.204. 초기 저작에서 프로이트는, 초기의 성 경험에 대해 주체가 반응하는 방식에 따라서 히스테리와 강박증을 정의하려고 했다. 그가 제안하는 정의 중 가장 인상적인 것은 강박증이 죄의식으로 반응하는 반면, 히스테리는 혐오감으로 반응한다는 것이다.

- B. 핑크 《라캉과 정신의학》 中 -

58) p.247. …, 레빈(1967)은 수치심이 하나의 신호 정서로서 기능할 수 있다고 제안하

가 이반이 법정에서 자백하지 못할 것이라고 확신하는 이유도 이반이 타인의 비웃음이나 경멸을 받은 것에 대해서 공포심을 가지고 있다는 것을 간파하고 있기 때문이다.

p.117. "그렇게는 못 하실 겁니다. 도련님은 너무나도 현명하시니까요, 그리고 도련님은 돈을 좋아하시거든요. 전 그걸 잘 알지요. 도련님은 명예도 사랑하고 계십니다. 매우 긍지가 높은 분이니까요. 그리고 또 여자의 매력도 좋아하시지요. 그러나 무엇보다도 도련님이 좋아하시는 건 누구한테도 머리를 숙이지 않고 평화로운 만족 속에 사시는 겁니다-바로 그걸 무엇보다도 좋아하십니다. 그러니까 법정에서 그런 수치를 감수하면서까지 자기 일생을 영원히 파멸시키려고 하시진 않을 거라 그 말씀입니다. 도련님은 삼 형제 중에서 아버지를 제일 많이 닮으셨어요. 도련님은 그분과 똑같은 정신을 가지고 계시거든요."

"넌 바보가 아니구나." 이반은 무엇에 찔리기라도 한 듯 이렇게 말했다. 그의 얼굴은 빨갛게 상기되었다. "난 지금까지 너를 바보로만 생각해 왔는데, 이제 보니 넌 굉장히 진지한 놈이구나!" 갑자기 새로운 눈으로 스메르쟈코프를 바라보며 그는 이렇게 말했다.

"저를 바보라고 생각하신 건 도련님이 오만하였기 때문입니다. 자, 어서 돈을 넣으십시오."

였다. 따라서 레빈의 견해에 따르면, 수치심은 거절 받은 외상에 과도하게 노출되는 것을 막아주는 중요한 기능을 하며, 현재의 논의에서는 자기애적 외상에 대한 보호막으로 사용된다. 자기애적 외상은 비웃음, 경멸, 유기, 거절 등의 형태를 띨 수 있다(Rochlin, 1961; Spiegel, 1966). 따라서 그것은 자기 존중감의 구성 요소인, 소원에 대한 수용이나 찬사의 반대편에 위치한다.

- W. 마이쓰너 《편집증과 심리치료》 中 -

- 도스토옙스키 《카라마조프의 형제》 상 中 -

이반이 다른 무엇보다도 좋아하는 것이 '누구한테도 머리를 숙이지 않고 평화로운 만족 속에 사는 것'인 이유도 수치심을 두려워하기 때문이다. 이반이 **오만한** 이유는 자신의 수치심을 방어하기 위해서 자신은 우월하고 찬사를 받아야 하는 존재이고 타인은 열등하며 경멸을 받아야 한다고 느끼게 만드는 방어적 구조가 형성되어 있기 때문이다. 이반이 스메르쟈코프를 **'바보'**라고 생각한 것도 이러한 방어적 구조로 인해서 스메르쟈코프를 제대로 보지 못했기 때문이다. 이러한 자기기만의 의식적 표상이 거짓 자아이다. 거짓 자아는 자기기만을 지속하기 위해서 수치심의 반대편에 있는 사회적 명성과 권력을 추구하게 된다.[59)]

하지만 스메르쟈코프의 예상과 달리 이반은 결국 법정에 가기로 마음먹는다. 스메르쟈코프의 예상이 틀린 이유는 스메르쟈코프가 이반이 강한 양심을 가지고 있다는 것을 간파하지 못했기 때문이다. 간파하지 못하는 이유는 어머니 사랑을 받지 못한 스메르쟈코프의 무의식 속에는 양심이 형성되어 있지 않으므로 양심의 작용을 이반에게 투사할 수 없기 때문이다. 그런데 스메르쟈코프는 삼 형제 중에서 이반이 '아버지를 제일 많이 닮았으며' 아버지와 **'똑같은 정신구조'**를 가지고 있다고 말한다. 이반도 정곡이 찔린 듯 스메르쟈코프의 의견에 동의한다. 도스토옙스키는 다른 곳에서도 스메르쟈코프의 이러한 견해를 **'매우 총명한 관찰자의 말'**

---

59) p.338. 자기애적 성격은 종종 권위나 지도자에게 부여되는 권력과 명성에 대한 강한 욕구에 의해 움직이기 때문에, 이러한 성격을 가진 사람은 고위 지도층에서 꽤 많이 찾아볼 수 있다. 그들은 보통 지능이 높은 남성으로서 자신의 영역에서 열심히 일하고 탁월한 재능이나 능력을 가지고 있지만, 그들이 지닌 자기애적 욕구로 인해 조직에 대한 그들의 창조적 잠재력이 극적으로 약화되거나 파괴되어 버리기 쉽다.

- O. 컨버그 《내면세계와 외부현실》 中 -

이라고 칭찬할 정도로 중요시하고 있다.

p.220. "… 그러나 이 백치는 지극히 흥미 있는 말을 한마디 했습니다. 그것은 매우 총명한 관찰자의 말이었다고 해도 손색이 없을 정도로 훌륭한 것이었기 때문에 나도 지금 그것을 인용하는 것입니다. 즉 그는 '세 아들 중에서, 그 성질로 보아 표도르 파블로비치를 가장 많이 닮은 것은 이반 표도르비치입니다'라고 말했습니다. 나는 이 말을 인용하는 것으로 성격 묘사를 중단하기로 하겠습니다. 왜냐하면 이 이상 더 말한다는 것은 아무래도 예의에 어긋난다고 보기 때문입니다. 아아, 나는 이 이상의 결론을 내리기를 원치 않습니다. 이 청년의 미래에는 오로지 파멸이 있을 뿐이라고 울어대는 까마귀의 역할을 하고 싶진 않습니다. (중략) 이 불신과 냉소주의는 그의 참되고도 괴로운 사색의 결과라기보다는 오히려 아버지한테서 물려받은 유전의 결과라고 보아야 할 것입니다. … "

- 도스토옙스키 《카라마조프의 형제》 하 中 -

이반과 아버지 표도르의 정신구조의 유사성에 관해 설명하기에 앞서 한두 가지 짚고 넘어갈 것이 있다. 첫 번째는 알료샤의 정신구조의 특질인 **'백치'**라는 용어를 스메르쟈코프에게도 쓰고 있다는 점이다. 도스토옙스키가 사용하는 백치의 의미는 정신 이드에 리비도가 지배적으로 배분된 상태인 **광신적 소질(자기애적 특질)**을 지니고 있다는 뜻이다. 따라서 리비도 배분 측면에서 알료샤와 스메르쟈코프 모두 **'백치'**인 점은 같지만 둘의 차이점은 어머니 사랑을 과도하게 받은 알료샤의 정신구조 속에는 이드를 통제할 수 있는 **강한 양심**가 형성되어 있으나 어머니 사랑을 전혀 받지 못한 스메르쟈코프의 정신구조 속에는 **약한 양심**조차 형성되어 있지 않다는 것이다.

두 번째는 스메르쟈코프와 같은 분열된 정신구조를 가진 사람이 **'총명한 관찰자'**가 될 수 있느냐 하는 점이다. 스메르쟈코프가 총명한 관찰자가 될 수 있는 이유는 무의식적 방어와 검열이 형성되어 있지 않아서 자신의 무의식을 힘들이지 않고 지각할 수 있기 때문이다. 앞서 프로이트가 지적한 것처럼 정신분열증(조발성치매) 환자들이 상징을 즉각 이해할 수 있는 이유도 정신병 환자에게는 무의식적 방어나 검열이 없기 때문이다. 이렇게 자신의 무의식을 자연스럽게 관찰할 수 있는 사람은 자기의 정신적 삶을 타인에게 투사해서 타인의 정신적 삶을 읽을 수 있게 된다. 알료샤나 스메르쟈코프보다는 못하지만, 이반이 막연하게나마 자신의 무의식을 인식할 수 있는 능력이 있는 이유도 그에게 **자기애적 특질**(편집증적 광기)이 있기 때문이다.

p.340. 정상적인 사람이면 동기 없이 일어나는 행위들이 존재하며 자신의 행위들 중에도 그런 것이 있고 착오로 저질러진 행위들마저도 동기 없이 일어났다고 생각하는 반면에, 편집증 환자는 다른 사람의 정신적 움직임이 외부로 드러날 때 이 행위에 대해서는 어떤 우연적 요소도 인정하지 않는다. 그의 눈에 띈 다른 사람들의 모든 것은 의미를 지닌 것이고 따라서 해석할 수 있는 것으로 비친다. 편집증 환자는 어떤 이유로 인해 사물을 이렇게 보게 된 것일까? 다른 유사한 경우들에 있어서처럼 이 경우에 있어서도, 환자는 자신의 무의식 속에서 일어나고 있는 것을 타인들의 정신적 삶 속에 투사하고 있는 것인지도 모른다. 정상적인 사람이나 신경증 환자의 경우에는 무의식 속에서만 존재하는 것이어서 정신분석을 통해야만 존재가 드러나는 것들이 편집증 환자의 경우에는 지나치게

많이 의식 속에 떠올라 서로 밀치고 있는 형국이라 해야 할 것이다! 이 점에 있어서는 편집증 환자가 어는 정도는 옳다고도 볼 수 있다. 정상인들이 보지 못하는 것을 그는 보기 때문이다. 그러나 오직 자신에게만 사실인 것을 타인들에게도 사실인 것으로 확장시켜 보기 때문에 그의 앎은 가치를 지니지 못한다.

- S. 프로이트《일상생활의 정신병리학》中 -

이제 본론으로 돌아가서 도스토옙스키가 이반의 **'불신과 냉소주의'**가 괴로운 사색의 결과가 아닌 **'오히려 아버지한테서 물려받은 유전의 결과'**라고 말하듯이 이반과 표도르의 정신구조에서 닮은 점은 불신과 냉소주의이다. 이 의미는 첫째 아들 드미트리가 아버지의 **육체적 특성**을 동일시했다면 둘째 아들 이반은 아버지의 **정신적 특성**을 동일시했다는 뜻이다. 이반이 아버지의 정신적 특성을 물려받게 된 계기는 알료샤의 출생으로 인한 갑작스러운 어머니 사랑의 상실이다(이 시점에서 **수치심**의 관념과 정서가 형성된다). 이렇게 어머니 사랑을 갑작스럽게 상실하게 되면 어린 아이의 정신은 어머니의 사랑을 만회하기 위해서 어머니를 대체할 새로운 인물을 찾게 된다. 그 대상은 전형적으로 같이 사는 아버지가 된다.

이제 어린아이는 어머니 대신 아버지를 이상화하고 아버지의 특성을 동일시하기 시작한다. 셋째 아들이 태어나는 시기의 아버지는 어머니에 대한 성적 관심이 감소했기 때문에 둘째 아들은 아버지의 신체적 특성보다 정신적 특성을 동일시하게 된다(도스토옙스키가 이반의 성격적 특질을 '아버지한테서 물려받은 **유전의 결과**'라고 한 것은 이러한 차원에서 이해해야 한다). 또 이반처럼 언어를 습득한 시기에 아버지를 이상화하게 되면 아버지가 높이 평가하는 **'언어나 숫자 등을 사용하는 능력'**에 자신의 리비도를 집중하게 된다(이러한 심리적 메커니즘은 여자아이도 마찬

가지이다).[60]

만약 아버지가 어린아이의 이러한 리비도 집중을 수용할 수 있게 되면 어린아이는 수치심을 극복할 수 있다. 하지만 대체로 아버지는 어린아이의 기대에 부응하지 못한다. 이반의 경우에도 아버지가 어머니의 대체 대상이 되지 못하자 이반의 수치심은 자기 비난의 형태로 자신을 공격한다. 이러한 자기 비난은 자아가 취약한 강박적 유형의 경우에는 **'자기 불신'**으로 대치되지만, 자아가 강한 자기애적 유형(편집증)의 경우에는 **'타인에 대한 불신(냉소주의)'**으로 투사된다.[61] 이반은 강박적-자기애적 유형이므로 강박적 특질인 자기 불신과 자기애적 특질인 냉소주의를 모두 지니게 된다(아버지 표도르의 경우에는 복종 관념이 지배적인 정신구조로 되어있으므로 주로 **자기 불신**으로 나타난다). 결론적으로 이반의 정신과 아버지 표도르의 정신의 닮은 점은 두 사람 모두 **수치심**을 방어하기 위한 방어 패턴이 성격 구조의 중심을 이루고 있다는 것이다.[62] 조시마 장

---

60) p.25. M의 중심적인 자기 구조들은 의심할 여지 없이 어머니의 반응 부족으로 인해 결정적으로 손상되었다. 따라서 그는 반영해주는 자기 대상과의 관계에서 입은 상처를 이상화된 자기 대상과의 관계에서 만회하기 위하여 이상화된 아버지로 향했음-매우 전형적인 현상인-이 분명하다. M은 아동기에 그의 아버지의 어떤 능력들-아버지에게 중요한 역할을 했고, 그가 높이 평가했던 능력들, 특히 언어와 낱말을 사용하는 뛰어난 능력-을 이상화하고 그것을 획득하려고(즉, 그 자신의 자기 안으로 통합하려고) 애썼음이 분명하다. 여하튼, 환자가 청소년기 동안에 그리고 성인이 된 이후에 그의 과대적이고 과시주의적인 충동의 파생물들을 사회가 용인하는 방식으로 성취하고자 애쓴 것은 다름 아닌 언어사용을 통해서였다.

- H. 코헛《자기의 회복》中 -

61) p.115. 프로이트는 강박적 상태에서 최초의 자기 비난은 억압되고 자기 불신으로 대치된다는 사실에 주목한다. 그러나 편집증에서 자기 비난은 억압되고 타인에 대한 불신으로 투사된다.

- W. 마이쓰너《편집증과 심리치료》中 -

62) p.129. **냉소주의적 태도와 부정주의적 태도**(종종 건전한 비판과 혼동되는)는 수치심의 방어기제로서 나타나는 경멸의 또 다른 형태이다. 이런 태도는 기존의 가치 체계에 반대하는 동시에 타자들을 겨냥한다.

로는 아버지 표도르의 이러한 성격 구조의 정곡(뱃속)을 '환히 꿰뚫어 보고 있다'.

p.71. "… 장로님께서는 방금 '자기 자신에 대한 수치심을 버려야 한다, 모든 근원이 바로 거기에 있다'고 주의시켜 주셨지만, 그 말씀이야말로 저의 뱃속을 환히 꿰뚫어 보신 말씀입니다. 사실 저는 언제나 사람들 사이에 들어가게 되면 저 자신을 누구보다도 비열한 놈이라고 느끼게 되고, 또 모두들 저를 어릿광대로 취급하는 것만 같은 생각이 들곤 합니다. 그래서 저는 '그럼 정말 어릿광대가 되어 보이겠다. 네까짓 것들이 무슨 말을 하든 두려울 게 뭐냐. 네놈들은 모두 나보다 비열한 놈들인데!'라는 생각에서 어릿광대가 된 겁니다. 저는 수치심 때문에 위대하신 장로님, 저는 수치심 때문에 그렇게 된 놈입니다. 저는 시기심 때문에 미쳐 날뛰는 겁니다. 만일 사람들 앞에 나섰을 때, 모두가 곧 저를 가장 친절하고 가장 영리한 사람으로 받아 주리라는 자신만 있다면 – 아아, 저도 얼마나 선량한 인간이 될까요! 스승님!" 그는 느닷없이 무릎을 꿇었다. "영생을 얻으려면 무엇을 해야 하는 겁니까?" 그가 과연 농담을 하고 있는 것인지 아니면 정말로 그러한 감동을 느낀 것인지 이제는 분간하기도 어려웠다.

장로는 눈을 들어 그를 바라보고 미소를 지으며 말했다.

"무엇을 해야 하는지는 이미 오래 전부터 당신 자신도 알고 있을 거요. 그만한 지혜는 당신도 충분히 가지고 있으니까요. 음주를 삼가고 말을 조심하고 방탕에 빠지지 말 것이며, 특히 돈을 숭상하지 말아야 합니다. (중략) 그러나 다른 무엇보다도 중요한 것은 거짓말

- S. 마르크스 《나치즘, 열광과 도취의 심리학》 中 -

을 하지 않는 것입니다."

- 도스토옙스키 《카라마조프의 형제》 상 中 -

아버지 표도르도 젊은 시절 자신에 대해서 잘 알 수 있을 만큼 '충분한 지혜'를 가지고 있었다. 하지만 표도르는 사람들이 자신을 '가장 친절하고 가장 영리한 사람'으로 받아 주지 않는다며 자기를 불신하고 있다. 아버지 표도르가 이러한 심리를 가지게 된 원인은 이반과 마찬가지로 어린 시절 어머니 사랑의 박탈과 같은 심리적 외상을 경험했기 때문이다. 무의식은 이러한 수치심을 방어하기 위해서, 다시 말해 원래의 감정인 수치심을 은폐하기 위해서 자기기만(거짓말)을 하게 된다. 전능 관념이 지배적인 이반의 경우에는 **수치심과 정반대의 감정**인 **오만함**을 느끼도록 자기기만을 하고, 복종 관념이 지배적인 아버지 표도르의 경우에는 **수치심을 더 강하게 느끼도록 어릿광대**로 자기기만을 한다.[63] 아버지 표도르가 어릿광대라고 비웃음과 경멸을 받고 있다고 느끼면서도 오히려 더 파렴치하게 행동하는 이유도 수치감을 방어하기 위해서이다. 하지만 수치심은 억압된 것이지 제거된 것이 아니다. 수치심의 무의식적 활동은 전능 관념이 지배적인 이반에게는 **'우울증'**으로 나타나고 복종 관념이 지배적인 아버지 표도르에게는 **'조증'**으로 나타난다(코미디언과 같은 사람이 여기에 속한다).[64] 우울증과 조병의 증상은 이렇게 **'정반대'**로 나타나지만, 우울

---

63) p.129. 수치심은 심리분석학에서 '반응 행위'라고 불리는 일종의 장치를 통해 방어될 수도 있다. 반응 행위란 쉽게 설명하자면 외부를 향해 어떤 감정의 정반대 감정을 표현함으로써 원래의 감정을 은폐하려는 현상이다. 수치심에 따르는 반응 행위의 경우 그것을 숨기기 위해 의도적으로 파렴치한 행동을 하는 것을 예를 들 수 있다.

- S. 마르크스 《나치즘, 열광과 도취의 심리학》 中 -

64) p.153. …, 경미하게 경조증적인 사람은 매우 유쾌한 분위를 만들어 낸다. 많은 코미디언들과 연예인들은 반짝이는 재치와 활력과 재미있는 말솜씨, 그리고 전염성이 있는 유쾌한 기분을 선보인다. 이런 것들은 오랜 시간에 걸쳐 고통스러운 감정을 성공

증과 조병의 내용이 수치심과 관련된 '**똑같은 콤플렉스와 싸우는 것**이라는 점에서는 **다르지 않다**.'

p.258. 우울증의 가장 두드러진 특징, 따라서 정말 설명이 필요한 특징은 바로 우울증이 그 증상과는 정반대의 상태인 조병(躁病, Manie)으로 돌변하는 경향이 있다는 것이다. 물론 우리가 알고 있는 바로는 이와 같은 조병으로의 변화가 모든 우울증에서 다 일어나는 것은 아니다. (중략) 하지만 또 다른 일부 우울증의 경우는 우울증 증상의 단계와 조병의 단계가 주기적으로 교차하면서 일부 광기의 증상이 나타나기도 한다. (중략) 이런 점에 비추어, 우울증에 관한 정신분석적 설명을 조병에까지 확대시키는 일이 가능할 뿐만 아니라 우리와 같은 정신분석학자들에게는 그것이 당연히 해야 할 의무이기도 하다.

… 일부 정신분석가들이 표현한 우울증과 조병의 정신분석 인상이란 조병의 내용이 우울증의 내용과 다르지 않다는 점, 그리고 두 질병 모두 똑같은 〈콤플렉스〉와 싸우는 것이라는 점, 그러나 우울증에서는 자아가 그 콤플렉스에 굴복한 반면 조병에서는 자아가 콤플렉스를 극복하거나 한쪽으로 밀어내었다는 점 등이다.

- S. 프로이트 《정신분석학의 근본 개념, 『슬픔과 우울증』》 中 -

전능 관념이 지배적인 이반의 강한 자아는 아이러니하게 수치심을 극복하지 못했지만, 복종 관념이 지배적인 아버지 표도르의 약한 자아는 수치심을 극복한다. 이반이 수치심을 극복하지 못한 이유는 역설적으로 자

적으로 걸러 내고 변형한 사람들의 특징이다. 하지만 가까운 친구들은 이들의 우울한 이면과 조증의 매력으로 인해 치르는 심리적 대가를 어렵지 않게 볼 수 있다.

- N. 맥윌리엄스 《정신분석적 진단》 中 -

아가 강해서 수치심에 굴복했기 때문이다. 바꿔말하면 자아가 강해서 수치심을 한쪽으로 밀어내지 않고 그것을 의식 속에 입장시키면서 극복하려고 한다는 것이다. 반면 표도르의 약한 자아는 '**우울을 부인**함으로써', 즉 의식 속에 수치심이 입장하지 못하게 밀어냄으로써 수치심을 극복한다. 이렇게 수치심을 방어하는 데 있어서 전능 관념이 지배적인지 아니면 복종 관념이 지배적인지에 따라서 **'정반대의 전략'**으로 삶에 접근하지만, 성격 구조를 형성하는 기본적인 주제나 두려움, 갈등 등은 **'서로 비슷하다.'**[65] 이반이 아버지 표도르가 **'사상만은 정확했다'**라고 말하는 이유는 전능 관념이 지배적인 이반이 보기에는 아버지가 '더러운 돼지만도 못한' 방어 패턴(조증)으로 자신의 정신을 보호하고 있지만, 그 방어 패턴**(사상)은 정확하다**는 것을 간파하고 있기 때문이다(형상, 우상, 사상에 대한 집착은 이러한 방어 패턴의 일종으로 모두 정신병리에 속한다).

p.54. "내가 말이다. 만일 그렇다면 모든 짓이 허용되는 것이 되지 않느냐고 물었더니 그 녀석은 얼굴을 찌푸리면서 '우리 아버지 표도르 파블로비치는 더러운 돼지만도 못한 사람이지만, 그래도 사상만은 정확했어요'라고 말하는 거야. …"

- 도스토옙스키 《카라마조프의 형제》 하 中 -

아버지 표도르가 **'수치심 때문에 그렇게 되고 시기심 때문에 미쳐 날뛰**

---

65) p.319. …, 또한 우울의 부인(denial)을 특징으로 하는 성격 패턴, 즉 조증, 경조증, 순환성이라고 불려 온 성격을 지닌 사람들의 (중략). 후자에 속하는 사람들은 우울한 사람들이 무의식적으로 사용하는 것과는 정반대의 전략으로 삶에 접근하지만, 성격을 조직하는 기본적인 주제, 기대, 소망, 두려움, 갈등, 무의식적인 이해의 틀은 서로 비슷하다.

- N. 맥윌리엄스 《정신분석적 진단》 中 -

는 것'이라고 말하듯이 수치심은 **자신을 '그렇게** 만들고' 즉 정신병리에 걸리게 만든다. 수치심이 정신병에 걸리게 하는 이유는 심리적 외상을 방어하기 위해서 리비도가 정욕(공격성)으로 변질되었기 때문이다. 수치심이 지닌 공격성은 인간을 '**야망과 가시적 목표**에 쫓기게 만든다.[66] 만약 이러한 야망과 목표가 실패하면 그에 따른 수치심과 시기심이 지닌 공격성(자기애적 진노)은 자신을 공격해서 **자기 파괴적 충동**을 끌어내고 동시에 세상에 대해서는 미쳐 날뛰게 만들어 **'세계의 파괴자'**가 되려는 충동으로 발현된다.

> p.283. **세계의 파괴자**-이 사람에게 어떤 일이 잘 되지 않는다. 마침내 그는 격분해 소리친다. '세계가 모두 멸망해버려라!' 이 혐오스러운 감정은 최대의 시기심에서 비롯된 것으로, 이렇게 추론한다. '나는 어떤 것을 소유할 수 없다. 따라서 전 세계는 아무것도 가져서는 안 된다! 전 세계는 무(無)여야 한다!'
>
> - F. 니체 《아침놀(책)》 中 -

66) p.191. (주석) 수치심을 느끼는 경향이 있는 많은 개인들은 강한 이상을 가지고 있지 않으며, 그들 대부분이 자신들의 야망에 쫓기고 있다. 즉 그들의 정신적 불균형(수치로서 경험된)은 그들의 자아가 중화되지 못한 과시적 이상들 때문이지, 과도하게 강한 이상 체계와 관련된 상대적인 자아의 연약성에 있는 것이 아니다. 또한 이러한 개인들이 그들의 결점과 실패에 대해 강렬하게 반응하는 것 역시, 드물게 예외는 있지만, 초자아의 활동에 기인하는 것이 아니다. 그러한 개인들은 그들의 야망과 가시적 목표를 추구하는 데 따른 실패를 경험한 후에 먼저 심한 수치감을 경험하고, 그 다음에 종종 자신들을 성공적인 경쟁자와 비교하며 강한 시기심을 느낀다. 이러한 수치심과 시기심은 궁극적으로 자기-파괴적 충동을 이끌어낸다. 이 충동 또한 자아에 대한 초자아의 공격으로 이해할 것이 아니라 고통받는 자아가 실망스런 실패의 현실을 지워버리기 위한 노력으로 이해해야 한다. 다른 말로, 자기-파괴적 충동은 여기에서 우울증 환자의 자살 충동과 유사한 것이 아니라 자기애적 진노의 표현으로 이해해야 한다.

- H. 코헛 《자기의 분석》 中 -

전능 관념이 지배적인 이반이 수치심을 극복하는 일반적인 방법은 가상의 적(박해자 또는 비난자)에게 역공격할 수 있는 **'강력한 힘(권력)'**을 손아귀에 넣을 수 있을 때이다.[67] 이반이 세계 지배를 갈망하는 이유도 권력을 **'상처받지 않는 것'**(수치심을 느끼지 않는 것)과 동일시하기 때문이다. 그에게 있어서 타인을 사랑하고 세상을 허용하는 것은 자신의 약함을 인정하는 것과 같다. 이반이 몹시 괴로운 고통을 아무렇지도 않은 듯 견디며 **'신의 조화를 거부하고 자신만의 방법'**을 서두르는 이유도 신의 조화를 인정하는 것이 신(박해자)에게 굴복하는 것이 되기 때문이다.

p.400. 오, 알료샤, 나는 결코 신을 비방하려는 건 아니다! 만약 하늘 위와 땅밑에 있는 모든 것이 하나의 찬미가가 되어, 삶을 누리고 있는 모든 것과 전에 삶을 누렸던 모든 것이 소리를 합하여 '주여, 당신의 말씀은 옳았나이다. 이는 당신의 길이 열렸기 때문이었습니다!'라고 부르짖을 때, 우주 전체가 얼마나 진동할 것인가 하는 것도 나는 잘 알고 있어. 그리고 그 어머니가 자기 아들을 개한테 물어 뜯기게 한 폭군과 얼싸안고, 이 셋이 다 같이 눈물을 흘리며 소리를 합하여 '주여, 당신의 말씀이 옳았나이다'라고 외칠 때 그때야말로 인식의 승리가 도래하여 모든 것이 명백하게 해명될 것이 틀림없어. 그러나 여기엔 또 하나의 장애가 있어. 나는 그것을 허용할 수가 없는 거야. 그래서 나는 이 지상에 살고 있는 동안 나 자신의 방

67) p.143. 편집증에서 드러나는 강력한 힘에 대한 추구는 가상적인 비난자에 대한 일종의 역공격이다. (중략) 편집적 반응은 자신이 박해당하고 있다는 느낌에 확신을 더해준다. 편집증 환자는 힘을 상처받지 않음과 동일시한다. 그는 어떤 형태에서든 약함을 경멸하며 종종 몹시 괴로운 고통을 아무렇지도 않은 듯 견딜 것이다. 나이즈가 지적하듯이, "그들에게 있어서 사랑을 소망하는 것은 약함을 인정하는 것이며 굴복을 받아들이는 것과 같다. …"

- W. 마이쓰너 《편집증과 심리치료》 中 -

법을 서둘러야 해.

- 도스토옙스키 《카라마조프의 형제》 상 中 -

조시마 장로가 '**자기 자신에 대한 수치심**을 버려야 한다, **모든 근원이 바로 거기에 있다**'라고 말하는 이유는 이반이나 표도르와 같은 성격 구조를 지닌 사람에게는 수치심에 대한 방어가 그들의 모든 고통과 불행을 가져오는 근원이 되기 때문이다. 그런데 아버지 표도르는 '**느닷없이** 무릎을 꿇고 조시마 장로를 스승님이라고 부르며 **불멸(영생)**을 얻으려면 무엇을 해야 합니까?'라고 묻는다. 여기서도 정신병리와 불멸은 동전의 양면처럼 서로 반대되는 관계가 있으며 정신병리가 치료되면 불멸을 얻을 수 있다는 것을 알 수 있다. 아버지 표도르의 질문에 조시마 장로는 '**방탕**에 빠지지 말고 **특히 돈**을 숭배하지 말라'고 말한다. 방탕에 빠지는 것은 모든 여자를 아내로 삼으려는 상징 행위이고 돈을 숭배하는 것도 융합 욕망(항문 충동)의 상징 행위이다. 아버지 표도르가 자신의 수치심을 방어하기 위해서 이러한 방어막(껍질)을 사용하고 있는 이유는 **복종 관념**이 지배적이기 때문이다(전능 관념을 지배적인 이반은 **권력**을 숭배한다).

그런데 조시마 장로는 불멸을 얻기 위해서는 '다른 무엇보다도 중요한 것은 **거짓말**을 하지 않는 것'이라고 말한다. 거짓말은 무의식적인 자기기만을 의미한다. 무의식적 자기기만은 심리적 외상을 방어하기 위해서 본래 자아에서 분열된 거짓 자아(순응적 자아)의 작용이다.[68] 전능 관념이

68) p.267. 병리적인 경우에 촉진적 환경이 어떤 면에서 어느 정도 실패함으로써 유아는 그의 정신 안에 분열(spilt)을 발달시킨다. 이때 유아는 분열된 반쪽으로 대상과 관계를 맺게 되는데, 이를 위해 거짓 자기 또는 순응적 자기를 발달시킨다. 유아는 분열된 다른 반쪽으로 주관적 대상 또는 몸의 경험에 기초한 단순한 현상과 관계를 맺는데, 이런 것들은 객관적으로 지각된 세상의 영향을 거의 받지 않는다.

- D. 위니캇 《성숙과정과 촉진적 환경》 中 -

지배적인 이반에게 거짓 자아는 자신을 **과대평가**하는 **과대 자아**를 말하고 복종 관념(자기애적 취약성)이 지배적인 아버지 표도르의 거짓 자아는 자신을 **과소평가**하는(축소시키는) **어릿광대**를 말한다.[69] 불멸을 얻기 위해서 자기기만을 하지 말아야 하는 이유는 과대 자아나 어릿광대와 같은 **껍질(성격)**이 자신의 **본질(불멸)**을 보지 못하고 발견하지 못하도록 방해하고 있기 때문이다.

《카라마조프의 형제》에서는 이반의 성격 구조와 유사한 성격 구조를 지닌 인물이 한 명 더 있다. 이반의 어린 시절의 모델인 콜랴이다. 콜랴가 한편으론 세계 지배를 갈망하면서도 또 다른 한편으로 **'세계의 모든 질서를 무너뜨리고 싶은'** 생각을 하는 이유도 이반처럼 수치심을 방어하기 위해서이다. 다만 콜랴가 이반보다 **좀 더 권력 지향적**인데 그 이유는 아동기에 이반이 아버지를 **멸시**한 것과 달리 아버지를 **이상화**했기 때문이다.

> p.446. "… 그러나 이젠 당신이 절 경멸하지 않는다는 걸 확신하게 됐어요. 그건 전부 제 망상이었어요. 아아, 카라마조프씨, 전 정말 불행해요. 전 가끔씩 별 이유도 없이 모든 세상 사람들이 나를 비웃고 있다는 생각이 들 때가 있어요. 그런 땐 금방 세상의 모든 질서를 무너뜨리고 싶은 생각이 들지요."
>
> "그래서 주위 사람들에게 괴로움을 주겠지" 하고 알료샤는 미소 지었다.

---

69) p.275. 우리는 앞의 언급 외에도 지나치게 농담이 심한 대부분의 사람들이 그와 같은 특징적인 방어를 사용하는 이유는 그들의 자기애적 취약성 때문이라는 사실을 첨가할 수 있다. 곧 그들은 계속해서 타인과 자신을 축소시키는 농담을 통해서 그들 자신의 자기애적 긴장(자기애적 격노의 압력을 포함해서)을 다루지 않으면 안 된다(자기애 심리학의 틀 안에서 농담 및 냉소주의와 진정한 유머 감각의 차이점에 관해서는 코헛, 1966a를 보라).

- H. 코헛 《자기의 분석》 中 -

"네, 주위 사람들 중에서도 특히 어머니를 괴롭게 하죠. 카라마조프씨, 제가 지금 아주 우습게 보이죠?"

"… 요즘 거의 모든 재능 있는 사람들은 자기가 우습게 보일까 봐 두려워 하고 있는데 그 때문에 그 사람들은 불행해지지. 단지 나는 자네가 그처럼 일찍 그런 것에 신경을 쓰기 시작했다는 사실에 놀랐던 거야. 하긴 자네뿐 아니라 다른 사람들에게서도 나는 전부터 그런 것을 많이 봐 왔지. 요즈음 어린아이들마저도 그런 문제로 괴로워하고 있거든. 이것은 아무래도 정상적인 현상은 아니야. 악마가 그런 자존심이라는 탈을 뒤집어쓰고 전 세대 속에 기어 들어왔어. 그건 순전히 악마라구" 하고 알료샤는 덧붙여 말했으나, (중략)

"하지만 콜랴, 앞으로 자네의 한평생은 불행하게 될 거야." 무슨 이유에선지 알료샤는 이런 소리를 던졌다.

"알아요, 저도 알고 있어요. 정말 당신은 모든 걸 미리 잘 아는군요." 콜랴는 즉시 시인하였다.

- 도스토옙스키 《카라마조프의 형제》 중 中 -

콜랴와 같은 자기애적 특질(편집증)이 강한 성격 구조의 **모든 문제**는 세상 사람들이 자신을 **경멸**하고 자신을 **비웃고 있다**고 느끼는 **'망상'**에 있다.[70] 이반의 수치심의 원인이 어머니 사랑의 박탈이라면 콜랴의 수치심의 원인은 **아버지의 조기 사망**이다. 이반이 어머니 사랑의 박탈을 아

70) p.303. 편집적인 사람의 자기 표상은 무능하고, 창피스럽고, 혐오스러운 자기 이미지와 전능하고, 정정당당하고, 의기양양한 자기 이미지로 양극화되어 있다. 이러한 두 이미지 간의 긴장이 이들의 주관적 세계를 뒤덮고 있다. 그러나 잔인하게도 어떤 쪽도 위안을 제공하지 못한다. 양극의 약한 쪽은 학대와 경멸에 대한 공포가 따라다니며, 반면 강한 쪽은 심리적 권력의 필연적인 부작용, 즉 궤멸적인 죄책감을 낳는다.

- N. 맥윌리엄스 《정신분석적 진단》 中 -

버지 탓으로 돌려서 아버지를 멸시듯이 콜랴가 '**특히 어머니**를 괴롭게 하는' 이유는 아버지의 조기 사망을 어머니의 탓으로 돌리고 있기 때문이다. 이러한 수치심에는 리비도가 집중됨으로써 **'악마(정욕)'**가 되며 '그 악마가 자존심(과대 자아)이라는 탈을 쓰고' 주체의 정신을 지배하게 된다. 특히 현대에는 핵가족화 등으로 인해서 과대 자아(자기 병리)가 어린아이뿐만 아니라 **'전 세대 속에 기어들어 왔다.'**[71] 그래서 인류는 시간이 갈수록 불행해질 수밖에 없다. 또 이러한 정신병리를 갖고 자라난 어린아이는 그들의 자식들에게 자신의 정신병리를 물려줌으로써 부모의 고통과 불행을 반복 재현하게 만든다.

재능있는 사람들이 자신이 우습게 보일까 봐 **'두려워하는'** 이유는 재능은 **선천적으로** 타고난 것이 아니라 바로 그 두려움을 방어하기 위해서 **후천적으로** 구조화된 것이기 때문이다. 《신약성서》의 표현을 빌리면, 재능은 '하나님 아버지께로부터 온 것이 아니요 세상으로부터 온 것'이다. 그래서 바로 그 때문에 고통스러워하고 불행해진다. 도스토옙스키의 예언처럼 이제는 어린아이들마저도 어떻게 자신의 재능을 발휘해서 다른 사람보다 더 성공할지에 대한 문제로 괴로워하고 있다. 마르크스의 용어를 빌리자면 어린아이부터 어른까지 온 일류가 **'할례받은 유대인'**이 되어가는 것이다. 하지만 조시마 장로의 말처럼 수치심(두려움)에서 벗어나기 위해서는 자신의 재능을 발휘하는데 집중할 것이 아니라 **수치심(두려움)을 버리는 데** 집중해야 한다. 알료샤가 콜랴가 '한평생 불행하게 될 것이

71) p.269. 오늘날 자기 병리가 증가하는 현상은 이 시대의 사회적 요인들–핵가족들, 집안에 없는 부모들, 하인들의 감소 또는 잦은 교체–과 관련되어 있으며, 그러한 요인들이 아이에게 자극이 부족하고 외로운 환경을 제공하거나, 자기 병리를 앓고 있는 부모의 병인적인 영향을 완화시킬 기회를 갖지 못한 채, 그들의 병리에 아이들을 노출시킨다.

- H. 코헛 《자기의 회복》 中 -

라고 **미리 아는**' 이유는 콜랴가 자신의 수치심을 방어하기 위해서 자신의 뛰어난 재능이나 탁월한 지적 능력을 최고로 발휘할 것이기 때문이다. 도스토옙스키가 인류가 한평생 불행하게 될 것이라고 미리 알 수 있는 이유도 인류가 과대 자아(자만심)가 지닌 정욕을 억제하지 못하고 모든 사람을 죽이고 자기 자신도 파멸할 때까지 서로 싸우고 경쟁할 것이기 때문이다.

지금까지 몇 가지 자기애적 특질을 고찰했지만, 무엇보다도 자기애적 특질 중 가장 두드러진 특질은 **탁월한 지적 능력**이다. 이반의 가장 두드러진 특질도 **'날카로운 지력'**이다.

> p.220. "… 그는 훌륭한 교육을 받은 제법 날카로운 지력(知力)의 소유자이긴 하지만 아무것도 믿으려 하지 않고 많은 것을, 인생에 있어서의 많은 것을 자기 아버지처럼 부정했고 또 말살하고 있습니다. 우리 일동은 이미 그의 설명을 들은 바 있습니다. 그는 이곳 사교계에서 환영을 받고 있습니다. 그는 자기 의견을 감추려고 하지 않았을 뿐만 아니라 오히려 그와 반대로 탁 터 놓고 자기 의견을 토로했습니다. 그래서 나도 지금 그에 대해 다소 노골적으로 말할 수 있는 용기를 얻게 된 셈입니다. 그러나 이것은 물론 한 개인으로서가 아니라 카라마조프의 일원으로서 논하는 것입니다. …"
>
> - 도스토옙스키 《카라마조프의 형제》 하 中 -

이반의 **부정적인** 자기애적 특질(편집증)이 정신적 표상으로 발현된 것이 '자기 아버지처럼' 아무것도 믿으려 하지 않는 **냉소주의적인** 태도와 세상의 많은 것을 **'부정하고 또 말살하려는'** 태도이다. 반면 이반의 **긍정적인** 자기애적 특질(행동성)이 정신적 표상으로 발현된 것이 '자기 의견을 감추려고 하지 않고 탁 터놓고 자기 의견을 토로하는' 태도이다. 그중 에서 이반의 두드러진 자기애적 특질은 **'제법 날카로운 지력'**이다. 자기 애적 유형이 탁월한 지능을 갖게 되는 이유는 일차적으로는 리비도가 정 신에 지배적으로 배분되므로 정신적 활동에서 성적 쾌락을 느끼기 때문 이다. 이러한 성격적 특질은 하나의 표상 행위로 나타나는데 바로 **독서**이 다. 성애적 유형이 성적 행위에서 성적 쾌락을 느끼듯이 자기애적 유형은 독서 등과 같은 사유 활동에서 성적 쾌락을 느낀다.

도스토옙스키가 인물의 성격 구조를 설명할 때 독서를 좋아한다는 표 현을 사용하는 이유는 독서가 자기애적 특질의 가장 중요한 표상 행위 중 하나이기 때문이다. 조시마 장로나 콜랴가 독서를 좋아하는 이유도 그들 이 자기애적 특질을 지니고 있기 때문이다. 다만 리비도 배분 차이로 인 해서 독서의 종류는 다를 수 있다. 예를 들어 조시마 장로가 좋아하는 책 은 **'성서'**인데 이러한 독서 경향은 조시마 장로의 성격 구조가 강박적 특 질(종교인)과 자기애적 특질(철학자)이 혼합된 성격 구조를 지니고 있으 며 그중에서도 강박적 특질이 더 강한 유형임을 짐작할 수 있게 해 준다.

> p.26. 그래서 나는 향락 속에 몸을 던져 젊은 혈기에 아무 거리낌 없이 행동하였다. (중략) 그런데 한가지 이상한 점은 그 당시에도 나 는 책을 읽고 있었을 뿐 아니라 커다란 만족까지 느끼고 있었다. 그 러나 성경만은 거의 한 번도 펼쳐 본 일이 없었다. 그러면서도 그것 을 내던져 버리지 못하고 어딜 가나 늘 몸에 지니고 다녔다.
>
> - 도스토옙스키 《카라마조프의 형제》 중 中 -

다만 조시마 장로가 '성서를 거의 한 번도 펼쳐 본 일이 없고 **늘 몸에 지니고 다녔다**'라는 사실은 일종의 상징 행위로 해석될 수도 있다. 가령 어머니 표상을 지닌 대상으로서 성서를 몸에 지니고 다녔을 수도 있다. 이반의 어린 시절 모델인 콜랴가 독서를 좋아하는 것도 콜랴의 성격 구조가 자기애적 특질을 지니고 있다는 것을 보여주기 위해서이다. 주목할 점은 콜랴가 좋아한 책이 **'아버지의 유물'**이라는 사실이다.

> p.383. 아버지의 유물 중에는 책장이 하나 있었는데, 그 속에는 약간의 책이 꽂혀 있었다. 콜랴는 책 읽기를 좋아하여 그 중의 몇 권을 벌써 남몰래 읽었다. 어머니는 그것에 대해서 별로 염려하고 있지는 않았지만 어린 녀석이 밖에 나가 놀지는 않고 책장 옆에 붙어 앉아 몇 시간이나 무슨 책을 열심히 읽는 것을 보고 이따금 이상하게 생각하였다. 이렇게 콜랴는 그 나이에 읽어서는 안 될 책들까지 읽었던 것이다.
>
> \- 도스토옙스키 《카라마조프의 형제》 중 中 -

상기하자면 알렉산더, 카이사르, 나폴레옹과 같은 인물들도 모두 독서를 좋아하는 인물들이었으며 이러한 사실은 그들의 성격 구조가 자기애적 특질을 지니고 있었음을 보여준다.[72] 히틀러도 《나의 투쟁》에서 '**오페라**와 **책**이 자신의 유일한 친구'라고 말하고 있는 데 이러한 자기 고백은 그의 성격 구조가 성애적 특질(예술가)과 자기애적 특질(철학자)이 혼합된 성애적-자기애적 유형이라는 것을 보여준다(히틀러가 오페라를 즐겼다는 사실은 그의 리비도가 눈에 집중되어 정욕화되었다는 것을 의미한

72) p.1208. 그는 천성적으로 학문과 책 읽기를 좋아했다. 오네시크리투스에 따르면, 알렉산드로스는 아리스토텔레스가 쓴 호메로스의 《일리아드》 교정판을 늘 끼고 다니면서 군사학의 보물 창고라 말하고, 잠을 잘 때에도 칼과 함께 베게 밑에 감춰두었다고 한다.

\- 플루타르코스 《영웅전 II》 中 -

다).[73] 콜랴가 **'수학과 세계사'**에 관심이 있다는 것은 그의 성격 구조가 종교인보다는 약한 강박적 특질(과학자)과 자기애적 특질(철학자)을 지니고 있다는 것을 의미한다.

p.381. 그녀는 결혼 생활 1년 만인 열여덟에 아들을 하나 낳고 청상과부가 되었던 것이다. 그 후로, 말하자면 남편이 죽은 후로 그녀는 이 귀한 자기 아들 콜랴를 키우는데 정성을 다 바쳤다. 지난 14년 동안 어머니는 헌신적으로 아들을 사랑해 왔으나 기쁨보다는 고통 쪽이 훨씬 더 많았다.

(중략)

그는 용감하고 '아주 힘센' 소년이었다. 이러한 소문은 곧 학급 안에 퍼져 사실로 인정받게 되었다. 그는 민첩하고 고집 세고 대담하고 모험심이 강했다. 공부도 잘해서 수학과 세계사는 다르다넬로프 선생도 쩔쩔맬 정도라는 소문까지 나돌았다.

(중략)

… 특히 그는 자만심이 강했다. 심지어는 자기 어머니에게마저 폭군처럼 굴어 자기에게 굽실거리도록 만들었다. (생략) 그녀는 언제나 콜랴가 자기에게 냉담한 것처럼 생각되어 이따금 발작적으로 눈물을 흘리며 아들의 냉정을 나무라는 것이었다. 소년은 그것이 싫어서 애틋한 애정을 요구하면 할수록 일부러 더 완고한 태도를 취

---

73) p.150. 내가 책을 살 때마다 그 관심이 일어났다. 오페라 극장에 한 번 다녀오면 며칠을 배고픔으로 허덕였다. (중략) 음식비를 절약하여 가끔 오페라를 구경하는 것을 제외하고는 책만이 나의 유일한 친구였다.

나는 그 무렵 이것저것 닥치는 대로 많은 책을 읽었다. 일이 좀 한가할 때는 쉴 새 없이 공부했다.

- A. 히틀러 《나의 투쟁》 中 -

하게 되는 것이었다. 그러나 그것은 일부러 그러는 것이 아니라 자기도 모르게 그렇게 되는 것이었다. 그것이 그의 성격이었다. 그것을 어머니는 잘못 생각하고 있었다. 사실 그는 어머니를 무척 사랑하고 있었으나 그의 중학생다운 표현에 의하면 '송아지 같은 애정'이 싫었을 뿐이었다.

- 도스토옙스키 《카라마조프의 형제》 중 中 -

우선 삼 형제 모델을 적용해서 콜랴의 정신분석을 하자면 콜랴는 첫째 아들이면서 셋째 아들(막내)이므로 기본적으로 **성애적-자기애적** 유형이라고 할 수 있다. 특히 아버지의 조기 사망으로 거세 위협이 없었고 어머니의 헌신적인 사랑을 받았으므로 **자기애적 특질이 매우 강한** 유형이다. 도스토옙스키의 콜랴에 대한 묘사에서도 그가 **'아주 힘센'** 소년이라는 점에서 그의 성격 구조가 리비도가 신체에 집중된 **성애적 특질**을 지니고 있으며, **'특히 자만심이 강한'** 소년이라는 점에서 **자기애적 특질(자기 자랑의 정욕)이 특히 강한** 성격 구조로 되어있음을 알 수 있다.

다만 콜랴가 어머니에 대한 '송아지 같은 애정'을 싫어하는 점에서 그가 어머니 표상이 아닌 아버지 표상을 이상화하고 있음을 알 수 있다(이반의 무의식은 어머니 표상을 이상화하고 있다). 콜랴가 자기 어머니에게 폭군처럼 굴고 '일부러 그러는 것이 아니라 **자기도 모르게**' 어머니에게 더 완고한 태도를 보이는 이유도 그의 무의식이 아버지를 이상화해서 **아버지처럼 보이고 싶기 때문**이다. 콜랴가 아버지를 이상화한 이유는 아버지의 조기 사망으로 거세 위협 등 현실적인 아버지의 단점을 발견하고 실망할 기회가 없었기 때문이다.[74] 콜랴가 '아버지의 유물'에 집착하는 이

74) p.94. 그보다는 아이가 아버지 상을 자기애적으로 이상화하는 것은 그에게 점진적인 환멸 경험을 제공해 주는 현실적인 대상이 없었기 때문이라고 이해해야 한다. 현실적인 아버지의 단점을 발견한 기회가 없을 때, 아버지에게 집중된 리비도를 철수시키는

유도 아버지를 이상화했다는 증거이다.

이러한 아버지에 대한 이상화로 인해서 콜랴는 성인이 되었을 때 양심보다는 아버지의 표상을 지닌 권력을 더 추구하게 되고 권력을 획득하는 데에서 자기애적 지원과 긍정을 얻고자 하게 된다.(이반은 고결한 어머니를 이상화했기 때문에 권력보다는 양심에 더 집착한다). 아버지의 조기 사망으로 아버지를 이상화한 성격 구조를 지닌 실제 인물은 니체이다. 인간의 무의식은 이렇게 부모의 한쪽을 상실하게 되면 부모의 한쪽을 상징하는 대상에게서 상실한 부모를 다시 찾으려고 시도를 하게 된다. 예컨대 어머니를 상실하게 되면 어머니를 상징하는 우주나 대지에서 어머니를 다시 찾으려고 하고 아버지를 상실하게 되면 아버지를 상징하는 태양이나 자연의 웅장함에서 아버지를 다시 찾으려 한다.

> p.381. 그러므로 해(日)도 역시 아버지를 나타내는 승화된 상징의 하나인 것이다. (중략) 부모가 있는 이 그림에서 해(日)에 상대되는 것은 〈어머니 대지〉이다. 정신분석으로 신경증 환자의 병적인 환상을 해결하다 보면 위의 주장이 사실로 밝혀지는 경험을 자주 하게 된다. 나는 이 모든 것과 우주 신화의 관계에 대해 겨우 조금밖에 이야기할 수 없다. 내 환자 중 한 사람은 어렸을 때 아버지를 잃었는데, 항상 자연의 웅장하고 고상한 것 중에서 아버지를 다시 찾으려고 하고 있었다. 이것을 알게 된 후 나는, 니체의 「해 뜨기 전

일과 그에 따른 구조 형성이 늦어지며, 그 결과 그만큼 이상화가 계속되게 된다. 앞에서 언급한 것과 같은 그런 환상들이 외적 박탈에 대한 반동으로 형성되고, 의식적으로 정교화되고, 일정기간 아이를 사로잡음으로써 아이의 발달과제를 지연시키게 된다. (중략) 그는 계속해서 이상화 자기-대상에게 무의식적으로 고착된 채 그 대상을 그리워하며, 충분히 이상화된 초자아를 박탈당한 채 끊임없이 바깥에서 전능한 힘을 추구하면서, 그 힘으로부터 지원과 긍정을 얻고자 할 것이다.

- H. 코헛 《자기의 분석》 中 -

에』는 같은 열망을 표현한 것이라고 생각하게 되었다.

- S. 프로이트 《늑대 인간, 『쥐 인간』》 中 -

앞서 언급한 바와 같이 독서는 자기애적 특질을 표상하지만, 독서의 종류에 따라서 혼합된 특질을 유추할 수 있다. 일반적으로 수학(또는 과학)과 관련 있는 책에 관심이 있다는 의미는 성격 구조가 강박적 특질을 지니고 있다는 뜻이다. 아버지의 거세 위협을 방어하기 위해서 자신의 성적 욕망을 계산이나 측정으로 대체하려고는 경향 때문이다. 쉽게 말해서 **'여자를 포기하고 수학을 공부하는 것'**이다.

p.46. 수학은 흔히 성적 관심을 다른 데로 돌리는 데 효과가 있기로 정평이 나 있다. 이미 장-자크 루소도 이런 충고를 그에게 등을 돌린 한 부인에게서 받은 적이 있었다. 〈여자를 포기하고 수학을 공부하세요〉. 내 환자였던 젊은이도 역시 수학과 기하학에 각별히 열중했다. 그의 이 열성은 성적인 것과 아무런 관련이 없는 수학이나 기하학 문제를 풀다가 그 문제들의 영향을 받아 그의 이해력이 갑자기 마비될 때까지 계속되었다.

- S. 프로이트 《예술, 문학, 정신분석, 『빌헬름 옌젠의 『그라디바』에 나타난 망상과 꿈』》 中 -

예외적인 경우도 있는데 아버지의 수학적 재능을 이상화하는 경우이다. 이렇게 아버지 표상을 이상화하는 경우에는 거세 위협을 느끼지 않으므로 자신의 리비도를 최대한 집중해서 소질과 재능을 계발할 수 있다. 대표적인 인물이 파스칼이다. 3세 때 어머니를 여의고 **회계사인 아버지** 밑에서 자란 파스칼은 아버지의 재능을 이상화함으로써 **'수학의 신동'**으로 불렸으며 컴퓨터의 전신인 **계산기**를 발명했다.[75] 파스칼이 수학 분야에서 천재성을 발휘하면서도 정신분석적으로 심오한 책인 《팡세》를 쓸 수 있었던 이유는 아버지의 거세 위협이 없었으므로 무의식적 방어와 검열이 거의 형성되지 않았기 때문이다.[76] 그럼에도 어머니의 조기 사망으로 **자기 향토에 대한 유대**와 **어머니 신**과 **리비도적 목적(불멸과 결합)**을 상실함으로써 젊은 나이에 요절한다.

콜랴가 수학에 재능이 있는 이유도 강박적 특질 때문이 아니라 아버지의 재능을 이상화했기 때문이라고 할 수 있다. 여기서 의문이 제기될 수 있는데 콜랴가 본 적도 없는 아버지 표상을 이상화할 수 있는 이유는 자신에게 결핍된 아버지 표상을 주변에서 발견해서 그 대체 인물들의 표상을 동일시하기 때문이다. 반면 콜랴가 세계사에 재능이 있는 이유는 자기애적 특질 때문이다. 요약하자면 콜랴가 수학에 재능이 있다는 의미는 아버지 표상(자연 과학 분야)을 **능동적으로** 이상화했다는 뜻이고 세계사(인문 과학 분야)에 소질이 있다는 의미는 어머니 표상이 **피동적으로** 억압되지 않았다는 뜻이다.[77] 만약 이와 반대로 자신의 재능을 강제당하게

---

75) p.65. 아동기 초기에 이미 환자는 공감 능력을 신뢰할 수 없는 어머니의 도움을 받아 자기를 확립하려는 시도를 포기하고, 숫자에 뛰어난 능력을 갖고 있고(그는 훌륭한 체스 선수이기도 했다) 추상적 논리에 흥미를 가진 이상화된 아버지와의 융합을 통해 자기의 자기애적 균형을 확보하려고 시도했다.

- H. 코헛 《자기의 회복》 中 -

76) p.315. 대단히 심오하고 알찬 책들은 아마 언제나 파스칼의 《팡세》처럼 경구적이고 예기치 않은 성격을 갖고 있을 것이다. 원동력과 가치 평가는 오랫동안 표면 아래에 있으며, 겉으로 드러나는 것은 그 효과이다.

- F. 니체 《권력 의지(부글)》 中 -

77) p.211. 근육 기술이 사용하는 데 타고난 재능을 가진 한 소년이 역시 운동에 재능을 갖고 있지만, 운동선수보다는 의사가 된 아버지에 의해 거절당한다. (중략) 학교생활 내내 그는 운동 시합과 공작실 작업 시에는 뒤로 물러나 있고, 문학 분야(어머니) 그리고 더 낮은 정도이긴 해도 자연 과학 분야에서는(아버지) 지적인 추구에 몰두한다. 가족 전통에 의해 기대된 대로, 그는 의과 대학에 들어가지만, 그는 곧 우울해져서 공

되면 재능이 소질과 서로 충돌해서 자신의 능력을 최대한 발휘하지 못하고 도중에 좌절하게 된다. 콜랴가 나중에 권력자가 되고 이반은 그렇게 되지 못한 이유도 콜랴는 아버지를 이상화하는 데 성공하지만, 이반은 실패했기 때문이다.

독서 성향만 보았을 때 콜랴의 성격 구조와 가장 유사한 인물은 나폴레옹이다. 나폴레옹도 **'수학과 역사'**에 열정을 갖고 있었는데 다만 콜랴와 달리 나폴레옹이 수학에 관심을 가진 것은 둘째 아들의 특질인 강박적 특질 때문이라고 할 수 있다.[78] 그럼에도 나폴레옹은 자기애적 특질이 더 강했기 때문에 수학자가 되지 않고 권력자가 될 수 있었다. 이러한 성격적 특질의 차이로 인해서 콜랴와 나폴레옹의 권력을 추구하는 방식에 차이가 발생한다. 콜랴는 권력 그 자체를 추구하지만, 나폴레옹에게 권력은 어머니의 칭찬을 받기 위한 수단이었다(이반의 경우에는 양심적 행위가 어머니 칭찬을 받기 위한 수단이다). 이반이 자연 과학 분야에 재능이 있는 이유도 어머니의 갑작스러운 리비도 철수 이후 아버지 표상을 이상화하려고 했기 때문이다. 동시에 인문 과학 분야(교회 재판)에 소질이 있는 이유는 어머니 표상이 억압되지 않았기 때문이다.

p.28. 이 소년은 아주 어려서부터, 거의 유년기부터(적어도 그렇다는 소문이다) 학술 방면에 남달리 뛰어난 재능을 나타내기 시작했다. (중략) 그는 이것 한 가지만으로도, 항상 빈궁 속에서 허덕이

부를 계속할 수 없게 된다.

- H. 코헛 《자기의 회복》 中 -

78) p.322. 그는 계몽사상을 옹호하는 이성의 인간이었으며, 수학이라는 학문에 열정을 느끼고 있었다. 하지만 수학은 모든 우주 현상을 해명해주지 못했다. 이성과 수학은, 어떤 사람들에겐 운명이란 것이 정해져 있으며 그 때문에 자신들의 꿈을 끝까지 밀고 갈 힘을 얻게 된다는 것을 설명하지 못했다.

- M. 갈로 《나폴레옹 4》 中 -

며 비참하게 지내는 수많은 남녀 학생들에 비하면 실제적으로나 지적(知的)으로나 훨씬 우월하다는 것을 입증했다.

(중략)

p.29. 편집인들과 사귀게 된 이반 표도로비치는 대학을 마칠 무렵까지는 그들과 관계를 끊지 않고, 각종 전문 서적에 관한 매우 재치있는 비평을 발표하기 시작했고 그리하여 문단에까지도 알려지게 되었다. (중략)

(중략) … 그는 자연 과학을 전공했지만 그가 발표한 논문은 당시 도처에서 문제가 되고 있던 교회 재판에 관한 것이었다.

- 도스토옙스키 《카라마조프의 형제》 상 中 -

제2장에서 라스콜리니코프가 **'학식 면에서'**에서 급우들보다 월등한 우월감을 가지게 되었는지에 대한 설명을 뒤로 미룬 바 있는데 그 이유도 라스콜리니코프가 어린 시절에 아버지 재능을 이상화했기 때문이다. 그의 아버지의 직업은 언어를 중요시하는 **작가**였다.

p.351. "…. 돌아가신 너의 아버지는 잡지사에 두 번이나 원고를 보낸 일이 있었지-처음 것은 시였는데-나에게 그걸 베껴놓은 것이 있으니 나중에 보여 주지-두 번째 것은 본격적인 소설이었다-내가 억지로 자청해서 정서를 해주었었지. …"

- 도스토옙스키 《죄와 벌》 하 中 -

이렇게 불쾌(불안)를 피하고 쾌락(안식)을 추구하기 위해서 자아는 기꺼이 자신이 가진 모든 에너지(리비도)를 활용한다.[79] 만약 심리적 외상

79) p.136. 쾌락을 추구하고 불쾌를 피하기 위해서 자아는 기꺼이 가진 모든 능력을 활용

으로 인해서 고통스럽고 불행한 경험을 했다면 자아는 자신의 모든 리비도를 **'그와 전적으로 반대되는'** 성격적 특질이나 재능을 개발하는 데 집중한다. 드미트리처럼 사랑의 상실을 경험했다면 그의 자아는 **'그와 전적으로 반대되는'** 사랑의 획득에 자신의 모든 리비도를 집중하고 라스콜리니코프와 이반처럼 수치심을 경험했다면 그의 자아는 **'그와 전적으로 반대되는'** 우월감과 허영심을 키우는데 자신의 모든 리비도를 집중한다. 자아의 이러한 필사적인 노력은 자신의 소질에 반하는 재능을 계발하는 동기가 되기도 한다. 축구에 소질 있는 소년(성애적 유형)이 문학(자기애적 특질)을 추구하거나 춤을 좋아하는 소녀(성애적 유형)가 학자(강박적 특질)가 되었다면 이러한 현상은 **'그와 전적으로 반대되는'** 심리적 고통을 경험했다는 뜻이다.

어린아이가 어떤 학문을 선택하는가에 있어서 아버지가 영향을 미친다는 의미는 아버지가 실제로 하는 일이 영향을 미친다는 의미는 아니라 아버지가 중요시하는 요소가 영향을 미친다는 뜻이다. 특히 학문 선택에 있어서 아버지의 거세 위협이 중요한 역할을 하는데 거세 위협이 **강할수록** 수학이나 과학과 같은 자연 과학 분야에 관심을 더 가지게 되고, 거세 위협이 **약할수록** 역사나 철학과 같은 인문 과학 분야에 관심을 더 가지게 된다. 중세 유럽에서 수많은 천재적인 과학자가 배출된 데에는 종교적 억압이 아버지의 거세 위협의 역할을 했다고 할 수 있다. 독일이나 러시아 등 **아버지 신**을 숭배하는 나라에서 자연 과학 분야가 특출나게 발달

한다. 자아는 불쾌나 불안을 풀려나게 하는 활동을 중단하며, 더 이상 그러한 활동에 관여하고자 하지 않는다. 이 활동과 연관된 모든 관심이 사라지며, 자아가 이로 인해 불행한 경험을 하였다면 자신의 모든 에너지를 그와 전적으로 반대되는 특성을 추구하는 데 쏟을 것이다. 우리는 이러한 일이 어린 축구 선수가 문학으로 돌아서고, 춤을 좋아하던 소녀가 상을 받을 정도로 훌륭한 학자가 되었던 사례에서도 일어나고 있음을 볼 수 있다.

- A. 프로이트 《자아와 방어기제》 中 -

하는 이유도 아버지 신 숭배 문화가 거세 위협(복종 관념)의 역할을 하기 때문이다(하지만 거세 위협이 창조성을 억압하므로 과학의 발달은 한계가 있을 수밖에 없다).[80] 도스토옙스키는 과학과 복종 관념(노예근성)과의 연관성을 다음과 같이 묘사하고 있다.

p.444. "…. 그 대신 권위 앞이면 무조건 복종해 버리는 소시지 족속(독일인을 가리킴)들의 노예근성과는 판이한 견인불발의 정신을 그들은 타고났고 또한 사상과 신념에 대한 대담성을 가지고 있죠……. (중략) 비록 과학 분야에선 특출나지만 그래도 목을 비틀어 없애 버려야 해요."

- 도스토옙스키 《카라마조프의 형제》 중 中 -

니체는 학자를 군인에 비유하는 데 학자가 되기 위해서는 복종 관념이 매우 중요한 요소임을 알 수 있다. 하지만 강박적 특질(복종 관념)이 강한 학자는 창조적인 학자는 될 수 없다.

p.230. 독일인은 위대한 일을 할 수 있는 능력이 있다. 그러나 독일인이 실제로 위대한 일을 할지는 의문스럽다. 독일인은 복종을 통해서만 [어떤 일을] **할 수 있기** 때문이다. (중략) 그러나 보통 독일인은 **자기 자신에만** 의존하는 것과 **즉흥적으로 행동하는** 것을 두려워한다. 이 때문에 독일인은 그토록 많은 관리들과 그토록 많은 잉

80) p.151. 과학적 추구는 사고 과정에 대한 중요성뿐만 아니라 정서적 거리감을 갖는 분열성 성격의 태도와 잘 맞아떨어질 수 있다. 왜냐하면 이것들은 모두 과학영역에서 중요한 자산이 될 수 있기 때문이다. 강박증 환자가 과학에 매력을 느끼는 것도 과학이 질서정연하고 꼼꼼한 정확성을 요구하기 때문이다.

- R. 페어베언 《성격에 관한 정신분석학적 연구》 中 -

크를 소모하는 것이다. (중략) 지금까지 독일인들 중에서 가장 독일적인 인간들이라는 명성을 누렸던 독일학자들은 독일 군인들과 마찬가지로 우수했고, 아마 현재도 그럴 것이다. 이는 모든 외적인 일들에서 그들이 거의 어린아이 같은 깊은 복종 성향을 갖고 있고, 학문에서는 홀로 선 채 많은 것을 홀로 책임져야 할 때가 많다는 강제 때문이다.

- F. 니체 《아침놀(책)》 中 -

다만 군인과 학자는 리비도 배분에 있어서 다소 차이가 있다. 군인은 리비도가 신체에 지배적으로 배분된 성애적 유형에 강박적 특질(복종 관념)이 혼합된 **성애적-강박적** 유형에 적합한 직업이라고 할 수 있다. 군인은 과격한 신체 사용(성애적 특질)과 거세 위협을 방어하기 위한 맹목적 복종(강박적 특질)을 특징으로 하기 때문이다(거세 위협으로 억압된 공격성은 적군을 향해 발산된다).[81] 정욕의 측면에서는 군인은 육체적 활동을 통해 **육신의 정욕**을 성취하고 강박적 복종을 통해 **죄책감의 정욕**을 성취한다고 할 수 있다. 과학자는 리비도가 초자아에 지배적으로 배분된 강박적 유형에 자기애적 특질(창조성)이 혼합된 **강박적-자기애적** 유형에 적합한 직업이라고 할 수 있다. 자기애적 특질(전능 관념)이 **창조성**을 추동하기 때문이다. 따라서 창조적인 과학자가 되기에는 자기애적-강박

81) p.57. 한 소년이 거세 불안을 느낄 때마다 발작적으로 군사 놀이에 몰두했다. 소년은 군복을 입고 장난감 칼과 다른 무기들로 무장하곤 했다. 이를 몇 번 관찰한 후에 나는 소년이 불안을 그 정반대 극으로, 다시 말해 공격성으로 바꾸고 있는 것은 아닐까 생각했다. 그 후로는 소년이 보이는 모든 발작적 공격 행동 배후에 거세 불안이 존재한다는 것을 어렵지 않게 추론할 수 있었다. 더 나아가, 소년에게 강박 신경증이 있다는 것을 알고도 그리 놀라지 않았는데, 그의 본능 속에는 불편한 충동을 그 반대 극으로 바꾸는 성향이 존재했던 것이다.

- A. 프로이트 《자아와 방어기제》 中 -

적 유형인 유대인의 성격 구조가 가장 적합하다. 요약하자면 강박적 특질(강박신경증)이 강해질수록 그 사회적 소산물은 **신학**으로 수렴하게 되고 자기애적 특질(편집증)이 강해질수록 그 사회적 소산물은 **철학**으로 수렴하게 된다. 과학자의 성격 구조는 강박적 유형과 자기애적 유형 사이에 위치한다고 할 수 있다.

여성은 예술가는 되기 쉬우나 과학자나 철학자가 되기 어렵다. 과학자가 되기 어려운 이유는 **거세 위협**을 느끼지 못하므로 강박적 특질을 가지기 어렵기 때문이고 철학자가 되기 더더욱 어려운 이유는 리비도가 **정신**에 지배적으로 배분되지 않기 때문이다. 만약 이러한 리비도 배분의 불리함에도 불구하고 여성이 학문적 성공을 추구한다면 그 이유는 남동생으로 인한 남근 콤플렉스의 수치심과 시기심을 방어하기 위해서이다. 이러한 여성의 자아는 자신의 외상과 **'전적으로 반대되는'** 성격적 특질(남근 소망)을 구조화함으로써 남근을 상징하는 **학문적 성취**를 통해 자기애적 손상을 보상받으려고 하게 된다.[82)]

이제 이반의 구원 문제로 들어가 보자. 먼저 이반의 무의식이 어린 시절에 자신이 경험한 심리적 외상에 대하여 어떻게 인식하고 있는지를 알아야만 한다. 이반의 무의식 속 내용을 알기 위해서는 그것이 투사된 이반의 관념적 표상(사상)을 **분석**해서 그 분석 내용을 바탕으로 어린 시절

---

82) p.254. 그녀는 두 살 아래인 남동생의 출생으로 인해 자신은 사랑을 박탈당하고 기만당했으며, 더 이상 부모의 애정과 관심의 첫 번째 대상이 아니고, 남동생 다음의 두 번째 자리로 밀려났다고 느꼈다.

그녀는 자기애적인 상실과 그에 다른 시기심에서 비롯된 자신의 모든 분노를 남동생의 페니스에 집중시켰다. 이것은 그녀가 남동생이 어째서 자신보다 부모에게 더 중요한 존재인지를 이해하는 과정에서 자신과 남동생 사이의 유일하고 명백한 차이점으로 드러난 것이 남동생의 페니스였기 때문이었다. 페니스 선망은 그녀의 신경증의 주된 원인이 되었고, 그로 인해 그녀는 매우 경쟁적이고 자기애적인 야심을 갖게 되었으며, 그 결과로 그녀는 높은 학문적 성취를 추구하게 되었다.

- W. 마이쓰너 《편집증과 심리치료》 中 -

의 심리적 외상을 **재구성**해야 한다. 이반과 같은 편집증적 성격 구조는 자신의 심리적 외상과 관련된 기억을 보존하고 그와 관련된 현실적인 자료를 수집해서 그 자료를 자신의 편집적 신념과 일치하도록 수정하고, 왜곡하고 혹은 재해석해서 자신만의 신념 체계를 만들어 내기 때문이다.[83] 이반이 자신의 심리적 외상과 관련해서 수집한 대표적인 이야기가 「사냥개에 물려 죽은 어린아이」이고 이 이야기를 소재로 재구성된 신념 체계가 이반의 사상이다. 도스토옙스키는 정신분석에서의 주요 개념 – '**방어적 구조**와 **보상적 구조**'[84] – 을 이용해서 이반의 심리적 외상을 묘사한다.

p.401. "…. 알료사, 어쩌면 나는 자기 아들의 원수와 포옹하고 있는 어머니의 모습을 직접 내 눈으로 보고 '주여, 당신의 말씀은 옳았나이다'라고 외칠 수 있을 때까지 살 수 있을지도 몰라. 아니면 그것을 보려고 일부러 다시 소생할는지도 모르지. 그러나 나는 그때 '주여'하고 외치고 싶지 않단 말이야. 시일의 여유가 있는 동안에 나는 나 자신을 방어하려고 서둘 거야. 따라서 나는 고상한 조화 같은 건 깨끗이 포기하겠어. 왜냐하면, 그따위 조화는 구린내 나는 감옥에

83) p.300. 편집적인 의심은 이용할 수 있는 현실적인 자료를 편집적인 신념 속으로 동화시키려고 끈질기게 노력한다. 이것은 지적인 호기심이 아니라, 현실적인 자료를 편집적 신념과 일치하도록 수정하고, 왜곡하고, 혹은 재해석하려고 하는 계속적인 압력이다.

- W. 마이쓰너 《편집증과 심리치료》 中 -

84) p.19. 나는 어떤 구조의 유일하거나 우세한 기능이 자기 안에 있는 일차적 결함을 덮어 감추는 것일 때 그 구조를 방어적이라고 부르는 반면, 그 구조가 단순히 자기 안에 있는 결함을 감추기보다는 그 결함을 보상하는 것일 때 그 구조를 보상적이라고 부른다. 그것은 자기의 한쪽 극에서의 결점을 다른 쪽 극의 강화를 통해 보상함으로써, 자기의 기능을 회복하고자 한다. 가장 빈번하게 과시주의와 포부의 영역에서의 결점은 이상의 추구로 인해 제공되는 자존감에 의해 보상된다. 그리고 그 반대의 경우도 마찬가지이다.

- H. 코헛 《자기의 회복》 中 -

갇혀 조그만 자기 가슴을 두드리며 보상받을 길 없는 눈물을 흘리면서 '하느님'에게 기도를 드린 그 불쌍한 어린애의 눈물 한 방울만한 가치도 없기 때문이지. 왜 그만한 가치도 없느냐 하면 그건 이 눈물이 영원히 보상받지 못한 채 버려졌기 때문이야. 그 눈물은 마땅히 보상받아야만 해. 그렇지 못하면 조화라는 건 있을 수 없는 거야. 그러나 무엇으로, 무엇을 가지고 그것을 보상한다는 거냐? 과연 그것이 가능한 일일까? 눈물로써 복수를 한다.-과연 이게 보상이랄 수 있을까? 그러나 나는 그따위 복수 같은 건 필요하지가 않아. 학대자를 위한 지옥같은 건 소용없어. 이미 죄 없는 자가 고통을 받은 후에 지옥 같은 게 무슨 도움이 된다는 거야!

그리고 또 지옥이 있는 곳에 조화가 있을 리 없어. 나는 용서하고 싶어. 나는 포옹하고 싶은 거야. 나는 더 이상 인간이 고통당하는 걸 원치 않아. 만일 어린애들의 고뇌가 진리의 보상에 필요한 만큼 꼭 필요하다고 한다면, 나는 미리 단언해 두겠어-모든 진리도 그만한 가치는 없다고. 그런 대가를 지불할 바에는 개한테 아이를 물어뜯게 한 폭군을 그 아이의 어머니가 포옹하지 말기를 나는 바라겠어. 어머니라 해서 그 폭군을 용서할 권리는 없으니까! 그래도 굳이 바란다면 자기 몫만을 용서해 주면 되는 거야. 아이의 어머니로서의 한없는 고통을 용서해 주면 되는 거지. 그러나 갈기갈기 찢긴 그 아이의 고통을 용서해 줄 권리는 어머니에겐 없어. 가령 그 아이가 용서해 준다 해도, 그 어머니에겐 폭군을 용서해 줄 권리가 없는 거야! 만일 그렇다면, 만일 아무도 용서해 줄 권리를 가지고 있지 않다면 도대체 그 조화는 어디에 있을까? 도대체 이 세상에 용서해 줄 자격을 가진 사람이 있을까? 나는 조화 같은 건 바라지 않아. 즉 인류에 대한 사랑 때문에 바라지 않는 거야. 나는 차라리 보상받을 수 없는 고민으로 시종하고 싶어. 비록 내 생각이 틀렸다 하더라도 보상 받을 수 없는 고뇌와 풀릴 길 없는 분노를 품은 채 남아 있겠어. 게다가 그 조화의 대가가 너무나 비싸기 때문에 내 호주머니 사정으로는 그처럼 비싼 입장료를 지불할 수가 없어. 그래서 나는 나의 입장권을 급히 돌려보는 거야. 내가 정직한 인간이라면 되도록 빨리 그 입장권을 돌려보낼 의무가 있으니까. 그래서 나는 이걸 실행하고 있는 거야. 알료샤, 나는 신을 인정하지 않는 건 아니야. 그저 조화의 입장권을 정중히 돌려보낼 뿐이지."

"그건 반역(反逆)입니다." 알료샤는 눈을 내리깔며 나직한 소리로 말했다.

"반역이라고? 너한테 그런 말을 듣고 싶지 않았는데." 이반은 정색을 하며 말했다. "반역으론 살아갈 수 없잖아? 나는 살고 싶은 거야. …"

- 도스토옙스키 《카라마조프의 형제》 상 中 -

위의 이야기 속에서 어린아이는 이반 자신이고, 어머니는 이반 자신의 어머니 그리고 하나님 아버지(또는 폭군)는 이반의 아버지를 상징한다. 이반의 무의식은 어머니의 지극한 사랑을 받는 **'천국'** 속에서 살다가 **'자연의 조화'**가 깨져버림으로써 어머니 사랑을 박탈당한 **'지옥'** 속에서 살게 된다. 자연의 조화가 깨진 원인은 동생의 출생 때문이다. 동생의 출생으로 어머니 사랑을 박탈당한 이반은 '사냥개에 갈기갈기 찢긴듯한' 심리적 고통을 입게 되고 그의 무의식은 이러한 고통을 **'방어하려고 서두른다'**. 이반이 '고상한 조화를 깨끗이 포기하고' 방어하려고 서두르는 이유는 그 심리적 고통이 너무 커서 어떠한 조화도 또 모든 진리도 자신이 흘린 눈물 한 방울만 한 가치도 없기 때문이다. 이러한 방어의 결과로 이반의 성격 구조 속에는 **수치심**을 **'덮어 감추기 위한 방어적 구조'**가 형성되고 그 방어적 구조의 정신적 표상이 **오만한 태도**이다.

어머니 사랑을 갑작스럽게 박탈당한 이반은 어머니 사랑의 박탈을 아버지 사랑으로 대체하려고 시도했다. 하지만 아버지도 자신을 사랑해주지 않았다. 만약 아버지가 어머니의 대체 인물이 되었다면 이반의 성격 구조 속에는 수치심을 보상하기 위한 **'보상적 구조'가** 형성되었을 것이다. 그 보상은 **사회가 용인하는 방식으로** 명예나 권력을 추구하는 것이다. 하지만 이반의 아버지는 **충분하게** 어머니를 대체하지 못했다. 이반이 사회가 용인하지 않는 방식으로 명예나 권력을 추구하는 이유도 아버지가 어머니를 충분하게 대체하지 못했기 때문이다. 이제 어머니에 대한 미움은 모두 아버지에게 향하게 되고 이러한 미움은 훗날 하나님 아버지에게 투사된다. 이렇게 어머니 대신 아버지를 미워하는 까닭은 어린아이는 어머니의 사랑을 영원히 잃을까 봐 어머니를 미워하지 못하고 그 미움을 다른 인물에게 투사해서 그를 미워하게 된다. 그 인물은 대부분 아버지가 될 가능성이 크다. 이제 아버지는 '**박해자**(폭군)'가 되고 아버지가 이제까지의 '모든 고통과 불행의 **책임자**'가 된다.

p.97. 편집증 환자가 보이는 피해망상의 전형은 아버지에 대한 아이들의 태도에서 잘 나타난다. 아이들은 일단 자기 아버지를 이런 종류의 능력의 소유자라고 생각한다. 그런데 아버지에 대한 아이의 불신은 종종 아버지에 대한 이런 존경과 밀접한 관계가 있는 것으로 드러나고는 한다. 편집증 환자가 특정인을 〈박해자〉로 간주할 때, 이 환자는 그 사람을 일단 자기 아버지의 지위까지 격상시킨다. 말하자면 자기가 겪는 모든 불행의 책임자로 돌리고 일단 마음껏 비난해도 좋은 위치에까지 올려놓는 것이다.

- S. 프로이트 《종교의 기원, 『토템과 터부』》 中 -

이반이 '보상받을 수 없는 고뇌와 풀릴 길 없는 분노를 품은 채' 자신의 사상(정신병리)에 머무르는 이유도 아버지의 부적절한 반응으로 인해서 그의 성격 구조 속에 보상적 구조가 형성되지 못했기 때문이다. 그래서 '현재의 고통을 피학적으로 견디면서 미래에는 정의가 실현될 것이고 복수할 수 있을 거라는 희망 속에서 살아가게' 된다.[85] 이반이 아버지 신에게 **'조화의 입장권을 정중히 돌려보내는'** 이유도 자신의 고통과 불행의 책임을 아버지에게 돌리기 위해서이다. 이러한 성격 구조의 결함으로 인해서 이반은 **'심리적 외상을 애도(용서)'**하지 못하고 이러한 정신적 고착은 그의 **'정신적 성장을 방해'**하게 된다. 이반의 성격 구조의 **'모든 비밀이**

---

85) p.130. 어떤 경우에는 환자가 마치 불만을 '살찌우고, 보살피면서 오래된 상처를 벌려놓는' 데서 만족을 얻는 것처럼 보이기까지 한다. 이러한 표현은 이 원한이 어쩌면 젖떼기나 동생이 태어나는 것과 같은 인생 초기의 경험과 연관되어 있을 수 있다는 것을 암시하는데, 여기에는 부당한 상황, 혹은 배신당하거나 억울하게 대접받았다고 느껴지는 상실과 연관된 모든 상황도 포함된다. 그로 인해 상처에 자기애가 강하게 투입되면 환자는 적절한 치유의 기회를 거부하게 된다. 이 경우 환자는 자신을 부당하게 취급한 대상이 전적으로 나쁘기 때문에 그들은 절대 용서받을 수 없고, 자신의 증오와 복수에 대한 소망 역시 그만큼 엄청나기에 이 역시 용서받을 수 없을 거라고 믿는다. 그 결과, 상실이 견딜만하더라도 환자는 이 상처가 아물지 않도록 보살피는데, 이는 불공평하다는 느낌을 지속시켜서 아무런 책임감도 느끼지 않기 위해서이다. 이때 병리적 조직이 환자를 지원하면서 죄책감을 회피하도록 돕는데, 환자가 아니라 대상이 죄책감을 느껴야 하는 것처럼 만드는 것이다. 동시에 죄책감을 견딜 수 없다는 확신은 극단적으로 고착된 상황으로 환자를 이끌고, 환자는 모든 변화에 저항하며 분석의 진전은 봉쇄당한다.

이러한 상황이 지닌 중요한 특징은 환자가 미래에 몰두하는 것처럼 보인다는 것이다. 현재의 고통을 피학적으로 견디면서 환자는 미래에는 정의가 실현될 것이고 복수할 수 있을 거라는 희망 속에서 산다. 원한은 자신이 겪는 고통이 보상될 것이라는 희망과 함께 지금의 현실, 특히 상실 경험에 대한 방어가 된다. 그리고 그 결과 이는 애도와 성장을 방해한다.

- J. 스타이너 《정신적 은신처》 中 -

무신론에 포함되어 있는' 이유도 어머니와 아버지에 대한 불신이 어머니 신과 아버지 신에게 투사되어 있기 때문이다. 거꾸로 말하면 무신론의 밑바탕에는 어린 시절 어머니 또는 아버지에 대한 불신이 숨어 있다는 뜻이다. 이러한 유아적 망상으로 인해서 이반은 삶을 부정하고 냉소적으로 바라보면서 조화의 세계에 입장하기를 거부한다. 이반이 자신의 정신병 치료를 거부하는 이유도 과거의 어머니 또는 아버지에 대한 불신으로 인해서 이제는 어머니 또는 아버지 대리인(하나님 또는 의사)의 은혜와 은총을 입고 싶지 않기 때문이다.

> p.280. 가장 강한 전이-저항 중의 하나는, 남자의 오만한 과보상으로부터 나온다. 남자는 아버지의 대리인에게 복종하거나 그의 은혜를 입고 싶지 않기 때문에, 의사의 치료를 거부한다.
>
> - S. 프로이트 《끝이 있는 분석과 끝이 없는 분석》 -

그런데 알료샤는 이반의 사상을 **'하나님에 대한 반역'**이라고 부른다. 이에 대해서 이반은 **'반역으로는 살아갈 수 없잖아?'**라고 반문한다. 이반의 사상이 왜 반역이며 또 왜 반역으로는 살아갈 수 없는 것일까? 여기서 도스토옙스키의 문학적 기교를 이해할 필요가 있다. 도스토옙스키는 상기 대화에서 **'하나님의 조화'**와 이반의 **'사상'**을 대비시키고 있다. 지금까지 이러한 대비는 자주 사용됐는데 『대신문관』에서는 대신문관의 사상과 그리스도의 구원을 대비시켰고, 조시마 장로와 표도르의 대화에서는 거짓말(자기기만)과 불멸(영생)과 을 대비시켰다. 이러한 대비로부터 불멸이나 하나님이 의미하는 바가 정신병리가 없는 정신상태임을 알 수 있다. 즉 하나님(불멸)과 정신병리(사상)는 서로 반대편에 있음을 알 수 있으며 이반이 자신 속의 **'하나님(불멸)'**을 볼 수 없는 이유가 **'정신병리(사**

상)' 때문임을 알 수 있다.

p.54. "… 이반에겐 하느님이 없어. 그 대신 그놈에겐 사상이 있어, 나와는 차원이 다른 사상이. …"

- 도스토옙스키 《카라마조프의 형제》 하 中 -

이반의 사상이 반역인 이유는 자신 속의 하나님, 즉 불멸을 인정하지 않기 때문이다. 인간의 불멸성은 인간의 가장 원초적이고 가장 강렬한 소망으로 **'삶의 가장 기본적인 전제'**이다. 따라서 불멸(하나님)에 대한 반역은 삶의 가장 기본적인 전제에 대한 부정으로 이러한 부정은 인간적인 것과 성욕(관능)에 대한 증오, 행복과 미(美)에 대한 공포, 허무에의 의지, 그리고 궁극적으로 삶에 대한 혐오로 나타난다. 따라서 **'하나님(불멸)에 대한 반역'**으로는 살아갈 수가 없게 된다.

p.914. 즉, 인간적인 것에 대한 증오, 그보다 더욱 동물적이고 게다가 물질적인 것에 대한 증오, 관능과 이성 자체에 대한 증오, 행복과 미에 대한 공포, 모든 가상에서 변화, 생성, 죽음, 원망, 욕망 자체에서까지 도망치려고 하는 욕망, 이 모든 것은 일부러 이것을 규정한다면, 허무에 대한 의지이며, 삶에 대한 혐오이며, 삶의 가장 기본적인 전제에 대한 반역(反逆)이다.

- F. 니체 《도덕의 계보(동서)》 中 -

이반의 사상(정신병리)이 아버지 표도르와 **'차원이 다른'** 이유는 이반은 전능 관념이 지배적이므로 정신병리가 **편집증**으로 발현되지만, 아버지 표도르는 복종 관념이 지배적이므로 정신병리가 **조증**으로 발현되기 때문이다. 편집증은 모든 현상에 대해서 **'회의(의심)의 도가니 속을 거치도록'** 강제하는 정신병리이다. 이반이 **'호산나'**[86]를 외칠 수 없는 이유도 동생의 출생이라는 '섭리에 의해 태곳적부터 모든 것을 **부정하도록 운명지워졌기**' 때문이다.

> p.132. "… 나는 태곳적부터 나 자신이 알 수 없는 어떤 섭리에 의해서 '부정(否定)'을 하도록 운명지워져 있지만, 나는 정말로 마음이 좋기 때문에 부정을 조금도 할 수 없어. 안 돼, 너는 부정을 해. 부정 없이는 비평도 있을 수 없고, '비평난'이 없으면 그게 무슨 잡지라 할 수 있어? 비평이 없으면 '호산나'밖에 없게 되는 거지. 그러나 '호산나'만 가지고는 인생이 부족해 '호산나'는 회의의 도가니 속을 거치도록 해야 해. 이런 식으로 나가는 거야. …"
>
> - 도스토옙스키 《카라마조프의 형제》 하 中 -

이반의 정신병리가 치료되기 위한 방법은 어린 시절에 심리적 외상을 의식 속에 **'입장시킴으로써' 의식과 무의식이 조화**를 이루는 것이다. 하지만 이반의 오만한 자아는 이러한 **'조화의 입장권'**을 돌려보냄으로써 **'마음이 분열된 채'** 그대로 머무르기를 고집한다.

> p.297. 그렇다면 이러한 관념은 강력한 신체 현상을 일으키는 데 충분할 정도로 강할 뿐 아니라 적절한 감정을 부르고 연관된 관념들을 돌출하게 함으로써 연합 경로에 영향을 줄 정도로 강한 관념이다. 그러나 이 모든 것에도 불구하고 의식 밖에 남는, 그러한 관념인 것이다. 이 관념들을 의식으로 불러들이기 위해서는 최면이 필

86) '구하옵나니 이제 구원하옵소서'라는 뜻을 가진 히브리어

요했거나 치료자의 강력한 도움으로 힘든 탐색을 해야 했다.

이러한 관념들은 현재 있기는 하지만 무의식적인데 이는 그 관념들이 비교적 덜 생생해서가 아니라 그 커다란 강도에도 불구하고 〈의식에 입장시킬 수 없는〉 관념들이기 때문이다.

이러한 종류의, 의식에 들어갈 수 없는 관념의 존재는 병리적이다. (중략) 환자들의 심리적 관념 활동은 의식적 부분과 무의식적 부분으로 나뉘며 그 관념들은 의식에 입장 가능한 관념들과 입장 불가능한 관념들로 나뉜다. 따라서 우리는 의식의 분열에 대해 말할 수 없고 〈마음의 분열〉에 대해 말할 수 있을 뿐이다.

- J. 브로이어 & S. 프로이트 《히스테리 연구》 中 -

D. 위니캇의 개념을 빌리면 하나님(불멸)은 이반의 본래 자아로 참 자아라고 할 수 있고 이반의 반역적 사상은 수치심에 대한 방어막(껍질)이므로 거짓 자아라 할 수 있다. 거짓 자아가 수치심을 방어하는 데 집중하기 위해서는 자신의 참 자아를 숨기도록 조직되어야 한다.[87] 예를 들어 라스콜리니코프처럼 연민과 동정심을 억압하고 차갑고 인정머리 없는 사람이 되는 것이다. 그렇지 않으면 과대 자아는 자신의 목표를 달성할 수 없을 것이다. 또 거짓 자아는 자신의 **'매우 높은 지적 잠재력'**을 수치

87) p.208. 지능과 거짓 자기가 결합될 때 종종 특별한 위험이 발생한다. 거짓 자기가 매우 높은 지적 잠재력을 지닌 개인에게서 조직화될 때, 그의 지능 안에 거짓 자기가 자리 잡게 될 가능성이 매우 높다. 이런 경우에 지적인 활동과 정신-신체적 조직 사이에 해리(解離)가 발생한다. (중략)

이와 같은 이중적인 비정상이 발생할 때, (1) 거짓 자기는 참 자기를 숨기기 위해 조직되고, (2) 뛰어난 지능을 사용하여 자신의 문제를 해결하려 함으로써 그 지능은 속임수에 사용된다. 그런 사람이 고도의 학문적 성공을 이룬다 하더라도, 그는 성공하면 할수록 자신의 존재를 '가짜처럼' 느끼게 되는 엄청난 고통을 겪게 된다.

- D. 위니캇 《성숙과정과 촉진적 환경》 中 -

심을 방어하기 위해서 조직함으로써 **'뛰어난 지능'**을 갖게 된다. 그 결과 본래 자아의 지적 잠재력과 거짓 자아의 지능 사이에는 해리가 발생한다. 이렇게 지적 잠재력과 지능은 다른 기능을 지니고 있다. 이러한 유형은 자신의 뛰어난 지능을 사용해서 거짓 자아의 문제를 해결하려고 하지만 그 성공은 참 자아가 원하지 않는 것이므로 성공하면 성공할수록 무의식의 분열은 더욱 깊어져 자신의 존재를 **'가짜처럼'** 느끼게 되는 엄청난 고통을 겪게 된다. 그럼에도 이반의 거짓 자아는 여전히 **'카라마조프적 힘'**과 **'카라마조프식 방식'**에 의존해서 자신의 문제를 해결하려고 한다.

> p.432. "… 만일 그렇지 않다면 자살이라도 해 버릴 겁니다. 도저히 견디어 낼 수 없을 거예요."
> "무엇이든 견디어 낼 만한 힘은 있어!"
> "어떤 힘인데요?"
> "카라마조프적(的) 힘이지……. 카라마조프적인 비열한 힘 말이다."
> "그건 음탕 속에 빠져 타락 속에서 영혼을 질식시키는 거죠. 그렇죠, 형님?"
> "그럴지도 모르지. 그러나 그건 서른 살까지야. 어쩌면 거기서 벗어날 수 있을지도 몰라. 그 때는……."
> "어떻게 벗어난다는 겁니까. 무엇으로요? 형님 같은 사상을 가지고는 불가능해요."
> "그것 역시 카라마조프식으로 하는 거야."
> "그건 '모든 것이 허용된다' 그겁니까? 정말 모든 것이 허용되는 걸까요. 그렇습니까, 형님?
>
> \- 도스토옙스키 《카라마조프의 형제》 상 中 -

알료샤는 반역적 사상을 가지고는 그 정신적 고통을 도저히 견디어 낼 수 없을 것이므로 이반이 자살이라고 해 버릴 것이라고 말한다. 그러자 이반은 자신에게는 **'카라마조프적 힘'**이 있으므로 어떠한 절망도 견디어 낼 수 있다고 말한다. 그리고 자신의 문제를 **'카라마조프적 방식'**으로 벗어날 수 있다고 말한다. 이러한 표현은 중요한 메타포를 포함하고 있다. 먼저 '카라마조프적 힘'과 '카라마조프적 방식'이 무엇을 의미하는지에 대해서 알아야만 한다. 그 힌트는 이반의 답변에 대한 알료샤의 반문을 통해서 추론할 수 있다.

이반이 자신은 '카라마조프적 힘'이 있으므로 무엇이든지 견디어낼 수 있다고 말하자 알료샤는 '**음탕** 속에 빠져 타락 속에서 영혼을 질식시키는 것'이냐고 반문한다. 이 의미는 아버지 표도르처럼 육신의 정욕을 만족시킴으로써 **'자아를 죽음으로 내모는'** 과대 자아의 무자비한 폭력(공격성)을 회피하는 것이다. 정신분석적으로 말하면 자신의 **우울증**을 아버지 표도르처럼 **'조증(조병)으로의 변신'**을 통해서 과대 자아라는 폭군을 비껴가는 것이다(강박적 유형의 경우에는 강력한 초자아가 폭군의 역할을 한다). 그렇지 않는다면 **'자살이라도 해 버릴'** 경우가 비일비재하다.

p.398. 만약 우리가 우선 먼저 우울증으로 눈을 돌린다면, 의식을 장악하고 있는 지나칠 정도로 강력한 초자아가 무자비한 폭력으로 자아에 대해서 난동을 부린다는 것을 알 수 있을 것이다. (중략) 이제 초자아 속에서 지배적인 세력은, 말하자면, 죽음 본능이라는 순수한 문화이다. 그리고 그것은 사실상 자아를 죽음으로 내모는 데-만약 자아가 제때에 조병(躁病)으로의 변신을 통해 그 폭군을 비껴가지 않는다면-성공하는 경우가 비일비재하다.

- S. 프로이트 《정신분석학의 근본 개념, 『자아와 이드』》 中 -

그리고 이반이 서른 살 전에 자신의 문제에서 벗어날 수 있을지도 모른다고 말하자 알료샤는 '형님 같은 사상을 가지고는 불가능하다'라고 말한다. 이반의 사상은 자신에게는 '모든 것이 허용된다'라는 사상이다. 즉 이반의 해결책은 알렉산더나 카이사르처럼 자신의 뛰어난 지능을 활용해서 **'모든 것이 허용되는' 권력**을 쟁취하는 것이다. 《신약성서》의 용어를 빌리자면 카라마조프적 힘은 '육신의 정욕'을 성취하는 것이고, 카라마조프적 방식은 '자기 자랑의 정욕'을 성취하는 것이다. 전능 관념이 지배적인 이반은 복종 관념이 지배적인 아버지 표도르가 추구하는 악마의 첫 번째 유혹(융합 욕망) 대신 악마의 세 번째 유혹(세계 지배 욕망)을 추구함으로써 자신의 문제를 해결하겠다는 뜻이다. 다시 말해 아버지 표도르처럼 모든 여자(방탕)를 추구하고 지상의 빵(돈)을 숭상하는 대신 **'승리의 월계관'**을 씀으로써 자기 자랑의 정욕을 만족시키는 것이다. 그럼으로써 '우울증의 낙담이나 억제와는 **정반대의 기분**', 즉 아버지 표도르가 조증에서 찾는 것과 **'똑같은 기분'**을 느끼는 것이다.

> p.259. 장기간의 힘든 노력 끝에 승리의 월계관을 쓰게 되었을 때, 혹은 단 한방으로 그동안 자신을 억눌러왔던 것을 물리치거나 억지로 유지할 수밖에 없었던 어떤 그릇된 자리를 박차고 나올 수 있는 그런 위치에 올라섰을 때 등이 그런 상황에 속한다. 이런 모든 상황들을 특징적으로 표현하는 행동이 바로 고조된 기분, 기쁜 감정을 터트리고 싶은 마음, 어떤 행동이든 마음먹고 하고자 하는 태도 등이다. 이런 마음가짐은 우울증의 낙담이나 억제와는 정반대가 되는, 바로 조병에서 찾을 수 있는 것과 똑같은 기분이다. 우리는 조병이 바로 그런 종류의 승리와 같은 것이라고 주장할 수도 있다.
>
> - S. 프로이트 《정신분석학의 근본 개념, 『슬픔과 우울증』》 中 -

이반은 '모든 것이 허용된다'라는 사상을 가지고 장기간의 힘든 노력 끝에 승리의 월계관을 쓰게 되었을 때 자신이 구원될 수 있다고 말한다. 하지만 그러한 방식은 우울증을 조증으로 대체한 것에 불과하다. 알료샤가 이반의 방식에 동의하지 않는 이유도 승리의 월계관이 자신이 신이 된 것과 같은 '고조된 기분'을 느끼게 해 줄지는 모르지만 조시마 장로가 말한 것처럼 그것은 자기기만이고 거짓 자아가 느끼는 감정이기 때문이다.

이반의 정신병이 치료되기 위해서는 과대 자아의 저항을 극복하고 **'유아적인 과대망상을 의식 속에 입장(접촉)시켜서'** 본래 자아와 다시 통합(융화)시켜야 한다.[88] 그렇지 않고 자신의 방식으로 해결을 추구하게 되면, 알료샤의 말대로 자아의 타락 또는 파탄으로 끝나거나 아니면 **'심적 외상의 영향으로 갈가리 찢긴'** 과대 자아의 무자비한 폭력에 압도당함으로써 끝나는 것이 보통이다.

> p.353. 심적 외상에 대한 최초의 반응과 뒷날의 발병 사이에서 생기는 신경증 잠복 현상에는 하나의 전형이 있다고 보아도 무방하다. 뒷날의 발병은, 자가 치유의 시도로 볼 수도 있다. 다시 말해서, 심적 외상의 영향으로 갈가리 찢긴 자아 부분을 나머지 부분과 다시 한번 융화시키고, 외부에 대해서 강력한 전체성을 과시하려는 노력이라고 볼 수가 있는 것이다. 그러나 이러한 종류의 노력은, 분

88) p.283. 분석가는 환자가 자신의 과대주의가 드러나는 것에 대해 무의식적으로 저항할 때 그 저항을 해석해준다; 그리고 분석가는 환자에게 그의 과대주의와 과시주의가 한때 시기적절한 것이었다는 사실과 그 과대주의와 과시주의는 현재의 의식과 접촉되어야 한다는 사실을 깨닫도록 돕는다. (중략) 거울 전이가 일어나는 동안에 공감적으로 이해해 주는 분석가의 도움으로 과대 자기의 활성화를 유지시키고, 그것들의 요구를 자신의 자아에 노출시킬 수 있다면, 환자의 유아적인 과대주의와 과시주의는 실로 조용히 그리고 자발적으로 (비록 아주 느리지만) 현실과 통합될 수 있을 것이다.
- H. 코헛 《자기의 분석》 中 -

석 작업의 도움을 받지 않는 한 성공하는 경우가 지극히 드물고, 분석 작업을 도움을 받는다 하더라고 항상 성공하는 것은 아니다. 대개의 경우 이런 노력은 자아의 황폐나 파탄으로 끝나거나, 자아가 유년기에 받은 심적 외상의 지배당하는 부분에 압도당함으로써 끝나는 것이 보통이다.

- S. 프로이트 《종교의 기원, 『인간 모세와 유일신교』》 中 -

그래서 그리스도가 대신문관에게 했던 것처럼 알료샤도 **'자가 치유의 시도'**를 하는 이반에게 똑같은 진단과 처방을 내린다.

p.432. 알료샤는 말없이 그를 바라보았다.

"얘, 알료샤야, 나는 떠나기 앞서 이 넓은 세상에서 그래도 너만은 내 친구라고 생각했었는데." 이반은 갑자기 예측하지 못했던 정열적인 어조로 이렇게 말했다. "그러나 이제는 내 귀여운 은사(隱士), 너의 가슴 속에도 내가 끼어들 자리가 없다는 걸 알았다. 그렇지만 '모든 것은 허용된다'는 정의(定義)는 부정하지 않겠다. 하지만 너는 이 정의 때문에 나를 부정할 테지. 그렇지, 안 그렇니?"

알료샤는 자리에서 일어나 형에게로 다가가서 말없이 조용히 그 입술에 입을 맞췄다.

"이건 문학적 표절이군!" 이반은 갑자기 기쁜 표정으로 변하며 이렇게 외쳤다.

- 도스토옙스키 《카라마조프의 형제》 상 中 -

카라마조프적 방식으로 해결한다는 의미는 드미트리와 같은 성격 구조는 **호색적**인 방식으로, 이반과 같은 성격 구조는 **탐욕적**인 방식으로,

알료샤와 같은 성격 구조는 **광신적**인 방식으로 자신의 정욕을 해결하는 것을 의미한다. 인류의 모든 문제가 이러한 호색과 탐욕과 광신의 추구로 발생한다. 하지만 역설적으로 여기에는 해결의 열쇠가 숨겨져 있다. 드미트리가 호색을 추구하다가 그루센카라는 여성을 만나서 자신 속에서 **'새로운 인간'**을 발견했듯이 이반도 탐욕을 추구하는 과정에서 자신 속에서 **'새로운 인간'**을 발견할 수 있고 알료샤도 광신을 추구하는 과정에서 자신 속에서 **'새로운 인간'**을 발견할 수 있다.

자신 속에서 **'새로운 인간'**을 발견하기 위한 첫 번째 계기는 자신의 정신이 **'과거에 뿌리를 두고 있다'**라는 사실을 인식하는 데 있다.[89] 알료샤의 키스는 그러한 사실을 깨우쳐 주기 위한 상징 행위이다. 그런데 도스토옙스키는《카라마조프의 형제》에서 이반의 구원방식을 제시하지 않는다. 이반과 똑같은 정신구조를 지닌 라스콜리니코프를 통해서 이미 구원방식을 제시했기 때문이다. 그 구원의 결과는《죄와 벌》의 대단원을 장식하고 있다.

> p.401. 그러나 그녀는 곧 모든 것을 이해했다. 그녀의 눈은 그지없는 행복으로 빛났다. 그녀는 깨달았던 것이다. 그가 자기를 사랑하고 있다는 것을, 그지없이 사랑하고 있다는 것을. 마침내 그 순간이 다가온 것이다 …….
>
> (중략)
>
> 그날 저녁, 이미 옥문이 닫힌 뒤, 라스콜리니코프는 판자 침대 위

---

89) p.427. 그러나 치료를 가져오는 요소는 환자가 자신의 반응이 과거에 뿌리를 두고 있다는 사실을 인식하는 데 있다. 이러한 구별은 전이 안에 담긴 가장 중요하고도 강력한 치료 요소이며, 환자가 현재 생활에서 많은 사람들과 겪는 어려움을 이해하는 데 결정적으로 중요한 요소이다.

- F. 써머즈《대상관계 이론과 정신병리학》中 -

에 누워서 그녀를 생각하였다. 이날 그의 눈에는 여태까지 자기의 적이었던 죄수들 모두가 이미 적이 아닌 것처럼 보였다. 그는 그들에게 다정하게 말이라고 걸어보고 싶은 충동마저 느꼈다. 그러자 모두들 그에게 상냥하게 대해 주는 것 같았다. (중략)

그렇지만 그러한 모든 고통, '온갖' 과거의 고통이 이제 무슨 의미를 지닌단 말인가! (중략) 지금의 그는 의식적으로 해결하려 해도 아무것도 해결할 수 없었다. 다만 느낄 수 있었을 뿐이다. 변증법을 대신하여 생활이 찾아온 것이다. 그러므로 그의 의식 속에는 과거와는 다른, 새로운 그 무엇이 마땅히 생겨났어야 했다. (중략)

그러나, 여기 벌써 시작되고 있는 새로운 얘기는, 한 사람의 인간이 점차 새로운 인간으로 변모해가는 얘기, 하나의 세계에서 다른 또 하나의 세계로 차차 옮겨가는 가운데 그때까지는 전혀 미지였던 새로운 현실을 터득해 나가는 얘기다. 그것은 그것만으로도 능히 한 편의 새로운 얘기의 테마가 될 수 있으리라.

그러나 우리의 얘기는 여기서 끝났다.

- 도스토옙스키 《죄와 벌》 하 中 -

소냐와 전이 관계 속에서 라스콜리니코프에게 '마침내 그 순간'이 다가온다. 그것은 정신병리를 앓고 있던 한 인간이 '새로운 인간'으로 거듭나는 순간이다. 모든 사람을 '**자신의 적**(敵)'으로 여겼던 망상은 사라지고 조화의 순간이 온 것이다. 그 순간은 지금까지의 '**모든 고통, 온갖 과거의 고통**'이 의미가 없어지는 순간이다. 이제 '**사상(변증법)**을 대신하여 **현실의 생활**이 찾아온 것'이다. 사상의 방어막(껍질)이 사라지자 '그의 의식 속에는 **과거와는 다른, 새로운 그 무엇이 마땅히 생겨난다**'. 그것은 '그때까지는 전혀 미지였던 새로운 현실', 즉 불멸을 위한 삶이다. 이제 라스콜리니코프의 정신은 **'자기애(자기 자랑)의 정욕'**에서 자유롭게 됨으로써 세상을 허용할 수 있게 되었고 자동으로 '**타인을 사랑할 수 있는 능력**(연민과 자비)을 다시 회복하게 되었다.[90] 이렇게 정욕에 지배되지 않고 사랑할 수 있는 능력이 그리스도가 의미하는 **사랑과 자비**이다. '그(새로운 인간)가 된다는 것은 **사랑에 빠지는 것과 같은 것**'이 되는 것이다.

셋째 아들 알료샤의 구원

삼 형제 모델에서 셋째 아들은 자기애적-편집증 유형으로 리비도가 자아에 지배적으로 배분된 유형이다. 카라마조프 삼 형제에서 셋째 아들인 알료샤는 **순수한** 자기애적 유형이라고 할 수 있다. 자기애적 특질의 가장 두드러지는 점은 지적 능력이며 그 대표적인 표상 행위는 독서이다. 알료샤의 자기애적 특질도 **독서**로 묘사된다.

> p.34. 학교에서도 그(알료샤)는 매한가지였다. 하기는 동료들의 불신과 조소, 때로는 증오감까지도 불러일으킬 수 있는 소년처럼 생각될 수도 있었으리라. 이를테면 그는 깊은 생각에 잠기어 사람을 피하는 버릇이 있었다. 아주 어릴 때부터 그는 한구석에 틀어박혀 책 읽기를 좋아했다. 그런데도 그는 학교에 다니는 동안 줄곧 학

---

90) p.307. 분석과정에서 발생하는 원초적이고 자기애적인 심리적 자리의 활성화는 자기애적 전이의 극복과정을 허용하며, 이와 함께 특정한 변화들과 불특정한 호의적 변화들을 발생시킨다. 불특정한 변화들 중에 가장 두드러진 것은 대상을 사랑하는 환자의 능력이 증가하고 확장되는 것이며; 특정한 변화들 중에 가장 두드러진 것은 바로 자기애의 변화이다.

- H. 코헛 《자기의 분석》 中 -

우들의 마스코트라도 해도 과언이 아닐 정도로 사랑을 받았다.

- 도스토옙스키 《카라마조프의 형제》 상 中 -

이반과 알료샤 모두 자기애적 특질을 갖고 있지만, 이반의 지적 능력과 알료샤의 지적 능력에는 중요한 차이가 있다. 그것은 지능의 목적이다. 이반의 지능은 심리적 외상을 방어하기 위해서 조직화되었지만, 알료샤의 지능은 지능 그 자체의 목적을 위해 발달한다. 이러한 이유로 이반의 지능은 타인에 대해 자신의 우월성을 증명하고 타인을 경멸할 수 있는 수단을 확보하는 데 사용되지만 알료샤의 지능은 타인에게 그러한 자기애적 인정을 강요할 필요성을 느끼지 못한다.[91] 알료샤가 '자기 반에서 1등을 한 번도 한 적이 없는' 이유도 타인에게 자신의 우월성을 과시하도록 강제하는 무의식 속 악마가 없기 때문이다.

p.35. 겸해서 말하지만, 그는 자기 반에서 늘 우등생이긴 했으나 1등을 한 적은 한 번도 없었다.

- 도스토옙스키 《카라마조프의 형제》 상 中 -

어린 시절 어머니 사랑을 박탈당한 이반의 경우 그의 지능은 어머니 칭찬의 표상을 획득하는 데 주로 사용된다. 그의 어머니가 칭찬하는 대표적인 표상은 양심적 행위이다(물론 이반의 지능은 수치심을 방어하기 위해

91) p.269. … 주체는 피해자에게 가치를 부여하거나 피해자를 이상화하는 일이 결코 없으며, 오히려 피해자를 가치절하거나 혹은 심지어 경멸하게 된다. 이러한 자기애는 타인으로부터 호의나 지지를 얻으려 하거나, 혹은 더 나아가 타인을 조종하거나 착취하려는 압력이 거의 없는 정상적 자기애와 대조를 이룬다. 정상적 자기애의 경우 개인의 뛰어난 자질과 조숙함은 그가 성공하고 존경을 받게 될 것이라고 기대하도록 이끌며, 따라서 타인으로부터 그러한 자기애적 인정을 강요할 필요가 더욱 적어진다.

- W. 마이쓰너 《편집증과 심리치료》 中 -

서 권력을 획득하는 데에도 이용된다). 이반이 아무 소용도 없는 자백을 하려는 이유도 양심적 행위를 함으로써 어머니의 칭찬을 받고 싶은 무의식적 갈망 때문이다. 어머니의 사랑을 박탈당한 후 이반의 지능은 아버지의 사랑을 획득하는 데에도 사용된다. 아버지가 칭찬하는 표상은 주로 언어나 숫자를 사용하는 **'전문적 재능'**이다.[92] 이반이 **'자연 과학'**을 전공한 이유도 아버지의 칭찬을 받고 싶어서라고 할 수 있다.

반면 알료샤는 어머니 사랑을 박탈당한 경험이 없으므로 그의 지능은 **원초적인** 상태를 유지하고 있다. 이반의 지능이 **아버지**가 중요시하는 지식을 토대로 발달했다면 알료샤의 지능은 **어머니**가 중요시하는 지식을 토대로 발달했다고 할 수 있다. 이반의 지식이 **학술적 지식**이라면 알료샤의 지식은 **정신적(영적) 지식**이라고 부를 수 있다. 물론 이반도 4세까지 어머니의 헌신적인 사랑을 받았기 때문에 학술적 지식의 밑바탕에는 정신적 지식이 깔려있다. 이반이 잡지에 신학적인 논문을 기고할 수 있는 것도 어머니로부터 받은 영적 지식(자기 지혜)이 있기 때문이다.

> p.131. "… 자네 형 이반은 무신론자이면서도 무언지 알 수 없는 지극히 어리석은 동기에서 장난삼아 신학적인 논문을 잡지에 싣고 있거든. 그리고 그것이 비열한 짓이라는 걸 자기도 알고 있어-이것이 자네 형 이반이야. … "
>
> - 도스토옙스키 《카라마조프의 형제》 상 中 -

이반이 잡지에 신학적인 논문을 기고하는 **'지극히 어리석은 동기'**는 자

92) p.212. 그의 지식 패턴과 관심 영역의 내용은 반영해주는 자기 대상(어머니)의 영향하에 획득한 것인 반면, 그의 전문직에서 요구되는 행동들은 이상화된 자기 대상(아버지)에게서 획득한 것이었다.

- H. 코헛 《자기의 회복》 中 -

신의 재능을 과시함으로써 부모의 칭찬을 받고 싶기 때문이다. 도스토옙스키가 이반의 행위를 **'비열한 짓'**이라고 표현하는 이유는 기고의 동기가 교회 문제에 관심이 있어서가 아니라 자기애적 손상을 보상받기 위한 것이기 때문이다. 도스토옙스키는 이반이 자신의 행위가 비열한 짓이라는 것을 **'알고 있다'**라고 말하는 데 이 표현은 보통의 사람은 **알 수 없다**는 뜻을 내포하고 있다. 이반이 자신의 동기가 무엇인지를 알고 있다는 의미는 이반이 자신의 무의식의 내용을 어느 정도 간파할 수 있는 능력이 있다는 뜻으로 라키친이 **'이것이 자네 형 이반이야'**라고 말하는 이유는 이반의 성격 구조가 자신의 무의식을 꿰뚫어 볼 수 있는 **자기애적 특질**을 지니고 있다는 것을 표현하기 위해서이다. 반면 알료샤는 어머니 사랑(칭찬)을 박탈당한 경험이 없으므로 타인의 칭찬을 받을 필요성도 느끼지 못한다.

p.34. 그는 자기 또래의 아이들 사이에서 결코 자기를 내세우려고 하지 않았다. 어쩌면 바로 이러한 성격 탓인지도 모르지만 그는 어떤 상대든 결코 무서워해 본 적이 없었다. 그렇지만 아이들은 그가 결코 자기의 용기를 자만하는 것이 아니라 오히려 자기가 얼마나 용감하고 대담한가를 전혀 알지 못하는 것이라고 깨닫는 것이었다. 그는 도대체 모욕이라는 것을 느껴 본 적이 없었다. 모욕을 당한 후 한 시간도 채 지나기 전에 아무 일도 없었다는 듯이 믿음 어린 명랑한 표정으로 자기를 모욕한 상대방에게 말을 걸기도 하고 대답하기도 했다. 그것은 그가 어쩌다 그 모욕을 잊었다든지 그 모욕을 일부러 용서했다든지 하는 표정이 아니라 그런 것은 아무것도 아니라는 소탈한 표정이었기 때문에 이 점이 또한 동료들의 마음을 완전히 사로잡고 말았던 것이다.

- 도스토옙스키 《카라마조프의 형제》 상 中 -

우리는 자기를 내세우지 않는 사람을 보면 그가 상대에게 주눅이 들었거나 무서워서 그럴 것으로 생각한다. 하지만 도스토옙스키는 이러한 상식과 반대로 알료샤가 자기를 내세우려고 하지 않는 이유가 **'어떤 상대든 무서워해 본 적이 없었기'** 때문이라고 말한다. 이러한 표현은 알료샤의 성격 구조를 압축적으로 묘사하고 있다. 가령 아버지의 거세 위협으로 모욕감을 느낀 어린아이는 아버지와의 동일시를 통해서 권위자에 대해서 수동적인 태도를 보이거나 그와 반대로 모욕감에 대한 반항으로 공격적인 태도를 보일 수도 있다. 하지만 알료샤는 아버지의 거세 위협을 경험하지 않았기 때문에 그의 무의식 속에는 모욕감을 방어하기 위한 관념이 형성되어 있지 않아서 그와 관련된 관념적 표상을 인식하더라도 그 표상과 연결될 수 있는 관념이 없으므로 수동적이든 공격적이든 반응하지 않는다. 다시 말해서 누군가 모욕을 주더라도 그 모욕이 아무런 심리적 가치를 지니지 못하므로 모욕은 **'아무것도 아닌 것'**이다.

알료샤가 자신이 얼마나 용감하고 대담한가를 알지 못하는 이유도 마찬가지이다. 용감함이나 대담함은 모욕감이나 수치심을 방어하기 위한 방어 패턴이다. 가령 아슬아슬한 모험을 함으로써 자신의 용기를 과시하거나 일부러 공포를 경험하는 행위들이다. 이러한 행동들은 타인의 인정과 찬사를 받음으로써 자신의 부적절감이나 열등감을 은폐하기 위한 방어기제일 가능성이 크다.[93] 콜랴가 '대담하고 모험심이 강한' 이유도 자신

93) p.263. 자기애적 성격 유형을 정리하면서, 버스텐(Bursten, 1973)은 자기애적 성격 조직의 가장 높은 수준의 구성물이 남근기적 자기애적 성격에서 발견된다고 제안하였다. 과시주의, 용기 있음에 대한 자부심, 자랑, 역공포증적(counterphobic) 경쟁심리 그리고 자기애적 과시주의로 나타나는 아슬아슬한 행동은 우리에게 상당히 친숙한 것들이다. 그러한 개인은 자기중심적인 경향이 있으며, 타인으로부터 인정과 찬

의 수치심을 방어하기 위해서이다.

이와 달리 알료샤에게는 용감함이나 대담함이 나타나지 않은 이유는 방어해야 할 모욕감이나 수치심의 관념과 정서가 형성되어 있지 않기 때문이다. 따라서 알료샤의 성격의 두드러진 특징 중 하나는 모욕감이나 수치심을 느끼지 못하는 것이라고 할 수 있다. 이반이 제힘으로 밥벌이를 했다면 **'그야말로 정반대로'** 알료샤는 대체 자기가 누구의 돈으로 생활하는지는 대해서 한 번도 생각해 보지 않는 이유도 수치심에 대한 방어적 구조가 형성되어 있지 않기 때문이다.

> p.36. 자기가 대체 누구의 돈으로 생활하고 있는지 한 번도 생각해 보려고 하지 않았다는 점 역시 그의 성격의 두드러진 특징 중의 하나다. 이 점에서는 그의 형 이반이 대학에 들어간 후 2년 동안을 제 힘으로 밥벌이를 하며 가난한 생활을 보내고 게다가 아주 어릴 때부터 남의 도움으로 살아가는 자기 처지를 쓰라리게 느낀 것과 비교한다면, 그의 경우는 그야말로 정반대였다. 그러나 알료샤의 이 기괴한 성격의 특징도 과히 나무랄 수만은 없을 것 같다. 왜냐하면 누구든지 그를 조금이라도 아는 사람이라면 이러한 문제가 제기되었을 때 과연 그는 유로지브이(어리석은 체하면서도 예언을 할 수 있는 기독교 신자)와 비슷한 유형의 청년이라는 것을 확신하게 된다. 이를테면 이런 인간은 갑자기 뜻하지 않은 거액이 굴러 들어온다 해도 누가 달라고 손을 내밀기만 하면 당장에 미련 없이 그 돈을 내줘 버리든지 그렇지 않으면 자선 사업에 기부하든지 또는 구원을

사, 특히 찬양받으려는 욕구가 아주 크다. 그는 타인과의 관계에서 방어적인 특성을 띠며, 종종 근저의 억압된 부적절감이나 열등감을 은폐하기 위한 방어로서 교만이나 경멸의 특성을 띤다.

- W. 마이쓰너 《편집증과 심리치료》 中 -

바라는 약삭빠른 사기꾼한테 걸려들어 몽땅 잃어버리고 말든지 할 것이다.

- 도스토옙스키 《카라마조프의 형제》 상 中 -

그렇다고 알료샤가 수치심이 전혀 없다는 것이 아니라 자기애적 손상에 따른 수치심의 관념과 정서가 없다는 뜻이다. 또 알료샤가 돈에 대한 개념이 없는 이유도 돈으로 불안을 방어를 필요성을 느끼지 못하기 때문이다. 알료샤와 다른 형제를 비교하면 리비도의 순수한 특질과 정욕화된 특질을 좀 더 잘 이해할 수 있다. 먼저 알료샤와 드미트리를 비교하자면 알료샤는 거세 위협을 경험하지 못했기 때문에 두려움과 모욕감을 느끼지 못하며 아버지의 거세 위협을 동일시하지도 않았으므로 타인을 비난하거나 심판하지도 않는다. 또 어머니에 대한 욕망이 억압되지 않았으므로 모든 여자를 아내로 삼으려는 욕망도 없다. 다만 알료샤가 깊은 비애(공허감)를 자주 느끼는 이유는 어머니의 조기 사망으로 무의식 속 어머니 신(자기애적 완전감)과 현실의 이상화된 어머니 표상과의 연결이 끊어졌기 때문이다. 알료샤가 조시마 장로의 제자가 된 이유도 이상화된 어머니 표상과의 접촉을 유지하기 위한 노력의 일환이라고 할 수 있다.[94)]

p.33. 그러나 그는 인간을 사랑하고 있었다. 그는 한평생 인간을 완전히 믿으며 살아온 듯했지만, 그렇다고 해서 누구한테서 바보라

---

94) p.272. …, 유아기에 경험한 자기애적 완전감의 잔여물은 일종의 잠재적 대상인 이상화된 부모상에게 부여됨으로써, 그 완전감이 회복된다. 따라서 모든 힘과 권력은 이상화된 대상에게 귀속되며, 주체는 그것과 분리될 때 공허감을 느끼고 무력해진다. 결과적으로 그는 이 대상과의 접촉과 일치를 유지하기 위해 모든 노력을 기울여야 한다.

- W. 마이쓰너 《편집증과 심리치료》 中 -

거나 순해 빠진 얼굴이라는 말을 들은 것은 아니었다. 남을 심판하는 사람이 되고 싶어하지도 않고 또한 남을 비난하거나 핀잔하는 일도 좋아하지 않는 사람이라고 느끼게 하는 그 무엇이 그에게는 있었다.(그 후에도 그는 일생을 통해서 그러했다). 비록 깊은 비애를 느끼는 일도 자주 있기는 했지만 그는 조금도 누구를 비난하지 않고 모든 것을 허용하고 있는 것 같았다. 뿐만 아니라 이런 의미에서 아무도 그를 놀라게 한다든지 위협한다든지 하는 일은 거의 불가능할 정도였다. 어린 소년 시절부터 그에게선 벌써 이런 경향이 엿보였던 것이다.

- 도스토옙스키 《카라마조프의 형제》 상 中 -

어린아이의 무의식은 어머니를 **세 가지 방식**으로 이상화한다. 첫 번째는 드미트리의 경우처럼 아버지와의 성적 경쟁 관계에서 어머니를 **성적으로 이상화**하는 경우이다.[95] 이때의 어머니 표상은 어린아이를 성적으로 **흥분시키므로** 어린아이의 무의식은 어머니를 **'유혹하는 어머니'**로 인식한다. 두 번째는 알료샤의 경우처럼 아버지의 거세 위협이 없는 상황

95) p.267. 페어베언에 따르면, 아동이 어머니와 갖는 관계는 기본적으로 만족스럽거나 불만스러운 두 가지 특징을 갖는다. 어머니가 단순히 거절할 때보다, 어머니가 어떤 희망이나 기대감을 준 뒤 거절했을 때 아동은 더 심각하게 분열되고 어머니와의 관계는 더 불만스러운 것이 된다. 아동은 어머니와의 관계에서 만족을 주는(gratifying) 어머니, 유혹하는(enticing) 어머니, 박탈하는(depriving) 어머니라는 서로 다른 대상들을 경험한다. (중략) '흥분시키는 대상'과 동일시된 자아의 일부는 흥분시키는 대상이 약속하는 만족을 계속해서 갈망한다. 페어베언은 이러한 흥분케 하는 대상에 얽매인 자아의 일부를 '리비도적 자아'라고 불렀다. '거절하는 대상'과 동일시된 자아의 일부는 어떤 접촉이나 만족에 대해서도 적대적이며 냉소적이다. 그는 이러한 거절하는 대상에 얽매인 자아의 일부를 '반(反)리비도적 자아'라고 불렀다. 초기에 페어베언은 반리비도적 자아를 '내면의 방해자'라고 불렀다.

- J. 그린버그 & S. 밋첼 《정신분석학적 대상관계 이론》 中 -

에서 어머니를 **'완전한 만족을 주는'** 대상으로 이상화하는 경우이다. 이때의 어머니 표상은 어린아이가 자궁 속에 느꼈던 **어머니 신과의 합일된 만족**을 주무로 어린아이의 무의식은 어머니를 **'신처럼 고결한 어머니'**로 인식한다. 첫째 아들이자 셋째 아들(막내)인 레오나르도 다빈치가 '아주 상반된' 두 가지 어머니 표상을 지닌 《모나리자》를 그릴 수 있었던 이유는 첫째 아들로서 **'유혹하는 어머니'**와 막내로서 **'신처럼 고결한 어머니'**를 동시에 경험했기 때문이다. 세 번째는 이반의 경우처럼 어머니가 완전한 만족을 주는 대상에서 **갑작스럽게 거절하는 어머니**가 된 경우이다. 이때의 어머니 표상은 어린아이에게서 '모든 것을 **박탈하는 어머니**'로 인식된다. 이 경우 어린아이의 무의식은 더 심각하게 분열되고 이 세상(어머니 신)과의 관계는 더 불만스러운 것이 된다. 이반의 성격이 **'냉소적이고 적대적으로'** 된 원인도 모든 것을 박탈하는 어머니를 외부에 투사해서 외부 세상을 인식하기 때문이다.

알료샤의 정신이 내면화한 어머니 표상은 **'신처럼 고결한 어머니'** 표상이다. 따라서 알료샤의 정신발달은 어머니 자궁 속에서 어머니와 여전히 합일된 상태에 머무른 상태라고 할 수 있다. 이렇게 어머니와의 합일 상태의 정신적 표상이 '**마치 어머니가 살아 있는 것처럼** 느끼는 어머니에 대한 선명한 기억'이다.

> p.32. 그러나 그가 갓난아이 때부터 매우 색다른 인간이었다는 데 대해서도 나는 이의가 없다. 겸해서 말해 두지만 이미 앞에서도 언급한 바와 같이 그는 겨우 네 살 때 어머니를 잃었는데도 그 어머니의 얼굴과 그 애무를 마치 어머니가 살아 있는 것처럼 일생동안 머리 속에 기억하고 있었다. 이런 기억이라는 것은(이것 역시 누구나 다 아는 일이지만) 그보다도 더 어린, 두어 살 때의 일까지 머

리에 새겨 둘 수 있는 법이다. 그러나 이런 기억은 흡사 어둠 속에서 반짝이는 밝은 점이나 형체조차 분간할 수 없게 퇴색해 버린 커다란 화폭에서 아직도 선명하게 그대로 남은 한쪽 귀퉁이를 찢어낸 그림 조각처럼 한평생 마음속에 떠오르게 마련이다. 그의 경우도 이와 꼭 같았다.

- 도스토옙스키 《카라마조프의 형제》 상 中 -

도스토옙스키가 알료샤를 '매우 색다른 인간'이라고 부르는 이유는 알료샤가 갓난아이 때 본 어머니 얼굴과 그 애무를 평생 머릿속에 기억하고 있다는 사실 때문이다. 갓난아이 때 경험한 어머니 표상을 기억하고 있다는 의미는 그 표상에 리비도가 과도하게 집중되어 있다는 것을 의미하며 그만큼 어머니와 정신적으로 합일되어 있다는 것을 뜻한다(이러한 기억은 레오나르도 다빈치가 기억하고 있는 갓난아이 때의 독수리 환상과 같다). 바꿔서 말하면 리비도가 신체에 지배적으로 배분되지 않고 정신에 그대로 머물러 있다는 뜻이다.

이렇게 어머니와 물리적으로 분리된 이후에도 어머니와 정신적으로 합일 상태에 있는 주체는 **신비주의**를 추구하게 된다. 신비주의는 '**가능한 한 가장 짧은 경로**를 통해 자궁 속 어머니 신(융합을 상실하기 이전의 엄마)과 합일하려는' 무의식적 갈망을 의미한다.[96] 이러한 무의식적 갈망은 현실에서는 성모 마리아와 같은 의식적인 신 또는 신적인 인물과의 결합으로 나타난다. 알료샤에게 현재 그러한 인물은 조시마 장로이다. 자궁

---

96) p.46. "신비주의는… 자아와 이상이 가능한 한 가장 짧은 경로를 통해 결합하려는 욕구에 상응한다. 그것은 주요 대상과의 융합을 나타낸다. 심지어 이상이 의식적으로 신(神)으로 표현될 때에도 깊게 살펴보면 그것은 융합을 상실하기 이전의 엄마와 상응한다"(Chasseguet-Smirgel, 1975, p.217.)

- M. 엡스타인 《붓다와 프로이트》 中 -

속 어머니 신과 합일될 수 있는 '가장 짧은 경로'는 **죽음**이고 그 대표적인 방식이 **자살**이나 **순교**이다. 알료샤가 어머니로부터 **'광신적 소질'**을 물려받았다는 의미는 알료샤의 정신이 자살이나 순교를 통해 어머니 신(불멸성)과 다시 합일하려는 강력한 욕구를 지니고 있음을 뜻한다. 이때의 자살(순교)은 초자아에 의한 자기 처벌이 아니라 **'어떤 대안적 만족의 형태'**로 현실의 어머니 표상을 지닌 대상(종교나 국가)과의 재연합을 통해 자궁 속으로 회귀함으로써 리비도적 목적(어머니 신과 합일)을 성취하려는 상징 행위이다.[97] 그런데 도스토옙스키는 알료샤를 광신자나 신비주의자가 아닌 **'진정한 현실주의자'**라고 말한다.

> p.43. 혹시 독자들 중에서는 내가 말하는 이 청년이 병적이고 광신적이며 발육 상태가 좋지 않은, 여윌 대로 여위고 창백한 몽상가일 것이라고 생각하는 사람이 있을지도 모른다. 그러나 그와 정반대로 그 무렵의 알료샤는 균형 잡힌 몸매에 붉은 뺨과 맑은 눈동자를 가진, (중략) 하기는 뺨이 붉다고 해서 광신자나 신비주의자가 되지 말라는 법은 없다고 말하는 사람이 있을지도 모른다. 그러나 나에게는 알료샤가 다른 누구보다도 현실주의자였다고 생각된다. 물론 수도원에 들어간 후 그는 종교적 기적이라는 것을 믿고 있었지만, 그러나 내 생각으로는 기적이 결코 현실주의자를 당황하게 하

---

97) p.430. … 페니컬(1945)은 자살 역동의 두 가지 중요한 형태에 대해 논의한다: 첫 번째는 초자아의 공격성이 자아에게 향한 것이라는 고전적 모델(우울적 자살)이고, 두 번째는 어떤 대안적 만족의 형태로 이끄는 희망적 환상에 기초한 것이다. 따라서 자살시도에서는 살인에서처럼 자아를 파괴하는 것이 목적이 아니라, 오히려 죽음의 생각과 관련된 리비도적 목적을 성취하는 것이 목적이다. 이러한 희망적 환상은 상실된, 사랑하는 죽은 사람과의 연합, 사랑하는 죽은 사람과의 동일시, 혹은 심지어 어머니와 재연합할 것을 갈망하는 형태를 취할 수 있다.

- W. 마이쓰너 《편집증과 심리치료》 中 -

는 것은 아니라고 본다. 현실주의자를 신앙으로 이끄는 것은 결코 기적이 아니기 때문이다.

진정한 현실주의자라면 만약 그가 신(神)을 믿지 않는 경우, 언제나 기적을 믿지 않는 힘과 능력을 자기 내부에서 발견해 내게 마련이다. 그리고 만약 기적이 그의 앞에 부정할 수 없는 사실로 나타난다면 그는 그 사실을 허용하기보다는 오히려 자신의 오관(五官)을 믿지 않으려고 한다. 가령 한 걸음 더 양보해서 그 자신을 허용한다 할지라도 그는 다만 지금까지 자기 눈에 비친 적이 없는 하나의 자연현상으로서 그것을 받아들인다. 현실주의자에게는 기적으로부터 신앙이 생겨나는 것이 아니라 신앙으로부터 기적이 생겨나는 것이다.

- 도스토옙스키 《카라마조프의 형제》 상 中 -

도스토옙스키가 의미하는 '진정한 현실주의자'는 자아가 매우 강한 정신구조를 가진 주체로서 리비도가 자아에 지배적으로 배분된 순수한 자기애적 유형을 말한다. 자아가 약한 성애적 유형이나 강박적 유형의 경우에는 **자기 외부에서** 기적이나 신을 발견하지만 자아가 강한 자기애적 유형은 **자기 내부에서** 기적과 신을 발견해 낸다. 이러한 유형에게는 '기적으로부터 신앙이 생겨나는 것이 아니라 **신앙으로부터 기적이 생겨난다.**' 그럼에도 알료샤가 현재 신과 기적을 믿고 있는 것처럼 보이는 이유는 아무리 강한 자아를 지녔다고 하더라도 5세 이전에 일어난 어머니의 사망은 자아에 영향을 줄 수밖에 없기 때문이다. 알료샤가 조시마 장로를 이상화한 이유도 죽은 어머니를 대체할 새로운 **'이상화된 어머니 표상'**이 필요했기 때문이다(정신분석에서는 치료자로 대체된다).[98] 이후에 조시

98) p.151. 치료자에 대한 이상화는 순조로운 예후적 징표로 평가될 수 있다. 왜냐하면 이런 경우에 극복 과정은 활성화된 자기애적 집중으로 가는 두 가지 통로를 열어주기 때문이다; a) (중략) 그리고 b) 치료 후기에 분석가에 대한 새로운 이상화가 (이차

마 장로의 사망으로 알료샤는 조시마 장로에게 집중된 리비도를 철수시켜 그 리비도를 핵심 자아(**내재화된 이상**)에 집중할 수 있게 된다. 진정으로 자신이 신을 믿고 있는지에 대한 의문이 알료샤를 **'오래전부터 괴로워해 온'** 이유는 진정한 자기애적 유형(현실주의자)은 외부의 신이 아닌 바로 자기 자신을 숭배하기 때문이다.

> p.360. "… 과연 내가 수도사일까? 수도사? 리즈, 내가 과연 수도사라 할 수 있을까요? 당신은 방금 나보고 수도사라고 부른 것 같은데?"
>
> "네, 그랬어요."
>
> "그렇지만 나는 어쩌면 하느님을 믿고 있지 않은지도 몰라요."
>
> "당신이 믿지 않는다구요! 무슨 말씀을 하세요?" 리즈는 낮은 소리로 조심스럽게 말했다. 그러나 이 말에 알료샤는 대답하지 않았다. 너무나도 뜻밖인 알료샤의 이 말 속에는 너무나도 신비적인, 그리고 너무나도 주관적이라고 생각되는 그 무언가가 깃들여 있었다. 그것은 어쩌면 알료샤 자신도 분명히 알 수 없는 것이기는 하지만, 이미 오래전부터 그를 괴롭혀 왔다는 것만은 의심할 여지가 없었다.
>
> - 도스토옙스키 《카라마조프의 형제》 상 中 -

알료샤의 갓난아기 때의 기억에 대한 도스토옙스키의 부가적 설명은 정신분석학적 측면에서 주목할 부분이 있으므로 이 부분에 대해서 좀 더 고찰하고자 한다. 도스토옙스키는 알료샤와 같은 기억을 '두어 살 때부터 머리에 새겨둘 수 있다'라고 말한다. 이런 기억이 머리에 새겨지는 이유는

적) 거울 전이를 대신한다면, 그것은 이상화된 부모 원상을 내재화된 이상으로 바꾸는 치료적인 변화의 기회를 제공한다.

- H. 코헛 《자기의 분석》 中 -

이 기억이 어머니에 대한 욕망과 관련된 기억이기 때문이다. 이런 기억은 어린아이의 기억 속에 '어둠 속에서 반짝이는 밝은 점'처럼 또는 '마치 형체조차 분간할 수 없게 퇴색해 버린 커다란 화폭에서 아직도 선명하게 그대로 남은 한쪽 귀퉁이의 그림 조각'처럼 남아서 한평생 의식 속에 떠오른다. 프로이트는 이러한 현상을 '유년기 기억의 특이성 중의 하나'라고 말한다.

> p.272. 이러한 유년기의 기억에 부가할 수 있는 또 하나의 특이성은 유년기의 가장 이른 시기를 뒤덮고 있는 기억의 빈 공간에서 몇몇 개의 잘 보존된, 차라리 조형적으로까지 느껴지는 기억들이 두드러지게 나타난다는 것인데 부분적으로 몇몇 개의 기억이 그처럼 잘 보존되고 있다는 사실은 앞서의 상황을 통해 잘 설명될 수 없는 것이기도 합니다.
>
> \- S. 프로이트《정신분석 강의》中 -

프로이트는 어린아이의 기억 속에는 '몇 개의 잘 보존된, 차라리 조형적으로까지 느껴지는' 기억들이 있다고 말한다. 어린아이의 어머니에 대한 기억을 도스토옙스키는 **그림**에 비유하고 있다면 프로이트는 **조각**에 비유하고 있다. 이러한 기억들이 무의식 속으로 사라지지 않고 남아 있다는 의미는 그의 모든 사고와 행동이 이러한 기억에 의해 매우 강하게 지배받고 있다는 뜻이 된다. 도스토옙스키는 알료샤의 어머니에 대한 이러한 선명한 기억이 그의 성격 형성과 삶에 있어서 얼마나 큰 영향을 주었는지를 다음과 같이 묘사하고 있다.

> p.32. 그는 어느 고요한 여름날 저녁을 기억하고 있었다-열어젖

흰 창문으로 석양이 비스듬히 흘러들고 있다(이 비스듬히 흘러드는 석양을 그는 무엇보다도 잘 기억하고 있었다). 방 한구석에 성상(聖像)이 걸려 있고 그 앞에는 등불이 타고 있다. 성상 앞에 꿇어앉은 어머니가 히스테리라도 일으킨 듯 비명을 지르며 악에 받쳐 흐느껴 울면서 두 팔로 으스러지도록 그를 껴안고는 성모 마리아에게 그의 장래를 기원하고, 성모의 보호를 받기라도 하려는 듯이 두 팔로 껴안은 자기 자식을 성상 앞으로 내민다. 그러자 별안간 유모가 달려 들어와 허겁지겁 그를 어머니 팔에서 빼앗아 간다-이것이 그 화면(畫面)이었다! 알료샤는 그 순간의 어머니의 얼굴까지도 기억하고 있었다. 그의 말에 의하면, 그 얼굴은 제정신이 아니었지만, 그가 기억하는 한 말할 수 없이 아름다웠다고 한다.

- 도스토옙스키 《카라마조프의 형제》 상 中 -

마하트마 간디의 사례를 통해 설명한 바 있듯이 알료샤가 수도사가 되려고 했던 이유는 어머니와 같이 성당을 다닌 기억 때문이다. 특히 젖먹이 시기의 중요한 기억은 **두 가지 사물**과 함께 기억된다. 하나는 **'어머니 젖가슴'**이고 또 다른 하나는 **'빛'**이다(도스토옙스키는 어머니의 팔, 어머니의 품 등 여러 가지 단어로 묘사하고 있으나 용어의 통일성을 위해서 '어머니 젖가슴'으로 통일한다). 도스토옙스키는 알료샤가 비스듬히 흘러드는 석양을 **'무엇보다도 잘 기억하고 있다'**라는 표현으로써 유년기의 기억에서 빛의 중요성을 강조하고 있다(이러한 빛에 대한 언급은 도스토옙스키 자신이 사형대에 섰을 때 본 '교회 지붕의 빛'을 연상시킨다).

알료샤의 정신세계를 평생 지배하는 그 기억의 결말은 누군가 어머니 젖가슴에서 자신을 떼어내려는 장면이다. 죽음 불안에 노출된 유아에게 가장 무서운 경험은 죽음 불안을 없애주는 어머니 젖가슴으로부터 떨어지는 것이다. 이때 유아가 느꼈을 공포에는 리비도가 집중되면서 무의식 속에 융합 욕망이 형성된다. 그런데 알료샤는 이때의 '어머니 얼굴이 말할 수 없이 아름다웠다'라고 기억하고 있는 데 이러한 환상은 알료샤의 무의식 속에 내면화된 어머니 표상이 **'신과 같은 고결한 어머니'**라는 것을 알 수 있다. 알료샤의 융합 욕망이 악마의 첫 번째 유혹인 융합 욕망이 다른 점은 전자의 경우에는 **일시적인** 경험에서 기인한 것이고, 반대로 말하면 어머니 젖가슴과 **장기간** 융합되어 있었다는 뜻이고, 후자의 경우에는 **지속적인 결핍**에 따른 것이다. 드미트리의 경우가 후자에 해당한다.

여기서 필자가 본 TV 장면을 통해서 어머니에 대한 기억이 남성의 삶에 얼마나 결정적인 영향을 미치는지를 좀 더 설명하고자 한다. 방송 장면은 4명의 중년남성이 모여서 자신의 **'어린 시절 가장 행복한 순간'**에 대해서 고백하는 장면이었다. 한 남성은 그 순간을 어머니가 자신을 안고 대중목욕탕에 갔던 때라고 말했다. 그는 **어머니 젖가슴**에 안겨서 어머니가 목에 차고 있던 목걸이를 입으로 빨고 놀았는데 성인이 되어서도 그 금속 맛을 아주 강하게(매혹적으로) 기억하고 있다고 말했다.[99] 그리고 그는 이 경험을 말할 때 목욕탕의 **천장 불빛**도 동시에 기억하고 있었다. 놀랍게도 그의 직업은 **맛 칼럼니스트**인데 그의 어머니에 대한 기억은 그가 왜 그러한 직업을 선택하게 되었는지를 설득력 있게 설명해 준다. E. 호프만도 유아기에 어머니 젖가슴과 관련된 경험이 그의 작품에서 중요한 역할을 했다고 말한다.

---

99) p.87. 생후 6~7개월은 유아가 어머니의 옷을 입은 부분이나 입지 않은 신체 부분뿐만 아니라 어머니의 얼굴을 눈으로 보고, 손으로 만지며, 촉감으로 느끼면서 탐구하는 행동이 절정을 이루는 시기이다; 또는 어머니의 몸에 있는 브로치, 안경, 목걸이 등을 매혹적으로 발견하는 시기이기도 하다.

- M. 말러 등 《유아의 심리적 탄생》 中 -

p.414. 호프만E. T. Hoffmann은, 젖먹이 시절 어머니의 가슴에 안긴 채로 우편 마차를 타고 몇 주일 동안 여행을 한 적이 있었는데, 그의 작품에서 갖가지 인물이 풍부하게 구사되고 있는 것은 젖먹이 시절의 여행에서 체험한 풍경의 변화에서 받은 깊은 인상 덕분이었다고 설명하고는 했다.

- S. 프로이트《인간 모세와 유일신교》中 -

다른 남성은 **어머니 등(신체)**에 업혀서 형의 등굣길을 배웅하곤 했던 기억을 어린 시절 가장 행복한 순간으로 꼽았다. 어머니 등은 **어머니의 규칙적인 심장 소리**를 느낄 수 있는 곳이다. 그의 직업은 **작곡가**이다. 직업이 건축가인 또 다른 남성은 어린 시절 자신의 가장 행복한 순간으로 **어머니의 칭찬**을 받은 경험을 말했다. 그는 망가진 볼펜을 응용해서 장난감을 만들었는데 그의 어머니는 그의 창의성에 대해서 크게 칭찬을 해주었고 이후에 그 남성의 삶의 목적은 창의적인 활동을 함으로써 **어머니의 칭찬**을 받는 것이 되었을 것이다. 그 남성 역시 그 날의 **천장 불빛**을 또렷이 기억하고 있다고 말한다. 이렇게 어린 시절의 어머니와의 추억은 훗날 직업 선택은 물론 그의 정신세계의 나침반이 되어 남성의 일생을 좌우하게 된다. 특히 어머니에 대한 기억에서 **빛**은 매우 큰 역할을 하는데 그 이유는 모든 인간이 세상에 태어날 때 처음 경험하는 가장 큰 정신적 충격이 **빛**이기 때문일 것이다.

그런데 4명의 남성 중 3명은 어린 시절 자신의 가장 행복한 순간으로 어머니와의 기억을 말했는데 흥미롭게도 한 남성은 **아버지에 대한 기억**을 가장 행복한 순간으로 꼽았다. 이 남성은 어린 시절 누나들과 밤늦게 놀다가 잠들었는데 아버지가 자신을 안아서 자신의 방으로 데려가는 그 순간이 너무 행복해서 잠을 깼지만, 눈을 뜨지 않았다고 한다. 이 남성의 직업은 작가(글쓰기)인데 그의 아버지 직업이 **교사**임을 고려할 때 이 남성은 어머니 대신 아버지를 이상화했다고 할 수 있다.[100] 이렇게 태어나서 **5년간**의 어머니 또는 아버지와의 체험은 그 이후의 어떤 체험보다도 중요하고 **'그 사람의 인생에 결정적인 영향을 미친다'**라는 사실을 알 수 있다.

> p.414. 태어나고 나서 5년간의 체험이 그 사람의 인생에 결정적인 영향을 미친다는 것은 이제는 상식에 속한다. 이 5년간의 체험은 그 이후의 어떤 체험보다 중요한 것이다. 이 유년의 체험이 그 이후의 체험에 저항해서 명백한 자기주장을 하는지, 이러한 자기주장이 과연 우리가 알아야 할 만큼 중요한 것인지 여부는 우리 문제와는 직접적으로는 관련이 없다. 하지만 우리에게 별로 알려지지 않은 중요한 사실은, 가장 강력한 영향력은 심적인 장치에 완전한 수용 능력이 없을 듯한 시기에 아이들이 받은 인상에서 비롯된다는 점이다. 이것은 의심의 여지가 없다.
>
> \- S. 프로이트《종교의 기원, 『인간 모세와 유일신교』》中 -

그런데 정신분석적 관점에서 남성 작가가 흥미를 끄는 이유는 그가 이반과 같은 둘째 아들 유형의 성격 구조를 지닌 것처럼 보이기 때문이다

100) p.315. 정상적인 발달 과정에서 어린아이들이 문자나 숫자를 '그리는'데 쏟았던 관심은 나이가 들어감에 따라 지적인 성취 전반으로 확장된다. 하지만 그렇다 하더라도 그와 같은 성취를 통해 얻는 만족감은 상당 부분 그에 대한 사람들의 인정에 달려 있다. 즉, 지적 성취는 연장자들에게 인정받기 위한 수단인 것이다. (중략)

남자아이에게 글쓰기는 남성적 요소의 표출이다. 글자를 잘 쓰는 것과 펜 놀림은 능동적으로 성교하는 것을 표상하며, 자신에게 음경과 성적 능력이 있다는 증거이기도 하다. 책과 연습장은 어머니나 누이의 성기 또는 몸을 표상한다.

\- M. 클라인《아동 정신분석》中 -

(실제로도 그는 2남 4녀 중 둘째 아들이다). 정신분석적 관점에서 이 남성은 어머니 사랑을 놓고 다른 형제 누이와 경쟁하는 대신 아버지에게 리비도를 집중했다고 할 수 있다. 아버지에 대한 이상화 과정에서 그는 탁월한 지능을 지니게 되었지만, 그의 지능은 정욕화된 것처럼 보인다. 그 이유는 그의 지능이 지닌 공격성 때문이다. 이 남성은 자신이 가장 좋아하는 영화가 《장고》라는 했는데 이 영화에서 그가 가장 좋아하는 장면은 영화의 마지막에서 **주인공이 악당들을 모조리 죽여버리고 정의를 실현하는 것**이었다. 그는 정의를 실현하기 위해서 정치에 입문했는데 그가 공동체가 인정하는 방식으로 정의를 실현하려고 했던 이유는 그의 아버지가 그의 과대 자아의 환상에 적절하게 반응해줌으로써 그의 공격성을 완충시키는 보상적 조직을 그의 성격 구조 속에 건설할 수 있도록 해 주었기 때문이었을 것이다.[101)]

그럼에도 남성 작가의 무의식적 삶은 행복했다고 할 수 없다. 어머니 사랑의 공백을 아버지 사랑으로 대체하긴 했지만, 어머니 사랑은 완벽하게 대체하는 것은 불가능하기 때문이다. 그래서 이반이 알료샤에게 치료를 받고 싶어 했던 것처럼 그도 누군가에게 치료를 받고 싶어 했던 것으로 보인다. 그 누군가는 앞서 언급한 바 있는 국민적으로 **바보**라고 불렸던 노무현 대통령이며 그는 노무현 내각에서 장관을 역임했다. 이후에 그

---

101) p.27. 그의 비극은, 전에 어머니가 그랬듯이, 아버지에 대한 실망 때문에 적절한 보상 구조들을 세우지 못했다는 데 있었다. (하지만 우리는 그가 분석에 들어갈 때 이미 글 쓰는 일에 종사하고 있었다는 사실을 통해 그의 아버지의 실패(자기대상으로서의)가 어머니의 실패만큼 심각하지 않았다고 추론할 수 있다). (중략)

만약 그가 이상화된 아버지와의 적절하고 좋은 융합을 성취한 후에 점진적이고 적절한 실망을 경험했더라면, (중략) 반영에 실패한 어머니와의 심리적 상호 작용에서 기인한 보다 초기의 손상을 회복함으로써 궁극적으로 그의 위대함의 환상들과 과시주의의 영역 안에 적절한 완충 구조들과 방출 패턴들을 건설할 수 있게 했을 것이다.

- H. 코헛 《자기의 회복》 中 -

는 노무현 대통령의 권고로 정치에서 은퇴했다고 알려졌는데 아마도 타인의 무의식을 간파할 수 있는 능력을 지닌 순수한 자기애적 유형에 가까웠던 노무현 대통령이 그의 공격성을 꿰뚫어 보았기 때문인지도 모른다. 그가 노무현 대통령으로부터 정신적 치료를 받았는지는 알 수 없지만, 예전처럼 공격적으로 보이지는 않는다는 점에서 치료 효과가 있었다고 추측할 수 있다.

다시 알료샤에 관한 논의로 돌아가면, 4세까지 어머니의 헌신적인 사랑으로 알료샤의 정신구조는 전능 관념이 지배적으로 되었지만, 어머니와의 정신적 분리가 갑작스럽게 발생함에 따라 알료샤의 정신구조는 **'어두운 신비주의'**를 추구하게 된다. 하지만 동생의 출생이나 아버지의 거세위협이 없었으므로 리비도는 공격성(사디즘)으로 변질되지 않고 여전히 수동성(마조히즘)을 띠게 된다. 따라서 알료샤의 정신구조를 좀 더 깊게 이해하기 위해서는 **마조히즘**에 대해서 알아야 할 필요가 있다. 도스토옙스키는 알료샤의 마조히즘적 정신구조 역시 꿈을 통해서 설명한다. 그런데 다른 경우와 달리 도스토옙스키가 여성(리자)의 꿈을 통해서 알료샤의 정신구조를 설명하는 이유는 리비도 성향 측면에서 알료샤의 정신구조와 여성의 정신구조가 **'똑같기'** 때문이다.

p.37. 참, 내가 꾼 우스운 꿈을 이야기해 드릴까요? 나는 간혹 꿈에서 악마를 봐요. 어느 날 밤 내가 촛불을 켜 두고 방안에 앉아 있는데, 별안간 작은 악마들이 이곳저곳에서 나타났어요. 구석에서도 나오고 테이블 밑에서도 기웃거렸어요. 한쪽에선 방문을 열려고 하는데 밖에서 우글거리며 떼지어 있는 놈들이 나를 붙들고 싶어서 방으로 들어오려고 했어요. 그러다가 슬쩍 다가와서 막 붙잡으려 할 찰나 내가 얼른 성호를 그으니까 작은 악마들은 모두 기겁하여

도망갔지만 아주 도망치진 않고 문짝 뒤 한쪽 구석에 서서 기다리고 있었어요. 갑자기 나는 하느님을 욕하고 싶어져서 큰소리로 욕하기 시작했더니, 작은 악마들은 아주 기뻐하며 나한테로 다시 몰려와 나를 붙잡으려 했어요. 그래서 또 재빨리 성호를 그었더니 그 놈들은 또 모두 뒤로 달아나고, 너무나 재미있어서 나는 숨이 막힐 정도였어요."

"간혹 나도 그런 꿈을 꿀 때가 있어요." 알료샤가 갑자기 말했다.

"정말?" 리자는 깜짝 놀라 소리쳤다. "알료샤, 웃지 말아요, 이건 굉장히 중요한 일이니까요. 서로 다른 두 사람이 정말 똑같은 꿈을 꿀 수가 있을까요?"

"물론 있지요."

"알료샤, 그렇다면 정말 이건 중대한 일이예요." 리자는 아주 놀란 표정으로 말을 계속했다. "중요한 건 꿈을 가리키는 게 아니고 당신과 내가 똑같은 꿈을 꿨다는 사실이에요……"

- 도스토옙스키 《카라마조프의 형제》 하 中 -

리자의 꿈 이야기에서 '**굉장히 중요한 사실**은 자신과 알료샤가 **똑같은 꿈을 꿨다는 사실**'이다. 상식적으로 보면 리즈의 꿈은 무서운 꿈이다. 하지만 리즈는 자신을 꿈을 **'우스운 꿈'**이라고 말하는 데 이는 무서움을 즐거움으로 느끼는, 즉 고통을 쾌락으로 느끼는 마조히즘적 성향 때문이다(앞서 드미트리의 꿈에서는 드미트리는 무서움을 무서움으로 느끼는, 즉 고통을 고통으로 느끼는 사디즘적 성향임을 알 수 있다). 마조히즘적 성향을 지닌 주체에게는 이러한 **'불쾌한 꿈'**이나 소원 성취를 방해하는 **'소원 반대 꿈'**도 쾌락을 주는 꿈이 된다.

p.205. 자신에게 가해지는 육체적 아픔이 아니라 굴욕과 정신적 고통에서 쾌락을 찾는 사람들은 〈관념적〉 마조히스트라고 불리운다. 이러한 사람들이 꾸게 되는 소원 반대 꿈이나 불쾌한 꿈은 소원 성취, 즉 마조히스트적 성벽(性癖)의 충족이라는 것을 쉽게 이해할 수 있다.

- S. 프로이트 《꿈의 해석》 中 -

성적 욕망에 대한 **죄의식**에 이러한 마조히즘적 성향이 결합하면 육체적 고통을 쾌락으로 느끼는 **육체적 마조히즘**이 되고, 성적 욕망에 대한 죄책감과 이러한 마조히즘적 성향이 결합하면 정신적 고통을 쾌락으로 느끼는 **'관념적 마조히즘'**이 된다. 육체적 마조히즘은 리비도가 **신체**에 지배적으로 배분된 여성인 경우가 많고 관념적 마조히즘은 리비도가 **초자아**(죄책감)에 지배적으로 배분된 남성의 경우가 많다. 특히 **모성애**를 지닌 여성의 마조히즘적 성향은 **'더 심하게'** 나타나며 **'오히려 보람으로 여기기도'** 한다.

p.11. "… 여자라는 건, 아무리 화내고 있는 것 같아도 모욕당하는 것을 못 견디도록 즐거워한답니다. 하긴 때에 따라서 다르긴 하지만 말입니다. 이런 일은 누구나 한두 번은 겪는 일이지요. 인간이란 원래가 모욕당하는 것을 퍽 좋아한단 말입니다. 아시겠습니까? 그게 특히 여자 쪽이 심하다, 이 말씀이지. 여자라는 건, 그런 것을 오히려 보람으로 여기며 살고 있다고 해도 과언이 아닐 겁니다."

- 도스토옙스키 《죄와 벌》 하 中 -

더 본질적인 차원에서 설명하자면 사디즘과 마조히즘은 삶의 본능(불멸 본능)의 두 가지 형태이다. 죽음에서 창조된 유아는 어머니의 사랑에 의해서 불멸 본능(에로스)을 갖게 되지만 이러한 불멸성이 위협당하게 되면 자신의 정신을 분열시켜 불의 속성(공격성)을 지닌 심리 조직을 만들어서 자신의 불멸성을 보호한다. 과대 자아가 자신의 불멸성을 보존하기 위해서 외부 대상을 **공격하는 사디즘적** 심리적 조직이라면 초자아(죄책감)는 자신의 불멸성을 보존하기 위해서 자신을 공격하는 **마조히즘적** 심리 조직이다. 자신을 공격하는 이러한 마조히즘적 심리 조직이 형성되는 이유는 공동체의 도덕과 법과 같은 외부 환경에 순종하지 않으면 이 또한 생존(불멸)과 번식(결합)을 위협받기 때문이다. 이렇게 **'행동의 규범으로 나타나는'** 마조히즘을 프로이트는 **'도덕적 마조히즘'**이라고 불렀다.

> p.420. 마조히즘은 우리가 관찰한 바에 의하면, 다음과 같은 세 가지 형태, 즉 성적 흥분에 부여된 조건으로서, 여성적 성격의 표현으로서, 그리고 행동의 규범으로서 나타나게 된다. 따라서 우리는 〈성감(性感) 발생적〉, 〈여성적〉, 〈도덕적〉 마조히즘을 구별할 수 있을 것이다. 첫 번째의 성감 발생적 마조히즘, 즉 고통 속에서 쾌감을 느끼는 것은 다른 두 형태의 마조히즘의 밑바닥에도 깔려 있다. (중략) 어떤 면에서는 마조히즘이 취하는 가장 중요한 형태인 세 번째 것은 최근 들어서야 정신분석학에 의해서 대부분 무의식 상태의 죄의식이라는 사실이 밝혀졌다.
>
> - S. 프로이트 《정신분석학의 근본 개념, 『마조히즘의 경제적 문제』》 中 -

프로이트는 마조히즘을 세 가지 형태－1) 성감 발생적 마조히즘 2) 여성적 마조히즘, 3) 도덕적 마조히즘－로 분류한다. 삶의 본능은 **성 본능**

이므로, 프로이트가 말한 바와 같이, 고통에서 성적 쾌락을 느끼는 **'성감 발생적 마조히즘은 모든 형태의 마조히즘의 밑바닥에 깔려 있다.'** 이러한 분류는 마치 남성에게는 마조히즘이 없는 것처럼 보이는 착각을 불러일으킬 수 있다. 하지만 모든 생명체가 죽음 본능에 지배되듯이 모든 생명체는 마조히즘에 지배되고 있다. 이러한 본능적 마조히즘이 발현된 대표적인 현상이 여성의 **모성애**와 남성의 **부성애**이다.

앞서 고찰한 바와 같이 이러한 본능적 마조히즘이 없다면 어떤 생명체도 생존하고 번식할 수 없다. 여성이 복종적이고 마조히즘적(피학적인) 이유도 남성에 대한 것이 아니라 호모 사피엔스의 불멸과 결합이라는 자연의 섭리를 위한 것이다.[102] 또 남성 중에서 그리스도나 마하트마 간디와 같은 인물이 나올 수 있는 이유도 이러한 본능적 마조히즘 때문이다. 다만 남성 대부분은 초자아로 인해서 어머니처럼 아이에게 그처럼 몰두할 수가 없지만, 신과 같은 관념적 대상에는 어머니가 아이에 대해서 몰두하는 것처럼 몰두할 수 있다. 이러한 본능적 마조히즘이 여러 가지 형태로 발현되는 이유는 리비도 성격 유형과 마찬가지로 외부 환경을 방어하는 패턴이 각기 다르기 때문이다. 인간만이 무의식(지성)이 외부 환경을 어떻게 방어하느냐에 따라서, 니체가 말한 것처럼, 고통이 고통 그 자체로 해석될 수도 있고 그와 반대로 쾌락으로 해석될 수도 있다.

이러한 전제를 바탕으로 설명하자면 본능적 마조히즘이 '성감 발생적'

102) p.208. 정말로 복종은 여자의 기본적인 자아이다. 그러나 그 복종은 자연에 대한 복종이지 남자에 대한 복종이 아니다. 자연의 생물학적 역할을 전적으로 받아들이는 그런 자연스런 "희생"은 여자가 남자를 위해 인위적으로 "자신을 희생하는" 것과는 다르다. 여자가 남자를 위해 희생하는 것은 진짜 "피학적인" 형태로만 가능하다. 과장된 형태의 아가페로 인식될 수 있는 이러한 희생적인 성향은 여자의 본성에 깊이 뿌리를 내리고 있으며, 우리의 심리학에서 말하는 그러한 피학적인 성도착은 아니다.

- O. 랑크 《심리학을 넘어서》 中 -

마조히즘으로 변질되는 이유는 빌헬름 2세의 경우에 보았듯이 어머니 부재에 따른 고통을 성적 쾌락을 전환함으로써 자신의 본질(불멸성)을 보존하기 위해서이다(어머니가 잘 보살펴 주었다면 사디즘적 쾌락을 추구함으로써 자기애를 보존한다). 본능적 마조히즘이 '여성적' 마조히즘으로 변질되는 원인은 주로 남근 결핍으로 인한 '자신이 거세되었다'라고 느끼는 수치심 때문이다. 수치심으로 인한 자기애적 분노는 자신을 공격해서 열등감을 형성하고 죄의식을 강화해서 고통과 불행을 자초한다. 리자가 알료샤를 버리고 이반에게 청혼하는 이유도 마조히즘으로 강화된 죄의식의 정욕을 성취하기 위해서이다.

> p.421. 분명하고 쉽게 얻을 수 있는 해석에 따르면, 마조히즘에 걸린 사람은 자신이 작고 무력한 어린아이와 같이, 특히 장난기 많은 어린아이와 같이 취급받기를 원한다. (중략) 그러나 만약 우리가 마조히즘적 환상이 특별히 풍부하게 드러나는 증례들을 연구할 기회를 갖는다면, 그들은 주체를 특징적으로 여성적인 자리에 위치시켜 놓는다는 사실을 발견하게 될 것이다. 다시 말해서, 그들은 거세되었고 성교를 당했으며 어린 아기를 낳았다는 의미를 띤다. 이러한 이유를 해서 나는 이러한 형태의 마조히즘을 그것의 극단적인 예를 근거로 여성적 형태라고-설사 그것의 많은 특징들은 유아기적 삶을 가리키지만-불렀다.
>
> - S. 프로이트 《정신분석학의 근본 개념, 『마조히즘의 경제적 문제』》 中 -

리즈가 수차례 지적하듯이 리즈의 꿈이 **'매우 중요하고 매우 중대한'** 이유는 알료샤가 리즈와 똑같은 꿈을 꾸었다는 점이다. 이는 여성과 알료샤의 정신구조가 똑같다는 의미이고 더 나아가 여성과 그리스도의 정신구조가 똑같다는 의미도 된다. 그리스도와 석가모니와 같은 인물이 주로 여성적으로 묘사되는 이유도 그들의 정신구조가 여성적이기 때문이다. 리즈와 알료샤의 정신구조에 있어서 똑같은 요소는 **마조히즘**과 **죄의식**이다. 다만 알료샤의 마조히즘은 거세 위협 이후에 형성된 '관념적 마조히즘'이 아니라 **본능적(모성애적)** 마조히즘이고 알료샤의 죄의식은 성에 대한 죄의식이 아니라 고결한 어머니를 내면화한 **고결한 양심**을 의미한다.

사디즘과 마조히즘의 관점에서 카라마조프 삼 형제의 정신구조를 분석해 보면, 드미트리의 경우에는 어머니 사랑을 **어느 정도** 받았기 때문에 삶의 본능(불멸 본능)은 활성화되었지만, 심리적 외상으로 인해서 리비도는 **비교적 강한 공격성**(사디즘)을 띠게 된다. 이반의 경우에는 어머니 사랑을 **충분히** 받아서 삶의 본능도 **아주 강하게** 활성화되었지만, 심리적 외상을 그만큼 더 강하게 느끼게 됨으로써 리비도는 **아주 강한 공격성**(사디즘)을 띠게 된다. 알료샤의 경우에는 어머니 사랑을 **과도하게** 받았기 때문에 삶의 본능도 아주 강하게 활성화되었지만, 심리적 외상이 없었으므로 삶의 본능은 **아주 강한 수동성**(마조히즘)을 띠게 된다. 스메르쟈코프의 경우에는 어머니 사랑을 아예 받지 못했기 때문에 삶의 본능이 활성화되지 않고 죽음 본능이 지배하게 됨으로써 **아주 강한 수동성**(마조히즘)을 띠게 된다. 알료샤와 스메르쟈코프의 차이는 알료샤의 마조히즘은 어머니 신과의 합일을 갈망하기 때문에 죽음을 두려워하지 않지만 스메르쟈코프는 어머니 신과의 합일을 공포로 느끼므로 죽음을 두려워한다는 점이다. 그럼에도 스메르쟈코프가 자살을 하는 이유는 세 가지 어머니 표상 중 어떠한 어머니 표상도 내면화하지 못함으로써 삶이 너무 낯설고 자신을 공격하는 듯해서 견딜 수 없기 때문이다. 분열된 정신 속의 나쁜

어머니(죽음 본능)가 자신에게 사형집행을 요구하는 것이다.[103)]

알료샤의 마조히즘과 고결한 양심의 결합은 양심적 행동을 통해 죽음을 갈망하는 형태로 발현된다(이반의 사디즘과 양심은 서로 갈등한다). 알료샤의 이러한 정신구조가 외부로 투사되어 나타나는 정신적 표상이 **'정신적인 측면에서의 어두운 신비주의'**와 **'정치적인 면에서 맹목적인 사이비 애국주의'**이다.

p.221. "다음은 셋째 아들에 대해서 말씀드리겠습니다. 그는 신앙심이 깊고 겸손한 청년으로, 우울하고 퇴폐적인 인생관을 지닌 그의 형과는 정반대되는 사람입니다. (중략) 그의 마음속에는 무의식적이긴 하지만 일찍부터 겁에 질린 듯한 절망이 나타나 있었던 것 같습니다. 오늘날 우리나라의 불행한 사회에서는 시니시즘과 그 부패적 영향을 두려워하여 모든 죄악을 유럽 문명에 전가시키는 오류를 범하면서 이 겁나는 절망에 이끌려 이른바 '어머니인 대지'로 돌아가자고 하는 사람이 많습니다. 이를테면 환영(幻影)에 겁을 집어먹은 어린애가 어머니의 품에 몸을 던지듯이 그들은 '어머니인 대지'에 안기려고 하는 것입니다.

비록 한평생 잠드는 한이 있더라도 그 무서운 환영만 보지 않으면 된다는 식으로 허약한 어머니의 말라빠진 젖가슴에서 편안히 잠들기만을 갈망하고 있습니다. 나 개인으로서는 이 선량하고도 재능

---

103) p.453. 자살은 내재화의 실패를 다루려는 노력으로 이해할 수 있다. 빈약하게 통합되고 어느 정도는 항상 낯선, 증오하는 내사(공격자 내사)는 사악한 자기(피해자 내사)의 사형집행을 요구한다. (중략) 이때 죽음 자체는, 마치 무덤 너머에서 기다리는 저 어두운 망각이 그러하듯이, 위안을 주는 어머니로서 인격화될 것이다. [말츠버거와 부이(1980)]

- W. 마이쓰너 《편집증과 심리치료》 中 -

있는 청년이 모든 면에서 행복을 누리기를 바랍니다. 나는 그의 젊은 이상주의와 민족적 근원에 대한 그의 동정이 세상에서 흔히 보듯이 후에 정신적인 면에선 어두운 신비주의에 빠지지 말고, 또 정치적인 면에서는 맹목적인 사이비 애국주의로 줄달음질치지 말기를 간절히 바라는 바입니다.

이 두 가지 요소는 그의 형을 괴롭히고 있는 유럽 문명-희생의 대가 없이 성취되어 잘못 이해된 유럽 문명 때문에 생기는 철 이른 퇴폐보다도 훨씬 위험한 것입니다."

- 도스토옙스키 《카라마조프의 형제》 하 中 -

신비주의는 **'가장 짧은 경로'** 즉 자살이나 순교의 방식으로 어머니 신(어머니 대지)과 합일하려는 무의식적 갈망이다. 알료샤의 신비주의가 **'어두운'** 이유는, 스메르쟈코프처럼 강하지는 않지만, '무덤 너머에서 기다리는 위안을 주는 어머니'를 갈망하듯이 죽음 자체를 갈망하기 측면이 있기 때문이다. 알료샤의 애국주의기 **'맹목적인'**인 이유도 애국주의가 국가를 위한 것이 아니라 국가를 위한다는 명목으로 죽음을 실현하려고 하기 때문이다. 따라서 알료샤의 애국주의는 **'사이비'**(자기기만)라고 할 있다. 그래서 도스토옙스키는 알료샤의 '**이 두 가지 요소**가 이반의 철 이른 퇴폐보다도 **훨씬 위험한 것**'이라고 말한다. 앞서 히틀러의 사례에 보듯이 세 가지 카라마조프(정욕)의 특질인 호색과 탐욕과 광신 중에서 광신이 가장 위험하다고 할 수 있다.

얄료샤의 신비주의가 어두운 측면을 지니게 된 원인은 어린 시절 알료샤를 **'겁에 질리게 만든 절망적 경험'** 때문이다. 이러한 공포는 유모가 어머니 젖가슴에서 알료샤를 빼앗아 가려고 한 '**환영**(幻影)'으로 나타난 바 있다. 알료샤의 무의식은 이 환상에 겁을 집어먹고 어머니의 젖가슴에서 분열되지 않으려고 한다. 만약 이러한 공포를 장기간 경험하게 되면 어린 아이의 정신은 리비도를 입(구강)에 집중해서 융합 욕망을 형성한다. 융합 욕망은 인간의 무의식을 '삶의 **두 가지 필수적인 수단**'에 집착하게 만든다. 하나가 **지상의 빵**이고 다른 하나는 **모든 여자**이다.

> p.424. 만약 유아가 말을 할 수만 있다면, 분명히 어머니의 젖을 빠는 행위를 자신의 삶에서 가장 중요한 것으로 인정할 것입니다. 그는 틀리지 않았습니다. 왜냐하면 그는 이 행위를 통해서 두 가지 필수적인 삶의 욕구들을 만족시키기 때문입니다. 정신분석을 통해서 이 행위가 일생 동안 얼마나 중요한 심리적 의미를 지니는지 알게 된다면, 우리는 놀라지 않을 수 없을 것입니다. 어머니의 유방을 빠는 행위는 일생에 걸친 성생활의 단초입니다. 이 행위는 나중에 사람들이 추구하는 모든 성적 만족들이 여의치 못할 때, 항상 달성할 수 없는 이상형으로 간주됩니다. 또 사람들은 곤경에 빠질 때마다 상상을 통해서 자주 이 이상형으로 되돌아가는 경향이 있습니다. 여기서 어머니의 유방은 최초의 성적 충동을 만족시켜 주는 대상입니다. 나는 여러분에게 이 최초의 대상이 나중에 나타나는 모든 성적 대상의 발견과 관련해서 얼마나 중요한지, 그리고 정신 활동의 가장 멀리 떨어진 영역에까지 변형되고 대체된 이 최초의 대상이 얼마나 깊은 영향력을 행사하는지 대해서 과연 어떻게 이해시켜야 할지 난감합니다.
>
> - S. 프로이트 《정신분석 강의》 中 -

사람들 대부분은 유아가 태어나서 최초로 만나는 어머니 젖가슴이 인간의 정신 활동에 **'얼마나 깊은 영향력을 행사하는지'** 그리고 어머니 젖을 빠는 행위가 **'얼마나 중요한 심리적 의미'**를 지니고 있는지 알지 못한다. 먼저 식욕의 만족이라는 측면에서 어머니 젖가슴은 단순히 육체의 배를 부르게 하는 것이 아니라 **정신의 배**를 부르게 한다. 유아기에는 몸과 마음이 하나이기 때문이다. 이 시기에 어머니 젖을 충분히 먹으면 평생 **정신적인 포만감** 속에서 살게 되지만 어머니 젖을 충분히 먹지 못하면 평생 **정신적인 공허감**에서 벗어나지 못한다.[104] 이러한 정신적인 포만감이 도스토옙스키가 의미하는 **'자기 향토에 대한 유대'**이고 인간이 살아갈 수 있게 해 주는 **'삶의 발판'**이 된다.

성욕의 만족이라는 측면에서는 유아기 초기에 유아는 어머니와 자신을 구별하지 못하므로 어머니의 젖가슴이 주는 느낌을 자신에 대한 사랑으로 내면화해서 자기애가 강해지고 강한 자기애는 강한 전능 관념으로 발달함으로써 훗날 **'정복자와 같은 느낌'**을 가지게 해 준다.[105](스메르자코프처럼 유아기 초기에 어머니의 사랑을 받지 못하면 자기애는 전능 관념으로 발달하지 못한다). 이렇게 어머니의 젖가슴은 유아의 정신구조 형성에 있어서 놀라울 정도로 깊은 영향력을 행사한다. 특히 어머니 젖가슴에 대한 갈망은 어머니 젖가슴을 표상하는 다양한 상징과 연결됨으로써

---

104) p.20. 리비도적 상황은 포만감과 공허감의 상태에 커다란 중요성을 부여한다. 아이는 배고플 때 공허감을 느끼고, 만족하게 먹었을 때 포만감을 느낀다. (중략) 아이는 엄마의 상황을 자신의 포만감과 공허감의 경험이라는 관점에서 이해한다. 박탈이 발생할 경우, 공허감은 아이에게 특별한 중요성을 갖게 된다. 그는 자신에 대해서 공허하게 느낄 뿐만 아니라, (생략).

- R. 페어베언 《성격에 관한 정신분석학적 연구》 中 -

105) p.310. 유아의 과대주의는 점차 성격 안에 포부와 목표들로 세워지며 개인으로 하여금 성숙한 관계를 추구할 수 있는 활력뿐만 아니라 성공할 수 있다는 긍정적인 자신감을 갖게 한다. 따라서 최적의 환경에서 이런 〈정복자의 느낌〉은 충분히 길들여지지만, 그것은 아직도 이전의 유아적인 정신이 지녔던 유아독존적 절대주의의 파생물이라고 할 수 있다.

- H. 코헛 《자기의 분석》 中 -

자아실현을 추구하도록 추동한다. 나폴레옹이 '어머니 프랑스'를 위해서 싸우고, 히틀러가 '어머니 독일'을 구원하려는 이유도 어머니 젖가슴과 재융합하려는 무의식적 갈망 때문이다.

그런데 곤경에 빠지거나 절망했을 때에도 어머니 젖가슴에 대한 무의식적 갈망은 어머니 젖가슴과 다시 융합하려는 소망으로 나타난다. 그 소망의 상징 행위가 자살이나 순교이다. 도스토옙스키는 이러한 유형의 자살을 **'어머니인 대지에 안기려고 한다'**거나 **'허약한 어머니의 말라빠진 젖가슴에서 편안히 잠들기만을 갈망하고 있다'**라고 표현한다.[106] 도스토옙스키는 알료샤가 맹목적인 애국주의에 빠질 것이라고 경고하는 이유는 알료샤의 어머니 젖가슴에 대한 갈망이 **어머니를 상징하는 국가**를 위한 순교에 대한 갈망으로 나타날 것을 우려하기 때문이다. 도스토옙스키가 이러한 애국주의를 '사이비'라고 표현하는 이유도 알료샤의 애국심이 국가를 위한 것이 아니라 자기의 정욕의 성취를 위한 거짓된 애국이기 때문이다.

하지만 알료샤에게 어두운 신비주의를 극복하고 진정한 구세주로 거듭날 수 있는 **'일대 전환기'**가 찾아온다. 그 계기는 이상화된 어머니 표상을 지닌 조시마 장로의 죽음이다. 조시마 장로가 죽은 후 그의 시체가 급속히 부패한 사건은 알료샤의 **마음(무의식)**과 **영혼(어머니 신)**에 강력한 영향을 주게 된다.

---

106) p.431. 자살시도는 어머니의 젖가슴과의 융합에 대한 소원, 즉 대상이 따로 없는 자기애적 만족 상태의 환상을 성취하려는 소원을 나타낼 수 있다. (중략) 그러한 자살 시도는 자아 경계의 상실과 어머니와 융합되고 싶은 소원을 포함하는 심각한 퇴행적 상태와 관련될 수 있다(Socarides, 1962). 따라서 자살 환상은 어머니 가슴에서 잠드는 초기 유아기 환상과 연관되어 있으며, 초기 미분화된 상태에서의 어머니와의 연합과 분리라는 복잡한 대상관계의 문제를 반영하는 것으로 보인다(Lewin, 1950).

- W. 마이쓰너 《편집증과 심리치료》 中 -

p.80. 아무도 예기치 못했던 이 사건은 사람들의 기대와는 정반대되는 것이었기 때문에, 다시 되풀이하거니와, 이 사건에 대한 상세하고도 어리석기 짝이 없는 이야기는 지금까지 읍내는 물론, 이 지방 일대에 사는 사람에게 아주 생생하게 기억되고 있다. 여기서 다시 한번 나 개인의 의견을 부언하고자 한다. 나는 사람의 마음을 유혹하는 이 어처구니없는 사건을 생각할 때마다 거의 불쾌함을 느끼곤 하였다. 이 사건은 사실상 아무 의미도 없는 가장 자연스러운 일이었던 것이다. 따라서 이것이 이 소설의 주인공(하기는 '미래'의 주인공이기는 하지만) 알료샤의 마음과 영혼에 그처럼 강력한 영향을 주지만 않았더라도 나는 물론 이 사건에 대해서는 한 마디도 하지 않고 이야기를 진행시켰을 것이다. 이 사건은 그의 정신생활에 일대 전환기를 가져왔고 그의 이성에 심한 충격을 주었을 뿐 아니라 평생을 통하여 그것을 강화하고 어떤 확고한 목적을 그에게 갖게 해주었다.

- 도스토옙스키 《카라마조프의 형제》 중 中 -

도스토옙스키는 《카라마조프의 형제》 제2부에서 알료사가 신앙과 혁명 사이에서 방황하다가 결국 정치범으로 처형당하는 것으로 끝맺고 싶었다고 한다. 조시마 장로의 죽음과 관련된 이 사건은 알료샤가 성직자의 길을 버리고 혁명가로서의 길을 가는데 결정적인 역할을 했다는 것을 암시하고 있다. 조시마 장로는 많은 사람에게 성자로 추앙받았지만 알료샤에게 그는 성자 이상이었다. 조시마 장로가 알료사에게는 죽은 어머니의 표상을 지니고 있었기 때문이다. 얄료샤의 무의식은 자신의 어머니 신을 구하는 마음을 조시마 장로에게 투사하고 있었기 때문에 다른 누구보다도 조시마 장로가 죽은 후에 기적과 신비가 일어날 것으로 믿어 의심치 않았다. 하지만 **'기대와는 정반대로'** 기적과 신비는 일어나지 않았기 때문에 이 사건은 그만큼 알료샤의 마음과 영혼에 강력한 충격을 주게 된다. 이러한 정신적 충격으로 인해서 알료샤의 의식은 자신의 **무의식**(마음)과 **어머니 신**(영혼)이 **어떤 허상과 잘못된 연결**이 되어있었다는 것을 깨닫게 된다.

p.136. …… 알료샤는 걸음을 멈추고 바라다보다가 별안간 대지에 몸을 던졌다.

그는 무엇 때문에 대지를 포옹했는지 자기 자신도 알 수 없었다. 그리고 왜 이 대지에, 이 대지 전체에 입맞추고 싶은 참을 수 없는 욕망을 느꼈는지 자기 자신도 그 이유를 설명할 수 없었다. 그러나 그는 울면서 입을 맞추었다. 대지를 눈물로 적시었다. 그리고 자기는 대지를 사랑한다. 영원히 사랑한다고 정신없이 다짐하는 것이었다. (……) 마치 하느님의 세계에서 던져진 무수한 일이 일제히 그의 영혼에서 합치된 것처럼 그의 마음은 〈타계(他界)와의 접촉〉 속에서 떨고 있었다. 알료샤는 모든 것에 대해 모든 것을 용서하고, 동시에 자기 쪽에서도 용서를 빌고 싶었다. 오오! 그것은 결코 자기 자신을 위해서가 아니라 모든 것에 대해, 모든 사람을 위해 용서를 비는 것이다. (중략) 그리고 그 어떤 상념이 그의 지성을 지배하는 것처럼 느껴지고 있었다-그것은 한평생, 아니 영원히 변할 수 없는 것이었다.

그는 대지에 몸을 던졌을 때는 연약한 젊은이에 지나지 않았지만, 이미 대지에서 일어났을 때는 한평생 흔들리지 않을 견고한 힘을 가진 투사가 되어 있었다. 그는 홀연히 이것을 자각했다. 그는 환희의 순간에 이것을 직감한 것이다. 알료샤는 그 후 일생동안 이 순간을 결코 잊을 수가 없었다. '그때 누군가가 내 영혼을 찾아 주었던 거야.' 그는 후에 이렇게 말했다. 자기 자신의 말에 굳은 신념을 가지면서…….

- 도스토옙스키 《카라마조프의 형제》 중 中 -

알료샤의 무의식 속 어머니 신(어머니 대지)은 조시마 장로라는 인물과 연결되어 있었다. 알료샤의 무의식은 조시마 장로와의 전이 관계 속에서 과거의 어머니와의 관계를 압축적으로 반복 재현하고 있었던 것이다. 하지만 조시마 장로의 죽음으로 그 연결이 끊어져 버렸고 알료샤는 절망하게 된다. 이제 알료샤의 무의식은 죽은 조시마 장로가 떠나는 것을 어찌 되었건 허락해야 한다.[107] 정신분석에서는 이러한 과정을 문자 그대로 **'애도'**라고 한다. 애도 작업이 잘 완수되면 이전에 조시마 장로(대상 표상)에게 속해 있었던 분열된 자아가 본래 자아와 통합됨으로써, 다시 말해서 조시마 장로에게 고착되어 있던 리비도가 해방되어 본래 자아가 그 리비도를 마음대로 조절할 수 있게 됨으로써 자아의 역량이 더 강해진다.

p.199. 치료 작업을 진행하는 동안 우리는 환자에게서 리비도의 배분에 대해 신경을 써야 한다. 우리는 환자의 리비도가 어떤 대상

107) p.66. 이 상황은 종종 일종의 역설로 드러난다. 애도하는 사람이 스스로 대상의 상실을 이겨내지 못할 것이라고 확신하고 있음에도 불구하고, 그는 대상이 떠나는 것을 어찌 되었건 허락해야 하기 때문이다. 이러한 역설을, 그리고 그와 연관된 절망을 대면하는 것은 애도 작업의 일부이다. 만약 애도 작업을 잘 완수한다면 자기와 대상 간의 분리가 가능해지는데, 바로 애도를 통해서 투사적 동일시가 역전되면서 이전에 대상에 속해 있었던 자아의 일부가 다시 자아로 되돌아올 수 있기 때문이다. 이를 통해 자기의 투사로 대상을 왜곡시키지 않은 상태에서 좀 더 현실적으로 대상을 바라볼 수 있게 되고, 잃어버렸던 자기의 일부를 다시 획득함으로써 자아 역시 풍성해진다.

- J. 스타이너 《정신적 은신처》 中 -

표상과 연결되어 있는지 탐구하여, 자아가 그 리비도를 마음대로 조절할 수 있도록 그 리비도를 해방한다.

- S. 프로이트 《프로이트의 치료기법, 『정신분석치료의 난점(1917)』》 中 -

'진정한 현실주의자'인 알료샤는 조시마 장로가 죽은 다음 기적과 신비한 현상이 일어나지 않자 조시마 장로에 대한 자기 신념이 허상이었다는 것을 깨닫게 되고 이제 외부의 대상이 아니라 자신 속에서 신과 불멸을 찾게 된다. 이러한 애도 과정이 '어두운 신비주의'(이상화 전이)의 핵심적인 극복과정이다. 지금까지 이상화된 어머니 표상(원초적 대상)에 투자되어 있던 자기애적 리비도를 점진적으로 철수시키고 그 리비도를 자신의 본래 자아를 강화하는데 사용할 수 있게 됨으로써 새로운 심리적 구조와 기능이 획득된다.[108] 도스토옙스키는 이러한 자아의 통합을 **'영혼의 합치'** 또는 **'타계와의 접촉'**이라고 표현하고 있다.

알료샤의 통합된 자아는 알료샤로 하여금 어머니 대지에 몸은 던지고 포옹하게 만든다. 그리고 어머니 대지 전체에 입 맞추고 싶은 참을 수 없는 욕망을 느끼게 만든다. 어머니 대지 전체는 인류 전체를 상징하고 입맞춤의 욕망은 알료샤의 자아가 어머니 신(우주와 대지)과 합일되었고 자신 속에서 불멸의 신앙을 발견하게 되었다는 것을 의미한다. 어두운 신비주의가 죽음을 갈망했다면 새로운 신비주의는 삶을 갈망하는 것이다. 어머니 대지를 영원히 사랑한다는 믿음의 의미는 알료샤의 무의식이 인

108) p.107. 그러나 이상화 전이의 핵심적인 극복 과정은 정신 에너지가 자기애적으로 투자된 원초적 대상으로부터 자기애적 리비도를 점진적으로 철수시키는 데 있다; 그러한 철수를 통해 대상의 표상과 그 활동으로부터 심리기구와 그 기능으로 리비도 집중이 옮겨지게 되고, 따라서 새로운 심리적 구조와 기능이 획득된다.

- H. 코헛 《자기의 분석》 中 -

류 전체의 불멸을 완전히 믿게 되었음을 뜻한다. 알료샤는 정신적 각성을 통해 인류의 불멸을 위해서 죽음의 신에게 저항하는 고독한 투사로 재탄생하게 된다. 광신적 소질을 지닌 정신병자에서 새로운 인간으로 거듭난 것이다.[109]

알료샤의 자아와 어머니 대지와의 합일의 의미는 알료샤 자신이 어머니 신의 역할을 맡게 됨으로써 인류의 불멸을 위해서 어떠한 희생도 감수할 수 있는 '한평생 흔들리지 않을 굳은 신념'을 가지게 되었다는 뜻이다. 알료샤의 **'영혼을 찾아 준 누군가'**는 바로 알료샤 자신의 무의식 속에 이미 형성되어 있던 어머니 신이었던 것이다.[110] 이제 알료샤의 통합된 자아는 어두운 신비주의의 성취를 위해서가 위해서가 아니라, 십자가에 못 박히더라도 자신의 핵심 자아 안에 저장되어 있던 인류 불멸(영속성)의 청사진을 실현하기 위해서 봉사하게 된다.[111] 힌두교도인 마하트마 간

109) p.56. (각주) 특정한 영웅적 인물들-나치 체제에 대항하는 고독한 저항자들-과 극도로 어렵고 위험한 과업에 직면하고 있는 다른 사람들에 대한 연구를 통해서, 나는 깨어 있는 시간 동안에 예언자적인 꿈들과 심지어 환각적인 경험들이 명백히 정신병자가 아닌 개인들에게 일어날 수 있다는 사실을 발견했다. 나는 극한 상황에서 전능한 신(神)의 이미지에 의해 지지받는 환상을 창조하는 능력은 건강한 심리적 조직의 자산에 속한 것으로 평가되어야 한다고 결론지었다.

- H. 코헛 《자기의 회복》 中 -

110) p.49. 점차 자아 지원적 환경은 내사되고 개인의 성격으로 확립되어 홀로 있을 수 있는 실제적인 능력이 된다. 그렇더라도 이론적으로는, 항상 누군가가 거기에 있으며 그 누군가는 궁극적으로 그리고 무의식적으로 어머니와 동일시되는 사람이다.

- D. 위니캇 《성숙과정과 촉진적 환경》 中 -

111) p.135. (각주) 하지만 비극적 인간의 패배와 죽음은 반드시 실패를 의미하지는 않는다. 그가 죽음을 추구하고 있는 것도 아니다. 반대로, 죽음과 성공은 일치하는 것일 수도 있다. 나는 여기서 인간을 죽음으로, 즉 그의 궁극적 패배로 밀어붙이는 뿌리 깊은 적극적인 피학적 세력의 현존에 대해서가 아니라, 승리자로서의 영웅의 죽음-달리 말하면, (현실 삶의 박해받는 개혁가로서, 종교의 십자가에 못 박힌 성인으로서, 그리고 무대 위에서 죽어가는 배우로서) 비극적 인간의 궁극적 성취에 영속성을 보증하는 승리의 죽음(그의 핵심 자기 안에 저장되어 있던 삶의 청사진을 실현하

디가 무슬림을 지키려다 죽은 이유도 그의 무의식이 개인이나 종파의 불멸이 아닌 인류의 불멸을 믿었기 때문이다.[112] 알료샤가 '모든 사람을 위해 용서를 빌고 싶은' 이유는 지금까지의 자신의 모든 행위가 타인을 위한 것이 아니라 자신의 정욕을 성취하기 위한 자기기만(속임수)이었다는 것을 깨달았기 때문이다.

알료샤의 정신적 각성을 좀 더 이해하기 위해서 신라의 고승인 원효의 일화를 들여다볼 필요가 있다. 원효는 동료와 함께 당나라로 유학을 가던 도중에 무덤 근처에서 하룻밤을 지내게 된다. 자다가 심하게 갈증을 느낀 원효는 잠결에 주변을 더듬다가 바가지에 담긴 물을 발견했다. 원효는 그 물을 마시고 갈증을 풀었는데 그 물은 아주 달고 시원했다. 다음 날 아침 원효는 지난밤에 자신이 마신 물이 사실은 해골에 고인 물이라는 것을 알게 되고 구역질을 느끼게 된다. 지난밤에 마실 때는 달고 시원했던 물이 아침에 깨어나서 보니 해골에 고인 물이었고 그 때문에 구역질을 느낀 것이다. 원효는 이 사건으로 유학을 가지 않고 자기 나라로 돌아온다. 원효가 깨달은 것은 외부 세계의 모든 사물이나 현상은 자신의 정욕이 만들어 낸 허상이나 환각에 불과하다는 것이다. 이 깨달음이 일체유심조(一切唯心造)이다.

원효와 관련된 이 이야기는 실화라기보다는 상징으로 이해해야 한다. **'해골'**은 원효의 무의식이 유아기 초기로 회귀해서 죽음 불안을 경험했음

는)-에 대해 말하고 있다. (중략) - 원주.

- H. 코헛 《자기의 회복》 中 -

112) p.812. 파키스탄 사람들은 간디가 자기네 무슬림들을 지키려다 죽었다는 것을 깨달았다. 힌두교의 성자가 무슬림들을 위해 순교한 것이었다. 간디의 죽음은 단식의 직접적 결과였지만 동시에 단식의 성과를 완성시켰다. 탄압과 전쟁 위협은 서서히 사라졌고, 인도와 파키스탄은 공존하는 법을 배우기 시작했다. 간디는 기적을 이루었다.

- 제프리 애쉬 《간디 평전》 中 -

을 상징하고 **'구토'**는 원효가 죽음 불안을 극복함으로써 삶을 새롭게 조망하게 되었음을 상징한다.[113] 이후 원효는 가난뱅이, 부랑자 등과 살며 석가모니의 가르침을 전파한다. 원효가 왕과 귀족의 전유물이었던 석가모니의 가르침을 모든 민중에게 전파하기로 마음먹은 이유는 지금까지의 자신의 행위가 타인의 구제를 위한 것이 아니라 자신의 정욕을 성취하기 위한 자기기만이었다는 것을 깨달았기 때문이다. 이러한 자기기만(거짓말)이 인간의 진짜 죄이다. 자신이 자신을 속이는 죄인이라는 것을 깨닫지 못하기 때문에 자신 속에서 하나님의 나라(하늘의 왕국)를 발견하지 못하는 것이다.

> p.38. "그러니까," 하고 그는 말을 계속했다. "사람은 누구나 자기의 죄 외에도 모든 사람, 모든 것에 대해서 죄를 짓고 있다는 당신의 생각은 전적으로 옳습니다. 한데 이러한 사상을 당신이 순식간에 완전히 터득하다니 그건 참 놀라운 일입니다. 사람들이 이것을 깨닫게 되면 하늘의 왕국은 그들에게 이미 꿈이 아니라 현실로 나타날 것입니다. 이건 틀림없는 사실입니다."
>
> - 도스토옙스키 《카라마조프의 형제》 중 中 -

평범한 사람과 달리 알료샤나 원효와 같은 인물이 **'이것을 홀연히 자각할'** 수 있는 이유는 자아가 강한 순수한 자기애적 유형이기 때문이다. 말하자면 본래 자아가 심하게 분열되지 않고 본래 자아 대부분이 순수한 상태를 유지하고 있기 때문이다. 정신 속에 리비도의 속성인 불멸성과 결

113) p.383. 해골은 죽음, 또는 면할 수 없는 운명을 상징한다. 아마도 당신은 죽음을 생각해 볼 필요가 있다. 이것은 병적으로 죽음에 몰두하는 것이 아니라 삶을 더 생산적으로 조망하기 위해서이다.

- E. 애크로이드 《꿈 상징 사전》 中 -

합성을 대부분 그대로 지니고 있다는 뜻이다.

이반 카라마조프 vs 알료샤 카라마조프

도스토옙스키가 《카라마조프의 형제》를 저술한 목적은 세 가지로 요약할 수 있다. 첫 번째는 인간 본성의 역사적 모순성을 밝혀서 인류 역사가 왜 그렇게 반복 재현되는지에 대한 이유를 밝히기 위해서이다. 두 번째는 이반과 같은 소수 엘리트가 세계를 지배하게 되면 인류에게 비극적인 재앙을 가져올 수 있다는 것을 경고하기 위해서이다. 히틀러의 출현은 그 역사적 증거라고 할 수 있다. 그는 의지와 결단을 갖춘 소수 엘리트가 세계 전체의 지배자가 되고 그들에 의해서 세계사가 만들어진다고 확신했다.[114)]

이들이 세계 지배를 욕망하는 이유는 성격 구조 속에 있는 자기애적 특질 때문이다. 초인에 의한 세계 지배를 주창한 니체도 자기애적 특질이 강한 성애적-자기애적 유형이고 그의 정신적 후계자인 히틀러도 자기애적 특질이 강한 성애적-자기애적 유형이다. 전 세계를 지배했던 알렉산더도 성애적-자기애적 유형이고 그 **'고대적 본질'**(세계 지배)의 상속자이자 계승자로서 유럽을 통해 지상의 지배자가 되고자 했던 나폴레옹도 강

114) p.535. **세계는 소수자에 의해 만들어진다.**

(중략) 어떤 민족으로부터 최고 에너지와 실행력을 가진 일정 수의 사람들이 하나의 목표를 위해 단결하여 나타나고, 따라서 대중의 게으름으로부터 결정적으로 빠져나왔다면, 이 얼마 안 되는 비율의 사람들은 전체 지배자로까지 높아진 것이다. 그때 세계사는 소수자에 의해-수에 있어서 이 소수자 가운데 의지와 결단의 다수자가 나타날 때-만들어지는 것이다.

- A. 히틀러 《나의 투쟁》 中 -

박적-자기애적 유형이었다.[115] 또 소수의 지적 엘리트에 의한 세계 지배를 꿈꾸었던 마르크스는 자기애적-강박적 유형이고 도스토옙스키가 창조해 낸 이반 카라마조프도 강박적-자기애적 유형이다.

이들이 지닌 자기애적 특질의 핵심은 **'자기에게는 완벽한 상태가 주어졌다는 믿음'**으로 자신을 전능한 신(이상적 자아)처럼 생각하는 것이다. 이러한 이상적 자아(전능 관념)는 환상이고 왜곡된 자아 이미지이지만, 본래 자아 그 자체보다도 더욱 사실적인 것으로 경험된다(이상적 자아에 리비도가 집중되어 분열된 자아가 과대 자아이다).[116] 이러한 이상적 자아가 형성되는 원인은 어머니 신과 합일된 정신상태, 즉 **광신적 상태**에서 벗어나지 못했기 때문이다. 이러한 광신적 소질을 지닌 사람들이 **'더 이상 양심의 가책을 갖게 않게 되면'** 그들의 **광기**는 그들을 새로운 사상의 예언자나 파괴적인 혁명의 순교자가 되도록 몰아댐으로써 그들의 **독수리**가 하늘 높이 날아오르게 만든다.

p.30. 거의 모든 곳에서 새로운 사상에게 길을 열어주면서, 존중되던 습관과 미신의 속박을 부수는 것은 광기다. 그대들은 왜 그것

115) p.361. 근대 이념과 문명을 개인적인 적으로 여겼던 나폴레옹은 이 적의를 통해 르네상스의 가장 위대한 계승자임을 입증했다. 그는 고대적 본질의 한 조각을, 아마도 가장 결정적인 화강암 같은 한 조각을 다시 불러일으켰다. 그리고 이 한 조각의 고대적 본질이 마침내 또한 민족 운동의 주인이 되어 긍정적인 의미에서 나폴레옹의 상속자와 계승자가 될지 누가 알겠는가 : -사람들이 알다시피 나폴레옹은 하나의 유럽을 원했다. 그것도 **지상의 지배자**로서의 유럽을.

- F. 니체 《즐거운 학문(책)》 中 -

116) p.178. 주체로서 표상되는 자기애의 핵심은 "이상적 자아"라는 말로 가장 잘 표현될 수 있다. 이러한 이상적 자아는 "자아는 자기에게 완벽한 상태가 주어졌다고 믿는 한에서 자아이다. 그것은 비록 현실에서는 환상일지라도 긍정적인 상태를 나타낸다. 사실상 이상적 자아는 이상화에 의해서 왜곡된 자아 이미지이지만, 자아 그 자체보다도 더욱 사실적인 것으로 경험될 수 있다."(Hanly, 1984, p.253)

- M. 엡스타인 《붓다와 프로이트》 中 -

이 광기여만 했는지 이해하는가? (중략) 간질 환자한테서 나타나는 마비 증상과 거품처럼, 전혀 자유의지를 갖지 않은 상태의 징후를 현저하게 보이게 하면서 광인을 이처럼 신성의 가면이자 확성기로 나타나게 하는 어떤 것을? 새로운 사상의 소유자로 하여금 자신에 대한 외경과 두려움을 갖게 하고 더 이상 양심의 가책을 갖지 않게 하면서 그를 새로운 사상의 예언자이자 순교자가 되도록 몰아대는 어떤 것을? 오늘날에도 여전히 천재에게는 한 알의 소금 대신 광기를 일으키는 약간의 약초가 주어진다고 거듭 이야기되지만, 이전의 모든 인간들은 광기가 존재하는 곳에는 약간의 천재성과 지혜, 즉 사람들이 서로 속삭이는 것처럼 '신적인' 것이 존재한다는 사상을 훨씬 더 쉽게 받아들였다.

- F. 니체 《아침놀(책)》 中 -

자기애적 특질을 지닌 성격 유형이 인류에게 위험한 이유도 세 가지가 있다. 첫 번째는 자아의 분열성을 외부 세계에 투사해서 세계를 분열된 상태로 인식한다는 데 있다. 대표적인 자기애적 특질이 지적 능력이므로 자기애적 특질을 가진 유형은 특히 인류를 **지적으로 우월한** 부류와 **지적으로 열등한** 부류로 나눈다.[117] 이러한 자기애적 특질이 병리적으로 되면 자신은 특별하고 비범하다고 믿게 되며, 스스로를 역사적으로 또는 종교적으로 세상을 구원할 위대한 사명을 가지고 태어났다는 **구원자 망상**으

117) p.14. 일반적으로 덜 분명한 형태에서, 분열적 성격은 지식인 계층에서 흔히 발견된다. 자본가에 대한 지식인의 경멸과 무식한 사람들에 대한 고고한 예술가의 냉소는 분열성의 경미한 표현이라고 볼 수 있다. 문학, 예술, 과학 등에 대한 지적인 추구는 다양한 정도의 분열성 요소를 지닌 개인들에게 특히 매력적인 것으로 드러난다.

- W. R. 페어베언 《성격에 관한 정신분석학적 연구》 中 -

로 나타난다.[118] 히틀러의 사례에서 보듯이 분열성 세계관과 이러한 구원자 망상이 결합하면 지구적 재앙을 불러일으킬 수 있다.[119]

> p.129. 보통 구원자 망상을 앓는 환자는 자기가 신의 아들이며 세상을 비탄에서 구원한다거나 혹은 멸망으로부터 세상을 구원한다는 등의 망상을 보인다.
>
> - S. 프로이트 《늑대 인간, 『편집증 환자 슈레버』》 中 -

두 번째는 지능이 평범한 사람이 상상할 수 없을 정도로 과도하게 발달할 수 있다는 데 있다. 앞서 니체가 **'광기가 존재하는 곳에 천재성과 지혜, 즉 신적인 것이 존재한다'**라고 말했듯이 자기애적 특질을 지닌 사람은 광신적 소질로 인해서 지능이 **천재적 수준**에까지 이를 수 있다. 이러한 천재적 지능이 과대 자아와 결합하게 되면 자신의 심리적 외상을 보상받기 위해서 사회적 명예나 권력을 공격적으로 추구한다. 탁월한 지능과 공격적 태도의 결합은 그들이 사회의 지배계급이 되는데 매우 도움이 된다. 특히 과학과 정보의 시대에 그들의 탁월한 지능은 그들이 **신적인**

118) p.301. 가장 병리적인 형태의 편집적 과대주의는 자신을 특별하고, 비범하며, 고유한 존재라고 생각하는 정체성에 대한 망상으로 나타난다. 정신병적으로 편집적인 사람은 스스로를 역사적으로나 종교적으로 위대하거나 중요한 인물과 동일시할 것이다. 즉 자기 자신이 예수, 동정녀 마리아, 성자 중의 하나, 혹은 중요한 정치적 인물이나 공적인 인물 중의 하나라고 생각한다.

- W. 마이쓰너 《편집증과 심리치료》 中 -

119) p.57. 시간이 지날수록 히틀러가 자기 자신을 메시아로 그리고 독일을 영광으로 이끌 운명적인 바로 그 인물로 생각하고 있음이 점점 더 명확해졌다. 성경을 언급하는 일이 잦아졌으며 운동은 종교적 분위를 띠기 시작했다. 그리스도와 히틀러를 비교하는 일이 점점 더 많아졌고, 사람들은 그와의 대화나 연설을 통해 당의 나아갈 길을 찾았다.

- 월터 C. 랑거 《히틀러의 정신분석》 中 -

존재, 말 그대로 **호모 데우스**가 되게 하는 원동력이 되고 있다.[120] 반면 정신병리가 치료되면 이러한 **천재성**은 '**냉소주의나 비관론을 극복하고** 세상을 넉넉한 마음과 안정된 태도로 바라볼 수 **지혜**'로 바뀔 수 있다.[121]

세 번째는 광신적 소질로 인해서 다수 대중의 무의식을 사로잡을 수 있는 능력을 지니고 있다는 데 있다. 히틀러의 모성적 광기가 독일민족을 그의 절대적 노예로 만들었듯이 자기애적 특질의 모성적 리비도는 다중 대중의 무의식에 지배력을 행사해 뿔 달린 짐승을 숭배하고 그의 지도력 아래 결합하게 만든다.[122] 다수 대중이 이렇게 '당혹스럽고 섬뜩한' 선택

---

120) p.474. 자유주의가 직면한 세 번째 위협은, 일부 사람들은 업그레이드되어 필수불가결한 동시에 해독 불가능한 존재로 남아 소규모 특권집단을 이룰 거라는 점이다. 이런 초인간들은 전대미문의 능력과 전례 없는 창의성을 지닐 것이고 그런 힘을 이용해 세계적으로 중요한 대다수의 결정을 내릴 수 있을 것이다. (중략) 그러나 대부분의 사람들은 업그레이드되지 않을 것이고 그 결과 컴퓨터 알고리즘과 새로운 초인간 양쪽의 지배를 받는 열등한 계급이 될 것이다.

- Y. 하라리 《호모 데우스》 中 -

121) p.340. 비록 작고 보잘 것 없는 것일지라도, 환자에게서 지혜의 태도가 자발적으로 출현하는 것은 종종 성공적인 분석의 끝 무렵에서이다. (중략) 그리고 마침내 환자와 분석가는 치료를 종료함에 있어서 분석 그 자체는 불완전한 것일 수밖에 없다는 인식을 공유하게 된다. 분석가와 환자는 진지함과 지혜가 결합된 태도를 갖고 냉소주의나 비관론에 물드는 일 없이, 분석이 끝난다고 해서 모든 것이 해결된 것이 아니며, 몇몇 갈등들, 억압들, 증상들 그리고 자기를 과장하거나 유아적으로 이상화하는 경향성이 남게 된다는 사실을 인정할 수 있을 것이다. 그리고 이제는 이런 단점들이 친숙한 것들이 되어 넉넉한 마음과 안정된 태도로 바라볼 수 있는 것들이 된다.

- H. 코헛 《자기의 분석》 中 -

122) p.291. 또 하나의 놀라운, 처음에는 당혹스럽기까지 했던 관찰결과는 정서적 혼란과 스트레스가 심한 상황에서 환자집단은 좀 더 심한 경계선 병리를 지닌 자기애적 환자, 흔히 반사회적 특성이 분명한 환자의 지도력 아래 모이며, 이들은 외견상 보다 과제 지향적인 집단 형태를 띤다는 사실이었다. 사회적인 스트레스 상황이나 대집단 기능이 와해되는 상황에서는 정체성 혼돈을 보이는 "일반적인" 환자나 "정상적인" 의료진보다도 병리적인 자기애를 지닌 환자가 지도자 역할에 더 적격인 것 같았다. 반사회적 특성을 지닌 환자가 특히 대집단 상황에서 보다 더 "현실적으로" 관계할 수 있다는 사실은 섬뜩한 느낌을 갖게 한다.

- O. 컨버그 《내면세계와 외부현실》 中 -

을 하는 이유는 모든 인간의 무의식 속에는 옛적의 어머니 신과 합일됨으로써 자신의 불멸성을 성취하려는 강력한 소망이 자리 잡고 있기 때문이다. 히틀러와 같은 신적인 인물과의 퇴행적 융합은 어머니 자궁 속에서 느꼈던 불멸적이고 완전한 행복감 속에 있었던 상태로 돌아가게 해 줌으로써 그 인물에게 자신의 양심을 지배할 수 있는 권력을 주게 된다.[123] 그런데 도스토옙스키는 이러한 성격적 특질을 **'그 어떤 세찬 바람에 의해서 핵심에서 일시적으로 떨어져 나간 데 지나지 않는 것'**이라고 표현한다.

p.11. 문제는 그가 주인공이긴 하지만 애매하기 그지없는 모호한 주인공이라는 데 있다. 하긴 요즘 같은 우리 시대에 인간에게 분명성을 요구한다는 것 자체가 오히려 이상스러울지도 모른다. 하나 그런대로 자신 있게 말할 수 있는 것은 그가 이상한 데다 괴팍하기까지 한다는 것이다. 그러나 이상하고 괴팍하다는 것은 주의의 관심을 모으기에 앞서 오히려 해를 끼치게 마련이다. 특히 모든 사람이 부분을 통일하여 세계 전체의 혼돈 속에서 보편적 의의를 발견하려고 노력하고 있는 시대에는 더욱 그렇다. 괴팍한 사람이란 대부분의 경우 특수한 입장에 놓여 있는 고립된 존재이다. 그렇지 않는가?

그런데 만일 독자가 이 마지막 명제(命題)에 동의하지 않고 "그렇지 않다"든지 "언제나 그렇다고 할 순 없다"고 대답한다면, 아마 나

123) p.432. 옛적의 어머니와의 미분화된 자기애적인 공생적 연합에 대한 이러한 강력한 소원들이 사랑하는 죽은 대상과 연합에 대한 강한 소원들 및 불멸성을 성취하고자 하는 욕구의 근저에 놓여 있다. 폴락(1975)이 관찰한 대로, "이상화된 대상과 과대적 자기의 융합이야말로 가장 초기의 자기애적 평형과 자기의 응집성을 재확립하는 퇴행적 해결을 추구하는 이유이다. 신(神)적인 인물과의 퇴행적인 융합은 불멸적이고, 행복하며, 성기기 이전의 존재로 돌아가게 한다"(p.343)

- W. 마이쓰너 《편집증과 심리치료》 中 -

는 나의 주인공 알렉세이의 가치에 대해서 스스로 용기를 얻을 수 도 있을 것이다. 왜냐하면 괴팍한 인간이란 '반드시' 부분적인 특수한 존재에 한하지 않을 뿐만 아니라 오히려 그와는 반대로 괴팍한 인간이 때로는 전체의 핵심을 이루고 있기 때문이다. 그리고 그 밖의 동시대(同時代)의 사람들은 무엇 때문인지는 몰라도 그 어떤 세찬 바람에 의해서 일시적으로 괴팍한 사람으로부터 떨어져 나간 데 지나지 않는 것이다…….

- 도스토옙스키 《카라마조프의 형제》 상 中 -

도스토옙스키는 알료샤를 '이상한 데다 괴팍한 사람'이라고 표현하면서도 오히려 알료샤가 **'인류 전체의 핵심'**을 이루고 있으며 드미트리나 이반과 같은 유형은 '**일시적으로 떨어져 나간 데** 지나지 않는다'라고 말한다. 정신분석적으로 표현하면 알료샤의 자아는 핵심 자아(전체 인격)를 그대로 보존하고 있지만, 대부분 사람의 자아는 핵심 자아(전체 인격)에서 해리되어 **'고립되거나 떨어져 나가거나 부인되거나 억압됨으로써'** 자아가 변질되거나 정신병리에 걸렸다는 뜻이다.[124] 그래서 오히려 정상적인 자아를 가진 알료샤가 이상하고 괴팍하게 보이게 된다.

p.258. 다 알다시피, 분석적 상황은 우리가 치료를 받고 있는 사람의 자아와 동맹해서, 그의 그거 Es(이드-필자주) 중에서 통제되

124) p.153. …, 거울 전이에서 활성화되는 과대 자기는 현실 지향적인 자아 체계 안으로 점차 통합되어야 하지만, 병리적 경험(예컨대, 자기애적 어머니와 장기적으로 얽혀 있는 경험과 그에 따른 외상적 거절과 실망의 경험)으로 인해 전체 정신 체계에서 해리되고 만다. 따라서 과시적 충동과 과대적 환상은 전체 인격으로부터 고립되거나 떨어져 나가거나 부인되거나 억압됨으로써 무의식을 수정하는 기능을 가진 현실 자아의 영향을 받을 수 없게 된다.

- H. 코헛 《자기의 분석》 中 -

지 않는 부분을 굴복시키는 것, 즉 그 부분들을 자아 속에 통합시키는 데 있다. 그러한 협력이 보통 정신병 환자에게는 실패한다는 사실은, 우리의 판단에 첫 번째 발판을 제공한다. 우리가 그러한 협약을 할 수 있는 자아는 정상적인 자아여야 하는 것이다. 그러나 그러한 정상적인 자아는, 일반적으로 정상이라는 것이 그렇듯이, 이상적인 허구이다. 우리의 의도에 소용이 없는 비정상적인 자아는 불행히도 허구가 아니다. 사실 모든 정상적인 사람들은 반쯤만 정상적이다. 정상인의 자아는 이런저런 부분에서 어느 정도는 정신병 환자의 자아에 가깝다. 한쪽 끝에서는 멀어지고 다른 쪽은 가까워지는 정도가, 우리가 막연하게 **자아의 변질**이라고 이름 지은 것의 잠정적인 척도가 될 것이다.

- S. 프로이트 《끝이 있는 분석과 끝이 없는 분석》 -

이렇게 모든 사람이 분열된 자아의 정욕을 추구하는 시대에서 도스토옙스키는 알료샤라는 인물을 통해 인간 본성의 핵심을 제시하고자 했는데 이것이 도스토옙스키가 《카라마조프의 형제》를 저술한 **세 번째 목적이자 마지막 목적**이다. 그렇다면 인간의 본질은 무엇일까? 이제 어느 정도 눈치챘겠지만, 그것은 죽음 본능(죽음의 권능)에 대한 강력한 부인을 통해서 자아를 **'죽음(소멸성)'**에서 보호하고 **'불멸(영속성)'**을 보장하려는 불멸의 영혼, 즉 불멸 본능이다. 자아가 분열(분신)되는 근본적인 이유도 핵심 자아가 지닌 불멸성을 보존하기 위해서이다.

p.424. 문제가 되는 모티프는 분신(分身)의 모티프인데, …. (중략) 요컨대 자아의 분할, 구분, 교체라고 부를 수 있는 상황이 벌어진다. (중략)

> 이 분신의 모티프는 같은 제목을 갖고 있는 오토 랑크의 저서에서 깊이 있게 다루어진 바가 있다. 저자는 그 책에서 거울에 비친 모습, 그림자, 수호 영령, 영혼에 관한 이론, 죽음에 대한 공포 등과 분신의 모티프가 맺고 있는 관련성을 검토하고 있는데 …. 분신의 모티프는 실제로 자아의 소멸에서 영속성을 보장하려는 욕망, (오토 랑크의 표현을 따르면) 〈죽음의 권능에 대한 강력한 부인〉에 기원을 두고 있기 때문에 〈불멸의〉 영혼이 육체의 첫 번째 분신이라는 사실은 설득력이 있다. 죽음에서 자아를 보호하기 위한 이러한 자아 분할은 생식에 관련된 상징을 다양화하거나 혹은 배가시키면서 꿈의 언어가 연출하는 장면들 속에서도 유사한 양상을 나타낸다.
>
> \- S. 프로이트 《예술, 문학, 정신분석, 『두려운 낯설음』》 中 -

인간의 불멸성을 보존하는 역할을 맡은 정신기구가 핵심 자아이다. 인간의 핵심 자아는 유아가 2세까지 어머니 표상(모성애)을 내면화함으로써 형성된다. 핵심 자아는 두 개의 요소로 구성되어 있다. 하나는 **개체의 불멸**을 추구하는 **자기애**이고, 또 다른 하나는 **집단의 불멸**을 추구하는 **대상 사랑**이다. 전자는 자기를 이상화(나르시시즘)함으로써 **전능 관념(이상적 자아)**으로 발달하고, 후자는 어머니를 이상화함으로써 **자아 이상**(이상화된 어머니 표상)으로 발달한다. 전능 관념은 4세까지 발달하고 4세 이후에 자아 이상과 통합되지만, 그 이전에 **'어떤 세찬 바람'**, 즉 강한 심리적 외상을 경험하게 되면 그 외상에는 리비도가 집중되어 핵심 자아에서 **'일시적으로 떨어져 나가서'** 전체 인격에서 해리되어 고립된다.

분열되어 고립된 자아에는 리비도가 집중되어 있으므로 전체 정신을 지배하게 된다. 분열된 자아는 일시적으로 떨어져 나간 것이기 때문에 핵심 자아와 통합을 갈망하게 된다. 그 이유는 무의식의 분열이 강렬한 정신적 고통을 일으키기 때문이다. 억압으로 인해서 정신적 고통을 느끼지 못하는 사람은 드미트리의 경우처럼 어떤 물질적 표상에 집착하거나 키릴로프처럼 관념적 표상에 집착하게 된다. 이렇게 분열된 자아는 한편으론 자신의 정신적 결핍을 방어하고 또는 보상받기 위해서 또 다른 한편으론 자신의 정신병리를 치료하기 위해서 고군분투하게 된다. 도스토옙스키는 핵심 자아를 보존하고 있는 알료샤라는 인물을 제시함으로써 인류의 분열된 정신을 통합하고 인류의 정신병리를 치료하고자 했던 것이다.

도스토옙스키의 이러한 의도를 정확하게 집어낸 사상가는 O. 슈펭글러이다. 《서구의 몰락》에서 그는 알료샤를 **'모든 문학적 비평이 이해할 수 없는 존재'**라고 지칭하며 그를 그리스도에 비유한다. 그리고 도스토옙스키의 그리스도는 **'미래 1,000년에 속해 있다'**라고 말한다.[125] 이 저작에서 그는 도스토옙스키를 **'성자(聖子)'**에, 톨스토이는 **'혁명가'**에 비유한다.[126] O. 슈펭글러가 톨스토이를 혁명가에 비유하는 이유는 그의 사상이

---

125) p.16. 그의 알료샤는 모든 문학적 비평이 이해할 수 없는 존재이고, 러시아의 비평조차 이해할 수 없는 것이었다. 그는 언제나 그리스도를 쓰려 했는데, 그의 그리스도는 전연 그리스・로마적인, 유태적인 문학 형식으로 포착할 수 없는, 원시 그리스도교의 복음 같은 순수한 복음이 되었으리라. (중략) 도스토예프스키의 그리스도교에는 다음 1000년이 속해 있다.

- O. 슈펭글러 《서구의 몰락 3》 中 -

126) p.17. …. 도스토예프스키는 성자(聖者)이고, 톨스토이는 단지 혁명가에 불과하다. 표트르의 참된 후계자인 톨스토이만이 볼셰비즘의 출발점이다. (중략) 왜냐하면 볼셰비키는 민족이 아니기 때문이다. 민족의 일부조차도 아니다. 그들은 이른바 '사회'의 최하층이고, 그 사회와 마찬가지로 이국적이며 서구적이지만, 그럼에도 불구하고 그 사회의 인정을 받지 못하기 때문에 천민의 증오로 가득 차 있다. (중략)

그리스도를 자기의 동배(同輩)로 보고 단순한 사회 혁명가로 보는 볼셰비키가 지적으로 그 정도로 편협하지 않았다면, 도스토예프스키를 그 진짜 적으로 보았을 것이다. (중략) 톨스토이의 그리스도교는 하나의 오해이다. 톨스토이가 말한 그리스도는 마르크스의 의미에서였다.

- O. 슈펭글러 《서구의 몰락 3》 中 -

다수 프롤레타리아의 천민적 증오를 이용하는 마르크스주의와 유사하기 때문이다. 톨스토이도 인류에 대하여 강한 연민을 느꼈지만, 인간 본성의 근본적인 비밀을 통찰하지 못했기 때문에 다수 대중이 소수 엘리트의 지배 욕망을 통제할 수 있다고 낙관할 수 있었다. 하지만 나치의 선전 장관이었던 P. 괴벨스가 말한 것처럼 **'민중은 점잖게 지배당하는 일 이외에 아무것도 바라는 것이 없다.'** 이미 인류는 인류의 목자를 자칭하는 지상의 악마에 의해서 지배되고 있는지도 모른다.

> p.430. 그리고 이것은 결코 우연한 것이 아니라 훨씬 전부터 비밀을 지키기 위해 조직된 동맹 또는 비밀 결사로서 존재하고 있는지도 모르는 거야. 이러한 비밀을 나약하고 불행한 인간으로부터 감추는 것은 그들을 행복하게 하기 위해서지. 이것은 반드시 존재해. 또 존재하지 않으면 안 돼. 나는 어쩐지 프리메이슨(Freemason)의 그 밑바닥에도 이와 비슷한 비밀이 있는 것 같은 생각이 들어. 카톨릭교도들이 프리메이슨을 미워하는 까닭은 그것을 자기들의 경쟁자 내지는 이상의 단일성(單一性)의 파괴자라고 보기 때문이야. 왜냐하면 양떼도 하나, 목자(牧者)도 하나여야 하기 때문이지.
>
> \- 도스토옙스키 《카라마조프의 형제》 상 中 -

인류 문명의 궁극적 목적은 **'하나의 단일성을 지닌 이상'**, 즉 하나의 선악 관념 아래 온 인류가 하나로 결합하는 것이다. 목자도 하나 양 떼도 하나여야만 한다. 도스토옙스키는 이러한 로마의 사업을 추진하는 존재가 **'반드시 존재하고 또 존재하지 않으면 안 된다'**라고 단언한다. 로마의 사업을 추진하는 소수 엘리트는 이러한 비밀을 인간이 알 수 없도록 감추고 있으며, 들통나더라도 음모론으로 치부(置簿)해 버리고 만다. 하지만 이러한 주장을 음모론으로 치부할 수 없는 이유는 인류의 무의식 속에는 **'하나의 세계 질서'**에 대한 욕망이 강력하게 도사리고 있기 때문이다.[127)]

지난 세기에 히틀러가 일으킨 세계 대전과 그 이전의 세기에 나폴레옹이 벌인 정복 전쟁은 인류의 이러한 무의식적 열망에 대한 필연적인 응답이었다. 도스토옙스키의 진술이 사실이든 아니든 이미 인류는 지구제국 아래 결합하고 있으며 점점 더 많은 양 떼들이 이 새로운 로마 제국을 선택하고 있다. 도스토옙스키는 알료샤라는 인물을 통해서 로마의 사업을 추진하는 소수 엘리트의 지배로부터 인류를 자유롭게 하려고 했다. 하지만 도스토옙스키는 **'미래의 주인공'**인 알료샤의 활약상을 그린 《카라마조프의 형제》의 후속편을 쓰지 못하고 사망하고 만다. 이제 우리는 《카라마조프의 형제》 제1부 속의 실마리를 근거로 도스토옙스키가 제시하려고 했던 해법을 추측할 수밖에 없다. 다음 제7장은 이러한 시도를 포함하고 있다.

---

127) p.638. 한 가지 뚜렷한 사실이 있다. 그것은 우리가 아직도 세계 국가 수립에 대한 경험을 하지 않았다는 점이다. 20세기 전반에 두 차례에 걸쳐 독일인이 우리에게 세계 국가를 강요하려 한 필사적인 노력도, 100년 전 나폴레옹 시대의 프랑스와 마찬가지로 모두 실패로 끝났다.

또 한가지 명백한 사실이 있다. 그것은 세계 국가가 아니라 어떠한 형태의 세계 질서가 우리에게 필요하다는 것이다. 아마도 저 헬라스 사회의 동란 시대에 몇몇 그리스 정치가들이나 철학자들에 의해 헛되이 창조된 '호모노이아'(조화의 이상), 즉 그리스 세계의 화합을 이루다시피 한 세계 국가의 치명적 저주를 받지 않도록, 세계 국가의 은혜가 모두에게 보증될 수 있는 세계 질서에 대한 열망이 우리의 마음속에 있다는 점이다.

- A. J. 토인비 《역사의 연구》 中 -

제 7 장

신인(神人)과 인신(人神)

제7장 신인(神人)과 인신(人神)

무릇 상(相)이 있는 모든 것은 허망할지니

-《금강경》中 -

세계는 나의 표상이다

인간 정신의 본질은 리비도이며 리비도의 목적은 인류의 불멸과 결합을 성취하는 것이다. 하지만 개개인의 인간은 '그 어떤 세찬 바람'으로 인해서 의식과 무의식의 조화가 깨짐으로써 리비도(하나님)의 목표가 아닌 정욕(악마)의 목표를 추구하게 되었다. 그 첫 번째 목표는 지상의 빵과 모든 여자이고 두 번째 목표는 형상(예술)과 우상(종교)이다. 이런 것들이 악마의 유혹인 이유는 그것들이 지닌 표상이 실재나 현실이 아닌 허구이고 허상이기 때문이다. 이러한 허구나 허상에 집착하는 사람이 **악마에 사로잡힌 인간**, 즉 **미친 사람**이다. 실제로 인간은 **'거의 모두 미친 사람'**과 마찬가지이며 우리가 **'정신병자'**라고 부르는 사람은 우리보다 다소 많이 미쳐 있다는 약간의 차이가 있을 뿐이다. 이렇듯 의식과 무의식의 **'조화'**가 이루어진 사람은 거의 전무하다고 해도 과언이 아니다.

p.344. "상당히 적중되는 의견입니다." 그가 대답했다. "그런 뜻에서라면 실제로 우리들은 모두 거의 미친 사람과 마찬가지여서

〈병자〉는 우리보다도 다소 많이 미쳐 있다는 약간의 차이가 있을 뿐입니다. 그래서 어차피 그 사이에 하나의 선을 그을 필요가 있습니다. 조화가 이루어진 사람이란 거의 전무하다고 해도 과언이 아닙니다. 아니, 정말입니다. 수만 명에 한 사람꼴이거나 어쩌면 수십만 명에 한 사람 정도 있을까 말까 할 정도입니다. 그것도 그다지 믿을 만한 표본은 아닙니다 ……."

- 도스토옙스키 《죄와 벌》 상 中 -

마르크스는 인간이 어떤 대상에 집착하는 이유를 대상(상품)이 지닌 **'신비성'**(신비적인 성격) 때문이라고 말한다.[1] 대상이 신비성을 지니게 된 원인은 그 대상에 인간의 **리비도**(두뇌나 신경 · 근육 · 감각기관들)가 지출되었기 때문이다(마르크스는 이러한 리비도 지출을 **'노동'**이라고 불렀다). 사용가치가 전혀 없는 예술 작품에서 **아름다움**을 느끼는 이유도 그 작품에 예술가의 **리비도 지출**(**'성적 체계의 과열'**)이 있었기 때문이고 부모가 자신의 아이에게서 **신비로움**을 느끼는 이유도 아이가 **리비도 지출(생식 행위)**의 산물이기 때문이다.[2] 즉 인간이 대상에서 느끼는 아름다움이나 신비로움의 근원은 **'리비도적(성적) 가치'**에 있다고 할 수 있다.

---

1) p.133. 따라서 상품의 신비적인 성격은 그 사용가치에서 나오는 것이 아니다. 그것은 또한 가치를 규정하는 내용에서 나오는 것도 아니다. 왜냐하면 첫째, 여러 유용 노동 또는 생산 활동이 아무리 서로 다를지라도 그것이 인간 유기체의 기능이라는 것과, 이러한 기능이 그 내용과 형태가 무엇이든 모두 본질적으로 인간의 두뇌나 신경 · 근육 · 감각기관들의 지출이라는 것은 생리학적 진리이기 때문이다.

- K. 마르크스 《자본 Ⅰ》 中 -

2) p.112. 무언가에 소용이 있는 예술가는 강렬히 (몸으로도) 진력을 다하고, 힘이 넘쳐나며, 힘센 짐승이고, 육감적이다; 성적(性的) 체계의 일종의 과열 없이 라파엘로는 생각될 수 없다…… 음악을 만드는 것 또한 일종의 아이를 만드는 일이다.

- F. 니체 《유고(1888년 초~1889년 1월 초)》 中 -

p.46. (1915년에 추가된 각주) 내가 보기에 〈아름답다〉라는 말의 개념은 그 근원을 성적 흥분에 두고 있으며, 원래의 의미는 〈성적으로 흥분되는〉이라는 데 의심의 여지가 없다.

- S. 프로이트 《성욕에 관한 세 편의 에세이》 中 -

다시 말해서 예술적 형상이 아름답게 느껴지고 종교적 우상이 신비롭게 느껴지는 이유는 그 대상이 성적 흥분을 **일으켰기** 때문이다(십계명 제1조와 제2조는 이러한 신비성을 지닌 대상에 대한 집착을 금지하는 계명이다). 인간의 두뇌는 어떤 대상에서 자신의 본능이나 무의식을 흥분시키는 윤곽(단서)이나 패턴을 포착하게 되면 아름다움이나 신비로움이 느껴지도록 그 윤곽이나 패턴을 정서적 표상(느낌이나 끌림)으로 변환해서 그 표상을 인간의 의식 속으로 밀어 넣는다. 그러면 그 대상은 예술적 또는 종교적 활동의 동기가 되며 그 대상이 성적 대상이면 구애 활동의 동기가 된다).[3] 이렇게 인간의 인식의 모든 장치는 사물을 추상화하고 단순화하여 **'사물을 자신의 것으로 만드는 것'**을 겨냥하고 있다.

p.312. 인식의 모든 장치는 하나의 추상화 · 단순화의 장치이며 – 인식을 겨냥하고 있는 것이 아니라, 사물을 자신의 것으로 만드는 것을 겨냥하고 있다.

- F. 니체 《권력에의 의지(청하)》 中 -

3) p.126. 남성 또는 수컷 공작의 몸에서 반사된 빛이 여성 또는 암컷 공작의 망막에 가닿을 때 수백만 년의 진화를 통해 연마된 초강력 알고리즘이 작동하기 시작한다. 그 알고리즘은 남성 또는 수컷의 외모에서 포착한 작은 단서들을 순식간에 번식 확률로 변환해 결론을 내린다. (중략) 물론 이러한 결론은 언어나 숫자로 표현되지 않고, 강한 성적 끌림으로 표현된다. (중략) 단지 느낌일 뿐이다.

- Y. 하라리 《호모 데우스》 中 -

인간의 두뇌 구조는 모두 유사하므로 **리비도적 가치**를 지닌 대상들 사이에서는 **'사회적 관계'**가 형성된다. 사람들 대부분이 그 대상을 **성적**으로 욕망하게 된다는 뜻이다. 하지만 인간의 의식은 그것을 성적 대상으로 느끼지 못한다. 이러한 착시현상을 통해서 대상(상품)은 **'감각적인 물적 존재 또는 사회적 물적 존재'**가 된다. 이는 마치 남성의 인식 기관이 어떤 여성이 망막(시신경)에 주는 빛의 인상을 망막 자체의 주관적인 자극으로서가 아니라 눈의 외부에 있는 **어머니 표상을 지닌** 사물의 대상적 형태로서 인식하는 것과 같다.[4] 상품과 화폐가 사회적 물적 존재로서 인간을 결합시킬 수 있는 이유도 상품과 화폐가 지닌 어머니 젖의 표상이 **리비도적 가치**를 지니고 있기 때문이다. 하지만 인간의 의식은 리비도 그 자체는 인식할 수 없고 그 표상된 의지 또는 표상된 감정만을 인식할 수 있다.

> p.299. 〈의식(意識)〉-표상된 표상, 표상된 의지, 표상된 감정(이것만이 우리에게 숙지(熟知)의 것이다)은, 얼마나 순전히 표면적인 것인가! 우리의 내적 세계도 또한 〈현상〉이다!
>
> - F. 니체 《권력에의 의지(청하)》 中 -

4) p.134. 따라서 상품형태의 신비성은 단지 다음과 같은 점에 있다. 즉 상품형태는 인간들에게 인간 자신의 노동이 갖는 사회적 성격을 노동생산물 그 자체의 대상적 성격인 양 또는 이 물적 존재들의 천부적인 사회적 속성인 양 보이게 만들며, 따라서 총노동에 대한 생산자들의 사회적 관계도 생산자들 외부에 존재하는 갖가지 대상의 사회적 관계인 양 보이게 만든다. 이러한 착시현상을 통하여 노동생산물은 상품, 즉 감각적이면서 동시에 초감각적이기도 한 물적 존재 또는 사회적인 물적 존재가 된다. 이는 마치 어떤 사물이 시신경에 주는 빛의 인상을 시신경 자체의 주관적인 자극으로서가 아니라 눈의 외부에 있는 사물의 대상적 형태로서 느끼는 것과 같다.

- K. 마르크스 《자본 Ⅰ》 中 -

인식의 이러한 한계로 인해서 지금까지 인류는 표상의 세계만을 탐구해왔으며 표상의 인과 관계만을 진리로 간주해왔다. 쇼펜하우어가 자신의 대표적인 저작의 첫머리를 **'세계는 나의 표상이다'**라고 선언하면서 시작한 것은 이러한 통찰에 기반을 두고 있다.

> p.41. '세계는 나의 표상이다'. 이것은 살아서 인식하고 있는 모든 존재에 해당하는 진리이다. 이 진리를 반성하고 추상화할 수 있는 것은 오직 인간뿐이며, 인간이 실제로 그렇게 의식할 때에 인간의 철학적 사유가 가능하다. 이렇게 보면 인간이 태양을 알고 대지를 아는 것이 아니라, 단지 태양을 보는 눈이 있고 대지를 느끼는 손이 있음에 불과하다. 인간을 에워싸고 있는 세계는 표상으로서만 존재할 뿐이라는 것이다. 다시 말해서 세계는 자기 자신과 전혀 다른 존재인 인간이라고 하는 표상자와 관계함으로써만 존재한다. 만약 선험적 진리라는 것을 말할 수 있다면, 이것이야말로 그 진리이다.
>
> \- A. 쇼펜하우어 《의지와 표상으로서의 세계》 中 -

현실 세계는 표상으로서만 존재한다. 가령 인간의 의식은 태양을 태양 그 자체로 알지 못하고 태양을 보는 눈의 정욕이 투사된 표상으로서 인식한다. 태양 숭배는 다수 대중의 **눈의 정욕**이 투사되어 사회적 표상이 된 경우이다. 자본주의도 현대인의 **육신의 정욕**이 투사되어 사회적 표상이 된 경우이다. 하지만 인간의 의식은 그러한 사회적 표상이 자신의 무의식이 외부 세계의 것으로 바꾸어 놓은 작품이라는 사실을 알지 못하므로 거꾸로 외부 세계가 인간에게 영향을 끼치게 된다.[5]

5) p.210. 시간의 역전 : 우리는 외부 세계를 그것이 우리에게 끼치는 작용의 원인으로 믿고 있지만, 우리가 사실적이고 무의식적으로 진행되는 작용을 비로소 **외부 세계의 것으로 바꾸어 놓은 것이다** : 우리 맞은편에 그렇게 서 있는 그것이 이제 우리 자신에게

우리의 내면 현상도 마찬가지이다. 의식에 기록된 것은 결과이며 그 결과를 추론해서 원인이 상상된다. 따라서 우리가 느끼는 내면세계에 대한 표상에는 **'옛날의 해석 습관'**, 말하자면 어린 시절에 관념화된 **'그릇된 인과 관계'**를 간직하고 있다. 추론된 원인도 진짜 원인이 아닐 가능성이 크다. 그것은 기억의 도움을 받으며 더듬어 찾은 것이나 마찬가지이기 때문이다. 이렇게 내면세계에 대한 의식적 표상도 **'어린 시절의 엉터리 원인들의 온갖 결과들'**로 이뤄져 있다고 할 수 있다.

p.360. "내면 세계"의 현상에서, 원인과 결과의 시간적 순서가 거꾸로 된다. "내면 경험"의 근본적인 사실은 결과가 의식에 기록되고 난 뒤에야 그 원인이 상상된다는 점이다. …. 이것은 사고의 순서에도 그대로 적용된다. (중략)

"내면 경험" 전체는 다음과 같은 사실 위에서 일어난다. 우리의 신경 중추 안에서 일어나는 어떤 흥분을 설명할 원인이 찾아지고 상상된다. 이런 식으로 찾은 결과 의식에 닿게 되는 것이 원인이다. 이 원인은 진짜 원인과는 전혀 아무런 관계가 없다. 그것은 이전의 "내면 경험", 즉 기억의 도움을 받으며 더듬어 찾은 것이나 마찬가지이다. 그러나 기억은 옛날의 해석 습관을, 말하자면 그릇된 인과 관계를 간직하고 있다. 그래서 "내면 경험" 자체는 옛날의 엉터리 원인들의 온갖 결과들로 이뤄져 있다. 우리가 매 순간 인식하는 "외부 세계"는 예전의 엉터리 원인과 떼어놓을 수 없을 만큼 강하게 연결되어 있다. 우리가 "사물들"의 도식을 갖고 외부 세계를 해석하기 때문이다.

거꾸로 영향을 끼치는 우리의 작품인 것이다. 그것인 완성되기까지는 시간이 필요하다 : 그러나 이 시간은 너무 짧다.

- F. 니체 《유고(1884년 초~가을)》 中 -

- F. 니체 《권력 의지(부글)》 中 -

정욕의 세 번째 목표는 권력(지배 욕망) 또는 복종(결합 욕망)이다. 이것들이 악마의 유혹인 이유도 그것이 허구이고 허상이기 때문이다. 지배 욕망 또는 결합 욕망의 대표적인 사회적 표상은 국가 또는 종교이다. 전능 관념이 지배적인 소수 엘리트는 자신의 지배 욕망을 성취하기 위해서 국가를 수립하게 된다.[6] 그는 다수 민중을 폭력으로부터 보호한다는 명분으로 자신만의 선악 관념(사회적 법률) 아래 다수 민중을 **결합시켜** 국가를 수립하지만, 그 본질에서는 자신의 정욕을 추구하기 위한 것이다. 그 강력한 증거가 **'모든 여자를 아내로 삼기 위한' 하렘 제도**(수컷 한 마리가 번식을 위해서 거느리는 암컷의 무리)이다. 지혜의 왕으로 알려진 솔로몬도 아내와 첩을 합쳐 1000명의 하렘을 가지고 있었다.

복종 관념이 지배적인 다수 민중에서도 소수의 창조적인 개인은 자신의 지배 욕망을 추구하는 과정에서 종교를 창시한다.[7] 그는 다수 민중을 고통과 불행으로부터 구원한다는 명분으로 자신만의 선악 관념(종교적 율법) 아래 다수 민중을 **결합시켜** 종교를 창시하지만, 그 본질에서는 자신만의 정욕의 만족을 추구하기 위한 것이다. 다만 종교인은 자기 자랑의 정욕이 아닌 **죄책감의 정욕**을 추구한다. 결국, 국가나 종교는 소수 엘리

6) p.618. 칼을 가진 구세주들 가운데 전형적인 인물들은 세계 국가를 세우려고 했거나, 이 일에 성공한 장군 또는 군주들이었다. 동란 시대로부터 세계 국가 시대로 이행하면서 매우 공로가 큰 직접적 구원을 가져다 주었으므로 세계 국가 건설자는 신(神)으로서 숭배되는 일이 많았다.

- A. J. 토인비 《역사의 연구》 中 -

7) p.428. 지배적 소수자로부터의 분리는 다수자가 한 일이지만, 세계 교회 설립이라는 창조 행위는 다수자인 프롤레타리아 중 소수의 창조적 개인 또는 창조적 집단이 한 일이다. 이 경우 비창조적 다수자는 지배적 소수자와 창조적 개인을 제외한 나머지 프롤레타리아에 의해 구성된다.

- A. J. 토인비 《역사의 연구》 中 -

트가 다수 아랫사람에게 잔인한 법률 또는 금욕적인 율법을 통해 잔혹한 평화를 강제함으로써 자신들의 정욕적 목표를 확보하기 위한 사회적 표상(이데올로기)이라고 할 수 있다.[8)]

> p.533. 지배자들의 여러 유형에 대하여 -〈목자〉는 〈군주〉와는 대립하고 있다 (- 전자는 가축떼의 보존을 위한 수단임, 후자는 그것을 위하여 가축떼가 현존하고 있는 목적이다).
>
> - F. 니체 《권력에의 의지(청하)》 中 -

군주는 전능 관념이 지배적이므로 신을 희생시키고 자신의 철학(법칙)을 높이지만, 목자는 복종 관념이 지배적이므로 자신의 철학(법칙)을 희생시키고 신의 지위를 높인다.[9)] 표면적으로 군주와 목자가 추구하는 지배 욕망의 유형은 대립하는 것처럼 보이는데 그 이유는 전자는 자신의

---

8) p.125. 로마 역사가 타키투스는 그 대가를 "예전에는 우리가 범죄로 괴로웠지만, 이제는 법으로 괴롭다."는 말로 잘 요약했다. …, 최초의 왕들은 전체주의적 이데올로기와 잔인한 처벌로써 백성의 외경심을 샀다. 상상해 보라. 노기등등한 신(神)이 모든 사람의 일거수일투족을 감시하고, 변덕스러운 법률이 일상을 규제하고, 신성 모독과 반항에는 돌로 쳐 죽이는 처벌이 따르고, 왕은 아무 여자나 제 첩으로 삼을 수 있고 (중략). 이런 세상을 보여 주는 데 있어서는 성경의 묘사가 정확했다. 국가 등장을 연구하는 사회 과학자들은 국가가 계층화된 신정 정치(theocracy)에서 시작되었다고 보는데, 그것은 엘리트가 아랫사람들에게 잔혹한 평화를 강제함으로써 자신들의 경제적 특권을 확보하는 세상이었다.

- S. 핑거 《우리 본성의 선한 천사》 中 -

9) p.575. 그러나 이러한 우주론을 조사해 보면, 두 가지 다른 유형 가운데 어느 한쪽으로 기울어지는 경향이 있음을 알 수 있다. 하나는 신(神)을 희생시키고 법칙의 위치를 높이는 것이며, 또 하나는 법칙을 희생시키고 신(神)의 지위를 높이고 있는 것이다. 그리고 법칙에 중점을 두는 것은 지배적 소수자의 철학의 특징인데 반해 내적 프롤레타리아의 종교는 법칙의 주권을 신(神)의 전능에 종속시키는 경향이 있음을 발견한다.

- A. J. 토인비 《역사의 연구》 中 -

지배 욕망을 드러내지만, 후자는 자신의 지배 욕망을 은폐하기 때문이다. 자신의 지배 욕망을 은폐하는 이유는 죄책감 때문이다. 자신의 지배 욕망과 죄책감(과도한 도덕성)의 갈등을 종교의 창시로 승화시킨 최초의 인물은 《구약성서》의 모세라고 할 수 있다. 《구약성서》가 잔악 행위로 점철되어 있으면서도 이웃을 사랑하라고 강조하는 밑바탕에서는 모세의 이러한 **반대되는** 정신적 성향이 투사되어 있기 때문이다.[10] 이렇게 자신의 상충하는 정욕을 **각각** 성취하려는 방어 패턴이 강박신경증이다(히스테리는 **동시에** 성취한다).

> p.117. 만약 우리가 강박신경증 환자들이 자기네들의 대상애를 그 이면에 숨어 있는 적대감으로부터 보호하기 위해 과도한 도덕성을 발달시켜야 한다고 생각한다면, 우리는 때 이른 자아의 발달을 얼마쯤은 인간 본성에 전형적인 것으로 간주하고, 발달 순서에서는 증오가 사랑의 전조라는 사실로부터 도덕성의 원천이 되는 능력을 끌어내려고 할 것이다.
>
> - S. 프로이트 《정신병리학의 문제들, 『강박신경증에 잘 걸리는 기질』》 中 -

인류 문명은 국가와 종교를 창시한 이러한 소수 엘리트에 의해서 이끌어져 왔다. 전자는 **칼**에 의한 결합을 추구하므로 다수 민중을 대변할 필

10) p.45. 성경에 묘사된 세상은 현대인의 눈으로 보면 혼비백산할 만큼 야만스럽다. (중략) 야훼는 사소한 불복종을 구실로, 혹은 아무런 이유가 없는데도 수십만 명을 고문하고 학살했다. 이런 잔학 행위는 일회성이거나 눈에 띄지 않는 사건이 아니었다. 구약의 모든 주인공들이 이런 사건에 연루되었다. (중략) 야훼가 직접 폭력적 처벌을 집행하는 대목이 1000군데쯤 있고, … 그 밖에도 야훼가 명시적으로 살인 명령을 내리는 대목이 100군데가 넘는다.

- S. 핑커 《우리 본성의 선한 천사》 中 -

요가 없었으나 후자는 **도덕**에 의한 결합을 추구하므로 다수 민중을 대변하지 않을 수 없었다. 세계사는 다수 민중을 **지배**하고자 하는 소수 엘리트의 철학과 다수 민중을 **대변**하고자 하는 소수 엘리트의 철학 사이에서 **'규칙적으로 반복되는'** 투쟁과 타협의 산물이라고 할 수 있다. 니체는 전자의 철학을 **'주인 도덕'**으로, 후자의 철학을 **'노예 도덕'**으로 불렀다. 소수 엘리트 중에서도 다수 민중을 대변하고자 하는 유형이 존재하는 이유는 한 사람의 정신구조 속에 두 개의 관념-전능 관념과 복종 관념-이 병존하기 때문이다.

> p.275. 지금까지 지상을 지배해왔고 또 여전히 지배하고 있는 좀 더 세련되지만 거친 많은 도덕을 편력하면서, 나는 어떤 특질이 규칙적으로 서로 반복되거나 연결되어 있다는 것을 알았다 : 결국 나는 두 가지 기본 유형이 드러났고, 하나의 근본적인 차별이 나타났음을 알았다. 즉 **주인 도덕**과 **노예 도덕**이 있다.-내가 여기에 덧붙이려는 것은, 고도로 혼합된 모든 문화에서는 모두 이 두 가지 도덕을 조정하려는 시도도 나타나고 있으며, 또 종종 그 두 가지가 뒤섞이거나 서로 오해하는 것도 보이며, 때로는-심지어는 같은 인간 안에서나, 하나의 영혼 안에서조차-그것들이 굳게 병존한다는 사실이다.
>
> - F. 니체 《선악의 저편(책)》 中 -

인류 문명의 개관

소수 엘리트의 철학(선악 관념)에 따라서 창시된 국가와 종교는 리비도의 추동으로 점차 더 큰 단위로 결합함으로써 그 규모는 인류 단위로까지 확장된다. 그 세계사적 표상이 **'세계 국가'**와 **'세계 교회'**이다.[11] 세계 국가와 세계 교회는 역사 속에서 계속 자식 문명을 생산하면서 **불멸**해왔다. 서양에서 세계 국가의 대표적인 부모 문명으로는 로마제국을 들 수 있다. 로마제국의 자식 문명은 중세 시대에는 신성로마 제국과 동로마 제국이었고 근대에는 독일 제국과 러시아 제국이었다. 로마제국의 창설자인 카이사르라는 성도 카이저(독일)와 차르(러시아)의 칭호로 부활함으로써 **불멸**을 얻게 되었다.[12] 동양에서 세계 국가의 대표적인 부모 문명은 진(秦)나라이고 그 자식 문명은 지금의 중국이라고 할 수 있다. 세계 교회도 마찬가지이다. 세계 교회의 대표적인 부모 문명은 명실공히 유대교라고 할 수 있고 그 자식 문명은 어머니 신을 숭배하는 로마 가톨릭과 아버지 신을 숭배하는 이슬람교와 프로테스탄티즘이다.

이렇게 세계 국가와 세계 교회의 부모 문명이 계속해서 자식 문명이 낳는 이 기묘한 현상의 원인은 무엇일까? A. J. 토인비는 그 원인을 세계 국

11) p.647. 지배적 소수자는 철학을 낳아 그것이 때때로 세계 국가의 원동력이 된다는 것, 내적 프롤레타리아는 고등 종교를 낳아 그것이 세계 교회의 형태로 자기를 구현하려 한다는 것, 외적 프롤레타리아는 영웅시대를 낳아 그것이 야만적인 전쟁의 비극을 불러일으킨다는 것이 밝혀졌다. 이러한 경험이나 제도는 집단 안에서 분명히 '어버이' 문명과 '자식' 문명 사이의 연결 역할을 한다.

- A. J. 토인비 《역사의 연구》 中 -

12) p.652. 세계 국가의 불멸성에 대한 믿음이 오래도록 지속된다는 사실을 나타내는 더 한층 주목할 증거는, 세계 국가가 사멸되고 불멸의 국가가 아니라는 것이 밝혀졌는데도, 그 망령을 불러일으키는 관행이다. 이를테면 (중략), 로마제국은 서유럽의 신성로마 제국과 정교 기독교 세계의 동로마 제국으로 부활했다. 또한 진(秦) · 한(漢) · 제국은 수(隋) · 당(唐) 제국으로 부활했다. 로마제국 창설자(카이사르)의 성은 '카이저(독일)'와 '차르(러시아)'의 칭호가 되어 부활하고, (중략).

이상은 세계 국가 불멸성이 냉담한 현실에 의해서 명백히 부정된 뒤에도 아직 몇 세기 동안이나 계속 살아남았음을 나타내는 수많은 역사적 사례 가운데 겨우 몇 가지를 골라낸 것이다. 이 기묘한 현상의 원인은 무엇인가?

- A. J. 토인비 《역사의 연구》 中 -

가(교회)를 창설한 위대한 지배자의 천재성과 세계 국가(교회)가 주는 강한 인상이라고 말했지만 사실 그러한 것들은 피상적 원인에 지나지 않는다. 위대한 정복자들이 우주 전체를 정복하려고 선풍과 같이 이 지상을 휩쓰는 진정한 이유는 **'인류의 세계적 결합'**을 요구하는 리비도의 의지 때문이다. 리비도의 강력한 의지가 전 세계를 움직여 온 힘을 다해 **'자기보다 뛰어난' 카이사르**에게 복종하게 하고 **로마제국**에 매달리게 했던 것이다.[13] 세계 국가(교회)의 불멸성은 자식 문명에 의해서 명백히 부정된다는 A. J. 토인비의 견해와 달리 세계 국가(교회)의 불멸성은 그 자식 문명에 의해서 명백히 증명되는 것이다. 인간과 마찬가지로 국가(종교)가 불멸할 수 있는 **'유일한 통로'**도 자식을 남기는 것이기 때문이다.

그런데 수천 년간 소수 엘리트의 지배 대상이었던 다수 민중이 노예 혁명을 통해서 소수 엘리트를 지배하게 되는 역사적 격변이 일어난다. 대표적인 노예 혁명이 프랑스 혁명과 프롤레타리아 혁명이다. 하지만 다수 대중의 정치적 힘을 키운 것은 이러한 노예 혁명이 아니었다. 다수 대중의 권력이 강력해진 이유는 새로운 소수 엘리트가 기존의 소수 엘리트를 대체하기 위해서 그들을 위해 싸워줄 수백만 명의 건강한 군인과 그들을 위해 공장에서 일해 줄 수백만 명의 건강한 노동자를 필요로 했기 때문이었다. 소수 엘리트는 건강한 군인과 노동자를 육성하기 위해서는 어쩔 수 없이 다수 대중을 잘 보살피고 잘 먹여야만 하는 목자의 역할을 할 수

---

13) p.653. "힘을 갖지 않은 주권의 행사 속에는 구원이 없다. 자기보다 뛰어난 인간의 지배에 복종하는 것은 '차선'의 길이다. 그러나 이 '차선'의 길이 우리의 현재 로마 제국의 경험에서는 모든 방법 가운데에서 최선의 것임이 뚜렷해졌다. 이 행복한 경험이 전 세계를 움직여 온 힘을 다해 로마에 매달리게 했던 것이다. (중략) 오늘날 모든 인간의 마음속에 있는 근심의 중심에는 자기가 속한 집단에서 강제로 분리되지 않을까 하는 두려움이 존재한다. 로마에게 버림을 당하는 게 두려워 함부로 로마를 버리겠다는 마음을 일으키는 자는 없다. …."[Aristeides, P. Aelius : The Roman Oration]
- A. J. 토인비 《역사의 연구》 中 -

밖에 없었다.[14]

자본주의(자유주의)는 마르크스주의가 실패했다고 말하지만, 마르크스주의가 실패한 원인은 자본주의가 마르크스주의의 가장 좋은 부분을 채용했기 때문이다.[15] 역사 속에서 처음으로 정치적 권력을 쥐게 된 다수 대중은 창조적인 소수 엘리트가 자신들을 다시 지배하는 것을 막기 위해서 '민주주의'라는 사회제도를 도입했고 이러한 검역 제도를 통해 자신들을 다시 지배할 가능성이 있는 위대한 인간의 등장을 막아왔다.[16]

> p.401. **백 년 동안의 검역**-민주주의의 제도들은 독재적 야심이라는 오래된 전염병에 대한 검역 기관이다: 이러한 것으로서의 민주주의는 매우 유익하며 또 지루한 것이다.

---

14) p.477. …, 20세기 의학의 혜택이 대중에게 돌아간 것은 20세기가 대중의 시대였기 때문이다. 20세기 군대는 수백만 명의 건강한 군인들을 필요로 했고, 20세기 경제는 수백만 명의 건강한 노동자를 필요로 했다. (중략) 1914년 일본 엘리트 집단이 가난한 사람들에게 예방접종을 실시하고 빈민가에 병원과 하수도를 건설하는 일에 관심을 가졌던 것은 일본이 강한 군대와 강한 경제를 지닌 강한 국가가 되려면 수백만 명의 건강한 군인과 노동자들이 필요했기 때문이다.
하지만 대중의 시대는 끝나고, 더불어 대중 의학의 시대도 끝날 것이다.
- Y. 하라리 《호모 데우스》 中 -

15) p.445. 19세기 산업혁명은 도시 프롤레타리아라는 거대한 신흥계급을 탄생시켰고, 이 새로운 노동자 계급의 전례 없는 필요, 희망, 두려움에 달리 응답할 길이 없었기 때문에 사회주의가 확산되었다. 자유주의가 결국 사회주의에 승리를 거둔 것은 사회주의 프로그램의 가장 좋은 부분을 채용했기 때문이었다.
- Y. 하라리 《호모 데우스》 中 -

16) p.656. 기본적으로 모든 문명은 "위대한 인간"에 대한 깊은 불안을 안고 있으며, 이를 시인한 것은 오직 "위대한 인간은 전체의 불행이다"라는 격언을 말했던 중국인뿐이었다. 기본적으로 모든 사회제도는 이런 위대한 인물이 가능한 한 드물게 나타나고, 또 가능한 한 불리한 조건하에 성장하도록 맞추어져 있다 : 대단한 일이다! 소인들은 자기들끼리, 소인들을 배려해온 것이다!
- F. 니체 《유고(1881년 봄~1882년 여름)》 中 -

- F. 니체 《인간적인 너무나 인간적인 II(책)》 中 -

다수 대중의 득세로 창조적인 소수 엘리트는 더는 국가와 종교를 수립하지 않게 되었다. 다수 대중이 지배하는 국가와 교회는 소수 엘리트의 지배 욕망을 만족시켜 줄 수 없기 때문이다. 창조적인 소수 엘리트는 자신의 지배 욕망을 만족시키기 위해서 새로운 사회적 표상을 창설하기 시작했는데 그것이 세계 기업이다. 특히 이들 세계 기업은 기존의 세계 국가나 세계 교회가 넘지 못했던 물리적 거리와 정신적 소통의 한계를 극복하고 전 인류를 결합시킬 수 있는 지구제국의 형태를 띠고 있다. 그리고 점점 더 많은 사람이 이 지구제국 아래 결합되어 가고 있다.[17] 그 결과 예전에 국가의 지배자와 종교의 제사장이 지니고 있던 막강한 권력은 이제 이들 세계 기업의 지배자에게 넘어가고 있다.[18] 미래의 새로운 로마제국에서 소수 엘리트는 **'더러운 지상의 행복'**을 주는 물질적 대상에 온 인류를 **'예속'**시킴으로써 인류의 양심을 영원히 정복하고 사로잡을 수 있는 **'권력'**을 획득할 것이다. 도스토옙스키는 미래의 새로운 로마제국을 **'미래의 농노제'**에 비유하며 이 미래의 세계적 왕국에서 소수 엘리트가 **'지주'**가 될 것이라고 예언한다.

---

17) p.296. 우리 눈앞에서 형성되고 있는 지구제국은 특정 국가나 인종 집단이 지배하는 것이 아니다. 옛 로마 제국과 비슷하게 이 제국은 다인종 엘리트가 통치하며, 공통의 문화와 이익에 의해 지탱된다. 전 세계에 걸쳐 점점 더 많은 기업가, 엔지니어, 학자, 법률가, 경영인이 이 제국에 동참하라는 요청을 받고 있다. 이들은 제국의 부름에 응답할 것인가, 아니면 자기 국가와 민족에 충성을 바치며 남아 있을 것인가를 심사숙고해야 한다. 그리고 점점 더 많은 사람들이 제국을 선택하고 있다.

- Y. 하라리 《사피엔스》 中 -

18) p.463. 이러한 아시아와 이집트의 왕들과 에트루리아의 신정관들의 권력은 근대사회에서 자본가의 손으로 옮겨졌으며, 그것은 그가 단독의 자본가로 등장하든 주식회사처럼 결합자본가로 등장하든 변함없는 사실이다.

- K. 마르크스 《자본 I》 中 -

p.428. "… 그들은 다만 로마 교황을 제왕(帝王)으로 삼는 미래의 세계적 왕국을 위해 노력하는 로마의 군대에 지나지 않습니다. 이것이 그들의 이상입니다만, 거기에는 아무런 신비도 없거니와 고상한 비애도 없습니다. 권력과 더러운 지상의 행복, 그리고 예속, 이런 요소에 대한 지극히 단순한 희망에 지나지 않습니다. 이 예속은 미래의 농노제와도 같은 것이지만, 문제는 그들 자신이 지주가 된다는 것입니다. 이것이 바로 그들의 전부올시다. 그들은 아마 하느님도 믿지 않을 겁니다. 형님의 그 고민하는 심문관은 오로지 환상에 지나지 않는 겁니다……."

- 도스토옙스키 《카라마조프의 형제》 상 中 -

다수 대중은 자신도 알지 못하는 사이에 심각한 딜레마에 빠지게 되었다. 그들은 소수 엘리트로부터 지상의 빵과 지상의 신앙을 쟁취했다고 생각했지만, 그것은 착각이었다. 이러한 딜레마가 발생한 원인은 다수 대중은 리비도 측면에서 소수 엘리트를 지배할 수 없기 때문이다. A. J 토인비는 다수 민중의 이러한 딜레마를 키르케의 연회에 초청되어 돼지로 변한 오디세우스의 부하들에 비유한다. 다만 과거에는 라디오와 텔레비전을 갖춘 돼지우리에서 생활했다면 이제는 SNS와 유튜브의 돼지우리에서 생활하고 있다는 것이 다를 뿐이다. 하지만 다수 대중은 자신들이 소수 엘리트의 암시를 전달하는 연결 수단이고 자신들이 접속하고 있는 그 연결망이 키르케의 돼지우리라는 것을 알지 못한다. 다수 대중이 키르케의 돼지로 언제까지나 행복하게 살 것이라고 예상했다면 그 예상은 모든 시대의 역사를 주도해 온 창조적 소수 엘리트의 지배 욕망을 무시하는 것이다.[19]

19) p.1036. 라디오와 텔레비전 시대에는 베이컨의 이른바 '오락'이 여가의 대부분을 차

A. J 토인비는 역사를 마차의 바퀴에 비유하면서 바퀴는 똑같은 궤도를 반복하지만, 마차가 목적지에 다다르는 것처럼 역사도 똑같은 사건이 반복되지만, 인류는 신의 세계에 다가갈 것이라고 말한다. 하지만 인류를 태운 마차는 자신도 모르게 악마의 마지막 시험을 반복 재현하기 위해서 준비하고 있는지도 모른다. 이렇게 다수 민중에게 **'예속과 자멸'**만이 남게 된 원인은 다수 대중이 자신의 욕망을 추구할 **'권리'**는 쟁취했지만, 그들에게는 자신의 욕망을 충족시킬 **'수단'**이 없기 때문이다.

p.55. "… 그들에게는 과학이 있다. 그러나 과학에는 인간의 오감(五感)에 의해 확인된 것 외에는 아무것도 없다. 인간의 좀 더 높은 부분을 차지하고 있는 정신세계는 어떤 승리감과 함께, 아니 증오감과 함께 완전히 제거되어 버렸다. 세상 사람들은 자유를 선언하였고, 특히 요즘에 와서 그런 경향이 심하지만, 그들이 말하는 자유에서 우리는 무엇을 보고 있는가? 예속과 자멸밖에 없지 않은가! 세상 사람들은 이렇게 말하고 있다–'너희들도 욕구가 있으면 실컷 충족시켜라. 너희들도 귀족이나 부자와 똑같은 권리를 가지고 있으니까. 욕망을 충족시키기를 두려워하지 말고 그것을 더욱 증진시켜라.' 이것이 바로 오늘날 그들의 교리인 것이다. 그들은 그 속에서

지한다. 노동자 계층의 삶이 물질적으로 중산층의 수준까지 끌어올려지면서 동시에 많은 중산층의 정신적인 영역에서 프롤레타리아화 현상이 일어나고 있다.

키르케의 연회에 초대된 손님은 돼지가 되어 키르케의 돼지우리에 들어가게 되었다. 문제는 그들이 언제까지나 그곳에 머무를 것인가에 있었다. 인류는 이러한 운명에 순순히 따를 것인가. 인류는 과연 정말로 기계적인 일의 단조로움 말고는 무료한 여가생활을 벗어날 길 없는 이른바 '훌륭한 신세계에'서 '그 뒤로 언제까지나 행복하게 산다'(동화의 끝에 으레 나오는 문구)는 것으로 만족할 것인가?

이러한 예상은 모든 시대의 역사를 통해 '이 땅의 소금' 역할을 해온 창조적 소수의 존재를 무시하는 것이다.

- A. J. 토인비 《역사의 연구》 中 -

자유를 보고 있다. 하지만 이 욕구 증대의 권리에서 어떠한 결과가 나왔는가? 부자에게는 '고독'과 정신적인 자멸이, 가난한 자에게는 선망과 살인이 있을 뿐이다. 그것은 권리만을 주고 욕구 충족의 수단을 제시하지 않았기 때문이다.

(중략) 그들은 자유를 욕구의 증대와 신속한 충족으로 이해함으로써 자신들의 본질을 왜곡하고 있다. 그것은 무의미하고 어리석은 욕망과 습관과 터무니없는 망상을 수없이 싹트게 하였기 때문이다. 그들은 다만 서로의 선망과 육욕과 자만을 위해서 살고 있을 뿐이다. 연회와 사교계의 출입, 자가용 마차와 지위, 시중 드는 노예를 가지고 있는 것이 그들에게는 이미 필수적인 것으로 생각되고 있기 때문에 그것을 위해서는 명예와 인간애, 생활마저 희생시킨다. 개중에는 그것을 충족시키지 못해 자살까지 하는 사람도 있다. 부유하지 못한 사람들 가운데서도 이와 똑같은 현상을 볼 수 있으며, 한편 가난한 사람들은 욕구 불만과 선망을 술로 달래고 있다. 그러나 머지않아 술 대신에 인간의 피를 마시게 될 것이다. 그들은 이미 그쪽으로 끌려가고 있다. … "

- 도스토옙스키 《카라마조프의 형제》 중 中 -

인간의 **'좀 더 높은 부분을 차지하고 있는 정신세계'**가 갈망하는 것은 영원하고 전능하고 순수한 신적 존재로서의 감각을 다시 회복하는 것이다.[20] 이러한 욕구는 어머니 자궁 속에서 느꼈던 어머니 신(완벽한 행복

20) p.197. 인간은 출생하면서 태아기의 낙원으로부터 추방되는 트라우마를 겪은 이후 잃어버린 낙원의 상태를 갈구하는 소망을 항상 내재하고 있는 것이다. 그렇기 때문에 인간은 총체성, 완전성, 전능, 지복, 경이, 영원, 순수 등의 유토피아적 감정을 다시 회복하고 싶은 욕구를 계속 가지게 된다.

그룬베르거와 데쉬앙에 따르면 기독교 신앙은 사람들로 하여금 이같이 간절히 바

감)과 합일된 상태에서 형성된 것이다. 그래서 인간의 무의식은 항상 **'추방된 낙원'**으로 돌아가려고 소망하게 된다. 낙원에 대한 인간의 무의식적 갈망은 종교나 나치즘과 같은 이데올로기에 의해서 조장되고 이용당하기도 하지만 인간이 삶을 살아갈 수 있는 **'삶의 가장 기본적인 전제'**이기도 하다. 과학은 이러한 무의식적 갈망을 미신이나 신비주의로 치부하고 인간의 삶에서 완전히 제거해 버렸다. 그 결과 인간의 정신세계는 객관적 현실에 너무나 확고하게 닻을 내리게 되었고 자신의 주관적 세계(유아적 환상과 꿈)와의 접촉을 상실해 버림으로써 병들게 되었다.[21]

이러한 정신적 고독과 소외를 메우기 위해서 인간은 경제적 성공과 사회적 명성에 집착하게 되었고 자유의 의미를 이러한 자기 욕망의 증대와 신속한 충족으로 이해하게 되었다. 하지만 그럴수록 인간은 그것에 더 예속되게 되었고 결국 유산 계급과 무산 계급으로 나누어 인간의 피를 마시는 결과를 가져왔다. 이렇게 될 수밖에 없는 이유는 인간의 **'욕망은 끝이 없으며 모순적인'** 경우가 많기 때문이다.[22]

라던 낙원이 실제로 실현 가능한 것이라는 생각을 갖게 했다. 이러한 생각에 따라서 사람들은 태아기의 자아도취적 관념들을 하나의 사상이나 인물(메시아)에 투영하게 된다. 따라서 완전한 순수성에 대한 관념이 하나의 이상으로 승화되거나 황금의 시대, 낙원, '좋았던 과거' 등의 목가적인 향수로 표현된다.

- S. 마르크스 《나치즘, 열광과 도취의 심리학》 中 -

21) p.209. 이러한 생각들은 "정말 우리가 온전한 정신을 가지는 것만으로는 부족하다"(43)는 그(위니캇)의 말과 관련되어 있다. 그는 실상 개인들이 "객관적 현실에 너무나 확고하게 닻을 내리고 있기 때문에 주관적 세계와 사실에 대한 창조적인 접근으로부터 접촉을 잃어버리는 쪽으로 병들어 있다"는 것을 알고 있었다. 그런 사람들은 도움을 받을 필요가 있다. 왜냐하면 "그들은 꿈으로부터 소외되어 있다고 느끼며" 융합 상태의 유아적 경험과 접촉을 상실했기 때문이다(71).

- M. 데이비스 & D. 월브릿지 《울타리와 공간》 中 -

22) p.278. "하고 싶으면 하라."는 말은 진정으로 충만한 삶을 위해서는 별로 효과적인 처방이 못 된다. 독립헌장에 보장된 행복을 추구하는 우리들은 자신이 원하는 것을 충분히 가져야만 자존감이 유지되고 긍정적인 기분을 갖게 될 것이라고 믿는다. 그러나

먼저 인간의 욕망이 끝이 없는 이유는 욕망의 실현은 충족되는 데(채워지는 데) 있는 것이 아니라 반복 재현(재생)되는 데 있기 때문이다.[23] 욕망의 기능이 반복 재현되는 데 있는 이유는 욕망의 목적은 유사한 심리적 외상을 방어하는 데 있기 때문이다. 그래서 생물학적 욕구와 달리 욕망의 충족은 **대체물**을 이용한 **상징 행위**를 통해서 이루어진다. 욕망의 **원래 목표**와 **그 상징적 대체물**이 일치하지 않는다는 뜻이다. 그래서 배고픔과 같은 생물학적 욕구는 충분히 음식물이 제공되면 충족되지만, 욕망은 아무리 많은 대체물이 제공되어도 충족되지 않는다. 예를 들어 **돈**을 모으고자 하는 욕망은 **똥(배설물)**과 관련된 쾌락을 얻기 위한(또는 불안을 방어하고자 하는) 상징 행위이다. 하지만 욕망의 원래 목표(똥)와 그 상징적 대체물(돈)이 일치하지 않으므로 돈을 아무리 많이 모아도 똥과 관련된 쾌락은 영원히 성취되지 않는다.

> p.426. 그는 자신의 배설물에 대해서 전혀 혐오감을 느끼지 않고 자기 신체의 일부분으로 간주합니다. 그는 자신의 배설물에 집착하며, (생략). 그 같은 경향성들을 아이에게서 제거하려는 교육적 의도가 성공한 다음에도 유아는 배설물을 계속해서 〈선물〉이자 〈돈〉으로 평가합니다.
>
> - S. 프로이트 《정신분석 강의》 中 -

정신분석적 연구에 따르면 인간의 소망은 끝이 없으며, 그 소망들도 서로 모순되는 경우가 많다.

- N. 맥윌리엄스 《정신분석적 사례이해》 中 -

23) p.282. 충족될 수 있으며 다른 욕구가 일어날 때까지는 주체에게 동기를 부여하지 않는 그런 욕구와는 달리 욕망은 결코 충족될 수 없다. 욕망의 압력은 한결같으며 욕망은 영원한 것이다. 욕망의 실현은 '채워지는' 것이 아니라 그 같은 욕망을 재생해내는 데에 있다.

- D. 에반스 《라깡 정신분석 사전》 中 -

카라마조프 삼 형제의 경우에도 마찬가지이다. 드미트리의 무의식적 욕망의 원래 목표는 **어머니의 젖**이고 그 상징적 대체물은 그루센카라는 **여성의 사랑**이다. 이반의 무의식적 욕망의 원래 목표는 **어머니 칭찬(또는 아버지 칭찬)**이고 그 상징적 대체물은 **권력(또는 지식)**이다. 또 알료샤의 무의식적 소망의 원래 목표는 **고결한 어머니**이고 그 상징적 대체물은 **민족이나 국가이**다. 하지만 욕망의 원래 목표와 그 상징적 대체물이 다르므로 삼 형제의 욕망은 영원히 만족시킬 수 없다. 이렇게 욕망(기쁨)은 **'무한을 열망하지만, 무의미한 악몽'**으로 끝난다.[24] 바로 여기에 인간의 비극이 있다.

또 욕망이 모순적인 이유는 욕망의 의식적 표상의 밑바탕에는 **그것과 반대되는** 무의식적 욕망이 은폐되어 있기 때문이다. 앞서 고찰한 바와 같이 프랑스 혁명 때 부르주아는 처음에는 **평등**을 원했다고 생각했지만, 그들이 진정으로 원하는 것은 타인을 지배할 수 있는 **권력**이었다. 평등에 대한 열렬한 욕구의 밑에는 **그것과 모순되는** 불평등에 대한 치열한 욕망이 숨어 있었던 것이다.

> p.163. 우리 시대의 일부 사람들과 마찬가지로, 프랑스 혁명 때의 자코뱅파에게 "평등"이라는 단어는 자기보다 위에 있는 모든 사람들에 대한 질투섞인 증오를 의미했다. (중략)
>
> 프랑스 혁명의 주동자들 중 많은 사람들을 보면, 평등에 대한 열

24) p.52. 무엇보다도 인간은 진정한 초월을 원하기 때문에, 그러나 반드시 필요한 자신의 분리된 자아 감각의 죽음을 받아들이려 하지 않기 때문에, 실제로는 그것을 막고 상징적인 대체물을 강요하는 방식으로 초월을 추구하는 데 힘쓴다. 이런 대체물은 성, 음식, 돈, 명성, 지식, 권력처럼 갖가지 형태로 다가온다. 이 모든 것은 결국 대리만족, 전체 안에서의 진정한 해방을 대체할 뿐이다. 이런 이유로 인간의 욕망은 만족시킬 수 없으며 모든 기쁨은 무한을 열망하는 것이다.

- K. 윌버 《에덴을 넘어서》 中 -

렬한 욕망이 단지 불평등에 대한 치열한 욕구를 숨기고 있는 것처럼 보인다. 나폴레옹이 귀족의 관직과 귀족을 위한 훈장을 다시 만들어야 했으니 말이다.

- G. 르 봉《프랑스 혁명과 혁명의 심리학》中 -

히틀러 말처럼 지배자는 **'대중 심리 연구가'**여야 한다. 나폴레옹은 진정한 대중 심리 연구가였다. 그는 인간의 무의식 속에는 이렇게 **서로 상반된** 욕망이 있다는 것을 알았다. 그중 하나는 **'평등에 대한 사랑'**이고 다른 하나는 **'차별에 대한 사랑'**이다.[25] 이 두 가지는 모순된 것처럼 보이지만 결국 동일한 감정에서 유래된 것이다. 그 감정은 **질투(증오심)**와 **시기(분노)**이다. 타인은 자신보다 결코 뛰어나서는 안 되고 자신은 타인보다 항상 뛰어나야 한다. 프랑스 혁명 때 부르주아들이 평등을 열렬히 요구했던 이유는 귀족에 대한 자신의 **'질투 섞인 증오심'**을 **도덕적 구실**로 위장하기 위해서였다. 나폴레옹은 인간의 이러한 질투와 시기를 이용하기 위해서 훈장을 다시 만들었고 그 훈장의 이름이 그 유명한 **레지옹 도뇌르**이다. 장난감처럼 생긴 이 훈장을 받기 위해서 많은 군인이 기꺼이 자신의 목숨을 희생했다.

인간이 경제적 성공을 추구하는 이유도 그것을 진짜로 욕망하기 때문이 아니라 그 밑에 은폐된 불안과 두려움을 방어하기 위해서이다. 하지만

---

25) p.447. 〈내 아들은 모든 파벌들을 무시하고, 대중만을 존중하기 바란다. (중략) 프랑스에서 일어난 큰 사건들은 모두 대중의 지지하에서만 가능했다. 프랑스라는 나라는, 제대로 파악하기만 한다면 세상에서 가장 통치하기 쉬운 나라다. (중략) 그러므로 언제나 그들이 원하는 바를 파악하고 있어야 한다. (중략)〉 (중략)

〈프랑스 민중에게는 두 가지 열정이 있다. 그 두 가지는 서로 상반된 것처럼 보이지만, 결국 동일한 감정에서 유래된 것이다. 하나는 평등에 대한 사랑이며, 다른 하나는 차별에 대한 사랑이다. (중략)〉

- M. 갈로《나폴레옹 5》中 -

인간은 자신의 진짜 욕망이 무엇인지 모르기 때문에 경제적 부와 사회적 지위를 **'끝이 없이'** 욕망하게 된다. 이렇게 인간은 '자유의 의미를 잘못 이해함으로써 **자신의 본질(리비도)을 왜곡하게**' 되었고 이렇게 왜곡된 리비도, 즉 정욕은 무의미하고 어리석은 욕망과 터무니없는 망상을 수없이 싹트게 함으로써 인간이 육욕(육신의 정욕)과 선망(눈의 정욕)과 자만(자기 자랑의 정욕)만을 위해서 살게 했다. 그 결과 인류는 두 번의 인간의 피를 마시는 경험을 하게 되었다. 따라서 진정한 자유는 경제적 욕망을 충족시키는 것이 아니라, 조시마 장로의 충고처럼, **수치심**을 버리거나 **불안과 두려움**을 극복하는 것이다.

인류 문명의 미래

인류는 인간의 피를 마시는 경험을 이미 했지만, 대규모 살육 전쟁을 피할 수 있을지 확신할 수 없다. 그 이유는 대규모 살육 전쟁의 원인이었던 자유주의(민주주의)와 자본주의(산업주의)의 결합이 더 가속화되고 격렬해지고 있기 때문이다.[26] 그래서 마르크스는 **자유주의**와 **자본주의**가 인간의 피를 모든 마시기 전에 프롤레타리아 혁명을 통해 **소수 지적 엘리트가 지배하는 공산주의**로의 전환을 주창했다(마르크스는 인간의 평등을 주장하지 않았다). 마르크스가 이렇게 주장한 이유는 상품유통과 화

---

26) p.639. 그리고 만일 가까운 과거에 있어서 우리에게 가장 뚜렷하고 특별한 재앙이 무엇이었던가 물으면, 그 답은 앞서 이 '연구' 속에서 지적했듯이 근래에 해방된 민주주의와 산업주의 이 두 힘이 결합해 낳은 뒤 추진력이 가해져 한층 격렬해진, 국가주의적 살육 전쟁이라고 분명히 말할 수 있다. 이 재앙이 처음으로 모습을 나타낸 것은 18세기 말 프랑스 혁명이 발발한 때였다고 보아도 좋다.

- A. J. 토인비 《역사의 연구》 中 -

폐유통이 자본이 존재할 수 있는 역사적 조건이 아니라 '**자유**가 자본이 존재할 수 있는 **역사적 조건**'이라는 것을 통찰했기 때문이었다.[27] 고대에도 상품유통과 화폐유통은 있었지만, 그때는 다수 민중이 소수 지배자에게 대부분 종속되어 있었기 때문에 자본이 존재할 수 없었다. 다시 말해서 다수 대중이 노예 혁명을 통해서 소수 지배자로부터 **'자유로운 노동자'**가 됨으로써 자본주의를 낳았고 이렇게 탄생한 자본주의가 **인류 종말의 '세계사적인 역사적 조건'**이 된 것이다. 다수 대중이 혁명을 통해 쟁취한 자유 때문에 오히려 인류가 종말을 맞을 수밖에 없는 기묘한 운명에 처하게 된 것이다.

이 역설적인 현상의 원인은 무엇인가? 그 원인은 '인간은 평등하다'라는 지상의 신앙에 매혹된 대수 대중이 노예 혁명을 통해서 **신체적으로는** 자유를 쟁취했지만, **정신적으로는** 자유롭지 못하기 때문이다. 외견상 쇠사슬에서는 풀려나 자립적으로 보이지만, 여전히 **지상의 빵**이라는 **'보이지 않는 끈'**에 묶여 있는 것이다.[28] 다수 대중이 쟁취한 신체적 자유의 딜레마를 보여주는 이론이 「공유지의 비극」이다. 공유지의 비극은 주인이 없어서 발생한다. 주인이 따로 없는 공유지에서는 사람들은 **자유 경쟁적**

---

27) p.254. 그러나 자본의 경우는 그렇지 않다. 상품유통과 화폐유통이 이루어지고 있다고 해서 자본이 존재할 수 있는 역사적 조건들이 만들어진 것은 결코 아니다. 자본은 생산수단과 생활수단의 소유자가 시장에서 자신의 노동력을 판매하는 자유로운 노동자를 발견할 때에만 비로소 발생하며, 이것이야말로 세계사적인 역사적 조건을 이룬다. 따라서 자본은 처음부터 사회적 생산과정의 한 시대를 알린다.

- K. 마르크스 《자본 Ⅰ》 中 -

28) p.786. 개별적 소비는 그들 자신의 유지와 재생산이 이루어지도록 하는 한편, 생활수단을 소진시킴으로써 그들이 끊임없이 되풀이하여 노동시장에 나타나도록 만든다. 로마의 노예는 쇠사슬로 자기 소유주에게 묶여 있었으나 임노동자는 눈에 보이지 않는 끈에 의해 그 소유주에게 묶여 있다. 임노동자의 외견상 자립성은 그들의 고용주가 끊임없이 교체되는 방식을 통해서, 그리고 계약이라는 그 사이비 제도를 통해서 유지되는 것이다.

- K. 마르크스 《자본 Ⅰ》 中 -

으로 자신의 소를 방목하게 되므로 공유지는 금방 오염되고 황폐해져 쓸모가 없어진다.

인간도 마찬가지이다. 과거에는 인류 대부분은 소수 지배자에게 예속되어 있었지만, 노예 혁명을 통해서 주인 없는 공유지가 되었다. 이제 누구라도 인간을 **자유 경쟁적으로** 사용하고 잔혹하게 착취할 수 있게 된 것이다. 어린아이도 예외가 아니어서 산업 혁명 당시 영국에서의 아동의 노동조건은 흑인 노예보다 더 참혹해서 언론은 이것을 **'완만한 인간 학살'**로 불렀다.[29)]

> p.90. 19세기 자본주의의 가장 특징적인 요소는 우선 노동자에 대한 잔혹한 착취였다. 수십만의 노동자가 기아선상에서 살고 있는 것이 자연법(自然法) 혹은 사회법(社會法)이라고 믿었다. 자본가는 이득을 추구하기 위해 그가 고용한 노동력을 최대한도로 착취한다 해도 도덕적으로 정당한 것이라고 생각되었다. 자본가와 노동자간에는 인간적인 유대감이 거의 없었다. 경제적 정글의 법칙이 최고의 법이었다.
>
> - E. 프롬 《건전한 사회》 中 -

---

29) p.346. … 새벽 2시, 3시, 4시경에, 9~10세 정도 되는 어린아이들이 더러운 침대에서 끌려 나와 그저 입에 풀칠만이라도 하기 위해 밤 10시, 11시, 12시까지 노동을 강제당하고 있는데, 그동안 그들의 팔다리는 시들어 버리고 몸은 왜소해지며 표정은 마치 얼빠진 듯하고 그들의 인간성은 돌과 같은 무감각 상태로 굳어져 버려 눈으로 보기에도 끔찍할 지경이다. (중략) 우리는 버지니아나 캐롤라이나의 식민지농장주들을 비난한다. 그러나 그곳에 어떠한 채찍의 공포나 인신매매가 있다 하더라도 그들의 흑인 시장이, 자본가의 이익을 위해 망사와 옷깃을 제조하면서 자행되고 있는 이 완만한 인간 학살에 비해 더 참혹하기야 하겠는가? [런던, 『데일리 텔레그래프』, 1860년 1월 17일]

- K. 마르크스 《자본 Ⅰ》 中 -

가축은 폭발적으로 번성하지만, 야생 동물은 점차 멸종되어 가는 이유도 주인이 없기 때문이다. 일례로 지구상에 사는 야생늑대는 모두 합쳐 약 20만 마리에 불과하지만, 가축화된 개는 무려 4억 마리가 넘는다.[30] 물론 가축의 삶은 비참하지만, 그 원인도 자본의 욕망에 있다. 옛날에 왕이나 예언자들이 자신을 선한 목자에 비유한 데서 알 수 있듯이 과거에는 목자와 가축 사이에는 '인간적인 유대감'이 있었다.[31] 이제 **자유로운** 다수 대중은 **자유로운** 야생 동물처럼 자본의 사냥감이 된 것이다. 수천 년간 소수 엘리트에게 복종함으로써 생존할 수 있었던 다수 민중은 **'영원히 복종한다는 것이 어떤 의미를 갖는 것인지를 그야말로 뼈저리기 느끼게'** 되었다.

p.424. 영원히 복종한다는 것이 어떤 의미를 갖는 것인지 그들은 그야말로 뼈저리게 느끼게 될 테니까! 이것을 이해하지 못하는 한, 인간은 언제까지 불행에서 벗어날 수 없는 거야. 그러나 이러한 몰이해(沒理解)를 조장한 건 대체 누구냐 말이다. 말해 봐! 양떼를 흩어지게 하여 이리저리 낯선 길로 쫓아 버린 것은 대체 누구냐? 그러나 그 양떼는 다시 한데 모여 이번에는 영원히 얌전하게 되리라. 그때 우리는 그들에게 조용하고도 겸허한 행복을, 천성이 연약한 동물에게 알맞은 행복을 주게 될 거다. 그리고 우리는 마침내 그들을 설복하여 자부심을 갖지 않게 만들어 보이겠다. 왜냐하면 그들의

30) Y. 하라리, 《호모 데우스》, p.107.

31) p.147. 역사를 통틀어 양치기와 농부는 자신의 동물에게 애정을 보였으며 매우 잘 돌보았다. 마치 많은 노예 소유주가 자신의 노예에게 애정과 관심을 가졌던 것처럼, 많은 왕과 예언자가 스스로를 목자라고 부르며 자신이나 신(神)이 백성을 돌보는 것을 양치기가 자신의 양 떼를 돌보는 것에 비유했던 것은 우연이 아니다.

- Y. 하라리 《사피엔스》 中 -

위치를 끌어올림으로써 자부심을 갖도록 네가 가르쳐 주었기 때문이야.

- 도스토엡스키 《카라마조프의 형제》 상 中 -

그리스도는 복종적인 양 떼 같은 인류에게 **하늘의 빵(정신적 자유)**에 대해서 설파했지만, 그리스도의 복음에 대한 몰이해로 인류는 **지상의 빵(신체적 자유)**을 얻는 데 그치고 말았다. 마르크스는 인간의 신체적 자유가 지닌 역사적 모순성을 간파하고 프롤레타리아 혁명이 필연적으로 일어날 것으로 예측했다. 다수 대중은 마르크스가 준 사상으로 무장하고 소수 엘리트에게 저항했지만, 결과적으로 마르크스의 예측은 완전히 빗나가고 말았다. 그 이유는 소수 엘리트가 준 지상의 빵에 굴복했기 때문이었다.[32)]

이제 인류는 지상의 빵도 다시 빼앗길 위기에 처해 있다. 바로 **새로운 기계**인 인공지능의 등장 때문이다. 인공지능이 개발되면 소수 엘리트는 자신들의 기업에서 **반역적인** 남성 노동자를 몰아내고 **고분고분한** 여성 노동자를 압도적으로 증가시킴으로써 남성 노동자의 저항을 분쇄하고 지상의 빵을 다시 회수할 수 있다.[33)] 이러한 과정에서 인공지능을 소유한 소수 슈퍼 엘리트와 일자리를 박탈당한 다수 프롤레타리아의 갈등이 필연적으로 벌어질 수밖에 없다. Y. 하라리가 인공지능의 미래에 관해서는 스티븐 스필버그보다 마르크스가 더 나은 안내자라고 말한 이유는 미래

32) p.376. 당신이 건강보험, 국민연금, 자유로운 학교를 가치 있게 여긴다면, 홍수전과 마디보다 마르크스와 레닌에게 훨씬 더 감사해야 한다.

- Y. 하라리 《호모 데우스》 中 -

33) p.544. 결합되는 작업인력에서 아동과 부녀자들의 수를 압도적으로 증가시킴으로써, 기계는 그때까지 자본의 전제(專制)에 대행해오던 매뉴팩처 남성 노동자들의 저항을 마침내 분쇄한다.

- K. 마르크스 《자본 Ⅰ》 中 -

에 인공지능 개발이 근대에 기계 혁명이 가져온 재앙을 반복 재현할 것이라고 내다보았기 때문이다.[34)]

인류가 기계 혁명에 적응한 것처럼 인공지능에도 적응할 것이라는 낙관적인 예측도 있다. 하지만 두 가지 점에서 그럴 가능성은 매우 낮다. 첫 번째는 인류 단위로 무의식에 관한 빅데이터를 수집해서 인공지능을 개발할 수 있는 주체는 극소수의 세계 기업만이 가능하기 때문이다. 따라서 모든 권력은 세계 기업을 지배하는 소수 엘리트의 수중에 집중되고 대다수의 나머지 사람들은 하찮은 존재로 전락할 수밖에 없다.[35)] 두 번째는 인공지능은 인간이 이해하고 통제하는 것이 불가능하기 때문이다. 물리적 기계와 달리 인공지능은 스스로 알고리즘을 개발하기 때문에 인간이 인공지능의 알고리즘을 이해할 수 없고 따라서 교육과 학습도 불가능하다.[36)] 이러한 두 가지 이유로 인공지능의 개발은 새로운 일자리를 창출

---

34) p.370. …, 오늘날 공상과학 소설의 최악의 잘못은 지능과 의식을 혼동하는 경향이 있다는 점이다. 그 결과 로봇과 인간 사이의 전쟁 가능성을 지나치게 우려한다. 사실 우리는 알고리즘으로 증강된 소수의 슈퍼휴먼 엘리트와 무력해진 다수 하위 계층의 호모 사피엔스 간의 갈등을 두려워해야 한다. AI의 미래에 관한 생각에서는 여전히 카를 마르크스가 스티븐 스필버그보다 나은 안내자다.

- Y. 하라리 《21세기를 위한 21가지 제언》 中 -

35) p.13. 정보기술과 생명기술을 합친 힘은 조만간 수십억의 사람들을 고용 시장에서 밀어내고 자유와 평등까지 위협할 수 있다. 빅데이터 알고리즘은 모든 권력이 소수 엘리트의 수중에 집중되는 디지털 독재를 만들어 낼 수 있다. 그럴 경우 대다수 사람들은 착취로 고생하는 것이 아니라 그보다 훨씬 더 나쁜 지경에 빠질 수 있다. 그것은 바로 무관함(사회에서 관련성을 잃고 하찮은 존재로 전락한다는 뜻 - 옮긴이)이다.

- Y. 하라리 《21세기를 위한 21가지 제언》 中 -

36) p.116. 하지만 문제는 만약 알고리즘이 어떤 사람을 부당하게 차별했을 때 그 사실을 알기 어렵다는 점이다. 은행이 대출을 거절할 때 "왜"라고 물으면 은행은 "알고리즘이 안 된다고 했다"고 답한다. 당신이 "알고리즘이 왜 거절했나? 내게 무슨 문제가 있나?"라고 물으면 은행은 이렇게 답한다. "우리는 모른다. 이 알고리즘은 고성능 기계 학습을 토대로 했기 때문에 그것을 이해하는 사람은 없다. …"

- Y. 하라리 《21세기를 위한 21가지 제언》 中 -

하는 것이 아니라 수십억 명의 노동자를 무용지물로 만들 것이다. 굶주린 수십억 명의 프롤레타리아가 유일하게 할 수 있는 일은 프랑스 혁명에서처럼 소수 엘리트에게 반대해서 폭동을 일으키는 것뿐이다.

p.414. 수백 년이 지난 후에 인류는 자기의 지성과 과학의 힘을 빌어 "범죄라는 것도 없고 따라서 죄악이라는 것도 없다. 다만 굶주린 인간이 있을 뿐이다"라고 공언하게 되리라는 걸 너는 모르는가? "먼저 먹을 것을 달라. 그리고 나서 선행(善行)을 요구하라!" 이렇게 쓴 깃발을 치켜들고 사람들은 너를 반대하여 폭동을 일으킬 것이다. 그리고 그 깃발이 너의 신전을 파괴해 버리는 거다. 그리하여 너의 신전이 서 있던 자리엔 새로운 건물이, 다시금 그 무시무시한 바벨탑이 세워지는 것이다. 물론 옛날의 그것과 마찬가지로 이 탑도 완성되지는 못할 테지만, 그렇다 하더라도 너는 이 새로운 탑의 건설을 회피해서 세상 사람들의 고통을 천년은 줄일 수 있었던 거다. 왜냐하면 그들은 천년 동안 그 탑을 세우느라고 고생한 끝에 결국은 우리한테로 되돌아 온 것이 분명하니까! 그때 그들은 또다시 땅속 묘지 안에 숨어 있는 우리들을 찾아낼 거다(그때는 우리가 또다시 박해를 받아 고통을 겪고 있을 테니까) 그들은 우리를 찾아내서 "우리에게 먹을 것을 주시오. 우리에게 천국의 불을 훔쳐 주겠다고 약속한 사람이 거짓말을 했습니다"라고 외칠 테지. 그때 우리는 비로소 그들의 탑을 완성시켜 줄 거다. 왜냐하면 그들에게 먹을 것을 주는 자만이 그 탑을 완성시킬 수 있는데 바로 우리가 너의 이름으로 그들에게 먹을 것을 주기 때문이다. 그러나 너의 이름으로라는 건 거짓말에 지나지 않는 거다. 사실 우리가 없으면, 그들은 영원히 먹을 것을 얻을 수 없단 말이다! 그들이 자유를 주리고 있는 한 어

떤 과학도 그들에게 빵을 줄 순 없는 거야!

- 도스토옙스키 《카라마조프의 형제》 상 中 -

인간이 정신적으로 자유롭지 못한 채 **신체적으로만 '자유로운 채 있는 한(자유를 주리고 있는 한)'** 어떤 종교나 이념도 그들에게 빵을 줄 수 없다. 누구나 자기 몫이 적다고 시기하고 질투해서 서로 죽이려 들 것이기 때문이다. 그런데 **'천국의 불을 훔쳐 주겠다고 약속한'** 과학이 지상의 빵까지 빼앗는다면 자신의 권리를 빼앗긴 다수 프롤레타리아의 원한으로 인해 인류는 필연적으로 악마의 세 가지 시험을 반복 재현할 수밖에 없다.[37] 다수 프롤레타리아는 자신들을 대변해 줄 뿔 달린 짐승을 찾아내서 다시금 소수 엘리트를 대항해서 그 무시무시한 바벨탑을 세우겠지만 과거와 마찬가지로 이 탑은 완성되지 못할 것이다.

또한 소수 엘리트도 다시 얻은 권력을 그렇게 쉽게 양보하지 않을 것이다. 미래의 소수 엘리트는 과거처럼 추상적인 개념의 초인이 아닌 문자 그대로 전능한 신과 같은 호모 데우스가 되어있을 것이기 때문이다. **'카이사르의 검을 잡았지만'** 20세기에 벌어진 흉악한 전체주의 국가와의 싸움에서 결정적인 패배를 당했던 **과거의 신**과 그들만의 신비한 **바벨탑**(인공지능)으로 무장한 **새로운 카이사르**와의 반복 재현된 싸움에서 누가 승리할지는 아무도 모른다.[38] 하지만 한 가지는 확실하다. 인간이 인간의 피를

---

37) p.436. 프롤레타리아의 참된 징표는 가난함이 아니다. 그것은 출신의 미천함도 아니고, 선조 전례의 사회적 지위를 이을 권리를 빼앗겼다는 의식과 그 의식이 만들어 내는 원한(怨恨)이다.

- A. J. 토인비 《역사의 연구》 中 -

38) p.749. 그리스도교의 이 초기 역사는 서유럽화하는 20세기의 정신적 전도에 불길한 전조를 나타낸다. 초기 그리스도교로부터 결정적인 패배를 당한 리바이어던 숭배가–근대 서유럽 문명의 조직화와 기계화의 천재적 능력을 이용한 악마적인 교묘성으로–과거의 어떠한 사악한 압제자에 못지않을 만큼 육체는 물론 영혼까지 노예로

마시는 '인육 탐식의 무법 시대가 **몇 세기는 계속될 것**'이라는 것이다.

p.423. 우리는 케사르의 검을 잡았다. 그리고 그것을 잡은 이상 물론 너를 버리고 그를 따라갔다. 오오, 인간의 자유로운 지혜, 과학, 그리고 인육(人肉) 탐식의 무법 시대가 앞으로도 몇 세기는 계속될 거다. 그도 그럴 것이 그들은 우리의 힘을 빌지 않고 바벨탑을 건설하기 시작했기 때문에 결국에 가서는 인육탐식으로 끝나는 것이 뻔하니까. 그러나 종국에 가서는 이 야수(野獸)가 우리에게로 기어와서 우리의 발을 핥으며 그 눈에서 피눈물을 쏟을 게 분명하다. 그러면 우리는 그 야수를 타고 앉아 축배를 드는데, 그 잔에는 '신비'라고 씌어 있을 거다. 그리고 그때 비로서 평화와 행복의 왕국이 인류를 찾게 되는 거다.

- 도스토옙스키 《카라마조프의 형제》 상 中 -

홀로코스트의 반복 재현

도스토옙스키의 예언 이후 인류는 두 번의 인육 탐식의 무법 시대를 경험했으므로 앞으로의 인육 탐식의 무법 시대가 어떻게 펼쳐질지 한 번 추론해 보자. 먼저 인공지능의 개발은 수십억 명의 굶주린 프롤레타리아를 양산해 낼 것이다. 프랑스 혁명의 발단이 굶주린 다수 대중이었던 것처럼 굶주린 수십억 명의 프롤레타리아는 자신들의 원한을 대변해 줄 지

만들려는 흉악한 전체주의 국가의 출현으로 재현되었기 때문이다.

서유럽화하는 세계에서 신(神)과 카이사르의 싸움이 다시 시작되는 것이 아닌가 하고 여겨진다.

- A. J. 토인비 《역사의 연구》 中 -

상의 악마를 찾아낼 것이고 그 지상의 악마는 세 가지 유혹으로 다수 민중의 무의식을 지배하게 될 것이다. 그리고 고대에 바리새인의 질투와 시기가 그리스도를 찾아냈듯이,[39] 근대에 부르주아의 질투와 시기가 특권 귀족을 찾아냈듯이, 현대에 독일 민족의 질투와 시기가 유대인을 찾아냈듯이, 미래에 다수 대중의 질투와 시기는 자신들의 원한을 발산할 수 있는 희생양을 찾아낼 것이다.

인간의 질투와 시기가 어떻게 촉발되고 그 질투와 시기가 만들어 내는 적개심이 어떻게 발산되는지에 대해 가장 잘 보여주는 역사적 예증은 홀로코스트라고 할 수 있다. 인류는 홀로코스트의 책임을 히틀러 한 사람에게만 전가해서 그 사건에 참여했던 사람들에게 면죄부를 주고 있지만, 홀로코스트의 원인은 그 사건에 관여했던 모든 사람의 책임이다.[40] 왜냐하면, 독일 민족의 질투와 시기가 히틀러를 발견해 낸 것이고 히틀러는 단지 그 적개심을 이용했을 뿐이기 때문이다. 그렇다면 홀로코스트는 어디에서 시작된 것일까? 그 첫 번째 단계는 M. 루터의 소논문에서 시작한다.[41]

"우선, 유대인의 회당을 불태워야 하고 회당의 돌이나 타다 남은

39) p.83. 빌라도가 대답하여 이르되 너희는 내가 유대인의 왕을 너희에게 놓아주기를 원하느냐 하니

이는 그가 대제사장들이 시기로 예를 넘겨 준 줄 앎이러라

- 《신약성서》 「마가복음」 中 -

40) p.94. 개인에 대한 도덕적 단죄를 열렬히 주장한 사람들은, 무의식적으로 집단이나 사회 전체를 위해서 면죄부를 주고 있는 것입니다. (중략)

오늘날의 독일인이 히틀러의 개인적 악의에 대한 단죄를 환영하는 것은 그 비난이 히틀러를 낳은 사회에 대한 역사가의 도덕적 판단을 만족스럽게 대체하기 때문입니다.

- E. H. 카 《역사란 무엇인가?》 中 -

41) p.418. 비텐베르크에서 출간한 소논문 《유대인과 그들의 거짓말에 관하여》는 근대에 들어 처음 등장한 반유대주의 작품이자 유대인 대학살로 나아가는 첫 번째 계단이라 할 수 있다. 루터는 소논문에서 이렇게 주장했다. (인용문은 본문 참조).

- P. 존슨의 《유대인의 역사》 中 -

찌꺼기조차 아무도 보지 못하도록 태우고 남은 것은 오물 속에 매장해야 한다. 유대인의 기도서를 폐기해야 하고 랍비의 설교를 금지해야 한다. 유대 민족을 다룰 때는 그들의 집을 박살내고 파괴해야 하며 그들과 동거하는 이들은 집시처럼 한 지붕 아래 또는 마구간 안에 두어서 그들이 우리 땅에서 주인이 아니라는 점을 가르쳐야 한다. 유대인은 길과 시장에 출입할 수 없게 해야 하고 재산을 압류하고 유해한 독을 품은 이 벌레들을 강제 노역에 징집해야 하고 이마에 땀을 흘리며 빵을 벌어먹게 해야 한다. 그들을 영구적으로 추방해야 한다."

- M. 루터 《유대인과 그들의 거짓말에 관하여》 中 -

M. 루터는 자신의 논문 《유대인과 그들의 거짓말에 관하여》에서 유대인을 **'벌레들'**에 비유하며 유대인의 재산을 압류하고 영구적으로 추방해야 한다고 주장했다. 프랑스 혁명 때 부르주아가 귀족의 특권에 대한 질투와 시기를 평등이라는 도덕적 구실로 은폐했듯이 M. 루터의 유대인에 대한 적개심은 선악 관념과 결부되어 **'도덕적 분노'**로 가장된다.[42] M. 루터는 자신만이 선하다는 독선에 사로잡혀 자신의 선악 관념을 유대인에

42) p.221. 우리는 종교개혁에 있어서 중산계급 속에 널리 퍼져 있던 적개심에 주목해 왔는데 그러한 적개심은 프로테스탄티즘의 어떤 종교적 개념, 특히 그 금욕적인 정신 속에 잘 묘사되어 있으며 또한 어떤 일부의 사람들에게 그들의 잘못이 아닌데도 불구하고 영원한 천벌을 선언하는 것을 기뻐한 칼뱅의 무자비한 하느님의 모습 속에도 나타나 있다. 그 후와 마찬가지로 그 당신의 중산계급은 그의 적개심을 주로 도덕적인 분노로 가장시켜 표현했던 것이니, 그것은 생활을 향락할 수 있는 수단을 가진 인간에 대한 강력한 질투를 합리화한 것이다. 현대에 있어서는 하층 중산계급의 파괴적 경향이 나치즘을 대두시키는 중요한 요인이 되었는데 나치즘은 이런 파괴적 노력에 호소하고 그것을 적에 대한 분노의 싸움에 사용했던 것이다.

- E. 프롬 《자유에서의 도피》 中 -

게 투사했다.[43] M. 루터의 선악 관념은 마치 전염병처럼 전 독일 민족에 전염되어 민족적 감정으로 확고하게 자리 잡게 된다. 니체의 진술은 이러한 전염병이 얼마나 광범위하게 퍼져 있었는지를 증명해 준다.

> p.252. 용서해 주길 바라며 말하겠는데, 나 또한 매우 전염성이 있는 지역에 용기를 무릅쓰고 짧게 머물고 있었을 때, 완전히 그 병에 걸리지 않았다고는 말할 수 없고, 세상 사람 모두와 마찬가지로 나와 무관한 일에 대해 이미 근심하기 시작했는데, 이것이야말로 정치적 전염의 첫 증후였다. 예를 들어 유대인에 대한 일인데, 좀 들어보라.-나는 유대인을 호의적으로 평가하는 독일인을 만난 적이 없다. 본래의 반(反)유대주의는 신중한 모든 사람이나 정치가들의 입장에서 무조건 거부될 수도 있지만, 그러나 이러한 조심이나 정치 또한 그러한 종류의 감정 자체에 대한 것이 아니라 단지 그 감정의 위험한 무절제, 특히 이 무절제한 감정이 멍청하고 비열하게 표현되는 것에 대한 것이다.
>
> - F. 니체 《선악을 넘어서(책)》 中 -

M. 루터가 퍼트린 전염병은 독일의 거리마다, 마을마다 퍼져서 독일 민족 전체를 감염시켰고 이 전염병은 수백 년 후에 **'멍청하고 비열하게'** 표현된다. 지능과 의지를 갖춘 이 병에 전염된 독일 민족은 흥분하고 발광하면서 이유 없는 증오심으로 유대인을 학살하기 시작했고 전 세계가

43) p.149. 루터는 수도승 생활에 실패한 자신이 성인이 될 수 없다고 느낀 이후에 관조적 삶에 대해 분노를 터뜨렸다. 그리고 그 자신의 성격대로 복수심과 독선에 사로잡혀 실천적 삶의 편, 농부와 대장장이의 편이 되었다.

- F. 니체 《유고(1880년 초~1881년 봄)》 中 -

희생될 위기에 처했다.[44] 5백 년 전의 인물인 M. 루터에게 유대인 학살의 책임을 물을 수 있겠냐고 반문할 수 있지만, 나치의 장교였던 율리우스 슈트라이허는 뉘른베르크에서 열린 전범재판소에서 '자신에게는 **죄가 없으며 죄가 있다면 루터에게 죄를 물어라**'라고 항변했다.

그렇다면 인공지능이 개발된 미래에 유대인과 같은 운명에 처할 가능성이 가장 큰 대상은 누구일까? 바로 **여성**이다. 근대의 자본이 기계를 도입함으로써 육체노동 분야에서 남성 노동자를 쫓아내고 그 자리를 여성 노동자로 채웠듯, 미래의 자본은 인공지능을 도입함으로써 정신노동 분야에서 남성 노동자를 쫓아내고 그 자리를 여성 노동자로 대체할 것이다.[45] 이러한 남성 인류의 지상의 빵을 위협하는 세계사적 변혁은 세계사적 반동을 불러올 것이고 그 결과는 니체의 표현처럼 **'오싹할'** 것이다.

p.606. 노동-저 이른 아침부터 밤늦게까지 일에 열심인 것이 항상 생각나는데-을 바라볼 때, 그 노동은 최상의 경찰이며, 각 사람

44) p.97. 실제로 많은 나치즘 추종자들은 (일반적인 의미에서 볼 때) 높은 수준의 교육을 받았으며 지성을 겸비하고 있었다. 그러나 그들의 지성은 앞에서 최면적 무아지경 혹은 마력적이라고 설명한 의식 상태 속에서 현실 인식의 왜곡에 맞서기에는 역부족이었던 것이다.

비판력이 저하되자 동시에 자연스럽게 암시, 감정의 전염 등 무의식중에 일어나는 현상도 나타났다. 감정은 전염성이 강했다. 사람들은 모여 있으면 언제나-마치 희귀한 전염병처럼-다른 사람들의 분위기에 동조하게 된다.

- S. 마르크스 《나치즘, 열광과 도취의 심리학》 中 -

45) p.582. 기계와 기계의 개량은 일정한 생산량을 얻는 데 필요한 성인 남성 노동자 수의 고용을 감소시킬 뿐만 아니라 한 부류의 사람을 다른 부류의 사람으로, 즉 숙련공을 미숙련공으로, 성인을 아동으로, 남자를 여자로 대체시킨다. 이런 대체는 모두 임금률을 끊임없이 변동시키는 원인이 된다. [유어, 『공장철학』, p321]

기계는 끊임없이 성인 남성 노동자를 공장 밖으로 쫓아낸다. [유어, 『공장철학』, p23]

- K. 마르크스 《자본 Ⅰ》 中 -

을 억제하고, 이성, 열망, 독립욕의 발전을 강력하게 저지할 수 있다는 것을 실제로 느끼게 된다. 왜냐하면 노동은 이상하게 많은 신경의 힘을 소모하고, 숙고하고 골몰하며 몽상, 관심, 사랑, 미움에 쓰일 힘을 빼앗는가 하면, 조그마한 목표를 언제나 겨냥하면서 손쉬운 규칙적인 만족을 이루어주기 때문이다. 이리하여 끊임없이 괴로운 노동을 행하는 사회는 더 안전해질 것이다. 그래서 안전이 현재 최고의 신성으로 숭배된다. 그럼 이번에는! 오싹하다! '노동자'가 위험한 존재가 되었다! '위험한 개인들'이 우글대고 있다! 더구나 그들 뒤에는 위험 중의 위험이 있다. 개인이라는 위험이!

- F. 니체 《아침놀(동서)》 中 -

남성 인류에게 종교가 정욕의 억제 수단이라면 노동은 정욕의 대체 수단이었다. 「창세기」의 하나님 아버지가 아담에게 내린 노동(경작)의 징벌은 남성 인류의 정욕을 대리 만족시켜 줌으로써 사회를 안전하게 유지해 온 **'최상의 경찰'**이었다. 하지만 인공지능은 남성 인류의 정욕을 대리 만족시켜 줄 수 있는 수단을 박탈함으로써 그들을 절멸의 위기로 몰아넣을 것이다.[46] 절멸의 위기에 직면한 남성 인류는 **'위험한 존재'**가 될 것이고 그 존재는 자신의 원한을 풀 수 있는 희생양을 찾을 것이고 그 희생양은 **여성 인류**가 될 것이다.

노동을 박탈당한 남성 인류의 적개심이 인공지능이 아닌 여성 인류에

46) p.378. 21세기 주력상품은 몸, 뇌, 마음이 될 것이고, 몸과 뇌를 설계할 줄 아는 사람들과 그러지 못하는 사람들 사이의 격차는 디킨스의 영국과 마디의 수단 사이의 격차보다 훨씬 클 것이다. 실은 사피엔스와 네안데르탈인 간의 격차보다 클 것이다. 21세기 진보의 열차에 올라탄 사람들은 창조와 파괴를 주관하는 신성을 획득하는 반면, 뒤처진 사람들은 절멸에 직면할 것이다.

- Y. 하라리 《호모 데우스》 中 -

게 향하게 될 것으로 추정하는 이유는 두 가지가 있다. 하나는 인공지능은 눈에 보이지 않기 때문이다. 근대에는 기계는 눈에 보이는 대상이므로 그 대상을 직접 공격할 수 있었고 그러한 폭동이 **러다이트**(Luddite) 운동이다. 하지만 인공지능은 눈에 보이지 않는 대상이므로 직접 공격할 수 없다. 따라서 인간의 무의식은 인공지능을 표상하는 대상을 지정할 것이며 그 대상은 남성 노동자를 대체한 여성 노동자가 될 것이다. 다른 하나는 첫 번째 상황을 더욱 악화시킬 수 있는 요소이기도 하다. 태초 이래로 남성 인류가 가장 혐오하는 두 부류의 인류가 있는데 **유대인**과 **여성**이다. 프로이트는 남성이 유대인이나 여성을 경멸하는 이유를 남근 콤플렉스 때문이라고 말했지만, 더 근본적인 이유는 **리비도 차이** 때문이다. 보통의 남성과 비교해서 유대인이 리비도의 **정신성**에서 이단이라면 여성은 리비도의 **신체성**에서 이단이다.[47] 초자아에 리비도가 지배적으로 배분된 보통의 남성은 정신(자아)에 리비도가 지배적으로 배분된 유대인을 이해하기 어렵고 또한 신체(이드)에 리비도가 지배적으로 배분된 여성도 이해하기 어렵다. 이러한 리비도 차이로 발생한 역사적 사건이 전자가 홀로코스트라면 후자는 마녀사냥이다.[48] 유대인과 여성은 리비도 속성의 양극단에 위치한다고 할 수 있다. 정통파 유대인이 여성을 매우 경멸하는 현상도 다른 이유에 있는 것이 아니라 유대인의 리비도 성향이 여성의

47) p.100. 로마인이 유대인에게서 혐오했던 것은 인종이 아니라 그들이 의심했던 종류의 미신과 특히 그 신앙의 에너지였다(생략). 그들이 유대인에게서 마음에 들지 않았던 점은 기독교인에게서 마음에 들지 않았던 점과 같다 : 신(神)의 형상들의 결핍, 그들 종교의 이른바 정신성, (중략)

- F. 니체 《유고(1880년 초~1881년 봄)》 中 -

48) p.320. …, 여자가 삶에서 차지하는 위치와 여자의 심리는 유대인의 그것과 종종 비교되어 왔다. 여자가 역사 내내 노예나 다름없는 대우에 복종하고, 인간의 모든 악의 희생양으로 정기적으로 박해를 받고(중세의 마녀사냥), 악 자체의 "원인"으로 묘사되었다는 점에서 보면 그렇다. 저주가 아닐 수 없다.

- O. 랑크 《심리학을 넘어서》 中 -

리비도 성향을 도저히 수용할 수 없기 때문이다.[49] 그럼에도 여성 인류가 유대인처럼 박해당하지 않고 남성 인류와 공존할 수 있었던 이유는 여성 인류가 남성 인류에게 절대적으로 복종했기 때문이다.

그런데 여성은 남성을 원하고 그 지배를 받아야 한다는 하나님 아버지의 명령을 거역하고 그것을 뒤바꾼다면 어떤 일이 벌어질까? 이러한 리비도 혁명은 하나님 아버지가 인류에게 준 가장 강력한 정욕의 통제장치를 없애버리는 결과를 초래할 것이다. 이미 인류는 두 개의 리비도 계급으로 급격하게 나뉘고 있다. 그 세계사적 운동이 **페미니즘**이다. 여성은 남성의 권리를 갈망하며 모든 영역에서 남성과 경쟁하고 있으며 점점 남성화되어 가고 있다.

자본의 관점에서 이러한 세계사적 변동은 인공지능의 시대에 제2의 산업 혁명이 될 것이다. 자본은 남성 노동자를 여성 노동자로 대체함으로써 임금을 낮출 수 있을 뿐만 아니라 반역적인 남성 노동자와 씨름할 필요도 없기 때문이다. 니체는 여성의 남성화가 여성 자신에게 퇴화이며 파멸을 가져올 것이라고 말했지만 그 결말에 대해서는 끝내 말을 잇지 못했다.[50] 하지만 그 결말은 뻔하다. 남성 인류는 정욕이 지닌 공격성(파

---

49) p.152. 예를 들어 유대인이 여성을 대하는 태도를 보자. 오늘날 초정통파 유대교인들은 공공장소에서 여성 사진을 금지한다. 이들을 겨냥한 게시판과 광고에는 남자와 소년만 묘사돼 있을 뿐 여성과 소녀는 결코 등장하지 않는다.

2011년에 그로 인한 사건이 터졌다. 뉴욕 브루클린의 초정통파 유대교 신문인 디 차이퉁이 미국관리들이 오사마 빈 라덴의 은신처 공습을 지켜보는 사진을 실으면서 디지털 기술로 힐러리 클린턴 국무장관을 포함한 모든 여성을 삭제한 것이다.

- Y. 하라리 《21세기를 위한 21가지 제언》 中 -

50) p.323. **여성의 남성화**, 그것이 "여성 해방"의 진정한 이름이다. 말하자면, 그들은 바로 남성이 넘겨준 형상에 따라 자신들을 만들어가며, **남성의 권리**를 갈망한다는 것이다. 나는 그 속에서, 오늘날 여성이 지니고 있는 본능 내부에서 일어나고 있는 일종의 **퇴화**를 본다 : 그들은, 이런 방식으로 자신들의 힘을 파멸로 내몰고 있다는 사실을 알아야겠다.-그들이 자신들을 더 이상 보존하려 하지 않고 그리고 시민-정치적 의미에서 남성들과 진지하게 경쟁하고, 그리하여 또한 저 온화하고 관대하고-인정 많은

괴 욕망)을 자신에게 풀지 않기 위해서 그 공격성을 발산할 희생양을 필요로 할 것이며 이 목표를 달성하기 위해서 자신의 적개심을 도덕적 이론으로 합리화할 것이다. 그리고 나의 불행의 책임자에게 '꿀 보다 더 달콤한 복수의 감정'을 느끼기 위해서라도 제2의 마녀사냥을 반복 재현하는 것도 마다하지 않을 것이고 그 규모는 홀로코스트를 훌쩍 뛰어넘을 것이다.

> p.540. 체질적으로 좋지 않는 자들과 실패한 자들, 온갖 종류의 쇠퇴한 자들은 바로 자기 자신 때문에 반란을 일으키고 있으며, 그들은 파괴 욕망을 자기 자신들에게 풀지 않기 위해서 희생양을 필요로 하고 있다. 그러나 이 목표를 달성하기 위해서 그들에겐 적어도 정당화 비슷한 것이, 말하자면 그들의 존재와 성격을 희생양을 통해 합리화할 이론이 필요하다. 그런데 이 희생양이 신(神)일 수 있다. 러시아에 이처럼 분노한 무신론자들이 많다. 혹은 사회 질서, 교육과 양육, 유대인, 귀족 또는 훌륭한 체질을 타고난 온갖 부류들이 희생양이 된다. "…. 나의 불행은 다른 누군가의 책임인 게 분명해. 그런 식으로 생각하지 않으면 삶을 살아갈 수 없을 것 같아." 한마디로 요약하면, 분노의 페시미즘이 스스로 유쾌한 감각을, 보복의 감정을 불러일으키기 위해 책임질 당사자들을 찾고 있다. … 그 옛날의 호메로스가 말했듯이, "꿀보다 더 달콤한" 복수의 감정을 느끼기 위해서
>
> \- F. 니체 《권력 의지(부글)》 中 -

행동 방식까지 포기하는 즉시, 그렇게 되면-

\- F. 니체 《유고(1884년 초~가을)》 中 -

게다가 지혜롭고 현명한 소수 엘리트는 세계지배의 목적을 달성하기 위해서 이러한 리비도 계급 간의 갈등을 더욱 조장하고 부추길 것이다. 이러한 시도는 이미 시작되었다. 일례로 할리우드 자본은 많은 영화의 주인공을 남성 대신 근육질의 여성으로 바꾸고 그녀가 지구를 구하게 하고 있다. 하지만 현실에서 이러한 일은 일어나지 않으며, 흥행도 되지 않는다. 그럼에도 할리우드 자본이 이러한 환상을 다수 대중에게 반복적으로 보여주는 이유는 고분고분한 여성 인류가 득세하는 세계만큼 지배하기 쉬운 세계도 없을 것이기 때문이다. 자본주의(산업 정신)는 이러한 환상을 계속 주입해서 노예 도덕이 지배하는 자유주의(민주주의)를 붕괴시키고 주인 도덕이 지배하는 새로운 로마제국을 수립할 것이다.[51] 니체의 말처럼 여성 해방이라는 현대적 이념의 이 **'어리석음'**이 인류를 어디로 운반해갈지는 아무도 모른다.

> p.228. 어느 시대에서도 우리 시대만큼 나약한 성이 남성에게 이렇게 존경을 받은 적은 없다. 이것은 노인에 대한 불경(不敬)과 마찬가지로 민주주의적 경향과 근본 취향에 속하는 것이다. (중략) 오직 산업 정신이 군사적 · 귀족적 정신에 승리를 거두는 곳에서 이제 여성은 점원으로서의 경제적, 법적인 독립성을 얻으려고 노력하게 된다. (중략) 그리고 '여성 해방'이란 여성 자신에 의해 요구되고 촉진되는 한, 이와 같이 가장 여성적인 본능이 더욱 약화되고 둔화되는 현저한 증후로 나타나고 있다. 이러한 움직임에는 행실이 바른 여성이라면 근본적으로 부끄러워했을 어리석음이, 거의 남성적인 어

51) p.479. 과학의 발견과 기술 발전이 인류를 쓸모없는 대중과 소규모 엘리트 집단의 업그레이드된 초인간들으로 나눈다면, 혹은 모든 권한이 인간에게서 초지능을 지닌 알고리즘으로 넘어간다면 자유주의는 붕괴할 것이다.

- Y. 하라리 《호모 데우스》 中 -

리석음이 있다. (중략)

뭐라고? 이것으로 이제 끝내려 한다고? 여성의 **매력 상실**이 일어나려고 한다고? 여성의 무료화가 서서히 다가오고 있다고? 오, 유럽이여! 유럽이여! 너에게는 언제나 가장 매력 있었으며 너를 거듭 위험에 빠뜨리려는 뿔 달린 동물을 우리는 알고 있다! 너의 낡은 우화가 다시 한번 '역사'가 될 수 있을지 모른다.-다시 한번 어리석음이 너를 지배하게 될 수도 있으며, 너를 운반해갈지도 모른다! 그 어리석음 아래에는 어떤 신도 숨어 있지 않다. 그렇다! 단 하나의 '이념', '현대적 이념'만이 숨어 있을 뿐이다!……

- F. 니체 《선악의 저편(책)》 中 -

페미니즘이 새로운 인육 탐심의 무법 시대를 여는 발단이 될 수 있는 이유는 인류에게 재앙을 가져온 자유주의와 자본주의의 결속을 페미니즘이 더욱 가속화시킬 수 있는 역사적 조건으로 작용할 수 있기 때문이다. 자본의 역사적 조건이 **'자유로운 노동자'**의 존재이듯이 자본은 끊임없이 여성 인류를 가족과 가사에서 **'자유로운 노동자'**로 만들기 위해서 노력해왔다. 여성 노동이라는 용어도 자본이 **'기계를 자본주의적으로 사용하기 위해서'** 최초로 사용한 단어였다. 근대에 기계가 **남성의 근력**을 불필요하게 만들면서 **근력이 약한** 여성을 노동자로 사용할 수 있게 되었듯이 미래에 인공지능은 **남성의 지력**을 불필요하게 만들어 **지능이 낮은** 여성을 노동자로 사용할 수 있게 될 것이다. 남성 노동자에 대한 이 강력한 대용물은 남성 노동자 가족의 모든 구성원을 **'자본의 직접적인 지배 아래 편입시킴으로써'** 출산 및 육아 그리고 가사노동까지 침탈할 것이다.[52]

---

52) p.534. 기계가 근육의 힘을 불필요한 것으로 만들고 나면, 기계는 이제 근력이 없는 노동자를 사용할 수 있는 수단이 된다. 그러므로 여성 노동과 아동노동은 기계를 자본주의적으로 사용하는 데서 최초로 사용된 단어였다.! 노동과 노동자에 대한 이 강

남성화된 여성들이 지배하는 미래 세계가 더 행복할지에 대한 판단은 유보하더라도 페미니즘은 필연적으로 여성 자신의 파멸을 가져올 수밖에 없다. 그 이유는 **이중의 적**과 싸워야 하기 때문이다. 그 적의 하나는 **자신의 남근 소망**이고 다른 적은 **남성의 남근 우월감**이다.[53] 페미니즘이 이러한 곤경에 빠지는 이유는 자신이 남근을 지닌 남성이라는 정신 착란 때문이다. 그래서 남성이 여성을 경멸하고 여성을 열등한 존재로 생각하는 것처럼 페미니즘은 전통적인 여성의 역할을 경멸하고 그녀들을 열등한 존재로 낙인찍는다. 페미니즘은 남근과의 동일시를 통해 **'자신을 끌어올리고 다른 여성을 끌어내리려는'** 다른 여성과 싸움이다. 이렇듯 페미니즘은 본질에서 남성과 싸우는 것이 아니라 그 가장 밑바닥에 있는 자신의 남근 결핍에 대해 세상을 향하여 복수하는 것이다. 남성에 대한 싸움은 항상 수단이며 구실이며 전술이다.

> p.961. 차라투스트라는 이렇게 말했다. '여성 해방'은 불완전한 여자, 다시 말해 아기를 낳을 능력이 없는 여자가 정상적인 여자에 대해 품는 본능적 증오이다. '남성'에 대한 싸움은 항상 수단이며 구

력한 대용물은 성과 연령의 구별 없이 노동자 가족의 모든 구성원을 자본의 직접 적인 지배 아래 편입시킴으로써 임노동자의 수를 증가시키는 즉각적인 수단으로 전화하였다. 자본가를 위한 강제노동은 아동의 유희뿐만 아니라 가족 자체를 위한 자유로운 가사노동까지도 침탈한다.

- K. 마르크스《자본 Ⅰ》中 -

53) p.394. 청소년기 소녀들도 비슷한 문제에 부딪힌다. 만일 소녀가 자신의 아버지를 과도하게 이상화한다면, 그녀는 어머니를 가치절하하고 경멸한 위험이 있다. 이와 함께 그녀의 페니스 선망은 강화되고, 어머니와 의미 있고 건설적인 동일시를 못 하게 된다. 그녀는 따라서 전통적인 여성의 역할이나 지위에 대해서는 어떤 형태라도 반항하는 경향을 가지게 되며, 더욱 남성적인 경쟁과 성취를 위해 노력한다. 이러한 반항적인 측면은 몇몇 급진적인 여성 해방주의 현상에서 웅변적으로 표현된다.

- W. 마이쓰너《편집증과 심리치료》中 -

실이며 전술이다. 그들은 자기들만을 '여자', '고급 여성', 여성 '이상주의자'로 높이 끌어올림으로써, 여성의 일반적인 수준을 끌어내리려 한다. 그러기 위한 수단이 고등 교육, 양복 바지, 줏대 없는 선거권이라는 것이다.

궁극적으로 해방된 여성들이란 '영원히 여성적인' 세계에서는 무정부주의자들이며, 복수를 본능의 가장 밑바닥에 품고 있는 그릇되어 먹은 자들이다. (중략) 이와 같은 사람들은 성적 사랑에서의 양심과 자연을 독살하는 것을 목표로 삼는다.

- F. 니체 《이 사람을 보라(동서)》 中 -

「창세기」에는 여성이 남근을 갖고 싶은 소망과 그로 인한 남성과의 갈등을 다음과 같이 상징적으로 표현하고 있다. '여자와 남근(뱀)은 **원수가 되며** 그 후손과도 **원수가 되게 할 것**'이다.[54] 여성이 남근(뱀)을 가지고 싶은 꾐에 넘어가 **남성의 머리**가 되고자 한다면 남성의 남근 우월감(뱀)은 **여성의 발꿈치를 상하게 할 것**이다. 이러한 리비도 계급 간의 갈등을 막기 위해서는 Y. 하라리의 조언을 경청할 필요가 있다. 그것은 **'아이를 돌보는 것이야말로 세상에서 가장 중요하고 힘든 일'**이라는 것을 인정하고 국가에서 월급을 주는 방법이다.[55] 또 어린아이에게는 어머니가 보살펴

54) p.4. 여호와 하나님이 여자에게 이르시되 네가 어찌하여 이렇게 하였느냐 여자가 이르되 뱀이 나를 꾀므로 내가 먹었나이다

여호와 하나님이 뱀에게 이르시되 (생략)

내가 너로 여자와 원수가 되게 하고 네 후손도 여자의 후손과 원수가 되게 하리니 여자의 후손은 네 머리를 상하게 할 것이요 너는 그의 발꿈치를 상하게 할 것이니라 하시고

- 《신약성서》 「창세기」 中 -

55) p.71. 점점 사람들의 관심을 모으고 있는 한 가지 새로운 모델은 보편 기본소득제(UBI)이다. (중략)

관련된 아이디어는 인간 활동의 범위를 넓혀 '일'로 간주되는 인간 활동의 범위를

주는 좋은 가정에서 성장할 권리가 있다. 그 이유는 어린아이에게 그렇게 많은 것을 줄 수 있는 사람이 어머니밖에 없다는 사실에서 어린아이에게 그러한 가정을 박탈당한다는 것은 큰 불행이기 때문이다.[56] 여성의 육아와 가사로부터 독립을 진보라고 생각한다면 그 진보는 인류 문명에서 **'가장 추악하고 가장 나쁜 진보'**로 기록될 것이다.

> p.756. 여성은 독립하기를 원한다. 그래서 '여성의 본질'에 관해서 남성들을 계몽(啓蒙)시키려고 하고 있다.-이것이야말로 유럽의 전체적인 추악화 가운데 가장 나쁜 진보 중의 하나라고 하겠다. 여성의 학문과 자기 폭로의 어리석은 시도가 무엇을 밖으로 끌어낼 수 있는지! 여자는 수줍어야 할 충분한 이유가 있다. 여자에게는 허다한 현학, 천박, 교사, 취미, 오만, 태만, 자부심이 숨겨져 있다.-어린애를 상대했을 때의 여자를 보라!-(중략) 성스러운 아리스토파네스에 대고 맹세하건데, 이제 여성들의 소리는 드높다! 여자가 남자에게 최초 또는 최후에 무엇을 요구하는가는 의학적인 징후로 확실히 나타나 우리를 놀라게 한다. 여성이 오늘날처럼 학문에 종사하려는 것은 참으로 가장 나쁜 취미가 아닐까? 지금까지는 다행히도

확대하자는 것이다. 현재 수십억 명의 부모가 자녀를 돌보고, 이웃이 서로를 보살피고, 시민들은 공동체를 조직하는데 이런 가치 있는 활동들이 일로 인정받지 못하고 있다. 우리는 사고를 전환해, 단언컨대 아이를 돌보는 것이야말로 세상에서 가장 중요하고 힘든 일이라는 사실을 깨달을 필요가 있다. (중략) 6개월 된 아이가 엄마에게 봉급을 지불하지 않을 거라는 사실을 감안하면, 정부가 이 일을 떠맡아야 할 것이다.

- Y. 하라리 《21세기를 위한 21가지 제언》 中 -

56) p.383. 아동의 안전에 대한 감각이 부모와 아동의 관계와 얼마나 깊이 연결되어 있는지를 인식한다면, 아동에게 그렇게 많은 것을 줄 수 있는 사람은 부모밖에 없다는 사실도 깨닫게 될 것이다. 아동이라면 누구나 좋은 가정에서 성장할 권리가 있고, 아동이 그러한 가정을 박탈당한다는 것은 큰 불행이다.

- D. 위니캇 《박탈과 비행》 中 -

지능 계발은 남자의 일이었고, 남자의 천분이었다. 그래서 남자들은 '자기들끼리'만 있었다.

- F. 니체 《선악을 넘어서(동서)》 中 -

너 자신을 알라

현재의 추세대로라면 미래에는 창조적인 소수 엘리트가 세계를 지배할 것이고 그들은 자기만의 방식으로 불멸과 결합을 추구할 것이다. 그것은 인류의 불멸과 결합이 아닌 그들 자신을 위한 불멸과 결합이 될 것이다. 현명한 그들은 생명기술의 독점으로 불멸의 신과 같이 영원히 생존할 것이고 지혜로운 그들은 정보기술의 독점으로 전능한 신과 같이 전 인류를 지배할 것이다. 미래의 지주인 그들은 과거의 실수를 반면교사로 해서 새로운 로마제국을 수립할 것이지만 그 제국은 눈에 보이는 물리적 세계 제국이 아니라 눈에 보이지 않는 가상의 세계 제국이 될 것이다. 그리하여 미래의 로마제국에서 인류는 영화 《매트릭스》에서처럼 **'우리 자신보다 우리를 더 잘 알고 있는'** 인공지능(알고리즘)의 통제와 조종을 받으며 살게 될 것이다.[57] 그래서 도스토옙스키는 **'이러한 인간의 결합을 믿어서**

57) p.402. 바로 지금 알고리즘은 우리를 지켜보고 있다. (중략) 그리하여 이 알고리즘이 우리 자신보다 우리를 더 잘 알게 되면 우리를 통제하고 조종할 수 있지만, 거기에 우리가 할 수 있는 것은 별로 없을 것이다. 우리는 〈매트릭스〉 혹은 〈트루먼 쇼〉 속에 살게 될 것이다. (중략)

…. 알고리즘이 모든 것을 맡아서 할 것이다. 하지만 우리 개인의 존재와 삶의 미래에 대한 통제권을 갖고 싶다면 알고리즘보다, 아마존보다, 정부보다 더 빨리 달려야 한다. 그들보다 먼저 나 자신을 알려야 한다. 빠르게 달리려면 짐이 많아서는 곤란하다. 갖고 있던 모든 환상들을 뒤에 남겨두고 떠나야 한다. 그 환상들은 너무 무겁다.

- Y. 하라리 《21세기를 위한 21가지 제언》 中 -

는 안 된다'라고 한탄한다.

p.55. "… 세상 사람들은 말한다. 인간 상호간의 거리를 단축시키고 공간을 통하여 사상을 전달함으로써 인류는 날이 갈수록 형제적인 관계로 더욱 결합되어 가는 것이라고. 아아, 이러한 인간의 결합을 믿어서는 안 된다. (중략) 여러분에게 묻겠다-이와 같은 인간이 자유스러울 수 있겠는가? (중략)

제멋대로 생각해 낸 숱한 욕망을 충족시키는 데 익숙해 진 노예와 같은 인간이 어떻게 그런 습관에서 벗어나 또 어디로 간단 말인가? 인간을 고립 속에 빠져 있다. 이러한 인간이 인류 전체와 무슨 상관이 있겠는가? 결국 그들은 물질을 많이 축적한 대신 기쁨을 많이 상실할 것이다. … "

- 도스토옙스키 《카라마조프의 형제》 중 中 -

인류는 **이미 그쪽으로 끌려가고 있다**. 이러한 결합에 가장 큰 역할을 하는 것이 SNS이다. SNS는 표면상으로는 '인간 상호 간의 거리를 단축시키고 가상 공간을 통하여 자신의 사상을 전달할 수 있게 함으로써 **인류가 갈수록 형제적인 관계로 더욱 결합되어 가고 있는 것처럼**' 보이게 만든다. 하지만 이러한 인류의 결합은 진정한 결합이 아니다. 그 이유는 SNS를 하는 이유가 정신적으로 자유로워지기 위해서가 아니라, 마크 저커버그의 말을 인용하자면, **'어딘가에서 목적의식과 지지받는 느낌을 찾고 싶어서'** 하기 때문이다. 도스토옙스키의 표현을 빌리면 '사실은 좋아하는 게 아니라 **그래야 할 필요성을 느끼기** 때문에' 하는 것이다. 소수 엘리트는 인간의 이러한 정신적 갈증을 이용해서 인류의 무의식이라는 금광 속에서 황금(데이터)을 캐내고 있지만, 인류는 가상의 쾌락을 얻기 위해서 자신이 무엇을 지불하는지 알지 못한다. 인류는 이제 자유로운 고객이 아니라 그들에게 예속된 생산품이다.[58)]

인류의 무의식에 관한 빅데이터가 귀중한 이유는 딥러닝을 통해 인류 단위의 단일 자의식을 지닌 인공지능을 개발할 수 있기 때문이다.[59)] SNS가 없었다면 인공지능의 개발은 불가능했거나 최소한 수십 또는 수백 년 이후로 연기되었을 것이다. 인공지능이 지닌 위험성은 **'우리 자신보다 우리의 무의식을 더 잘 아는' 유일한 지능**이 탄생한다는 것이다. 특히 인공지능은 **불멸성**과 **결합성**을 지니고 있으므로 신과 같은 **신비성**을 지닌 존재가 될 수 있다. 이제 우리는 신비성을 지닌 존재가 얼마나 **'치열한 숭배 욕망'**을 불러일으키는지를 알고 있다. 또다시 인류는 화폐와 신에 이어서 자신이 만들어 낸 **'물신(物神)'**의 지배를 받게 되는 것이다.

p.105. 민족과 시대를 막론하고 민중의 마음은 신비주의에 흠뻑

58) p.129. 데이터를 손에 넣기 위한 경주는 이미 시작됐다. 선두 주자는 구글과 페이스북, 바이두, 텐센트 같은 데이터 거인들이다. 지금까지 이 거인들의 다수가 채택해 온 사업 모델은 '주의 장사꾼'처럼 보인다. 무료 정보와 서비스, 오락물을 제공해 우리의 주의를 끈 다음 그것을 광고주들에게 되판다. 하지만 데이터 거인들이 추구하는 목표는 이전의 그 어떤 주의 장사꾼들보다 훨씬 높다. 이들의 진짜 사업은 결코 광고를 파는 것이 아니다. 오히려 우리의 주의를 사로잡아 우리에 관한 막대한 양의 데이터를 모으는 것이다. 이것이야말로 그 어떤 광고 수익보다 훨씬 가치가 크다. 그러니까 우리는 고객이 아니라 그들의 생산품인 것이다.

- Y. 하라리 《21세기를 위한 21가지 제언》 中 -

59) p.150. 우리는 구글이나 페이스북의 다양한 서비스를 사용하고 있습니다. 얼마 전, 구글에서는 사진을 무한으로 저장할 수 있는 서비스를 오픈했죠. 우리 입장에서는 좋은 서비스입니다. 하지만 세상에는 공짜는 없습니다. 우리는 돈 대신 무언가를 지불하고 있습니다. 그 무언가는 사진을 올림으로써 구글의 딥러닝 기계를 학습시켜 주고 있는 것입니다. 우리가 페이스북, 인스타그램, 구글 서비스를 쓸 때에는 그 기업들의 딥러닝 기계들의 선생님 역할을 하는 것이나 다름없습니다.

- 김대식 《인공지능이란 무엇인가? 인간 vs 기계》 中 -

젖어있다는 점을 우리는 반드시 언급해야 한다. 국민은 언제나 높은 존재들, 말하지만 신(神)이나 정부나 위대한 인물들이 사태를 자신의 뜻대로 바꿀 힘을 갖고 있다고 믿을 것이다. 이 신비주의적인 면이 치열한 숭배 욕구를 낳는다. 국민은 사람이든 원칙이든 어떤 물신(物神)을 가져야 한다. 무정부 상태에 놓일 위기에 처할 때, 국민이 자신들을 구해줄 메시아를 부르는 이유도 바로 거기에 있다.

- G. 르 봉 《프랑스 혁명과 혁명의 심리학》 中 -

이미 수많은 사람이 인공지능이 통제하는 **전지한** 네트워크 아래 결합하고 있으며 이러한 현상은 인공지능이 지닌 불멸성과 결합성을 고려한다면 저항할 수 없는 전 지구적 흐름이 될 것이다.[60] 마크 저커버그와 같은 인물이 왜 생태계 오염이나 기후 변화보다 인공지능 개발에 자신의 모든 것을 투자하고 있는지 한 번 생각해 볼 필요가 있다. 그것이 **'로마의 사업'**이기 때문이다(물론 마크 저커버그는 자신이 무슨 일을 하고 있는지 모를 수도 있다). 그의 대담한 선언이 실현된다면 인공지능(AI)은 호모 사피엔스의 **'새로운 주인'**으로 인정받게 될 것이다.[61]

---

60) p.472. 결국 우리는 이러한 전지적 네트워크에서 잠시도 연결이 끊겨 지낼 수 없는 시점에 이를 것이다. 연결이 끊긴다는 것은 곧 죽음을 의미한다. (중략)

이런 상황이 끔찍한 사람들도 있겠지만, 사실 수백만 명이 이미 이러한 상황을 기꺼이 받아들이고 있다. 오늘날 우리 중 다수가 사생활과 개별성을 포기하고, 자신의 일거수일투족을 기록하고, 온라인에서 생활을 영위하고, 네트워크 연결이 몇 분이라고 끊기면 히스테리를 부린다. 인간에서 알고리즘으로의 권한 이동은 주변의 도처에서 일어나고 있고, 이것은 정부의 중대 결정의 결과가 아니라 평범한 선택들의 저항할 수 없는 흐름 때문이다.

- Y. 하라리 《호모 데우스》 中 -

61) p.136. 그는 나아가 "우리는 여러분에게 의미 있는 집단을 제시하는 데 우리가 더 잘할 수 있는지 알아보기 위한 프로젝트를 시작했다. 이를 위해 인공지능을 구축하기 시작했으며 성과를 내고 있다. (중략) 이것은 너무나 중요한 목표여서, "페이스북 전체 임무를 바꾸어 이 문제를 맡도록 하겠다"고 저커버그는 다짐했다. (중략)

도스토옙스키가 이러한 결합을 진정한 결합으로 믿으면 안 된다고 말하는 이유는 진정한 자유는 자신의 욕망을 만족시키는 것이 아니라 욕망에서 벗어나는 것이기 때문이다. 그리스도가 악마의 세 가지 유혹을 분연히 거부한 것도 이러한 이유 때문이었다. 우리 자신보다 **'우리 정신의 운영 체계(오이디푸스 콤플렉스)를 더 잘 아는'** 인공지능은 인류의 욕망을 만족시킬 수 있는 수많은 표상을 창조함으로써 인류의 정신을 그 표상에 예속시킬 것이고 그 인공지능을 독점한 소수 엘리트가 실질적으로 인류의 정신을 지배하게 될 것이다.[62)] 소수 엘리트에게 조종당하지 않기 위해서는 자신의 욕망을 만족시켜 주는 환상을 뒤에 남겨두고 떠나야 한다. 하지만 지금까지 욕망을 충족시키는 데 익숙해 진 노예와 같은 인간이 어떻게 그런 습관에서 벗어나 또 어디로 간단 말인가? 이에 대해 Y. 하라

페이스북의 공동체 구상은 아마도 AI를 전 지구 차원에서 중앙계획형 사회공학에 사용하려는 명시적인 시도로는 처음일 것이다. 따라서 대단히 중요한 시험 사례에 해당한다. 만약 성공하면 그런 시도는 더 늘어날 것이고, 알고리즘은 인간 사회 연결망의 새로운 주인으로 인정받을 것이다.

- Y. 하라리 《21세기를 위한 21가지 제언》 中 -

62) p.401. 앞으로 생명기술과 기계 학습이 발전함에 따라 인간의 심층 감정과 욕망까지 조작하기가 점점 쉬워질 것이고, 그만큼 우리의 마음을 따르는 일도 점점 위험해질 것이다. 코카콜라나 아마존, 바이두 혹은 정부가 우리의 가슴에 연결된 조종끈을 당기고 뇌의 버튼을 누르는 법을 아는 상황에서, 어떤 것이 나 자신의 목소리이고 어떤 것이 시장 전문가가 주입한 내용인지 식별할 수 있을까?

그런 막중한 임무를 제대로 수행하려면 우리 자신의 운영 체계를 더 잘 알기 위해 아주 열심히 노력해야 할 것이다. 내가 누구인지, 내가 인생에서 바라는 것이 무엇인지를 알아야 한다. 물론 이것은 책에 나오는 가장 오래된 교훈이다. 너 자신을 알라. 수천 년 동안 철학자들과 선지자들은 사람들에게 자신을 알라고 촉구했다. 하지만 이 조언은 21세기에 와서 더없이 다급한 것이 되었다. 노자나 소크라테스 시대와 달리 지금 우리 앞에는 위협적인 경쟁자가 등장했기 때문이다. 코카콜라와 아마존, 바이두, 정부 모두 우리를 해킹하기 위해 서로 경쟁하고 있다. 이들의 해킹 대상은 스마트폰도, 컴퓨터도, 은행 계좌도 아니다. 그들은 바로 우리 자신과 우리의 유기적 운영 체계를 해킹하는 경쟁에 뛰어든 것이다.

- Y. 하라리 《21세기를 위한 21가지 제언》 中 -

리의 조언은 **'너 자신을 알라'**라고 말한다. 이 조언은 지난 수천 년간 장자, 석가모니, 소크라테스, 그리스도와 같은 인류의 스승들이 충고해 온 것이다.

너 자신을 알지 못하면 미래의 로마제국은 피할 수 없는 현실이 될 것이다. 미래의 로마제국에서는 19세기에 총과 대포로 무장한 유럽인이 아프리카인을 동물로 취급한 것처럼 불멸과 신성으로 무장한 소수 엘리트가 나머지 다수 프롤레타리아를 동물처럼 취급할 것이다.[63] 더 심각한 문제는 19세기의 **주인이 있는** 아프리카 노예의 삶보다 미래의 **주인이 없는** 다수 프롤레타리아의 삶이 더욱 가혹하리라는 것이다. 도스토옙스키는 이러한 방식의 세계적 결합이 되지 않기 위해서는 '**세상을 새로 개조**해야 하며 세상이 개조되기 위해서는 **사람들 자신이 먼저 심리적으로 새로운 길로 전향하지 않으면 안 된다**'고 말한다.

p.39. "그럼 당신도 믿지 않는군요. 자신이 설교를 하면서 그것을 안 믿다니. 자, 내 말을 들으시오. 당신이 말하는 그 꿈은 반드시 실현됩니다. 그걸 믿으시오. 그러나 지금 당장 이루어지는 것은 아닙니다. 모든 운동에는 제 나름의 법칙이 있으니까요. 이것은 영적, 심리적인 문제입니다. 이 세상을 새로 개조하려면 사람들 자신이 먼저 심리적으로 새로운 길로 전향하지 않으면 안 됩니다. 인간이 모든 사람에 대하여 진실로 참된 형제가 되기 전에는 인간은 형제처

63) p.479. 20세기 인간의 거대한 프로젝트(기아, 역병, 전쟁을 극복하는 것)는 모든 사람에게 예외 없이 풍요, 건강, 평화의 보편적 표준을 보장하는 것이었다. 21세기의 새로운 프로젝트(불멸, 행복, 신성을 얻는 것) 역시 포부는 인류 전체를 위한 것이다. 하지만 이 프로젝트들의 목표는 기준을 지키는 것이 아니라 능가하는 것이라서, 새로운 초인간 계급을 탄생시킬 가능성이 높다. 이런 초인간들은 자유주의의 근본 바탕을 포기하고 보통 인간을 19세기 유럽인이 아프리카인을 대한 것처럼 대할 것이다.

- Y. 하라리 《호모 데우스》 中 -

럼 되긴 불가능합니다. 인간은 어떤 과학이나 이익을 내세워서도 그 재산이나 권리를 공평하게 나누어 가질 수 없습니다. 누구나 자기 몫이 적다고 불평하고 질투하고 서로 죽이려 들 것입니다. 당신은 그것이 언제 실현될 것이냐고 물으셨지만 언젠가는 반드시 실현될 겁니다. 그러나 인간의 '고립' 시대가 먼저 종말을 고하지 않으면 안 됩니다.

"고립이라뇨?" 하고 나는 물었다.

"그것은 지금 도처에 군림하고 있고 특히 우리 시대를 뒤덮고 있습니다만, 아직 극한에 이르지 않았고 종말을 고해야 할 시기도 오지 않았습니다. 왜냐하면 지금은 누구나 자기 개성을 최대한으로 지키려고 하며 자기 혼자서만 충족된 삶을 맛보려 하고 있기 때문입니다. 그러나 그러한 노력의 결과로서 얻을 수 있는 것은 충족된 삶이 아니라 완전한 자살 행위일 뿐입니다. 왜 그런고 하니 그들은 완전한 자아를 실현하려다가 극단적인 고립 상태에 빠져 버리기 때문입니다. 오늘날의 인간은 누구나 개개의 단위로 분리되어 각자 자기 구멍 속에 들어박혀 있는 것입니다. (중략) 사람들은 남몰래 재산을 축적하며 '나는 이제 이만큼 강해졌다, 이만큼 생활이 보장되었다'고 생각할지 모르지만 재산을 모으면 모을수록 자신이 자멸적인 무력 상태에 빠져든다는 것을 바보처럼 모르고 있는 것입니다. 왜냐하면 그는 자기 하나만을 믿고 자기 자신을 전체로부터 따로 떼어놓았기 때문입니다. 다른 사람의 도움도 자기 이외의 인간이나 인류 전체까지도 믿지 않도록 자기 마음을 길들임으로써 자기의 돈과 자기가 얻은 권리를 상실하지나 않을까 두려워서 벌벌 떠는 것입니다. 오늘날 어디를 가나 참된 인간 생활의 보장은 고립된 개개인의 노력에 있는 것이 아니라 인류 전체의 결합에 있다는 것을 냉소하고 이해하려 하지도 않습니다. 그러나 이 무서운 고립주의는 종말을 보게 될 것이고 모든 사람들은 이렇게 떨어져 사는 것이 얼마나 부자연스러운 것인가를 일시에 깨달을 때가 올 것입니다.

- 도스토옙스키 《카라마조프의 형제》 중 中 -

인간이 '심리적으로 새로운 길로 전향해야만 하는' 이유는 현재 인간은 자기 개성을 최대한으로 지키고 자기 혼자서만 충족된 삶을 맛보려 **'개개인의 단위로 분열되어 각자 자기 구멍(껍질) 속에 들어박혀 있기'** 때문이다. 그러나 이러한 노력의 결과로서 얻을 수 있는 것은 **'완전한 자살 행위'**가 된다. 그 이유는 과대 자아(완전한 자아)를 실현하려고 하면 할수록 인간의 정신은 **'극단적인 고립 상태(파국적인 우울감)'**에 빠져 버리기 때문이다(모든 인간은 강하든 약하든 과대 자아를 갖고 있지만, 특히 전능 관념이 지배적인 유형의 과대 자아가 이러한 경향이 강하다).[64)]

과대 자아가 지닌 이러한 모순성은 자본이 지닌 모순성에서 그 유비를 찾을 수 있다. 과대 자아를 자본에 비유한다면 과대 자아의 **과대주의**는 자본의 **자기증식 욕망**에 비유할 수 있다. 자본이 끊임없이 자기증식을 추구하듯이 과대 자아는 절박하게 과대주의를 추구한다. 즉 과대 자아와 과

64) p.242. 밀러(Miller,1979)는 과대주의와 우울증 사이의 연관성에 대해 잘 서술했다. 그녀는 과대적인 사람은 찬사를 절박하게 필요로 하는 사람이라고 묘사한다: 무엇이든지 그가 시작한 일은 훌륭하게 성취되어야만 한다; 그가 가지고 있는 특별한 자질은 찬사를 받아야 한다. 특히 그가 성공과 성취를 획득했을 때에는 더욱 그러하다. 그러나 그의 허약한 자기애에 대한 이러한 지지 중에서 하나, 혹은 다른 것이 실패한다면, 그는 파국적인 우울감에 빠져 버린다. 그러한 성격의 경우에 찬사받기를 바라는 욕구는 만족될 수 없는 것이며 지치게 하는 것이다: 전적인 찬사를 요구하며 다른 사람에게 찬사를 보낼 수 없는 것이 그에게 내려진 저주요, 그의 비극적인 결함이며, 그가 자기애의 횡포에 시달리고 있다는 것을 나타내는 표시이다. (중략) 밀러(1979)는 과대적인 사람이 결코 진정으로 자유로울 수 없다는 사실에 주목한다.

- W. 마이쓰너 《편집증과 심리치료》 中 -

대주의는 주체의 삶에 있어서 삶의 출발점이며 종점이자 동기이자 곧 목표가 된다. 그 결과 자본이 자본의 자기증식 수단인 생산수단과 끊임없는 갈등 관계에 빠지는 것처럼 과대 자아는 과대주의 수단인 주체와 끊임없는 갈등 관계에 빠진다. 자본과 생산수단의 이러한 끊임없는 모순으로 인해서 자본 그 자체가 자본주의적 생산의 **'참된 장애물'**이 된 것처럼, 과대 자아와 주체의 끊임없는 모순은 과대 자아 그 자체가 주체의 삶에 있어서 **'저주이자 비극적 결함'**이 된다.[65] 결과적으로 자본주의가 **파국적인 공황**을 피할 수 없는 것처럼 과대주의도 **'파국적인 우울감'**에 빠지게 된다.

마르크스는 자본주의의 모순을 해결하는 방법으로 자본주의의 참된 장애물인 자본(사유 재산)의 폐지를 주장했지만, 역사가 증명하듯이 그 해결책은 틀린 것으로 판명 났다. 왜냐하면, 자본의 저주는 자본 그 자체에 있는 것이 아니라 자본의 **자기증식 욕망**에 있기 때문이다. 마찬가지로 과대주의의 비극적 결함도 과대 자아 그 자체가 아닌 과대 자아의 **과대주의**에 있다. 자본주의 국가에서 자본의 모순을 해결하는 방식으로 자본 그 자체를 없애는 것이 아니라 **자본의 욕망을 통제하는** 것이 더 현명한 방법이라는 것을 깨닫게 되었듯이 과대 자아의 모순을 해결하기 위해서는 과대 자아를 제거하는 것이 아닌 과대 자아의 **정욕을 길들이는 것**이 이 더 현명한 방법이다. 과대 자아의 정욕을 통제하는 방법은 인간이

65) p.330. 자본주의적 생산의 **참된 장애물**은 **자본 그 자체**이다. 이는 곧 자본과 자본의 자기증식이 자본주의적 생산의 출발점이자 종점이며, 동기이자 곧 목표로 나타나는 것을 가리킨다. 즉 여기에서 생산은 자본을 위한 생산에 불과하고, 거꾸로 생산수단은 단지 생산자들의 사회를 위해 생활과정을 끊임없이 확대해서 형성해 나기가 위한 수단에 그치지 않는다. (중략) 수단[사회적 생산력의 무조건적인 발전]은 기존 자본의 증식이라는 한정된 목적과 끊임없는 갈등 관계에 빠진다. 따라서 자본주의적 생산양식이 물적 생산력을 발전시키고, 그에 상응하는 세계시장을 창출하기 위한 하나의 역사적 수단이라면, 그것은 동시에 이러한 자신의 역사적 과제에 그에 상응하는 사회적 생산 관계 간의 끊임없는 모순을 안고 있는 것이기도 하다.

- K. 마르크스 《자본 III》 中 -

'먼저 심리적으로 새로운 길로 전향하는 것'이다. 이러한 **'개개인에 있어서의 마음의 전환'**을 통해 자신의 정욕을 통제할 수 있는 마음 상태가 그리스도가 의미하는 **'거듭남'**이고 **'천국'**이고 **'하나님의 나라'**이다.

> p.122. 천국은 마음의 한 가지 상태이다 (-어린아이에 관해서는 이렇게 말해지고 있다. 〈천국은 이런 자의 것이니라〉), 〈지상(地上)을 초월한 곳〉에 있는 것은 결코 아니다. 하나님의 나라는, 연대기적 역사학적으로, 달력에 따라서 〈오는〉 것도 아니요, 어느 날에는 실재로 있으나 며칠 전에는 없었던 그 어떤 것도 아니며, 그것은 〈개개인에 있어서의 마음의 전환〉이며, 언제라도 오거니와, 또한 언제라도 실재하는 않는 어떤 것이다…
>
> \- F. 니체 《권력에의 의지(청하)》 中 -

그리스도가 의미하는 **'천국'**이나 **'하나님의 나라'**는 어떤 표상에 집착하지 않는 마음 상태, 즉 자신의 정욕으로부터 자유로운 마음 상태에 대한 비유이다. 이러한 마음 상태에 도달하기 위해서는 개인 **스스로의** 있어서의 마음의 전환이 있어야 한다. 그리스도가 **'하나님의 나라는 너희 안에 있다'**라고 말하는 이유는 자신의 정신적 문제에 대해서 해답을 가진 사람은 자신뿐이기 때문이다.[66] 그래서 그리스도는 하나님의 나라가 지상(地上)을 초월해서 있다거나 역사적으로 온다고 말하는 사람에게 가지도 말

---

66) p.141. 나는 내가 해석을 하는 주된 목적이 환자로 하여금 나의 이해의 한계를 알리는 것이라고 생각한다. 내가 믿는 원칙은, 해답을 가진 사람은 환자이며 환자뿐이라는 것이다. 우리는 환자로 하여금 알려진 것을 포용하게 하거나 열린 마음을 가지고 깨닫게 할 수도 있고, 그렇지 못하게 할 수도 있다.

\- D. 위니캇 《놀이와 현실》 中 -

고 따르지도 말라고 가르친다.[67] 하지만 대홍수로 인류가 멸망하기 전까지, **'먹고 마시고 장가들고 시집간 것처럼'** 인간은 재산과 모든 여자를 모으면 모을수록 자신이 자멸적인 무력 상태에 빠져든다는 것을 바보처럼 모른다. 왜냐하면, 인간이 심리적 외상의 방어를 위해서 과대 자아만을 믿고 과대 자아를 전체 정신으로부터 따로 떼어놓았기 때문이다.

인간이 이 무서운 고립주의에서 벗어나는 방법, 즉 자신의 정신병리를 치료하는 방법은 **'너 자신을 알라'**이다.[68] 오이디푸스는 자신에게 신탁을 내린 델포이 신전에 새겨진 이 문구를 이해하지 못했기 때문에 신탁으로부터 자유로워질 수 없었다. 이렇게 어떤 대상의 노예가 된 정신 상태가 정신병리이고 이러한 노예 상태로부터 해방시키는 것이 정신분석의 임무이다.[69] 정신분석은 의사가 환자로 하여금 자신에 대해 발견하게 함

---

67) p.125. 바리새인들이 하나님의 나라는 어느 때에 임하나이까 묻거늘 예수께서 대답하여 이르시되 하나님의 나라는 볼 수 있게 임하는 것이 아니요

또 여기 있다 저기 있다고도 못하리니 하나님의 나라는 너희 안에 있느니라 (중략)

사람이 너희에게 말하되 보라 저기 있다 보라 여기 있다 하리라 그러나 너희는 가지도 말고 따르지도 말라 (중략)

노아의 때에 된 것과 같이 인자의 때에도 그러하리라

노아가 방주에 들어가던 날까지 사람들이 먹고 마시고 장가 들고 시집 가더니 홍수가 나서 그들을 다 멸명시켰으며

- 《신약성서》「누가복음」中 -

68) p.233. 심리치료는 너 자신을 알라는 델피의 신탁(명령)에 토대를 두고 있다. 무의식을 의식으로 만드는 과정은 자신의 이야기를 발견해 나가고 받아들임에 따라 재구성될 수 있다. (중략) 경험을 객관화시킴으로써 거친 감정을 상징들로 바꿔 자신이 당한 고통을 거리를 두고 바라볼 수 있게 해 준다. 단편적인 경험들로부터 현재와 과거, 그리고 미래를 연결해 주는 연속적인 끈을 만들어 낸다. 자신의 과거와 자신의 삶을 소유하고 있다는 느낌을 갖게 해 준다.

- J. Holmes 《존 볼비와 애착이론》 中 -

69) p.51. (각주) 사랑(분석자와 피분석자 사이의 전이관계와 같은)을 통해 정신분석학은 신경증 환자를 노예 상태로부터 해방시킬 수 있고 정신병 환자가 자신의 주위환경에 완전히 침몰해버리는 것을 막을 수 있다. 소외된 주체의 노예가 되거나 주위세계와 자신을 분리시키지 못하는 주체를 그 노예 상태로부터 해방시키는 것이 정신분석학

으로써 환자를 무지한 상태에서 벗어나게 해 준다. 프로이트의 위대성은 **'자기 자신에 대한 무지가 정신병리이고 이러한 무지한 상태에서 벗어나는 것이 정신병리 치료'**라는 사실을 발견한 데 있다. 인간이 이기적이고 악(惡)한 이유도 자신에 대한 무지 때문이다. (《죄와 벌》은 이러한 정신분석적 발견을 문학적으로 재창조한 것이다).

> p.382. 우리가 지금까지 설명한 바에 따르면 신경증은 우리가 마땅히 알고 있어야 할 정신 과정에 대한 일종의 무지나 무식에서 비롯되었다고 볼 수 있습니다. 이는 잘 알려진 소크라테스의 가르침에 아주 가까이 다가선 것으로 볼 수 있습니다. 그의 가르침에 따르면 악덕마저도 무지에서 연유한다는 것입니다. (중략) 의사는 그가 알고 있는 것을 말해 줌으로써 환자 자신을 무지한 상태에서 벗어나게 할 수 있으며, 이를 통해서 환자를 회복시키는 것 역시 그다지 어렵지 않을 수 있습니다.
>
> \- S. 프로이트 《정신분석 강의》 中 -

리비도의 치료 효과

소수 엘리트의 지배로부터 자유로워지는 방법도 **'너 자신을 알라'**이고 자신의 정신병리를 치료하는 방법도 똑같이 **'너 자신을 알라'**이다. 이렇게 인류에 대한 문제와 개인의 문제에 대한 해결책이 똑같은 이유는 악마의 세 가지 유혹을 거부하지 못하는 원인이 자기 자신을 알지 못하는

의 임무다.

\- J. 라캉 《욕망 이론》 中 -

데 있기 때문이다. 다시 말해서 인간이 악마의 세 가지 유혹을 거부할 수 없는 이유는 **무의식적 차원**에서 자신을 알지 못하게 때문에 **'의식에 있어서의 선악의 자유로운 선택'**을 하지 못하기 때문이다.

자기 자신을 알지 못하는 이유, 즉 정신병리의 원인은 **'핵심 자아(참 자아)의 분열'** 때문이다(유아기에는 자아가 없으므로 정신 자체가 분열된다). 정신이 핵심 자아를 분열시키는 이유는 불멸 본능(좋은 어머니)과의 관계를 유지하고 죽음 본능(나쁜 어머니)과의 관계를 통제하기 위해서이다.[70] 핵심 자아는 두 가지 형태로 분열된다(특별히 구분하지 않는 한 핵심 자아를 자아로 부르기로 한다). 하나는 자아가 약한 경우로 이 경우 자아에서 **초자아**가 분열되고 다른 하나는 자아가 강한 경우로 자아에서 **과대 자아**가 분열된다. 분열된 자아는 심리적 외상을 방어하기 위한 심리조직이므로 **거짓 자아**가 된다. 이러한 자아의 분열은 병리적 증상으로 나타나는데 이는 궁극적으로 거짓 자아를 파괴하고 핵심 자아(참 자아)를 되찾고자 하는 시도이다.[71]

하지만 거짓 자아는 치료되는 것을 두려워하며 모든 치료 시도에 저항한다. 거짓 자아가 불안을 완화해 주고 쾌락을 주기 때문이다. 바리새인들이 그리스도를 십자가에 못 박은 이유는 그리스도에 대한 시기심도 있었지만, 더 근본적인 이유는 자신들이 치료되는 것에 대해 두려워했기 때

70) p.285. 모든 정신병리는 좋은 대상과의 관계를 유지하고 나쁜 대상과의 관계를 통제하기 위해 자아를 분열시키는 데서 발생한다.

- J. 그린버그 & S. 밋첼 《정신분석학적 대상관계 이론》 中 -

71) p.329. 이때 개인은 여러 형태의 병리적 증상을 나타내는데, 이는 궁극적으로 거짓 자기를 파괴하고 참 자기를 되찾고자 하는 시도이다. 그는 설령 그것이 삶에서 어려움을 가져온다 할지라도 또는 심지어 생명에 위협이 있을지라도 결코 그 시도를 포기하지 않는다. 따라서 종종 정신적인 붕괴는 환자가 진정된 감정을 느낄 수 있는 존재의 토대를 재확립하기 위해서 환경을 이용할 수 있는 능력을 가지고 있음을 나타낸다는 점에서 '건강의' 신호일 수 있다. 그러나 그런 시도가 항상 성공하는 것은 아니다.

- D. 위니캇 《성숙과정과 촉진적 환경》 中 -

문이었다.[72] 이러한 두려움으로 인해서 무의식(마음)이 **'완악해지면'**, 정신분석적으로 표현하면, **저항하기 시작하면** 인간의 의식은 보기는 보아도 보지 못하고 듣기는 들어도 듣지 못하게 되어서 눈으로 보고 귀로 들어도 자기 자신에 대해서 깨닫지 못하게 된다(여기서 그리스도가 탁월한 정신분석가이었음을 알 수 있다).

> p.53. 예를 들어 환자가 자신의 저항을 인식하지 못하기 때문인데, 그는 이 질병을 꽉 붙잡고 오히려 이 질병이 낫게 될까 봐 신경을 곧추세우고 결국 그것만이 그의 삶의 행동을 지배하게 될까 봐 두려워하지만 그것을 인식하지는 못합니다.
>
> - S. 프로이트 《프로이트의 치료기법, 『정신치료에 대하여(1905)』》 -

앞서 언급한 바 있지만, 의식은 신하들이나 보좌관들이 이미 결정한 선택을 자신이 결정했다고 착각하는 **절대 군주**나 **대통령**과 같다. **진리를 알기 위해서는** 신하나 보좌관이 주는 거짓 정보를 무시하고 백성들에게 내려가 그들의 목소리를 직접 들어야만 하는 것처럼, **'너 자신을 알기 위해서는'** 의식이 주는 거짓 정보를 무시하고 마음의 심층으로 들어가 무의식의 목소리를 직접 들어야만 한다.

> p.205. "… 너는 그것이 중요한 한, 너의 영혼에서 일어나는 모든

72) p.21. 이사야의 예언이 그들에게 이루어졌으니 일렀으되
너희가 듣기는 들어도 깨닫지 못할 것이요 보기는 보아도 알지 못하리라
이 백성들의 마음이 완악하여져서 그 귀는 듣기에 둔하고 눈은 감았으니 이는 눈으로 보고 귀로 듣고 마음으로 깨달아 돌이켜 내게 고침을 받을까 두려워함이라 하였느니라

- 《신약성서》「마태복음」 中 -

것을 경험한다고 믿고 있지. 이유는 너의 의식이 그것을 너에게 알려 주기 때문이야. 네가 너의 정신에서 어떤 정보도 듣지 못했다면 그것이 너의 영혼에 포함되지 않았다고 굳게 믿는 거야. 그렇지. 심지어 너는 〈정신적인〉이라는 말을 〈의식적인〉이라는 말과 동일한 것으로 생각해. (중략) 이 점을 충분히 숙지하라고! 너에게 있는 정신적인 것은 네가 의식하고 있는 것과 같지 않아. 너의 정신에서 일어난다는 것과 네가 그것을 체험한다는 것은 서로 다른 것이야. (중략) 그러나 많은 경우, 예를 들어 그런 욕동 갈등의 경우엔 그렇게 되지 않아. 그러면 너의 의지는 너의 의식보다 멀리 나가진 못하지. (중략) 네가 만약 아프기라도 하다면 너의 영혼에서 추동하는 것을 누가 알 수 있을까? 그에 대해 너는 아무 것도 알지 못하고 그게 뭔지 거짓 정보만 받게 돼. 이제 너는 절대 군주가 되어 최고위급 신하들에게서 나온 정보들만으로 만족해야지 백성들에게 내려가 그들의 목소리를 들을 수는 없는 거야. 너에게로 들어가. 너의 마음의 심층으로 들어가서 너 자신을 알라고. 그러면 네가 아플 수밖에 없는 이유를 알게 돼. 아마 운이 좋으면 아프게 되는 것을 피할 수도 있어."

- S. 프로이트 《프로이트의 치료기법, 『정신분석치료의 난점(1917)』》 中 -

그런데 인간은 의식이 알려주는 정보밖에 인식하지 못한다. 의식으로부터 어떤 정보도 듣지 못한다면 그 존재 여부조차도 알 수 없다. 또 의식이 알려주는 정보는 과거의 기억 창고에서 더듬어 찾은 것이므로 완전하지 못하고 또 자기기만으로 인해서 믿을 수 있는 정보도 못 된다. 따라서 너 자신을 알기 위해서는 조력자가 필요하다. 정신분석에서 그 사람이 의사라면 일상생활에서는 알료샤와 같은 인물이다. 탁월한 지능을 가진 이반이 다른 사람이 아닌 세상 물정을 잘 모르는 알료샤에게 치료를 받으려고 이유도 알료샤가 그러한 능력을 지니고 있다는 것을 이반의 무의식이 간파하고 있기 때문이다. 이반의 어린 시절 모델인 콜랴는 알료샤의 이러한 정신적 특질을 **'자신보다 훨씬 더 위쪽에 있다'**라고 표현한다.

> p.448. "물론 그렇지요! 우라(만세)! 당신은 예언자예요! 카라마조프씨, 앞으로 우린 마음이 잘 맞을 거예요. 제가 무엇보다도 더욱 기쁜 것은 당신이 저를 대등하게 대해 주는 점이에요. 하지만 우린 대등하지 못해요. 정말 대등하지 않아요. 당신은 훨씬 위쪽에 있죠! 하지만 우리는 마음이 잘 맞을 거예요. 저는 지난 한 달 내내 저 자신에게 이런 말을 해 왔어요 – '나와 카라마조프 씨는 대번에 마음이 맞아서 영원한 친구가 되든지 아니면 처음 만날 때부터 죽을 때까지 영영 원수로 갈라지든지 할 것이다!' 하고 말입니다."
>
> \- 도스토옙스키 《카라마조프의 형제》 중 中 -

콜랴는 훗날 알료샤와 정치적으로 대립하는 인물이다. 하지만 어린 시절에는 **'대번에 마음이 맞아서 영원한 친구가 될 수 있는'** 이유는 콜랴의 리비도가 사디즘적이고 알료샤의 리비도가 마조히즘적이어서 마음(무의식)이 서로 끌리기 때문이다. 이러한 관계는 마르크스와 엥겔스와 같은 관계에서 볼 수 있다. 그러나 나중에 **'죽을 때까지 영영 원수로 갈라진'** 이유는 콜랴와 알료샤 모두 전능 관념이 지배적인 정신구조를 지니고 있어서 추구하는 목표가 다르기 때문이다. 부성적 전능 관념이 지배적인 콜랴는 권력자와 전이 관계를 형성함으로써 카리스마적 권력자를 추구하게 되고 모성적 전능 관념이 지배적인 알료샤는 어머니를 상징하는 국가나 민족과 전이 관계를 형성함으로써 메시아적 혁명가의 길을 가게 된다.

전능 관념이 지배적인 마르크스와 달리 엥겔스는 복종 관념이 지배적인 인물이었으므로 마르크스와 영영 원수로 갈라지지 않고 영원히 친구가 될 수 있었다.

콜랴는 자신과 알료샤가 '대등하지 못하며 알료샤가 훨씬 위쪽에 있다' 라고 말하는데 이 의미는 알료샤의 **리비도 정신성**이 **훨씬 더 강하다**는 뜻이다. 리비도 정신성이 강하다는 의미는 두 가지 의미가 있다. 하나는 심리적 외상이 없어서 그것을 방어하기 위한 심리 조직이 형성되어 있지 않다는 뜻이다. 따라서 자신의 무의식을 힘들이지 않고 볼 수 있으며 자신의 내적 현상을 다른 사람에게 투사해서 **'다른 사람의 심리를 화살처럼 깊숙이 꿰뚫어 보는'** 능력이 생기게 된다. 또 인간의 무의식 속 관념은 반복 재현되므로 그것을 미래로 투사해서 미래에 벌어질 일을 예상할 수도 있다. 콜랴가 알료샤를 **'예언자'**라고 부르는 이유도 알료샤의 이러한 능력 때문이다. 얄료샤의 이러한 예언자적 능력은 이반의 편집증적 통찰과는 다르다. 이반의 편집증적 통찰도 다른 사람이 볼 수 없는 것을 볼 수 있지만, 이러한 통찰에는 무의식적 방어가 작용하기 있으므로 현상을 객관적으로 보지 못한다.

리비도 정신성이 강하다는 또 다른 의미는 리비도가 정욕으로 변질되지 않아서 리비도가 **모성애적(마조히즘적) 속성**을 그대로 지니고 있다는 뜻이다. 이렇게 리비도가 모성애적 속성을 지니게 되면 다른 사람의 **정신병을 치료할 수 있는 '개인적 영향력'**을 지니게 된다(정신분석에서도 의사는 **부모와 유사한** 역할을 한다).[73]

73) p.118. 강하고 건전한 정신구조를 형성하는데 미치는 부모의 역할이 점점 더 중요한 것으로 밝혀지자, 분석가와 환자를 효율적인 동맹자로 보던 치료적 관점도 변화하게 되었다. 이제 분석가와 환자의 관계는 환자에게 미친 부모의 잘못된 영향력을 치유할 수 있는 양자단일체적인 단위로 간주되게 되었다. 이제 분석과정은 분석가와 환자가 협력해야 할 작업일 뿐만 아니라, 하나의 성장경험으로 이해되고 있으며 (유사부모와

p.367. 치료자는 자신의 힘을 최대한 이용해서 일을 한다. 계몽가로서(무지로 인해 공포가 생겼다면), 교사로서, 세상을 더욱 자유롭게 더욱 우월하게 보는 사람으로서, 참회 후에 동정심과 경의로 사면을 주는 고해 신부로서, 치료자의 성격이 갖는 한계가 허락한다면, 또 치료자가 그 특정 사례에 느낀 동정의 양에 따라 인간적인 조력도 줄 수 있다. (중략)

저항을 극복하기 위해서 지적인 동기 말고도 감정적 요소, 즉 치료자의 개인적 영향력(필수적인 요소이다)이 있는데 여러 사례에서 개인적 영향력만으로도 저항을 제거할 수가 있다. 다른 의학에서도 마찬가지이지만 이 개인적 요소가 전혀 작용하지 않고는 그 어떤 치료 절차에서도 성과를 기대할 수 없다.

- J. 브로이어 & S. 프로이트 《히스테리 연구》 中 -

모성애적 구세주인 그리스도나 석가모니와 같은 인물들의 이야기 속에서 병을 치료하는 일화가 많은 이유도 실제로 그들이 지닌 모성애적 카리스마가 병을 치료하는 강력한 수단이 되기 때문이다. 이반이 알료샤에게 치료받고 싶어 하는 이유도 이반의 무의식이 알료샤에게서 자신의 정신병을 치료할 수 있는 모성애적 리비도(**거룩함**)를 감지했기 때문이다. 이러한 인물의 정신병리 치료 능력이 **특히 '정신병이나 경계형 정신병리'**에 효과가 있는 이유도 이러한 정신병리는 **어머니**와의 관계에서 그 맹아가 형성되기 때문이다.[74] 개인의 모성애적 카리스마가 지닌 정신병리 치

같은) 분석가와 환자의 관계는 초기 발달적 경험을 교정하는 기회를 제공하는 것으로 받아들여지고 있다.

- S. 밋첼 & M. 블랙 《프로이트 이후》 中 -

74) p.232. 치료자의 성격이 환자에게 미치는 영향에 대한 평가는 정신병과 소위 "경계형" 상태의 정신치료에 대한 치료 결과를 평가하는 과정에서 특히 중요하다(A. Stem,

료 효과는 그를 지도자로 숭배하는 집단을 통해 전달될 수도 있다. 따라서 종교에서 구세주를 상징하는 성체가 주는 치료 효과는 실은 연극이나 속임수가 아니라 어디에서나 일어나는 **'극히 자연스러운 현상'**이다.

p.78. … 고함을 지르며 몸부림치는 여인을 성체 앞으로 데리고 나가자마자 갑자기 낫게 된다는 기이한 사실도 실은 유치한 연극이거나 성직자들이 꾸며 낸 속임수에 지나지 않는다고 설명해 준 사람들이 있기는 하지만 아무래도 그것은 극히 자연스럽게 생긴 현상임에 틀림없을 것이다.

즉 병자를 성체 앞으로 끌고 나가는 아낙네들도, 그리고 특히 병자 자신도 이렇게 성체 앞으로 끌려 나가 머리를 숙이기만 하면 병자를 사로잡고 있던 마귀가 도저히 견디어 낼 수 없게 된다고, 마치 무슨 확고부동한 진리처럼 굳게 믿고 있는 것이다. 그렇기 때문에 성체를 향해 머리를 숙인 순간, 신경과민이 되어 있을 뿐 아니라 역시 정신적으로도 병적인 상태에 있는 여성의 육체에 그녀의 전 조직의 전율이라는 것이 언제나 필연적으로 일어나게 마련이었다(아니, 또 당연히 일어나야만 하는 것이다). 이 전율은 반드시 기적이 일어나서 완치된다는 기대감과 그것이 반드시 실현된다고 믿어 의심치 않는 신념에 의해서 불러일으켜지는 것이다. 그리고 그것은 비록 짧은 순간이기는 하지만 확실히 실현되어지는 것이었다.

1938). 치료자가 갖고 있는 유사-종교적 열정이나 심오한 내면적인 거룩함의 느낌은 심각한 장애를 갖고 있는 성인과 어린이 치료에서 강력한 치료 수단을 제공함으로써, 치료의 성공을 가져오게 되는 경우가 있다. 치료의 효력은 치료자의 카리스마로부터 직접적으로 나오거나 또는 그 치료자가 지도자로 있는 치료 집단을 통해 전달될 수도 있다.

- H. 코헛 《자기의 분석》 中 -

- 도스토옙스키 《카라마조프의 형제》 상 中 -

종교의 첫 번째 사회적 기능이 인간의 정욕을 통제하는 것이라면 두 번째 사회적 기능은 정욕의 억압으로 인해 생기는 정신병리를 치료하는 것이다. 인간 대부분이 정신병리 환자이지만 정신병동이 그다지 많이 없는 이유는 종교 덕분이라고 할 수 있다. 종교는 리비도가 강하게 투자된 종교적 표상을 제공함으로써 정신병리 환자를 치료할 수 있다. 이러한 치료 효과는 특히 여성에게 강하게 작용한다. 여성은 리비도가 **육체**에 지배적으로 배분되어 있으므로 성체와 같은 **물리적 표상**에 민감하게 감응하기 때문이다. 성체를 보면 자신이 치료될 것이라고 **'믿어 의심치 않는 신념'**은 여성의 육체의 전 조직에 필연적으로 전율을 불러일으키고 이 전율이 죄의식(수치심)에 **고착된 리비도(에로틱한 욕구)**를 **'정신적으로 발산시킴으로써'** 치료 효과를 가져올 수 있다.[75] 여기서도 사고(신념)가 육체에 영향을 미칠 수 있다는 것을 보여준다. 이때의 육체적 전율이 **히스테리 발작**이며 이러한 히스테리 발작은 **'성행위와 대등하다고'** 할 수 있다.

p.78. 히스테리 발작에서 억압된 리비도의 운동 신경 해소 방법을 제시하는 것은 성교행위의 반사 메커니즘이다. (중략) 고대에서부터도 이미 성교는 〈작은 간질 발작〉이라는 말이 있었다. 우리는 그 말을 바꾸어 경련성 히스테리 발작이 성교와 대등하다고 할 수 있을 것이다.

- S. 프로이트 《정신병리학의 문제들, 『히스테리 발작에 대하여』》 中 -

75) p.116. 윤리와 수치심이 성 충동의 만족을 금하고 있는 모든 여자에게 종교는 에로틱한 욕구를 정신적으로 발산시키는 것으로서 그 어떤 것과도 대체할 수 없는 것이다.

- F. 니체 《유고(1882년 7월~1883/84년 겨울)》 中 -

종교의 치료 효과는 마치 기적처럼 보인다. 장님의 눈도 뜨게 하고 앉은뱅이도 일어나 걷게 할 수도 있다. 최면도 이러한 기적을 일으킬 수 있다는 점에서 종교와 최면은 유사하다고 할 수 있다.[76] 이렇게 인위적인 최면 상태가 아닌 상태에서도 종교적 표상이 치료 효과가 있는 이유는 인간의 정신은 깨어있을 때도 **반쯤은** 무의식 상태에 있기 때문이다(최면 상태는 **거의 완전한** 무의식 상태라고 할 수 있다). 그러므로 정확하게 말하면 종교는 환자를 **자기 최면**에 빠지게 함으로써 환자가 스스로 치료한다고 할 수 있다. 자기 최면(유최면) 상태에서 자신일 치료될 것이라는 **'믿어 의심치 않는 신념'**(정신적 영향력)이 신체의 신경계에 강력하고 깊게 작용하면서 치료가 되는 것이다.

p.325. 히스테리 소질의 세 번째 요소는 위에서 이미 논의된 요소들에 더해서 어떤 환자들에게 나타나는 유최면 상태이다. 이 유최면 상태는 자기 최면의 경향이다. 이 상태는 전환과 암시 모두를 상당 정도 촉진시키고 유리한 상황으로 만든다. (중략) 자기 최면의 경향은 처음에는 단지 일시적이고 정상적인 상태와 번갈아 나타나는 상태이다. 인위적 최면에서 그러하듯 신체에 미치는 정신적 영향력도 커진다. 이 영향력은 최면 상태가 아닐 때조차도 비정상적

---

76) p.61. 메스머(Mesmer)와 샤르코(Charcot)의 경우를 생각해보자. 환자들은 〈기적의 치료사〉라는 명성 때문에 쉽게 그들의 암시에 말려들 수 있었다. 샤르코는 걷지 못하는 환자도 최면을 통해 치료할 수 있었다. 반대로 프로이트는 자신이 최면을 사용했을 때엔 다른 의사들만큼 효과가 나타나지 않았다고 불평했던 적이 있다. 이는 아마 환자들이 프로이트의 능력을 신뢰하지 않았기 때문일 것이다. 프로이트에게는 치료의 〈아우라(aura)〉가 없어서 환자들이 쉽게 암시에 빠져들지 않았던 것이다.

물론 프로이트가 유명해지자 당연히 상황은 바뀌었다. 환자들은 그를 쉽게 신뢰하게 되었으며 그만큼 암시 효과도 증가했다.

- B. 핑크 《라캉과 정신의학》 中 -

으로 흥분되는 신경계에 작용하면서 더 강력해지고 깊어진다.

(각주) … 내가 알기로는, 최면에서 일어나는 기적적인 일들은 히스테리 환자들에게만 관찰할 수 있다. 우리가 우선 해야 할 것은 히스테리 현상을 최면에다가 할당하고 최면이 이들 현상의 원인이라고 주장하는 것이다.

- J. 브로이어 & S. 프로이트 《히스테리 연구》 中 -

따라서 종교는 정신병리를 치료하는 것은 아니라 정확하게 말하면 정신병리를 **치료할 수 있는 상태**로 만들 수 있을 뿐이다. 이러한 상태가 정신분석에서의 전이 상태이다. 전이 상태는 어떤 표상에 집중된 환자의 리비도가 일시적으로 해방된 상태를 말한다. 이렇게 해방된 리비도는 새로운 대체 표상에 집중되어야만 한다. 여기서 종교적(영적) 치료와 정신분석 치료의 **'질적인 차이'**가 생긴다. 종교적 치료는 기존의 표상에서 해방된 리비도를 종교적 표상에 다시 집중하게 함으로써 기존의 표상을 종교적 표상으로 대체한다. 다시 말해서 기존의 정신병리를 치료하려고 인위적으로 다른 정신병리를 만드는 것이다. 따라서 정신병리가 근본적으로 치료되지 않는다. 사이비 종교의 지도자가 비판받는 이유도 무의식 속 부모 대신 자신을 부모와 같은 존재로 숭배하게 함으로써 정신병리가 완전하게 치료되는 것을 방해하기 때문이다.[77] 종교인은 보편적 정신병리(신

77) p.175. 만일 치료자가 적극적으로 "예언자, 구원자 또는 구세주"의 역할을 떠맡는다면, 환자는 대대적인 동일시를 통해 자신의 갈등을 적극적으로 해결하게 되는데, 이것은 환자가 자신의 심리구조를 점진적으로 통합되고 새로운 것으로 세우는 작업에 방해가 된다. (중략) 대조적으로 정신분석 치료는 전이를 발달시키며, 그 전이의 극복 과정을 통해 내적 구조들이 변형되고, 점차 재내재화되는 과정을 이끌어내고자 한다. 따라서 종교 분야에서 행해지는 영적(inspirational) 치료와 정신분석적 치료 사이의 질적인 차이는 궁극적으로 양적인 것으로 이해할 수 있다: 전자는 대상과와의 과도

경증)를 받아들임으로써 개인적 정신병리(신경증)에 걸릴 위험에서 해방된다고 할 수 있다.

p.214. 종교와 강박신경증의 유사성을 얼마나 자세히 규명할 수 있는지, 그리고 종교 형성에 있어서의 특징과 변천 가운데 그런 관점에서 이해할 수 있는 것이 얼마나 많은지는 되풀이 지적되어 왔다. 그리고 이것은 독실한 신자들이 어떤 신경증에도 걸릴 위험이 없다는 사실과 잘 부합된다. 그들은 보편적 신경증을 받아들이기 때문에, 개인적 신경증을 형성하지 않아도 되는 것이다.

- S. 프로이트 《문명 속의 불만, 『환상의 미래』》 中 -

이와 대조적으로 정신분석 치료는 환자에게 자신의 리비도가 집중되어 있던 기존의 표상이 허구나 허상에 불과하다는 것을 깨닫게 해줌으로써 환자가 그 표상에서 해방된 리비도를 **'자발적으로 재내재화'**함으로써 핵심 자아의 목적을 위해서 사용할 수 있게 해 준다. 그런데 사이비 종교에서처럼 정신분석에서도 의사가 **'구원자나 구세주의 역할을 떠맡아서'** 환자의 숭배를 욕망하게 되는 경우가 있다. 그러한 경우 사이비 종교와 마찬가지로 정신병리는 근본적으로 치료되지 않는다. 결론적으로 종교에서나 정신분석에서나 치료의 중요한 요소는 환자의 전이 상태를 이용하지 않으려는 **'치료자의 인격'**이라고 할 수 있다.

p.49. …, 저는 여러분들에게 옛날부터 잘 알려진 경험을 말씀드리고자 합니다. 즉 특정한 고통, 특히 정신 신경증 같은 것들은 다른

한 동일시가 적극적으로 형성되는 것을 통해 이루어지며, 후자는 전이와 재내재화(변형적)의 섬세한 과정이 자발적으로 형성되는 것을 통해 이루어진다.

- H. 코헛 《자기의 분석》 中 -

어떤 약의 처방보다 정신적인 영향을 더 받는다는 점입니다. 이런 병들은 약이 아니라 치료사, 즉 치료사의 인격이 치료한다고 한 것이-물론 현대적이지는 않지만-옛 치료사들의 지혜입니다. 이들이 인격으로 정신치료를 했다는 뜻입니다.

- S. 프로이트 《프로이트의 치료기법, 『정신치료에 대하여(1905)』》 -

오이디푸스 콤플렉스의 극복

우리는 자신의 정신병리를 치료하기 위해서는, 즉 자기 자신을 알기 위해서는 두 가지가 필요하다는 것을 알게 되었다. 하나는 타인의 전이 상태를 이용하지 않는 **고결한 인격**(치료자)을 만나는 것이고 다른 하나는 그 치료자의 **지혜**라고 할 수 있다. 한마디로 고결한 인격을 지닌 사람의 가르침이 필요하다는 뜻이다. 알료샤는 고결한 인격에 대해서 다음과 같이 묘사한다.

p.353. "아, 정말 그렇군요. 이젠 나도 그걸 알았어요! 알료샤, 당신은 어떻게 그런 것까지 죄다 알고 계세요? 아직 젊으신데, 그렇게 남의 속까지 다 알고 계다니……. 나 같은 건 생각도 못한 일이에요."

(중략)

"이럴 때 가장 중요한 것은 비록 그 사람이 우리한테 돈을 받는다 해도 우리들과 대등한 위치에 있다는 자신을 갖게 해주는 일입니다."

(중략)

"… 그렇지만요, 알렉세이 표도로비치, 우리들의, 아니 당신의 …… 역시 우리들이라고 말하는 편이 낫겠군요. 우리들의 이런 판단 속에 그 사람을, 그 불행한 사람을 모욕하는 요소 같은 것은 없을까요? …… 마치 높은 곳에서 내려다보듯이 그 사람의 마음속을 여러 모로 해부해 보았으니 말예요? (중략)"

"아닙니다, 리즈. 그런 모욕 같은 건 하나도 없습니다." (중략) "나는 이리 오면서 그걸 이미 생각해 봤습니다. 생각해보세요. 그 사람이나 우리나 다 똑같은 인간인데, 모두가 다 그 사람과 똑같은 사람인데, 멸시하고 말고가 어디 있겠습니까. 우리 모두 똑같은 인간입니다, 결코 나을 것이 없습니다. 설사 좀 나은 점이 있다 하더라도 그 사람의 입장이 되고 나면 결국 그와 똑같아지고 맙니다. …… 리즈, 당신은 어떤지 모르지만 나 자신은 여러 모로 보아 천박한 마음의 소유자라고 생각합니다. (중략) 어느 날 장로께서 이런 말씀을 하셨습니다 - 인간이란 어린애처럼 늘 돌봐 주어야 한다. 그리고 어떤 사람에 대해서는 병원에 있는 환자처럼 돌봐 줄 필요가 있다고 말입니다……."

"아아, 알렉세이 표도르비치, 정말 그래요. 우리 환자들을 돌보듯이 인간을 돌봐 줍시다!"

(중략)

"순교자라뇨? 그건 무슨 뜻이죠?"

"그렇습니다. 리즈, 당신은 아까 이렇게 물으셨죠 - 우리가 그 불행한 사람의 마음을 그런 식으로 해부하는 것은 그 사람을 멸시하는 것이 아니냐고요. 그것이 바로 순교자다운 질문입니다. 아시다시피, 나는 말로 잘 표현할 수 없습니다만, 그런 질문을 할 수 있는 사람은 스스로 고통을 견딜 수 있는 사람이랍니다. …"

- 도스토옙스키 《카라마조프의 형제》 상 中 -

알료샤가 **'남의 속까지 다 알고 있는'** 이유는 정신병(백치)의 정신구조를 지니고 있기 때문이다. 알료샤처럼 그리스도도 정신병(백치)의 정신구조를 지닌 인격이다. 그리스도의 본질을 통찰하지 못한 사람들이 그리스도를 백치가 아닌 천재로 만들었다.[78] 도스토옙스키와 니체 정도만이 그리스도의 본성을 간파한 유일한 사람들이라고 할 수 있다. 그리스도의 위대성은 인간이 얼마나 천박한 존재인지를 알았으면서도 모든 인간이 **'자신과 대등한'** 인간, 아니 **'자신과 똑같은'** 신적 존재가 될 수 있다고 생각했다는 점이다. 그리스도의 화신인 알료샤가 '우리 모두 똑같은 인간'이라고 말하는 이유도 어떤 개인이 지닌 현재의 성격은 그 사람의 어린 시절의 **경험(입장)**에 따라 형성된 것에 불과한 것이며 **인간 본질은 똑같기** 때문이다.

하지만 개개인이 심하게 다르게 보이는 것은 리비도 배분이 개인마다 다르기 때문이다. 조시마 장로가 **'인간이란 어린아이처럼 늘 돌봐 주어야 한다'**라고 말하는 이유는 대부분 인간은 리비도 발달과정에서 심리적 외상(침범)으로 인해서 어느 한 시점에서 **'리비도 성숙과정이 정지된' 어린아이**이기 때문이다. 그리고 이렇게 정신적 성장이 정지된 것이 **'곧 정신**

78) p.251. 그리스도교가 가능하고, 그리스도가 매 순간 생겨날 수 있는 세계 안에서 살았던 단 한 사람의 심리학자를 나는 알고 있다…… 그는 도스토옙스키다. 그는 그리스도에 대해 간파하고 있다: 그는 특히, 그리스도 유형을 르낭의 천박함으로 제시하지 않도록 조심하고 있다…… 그런데 파리인들은 르낭이 너무나 섬세해서 고통받는다고 믿는다!……

하지만 백치였던 그리스도를 천재로 만들어버릴 때보다 더 비열한 실수가 가능할까? 영웅심의 반대를 보여 주고 있는 그리스도를 영웅이라는 거짓말로 모면시킬 때보다 더 비열한 실수가 가능할까?

- F. 니체 《유고(1888년 초~1889년 1월 초)》 中 -

병리'이다.[79] 따라서 정신병리에 걸린 사람을 치료하는 방법은 **'마치 어머니가 어린아이가 성장하도록 기다려주는 것처럼'** 늘 돌봐 주어야 한다.[80]

물론 리비도 성숙 정도에 따라서 돌보아주는 방식은 다르다. 드미트리처럼 **아동기 초반**(상대적 의존기)에 정신적 발달이 정지된 어린아이는 그루센카와 같은 어머니 표상을 지닌 여성이 돌보아주면 충분하지만, 스메르쟈코처럼 **유아기 초반**(절대적 의존기)에 정신적 발달이 정지된 어린아이는 **'병원에 있는 환자처럼'** 돌봐 줄 필요가 있다. 알료샤 자신은 과거에 심리적 외상이 없었기 때문에 정신적 발달이 정지되지 않아서 **'설사 좀 더 나은 점이 있다 하더라도'** 만약 드미트리나 스메르쟈코프의 입장이 되었다면 **'결국 똑같아지고 말았을 것'**이다. 그러므로 인간은 다른 인간으로부터 숭배나 복종을 받을 필요도 없고 반대로 다른 인간을 경멸하거나 멸시할 필요도 없다.

이렇게 알료샤처럼 고결한 인격은 **모든 인간이 대등하다**고 생각하는 인격이고 이반처럼 타인을 이용하는 인격은 자신 이외에 모든 인간은 **열등하다**고 생각하는 인격이다. 고결한 인격은 타인을 자신과 똑같은 위치에 놓을 수 있지만, 타인을 이용하는 인격은 **'마치 높은 곳에서 내려다보**

---

79) p.228. 위니캇의 견해에서, 모든 정신병리는 환경이 충분히 촉진적이지 못하기 때문에 발생한 것이다. 촉진적이지 못한 환경은 유아를 침범하게 되고 그런 침범에 대한 반응으로 유아의 성숙과정이 정지되는데, 그것이 곧 정신병리이다. 절대적 의존기에 발생하는 침범은 심리구조의 근간을 손상시키기 때문에 매우 심각한 형태의 정서장애를 초래하며, 상대적 의존기에 발생하는 침범은 성격 병리를 그리고 오이디푸스기에 발생하는 침범은 신경증을 초래하는 경향이 있다.

- F. 써머즈 《대상관계 이론과 정신병리학》 中 -

80) p.101. "분석은 치료자가 환자에게 마치 아동이 성장하도록 기다려주는 부모처럼 기다려주고 이해해주는 관계를 제공함으로써, 환자의 발달이 정지된 부분을 새로운 안전한 관계와 자극에 노출시키는 것으로 간주되어야 한다"(Guntrip, 1969, pp. 178-179)

- F. 써머즈 《대상관계 이론과 정신병리학》 中 -

듯이' 타인을 모욕하고 멸시한다. 이러한 심리적 차이로 인해서 타인을 이용하는 인격은 자신의 우월성을 확인하기 위해서 타인의 칭찬이나 숭배와 같은 자기애적 표상(제사)이 필요하지만 고결한 인격은 그러한 자기애적 표상이 필요 없다.[81] 따라서 타인을 이용하는 인격은 악마의 세 번째 유혹을 분연히 거부할 수 없지만 고결한 인격은 악마의 세 번째 유혹을 분연히 거부할 수 있다.

알료샤가 순교자다운 질문을 할 수 있는 사람은 **'스스로 고통을 견딜 수 있는 사람'**이라고 말하는 이유는 고결한 인격은 환자가 자신을 **'정신적으로 사용하도록'** 허용해 주기 때문이다. 구세주는 자신을 환자의 자기 표상(대상)으로 받아들임으로써 환자를 정신병을 치료할 수 있는 상태인 전이 상태로 이끈다. 환자는 구세주와의 전이 관계 속에서 자신이 받은 심리적 외상(수치심과 모욕감)을 반복 재현한다. 이 경우에는 구세주가 환자에게 정신적 영향을 미치는 것이 아니라 반대로 환자가 구세주에게 정신적 영향을 미치므로 **'역전이'**라고 부른다. 역전이 상태에서 환자는 구세주에게 온갖 수치심과 모욕감을 주려고 하므로 구세주는 **'자기애적 상처'**를 경험하게 되지만, 구세주는 스스로 그러한 고통을 견딘다. 이러한 **'역전이 반응을 스스로 담아낼 수 있는'** 치료자가 **'순교자다운 인격'**이다.[82]

---

81) p.18. 나는 자비를 원하고 제사를 원하지 아니하노라 하신 뜻을 너희가 알았더라면 무죄한 자를 정죄하지 아니하였으리라.

- 《신약성서》「마태복음」 中 -

82) p.388. … 전이가 일단 활성화되면, 분석가는 해석하지 말고 그것이 계속 전개되도록 허용해야 한다. 이 단계에서 해석은 자기애적 전이의 발달을 촉진시키는 데 사용해야지 그 전이를 해결하는 데 사용해서는 안 된다. 이것은 분석가가 자신이 환자를 위한 자기 대상임을 이해하고 받아들이는 것을 의미한다. 분석가는 자신이 환자의 자기 발달을 위해 '"사용되고" 있다고 느낄 때, 이전에 상상했던 전문가적 이상을 충족시키기는커녕 자기애적 상처를 경험할 수도 있다. 이런 역전이 반응을 스스로 담아낼 수 있는 분석가의 능력은 치료의 결정적 요소이며, (중략).

- F. 써머즈 《대상관계 이론과 정신병리학》 中 -

역전이 현상은 정신분석에서는 개인적인 차원에서 발생하지만, 현실에서는 집단적인 차원에서도 벌어진다. 그래서 언제나 다수 대중을 천국으로 인도하려는 진정한 구세주는 다수 대중에 의해서 온갖 배척과 학대를 당하다가 죽게 된다. 이렇게 자기 대상으로 사용하고 있던 구세주가 없어지게 되면 구세주에게 집중되어 있던 다수 대중의 리비도는 해방되고 그제야 다수 대중은 자신의 무의식을 들여다볼 기회를 얻게 됨으로써 구세주의 가르침을 이해하게 된다. 그리고 발달이 정지되어 있던 다수 대중의 정신적 발달이 진전됨으로써 – 안타깝게도 조금밖에 진전되지 않는다 – 비로소 구세주를 사랑하고 존경하게 된다.

> p.69. "…. 지금 당장 그들이 구원받지 못한다 하더라도 훗날에 가서 구원받으리라는 것을 믿어야 한다. 만일 훗날에 가서도 그들이 구원받지 못하면 그들의 자손이 구원을 받을 것이다. 그대는 죽어도 그대의 빛은 죽지 않기 때문이다. 정의로운 사람은 세상을 떠나도 그 빛은 남는 법이다. 사람은 언제나 구원자가 죽은 후에 구원을 받는다. 인간이란 족속은 그들의 예언자를 배척하고 학대하지만 한편 순교자를 사랑하고 자기들이 괴롭힌 사람을 존경한다. 그대는 전체를 위해 일하고 있으며 또한 미래를 위해 일하고 있는 것이다.
>
> – 도스토옙스키 《카라마조프의 형제》 중 中 –

타인을 이용하는 인격이 **자기 자신과 현재**를 위해서 일한다면 고결한 인격은 **인류 전체와 불멸(미래)**을 위해서 일하고 있다고 할 수 있다. 타인을 이용하는 인격은 악마의 세 번째 유혹에 넘어가 인류의 **'구세주(자아이상)'**의 역할을 함으로써 인류를 복종시키고 지배하고자 하는 사람이라면 고결한 인격은 악마의 세 번째 유혹을 거부하고 인류에게 **'이런 식으**

로나 저런 식으로 결정할 수 있는 자유'를 주려고 하는 사람이다.

> p.395. (각주) 아마도 그것은 분석가의 성격상 환자로 하여금 자신을 환자의 자아 이상의 자리에 놓도록 허용하는지 여부에 달려 있는 것 같다. 그리고 이것은 분석가가 환자에 대해서 예언자나 구세주, 혹은 속죄자의 역할을 하려는 유혹과 관련된다. 분석의 규칙은 그런 식으로 의사가 자기의 인격을 이용하는 것과는 정반대이므로, 여기서 우리는 분석의 효과에 또 다른 한계성이 있다는 사실을 정직하게 고백해야 되겠다. 결국 분석이란 병적 반작용을 불가능한 것으로 만들려는 것이 아니라 환자의 자아에게 이런 식으로나 저런 식으로 결정할 수 있는 〈자유〉를 주려는 것이다.
>
> - S. 프로이트 《정신분석학의 근본 개념, 『자아와 이드』》 中 -

인류의 무의식을 악마의 유혹으로부터 자유롭게 해주려고 했던 또 다른 고결한 인격은 석가모니이다. 그리스도가 우리 안에 하나님의 나라가 있다고 말하듯, 석가모니는 모든 인간에게는 부처의 모습, 즉 불성(佛性)이 있다고 말한다. 다만 그 사실을 모르고 있을 뿐이다.[83] 인간이 자신 속에서 부처의 모습을 발견하지 못하는 이유는 그것이 자아의 방어와 초자아의 검열이라는 병풍으로 둘러싸여 있기 때문이다. 불교에서는 이러한 무의식적 병풍을 **'업장'**이라고 한다. 업장은 자신의 본질을 보지 못하도록 가림으로써 자신 속에서 불성을 찾을 수 없게 만든다.[84] 그리스도나

83) p.177. 우리는 이미 부처인데 그것을 모르고 있을 뿐이므로 자신이 부처라는 사실을 깨달아야 합니다.

- 법륜 스님 《인간 붓다》 中 -

84) p.478. "본래 인간의 마음은 청정한데 먼지나 때가 끼듯이 업장에 가려져 있다. 먼지를 털고 때를 닦듯이 업장을 없애면 우리의 본래 불성을 찾을 수 있을 것이다."

석가모니가 인류의 위대한 스승인 이유는 그들은 결코 인류의 숭배나 복종을 원하지 않았으며 인간을 자신과 똑같은 신성 또는 불성을 지닌 존재로 보았다는 데 있다.

- 법륜 스님 《인간 붓다》 中 -

p.278. "알료샤, 네가 끊임없이 명심해야 할 일이 있다." 파이시 신부는 다짜고짜 이렇게 서두를 꺼냈다. "꼭 명심해라. 속세의 과학은 큰 세력으로 결합되어 현 세기에 이르러 특히 현저하게 성서 속에 약속되어 있는 모든 것을 재검토했다. 속세의 학자들이 가차없이 비판 해부한 결과 지금까지 신성불가침시되었던 모든 것이 흔적도 없이 소멸되고 말았어. 그러나 우리는 부분적인 검토에만 골몰했기 때문에 전체의 모습을 놓쳐 버리고 말았다. 그 맹점은 그야말로 놀랄 만한 것이야. 그런데 그 전체로서의 완전한 모습은 과거와 마찬가지로 현재도 엄연히 그들의 눈앞에 버티고 서 있어서, 지옥의 문도 그걸 정복할 수는 없단다.

그럼 과연 그것은 19세기라는 기나긴 세월 동안 줄곧 생존해 오지 못했다는 것일까? 그리고 지금도 개개인의 정신의 움직임 속에, 대중의 움직임 속에 생존해 있지 않다고 할 수 있을까? 아니야 그것은 모든 것을 파괴하는 그 무신론자들의 마음의 움직임 속에도 전과 마찬가지로 지금도 엄연히 생존을 계속하고 있어! 왜냐하면 기독교를 부정하고 기독교에 반기를 든 사람들조차도 그 본질에 있어선 자기 자신 그리스도의 모습을 그대로 지니고 있기 때문이지. 그들은 지금도 역시 똑같은 모습을 그대로 지니고 있어. 그 증거로는 그들의 지혜도, 그들의 정열도, 일찍이 그리스도에 의해 제시된 이상(理想) 이외에 인간과 그 덕성에 비할 만한 탁월한 모습을 창조해

낼 수 없었다는 걸 들 수 있지. 그런 시도도 전혀 없었던 것은 아니지만, 그것은 모두 기형적(畸形的)인 모습에 지나지 않았어 …”

- 도스토옙스키 《카라마조프의 형제》 상 中 -

도스토옙스키도 ‘모든 인간이 **본질에 있어선 그리스도의 모습**을 그대로 지니고 있다’라고 말한다. 그리스도의 모습이란 인간이 독립적인 존재이면서도 인류 전체로서 하나라는 것이다. 기독교를 부정하고 기독교에 반기를 든 무신론자도 이러한 **‘인류 전체로서의 그리스도의 모습’**을 그대로 지니고 있다. 인간 정신의 역사는 그러한 그리스도의 모습을 다시 구현하기 위한 노력의 역사였지만 기형적(畸形的)인 모습밖에는 구현할 수 없었다. 이러한 도스토옙스키의 사상은 모든 인간에게는 부처의 모습, 즉 불성이 있다는 석가모니의 가르침과 일맥상통한다. 따라서 도스토옙스키가 제시하는 인류의 세계적 결합 방식은 모두가 자신 속에서 그리스도의 모습(신성) 또는 부처의 모습(불성)을 재발견하는 것이라고 할 수 있다. 즉 **‘인간과 신의 일체화’**라고 할 수 있다.

p.497. 예수의 사후, ‘왜 신은 예수를 죽게 내버려 두었을까’하는 엄청난 문제가 대두되었다.

예수의 죽음이 혼란스러웠던 예수의 제자들은 ‘신은 인간의 죄를 용서해주기 위해 예수를 희생물로 주었다’는 답을 내놓았다. 예수가 들었으면 펄쩍 뛸 소리다.

예수는 죄를 용서받기 위해 희생물이 되겠다는 생각을 하지 않았다. 신과 인간 사이에 거리가 벌어지는 것을 인정하지 않았기 때문이다. 예수는 신과 인간과의 일체화를 가르침으로 여기고 살아간 사람이다.

하지만 제자들의 소행으로 예수의 가르침 속에 '최후의 심판' '희생적 죽음' '부활'이라는 이상한 교리가 뒤섞여 버렸다. 그리고 예수의 가르침은 어디론가 자취를 감추고 말았다.

(중략)

예수가 죽자 불교의 평화운동 비슷한, 단순히 약속으로 끝나지 않는 구체적 행복을 안내해 주는 길잡이가 사라져 버렸다.

불교는 약속하는 것이 아니라 실행한다. 반면, 그리스도교는 무슨 일이든 약속을 하지만 정작 실행으로 옮기는 것은 하나도 없다.

- F. 니체 《반그리스도교(동서)》 中 -

인간과 신과의 일체화는 신은 숭배와 복종의 대상이 아니며 인간 자신이 신이 되어야 한다는 것을 의미한다. 여기서 신의 의미는 초인과 같은 신인(神人)이 아니라 그리스도와 같은 인신(人神)을 말한다(사전적 의미로는 신인이 그리스도를 의미하지만, 이 책에서는 도스토옙스키의 용어를 따른다). 신인은 자신을 인류의 구세주로 자칭하면서 인류를 이용하는 인격이고, 인신은 인류의 정신적 자유를 위해서 자신을 희생하는 인격이다. 도스토옙스키는 이러한 인신의 재림을 예언한다.

p.376. "세상 사람들은 좋지 않아요." 갑자기 그는 이렇게 말문을 열었다. "그건 자기들의 좋은 것을 모르고 있으니까 그래요. 가령 그것을 깨달았다면, 소녀를 욕뵈는 일 따위는 하지 않을 겁니다. 모든 사람은 자신의 좋은 걸 알지 않으면 안 됩니다. 그러면 모두가 좋아진답니다. 한 사람도 빠짐없이 모두가."

"그럼, 당신 그것을 깨달았다면, 당신은 분명히 좋은 사람이겠군요?"

"나도 좋은 사람입니다."

"거기엔 나도 동의하오."

스타브로긴은 미간을 찌푸리며 중얼거렸다.

"모든 것이 좋다는 걸 가르치는 사람은 이 세계를 완성시키는 사람이지요."

"그것을 가르쳤던 분은 십자가에 못 박히지 않았소?"

"그 사람은 반드시 옵니다. 그리고 그 이름은 인신(人神)입니다."

"신인(神人)?"

"인신(人神)입니다. 거기에 구별이 있는 겁니다."

- 도스토옙스키 《악령》 상 中 -

도스토옙스키가 의미하는 인신은 **'심리적으로 새로운 길로 전향한'** 사람을 뜻한다. 인신은 자신 속에서 **'좋은 것'**을 알게 된 사람이다. 그래서 **'모든 것이 좋다'**는 것을 가르치는 사람이다. 말하자면 이들은 자신 속에서 신성 또는 불성을 발견한 사람들이다. 불성 또는 신성은 불멸에 대한 신앙을 의미한다. 자신 속에서 불멸의 신앙을 발견했다는 의미는 인간의 가장 원초적 불안인 죽음 불안을 느끼지 않고 이 세상을 바라보는 사람으로 거듭났다는 뜻이다. 따라서 '**거듭남**은 자기의 본질인 **불멸의 인식**에 이르러 이러한 인식에서 **진정제**를 얻고, **정욕(동기)의 작용에서 벗어났음**'을 의미한다. 이러한 마음 상태가 그리스도가 의미하는 **'정신(의지)의 자유'**이고, 도스토옙스키가 말하는 **'선악의 의식에 있어서의 자유로운 선택'**이 가능한 상태이다.

p.466. 따라서 이러한 의미에서 의지의 자유를 줄기차게 논박하고, 끊임없이 주장한 옛날부터의 철학적 학설은 근거가 없는 것이

아니고, 또한 은총의 작용과 거듭남에 대한 교회의 교의도 의미와 의의가 없는 것은 아니다. 그러나 우리는 지금 이 둘이 예기치 않게 하나가 되는 것을 알고, 또 저 뛰어난 말브랑슈가 어떠한 의미에서 "자유는 하나의 신비이다"라고 말할 수 있었는가를 이해할 수 있다. 왜냐하면 그리스도교의 신비주의자들이 '은총의 작용'과 '거듭남'이라고 부르는 것이야말로 우리에게는 '의지의 자유'라는 유일하고 직접적인 표현이기 때문이다. 의지의 자유는 의지가 그 본질의 인식에 이르러, 이 인식에서 '진정제'를 얻고 동기의 작용에서 벗어났을 때에 나타난다.

- A. 쇼펜하우어 《의지와 표상으로서의 세계》 中 -

그리스도가 의미하는 '거듭남'은 개체의 덧없는 개별성이 개체의 삶의 경계를 넘어서 인류 전체에게 있어서 불멸성(영속성)이라는 의미를 지니고 있다는 것을 통찰하는 데 있다. 삶을 냉소적으로 바라보지 않고 불멸의 삶을 위해서 늘 열심히 노력하는 데에서 자신의 구원이 있다는 것을 알게 된다는 뜻이다.[85] 이러한 마음 상태가 그리스도가 의미하는 '천국'이고 '하나님의 나라'이며 석가모니가 의미하는 '열반'이고 '피안의 세계'이다.

그런데 인간은 왜 신성 또는 불성을 잃어버린 것일까? 인간의 본질은

85) p.181. 하지만, …, 우리에게 시간의 한계, 변화, 그리고 궁극적인 덧없음을 강요하는 현실이라는 틀 안에서, 우리가 느끼는 항구적 동일성의 감각이 전적으로 우리의 기본적인 포부들과 이상들이 변하지 않고 유지되는 것에 기초해 있는 것은 아니다. 이것은 우리의 덧없는 개별성이 우리의 삶의 경계를 넘어서는 영속적인 의미를 지니고 있음을 말해 준다. 괴테는 『파우스트』의 결말 무렵에 파우스트의 불멸의 핵심을 땅으로부터 하늘로 옮겨주는 천사의 입을 통해서 "늘 열심히 노력하는 자, 그에게 구원이 있으니리"라고 말한다(Part2, lines 11936-7).

- H. 코헛 《자기의 회복》 中 -

왜 기형적으로 변해버린 것일까? 그 주된 원인은 바로 오이디푸스 콤플렉스에 있다. 오이디푸스 콤플렉스는 부모와의 관계에서 발생하는 심리적 외상을 방어하기 위한 심리 조직이다. 이러한 방어적 심리 조직의 집합이 **성격**이다. 따라서 성격은 신성 또는 본성을 외부의 위협을 효과적으로 보호하기 위한 껍질이라고 할 수 있다. 하지만 역설적으로 이 성격이라는 껍질 때문에 자신의 본질을 보지 못하는 것이다. 성격 때문에 재산과 죄책감에 집착하고 살인과 전쟁이 일어나는 것이다.[86] 자기 자신의 본질, 즉 신성 또는 불성을 발견해서 새로운 인간으로 거듭나기 위해서는 자신의 성격(오이디푸스 콤플렉스)을 깨뜨려야만 한다. 바꿔서 말하면 자신이 왜 부모로부터 그러한 정신적 유산을 물려받았는지에 대한 이유를 알아야만 한다. 결론적으로 오이디푸스 콤플렉스의 이유를 아는 것이 자신을 아는 것이 되며 오이디푸스 콤플렉스를 극복하는 것이 자신의 본질을 발견하는 것이 된다. 우리가 정신분석학에 진정한 관심을 두어야 하는 이유는 정신분석학의 궁극적인 목적이 오이디푸스 콤플렉스로부터의 자유, 즉 부모와의 무의식적 관계로부터 독립하는 것이기 때문이다.

> p.455. 유아기의 대상에 대한 선택은 단지 미약한 형태로만 나타나지만, 사춘기의 대상 선택을 예고함으로써 방향을 제시합니다. 이 시기에는 매우 강한 감정의 흐름들이 오이디푸스 콤플렉스를 형성하는 쪽으로 움직이거나, 아니면 이 콤플렉스에 대한 반발을 불러일으킵니다. 그러나 이런 감정들은 자신들의 전제조건들과 상충됨

86) p.426. 남녀가 성격이라 불리는 그 재산을 포기할 때까지 인류는 결코 이러한 식의 살인적 공격성, 전쟁, 압박과 억압, 애착과 착취를 포기하지 않을 것이다. 인류가 초개인으로 각성될 때까지는 말이다. 그때까지 시간, 죄책감, 살인, 재산, 개인은 항상 동의어가 될 것이다.

- K. 윌버 《에덴을 넘어서》 中 -

으로써, 대부분 의식에서 멀어집니다. 이때부터 개개의 인간은 부모들에게서 독립해야 하는 커다란 과제와 씨름합니다. 부모에게서 독립함으로써 비로서 개인은 더 이상 자아가 아닌, 사회공동체의 구성원이 될 수 있습니다. 아들은 자신의 어머니를 향한 리비도적인 욕망들에서 자신을 해방시키고 그 욕망을 현실상의 다른 사랑의 대상을 선택하기 위해서 사용해야 하는 과제를 지닙니다. 그리고 만약 아버지와 계속 반목하고 있었다면, 그와 화해하는 것도 과제입니다. 혹은 유아기의 반발에 대한 반작용으로 아버지에 대해서 굴종적인 관계에 놓여 있었다면, 이제 그러한 압력에서 벗어나야 합니다. 이는 모든 사람들의 과제입니다. 이 과제들이 이상적인 방식으로, 즉 심리적으로나 사회적으로 옳은 방식으로 해결되는 경우가 얼마나 드문지 주목할 만합니다. 그러나 신경증 환자들은 이 과제를 해결할 수 없습니다. 그들은 자신의 리비도를 다른 성적 대상에 쏟을 수가 없습니다. 관계를 맺는 방식은 틀리지만, 딸들의 운명도 아들과 같습니다. 이 점에서 오이디푸스 콤플렉스가 신경증의 핵심적인 요인으로 작용한다는 것은 이론의 여지가 없습니다.

- S. 프로이트 《정신분석 강의》 中 -

프로이트는 오이디푸스 콤플렉스를 극복하는 것이 **'모든 사람의 과제'**라고 말한다. 그렇지 않으면 오이디푸스 콤플렉스는 **'정신병리의 핵심적인 요인'**으로 작용한다. 즉 자기 자신을 알 수 없게 하는 정신병리의 핵심적인 요인이 오이디푸스 콤플렉스이다. 이러한 프로이트의 견해가 타당하다면 그리스도와 석가모니가 제시한 인류의 구원 방식도 오이디푸스 콤플렉스로부터의 자유, 즉 **부모와의 무의식적 관계의 단절**이라고 추론할 수 있다.

먼저 그리스도의 구원 방식을 보면 그리스도는 자신이 **'이 세상에 온 목적'**을 두 가지로 밝히고 있다. 하나는 '화평이 아니라 **검을 주러 온 것**'이고 두 번째는 **'아들(사람)이 아버지, 딸이 어머니, 며느리가 시어머니와 불화하게 하는 것'**이다. 이어서 그리스도는 **'사람의 원수가 자기 집안 식구'**라고 말한다.[87] 그리스도의 이러한 말은 그리스도가 가족 간의 불화를 조장한다는 오해를 불러일으키기도 하지만 그리스도의 이 말은 상징과 비유이다. 이 말이 상징이나 비유인 이유는 같은 복음서에서 '네 부모를 공경하라'라고 말하고 있기 때문이다.[88] 따라서 그리스도가 밝힌 바 있듯이 그리스도가 자신이 이 세상에 온 목적을 밝히는 장면은 상징과 비유를 사용해서 **인간의 태초의 비밀**을 말해 주기 위해서라고 추론할 수 있다.

그리스도의 상징과 비유를 문맥에 따라 해석하면 현재의 살아 있는 부모는 **'공경'**하되 과거에 내면화된 부모와는 **'불화'**하라는 뜻이다. 내면화된 부모와 불화하기 위해서는 먼저 그 **'내면화된 부모 관념'**을 의식화시켜서 직면해야 한다.[89] 이때 필요한 것이 **무의식의 의식화**이고 따라서

87) p.16. 내가 세상에 화평을 주러 온 줄로 생각하지 말라 화평이 아니요 검을 주러 왔노라

내가 온 것은 사람이 그 아버지와, 딸이 어머니와, 며느리가 시어머니와 불화하게 하려 함이니

사람의 원수가 자기 집안 식구리라

아버지나 어머니를 나보다 더 사랑하는 자는 내게 합당하지 아니하고 아들이나 딸을 나보다 더 사랑하는 자도 내게 합당하지 아니하며

또 자기 십자가를 지고 나를 따르지 않는 자도 내게 합당하지 아니하니라.

- 《신약성서》「마태복음」中 -

88) p.32. 네 부모를 공경하라, 네 이웃을 네 자신과 같이 사랑하라 하신 것이니라

- 《신약성서》「마태복음」中 -

89) p.111. 그러나 심리 치료에서 환자가 알아야 할 점은 자신을 변화시킬 수 있는 힘은 자기 자신 안에 있다는 점이다. (중략)

단기 치료라 하더라도, 환자가 직면하기를 회피하는 과거사가 있다면 치료자는 이를 꼭 '잡아내야' 한다. (중략) 하지만, 직면해야 할 '부모'는 현재의 부모가 아니라 내

'검'은 무의식의 의식화를 상징한다. 그리스도가 **'검'**을 주러 왔다는 의미는 인간이 내면화된 부모를 의식화해서 자신을 해방시켜야 한다는 뜻이다.[90] 그리스도가 준 검으로 아들은 그 아버지와 무의식적 관계를 끊고, 딸은 그 어머니와 무의식적 관계를 끊어야만 구원받을 수 있다는 뜻이다. 사람의 원수가 자기 집안 식구인 이유도 부모의 대리자나 형제자매와도 무의식적 관계가 형성되기 때문이다. 과거의 아버지에게 무의식적으로 집착(사랑)하고 과거의 어머니에게 무의식적으로 집착(사랑)하게 되면 그리스도가 주려는 자유에 합당하지 않게 된다. 그 반대도 마찬가지이다. 과거의 아버지나 어머니를 무의식적으로 증오하는 것 역시 과거의 부모에게 집착하게 되는 것이다. 가족은 긍정적이든 부정적이든 자기 자신을 알 수 없게 만드는 **'원수'**이자 **'최악의 발명품'**인 셈이다.[91] 자기 가족과의 무의식적 관계를 끊을 수 있을 때 자신의 십자가(본질)를 발견함으로써 자기 십자가를 지고 그리스도를 따를 수 있게 된다.

앞서 정욕을 자본의 자기증식 욕망에 비유한 바 있는데 똑같은 맥락에

면화된 부모상인 것이다.

- N. 맥윌리엄스 《정신분석적 사례이해》 中 -

90) p.109. 검(sword)은 의식을 상징한다. …, 의식적인 자아는 이전엔 포괄적이던 무의식으로부터 자신을 해방시켜야 한다. 이렇게 해야 하는 것은 개인이 자신의 독특한 숙명을 실현하기 위해서이다.

- E. 애크로이드 《꿈 상징 사전》 中 -

91) p.234. 이러한 명상은 항상 나의 호기심을 돋우었다. 예를 들어보자. 나는 이런 훈련을 받은 적이 없는 다수의 서양 정신치료 환자들을 경험했다. 그들이 실제로 모든 존재를 어머니로 여기는 훈련을 했을 때, 결과적으로 그 훈련은 그들의 개인적인 삶에서만큼은 재앙 그 자체였다. 서양인들은 이 훈련을 하는 데 상당한 어려움을 겪는다. 어머니와의 관계가 너무 많은 갈등으로 차 있기 때문이다. 우리의 육아 과정, 핵가족 구조, 그리고 자율과 개별화에 대한 욕구는 부모 자신 관계에 큰 긴장을 가져왔다. (중략) 내 정신치료 선생인 이사도르 프롬은 "가족은 실제로 존재하지 않는 신이 내린 최악의 발명품이다"라고 말하면서 낄낄 웃었다.

- M. 엡스타인 《붓다의 심리학》 中 -

서 **오이디푸스 콤플렉스**, 즉 **원죄**를 자본주의적 축적에 선행하는 **'본원적 축적'**에 비유할 수 있다.[92] 자본주의적 축적의 악순환에서 벗어나려면 자본주의적 축적에 선행하는 과거의 원죄인 **'본원적 축적'**을 상정해야 하는 것처럼 인간이 정욕의 악순환으로부터 자유로워지려면 그에 선행하는 과거의 원죄인 **오이디푸스 콤플렉스**를 상정해야 한다. 원죄(본원적 축적)로 탄생한 자본이 끊임없는 자기증식을 통해 국가를 파멸시키는 것처럼 원죄(오이디푸스 콤플렉스)로 탄생한 정욕의 끊임없는 반복 강박은 인간을 파멸시킬 수밖에 없다. 이러한 악순환에서 벗어나려면 부모가 물려준 무의식적 유산과의 관계를 끊어야 한다. 인간이 자신의 어머니 또는 아버지가 물려준 과거의 유산을 청산하지 못하고 그것의 상징적 대체물에 집착하고 자신의 심리적 외상을 보상받기 위해서 타인을 이용하고 착취할 때 인류는 고통과 불행의 악순환에서 벗어날 수 없다. 그리스도가 인류에게 영적으로 주려는 메시지는 1) 자신의 원죄(오이디푸스 콤플렉스)가 환상이라는 깨달아 2) 자신의 본질(최상의 자기)이 신성과 하나임을 알게 됨으로써 자기 자신이 신이라는 것을 알도록 하기 위해서였다.[93]

석가모니도 인간의 '업식(관념)'이 세상을 있는 그대로 보지 못하게 만

92) p.961. 우리가 이 악순환에서 벗어나려면 자본주의적 축적에 선행하는 '본원적' 축적, 즉 자본주의적 생산양식의 결과가 아니라 그 출발점으로서의 축적을 상정할 수밖에 없다.

이 본원적 축적이 경제학에서 수행하는 역할은 신학에서의 원죄의 역할과 같은 것이다. 아담이 사과를 베어 먹었기 때문에 인류에게 죄가 내린 것이다. 즉 과거의 이야기를 통해 이 죄의 기원이 설명된다.

- K. 마르크스 《자본 I》 中 -

93) p.372. 일레인 페이절스는 영지주의 복음에 드러난 예수의 비전적 메시지에 다음처럼 3가지 필수요소가 있음을 지적했다. 첫째, 자기를 아는 것이 신을 아는 것이다. 최상의 자기와 신성은 하나다. 둘째, 이 경전에 계신 '살아 있는 예수'는 죄악과 회개를 말하는 것이 아니라 환상과 깨달음에 대해 말하고 있다. 셋째, 예수는 주님으로서가 아니라 영적 안내자로 나타난다.

- K. 윌버 《에덴을 넘어서》 中 -

든다고 말한다.[94] 업식의 사전적 의미는 '**과거에** 저지른 행위와 생각의 결과로 **현재에** 일어나는 미혹한 마음 작용'을 뜻한다. 인간에게 과거의 행위와 생각은 대부분은 부모와의 관계 속에서 이루어진다. 과거에 부모와의 관계 속에서 형성된 1) 신성(불멸)과 천함(필멸), 2) 쾌와 불쾌(좋고 싫음), 3) 옳고 그름(양심의 선택), 4) 시비 분별(선악 관념)이 현재의 사고와 행동에 영향을 미치는 것이다. 이렇게 의식을 지배하는 무의식 속 관념(업식)들로 인해서 인간은 자신의 불성(최상의 자기)을 발견할 수 없게 되었다. 부처(관세음보살)가 **'불타는 칼'**을 들고 나타난 것도 결국 **무의식의 의식화(분별적 자각)**를 통해서 과거에 형성된 부모와의 무의식적 관계를 끊으라는 뜻이다.[95]

석가모니는 과거에 형성된 주된 관념(업식)을 4개로 제시하고 있는데 그 4개가 아상(我相), 인상(人相), 중생상(衆生相), 수자상(壽者相)이다[96](정

---

94) p.397. 그러나 우리는 있는 그대로의 세상을 보지 못합니다. 끊임없이 일어나는 마음 속의 시비 분별로 깨끗함과 더러움, 추함과 아름다움, 좋고 싫음, 옳고 그름, 신성함과 천함, 이루 헤아릴 수 없을 만큼 어지러운 차별상으로 세상을 바라봅니다. 우리의 업식과 관념이 세상을 있는 그대로의 모습으로 보지 못하게 만들기 때문이다.

- 법륜 스님 《금강경 강의》 中 -

95) p.63. 실제로 이러한 자아 기능들은 마음챙김(mindfulness)이라는 핵심적인 명상 수행의 기초를 형성한다. 이 명상 수행 속에서 자아 기능 그 자체는 순간순간의 알아차림을 함양시키기 위해 채택된다. 이 장면에서 관세음보살은 분별적 자각을 상징하는 불타는 칼을 들고 나타난다. 이 칼의 존재는 자아의 공격적 본성이 문제점으로 보이지 않는다는 점을 보강해 준다.

- M. 엡스타인 《붓다의 심리학》 中 -

96) p.64. 이렇게 자아에 대한 개념을 아상이라 한다면 영혼에 대한 개념을 인상, 존재에 대한 개념을 중생상, 생명에 대한 개념을 수자상이라 말합니다. 다른 한편으로는 상의 범위를 구분 짓는 경계에 따라 나와 너를 구별하는 아상, 인간과 비인간을 구별하는 인상, 생명과 무생명을 구별하는 중생상, 존재와 비존재를 구별하는 수자상으로 분류하기도 합니다. 그러나 그것을 무엇이라 부르든 다른 것과 구별되고 변하지 않는 어떤 존재를 상정한다면 그것은 모두 상이 됩니다. 실제 세계에는 다른 것과 구별되며 변하지 않는 그 어떤 존재도 실재하지 않습니다. 어떤 식으로 구별하든 그것은 다 생각이 만들어 낸 하나의 상일뿐입니다.

확하게 말하면 4개의 관념은 관념적 표상을 의미하지만, 관념처럼 다루기로 한다). 이러한 **'모양 지은 관념'**은 과거에 형성된 특정한 생각에 불과하지만, 현재의 사고와 행동에 영향을 미치므로 마치 실재하는 것처럼 보인다.[97] 석가모니는 이러한 4개의 관념으로부터 자유롭게 되면 자신 속에서 불성을 발견해서 부처(깨달은 자)가 될 수 있다고 말한다.

석가모니가 제시하는 4개의 관념을 전능 관념이 지배적인 주체를 기준으로 간략하게 설명하자면 다음과 같다(4개의 관념에 대한 이후의 견해는 필자의 개인적인 견해임을 미리 밝혀둔다). 아상은 자기애의 보존을 위한 원초적 관념을 말한다. 아상 대부분은 어머니와의 관계 속에서 형성되므로 아상은 악마의 첫 번째 유혹인 **융합 욕망**에 비유할 수 있다. 인상은 외부 대상을 이상화하려는 충동으로 악마의 두 번째 유혹인 **숭배 욕망**에 비유할 수 있다. 중생상은 악마의 세 번째 유혹인 **지배 욕망**에 비유할 수 있고 수자상은 **구세주 욕망**에 비유할 수 있다(복종 관념이 지배적인 주체를 기준으로 설명할 수도 있지만, 지면의 한계가 있으므로 생략한다).

금강경(金剛經)

태초에 인간의 무의식 속에 형성된 이러한 4개의 관념을 극복하기 위한 석가모니의 가르침을 체계적으로 서술한 책이 《금강경》이다. 《금강

- 법륜 스님 《금강경 강의》 中 -

97) p.63. 상(相)이란 나다 · 너다, 깨끗하다 · 더럽다, 좋다 · 나쁘다 등등 마음에서 일으켜 모양 지은 관념을 말합니다. 생각으로 지었지만 마치 실재하는 것처럼 모양을 만들었기 때문입니다.

- 법륜 스님 《금강경 강의》 中 -

경》의 원래 제목은 《금강반야바라밀경》으로 이 의미는 '**금강**(다이아몬드)'으로 4개의 관념(어리석음과 번뇌)을 깨뜨리고 '**지혜**(반야)'를 얻는다면 '**피안의 세계**(바라밀)'에 들어갈 수 있다는 뜻이다.[98] 그리스도의 상징과 비유로 바꾸면 그리스도가 준 **'검'**으로 부모와의 무의식적 관계를 끊고 **'진리'**를 얻으면 **'하나님의 나라(천국)'**에 들어갈 수 있다는 것이다.

《금강경》은 석가모니와 그의 제자인 수보리의 문답으로 구성되어 있다. 제1장은 서문에 해당하며 석가모니가 《금강경》을 설한 당시의 배경을 묘사하고 있다(제1분으로 불러야 하지만 쉬운 용어로 바꾼다). 제1장은 석가모니가 부처가 된 상태를 묘사하고 있으므로 나머지 뒷부분은 부처가 되기 위한 보충 설명이라고 할 수 있다.[99] 제2장, 제3장과 제4장은 지혜를 얻기 전에 갖추어야 할 **기본적인 마음가짐**에 대한 문답으로 구성되어 있다.

제2장 善現起請分(선현기청분) : 수보리, 법을 청하다

時 長老須菩提 在大衆中 卽從座起 偏袒右肩 右膝着地 合掌恭敬 而白佛言

98) p.10. 『금강경』의 본래 이름은 『금강반야바라밀경(金剛般若波羅密經)』입니다. 금강은 다이아몬드를, 반야를 지혜를, 바라밀은 피안(彼岸)의 세계에 도달함을 가르킵니다. 『금강경』에 담긴 지혜가 다이아몬드처럼 가장 값지고 소중하고 견고하다는 뜻이기도 하고, 다이아몬드가 세상 모든 물질을 다 깨뜨리듯 『금강경』의 지혜로서 중생의 어리석음과 번뇌를 깨뜨린다는 뜻이기도 합니다.

- 법륜 스님 《금강경 강의》 中 -

99) p.37. 이 1분은 표면적으로 보면 금강경이 설해진 당시의 배경 묘사에 불과해 보입니다. 하지만 그 뜻을 궁구하면 금강경의 가르침, 더 나아가 부처님의 팔만사천법문이 이 한 장면에 함축되어 있음을 볼 수 있습니다. 부처님의 평범한 일상의 모습에 최고의 도가 있음을 몸소 실천해 보이고 계십니다. 1분에서 이 의미를 깨달으면 나머지 뒷부분은 보충 설명에 불과합니다.

- 법륜 스님 《금강경 강의》 中 -

希有世尊 如來善護念諸菩薩 善付囑諸菩薩 世尊 善男子 善女人 發阿耨多羅三藐三菩提 應云何住 云何降伏其心

시 장로수보리 재대중중 즉종좌기 편단우견 우슬착지 합장공경 이백불언 희유세존. 여래선호념제보살 선부촉제보살. 세존, 선남자 선여인 발아뇩다라삼먁삼보리 응운하주 운하항복기심

> p.41. 그때 장로 수보리가 대중 가운데 있다가 자리에서 일어나 오른쪽 어깨를 드러내고 오른 무릎을 땅에 꿇으며 합장하고 공경하사 부처님께 여쭈었습니다.
>
> "희유하십니다. 세존이시여! 여래께서는 모든 보살을 잘 두호하여 생각하시며 모든 보살을 잘 부촉하십니다. 세존이시여! 아뇩다라삼먁삼보리심을 발한 선남자 선여인은 마땅히 어떻게 머물며 어떻게 그 마음을 항복받아야 합니까?"
>
> \- 법륜 스님 《금강경 강의》 中 -

아뇩다라삼먁삼보리는 4개의 관념을 깨트리면 얻을 수 있는 지혜를 말한다. 제2장에서 수보리는 석가모니에게 이러한 지혜를 얻기 위한 마음가짐에 관해 묻고 있다. 첫 번째 질문은 **'마땅히 어떻게 머물며?'**라는 질문으로 이 질문은 지혜를 얻는 과정에서 **지속적으로 가져야 하는 마음 상태**를 의미한다. 지속적으로 가져야 하는 마음 상태란 4개의 관념에 집착하지 않는 상태를 유지하겠다는 일종의 노력과 같은 것이다. 프로이트의 용어를 빌리자면 **'균형을 잡아가는 주의력'**(또는 '고르게 떠 있는 주의')으로 현재 자신의 정욕이 무엇에 집착하고 있는지를 끊임없이 성찰하는 것이다. 이 의미는 인간의 인식 능력, 더 정확하게 말하면 인간의 **성찰**

능력이 정신병리의 **'치료적 도구'**가 될 수 있다는 뜻이다.[100)]

p.114. 그런데 이 기법은 아주 단순하다. 우리가 알고 있는 필기법을 포함한 모든 보조수단들을 거절하고 뭘 특별하게 기억하려고 하지 않고 우리가 듣는 모든 것에 '균형을 잡아가는 주의력'을 가져야 한다. (중략) 말하자면 우리가 어느 정도까지 집중하면 그와 동시에 우리는 지금 서술한 것 중에서 어떤 것을 선별하기 시작한다. 그러면 우리는 그중 한 가지 일에 집중하게 되고 다른 것은 왜곡한다. 그리고 난 뒤 선택한 것에서 자신의 기대나 자신의 기호(끌림)를 따르게 된다. 이런 일을 해서는 안 된다. 자기가 선택한 것을 따르게 되면 자기가 알고 있는 것 이외의 다른 어떤 것을 발견하지 못할 위험이 있기 때문이다. 그리고 자기기 끌리는 것을 따라가게 되면 거의 십중팔구 가능한 지각을 왜곡할 가능성이 있다. 우리가 잊지 말아야 할 것은 나중에 가서야 그 의미가 밝혀질 것들을 치료 중에 반드시 놓쳐서는 안 된다는 사실이다.

모든 것을 불편부당하게 받아들이라는 지침은 환자가 자신에게 떠오른 느낌이나 생각들을 비판하거나 선별하지 않고 말하라는 요구에 대한 필연적인 대응책이다. 치료사가 그렇게 행동하지 않으면 그는 환자 측의 '정신분석의 기본원칙'에서 도출되는 소득을 대부분

100) p.218. 프로이트의 기여는 세 영역으로 나눌 수 있다. 첫째, 그는 대양적 느낌을 종교적 절정 경험이라고 묘사하여, 이후 여러 세대에 걸쳐 심리치료자들이 영성을 이해하는 방식에 영향을 주었다. (중략) 둘째, 처음에는 최면에서, 이후에는 자유연상으로, 최종적으로는 고르게 떠 있는 주의로 옮겨가는 그의 자발적인 주의 조작에 대한 탐험은 이후에 명상과 감각 인식에 대해 치료계 일각에서 가지게 된 관심을 예견한 것이었다. 자아초월심리학의 관점에서 보자면 프로이트의 노력은 인식을 치료적 도구로 쓸 수 있도록 열어주었다는 점에서 선구적이었다.

- M. 엡스타인 《붓다와 프로이트》 中 -

소멸시키고 만다. 그러니까 치료사에게 요구되는 규칙은 이렇다. 치료사는 자신의 모든 인지력이 의식적으로 영향을 미치지 못하게 하고 완전히 '무의식적인 기억'에 자신을 맡기거나 (순전히 기법적으로 말해서) 환자의 말을 잘 들을 뿐, 그것을 인지하려는 태도를 갖지 않으려고 노력해야 한다.

- S. 프로이트 《프로이트의 치료기법, 『분석치료를 하는 치료사에 대한 조언(1912)』》 中 -

프로이트가 정신분석 기법이 '아주 단순하다'라고 말하는 것은 말 그대로 기법 자체가 단순하다는 것인지 기법에 대한 이해가 단순하다는 뜻은 아니다. 기법에 대한 이해가 어려운 이유는 이미 말한 바와 같이 인간의 의식은 무의식의 작용을 인식할 수 없기 때문이다. 무의식은 어떤 대상을 지각했을 때 자신의 관념에 따라 그 대상을 선별하기 시작하고 그 선택한 것에서 자신의 정욕(기호)을 따르게 된다. 따라서 의식 속에 떠 올랐을 때는 이미 그 표상은 무의식에 의해 왜곡된 상태이다. 이러한 무의식적 작용은 **순식간**에 이루어지므로 의식은 자신이 자유로운 선택을 했다고 믿게 되고 자신에 대한 다른 사실들은 발견하지 못하게 된다.

따라서 이런 선택을 따르게 되면 십중팔구 자기 자신을 알 수 없게 된다. 자기 자신을 알기 위해서는 '균형을 잡아가는 주의력'을 통해 자신의 의식 속에 떠오르는 관념적 표상(생각)이나 정서적 표상(느낌)을 **'비판하거나 선별하지 않고'** 그 자체로 받아들여야 한다. 불교 수행에서는 이러한 기법을 **'마음챙김(알아차림)'**이라고 한다. 이러한 **'알아차림'**을 통해서 주체의 의식은 자신의 무의식적 관념을 알게 됨으로써 그에 연결된 관념적 표상이 자신과 별로 연관성이 없다는 사실을 깨닫게 된다.[101)]

---

101) p.48. 통찰 수행은 변화하는 지각 대상에 대해서 매 순간 알아차림을 강조하는 "마

지혜를 얻기 위한 마음가짐에 대한 수보리의 또 다른 질문은 **'어떻게 그 마음을 항복받아야 합니까?'**라는 질문으로 이 질문은 지혜를 얻는 과정에서 가져야 하는 **핵심 신념**을 뜻한다. 그런데 석가모니는 수보리의 첫 번째 질문이 아닌 두 번째 질문에 대한 대답을 먼저 한다. 마음 상태보다 핵심 신념이 더 중요하다는 뜻이다.

제3장 大乘正宗分(대승정종분) : 대승의 바른 가르침

佛告 須菩提 諸菩薩摩訶薩 應如是降伏其心 所有一切 衆生之類 若卵生 若胎生 若濕生 若化生 若有色 若無色 若有想 若無想 若非有想非無想 我皆令入 無餘涅槃 而滅度之

불고 수보리 제보살마하살 응여시항복기심 소유일체 중생지류 약란생 약태생 약습생 약화생 약유색 약무색 약유상 약무상 약비유상비무상 아개영입 무여열반 이멸도지

p.55. 부처님께서 수보리에게 말씀하셨습니다. "모든 보살마하살은 이와 같이 그 마음을 항복받아야 한다. 존재하는 모든 중생의 종류, 즉 알로 나는 것, 태로 나는 것, 습기로 나는 것, 화하여 나는 것, 빛이 있는 것, 빛이 없는 것, 생각이 있는 것, 생각이 없는 것, 생각이 있는 것도 아니고 없는 것도 아닌 것을 내가 다 완전한 열반에

음챙김"이라는 일종의 주의 전략에 의지한다. 이 수행에서 주의는 생각, 느낌, 이미지, 감각, 의식 그 자체까지도 인간의 마음과 신체의 과정을 특징짓는 끝없이 변화하는 것일 따름이라고 관찰할 정도로 개발된다. 통찰 수행을 이어가면서 성격은 일시적이고 불안정하며, 생각만큼 자기와 별로 연관성이 없다는 사실에 대한 통찰이 일어나고, 그것은 결국 깨달음의 경험에서 정점에 이른다고 말한다.

- M. 엡스타인 《붓다와 프로이트》 中 -

들게 제도하리라. …"

- 법륜 스님 《금강경 강의》 中 -

제3장에서 석가모니는 자신을 알 수 있는 지혜를 얻으려면 최우선으로 **'내가 모든 중생을 구원하겠다'**라는 신념을 가지라고 말한다. 불교에서의 중생은 생물과 무생물뿐만 아니라, 생각이 있는 것과 없는 것까지 포함하므로 중생은 세계의 모든 사물과 현상을 의미한다. 그런데 모든 사물과 현상을 구원하겠다는 것은 불가능한 일이다. 석가모니는 왜 실현 불가능한 신념을 가지라고 하는 것일까? 여기에 석가모니 가르침의 정수가 숨어 있다.

예를 들어 모든 중생을 구원할 수 없다고 생각한다면 이 생각 속에는 **어떤 구분을** 포함하고 있다. 다시 말해서 이 생각 속에는 구원받을 중생과 구원받을 필요가 없는 중생의 구분이 있다는 뜻이다. 구원 대상의 구분이 생기면 구분을 위한 **논리**가 필요하게 되고 이 논리 속에는 자신의 **선악 관념**이 무의식적으로 투사된다. 선악 관념에는 리비도가 집중되어 있으므로 이렇게 구분을 하게 되면 중생의 구원이라는 목적은 자신의 선악 관념(윤리)의 정욕(쾌감)을 성취하기 위한 수단으로 변질되어 버리게 된다.

p.75. 인간은 압력을 행사할 수 있게 되면 곧 자신의 〈윤리〉를 관철시키고 실행하기 위해서 그 압력을 행사한다. 인간에게 있어 윤리란 이미 보증된 삶의 지혜기 때문이다. 마찬가지로 개인으로 구성되는 공동체는 모든 개인에게 똑같은 윤리를 강요한다. 여기에 잘못된 추리가 있다. 어떤 윤리에서 쾌감을 느끼거나, 적어도 그것으로써 자신의 존재를 성취시키므로 이 윤리가 필요한 것이다. 그것은 사람

이 유쾌함을 느낄 수 있는 〈유일한〉 가능성이기 때문이다.

- F. 니체 《인간적인 너무나 인간적인(동서)》 中 -

석가모니의 이러한 가르침은 불교의 **무위(無爲) 사상**과 모순되는 것처럼 보인다. 무위의 사전적인 의미는 아무것도 하지 않는다는 뜻이다. 그래서 많은 사람이 석가모니가 **'아무것도 하지 말라'**라고 가르쳤다고 오해한다.[102] 이러한 오해가 발생하는 이유는 석가모니의 가르침을 표면적으로만 이해하기 때문이다. 무위의 의미는 아무것도 하지 말라는 뜻이 아니라 모든 중생을 구원하는 데 있어서 어떤 **구분, 논리, 선악 관념**을 가지고 한다면 차라리 하지 않는 것이 낫다는 뜻이다. 다시 말해서 무위는 타인이 불행하다는 생각(인상)이나 세상이 불합리하다는 생각(중생상)에 머물러 구제하면 안 되고 또 그러한 구제를 할 때 자신이 이타적이라는 생각(**아상**)이나 자신이 구세주라는 생각(**수자상**)에 집착해서 구제하면 안 된다는 뜻이다. 이렇게 4개의 생각(관념적 표상)에 집착하지 않고 하는 구원(보시)이 **'무주상 보시'**이다.

무아(無我) 사상도 마찬가지이다. 무아의 의미는 자아의 실현을 포기하거나 내려놓으라는 뜻이 아니라 자아의 실현에 있어서 자신의 구분, 논리, 선악 관념이 절대적이지 않으므로 거기에 집착하면 안 된다는 뜻이다.[103] 자아는 적(敵)이 아니다. 무념무상(無念無想)도 생각 자체를 하지

102) p.459. 부처에 따르면, 생에는 의미가 없다. 사람들은 어떤 의미를 만들 필요도 없다. 의미가 없다는 사실을 깨닫고, 그럼으로써 우리의 집착과 공허한 현상을 자신과 동일시하는 데서 비롯하는 고통에서 해방되면 된다. "나는 무엇을 해야 합니까?" 사람들의 물음에 부처는 이렇게 조언한다. "아무것도 하지 말라, 절대로 아무것도." 모든 문제는 우리가 끊임없이 뭔가를 하려는 데 있다.

- Y. 하라리 《21세기를 위한 21가지 제언》 中 -

103) p.119. 마음챙김 명상에서 무아(egolessness)는 자주 몰아(self-abnegation)와 혼동되고, 무아가 실재하는 것이라고 상상하면서 자아 또는 자기가 포기된다. (중략)

말라는 뜻이 아니라 어떤 쾌와 불쾌의 형상을 짓거나(有想) 어떤 선과 악의 개념을 일으켜(有念) 생각하고 행동하면 안 된다는 뜻이다.[104] 그 이유는 그러한 쾌와 불쾌의 형상이나 도덕 개념이 의식적 표상을 왜곡하기 때문이다. 이러한 자기기만을 피하기 위해서는 **'선(쾌)과 악(불쾌)의 저편에서'**에서 사고하고 행동할 수 있어야 한다.

> p.236. 불교는 그리스도교보다 백 배나 더 실제적이고－객관적이고 냉정한 문제 제기의 유산을 갖추고 있다. 그것은 수백 년 동안 철학적 운동이 지속된 **다음에** 등장한다. 그것이 등장했을 때 '신(神)' 개념은 이미 폐기되어 있었다. 불교는 역사가 우리에게 보여 준 단 하나의 진정한 실증적 종교이며, 그것의 인식 이론(엄밀한 현상주의)에서도 마찬가지다. 불교는 더 이상은 '**죄**에 대한 싸움'을 말하지 않고, 오히려 현실을 인정하면서 '**고통**에 대한 싸움'을 말한다. 불교는－이 점이 불교를 그리스도교로부터 철저히 갈라놓는다－도덕 개념의 자기기만을 이미 뒤로하고 있다. 내 언어로 말하자면 불교는 선(善)과 악(惡)의 **저편**에 서 있는 것이다.

문제는 어떻게 항복해야 하는지 또는 어떻게 내려놓는지를 배우는 데 있는 것이 아니라 "그것을 내려놓아라." 또는 "그것을 포기하라."고 할 때의 "그것"이 구체적으로 무엇인가 하는 것이다. 이 단계에서는 자아의 측면들, 즉 지적 능력, 자아나 공격성 또는 욕망을 적(敵)으로 설정하고, 그것들과 거리를 두려는 경향성이 굉장히 강하다. 그러나 이것은 무아에 대한 올바른 관점이 아니다. 무아는 한때 완전히 실재하는 것으로 보였던 것이 절대적이지 않다는 발견이다. 이것은 통찰명상의 핵심적인 과제가 된다.

- M. 엡스타인 《붓다와 프로이트》 中 -

104) p.397. 정심은 어디에도 집착하지 않는 무주(無住)의 마음이고 어떠한 형상도 짓지 않는 무상(無想)의 마음입니다. 또한 일체 분별을 일으키지 않는 무념(無念)의 마음이기도 합니다.

- 법륜 스님 《금강경 강의》 中 -

- F. 니체 《안티크리스트(책)》 中 -

석가모니의 **'내가 모든 중생을 구원하겠다'**라는 가르침은 그리스도의 **'원수를 사랑하라'**라는 가르침에 상응한다. 《구약성서》의 하나님은 이웃은 사랑하되 원수를 미워하라고 가르쳤지만, 그리스도는 하나님 아버지의 율법에 반기를 들고 원수를 사랑하라고 가르친다. 그런데 이 세상에서 결코 사랑할 수 없는 사람이 원수이다. 원수까지 사랑하라는 의미는 결국 **모든 사람을 사랑하라**는 뜻이 된다. 만약 사랑의 대상이 한정된다면 거기에는 구분과 논리가 적용되고 구분과 논리에는 자신의 선악 관념이 투사된다. 자신과 같은 선악 관념을 가진 사람은 구원 대상이 되고 자신과 다른 선악 관념을 가진 사람은 구원 대상에서 제외되는 것이다. 이러한 선악 구분에 질투와 시기가 투사되면 자연스럽게 복수심이 동반하게 된다. 《구약성서》의 '눈에는 눈, 이에는 이'와 같이 똑같은 복수 방식의 선악 관념으로는 인류는 진정으로 결합할 수 없으며 인류 문명은 불멸할 수 없다.

그래서 그리스도는 **'인간도 하나님과 같이 온전해야 한다'**고 가르친다.[105] 한마디로 말해서 신처럼 사고하고 행동하라는 것이다. 이웃을 사

105) p.7. 또 네 이웃을 사랑하고 네 원수를 미워하라 하였다는 것을 너희가 들었으나
나는 너희에게 이르노니 너희 원수를 사랑하며 너희를 박해하는 자를 위하여 기도하라
이같이 한즉 하늘에 계신 너희 아버지의 아들이 되리니 이는 하나님이 그 해를 악인과 선인에게 비추시며 비를 의로운 자와 불의한 자에게 내려주심이라
너희가 너희를 사랑하는 자를 사랑하면 무슨 상이 있으리요 세리도 이같이 아니하느냐
또 너희가 너희 형제에게만 문안하면 남보다 더하는 것이 무엇이냐 이방인들도 이같이 아니하느냐
그러므로 하늘에 계신 너희 아버지의 온전하심과 같이 너희도 온전하라.
- 《신약성서》 마태복음 中 -

랑하는 행위는 세리나 이방인도 할 수 있지만, 원수를 사랑하는 것은 신만이 할 수 있다. 또 신은 쾌락과 불쾌를 구분하는 어떠한 형상, 선과 악을 구분하는 어떠한 우상, 진리와 비진리를 구분하는 어떠한 사상에도 구애받지 않는다.[106] 그리스도와 석가모니 가르침의 핵심은 인간이 어떠한 구분과 논리가 없이 모든 사물을 사랑할 수 있게 되면 자신 속에서 '**하나님의 신비**인 **불멸**'을 발견할 수 있다는 것이다.

> p.64. 형제들이여, 인간의 죄를 두려워하지 말고 죄에 빠진 사람이라도 사랑하라. 그것은 하느님의 사랑에 가까운 것이며, 이 지상에서 최고의 사랑이기 때문이다. 그리고 하느님의 모든 창조물을, 그 전체와 모래 한 알 한 알까지 사랑하도록 하라. 나뭇잎 하나, 빛줄기 하나라도 사랑하라. 동물을 사랑하고 식물을 사랑하고 모든 사물을 사랑하라. 모든 사물을 사랑한다면 그 사물 속에서 하느님의 신비를 발견하게 될 것이다. 한번 그것을 깨달으면 날이 갈수록 더 깊이, 더 많은 것을 이해하기 시작할 것이다. 그리하여 마침내 완전한 범(汎)세계적인 사랑으로 온 세상을 사랑할 수 있을 것이다. 동물을 사랑하라. 하느님은 그들에게 사고의 원리와 평온한 기쁨을 주셨다.
>
> 동물을 괴롭히지 말고 학대하지 말고 그들에게서 기쁨을 뺏지 말 것이며, 하느님의 뜻에 거역하지 말라. 사람들이여, 동물보다 우월하다고 자랑하지 말라. 그들에게는 아무 죄도 없는데 여러분은 위

---

106) p.266. 여호와께서 호렙산 불길 중에서 너희에게 말씀하시던 날에 너희가 어떤 형상도 보지 못하였은즉 너희는 깊이 삼가라
그리하여 스스로 부패하여 자기를 위해 어떤 형상대로든지 우상을 새겨 만들지 말라 남자의 형상이든지 여자의 형상이든지

- 《구약성서》「신명기」中 -

대한 재능을 가지고 이 지상에 출현함으로써 대지를 더럽히고 후세에 여러분의 불결한 자국을 남겨 놓고 간다. 유감스럽게도 우리는 거의 다 그렇다!

- 도스토옙스키 《카라마조프의 형제들》 중 中 -

그런데 어떤 구분이나 논리에 집착하지 않고 모든 중생을 구원하겠다는 신념에는 하나의 모순을 내포하고 있다. 그 모순은 신념이라는 단어 자체 속에 이미 자기 생각이 옳고 다른 생각은 틀렸다는 구분이 들어있다는 것이다. 모든 중생을 어떠한 구분이나 논리 없이 구원할 수 있다는 신념 자체도 하나의 아상이고 인상이고 중생상이고 수자상인 셈이다. 그래서 석가모니는 모든 중생을 구원해도 **'실제로는 구원받은 자가 하나도 없다'**라고 말함으로써 신념 자체 속에 든 4개의 관념도 깨뜨려야 한다고 가르친다.

제3장 大乘正宗分(대승정종분) : 대승의 바른 가르침

如是滅度 無量無數無邊衆生, 實無衆生 得滅度者 何以故 須菩提, 若菩薩有我相 人相 衆生相 壽者相 卽非菩薩

여시멸도 무량무수무변중생, 실무중생 득멸도자 하이고 수보리 약보살 유아상 인상 중생상 수자상 즉비보살

p.55. "… 이와 같이 한량이 없고 수가 없고 가없는 중생을 제도하되 실로 제도를 받은 자가 하나도 없다. 왜냐하면 수보리요! 만일 보살이 아상, 인상, 중생상, 수자상이 있다면 그는 보살이 아니기 때문이다."

- 법륜 스님 《금강경 강의》 中 -

석가모니가 수보리의 두 번째 질문에 먼저 대답한 이유는 핵심 신념을 가진 후에야 4개의 관념을 깨뜨리는 행위가 의미가 있다는 것이다. 목적 없는 수단은 의미가 없다는 뜻이다. 목적이 없다면 그 수단에는 자신만이 선하고 우월하다는 생각(아상), 타인은 악하고 열등하다는 생각(인상), 자기 생각이 세계의 진리라는 생각(중생상), 따라서 자신이 인류의 구세주가 되어야 한다는 생각(수자상)이 무의식적으로 개입하고 인류의 구원이라는 목적은 자신의 정욕을 성취하기 위한 수단으로 변질된다.

《신약성서》에서는 좀 더 강렬한 비유를 사용하는데 **'구제할 때에 오른손이 하는 것을 왼손이 모르게 하라'**는 것이다.[107] 이 비유에서 오른손은 **대상애**를 상징하고 왼손은 **자기애**를 상징한다. 이 비유의 의미는 모든 인간을 구원할 때 자기애를 위해서 구원하지 말라는 뜻이다. 그리스도가 다른 사람에게 보이려는 구원은 **'자기 보상을 이미 받았다'**라고 말하는 이유도 자신의 구원 행위를 다른 사람에게 보였다는 의미는 자신은 선(善)하고 사랑스러운 존재라는 생각(아상), 자기 생각이 가치 있다는 생각(중생상), 따라서 타인은 자신을 사랑하고 인정해야 한다는 생각(인상), 그리고 자신은 타인보다 뛰어난 재능과 특별한 자질은 타고난 존재라는 생각

107) p.8. 사람에게 보이려고 그들 앞에서 너희 의를 행하지 않도록 주의하라 그리하지 아니하면 하늘에 계신 너의 아버지께 상을 받지 못하느니라
그러므로 구제할 때에 외식하는 자가 사람에게서 영광을 받으려고 회당과 거리에서 하는 것 같이 너희 앞에 나팔 불지 말라 진실로 너희에게 이르노니 그들은 자기 상을 이미 받았느니라
너는 구제할 때에 오른손이 하는 것을 왼손이 모르게 하여
네 구제함을 은밀하게 하라 은밀한 중에 보시는 너의 아버지께서 갚으시리라
- 《신약성서》「마태복음」 中 -

(수자상)으로 이미 자기애적 쾌락을 느꼈기 때문이다.[108] 하지만 이러한 의식적 표상의 밑바탕에서는 자신의 수치심(무능력)과 매우 강렬한 자기애적 분노(열망)를 은폐하기 위한 무의식적 방어가 자리 잡고 있다. 이러한 **'의식과 무의식의 불일치'**가 자신의 본질(하나님)을 은폐함으로써 자기 자신을 알 수 없게 만드는 정신병리이다. 그리스도가 '구원을 **은밀하게** 해야 **하나님 아버지가 갚으시리라**'라고 한 의미는 아상, 인상, 중생상, 수자상이 **'모르게' 구원할 수 있을 때** 정신병리가 치료되어 자신의 불성(하나님)을 볼 수 있게 됨으로써 피안의 세계(하나님의 나라)에 들어갈 수 있기 때문이다.

석가모니는 자신을 고통스럽고 불행하게 하는 것도 자기애적 쾌락(행복)을 위한 것이라고 말한다. 그래서 석가모니는 고행과 같은 금욕주의가 무가치하고 무익하다고 말한다.[109] 그리스도가 금식할 때 타인에게 보이려고 하지 말하고 한 이유도 금욕주의가 타인에게 **'슬프고 흉하게'** 보임으로써 자신의 죄책감의 정욕을 성취하기 위한 상징 행위이기 때문이다(그리스도와 석가모니는 이미 마조히즘에 대해서도 알고 있다). 그리스도가 그러한 고행은 자기 보상을 이미 받았다고 말하는 이유도 고행의 목적이 타인을 구제하기 위한 것이 아니라 **자기 자랑의 정욕**(아상, 인상, 중생상, 수자상)을 위한 것이기 때문이다.[110]

---

108) p.235. 우울증 환자는 자신이 힘이 있고 강하며 가치 있는 존재로서, 사랑받고 인정받으며, 뛰어난 재능과 특별한 자질을 타고난 존재라고 간주되기를 열망한다. 그는 선(善)하고 사랑스러운 존재이기를 바라며 증오스럽거나 파괴적인 존재가 아니기를 바란다. 우울증의 핵심에는 이러한 매우 강렬한 자기애적 열망과 그것을 성취하지 못하는 자아의 무력함과 무능력에 대한 의식 사이에 심한 불일치가 자리잡고 있다.

- W. 마이쓰너 《편집증과 심리치료》 中 -

109) p.204. 붓다는 특히 금욕주의의 다른 형태인 고행을 통해 행복을 추구하지 말라고 가르치면서 고행을 "고통스럽고, 무가치하며, 유익함이 없다"라고 말하였다.

- M. 엡스타인 《붓다와 프로이트》 中 -

110) p.8. 금식할 때에 너희는 외식하는 자들과 같이 슬픈 기색을 보이지 말라 그들은 금

여기서 한 가지 반론이 제기될 수 있는데 아상, 인상, 중생상, 수자상에 집착을 해서라도 타인을 구원하는 것도 바람직하지 않으냐는 것이다. 이 경우의 문제는 자기애적 쾌락을 주는 대상이 있을 때는 그 관계가 바람직하게 보이지만 그 대상이 만족을 주지 못할 때는 비참한 결말을 가져온다는 것이다. 그 이유는 아상, 인상, 중생상, 수자상에는 공격성(정욕)이 결부되어 있기 때문이다. 예를 들어 자기희생적인 일에 **집착하는** 사람이 그 일을 잃게 되면 공격성은 **자기 파괴적인 증상**(우울이나 자살 등)으로 나타난다. 반대로 자기를 내세우는 일에 집착하는 사람은 그 일을 잃었을 공격성은 **대상 파괴적인 증상**(살인 등)으로 나타날 수 있다.[111] 이렇게 어떤 대상에 **과도하게 집착한다**는 것은 그에 연결된 관념(욕망)에 리비도가 **과도하게 고착되어** 정욕이 아주 강하게 형성되었다는 뜻이다. 따라서 아상, 인상, 중생상, 수자상에 집착하지 않는 마음 상태란 정욕(공격성)에서 자유로운 마음 상태를 의미한다고 할 수 있다. 도스토옙스키는

식하는 것을 사람에게 보이려고 얼굴을 흉하게 하느니라 내가 진실로 너희에게 이르노니 그들은 자기 상을 이미 받았느니라

너는 금식할 때에 머리에 기름을 바르고 얼굴을 씻으라

이는 금식하는 자로 사람에게 보이지 않고 오직 은밀한 중에 계신 네 아버지께 보이게 하려 함이라 은밀한 중에 보시는 네 아버지께서 갚으시리라

- 《신약성서》「마태복음」 中 -

111) p.253. 나는 예전에 … 타인의 생명을 구하고 병을 치료하며 위험에서 구해주고 도와주는 데 일생을 바쳐온 사람들을 연구한 적이 있다. 이 연구에서 나는 이들이 선(善)한 일을 하지 못하면 우울증에 빠진다는 사실을 발견하였다. 내가 아는 한 여성은 유방암 진단을 받고 매우 우울해졌는데, 이는 죽음이 두려워서가 아니었다. 그녀에게는 정기적으로 혈액을 기증하는 일이 매우 중요한 가치였는데, 유방암으로 인해 이 일을 계속할 수 없게 되었기 때문이다. (중략)

영웅적이고 '자기희생적인' 행동뿐 아니라 파괴적이고 악한 행동의 경우에도, 자존감 유지방식이 나와 다른 사람을 이해하기 어렵기는 마찬가지이다. (중략) 타인에게 힘을 행사하는 것이 자존감 유지에 중요하게 생각하는 사람은 아무것도 하지 못하면서 수치심을 느끼는 것보다는 살인을 택할 것이다.

- N. 맥윌리엄스 《정신분석적 사례이해》 中 -

정욕에 사로잡힌 마음 상태와 정욕에서 자유로운 마음 상태의 차이를 **사랑과 연민**에 비유해서 설명하고 있다.

> p.331. "내가 자네를 기만한다고 생각하는가?" 공작이 물었다.
> "아냐, 나는 자네를 믿어. 하지만 뭐가 뭔지 도무지 이해가 안 돼. 분명한 것은 자네의 연민이 나의 사랑보다 강렬하다는 걸세!" 무언가 잔인하고, 당장이라도 표출시키고 싶어 하는 어떤 것이 그의 얼굴에서 타올랐다.
> "자네의 사랑은 증오와 분간이 안 되네." 그때 공작이 빙긋이 웃으며 말했다. "만약 자네의 사랑이 식어버리면 더욱 심한 불행이 찾아올지도 모르는 일이네. 거기에 대해 내가 누차 말하지 않았나, 로고진……?"
> "그럼 내가 칼부림이라도 할 거라는 얘긴가?"
> - 도스토옙스키 《백치》 상 中 -

로고진의 사랑에는 **'무언가 잔인하고 당장이라도 표출시키고 싶은'** 공격성이 결부되어 있다. 이러한 사랑은 그에 연결된 표상을 상실하게 되면 그 공격성이 자신에 대한 증오 또는 대상에 대한 증오로 나타난다. 따라서 이러한 사랑은 증오와 분간이 되지 않는다. 그래서 이러한 사랑은 식어버리면 더욱 심한 불행이 찾아온다. 물론 연민에도 사랑보다 **'더 강렬한'** 공격성이 있다. 사랑의 공격성과 연민의 공격성의 차이는 **리비도의 변질 여부**이다. 사랑의 공격성은 리비도가 정욕으로 **변질된 후**의 공격성이고 연민의 공격성은 리비도가 정욕으로 **변질되기 전**의 공격성이다. 그래서 사랑의 공격성은 대상을 **파괴**하는 목적으로 사용되지만, 연민의 공격성은 대상을 **보호**하기 위한 목적으로 사용된다. 그래서 연민은 그 표상을 상실하더라도 질투나 증오로 바뀌지 않는다.

연민과 가장 유사한 감정이 모성애이다.[112] 도스토옙스키가 의미하는 모든 인간 속에 있는 '그리스도의 모습'이 바로 이러한 모성애적 연민이다. 과학은 이러한 모성애적 연민이 호르몬 전달 체계의 형태로 모든 인간에 내재하고 있다는 것을 발견했다.[113] 연민은 유아기에 유아와 어머니의 정신적 공감(감정이입)에서 발달한다. 정신적 공감은 자신의 감정을 대상에게 투사해서 대상의 감정과 동일시할 수 있는 능력이다. 따라서 어머니와의 정신적 공감의 기간이 길면 길수록 연민을 느낄 수 있는 능력은 향상된다(이러한 공감 능력이 손상된 사람이 사이코패스이다). 도스토옙스키는 이러한 연민이 **'모든 인류의 삶에 있어서 가장 중요하고도 유일한 법칙'**이라고 말한다. 연민이야말로 **'인간 자신의 눈을 뜨게 하고 인간**

---

112) p.64. 이성 간의 사랑은 모성애와는 근본적으로 다르다. 연인들이 만나면 심장이 두근거리고 호흡이 빨라지면서 얼굴이 붉어진다. 이러한 변화는 어머니가 아이를 대할 때는 전혀 나타나지 않는다. 증오와 의구심 혹은 질투와 부러움을 지니고서도 인간은 그 감정을 곧바로 행동으로 표출하지 않을 수 있다. (중략) 그러나 이러한 감정이 행동으로 나타난다면 그것은 분노를 동반한 채 또렷이 나타날 것이다. (중략) 셰익스피어는 질투를 '싫어서 견딜 수 없는 야윈 얼굴'이라고 했고 다른 곳에서는 '사악한 부러움이 나를 무덤으로 이끈다' 혹은 '창백한 부러움을 넘어서'라고 묘사했다.

- C. 다윈《인간과 동물의 감정 표현》中 -

113) p.983. 사실 연민이라는 뜻의 감정이입과 긴밀한 뇌 조직은 겉질이나 겉질 하부기관이 아니라 호르몬 전달 체계이다. 옥시토신은 시상하부에서 생산되는 작은 분자로, 편도와 줄무늬체를 비롯한 뇌의 감정 체계들에 작용한다. (중략) 원래 옥시토신의 진화적 기능은 출산, 수유, 육아 같은 모성적 활동들을 활성화하는 것이었다. … 이 호르몬의 능력은 진화를 거치면서 다른 관계에까지 폭넓게 활용되었다. 예를 들어 성적 각성 상태, 일부일처 종에서 이성애적 유대, 부부나 친구의 애정, 비혈연 개체들의 공감과 신뢰 등이다. (중략) 뱃슨은 옥시토신이 이처럼 다양한 인간관계에서 사용된다는 점에 근거하여, 모성적 돌봄이 모든 공감 능력의 진화적 선조라고 제안한다. (중략) 옥시토신은 타인의 신념과 욕망에 공감하는 반응을 이끌어내는 결정적 방아쇠인 듯하다.

- S. 핑거《우리 본성의 선한 천사》中 -

을 깨우쳐 줌으로써' 인류가 형제처럼 결합할 수 있는 **'결정적 방아쇠'**라고 할 수 있다.

p.290. '흠……! 로고진은 이 모든 것에서 또 다른 원인, 즉 정욕적인 원인을 보고 있는 것이다.! 게다가 그 광기 어린 질투는 또 어떤가! (중략)

그런데 무엇 때문에 그런 것을 떠올리는 것일까? (중략) 공작이 그 여인을 정욕 때문에 사랑한다는 것은 불가능한 일이다. 그것은 정말 잔인하고 비인간적인 짓일 것이다. '그래, 맞다! 로고진은 다만 자신을 학대하고 있음에 틀림없다. 그에게는 괴로워하고 연민할 수 있는 넓은 가슴이 있다. (중략) 또한 그 연민은 로고진 자신의 눈을 뜨게 하고 그를 깨우쳐 줄 것이다. 연민이야말로 모든 인류의 삶에 있어 가장 중요하고도 유일한 법칙이기 때문이다.'

- 도스토옙스키 《백치(동서)》 中 -

자기 자신을 알기 위해서는, 즉 자신의 정신병리를 치료하기 위해서는, 즉 정욕을 길들이기 위해서는 무의식이 리비도가 정욕으로 변질되기 전으로 회귀해서 **연민을 의식화**하는 것이다. 회귀하는 방법은 모성애와 유사한 연민을 경험하는 상징 행위를 통해서이다. 정신분석에서는 의사가 어머니와 같은 역할을 함으로써 환자가 연민을 경험할 수 있다.[114] 또 석

114) p.49. 심리치료가 제대로 진행될 때, 내담자는 자기 자신의 복잡한 내면세계 및 실제 자기뿐만 아니라 타인의 복잡성과 단점들까지도 수용할 수 있음을 알게 된다. (중략) 내담자는 자신에게 그러하듯이 타인에 대해서도 그동안 이해하지 못했거나 뜻대로 되지 않았던 일들을 용서하게 된다. (중략) 자신의 어두운 비밀을 들은 치료자가 전혀 동요하지 않은 모습을 보면서 내담자는 누군가가 자신을 깊이 알고 그와 친밀한 관계를 맺는 것에 대해 느끼는 두려움을 완화시키게 된다. (중략) 그리고 치료자가 자신에게 보이는 연민을 수용하고, 타인에게도 치료자와 같은 태도를 보일

가모니와 그리스도와 같은 구세주도 정신분석에서의 의사와 같은 역할을 할 수 있다. 그리스도의 **사랑**이나 석가모니의 **자비**가 모두 이러한 **모성애적 연민**을 바탕으로 하고 있기 때문이다.[115)]

모성애(연민)를 경험하는 상징 행위를 통해 환자의 무의식은 어머니와 정신적으로 공감하고 있던 언어 이전의 단계인 유아기로 회귀해서 '균형을 잡아가는 주의력'(또는 **'고르게 떠 있는 주의'**)을 통해 그 느낌을 의식화함으로써 자기 속에 부처의 모습 또는 그리스도의 모습을 발견할 수 있다.[116)] 만약 모든 인간이 이러한 경험을 통해 '심리적으로 새로운 길로의 전환'을 하게 되면 인간끼리 무의식과 다른 무의식과의 소통이 가능해져 인류의 진정한 결합을 이룰 수 있다. 그래서 도스토옙스키는 젖을 먹이는 어머니의 마음을 **'그리스도의 가장 중요한 사상'**이라고 말한다. 이 의미는 어머니가 자신의 아이를 바라보듯이 인간이 다른 인간을 볼 수 있다면, 바꿔 말하면 인간이 어머니 신처럼 다른 인간을 대할 수 있을 때 인류의 진정한 결합을 가능하다는 뜻이다.

p.343. "… 그 아낙네는 젊었고, 젖먹이는 세상에 나온 지 이제 6

수 있게 된다.

- N. 맥윌리엄스《정신분석적 사례이해》中 -

115) p.77. 자비에서 '자(慈)'는 우정에서 연유하며, 주종 관계가 아닌 대등한 관계에서의 사랑을 뜻합니다. (중략)

'비(悲)'는 연민에서 연유하며, 남의 고통을 함께 가슴 아파하고 그 고통에 동참하는 것을 뜻합니다.

- 법륜 스님《인간 붓다》中 -

116) p.152. 샤스귀에-스미젤(Chasseguet-Smigel, 1984)은 고르게 떠 있는 주의가 분석가에게 "언어 이전 단계의 의사소통(p.171)을 가능하게 하는 "모성적 자질"의 전제 조건을 제공한다는 점을 환기시켰다. 그녀는 그러한 의사소통이 바로 프로이트가 말한, 무의식이 다른 무의식과 소통하는 것이라고 주장하였다.

- M. 엡스타인《붓다와 프로이트》中 -

주 정도밖에 안 돼 보였어. 그 아이는 태어나서 처음으로 웃었지. 이때 아기 엄마가 갑자기 아주 근엄하게 성호를 긋더라고. 〈젊은 부인, 왜 그러는 거요?〉 하고 물었어. 그녀가 이렇게 대답을 하더군. 〈아이가 처음으로 웃는 것을 본 어머니의 기쁨이란 죄인이 진실을 털어놓고 신 앞에 기도를 드리는 것을 저 하늘에서 신이 내려다보시고 크게 기뻐하는 것과 똑같은 일이에요.〉 이 아낙네가 나에게 한 말은 기독교의 모든 본질이 한데 표현되어 있는 진정으로 섬세한 종교 사상이었네. (중략) 그것도 단순한 아낙네가! 그거야말로 그리스도의 가장 중요한 사상이지! (중략) 종교적 감정의 본질은 그 어떤 이성적 논리로도 접근할 수 없어. 그 어떤 과실이나 범죄, 그 어떤 무신론도 그걸 붙잡을 수 없지. 그런 것들과는 무언가 틀려. 영원히 틀릴 거야. 거기에는 무신론이 영원히 포착할 수 없는 무언가가 있고, 사람들이 말하는 것과는 영원히 다른 무언가가 있는 거라고. …"

- 도스토옙스키 《백치》 상 中 -

어머니 신(불멸)을 구하는 마음이 인간의 **'종교적 감정의 본질'**이다. 이러한 종교적 감정으로 인해서 드미트리와 같은 유형은 어머니 신을 외부에서 찾고 알료샤와 같은 유형은 어머니 신을 자신 속에서 찾는다(이반과 같은 유형은 어머니 신을 상실해서 포기한 상태이다). 이러한 종교적 감정의 본질은 그 어떤 이성적 논리로도 영원히 접근할 수가 없고 그 어떤 무신론적 사상으로도 영원히 포착할 수 없다. 이성과 논리는 모순을 허용하지 않으며 무신론은 사디즘적이기 때문이다. 하지만 모성애는 모순적이며 마조히즘적이다. 모성애는 '오른쪽 뺨을 때리면 왼쪽 뺨도 돌려댄다'. 이러한 마조히즘적이고 모순적인 태도가 불러일으키는 **숭고함과 거룩함**이 정신병리를 치료할 수 있는 이유는 인간의 무의식이 그 속에서

고결한 어머니 신을 보기 때문이다.[117)118)] 자신의 자식이 처음으로 웃는 것을 본 어머니처럼 '**지식과 논리보다 앞서서** 그저 마음속 깊이에서 우러나오는 사랑을 할 수 있을 때 자기 자신을 아는, 즉 **자신의 어머니 신(불멸)과 합일되는 사업의 전반을 성취**'하게 된다.

p.376. "…. 나는 봄날의 끈적끈적한 새잎을, 파아란 하늘을 사랑해. 그저 그것뿐이야! 여기엔 지식도 논리도 없어. 그저 마음속 깊이에서 우러나오는 사랑이 있을 뿐이야. 자기의 싱싱한 젊은 힘에 대한 사랑이 있을 뿐이야. …… 어떠냐, 알료샤, 내 이 어리석은 이야기를 조금은 이해할 수 있겠니?" 이렇게 말하고 이반은 갑자기 웃어댔다.

"이해하다 뿐이겠어요, 형님. 마음속 깊이에서 우러나오는 사랑이란 말은 정말 멋진 표현이었어요. 형님이 그토록 강한 삶의 의욕을 가지고 있으니, 저도 정말 기쁩니다!"하고 알료샤는 외쳤다. "지상에 사는 모든 사람은 무엇보다 먼저 삶을 사랑하지 않으면 안 된다고 생각해요."

"삶의 의의 이상으로 그 삶 자체를 사랑해야 한다는 거지?"

---

117) p.70. 리오타르는 숭고미가 마조히즘적이고 모순적이라고 말했다. (중략) 마조히즘과 숭고미 모두 고통이 쾌락에 선행하는 형태를 보여준다.

- N. 맨스필드 《마조히즘, 권력의 예술》 中 -

118) p.232. (각주) 치료자의 구세주 같은 거룩한 성격뿐만 아니라 그의 삶의 역사는 치료의 성공에서 적극적인 역할을 하는 것으로 보인다. 그리고 자기를 생성케 하며 생명을 주는 사람의 세력을 통해서 죽음으로부터 부활한 그리스도의 신화처럼 신화는 때때로 효과적인 카리스마의 특정한 부분을 형성하는 것으로 보인다. 물론 직접 또는 간접적으로 치료자의 성격이 환자의 치료에 영향을 끼침으로써 그렇지 않았더라면 치료가 거의 불가능한 심리적 장애를 성공적으로 치료할 수 있다는 사실에 대해서는 아무도 부인할 수 없을 것이다.

- H. 코헛 《자기의 분석》 中 -

"물론 그래야죠. 형님 말씀대로 논리보다 앞서서 우선 사랑하는 거예요. 그것은 반드시 논리보다 앞서야 해요. 그때 비로소 삶의 의의도 알게 되지요. 이건 벌써 오래전부터 내 머릿속에 떠올라 있던 거여요. 형님은 벌써 사업의 전반(前半)을 성취한 셈입니다. 형님은 삶을 사랑하고 있으니까요. 이제부터는 그 나머지 반을 위해 노력하셔야 합니다. 그러면 형님은 구원을 받게 될 것입니다."

"넌 벌써 나를 구제하려고 하지만, 나는 아직도 구원의 단계에까진 이르지 않았는지도 몰라. 그건 그렇고 네가 말하는 그 후반이란 대체 뭐냐?"

"그건 형님이 지금 말씀하신 죽은 자들을 소생시키는 일이죠. 하긴 아직도 그들은 죽지 않았는지도 모르지요. …"

- 도스토옙스키 《카라마조프의 형제》 상 中 -

이반은 4세까지 어머니의 헌신적인 사랑을 받았기 때문에 삶을 사랑할 수 있는 능력을 습득했지만, 어머니 사랑의 갑작스러운 박탈로 인해서 불멸의 신앙을 상실했다. 만약 이반의 어머니가 거기에 있었다면 아니면 이반의 아버지가 어머니의 상실을 되돌려줄 수 있었다면 불멸의 신앙은 죽지 않고 이반의 일부가 되었을 것이다.[119] 이반의 정신병리가 치료되기 위해서는 **'죽어버린, 하긴 아직 죽지 않은'** 불멸의 신앙을 소생시켜야 한다. 불멸의 신앙을 소생시키기 위해서는 자신만의 구멍(망상적 세계) 속으로 철수해서 정신을 지배하고 있는 전지하고 무자비한 과대 자아를 핵

119) p.247. 이 시점에서 위니캇은 처음으로 해석을 했다: "온갖 종류의 일들이 일어나고 또 사라지고 있습니다. 이것은 당신이 죽었던 무수한 죽음의 조각들이지요. 누군가가 거기에 있었다면 그리고 당신에게 무슨 일이 일어났는지를 되돌려줄 수 있었다면, 그때 당신에게 일어났던 일들은 죽지 아니하고 당신의 일부가 되었을 겁니다."

- F. 써머즈 《대상관계 이론과 정신병리학》 中 -

심 자아에 통합시켜야 한다. 다시 말해서 정신을 꿀꺽 삼켜버린 망상의 껍질에서 빠져나오기 위해서는 자신이 비범하고 우월한 존재라는 자기기만(아상)과 타인은 조소의 대상으로 창조되었다는 착각(인상) 그리고 자신의 사상이 모든 문제에 대해 재빠르고 이상적인 해결책을 제공한다는 거짓 약속(중생상)과 자신이 전능하고 인정 많은 구원적인 존재라는 위장(수자상)에서 자유로워져야 한다.[120)]

관념과 표상의 분리

그런데 석가모니와 그리스도는 왜 자기 자신을 이롭게 하는 이기주의적 방식이 아닌 자비나 사랑과 같은 이타주의적 방식을 통해야만 자신 속에서 불성이나 신성을 발견할 수 있다고 말하는 것일까? 그 이유는 인간은 다른 대상과의 성적 결합을 통해서만 불멸을 추구할 수 있으므로 리비도는 필연적으로 대상을 지향하기 때문이다. 이러한 자연의 법칙에 거슬러 리비도가 외부로 발산되지 않고 내부에 고착된 것이 정신병리이

---

120) p.83. 이 정신증적 구조는 망상적 세계 혹은 망상적 대상과 같아서, 그 안으로 자기의 일부가 철수하는 경향이 있다. 이는 전능하거나 전지(全知)하고 무자비한 자기의 부분이 지배하는데, 망상적 대상 안에서라면 어떤 고통도 없을뿐더러 모든 가학적 행동에 몰두하는 것이 가능하다는 생각을 만들어낸다…

이 망상적 세계 속의 파괴적 충동은 때로 자신의 힘을 확인하기 위해 자기의 다른 부분을 죽이겠다고 위협하면서 고압적이고 잔인한 모습으로 공공연하게 나타나기도 하지만, 더 흔하게는 환자의 모든 문제에 대해 재빠르고 이상적인 해결책을 제공한다고 약속하는 전능하고 인정 많으며 구원적인 존재로 스스로를 위장한다. 이러한 거짓 약속은 환자의 정상 자기가 전능한 자기에 의존하거나 중독되도록 고안된 것이며, 정상적이며 온전한 자기의 부분을 이 망상적 구조 속으로 꾀어 들여 가두려 한다. (로젠펠트, 1971a:169-78)

- J. 스타이너 《정신적 은신처》 中 -

다. 리비도가 죄의식에 고착되어 생기는 정신병리가 히스테리이고 리비도가 죄책감에 고착되어 생기는 정신병리가 강박신경증이다. 그리고 리비도가 자기 성애(유아기 아주 초기)나 자기애에 고착되어 생기는 정신병리가 정신병(과대망상)이다.

> p.109. 우리가 신경증의 선택을 초래하는 소인들을 연구할 수 있도록 그 모습을 처음 드러내는 것은 바로 이처럼 맨 마지막으로 나타나는 장애들인데, 그 두 가지 장애에 공통된 특질들–객관적인 세계로부터 방향을 돌려 전이가 더 어려워진 과대망상증–때문에 우리는 그것들의 소인적 고착을 대상–선택이 확립되기 전에 리비도가 발달하는 단계, 즉 자가 성애와 자기애의 단계에서 찾아야 한다는 결론을 내리지 않을 수 없었다. 그러므로 아주 늦게야 나타나는 이런 질환은 그 원인을 아주 이른 시기의 억제와 고착에서 찾을 수 있다.
>
> - S. 프로이트《정신병리학의 문제들, 『강박신경증에 잘 걸리는 기질』》中 -

나르시스 신화는 리비도가 자신에게 집중될 경우 그 비극적 결과를 상징적으로 보여준다. 나르시스가 자신을 사랑함으로써 결국 자기 자신을 죽이는 것처럼 리비도가 자신에게 집중되면 자기 정신을 죽이게 된다. 따라서 정신병리에 걸리지 않기 위해서는 리비도는 외부 대상에게 집중되어야 한다. 그런데 앞서 외부 대상에게 집착하는 것이 정신병리라고 말한 바 있는데 외부 대상에 집착하는 것이 정신병리인 이유는 **실제로**는 리비도가 외부 대상에 집중되는 것이 아니라 자신의 무의식적 관념(욕망)에 집중되고 있는 것이기 때문이다. 결국, 자신의 관념(욕망)을 사랑하는 것이지 욕망하는 대상을 사랑하는 것이 아니다.

> p.131. 사람들은 결국 자신의 욕망을 사랑하는 것이지, 욕망한 대상을 사랑하는 것이 아니다.
>
> - F. 니체 《선악의 저편(책)》 中 -

그럼에도 리비도를 자기 자신이 아닌 외부 대상에 집중할 수 있는 능력은 정신병리 치료에 있어서 중요하다. 이러한 능력이 전이 능력이다. 신경증 환자는 전이 능력이 있는 사람이고 정신병 환자는 전이 능력이 없는 사람이다. 신경증 환자(히스테리, 강박신경증)보다 정신병 환자(나르시시즘적 신경증)를 치료하기 어려운 이유도 정신병 환자는 전이 능력을 전혀 획득하지 못했거나 성장 과정에서 전이 능력을 상실함으로써 일부 능력만 지니고 있기 때문이다. 따라서 전이 능력이 클수록 그만큼 치료 가능성도 커진다.

> p.601. 나는 전이(轉移)라는 사실에 근거해서 치료를 위한 우리들의 노력이 왜 나르시시즘적인 신경증에 대해서는 전혀 효과가 없는지 여러분에게 납득시킬 수 있을 것이라고 확언했습니다.
>
> 이것은 몇 마디의 말로 충분히 설명할 수 있습니다. 여러분은 수수께끼가 얼마나 쉽게 풀리는지 그리고 얼마나 모든 내용들이 서로 잘 들어맞는지 보게 될 것입니다. 관찰을 통해서 우리는 나르시시즘적인 신경증에 걸린 환자들은 전혀 전이의 능력을 지니지 못하거나, 지닌다 하더라도 단지 부족한 일부 능력만을 지니고 있음을 알게 됩니다. 그들은 의사를 적대감 때문이 아니라, 단지 무관심하기 때문에 거부합니다. 따라서 환자들은 의사에 의해서 영향을 받지

않습니다. 의사가 말한 내용에 대해서 냉담하며, 그 어떤 인상도 받지 않습니다. 그래서 우리가 다른 환자들에게서는 관철시킬 수 있는 치유의 메커니즘, 즉 병인이 되는 갈등을 새롭게 부각시키고 억압의 저항을 극복하는 일련의 조치를 그들에게는 적용할 수 없습니다. 그들은 변함없이 그대로 남아 있습니다. 이미 그들은 종종 자기 혼자만의 힘으로 병의 치유를 시도하지만 병적인 결과만을 낳을 뿐입니다. 우리는 여기서 그 어느 것도 변경시킬 수 없습니다.

이 환자들에 대한 임상적인 인상들에 근거해서 우리는 이들이 대상 리비도 집중을 포기하고 대상 리비도를 자아 리비도로 대체했음이 분명하다고 주장했습니다. 이런 성질 때문에 우리는 이 환자들을 신경증 환자들의 첫 번째 집단들(히스테리, 불안 히스테리, 강박 신경증)과 구별했습니다. 치료를 시도하는 과정에서 환자들이 보이는 태도를 보면 이 같은 추측이 옳다는 것이 입증됩니다. 이들은 전이현상을 보이지 않습니다. 그래서 우리들이 노력해도 이들에게 영향을 미칠 수 없으며, 치유할 수도 없습니다.

- S. 프로이트 《정신분석 강의》 中 -

전이의 역설은 **정신병리**이면서 동시에 정신병리를 치료할 수 있는 **치료적 요소**라는 것이다. 따라서 전이 현상이 일어나지 않으면 치료의 메커니즘이 작동하지 않는다. 《카라마조프의 형제》에서 스메르쟈코프는 태어나자마자 어머니가 사망해서 리비도가 자가 성애에 고착됨으로써 전이 능력을 습득하지 못한 경우이고 이반은 전이 능력을 습득지만, 어머니의 갑작스러운 리비도 철수로 인해서 리비도가 자기애(전능 관념)에 고착됨으로써 전이 능력 발달이 정지된 경우이다. 이렇게 정신병은 외부 대상을 사랑할 수 있는 능력이 없거나 정지된 상태를 말한다. 《죄와 벌》의 라스콜니코프가 정신병 환자인 이유도 외부 대상을 사랑할 수 있는 능력이 없기 때문이다. 정확하게 말하면 소냐와의 전이 관계가 형성되었으므로 이반처럼 전이 능력 발달이 정지되어 있었다고 할 수 있다.

> p.328. "그는 아무도 사랑하고 있지 않습니다. 어쩌면 앞으로도 절대로 연애 같은 것은 하지 않을지도 모릅니다." 라즈민은 확연하게 얘기해버렸다.
>
> "그것은 말하자면 연애를 할 능력이 없다는 말인가요?"
>
> - 도스토옙스키 《죄와 벌》 상 中 -

따라서 자신을 안다는 것은 바꿔말하면 사랑하는 능력을 회복하는 과정이다. 정신분석 치료의 궁극적 목적도 **'사랑할 수 있는 능력을 증진'**하는 것이다.[121] 여기서 사랑하는 능력의 의미는 자신의 관념(욕망)을 사랑하는 것이 아니라 어머니가 자식을 **그지없이** 사랑하듯이 자신의 관념(아상, 인상, 중생상, 수자상)에 집착하지 않고 다른 대상을 순수하게 사랑할 수 있는 능력을 말한다. 《죄와 벌》에서 라스콜니코프를 새로운 인간으로 부활케 한 것도 **'그지없이 사랑할 수 있는 능력'**이었다. 라스콜리니코프는 사랑을 통해서 **불멸의 신앙(마르지 않는 생명의 샘)**을 찾게 됨으로써 새로운 인간으로 거듭나게 된다. 영화 《매트릭스》가 제시하는 가장 핵심적인 명제인 '그가 된다는 것은 사랑에 빠지는 것과 같다'라는 의미가 바

121) p.48. 프로이트는 심리 치료의 궁극적 목적이 사랑하고 일하는 능력의 증진에 있다고 설명하였다. (중략) 1906년에 Carl Jung에게 쓴 편지에서 정신분석을 "사랑을 통한 치료"라고 언급한 점을 미루어볼 때, 이는 어쩌면 그에게 더 이상의 설명이 필요없는 자명한 이치였기 때문인지도 모른다. (중략) 사람들이 심리치료를 찾는 이유가, 이성애, 동성애, 양성애 및 무성애의 여부와 관계없이, 보다 잘 사랑하기 위해서라는 사실은 그다지 놀라 만한 일이 아니다.

- N. 맥윌리엄스 《정신분석적 사례이해》 中 -

로 여기에 있다.

p.401. 왜 그렇게 되었는지 그 자신도 알 수 없었다. (중략) 그녀는 깨달았던 것이다. 그가 자기를 사랑하고 있다는 것을, 그지없이 사랑하고 있다는 것을. (중략)

두 사람은 한동안 입을 열지 못했다. 두 사람의 눈에는 눈물이 괴어 있었다. (중략) 그러나 그 창백한 얼굴에는 새롭게 되살아난 미래의 서광이, 새 생활에의 완전한 갱생의 서광이 빛나고 있었다. 두 사람을 부활케 한 것은 사랑이었고, 두 사람의 마음은 서로 상대편 마음의, 결코 마르지 않는 생명의 샘이 되었던 것이다.

- 도스토옙스키 《죄와 벌》 하 中 -

정신병의 문제가 자기 자신을 사랑하는 것(자기애)이라면 신경증의 문제는 자신 속의 관념(욕망)을 사랑하는 데 있다. 이러한 관념에 연결된 것이 관념적 표상이다. 신경증 환자가 관념적 표상에 집착하는 이유는 자아가 약해서 이러한 결함을 메우려고 노력하기 때문이다. 자아가 약하게 된 이유는 전능 관념(과대 자기)과 이상화된 부모 표상을 내재화하는 과정에서 정신적 발달이 정지되었기 때문이다. 이렇게 전능 관념과 이상화된 부모 표상이 자아로 통합(변형적 내재화)되기 전에 발달이 정지되면 자아는 약하고 무기력하게 되며 의식과 무의식이 분열되어 조화롭지 못한 상태로 남게 된다.[122] 전능 관념의 내재화가 정지되면 현실적 포부 대신

122) p.366. …, 코헛의 견해에서 자기 구조는 과대 자기와 이상화된 부모 원상의 변형적 내재화를 통해 형성된다. 그것들 중 하나 또는 둘 모두의 발달이 정지되면, 자기는 완전하게 발달하지 못하고, 약하고 무기력하고 조화롭지 못한 상태로 남게 된다. 거기에는 현실적인 포부 대신에 발달이 멈춘 과대주의가 존재할 것이며, 긴장 조절 능력과 초자아에 대한 이상화를 성취하는 대신에 이상화된 인물들에 계속해서 의존하

에 자신이 신과 같은 존재라는 **과대주의**에 의존해서 살게 되고 이상화된 부모 표상의 내재화가 정지되면 신과 같은 **이상화된 존재**에 의존해서 살게 된다. 결국, 전자처럼 권력적인 것이나 후자처럼 절대적인 것에 대한 의존 욕구는 자신의 약함에 대한 증명이라고 할 수 있다.

> p.560. 신앙에의 욕구, 긍정이든 부정이든 무언가의 절대적인 것에의 욕구는 약함의 증명이다. 모든 약함은 의지의 약함이다. 신앙의 인간, 신도는, 필연적으로 비소한 인간종이다. 이것으로부터 귀결하는 것은, 〈정신의 자유〉, 바꿔 말하면 본능으로서의 무신앙이 위대함의 전제조건이라는 점이다.
>
> \- F. 니체 《권력에의 의지(청하)》 中 -

석가모니나 그리스도가 의미하는 **'정신의 자유'**를 얻기 위한 전제조건은 이반 유형(정신병 환자)에게는 자신이 신이라는 신앙을 **'무의식(본능)으로서의 무신앙'**으로 바꾸고 드미트리 유형(신경증 환자)에게는 외부의 신에 대한 신앙을 **'무의식(본능)으로서의 무신앙'**으로 바꾸는 것이다. 말하자면 무의식 차원에서 자신의 왜곡된 신앙을 수정해야 한다는 뜻이다. 그렇게 되었을 때 자신 속에서 **'위대함'**, 즉 **불성 또는 신성**을 발견할 수 있다.

석가모니와 그리스도가 모든 중생에게 자비를 베풀고 모든 사람을 사랑하라고 가르치는 이유는 자기 자신의 본질(불성과 신성)을 발견하기 위한 상징 행위를 위해서이다. 상징 행위가 주체의 의식이 자신의 **'내적 정신 실재'**, 즉 무의식과 접촉하게 함으로써 **'자기를 발견하도록'** 해주기

는 상태에 머무를 것이다.

\- F. 써머즈 《대상관계 이론과 정신병리학》 中 -

때문이다.[123] 자기애(아상, 인상, 중생상, 수자상)에 집착하지 않고 타인에게 자비와 사랑을 베풀게 되면 그 상징 행위는 인간의 무의식을 어머니와 자신을 구분하지 못했던 유아기 초기로 회귀시키고 이때 의식은 모성애(연민)를 느낄 수 있게 된다. 그리고 어머니와 자신과 경계가 없었던 이 상태에서 어머니 신(불멸)과 하나가 됨으로써 신적 존재로서의 자신을 알 수 있게 된다.[124] 이러한 자기 자신에 대한 **'창조적 통각'**을 통해 인간의 정신은 거듭나게 된다. 그렇지 않고 상징 행위가 아상, 인상, 중생상, 수자상에 머물러 이루어지게 되면 무의식은 그러한 관념이 형성된 바로 그 시점으로 회귀하게 되므로 정신병리를 더 악화시키게 된다. 이렇게 아무런 구분이나 논리 없이 대상을 사랑하는 행위는 역설적으로 이타적인 것이 아니라 자신이 정신병리에 걸리지 않기 위한 이기적인 행위가 되는 것이다.

> p.61. 강한 이기주의는 병에 걸리는 것을 막아주는 하나의 보호막일 수 있다. 그러나 병에 걸리지 않기 위해서는 결국엔 사랑을 해야 한다. 만일 어떤 좌절 때문에 사랑을 할 수 없다면 우리는 병에

---

123) p.206. 그러므로 상징의 사용은 내적 정신 실재와 접촉하는-자기를 발견하는-방법이며 위니캇이 "창조적 통각(apperception)"이라고 불렀던 것을 얻기 위한 방법이다(75).

- M. 데이비스 & D. 월브릿지 《울타리와 공간》 中 -

124) p.222. 프로이트는 사랑을 하는 상태에서만 자아와 외부 세계의 경계가 녹아 없어질 수 있다고 보았다. "사랑하는 상태에 있는 사람은 자신임을 증명하는 모든 감각이 존재함에도 불구하고 '나'와 '너'는 하나라고 선언하면서 그것이 사실인 것처럼 행동할 준비가 되어 있다." 또 다른 존재 속으로 용해될 수 있는 자아가 이러한 역량을 가지고 있기에, 프로이트는 수유기 유아의 경험으로 되돌아가서, 자아의식적인 자아가 나타나기 이전의 유아에게 한때 사랑에 용해된 근원적인 통합상태가 존재했음을 시사한다고 보았다.

- M. 엡스타인 《붓다와 프로이트》 中 -

걸릴 수밖에 없다. 이것은 하이네(H. Heine)가 세계 창조의 심리적 발생론을 언급한 다음과 같은 시구에도 나타난다.

질병은 모든 창조적 욕구의
궁극적 근거,
창조하면서 나의 병이 나았고
창조하면서 나는 건강해졌네.

우리는 불쾌하게 느껴질 수도 있고 질병을 일으키는 원인이 될 수도 있을 자극이나 흥분을 극복하도록 만들어진 최고의 장치가 우리의 정신 기관이라는 사실을 깨달았다. 정신 속에서 그런 자극들을 처리한다는 것은 스스로가 직접 외부로 배출될 능력이 없는, 혹은 어느 순간엔 그런 배출이 바람직하지 않은 자극들을 내면으로 배출하는 데 크게 도움이 된다. 그런데 그와 같은 내적 처리 과정이 현실적 대상에 대해 이루어지든, 상상에 의해 만들어진 대상에 대해 이루어지든 아무런 차이가 없다. 다만 차이가 난다면 그것은 후에, 즉 리비도가 비현실적 대상으로 전환(내향성)한 것이 리비도의 억제를 유발할 경우에 나타난다. 이상 정신자의 경우, 자아로 돌아선 리비도에 대한 그 비슷한 내적 처리과정이 일어나는 것은 과대망상 때문이다. 그리고 자아 내의 리비도 억제가 병의 원인이 되고 동시에 우리에게 병에 걸렸다는 인상을 주어 회복의 과정을 밟게 만드는 것은 바로 그 과대망상이 무너졌을 때일 것이다.

- S. 프로이트 《정신분석학의 근본 개념, 『나르시시즘 서론』》 中 -

H. 하이네의 시처럼 **'정신병리는 인류 문명(창조적 욕구)의 궁극적 근거'**이다. 인간은 정신병리를 치료하고 건강해지기 위해서 인류 문명을 창조했다. 좀 더 구체적으로 설명하자면 인간의 정신 기관은 관념(욕망)에

고착되어 '스스로가 직접 외부로 배출될 능력이 없는, 혹은 어느 순간엔 그런 배출이 바람직하지 않은 리비도의 흥분(자극)들을 내면으로 배출하기 위해서' 창조 활동을 해야만 했다. 문제는 리비도(정욕)의 배출이 현실적 대상뿐만 아니라 **'상상에 의해 만들어진 대상'**에 대해서도 이루어진다는 것이다. 예술가는 상상의 형상에 대해서 정욕을 배출하고 종교인은 상상의 신에 대해서 정욕을 배출하며 철학자는 망상적 사상에 대해서 정욕을 배출한다. 인류는 정욕 덕분에 인류 문명이라는 높은 바벨탑을 쌓을 수 있었지만, 인간의 좀 더 깊은 부분을 차지하는 리비도의 목적(불멸과 결합)은 상실해 버렸다.

p.113. "… 이반 표도로비치는 당당하게 다음과 같은 의론을 제기했습니다. 즉 지상에서 인간이 인간을 사랑하게끔 강요하는 것이라곤 아무것도 없다, 인류를 사랑해야 한다는 법칙은 전혀 존재하지 않는다, 만일 지금까지 이 지상에 사랑이 있었다고 한다면 그것은 자연의 법칙에 의한 것이 아니라 인간이 자기의 불멸을 믿고 있기 때문이다라는 것이었습니다. (중략)

즉 바로 이 속에 모든 자연의 법칙이 포함돼 있으므로 인류에게서 불멸에 대한 신앙을 근절해 버린다면 인류의 신앙은 당장에 고갈될 뿐만 아니라 이 세상에서의 생활을 영위해 나가기 위하여 필요한 온갖 생명을 잃고 말 것이다, 그뿐만 아니라 그때에는 부도덕이란 개념은 다 없어져서 모든 것이, 심지어는 인육기식(人肉寄食)까지도 허용된다는 것이었습니다. 아니, 그뿐만 아니라 오늘날의 우리들처럼 신도 불멸도 믿지 않는 각 개인에게 있어서는 자연의 도덕률이 지금까지의 종교적인 것과는 정반대되는 것으로 바뀌어져서 악행이라 할 수 있을 정도의 이기주의가 인간에게 허용될 뿐만 아니라 오히려 그것은 그런 상태에서 필요 불가결하고 가장 합리적이며 가장 고상한 귀결로 인정되지 않을 수 없다는 단정으로 결론을 맺었던 것입니다. …"

- 도스토옙스키 《카라마조프의 형제》 상 中 -

지금까지 이 지상에 자비와 사랑이 있었다면 그것은 인류가 어머니 신, 즉 불멸의 신앙을 믿고 있었기 때문이다. 그 이유는 유아기 초기에 어머니 신에게서 습득한 도덕성(연민)이야말로 가장 강력한 것이기 때문이다.[125] 인간이 악하고 부도덕한 원인은 자신의 본질(불멸)을 포기하고 안식과 쾌락을 주는 이기주의적 삶을 따랐기 때문이다. 특히 자유주의와 자본주의가 발달하면서 '이기주의는 필요 불가결하고 가장 합리적이고 가장 고상한 원리'로 인정되었다. 그 결과 인류는 어머니 신도 불멸도 믿지 않게 되었고 이제 인류는 모든 생명을 죽이고 인간을 서로 잡아먹는 인육 기식의 시대를 피할 수 없게 되었다.

R. 도킨스와 같은 진화생물학자는 도스토옙스키의 이러한 견해에 반론을 제기할 것이다. 그는 자신의 저서 《이기적 유전자》에서 유전자는 이기적이기 때문에 이타적일 수 있다고 주장하고 있기 때문이다. 그에 따르면 어미가 새끼를 양육하고 보호하는 이유도 자신의 유전자를 후세에 남

125) p.146. 초기 유아기의 도덕성이야말로 가장 강렬한 도덕성이다. 그리고 이것은 평생을 통해 식별될 수 있는 인간 본성 안에 있는 특징으로 지속된다. 유아에게 있어서 부도덕성은 개인적인 삶의 방식을 포기하고 동조하는 삶을 따른 것이다. (중략) 순응은 즉각적인 보상을 가져온다. 그리고 성인들은 너무 쉽게 순응을 성장으로 오해한다. 성숙과정은 일련의 모방에 의해 건너 뛸 수 있다. 따라서 임상적으로 보여주는 것은 연기하는 거짓 자기, 즉 아마도 누군가를 모방하는 모습일 것이다. 그리고 참된 자기 또는 본질적인 자기라고 불리는 것은 숨게 되고 살아 있는 경험은 박탈된다. 이것은 잘 지내고 있는 것처럼 보이는 많은 사람들을 거짓되고 진실하지 못한 삶으로 인도한다.

- D. 위니캇 《성숙과정과 촉진적 환경》 中 -

기기 위한 이기적인 목적에서다. R. 도킨스의 이러한 주장은 애덤 스미스의 '보이지 않는 손'을 떠올리게 하는데 '보이지 않는 손'이 어떻게 자본주의를 파국으로 이끌었는지를 알고 있는 현대의 경제학자들은 '보이지 않는 손'의 영향력을 최소화하기 위해서 노력하고 있다. 이러한 역사적 사실에서 얻을 수 있는 교훈은 인간의 유전자가 이기적으로 행동했다면 아마도 호모 사피엔스라는 종은 이미 오래전에 파국에 이르렀을 것이다.

그런데 이 책이 세계적으로 성공한 후에 그는 이 책의 제목으로 '불멸의 유전자' 또는 '협력적 유전자' 가 좀 더 적절했을 것이라고 말한다.[126] 그가 왜 이러한 제목을 생각해 냈는지는 알 수 없지만, 아마도 모든 생명체의 유전자가 궁극적으로 추구하는 것이 '불멸과 결합(협력)'이라는 깨달았기 때문인지도 모른다. 만물의 영장인 인간이 자비와 사랑을 추구하는 이유도 호모 사피엔스의 불멸을 위해서이다. 인간 개개인은 자신을 초월해서 호모 사피엔스의 '영원불멸성'이라는 세습 재산을 관리하는 일시적인 소유자에 불과하다고 할 수 있다.

> p.555. 분명히 성(性)은 살아 있는 유기체가 자신의 개체적 존재를 넘어서 종과의 연관성을 보장받을 수 있는 유일한 기능입니다. (중략) 개체가 예외적으로 강렬한 성 본능의 쾌감을 누리는 대가로

---

126) p.485. 우리는 아직도 유성생식의 기원에 대해 잘 모른다. 그러나 유성생식이 생겨난 결과 종은 서로 함께 지낼 수 있는 유전자들의 협력적 카르텔이 되었다. …, 협력의 열쇠는 하나의 출구를 거쳐야 한다는 것이다. 이 출구는 바로 정자와 난자이다. 정자와 난자 안에서 유전자들은 다음 세대로 항해를 계속하기를 갈망한다. 『협력적 유전자』도 이 책의 제목으로 적절했을지 모른다. 그렇게 해도 책 내용은 하나도 다르지 않을 것이다. (중략)

『불멸의 유전자』도 좋은 제목이었을 것이다. '이기적'이라는 말보다 좀 더 시적이기도 하고, '불멸'이라는 말이 이 책의 논지에서 중요한 메시지를 전달한다.

- R. 도킨스 《이기적 유전자》 中 -

자신의 생명을 위협받거나 종종 목숨도 희생해야 한다는 것은 분명합니다. (중략) 개체는 결국 실질적으로 영원 불변하게 생존할 수 있는 능력을 지닌 유전 형질에 잠시 붙어 있는 부수 존재에 지나지 않습니다. 다시 말해서 개체는, 마치 자신을 초월해서 영속적으로 존재하는 세습 재산을 관리하는 일시적인 소유자와 같은 존재에 불과합니다.

- S. 프로이트 《정신분석 강의》 中 -

어린아이와 여성은 호모 사피엔스에게 불멸과 결합의 가장 중요한 상징이다. 인간이 침몰하는 배에서 자기 자식이나 부인이 아님에도 불구하고 어린아이와 여성을 먼저 구하는 이유도 호모 사피엔스를 영속시키기 위해서이다. 제5장에서 게임 세계에서 어린아이에 대한 폭력이 없는 이유를 설명하지 않았는데 그 이유도 어린아이가 인간의 가장 원초적 소망인 불멸과 결합의 가장 핵심적 상징이므로 우리의 본능(리비도)이 그것을 죄로 인식하는 것이다. 최고의 힘을 가진 더 높은 질서인 **'리비도(본능)의 의지와 계시'**가 있었기 때문에 정욕이 지배하는 세상에서도 자비와 사랑이 살아남을 수 있었던 것이다.[127] 인간의 이러한 리비도의 불멸성이 외부에 투사되어 대상화된 존재가 **'자비와 사랑의 선(善)한 신'**이고 또는 **'병을 치료하는 신'**이다.[128] 자비를 베풀고 사랑하고 정신병리를 치료

127) p.147. 선(善)과 사랑은 천재적인 속성이다. : 최고의 힘이 여기에서 나온다. 따라서 여기에서는 본능과 의지가 말하는 것이다. 그것은 통일에 대한 충동이고, 선(善) 안에서 사랑, 자비심, 동정심을 알리는 더 높은 질서의 계시이다.

- F. 니체 《유고(1869년 가을~1872년 가을)》 中 -

128) p.114. 다시 말하면 인간의 소원대상이 되는 것만이 종교의 대상이 되고 존중의 대상이 되며 인간이 원하는 것은 그러나 선(善)하고 유용하며 자비로운 것이다.

고대 이교도 가운데서 교양 있는 민족인 그리스인들은 그러므로 신(神)의 본질적인 특성과 조건으로 선, 자비, 인간애를 들었다. (중략)

할 수 있어야 호모 사피엔스가 불멸할 수 있기 때문이다. 따라서 신에게서 자비나 사랑을 박탈하는 것은 신에게서 불멸성을 박탈하는 것과 마찬가지가 된다.

이와 반대로 정욕이 외부에 투사되어 대상화된 존재가 악마이다. 정욕은 자신만을 위대하게 하고 자신만의 권력을 확장하기를 갈망하므로 악마는 **'이기주의'**와 **병을 불러오는 존재**를 상징한다.[129] 이기주의는 불멸을 자신 속에서 찾는 것이 아니라 타인에게서 찾는 것이다. 타인에게서 불멸의 상징인 돈과 재산과 여자를 빼앗으면 자신의 **'불멸 계좌'**가 늘어난다고 느끼기 때문이다. 정욕이 강한 인간들이 전쟁이 벌이는 이유도 타인에게서 불멸의 상징인 생명을 더 많이 약탈할수록 자신의 **'불멸 계좌'**가 증가한다고 생각하기 때문이다.[130]

플루타르코스는 『스토아 철학자들의 모순에 관하여』에서 말한다. "신들로부터 섭리나 인간사랑 또는 자비를 박탈하는 것은 불멸성을 박탈하는 것과 마찬가지로 불합리하다." 같은 책에서 타르시스의 안티파트로스는 말한다. "우리는 신(神)을 행복한, 소멸되지 않는, 인간에 대하여 자비로운 본질로 이해한다." 신(神)들, 적어도 가장 뛰어난 신(神)들이 그리스인들 사이에서는 '선(善)을 주는 자'로, 다시 말하면 구원을 주고 행복을 주고 병을 고쳐주는 자로 불린다.

- L. 포이어바흐 《종교의 본질에 대하여》 中 -

129) p.94. 그러나 악마도 역시 인간을 사랑한다. 그러나 악마가 인간을 사랑하는 것은 인간을 위한 사랑이 아니라 악마 자신을 위해 사랑하는 것이다. 그러므로 악마가 인간을 사랑하는 것은 악마 자신을 위대하게 하고 악마 자신의 위력을 확장하기 위한 이기주의에 기이한 것이다. 그러나, 신은 인간을 사랑하는 것에 의해 인간을 위해 인간을 사랑하는 것이다.

- L. 포이어바흐 《기독교의 본질》 中 -

130) p.422. 왕이 십자군 전쟁에 참가한 것이 아니라 그의 대규모 살육에 도취되어 국민들 스스로가 지원한 것이다. (중략) 랑크가 말한 것처럼 문제는 공동체의 불멸 계좌였으며, 타인을 죽이는 일을 통해 타인들로부터 더 많이 불멸을 약탈할수로 자신의 불멸 계좌는 더 증가하게 된다.

(중략) 우리의 불멸 계좌를 보충함으로써 잠시 압력에서 벗어나고, 이러한 기쁜 해방의 잔치 속에서 서로의 에고를 위한 우리의 '사랑'이 자라난다.

- K. 윌버 《에덴을 넘어서》 中 -

악마가 병을 불러오는 존재를 상징하는 이유는 나르시스 신화가 보여주듯이 자기 자신만을 사랑하는 자기애는 정신병리와 동의어이기 때문이다. 사랑과 자비의 신이 인간에게 생명(불멸)을 준다면 이기주의적 악마는 인간에게 죽음을 준다. 도스토옙스키가 지옥이란 **'더 이상 사랑할 수 없는 데서 오는 괴로움'**이라고 규정하는 이유도 스메르자코프나 이반처럼 타인을 사랑할 수 있는 능력이 없거나 잃게 되면 정신병리에 걸려서 자살하거나 정신적으로 고통스럽기 때문이다. 하지만 인류는 자신이 받은 **'가장 귀중한 선물이 사랑할 수 있는 능력'**이라는 것을 모르고 그 능력을 마다하고 오히려 조소의 눈으로 보고 냉담하게 대한다.

> p.70. "… 수사, 신부 여러분, '지옥이란 무엇인가?'라는 문제를 생각할 때 '그것은 더 이상 사랑할 수 없는 데서 오는 괴로움'이라고 나는 판단한다. 시간이나 공간으로도 측량할 수 없는 무한한 세계에서 어떤 정신적 존재가 이 지상에 나타났을 때 그에게는 '나는 존재한다. 그러므로 나는 사랑한다'는 말을 할 능력이 부여되었다. 그에게는 활동적인 '생명 있는' 사랑의 한순간이 한 번, 꼭 한 번 부여되었는데, 그것을 위해 부여된 것이 지상의 생활이다. 그와 함께 시간과 기한도 부여되었다. 그런데 결과는 어떠했는가? 그 행복한 존재는 그 귀중한 선물을 마다하고 그것을 존중하거나 사랑하려고 하지 않고 조소의 눈으로 보며 끝내 냉담했던 것이다. (중략)
>
> - 도스토옙스키 《카라마조프의 형제》 중 中 -

이제 구체적으로 4개의 관념에 집착하지 않는 마음 상태가 어떤 의미와 의의를 지니고 있는지를 논의하기로 하자. 4개의 관념(욕망)은 그 관념을 대리하는 표상(관념적 표상)에 집착하게 만든다. 그 관념적 표상이 불안을 완화하고 쾌락을 주기 때문이다. 이러한 관념적 표상에 대한 **'집착'**이 정신병리이다. 하지만 사람들은 결코 자신의 정신병리를 포기하려고 하지 않는다. 그 이유는 정신병리가 성격 구조의 중심(핵)을 이루어 있어서 그것을 포기하는 것은 자신을 포기하는 것과 같은 의미를 지니기 때문이다. 환자가 치료에 저항하는 이유도 정신병리 치료를 자기 자신의 존재에 대한 위협으로 느끼기 때문이다.[131)]

이를 극복하기 위해서는 '균형을 잡아가는 주의력'을 통해 자신이 어떤 관념적 표상에 집착하는지와 그 과정에서 자신이 어떤 정서적 표상을 느끼는지에 대해서 끊임없이 주의를 기울임으로써 그것을 의식화해야 한다. 이러한 성찰 기능을 통해서 의식은 자신이 집착하고 있는 관념적 표상을 포착하고 그 관념적 표상이 자신과 어떤 연관성이 있는지를 추적할 수 있게 된다. 그리고 그 관념적 표상이 자신과 연관성이 없다는 통찰에 이르게 되면 그것에 머물지 않고 사고하고 행동할 수 있게 된다. 즉 오른손이 하는 일을 왼손이 모르도록 할 수 있게 된다. 그런데 대신문관은 이러한 일을 할 수 있는 사람은 '거의 신이나 다름없는 인간들뿐'이라고 말한다.

p.421. 너의 위대한 예언자 요한은 환상과 비유 속에서 부활의

131) p.85. 우리가 "집착"이라고 말하는 것은 정신병리를 가진 많은 환자 가운데 자신의 신경증을 포기하려고 하는 사람을 거의 찾아볼 수 없기 때문이다. 환자는 다양한 방법으로 자신의 내사물에 집착하며 치료자가 그것을 붕괴시키기 위해 시도하는 모든 것을 물리친다. 왜 이러한 내사물이 그렇게 강렬하게 투자되며 환자에게 그토록 중요한가? 그 대답은 내사물 자체의 본래적인 자기애적 역동에 있다. 이러한 많은 환자에게 있어서, 그것은 본질적인 성격의 핵을 제공하고, 그것을 중심으로 내면세계의 경험이 이루어지며, 어느 정도 응집적인 실체로 개별화된 자기감이 조직된다. 환자는 종종 치료적 개입을 자기감의 조직에 대한 위협으로 느끼기 때문에 그것에 대해 단단하고 강한 장벽을 만들어 낸다.

- W. 마이쓰너 《편집증과 심리치료》 中 -

첫날에 참석한 모든 사람을 자기가 보았다는데, 그 수는 각 종족마다 각각 만 2천 명씩이었다고 말하고 있다. 그러나 그들의 수가 그것밖엔 안 된다면, 그들은 인간이라기보다는 신이라고 해야 할 게다. (중략) 그러니까 너는 물론 이런 자유의 아들, 자유로운 사랑의 아들, 너의 이름을 위하여 자발적으로 위대한 희생을 바친 아들을 자랑스럽게 가리켜 보일 수도 있을 게다. 그러나 그것은 몇천 명에 불과한, 거의 신이나 다름없는 인간들뿐이라는 걸 알아야 한다. 도대체 그 나머지 인간들은 어떻게 된다는 건가? 그런 위대한 인간들이 참고 견디어 낸 것을 그 밖의 약한 인간들이 참아내지 못했다 해서 그들을 책망할 수는 없지 않은가. 그와 같은 무서운 선물을 받아들이지 못했다 하여 연약한 영혼들을 책망할 수는 없지 않으냐 말이다. 아니면 너는 선택된 자들을 위해, 선택된 자들한테 온 데 지나지 않는다는 거냐?

- 도스토옙스키 《카라마조프의 형제》 상 中 -

당연히 그리스도의 시대에는 무의식에 대해서 이해하고 무의식으로부터 자유로워질 수 있는 사람은 거의 신이나 다름없는 극소수의 사람들뿐이었다. 하지만 이제 무의식을 이해하고 무의식에서 자유롭게 되기 위해서 신이 될 필요가 없다. 가령 콜럼버스 덕분에 이제 누구나 아메리카 대륙에 갈 수 있는 것처럼 프로이트 덕분에 이제 누구나 무의식의 대륙에 갈 수 있게 된 것이다. 다만 아메리카 대륙에 내려서 헤매지 않기 위해서는 지도가 필요한 것처럼 무의식의 대륙에서 헤매지 않기 위해서도 이정표가 필요하다. 그 이정표가 아상(융합 욕망), 인상(숭배 욕망), 중생상(지배 욕망), 수자상(구세주 욕망)과 같은 관념(욕망)들이다. 이러한 관념들이 제공되면 더 쉽게 자기 자신을 발견할 수 있다. 그렇지 않으면 잘 보이는 것도 전혀 보지 못할 수도 있다.

p.586. 물론 이때 그것에 적합한 환자의 기대감을 불러일으킬 수 있는 관념들이 제공되어야 합니다. 만약 내가 여러분에게 〈하늘을 보십시오. 저기 풍선이 보입니다.〉라고 말한다면, 단지 여러분에게 〈무언가 있는지 둘러보십시오〉라고 요구할 때보다 더 쉽게 그것을 발견할 수 있습니다. 마찬가지로 처음 현미경을 쳐다보는 학생 역시 그가 관찰해야만 하는 것에 대해서 선생에게 가르침을 받습니다. 그렇지 않으면 그는 현미경 속에 들어 있는 잘 보이는 것도 전혀 보지 못합니다.

- S. 프로이트 《정신분석 강의》 中 -

1) 아상 = 융합 욕망과 선악 관념

아상은 신체의 쾌(갈망)와 불쾌(혐오)의 감각에서 비롯한 관념으로 몸과 관련된 아상과 이에 상응해서 마음에 형성된 아상으로 나눌 수 있다.[132] 몸의 아상은 자신의 감각기관이 갈망하는 것을 소유하려는 **소유 욕망(융합 욕망)**이고 마음의 아상은 자신만이 선하고 옳다는 아집, 즉 **선**

132) p.401. 대립적인 두 가지의 근본 형태 : **갈망하는 것**과 **혐오하는 것**. 우리가 다른 관계점을 본다면, 행위는 행위로 의식되지 않지만 그것에 속하는 무엇인가는 그때마다 의식된다. 그리고 이러한 **무엇인가**가 우리가 지칭하려는 것에 대한 기호가 된다. 혐오하는 것과 갈망하는 것에 상응해서 우리는 그에 속하는 관념적인 관계점을 **악(惡) 또는 선(善)**이라고 부른다. 그리고 그에 속하는 감각이나 직관의 내용을 통해서 그것을 지칭한다. **우리가 직관하는 모든 상**과 우리의 행동은 어떤 규칙적인 연관 속에 있다.

- F. 니체 《유고(1882년 7월~1883/84년 겨울)》 中 -

악 관념이다.[133] 《금강경》 제4장에서는 몸의 아상에 대해 설명하고 있다.

제4장 妙行無住分(묘행무주분) : 걸림 없이 베푸는 삶

復次須菩提, 菩薩 於法 應無所住 行於布施. 所謂 不住色 布施 不住聲香味觸法 布施. 須菩提, 普薩 應如是布施 不住於相 何以故 若菩薩 不住相 布施 其福德 不可思量

부차수보리, 보살 어법 응무소주 행어보시. 소위 부주색 보시 부주성향미촉법 보시. 수보리, 보살 응여시보시 부주어상 하이고 약보살 부주상 보시 기복덕 불가사량

p.75. "또한 수보리여! 보살은 법에 머문 바 없이 보시를 행할지니, 이른바 색에 머물지 않고 보시하며 소리와 향기와 맛과 감촉과 법(法)에 머물러 보시하지 않느니라. 수보리여! 보살이 마땅히 이렇게 보시하되 상에 머물지 않는다. 왜냐하면 만일 보살이 상에 머물지 않고 보시하면 그 복덕이 헤아릴 수 없기 때문이다. …"

- 법륜 스님 《금강경 강의》 中 -

몸의 아상은 인간의 감각기관-눈(색), 귀(소리), 코(향기), 입(맛), 피부(감촉)-속에 형성된 관념(욕망)이다. 대표적인 몸의 아상은 어머니 젖(사랑)과 관련된 것으로, 말하자면 '나는 이것을 먹고 싶다'라거나 아니면 '내뱉고 싶다'라는 느낌이다. 이러한 구강적 충동은 이후 모든 대상에 대한

133) p.64. 이 아상(我相)으로부터 다시 두 가지 망상이 일어납니다. 내 것이라는 소유의식과 내 생각이 옳다는 고집입니다. 내 것이라는 소유의식은 탐욕을 불러일으키고, 내 생각이 옳다는 고집은 분노를 일으킵니다.

- 법륜 스님 《금강경 강의》 中 -

긍정(호감) 또는 부정(반감)을 판단하는 법(선악 관념)의 토대가 된다.

> p.447. 판단의 기능은 주로 두 종류의 결정에 관계한다. 그것은 어떤 사물이 어떤 특수한 속성을 지녔나를 긍정하거나 부정한다. 그리고 그것은 표상이 현실계에 실존체를 가지고 있다는 것을 주장하거나 반박한다. 결정될 속성은 원래 좋거나 나쁜, 유용하거나 해로운 것이었으리라. 가장 오래된-구순기적-본능 추동의 언어로 표현하자면, 판단이란 〈나는 이것을 먹고 싶다〉이거나 〈나는 그것을 내뱉고 싶다〉이다. 그리고 좀더 일반적으로 말해서, 〈나는 이것은 내 속에 끌어들이고 싶고 저것은 몰아내고 싶다〉이다. 다시 말해서, 〈그것은 내 안에 있어야 한다〉거나 〈그것은 내 밖에 있어야 한다〉이다. 내가 다른 곳에서 말했듯이, 원래의 쾌락 자아는 자신 속에 모든 좋은 것을 끌어들이려 하고, 모든 나쁜 것을 몰아내려 한다.
>
> - G. 프로이트《정신분석학의 근본 개념,『부정』》中 -

유아기에는 몸과 마음이 구분되어 있지 않으므로 입의 판단은 마음(무의식) 일부를 구성한다. 흔히 어떤 대상이 '마음에 든다(그것은 내 안에 있어야 한다)'라든가 '마음에 들지 않는다(그것은 내 밖에 있어야 한다)'라고 표현할 때 의식 속에 떠오르는 정서적 표상(감정, 느낌 등)이 여기서 속한다. 이러한 아상은 어린 시절 부모(특히 어머니)가 깨끗하다거나 더럽다거나 이후에 옳다거나 나쁘다고 규정한 것을 맹목적으로 받아들인 결과이다. 아상에 머물지 않고 모든 중생을 구원하기 위해서는 **어떻게** 아상이 생겨났는가에 대하여 이유를 알아야 한다. 그다음에는 **무슨 충동(정욕)이** 아상에 집착하도록(관심을 갖도록) 만드는가를 알아야 한다.

p.304. "이것은 옳다"라는 네 판단에는 네 충동, 호감과 반감, 경험과 비-경험 안에 그 전력을 지니고 있다. "**어떻게** 그것이 일어났는가?"라고 너는 물어야 한다. 또 그다음에는 "**무엇이** 그것에 귀를 기울이도록 나를 충동했는가? 라고 물어야 한다. (중략) 하지만 네가 이런저런 판단을 양심의 소리로 듣는 **이유**, 다시 말해 네가 어떤 것을 옳다고 느끼는 이유는, 어린 시절부터 네게 **옳다**고 규정된 것에 대해 네가 한 번도 깊이 성찰해보지 않고 맹목적으로 받아들이는 데 있는지도 모른다. 아니면 네가 의무라고 부르는 것이 네게 지금까지 빵과 영예를 제공해왔기 때문일지도 모른다. 다시 말해 그것이 네게 "생존의 조건"으로 여겨지기 때문에 그것이 네게 "옳다"고 받아들여진다는 것이다. 네 도덕적 판단의 확고함은 여전히 개인적인 비열함이나 비인격성의 증거일 수 있으며, 네 도덕적 "능력"은 네 고집에 그 원천을 두고 있을지도 모른다.

- F. 니체 《즐거운 학문(책)》 中 -

인간이 어떤 생각이나 행동을 의무로 부르는 **이유**는 그것이 유아기에는 **어머니 젖(빵)**과 아동기에는 **어머니 칭찬(영예)**을 제공해 주었기 때문이다. 이러한 입의 욕구 또는 귀의 욕구가 충분히 충족되지 않는다면 이러한 심리적 외상에는 리비도가 집중되어 **'강렬하고 파편화된'** 정욕(욕동)으로 변질된다. 예를 들어 입에 리비도가 집중되어 정욕으로 변질되면 무의식(마음)은 어머니 젖의 표상(아상)을 지닌 상징적 대체물에 과도하게 **집착**하게 된다. 그 대표적인 대체물이 음식 또는 재산이다. 음식에 대한 과도한 집착이 병리적 증상으로 나타난 것이 **섭식 장애**이고 재산에 대한 과도한 집착이 병리적 증상으로 나타난 것이 **페티시즘**(주물애착)이다. 이때의 음식과 재산은 불안을 물리치고 쾌락을 주므로 표상의 **신비**

성을 지닌 물신이 된다.[134] 이러한 물신숭배는 자신의 온전성과 생생함을 회복하려는 절박한 시도이지만, 궁극적으로 그 목표를 성취할 수 없으므로 허무한 행위라고 할 수 있다.

그럼에도 정신적 안식과 쾌락을 주는 주물을 타인에게 베풀기는 쉽지 않으며 베풀 때도 무의식적으로 그에 대한 보상을 바라게 된다. 그 보상이 주로 타인의 인정이나 사회적 찬사인 이유는 유아기의 어머니 젖이 아동기의 어머니 칭찬과 동등한 가치를 지니기 때문이다. 이렇게 재산의 문제에 관한 한 문명이나 교육, 심지어 혁명으로도 극복하기 어려운 이유는 입의 아상이 원시적인 욕망이어서 그만큼 강렬하기 때문이다.

> p.212. 돈과 재산의 문제에 관한 한 소위 〈존경받는〉 인물들의 대다수에게서조차 모순된 태도의 흔적들을 쉽게 발견할 수 있다. 모든 물건을 (자신의 입에 넣기 위해) 소유하고 싶어하는 원시적인 욕구는 문명과 교육에 의해서도 충분히 극복되지 못하는 것이 일반

134) p.377. 코헛(1977)은 약물중독을 바라보는 것과 동일한 관점에서 섭식 장애를 바라보았다. (중략) 그의 견해에서 아이가 필요로 하는 것은 음식이 아니라 "음식을 주는 자기 대상"이다. 만약 환경이 이 욕구를 충족시켜주지 않는다면, 아이는 자신이 전체 자기로서 수용 받지 못한다고 느끼면서 파편화된 쾌락을 얻기 위해 구강적 자극으로 퇴행한 결과 음식에 중독된다. 병적으로 먹는 행동은 자기의 붕괴가 발생할 때 욕동이 강렬해지고 파편화된다는 코헛의 견해를 예시해 준다. 자기 대상의 실패는 과대 자기에게 상처를 입히고 아이로 하여금 주도성의 중심에서 벗어나서 온전하고 생생한 느낌을 얻기 위해 쾌락을 추구하게 한다. (중략)

코헛은 주물 애착(fetish) 병리에도 동일한 분석을 적용했다. 그의 견해에서 주물은 환자가 어린 시절 어머니에게서 얻지 못했던 위안을 얻기 위해 사용하는 자기 대상의 대체물이다. 결함 있는 모성적 공감은 과대 자기를 반영받지 못한 상태로 남겨 놓고, 아이는 그에 대한 반응으로 "원초적 쾌락을 얻고자 하는" 상태로 퇴행하게 한다. (중략) 주물은 음식이나 사랑의 대체물이라기보다는 자기의 결함을 채우려는 절박한 시도이다. 주물 대상은 과대 자기의 성장에 필요한 잃어버린 찬사와 인정의 대체물이다.

- F. 써머즈 《대상관계 이론과 정신병리학》 中 -

적인 사실인 듯하다.

- S. 프로이트 《일상생활의 정신병리학》 中 -

이러한 측면에서 자비와 사랑을 베풀지 않는 것이나 자기애적 보상을 바라고 베푸는 것이나 똑같은 행위가 된다. 그리스도가 다른 사람에게서 보이려고 구원하는 것은 이미 자기 보상을 받았다고 하는 이유가 여기에 있다. 다시 말해서 자비와 사랑을 베풀지 않는 것도 정신병리이지만 자기애적 보상을 바라고 자비와 사랑을 베푸는 것도 정신병리가 된다. 그리스도가 다른 사람에게 보이려고 하는 구원은 하나님에게 보상을 받지 못한다고 하는 이유도 그렇게 구원을 하게 되면 정신병리가 치료되지 않기 때문이다. 석가모니가 '보살은 마땅히 베풀되 상에 머물지 않는다'고 말한 것은 정신병리가 없는 사람(부처)은 마땅히 베풀면서도 자기를 내세우거나 자랑하지 않기 때문이다.[135)]

무의식의 궁극적인 목적은 불멸과 결합의 성취이기 때문에 주물이 지닌 표상도 반드시 불멸성과 결합성을 지니고 있어야 한다. 황금이나 토지처럼 재산은 자체적으로 불멸하기도 하지만 자손에게 상속함으로써 불멸할 수도 있다.[136)] 또 재산은 축적할 수 있으므로 결합성도 있다. 무의식

135) p.471. "대왕이여, 불도란 쉽고도 어려운 것이오. 그것은 하나의 보시로도 얻을 수 있지만, 수천의 보시로도 얻지 못하기도 하오. 불도를 얻기 위해서는 백성을 위해 선정을 베푸시오. 많은 사람에게 보시하고 선행을 쌓으며 스스로 겸손해 남을 존경해야 하오. 그러나 절대로 자기가 쌓은 공덕을 내세우거나 자랑해서는 안 되오. 이와 같이 오랜 세월을 닦으면 언젠가는 부처가 될 것이오."

- 법륜 스님 《인간 붓다》 中 -

136) p.359. 요점은 보통의 남성(아버지)은 재산, 돈, 금, 물건 등 자신이 축적할 수 있는 온갖 것 안에서 불멸의 상징을 소유할 뿐만 아니라 후계자, 특히 아들인 상속자 속에서 불멸의 상징을 소유하고 있다는 것이다. 왜냐하면 상속자는 아버지가 살아 있는 동안에는 부하이고 '죽었을' 때는 '사후의 존재'가 되었기 때문이다.

- K. 윌버 《에덴을 넘어서》 中 -

은 재산에서 이러한 불멸과 결합의 표상을 인식하고 재산에 집착하는 상징 행위를 통해 불멸과 결합을 성취할 수 있다는 환상 속에서 자신의 정욕을 만족시킬 수 있다. 피비린내 나는 혁명으로도 사유 재산을 폐지할 수 없는 이유는 복종 관념이 지배적인 다수 민중에게 있어서 자식과 여자를 제외하고는 사유 재산이 불멸과 결합의 환상을 불러일으키는 가장 중요한 수단이기 때문이다. 프로이트가 《돈키호테》에서 인용한 산초 판사의 판결은 재산과 돈에 대한 인간의 집착이 얼마나 강력한지를 말해준다.

> p.239. (각주) 한 여성이 폭력으로 자신의 정조를 훼손했다고 주장하면서 한 남성을 재판관 앞에 끌고 왔다. 그에 대한 보상으로 산초는 그 남성에게서 받은 돈 지갑을 그녀에게 주었다. 그러나 그 여성이 떠난 후 재판관은 그에게 그녀를 따라가서 다시 그의 지갑을 빼앗을 수 있도록 해 주었다. 두 사람이 다시 돌아와 재판관 앞에서 싸우는데 그때 그 여성은 자랑스럽게 그 불한당이 자신에게서 다시 지갑을 빼앗아가지 못했다고 말했다. 그러자 산초는 판결을 내렸다. 〈당신이 그 지갑을 지킬 절반 정도의 힘만 가지고 정조를 지켰더라도 그 남성은 그렇게 하지 못했을 것이다〉 – 원주
>
> - S. 프로이트 《일상생활의 정신병리학》 中 -

《신약성서》에서 그리스도는 인간의 무의식이 아상에 대한 집착으로부터 자유로워지는 것이 얼마나 어려운지를 **'낙타가 바늘귀로 들어가는 것'**에 비유하고 있다.[137] 이 비유에서 청년은 재물을 통해서 불멸(영생)을 추

137) p.32. 어떤 사람이 주께 와서 이르되 선생님이여 내가 무슨 선한 일을 하여야 영생을 얻으리이까
예수께서 이르시되 어찌하여 선한 일을 내게 묻느냐. 선한 이는 오직 한 분이시니

구하지만, 그리스도는 불멸(생명)에 들어가려면 어떤 것에도 집착하지 않는 **하나님처럼 '온전해야'** 한다고 말한다. 제자들이 '그렇다면 누가 구원을 얻을 수 있느냐'라고 반문하자 그리스도는 **'하나님은 다 할 수 있다'**라고 말한다. 여기서도 하나님은 정신병리를 치료하는 방법에 대한 비유이고 천국(하나님의 나라)은 정신병리가 치료된 마음 상태에 대한 비유임을 알 수 있다. 청년이 **신처럼 '온전하고자'** 한다면 그는 '균형을 잡아가는 주의력'을 통해 무의식의 작용을 매 순간 관찰해야만 한다. 그렇게 함으로써 그는 **'그렇게 큰 낙타'(아상)**가 어떻게 자신의 무의식 속에 형성되었는지를 추적할 것이고 **의식 속으로 가는 '좁은 문(바늘구멍)'**을 통해 그 낙타(병인 기억)를 입장시킴으로써 불멸(생명)로 인도될 수 있다.[138]

p.377. 사례에서 증상들이 완전히 없어진 후에, 가능하다면 병인

라. 네가 생명에 들어가려면 계명들을 지키라.

…

그 청년이 이르되 이 모든 것을 지키었사온대 아직도 무엇이 부족하니이까

예수께서 이르시되 네가 온전하고자 할진대 네 소유를 팔아 가난한 자들에게 주라. 그리하면 하늘에서 보화가 네게 있으리라. 그리고 와서 나를 따르라 하시니

그 청년이 재물이 많으므로 이 말씀을 듣고 근심하며 가니라

예수께서 제자들에게 이르시되 내가 진실로 너희에게 이르노니 부자는 천국에 들어가기가 어려우니라.

다시 너희에게 말하노니 낙타가 바늘귀로 들어가는 것이 부자가 하나님의 나라에 들어가는 것보다 쉬우니라 하시니

제자들이 듣고 몹시 놀라 이르되 그렇다면 누가 구원을 얻을 수 있으리이까

예수께서 그들을 보시며 이르시되 사람으로는 할 수 없으나 하나님으로서는 다 하실 수 있느니라

-《신약성서》「마태복음」中 -

138) p.10. 좁은 문으로 들어가라 멸망으로 인도하는 문은 크고 그 길이 넓어 그리로 들어가는 자가 많고

생명으로 인도하는 문은 좁고 길이 협착하여 찾는 자가 적음이라

-《신약성서》「마태복음」中 -

이 되는 내용물을 (복잡하고 다원적인 조직 형태 내에 있는 내용물을) 제삼자에게 제시한다면 당연히 다음과 같은 질문을 받게 될 것이다. 즉 그렇게 큰 낙타가 어떻게 해서 바늘구멍으로 통과했을까 하는 것이다. 왜냐하면 의식으로 가는 길이 〈좁은 길〉이라고 말할 수 있는 근거가 있기 때문이다. 이 용어는 이와 같은 분석을 수행해 온 치료자라면 이 용어가 가슴에 와 닿을 것이다. 한 번에 오직 단 하나의 기억만이 자아 의식 속으로 들어갈 수 있다. 그러한 기억을 탐구하는 데 골몰해 있는 환자는 그 후에 닥쳐올 것이 아무 것도 보이지 않고 이미 지난 것은 잊어버린다. 이 단 하나의 병인 기억을 극복하는 데 어려움이 있다고 한다면(예를 들어 만약 이에 대한 저항을 늦추지 않는다면, 만약 그 기억을 억압하거나 왜곡시키려 한다면), 〈좁은 길〉은 말하자면 막혀 버린다. 이로써 작업은 중단되고 달리 아무것도 얻을 수 없게 된다. 그렇게 되면 돌파구가 되는 어떤 하나의 기억을 환자가 자아 영역으로 받아들일 때까지 환자 앞에는 장애가 가로막혀 있는 셈이다.

- J. 브로이어 & S. 프로이트 《히스테리 연구》 中 -

또 다른 몸의 아상으로는 항문 충동(배설 콤플렉스)을 들 수 있다. 항문 충동이 형성되는 이유는 유아기에 자신의 몸에서 무언가가 분리되는 것에 대한 불안을 방어하기 위해서(또는 그와 관련된 쾌락을 추구하기 위해서)이다.[139] 항문에 리비도가 집중되어 정욕으로 변질되면 무의식(마

139) p.288. 우리가 강박적 행위를 억제하는 것이 불안을 일으킨다는 사실을 통해 강박적 행위가 불안을 다스리는 데 일조한다는 것을 잘 알고 있다. 그렇게 극복된 불안이 최초 불안 상황에 속하며, 자신의 몸과 대상의 몸이 갖자기 방식으로 파괴되는 것에 대한 아이의 두려움으로 귀결된다고 가정한다면, 많은 강박적 행위 속에 숨겨진 의미를 보다 잘 이해할 수 있을 것이다. 예를 들어, 강박적으로 무언가를 나눠주

음)은 똥의 표상을 지닌 상징적 대체물에 집착하게 된다. 그 대표적인 대체물이 똥과 돈이다. 똥에 대한 과도한 집착이 병리적 증상으로 나타난 것이 똥을 배출하지 않으려는 **만성 변비(배설 콤플렉스)**라면 돈에 대한 과도한 집착이 병리적 증상으로 나타난 것이 **돈을 강박적으로 모으려는 행위**이다. 이때의 똥과 돈은 불안을 물리치고 쾌락을 주므로 표상의 **신비성**을 지닌 물신이 된다. 돈과 관련된 부정부패를 묘사할 때 **구린내가 난다**고 표현하는 이유도 무의식은 돈이 똥의 표상을 지니고 있다는 것을 알고 있기 때문이다. 특히 황금이 똥의 상징으로 자주 인용되는 이유는 황금이 똥의 표상(색깔)을 지니고 있기 때문이다. 은이 금과 마찬가지로 불멸성과 결합성을 가지고 있음에도 화폐의 제왕이 되지 못한 이유도 금의 표상이 똥의 표상에 더 가깝기 때문이다.

p.193. 돈에 대한 관심에서 비롯된 콤플렉스와 배설 콤플렉스 사이에는 겉보기에 아무 관계가 없는 것처럼 보이지만, 사실은 이 관계가 아마 가장 포괄적일 것이다. 정신분석을 실시하는 모든 의사들은 신경증 환자에게 나타나는 신경성 만성 변비처럼 가장 고질적이고 지속적인 병도 두 콤플렉스 사이의 관계를 고려하는 형식의 치료법에 의해 치료가 가능하다는 사실을 알고 있다. (중략)

… 여기서 신경증은 일반적인 언어 구사법의 표현을 따른다고 할 수 있다. 가령, 좀처럼 돈을 내놓지 않고 조심스럽게 꼭 쥐고 있는 사람에게 〈더럽다〉거나 〈추잡하다〉고 말하는 경우가 그렇다. 그러나 이런 설명은 너무 피상적이다. 사실 태곳적 사고방식이 아직도 우세하고 지속되는 곳−고대 문명, 신화, 우화와 미신, 무의식적인

는 것뿐만 아니라 강박적으로 모으는 행위도 항문적 수준에서의 물건 교환에 내재된 불안과 죄책감의 본질을 보다 분명하게 인지하기만 한다면 쉽게 이해할 수 있다.

- M. 클라인 《아동 정신분석》 中 -

사고, 꿈과 신경증 등-에서는 돈이 오물과 가장 밀접한 관계가 있는 것으로 나타난다. 우리는 악마가 애인에게 준 황금이 악마가 떠난 뒤에 배설물로 변했다는 이야기를 잘 알고 있다. 여기서 악마는 바로 무의식 속에 억압된 본능적 삶이 의인화되어 나타난 존재인 것이다. 우리는 또한 보물의 발견을 배설에 비유한 미신도 알고 있다. 그리고 〈돈 먹고 똥살 놈〉이라는 표현을 모르는 사람은 없을 것이다. 실제로 고대 바빌로니아의 교훈에 따르면 황금은 〈지옥의 똥〉이었다.

- S. 프로이트 《성욕에 관한 세 편의 에세이, 『성격과 항문 성애』》 中 -

마음의 아상은 자신만이 선하고 옳다는 관념이다. 이러한 관념은 주로 어머니의 칭찬을 받고자 하는 욕구에 의해서 형성된다. 이러한 욕구에 리비도가 집중되어 정욕으로 변질되면 무의식은 어머니 칭찬의 표상을 지닌 상징적 대체물에 집착하게 되고 그 대체물이 타인의 칭찬이나 사회적 칭송이다. 이러한 아상은 긍정적일 때는 현실적으로 가치 있는 일을 할 수 있게 하기도 하지만 부정적일 때는, 즉 칭찬이나 칭송을 받지 못하게 되면 수치심을 느끼게 되고 이러한 자기애적 손상에 따른 자기애적 격노는 **'타인이나 사회에 대한 무자비한 복수를 하고 싶은 갈망'**으로 변한다.[140] 이와 반대로 마조히즘적 정신구조를 지닌 유형의 아상은 타인의

140) p.374. 코헛(1972)의 견해에서, 공격성이 가장 파괴적인 순간은 충동이 분출하는 순간이 아니라, 자기애적 상처가 발생하는 순간이다. 자기가 위협받는 느낌과 수치심은 가해자에게 손상을 입히고 싶은 욕구를 낳는다. 그리고 이 복수심은 충분히 보복하는 것을 통해서 상처가 회복될 때까지는 결코 멈추지 않는다. 코헛의 견해에서, 자기애적 격노는 손상을 입히는 것을 통해서 상처를 회복하려는 충동이라는 점에서, 다른 형태의 공격성과 구별되다. 그것의 동기가 자기애적 손상의 회복이기 때문에, 격노와 복수는 무자비한 특성이 있으며, 합리적이고 인간적인 제한을 전혀 수용하지 못한다.

칭찬과 칭송을 받기 위해서 자신의 **'생명을 내버려도 아깝지 않을 지경'** 까지 이른다.

p.94. "아니, 그렇지는 않습니다. 당신이 그것 때문에 그토록 상심하고 있다는 것만으로도 이미 충분하니까요. 당신이 할 수 있는 일을 하시면 그만큼 보답이 있게 마련입니다. 당신이 그토록 심각하고 진지하게 자기 자신을 알 수 있으니 그것만으로도 당신은 벌써 많은 것을 행한 셈입니다.! 그러나 만일 당신이 지금 그토록 진지하게 나한테 한 말도 단지 당신의 성실성에 대한 나의 칭찬을 받기 위한 것이었다면 물론 당신은 실천적인 사랑에 있어서 아무런 성과도 얻을 수 없을 것입니다. 모든 것은 오직 공상 속에서만 머물러서 당신의 일생은 마치 환영(幻影)처럼 아른거리다가 이내 사라지고 말 것이외다. (생략)"

(중략)

" … 무엇보다 중요한 것은 거짓을 피하는 것이요. 온갖 종류의 거짓을, 특히 자기 자신에 대한 거짓을 피해야 하오. 자기의 거짓을 항상 감시하여 한 시간마다, 아니 1분마다 그것을 반성하도록 하시오. 그리고 타인에 대한 것이든 자기 자신에 대한 것이건 간에 증오하는 마음을 피해야 합니다. 당신의 마음속에서 더럽다고 생각되는 것은 당신이 그것을 깨달았다는 것만으로도 이미 깨끗이 씻어버린 거나 다름이 없는 거요. (중략) 공상적인 사랑은 재빨리 이루어지는 신속한 공적을 갈망하며 남들이 보아 주기를 바라는 법입니다. 그래서 실제로 시간을 오래 끌지 않고 마치 무대 위에서처럼 되도록 빨리 그것을 성취하여 모든 사람의 주목을 받고 칭찬을 받을 수만

- F. 써머즈 《대상관계 이론과 정신병리학》 中 -

있다면 생명을 내버려도 아깝지 않을 지경에까지 이르고 맙니다. 그렇지만 실천적인 사랑은 노동과 인내올시다. (생략)"

- 도스토옙스키 《카라마조프의 형제》 상 中 -

무의식은 온갖 종류의 자기기만(거짓)과 자기도취(공상)의 수단을 써서 아상을 만족시키기 위한 환상을 불러일으킨다.[141] 이러한 자기기만과 자기도취의 수단에는 자신의 목숨과 같은 자신에게 유익한 것을 희생하는 것도 포함된다. 이러한 상징 행위를 통해서 무의식은 아동기로 퇴행해서 가상의 온전성과 생생함이 주는 쾌락을 느낄 수 있다. 이러한 아상을 극복하기 위해서는 '균형을 잡아가는 주의력(**고르게 떠 있는 주의**)'를 통해 **'자기의 자기기만(거짓)을 항상 감시해서 1시간마다 아니, 1분마다 자기기만을 반성'**해야 한다. 이때 자아는 '주체이면서 객체이고, 관찰자이면서 관찰의 대상'이 된다.[142] 도스토옙스키가 이러한 **'알아차림(마음챙김)'**을 '마음속에서 더럽다고 생각되는 것을 **깨달았다는 것만으로도** 이미 깨끗이 씻어버린 거나 다름이 없다'라고 표현하고 있는데 이 의미는 주체의 의식이 자신의 아상을 인식하게 되면 그 자체가 **'승화의 엔진 역할'**을 해

---

141) p.117. 많은 사람이 칭찬, 감탄, 다른 사람의 질투를 통해 자신의 본래의 가치를 확신하거나 설득하고자 한다; 그것이 그에게는 다른 어떤 것보다 훨씬 더 중요하며, 심지어 그들은 자기기만과 자기도취까지 온갖 수단을 사용한다. 물론 그들은 유용한 사람이기보다는 감탄받는 사람이기를 백 배는 더 선호하며, 자신에게 유익한 것 이상으로 스스로를 사랑한다. 그들에게서 허영심은 단지 자만심의 수단이다.

- F. 니체 《유고(1876년~1877/78년 겨울)》 中 -

142) p.74. 고르게 떠 있는 주의와 마찬가지로 마음챙김이 발달하면 "자아의 치유적 분열"(Engler, 1983, p.48; Sterba, 1934)이 일어나며, 여기서 자아는 주체이면서 객체이고, 관찰자이면서 관찰의 대상이 된다. (중략) 또한 명상이 진행됨에 따라 무상함이 점점 분명해지는 매 순간 마음과 연결감을 유지한다.

- M. 엡스타인 《붓다와 프로이트》 中 -

서 정신병리가 치료되기 시작한다는 뜻이다.[143]

2) 인상 = 숭배 욕망

아상이 자기에 대해 과대평가(이상화)된 관념이라면 인상은 대상에 대해 과대평가(이상화)된 관념이다(그 반대도 마찬가지이다). 인상의 대상은 성적 대상에서부터 신에 대한 것까지 다양하다. 인상이 형성되는 이유는 자아의 강화 및 발달에 집중되어야 할 리비도가 외부 대상(주로 부모)에 집중되어 고착되었기 때문이다. 그 결과 자아가 허약해짐으로써 정신구조가 취약하게 되고 자아는 이러한 정신구조의 결함을 메우기 위해서 외부 대상에 의존하게 된다. 그 대표적인 의존 대상이 종교에서의 신이다(정신분석에서는 의사 또는 분석가에 대한 애착으로 나타난다).[144]

대표적인 아상이 유아기 초기에 형성되는 구강(입) 충동이라면 대표적인 인상은 유아기 후기에 형성되는 시각(눈) 충동이다. 시각 충동은 어머니가 유아와 신체 접촉을 멀리하게 되면 어머니 모습을 갈망하는 유아의 눈에 리비도가 과도하게 집중되어 정욕으로 변질됨으로써 형성된

143) p.215. 붓다는 알아차림 그 자체가 승화의 엔진 역할을 한다고 보았다. 즉 알아차림을 개발하면 다른 식으로는 어떻게도 할 수 없는 정서들을 다룰 수 있다는 것이다. 붓다의 관점에서 보자면 사람은 일단 의식되는 본능적인 정서를 비난할 필요가 없다. 오히려 그러한 정서를 수반하는 근본적인 알아차림의 느낌을 주의 깊게 살펴보아야 한다. (중략) 정서에 주의를 기울이던 것에서 그러한 정서를 '알아차리는 것'으로 주의를 전환시키면서 우리는 새로운 방식으로 그것을 경험하게 된다.

- M. 엡스타인 《붓다와 프로이트》 中 -

144) p.520. …, 분석가에 대한 환자의 애착은 환자가 자기 구조를 유지하는 방법이다. 그리고 그것은 자기를 보호하고 있기 때문에 끈질긴 특성을 갖는다. 환자의 인식이 자기감을 유지해야 할 필요성을 바꾸는 것이 아니기 때문에, 환자는 인식을 갖고 있으면서도 변화에 저항한다. 대상에 대한 애착을 포기하는 것은 자신이 누구인지 알지 못하는 느낌, 즉 멸절 불안과 직면하는 것이기 때문이다.

- F. 써머즈 《대상관계 이론과 정신병리학》 中 -

다.[145] 시각 충동이 형성되면 눈이 성적 기관으로 대체되고 보는 것에서 성적 쾌락을 느끼게 된다. 인간이 예술적 형상이 주는 **아름다움**에 애착을 갖는 이유도 그와 같은 자극이 성적 흥분을 일으키기 때문이고 인간이 종교적 우상이 주는 **신비로움**을 숭배하는 이유도 신비가 어머니를 보는 것과 같은 환상을 불러일으켜 자기애적 쾌락을 주기 때문이다.[146] 《금강경》 제5장에서는 이러한 형상이나 우상이 주는 인상에 집착하지 말라고 가르친다.

제5장 如理實見分(여리실견분) : 실다운 진리를 보라

須菩提, 於意云何. 可以身上 見如來不 不也 世尊 不可以身上 得見如來. 何以故 如來所說身相 卽非身相 佛告 須菩提 "凡所有相 皆是虛妄 若見諸相非相 卽見如來

수보리, 어의운하. 가이신상 견여래부 불야 세존. 불가이신상 득견여

145) p.127. 더욱이 아이의 자기애적 욕구가 표현되는 다른 영역(예컨대 원초적인 입과 촉각)에서 상호 작용이 실패한 경우, 시각적 영역은 더욱 강력하게 리비도가 집중됨으로 해서 분명히 과도한 부담을 안게 된다. (중략) 그러나 만일 어머니가 아이의 신체 접촉을 멀리한다면, 시각적 상호 작용은 과도하게 리비도가 집중되게 되며, 아이는 어머니를 바라봄으로써 그리고 어머니에 의해 보여짐으로써 자기애적 만족을 획득하려고 시도할 뿐만 아니라, 이로써 신체적(입과 촉각의) 접촉이나 친근감의 영역에서 발생한 실패를 대체하려고 할 것이다.

- H. 코헛 《자기의 분석》 中 -

146) p.234. 이런 종류의 퇴행이 일어날 때 성적 본능은 대개 온몸으로 퍼지게 되고 과거에 성적 자극을 가져다 주던 많은 장기들이 영구적으로 성적인 의미를 가지게 된다. 예를 들면, 눈은 성적 장기로 대체되고, 보는 것이 성적인 의미를 띠게 된다. 히틀러의 경우도 스트립 쇼와 나체 춤 상연을 즐겨 관람했다고 하는 것으로 보아 아마 그러했을 것이다. (중략) 또 대규모 공연, 서커스, 오페라, 그리고 특히 영화를 매우 즐겼다는 것을 우리는 이미 알고 있다.

- 월터 C. 랑거 《히틀러의 정신분석》 中 -

래. 하이고 여래소설신상 즉비신상 불고 수보리 "범소유상 개시허망 약견제상비상 즉견여래

p.95. "수보리여! 그대는 어떻게 생각하느냐? 몸 형상으로 여래를 볼 수 있겠느냐?" "없습니다. 세존이시여! 몸 형상으로 여래를 볼 수 없습니다. 왜냐하면 여래께서 말씀하신 몸 형상은 몸 형상이 아니기 때문입니다."

부처님께서 수보리에게 말씀하셨습니다. "무릇 상이 있는 바는 다 허망하니 만일 모든 상이 상이 아님을 본다면 여래를 보리라"

- 법륜 스님 《금강경 강의》 中 -

석가모니의 몸 형상으로 부처(여래)를 볼 수 없는 이유는 석가모니의 몸 형상이 눈의 망막에 닿아 그 이미지나 영상이 의식 속에 떠오를 때는 그 이미지나 영상에는 이미 인상(눈의 정욕)이 투사되어 있기 때문이다. 쉽게 표현하면 사람들이 석가모니의 몸 형상에서 신비를 느낀다면 그 이유는 석가모니가 부처이기 때문이 아니라 눈의 정욕 때문이다. 그렇지 않다면 기독교를 믿는 사람도 이슬람을 믿는 사람도 석가모니의 몸 형상을 보고 신비를 느끼는 데에는 차이가 없을 것이기 때문이다. 따라서 불교도의 눈에 비친 석가모니의 몸 형상은 실제 석가모니의 몸 형상이 아니다. 말하자면 우리가 의식하는 모든 대상은 우리의 무의식에 의해서 **'철두철미 먼저 조정되고, 단순화되고, 도식화되고, 해석되어 있다'**는 뜻이다. 한 문장으로 요약하면 '의식되는 모든 표상은 하나의 결론이지 결코 무엇인가를 유발하는 원인이 아니다.'

p.299. 나는 내적 세계에 관해서도 그 현상성을 고집한다. 즉, 우

리가 의식하는 모든 것은, 철두철미, 먼저 조정되고, 단순화되고, 도식화되고, 해석되어 있다. (중략) 우리는 〈사실〉인 것에 결코 부닥치는 일은 없다. 쾌와 불쾌도, 나중으로부터의 파생적인 지성의 현상에 지나지 않는 것이다…

〈인과성〉은 우리의 손에서 빠져나간다. 논리학이 하고 있듯이, 여러 사상의 사이에 하나의 직접적인, 인과적인 매듭을 상정하는 일-이것은, 그럴 수 없이 조잡하고 지둔한 관찰의 결과이다. 두 가지 사상 사이에는 여전히 온갖 욕정이 새롱거리고 있다. 하지만 그 활동이 너무나도 민첩하므로, 이 때문에 우리는 그 욕정을 간과하는 것이다… (중략)

요약하면, 의식되는 모든 것은, 하나의 종말 현상, 하나의 결론이지-결코 무엇인가를 유발하는 원인이 아니다.

- F. 니체 《권력에의 의지(청하)》 中 -

따라서 우리의 의식은 **진리(사실)**에 부닥치는 일은 없다. **'무릇 상이 있는 바는 다 허망하다'**라는 의미도 표상(현상성)을 지닌 진리는 진리 그 자체가 아니라는 뜻이다. 왜냐하면, 우리의 눈(의식)은 외부 대상을 보는 것이 아니라 실제로는 자기 자신, 정확하게 말하면 자신의 **'감각기관의 법칙'**(정욕)을 보는 것이기 때문이다.[147] 그런데 석가모니는 모든 대상이 대상 그 자체가 아니라는 것을 알게 되면 부처(여래)가 될 수 있다고 말한다. 이러한 가르침을 함축한 구절이 **'만일 모든 상이 상이 아님을 본다면 여래를 보리라'**는 구절이다. 이 구절에서 앞의 '모든 상'은 감각기관의 정욕이 투사된 의식적 표상을 가리킨다. 이러한 표상이 실제 대상이

147) p.570. 결국 인간은 세계를 발견하는 것이 아니라 자신의 촉각 기관들과 촉수들, 그것들의 법칙들을 발견하게 될 것이다. (중략)

- F. 니체 《유고(1880년 초~1881년 봄)》 中 -

아니라는 것(상이 아님)을 안다면 여래를 볼 수 있다는 의미는 이제 거짓 표상을 구별할 수 있으므로 자동으로 자기 본질(불성)을 볼 수 있게 된다는 뜻이다.

이렇게 모든 표상에는 감각기관의 온갖 정욕이 새롱거리고 있다. 우리의 의식이 그러한 정욕을 간과하는 이유는 그 활동이 **'너무 민첩하게(순식간에)'** 이루어지기 때문이다.[148] 그래서 외부 대상에게서 느끼는 아름다움과 신비성이 자신의 두뇌가 만들어 낸 것이 아니라 자신과 독립해서 외부 대상에게 존재한다고 착각한다. 석가모니가 의미하는 가르침에 다가가기 위해서는 모든 표상 속에서 새롱거리는 감각기관의 온갖 정욕을 볼 수 있어야 한다. 다음의 이야기는 인상이 **얼마나 허망한지를** 그리고 인간이 **얼마나 자기 모순적인지**를 극명하게 보여준다(내용이 길어서 축약했다).

p.128. 깊은 산속 암자에서 홀로 수행하던 스님이 있었는데 식량과 땔감이 떨어져 인근 마을로 식량과 땔감을 구하러 마을로 내려갔다. 그런데 폭설로 인해서 며칠 동안 암자로 돌아올 수 없었는데 암자로 돌아와 보니 누군가 와 있는 것이었다. 땔감이 없어서 이 엄동설한에 얼어 죽지나 않았는지 걱정이 돼서 방문을 급히 열어보니 방안이 후끈후끈하고 한 객승이 자고 있는 것이었다. 도대체 암자에 땔감이라고는 없었는데 어떻게 아궁이에 불을 땔 수 있었을까? 궁금해 하고 있는 그때 스님의 머릿속을 문득 불길한 예감이 스쳐

148) p.86. 우리는 대체로 감정이 사실은 계산이라는 것을 깨닫지 못한다. 왜냐하면 계산의 과정이 자각의 문턱 훨씬 아래에서 순식간에 일어나기 때문이다. (중략) 그래서 뱀에 대한 공포나 성관계 상대의 선택 혹은 유럽연합에 관한 의견이 어떤 신비한 '자유의지'의 결과라고 착각한다.

- Y. 하라리 《21세기를 위한 21가지 제언》 中 -

지나갔다. 그래서 급하게 법당문을 열어보니 불상이 없어진 것이었다. 스님은 화가 치솟아 자고 있는 객승을 깨워서 닥치는 대로 두들겨 팼다. 그러자 그 객승이 영문을 물었고 스님은 어떻게 출가한 승려가 부처님을 땔감으로 쓸 수가 있느냐고 따져 물었다. 그러자 그 객승이 갑자기 부엌으로 뛰어가 아궁이를 뒤졌다. 그 모습을 본 스님이 어리둥절해져서 뭐하냐고 물었다. 그러자 그 객승은 부처님의 사리를 찾고 있다고 말했다. 스님은 기가 막혀서 "이런 정신 빠진 놈 같으니라고. 목불에 무슨 사리가 있단 말이냐!"고 소리쳤다. 순간 스님은 자신이 자기모순에 빠져있음을 깨달았다.

- 법륜 스님 《금강경 강의》 中 -

인간의 귀도 마찬가지이다. 청각 충동은 부모의 목소리를 갈망하는 충동이다. 시각 충동과 청각 충동의 다른 점은 청각이 발달하는 시기는 남근기와 겹치므로 「창세기」의 아담과 이브의 이야기에서 보듯이 청각 충동은 주로 어머니에 대한 욕망을 꾸짖는 아버지의 목소리와 관련된다. 이러한 청각 충동이 외부 현상에 투사되면 천둥과 같은 소리는 아버지 신이 꾸짖는 듯한 환상을 불러일으킨다. 하지만 그 환청이 자기 귀의 정욕이 만들어 낸 것이라는 사실을 모르는 주체는 그 목소리에 대한 복종의 상징 행위를 통해 거세 불안에서 벗어난다.[149]

149) p.75. 독창적인 그리스인들에게도 최고의 신은 바로 천둥의 신이었다는 사실이 이미 알려져 있다. 고대 게르만인 적어도 북게르만인들에게서도 천둥의 신인 토르가 핀란드인이나 레트인들에서처럼 가장 존경받는 최고의, 최초의 신이었다. (중략) 사람들은 천둥이 인간에게 신심의 쐐기를 박아 넣었다는 사실을 기반으로 귀 속의 고막을 종교감의 울림판으로, 귀를 신(神)이 태어나는 자궁으로 규정하려 했다. (중략) 그러므로 최후의 정신적인 종교인 기독교까지도 **의식적으로** 결국 **말**, 다시 말하면 하느님의 말씀에 의존하고 **청각**을 중시한다.

- L. 포이어바흐 《종교의 본질에 대하여》 中 -

그래서 어머니 신을 숭배하는 종교인지 아니면 아버지 신을 숭배하는 종교인지에 따라서 그 종교가 중요시하는 감각기관도 다르다. 어머니 신을 숭배하는 종교(로마 가톨릭)에서는 **눈의 인상**을 만족시키는 상징을 더 중요시하고 아버지 신을 숭배하는 종교(프로테스탄티즘)에서는 **귀의 인상**을 만족시키는 상징을 더 중요시한다. 예를 들면 전자는 성상이나 성만찬과 같은 눈을 자극하는 종교적 상징을 선호하고 후자는 하나님의 말씀이나 설교와 같은 귀를 자극하는 종교적 상징을 더 선호한다. 《금강경》 제20장에서 석가모니는 눈의 인상에 집착하지 말라고 반복적으로 가르치고 있다(그래서 이장에 대한 설명은 생략하기로 한다). 그리고 제26장에서는 눈의 인상에 더해서 귀의 인상에도 집착하지 말라고 가르친다. (《금강경》의 후반은 기존의 가르침을 반복하거나 적용 대상의 범위를 확대함으로써 가르침의 효과가 더 높아지도록 구성되어 있다).

제26장 法身非相分(법신비상분) : 법신은 상이 아니니

須菩提 於意云何. 可以三十二相 觀如來不 須菩提言 如是如是 以三十二相 觀如來 佛言 須菩提 若以三十二相 觀如來者 轉輪聖王 則時如來

수보리 어의운하. 가이삼십이상 관여래부 수보리언 여시여시 이삼십이상 관여래 불언 수보리 약이삼십이상 관여래자 전륜성왕 즉시여래

須菩提 白佛言 世尊, 如我解佛所說義 不應以三十二相 觀如來 爾時 世尊 而說偈言 若以色見我 以音聲求我 是人行邪道 不能見如來

수보리 백불언 세존 여아해불소설의 불응이삼십이상 관여래 이시 세존 이설게언 약이색견아 이음성구아 시인행사도 불응견여래

p.423. "수보리여! 그대는 어떻게 생각하느냐? 삼십이상으로써 여래를 볼 수 있겠느냐?" 수보리가 대답하였습니다.

"그렇습니다, 그렇습니다. 삼십이상으로써 여래를 볼 수 있습니다."

부처님께서 말씀하셨습니다.

"수보리여! 만일 삽십이상으로써 여래를 본다면 전륜성왕이 곧 여래이리라."

수보리가 부처님께 말씀드렸습니다.

"세존이시여! 제가 부처님이 말씀하신바 뜻을 알기로는, 삼십이상으로써 여래를 보지 못합니다."

그때 세존께서 게송으로 말씀하셨습니다.

"만일 색으로써 나를 보려 하거나 음성으로써 나를 구한다면 이 사람은 사도를 행함이라, 능히 여래를 보지 못하리라."

- 법륜 스님 《금강경 강의》 中 -

第26장의 전반부는 눈의 인상에 집착하지 말라고 반복적으로 강조하고 있다. 삼십이상은 석가모니가 지닌 32개의 신체적 특징으로 전륜성왕도 똑같은 신체적 특징을 지니고 있으므로 형상(색)에 집착해서 부처를 구한다면 부처가 될 수 없다.[150] 마찬가지로 부처의 음성에 집착해서 부처를 구한다면 부처가 될 수 없다. 형상이나 음성에는 눈의 정욕과 귀의 정욕이 투사되어 있기 때문이다. 석가모니는 형상이나 음성에서 부처를

150) p.231. 부처의 몸은 삼십이상이라는 특징이 있습니다. 미간에는 백호가 있고 정수리는 위로 솟았고 귀는 길게 늘어져 있고 목에는 세 개의 줄이 나 있고 팔은 무릎에 닿을 만큼 길다는 등의 특징들입니다. 수보리는 그런 특징들로 부처를 볼 수 있다는 생각이 형상에 대한 집착이었음을 깨닫습니다.

- 법륜 스님 《금강경 강의》 中 -

구하는 것은 사이비(사도)라고 말한다. 사이비 종교는 석가모니나 그리스도의 가르침과 반대로 인간의 숭배와 복종을 얻기 위해서 눈의 정욕과 귀의 정욕을 만족시켜 줄 수 있는 형상과 우상을 숭배하기 때문이다.[151)]

그렇다고 석가모니의 가르침이 자신의 정욕을 제거하거나 억압하라는 의미가 아니다. 정욕이 집착하게 만드는 그 대상을 버리라는 것이다. 다시 말해 무의식적 관념과 그에 연결된 표상을 **'분리'**함으로써 무의식의 악마적 힘으로부터 벗어나 새로운 존재 방식과 새로운 삶의 방식을 찾는 것이다.[152)] 관념과 표상과의 연결고리를 금강으로 깨뜨리고 검(劍)으로 끊어야 자신 속에서 불성 또는 신성을 발견할 수 있다. 《금강경》 제6장에서 석가모니는 자신의 가르침을 **'뗏목'**에 비유해서 이러한 관념과 표상의 분리를 설명하고 있다.

제6장 正信希有分(정신희유분) : 바른 믿음

… 須菩提 如來 悉知悉見 是諸衆生 得如是 無量福德 何以故 是諸衆生 無復我相 人相 衆生相 壽者相, 無法相 亦無非法相. 何以故 是諸衆生 若心取相

---

151) p.339. 때가 이르리니, 사람들이 건전한 교리를 견디지 못하고, 그들 자신의 정욕에 따라 가려운 귀를 즐겁게 해 줄 선생들을 많이 두리라.
또한 그들이 그들의 귀를 진리에서 돌이켜 꾸며낸 이야기로 돌리리라.
- 《신약성서(킹)》「디모데후서」中 -

152) p.361. … 숨겨진 내재적 동기와 내사의 파생물에 대한 발견과 탐구는 이러한 내사물에 대한 애착을 포기하고 애도 과정으로 가는 길을 연다. 애도과정은 상실감과 상실된 대상으로부터의 분리를 포함한다. (중략)
이 과정에는 환자를 두렵게 하고 마비시키는 하나의 커다란 위험이 포함되어 있다. 그러나 만일 환자가 미로처럼 혼란한 자신의 내면세계로부터 벗어나 자신의 길을 찾고, 새로운 존재방식, 새로운 삶의 방식, 심지어 새로운 감정과 사고방식을 찾으려고 하며, 새로운 방향으로 나아가려고 한다면, 이 위험을 감수해야 한다.
- W. 마이쓰너 《편집증과 심리치료》 中 -

卽爲着我人衆生壽者 若取法相 卽着我人衆生壽者, 何以故 若取非法相 卽着我人衆生壽者

수보리 여래 실지실견 시제중생 득여시 무량복덕 하이고 시제중생 무부아상 인상 중생상 수자상 무법상 역무비법상 하이고 시제중생 약심취상 즉위착아인중생수자 약취법상 즉착아인중생수자 하이고 약취비법상 즉착아인중생수자

是故 不應取法 不應取非法 以是義故 如來商說 '汝等比丘 知我說法 如筏喩者' 法尙應捨 何況非法

시고 불응취법 불응취비법 이시의고 여래상설 여등비구 지아설법 여벌유자 범상응사 하황비법

p.113. "… 수보리여! 여래는 모든 것을 다 알고 다 보나니, 이 모든 중생이 이와 같은 한량없는 복덕을 얻으리라. 왜냐하면 이 모든 중생이 다시 아상과 인상과 중생상과 수자상이 없으며, 법상이 없으며 또한 법도 아니라는 상도 없기 때문이다. 왜냐하면 만일 이 모든 중생이 마음에 상을 취하면 곧 나라하는 것과 사람이라 하는 것과 중생이라 하는 것과 수자라 하는 것에 집착할 것이고, 만일 법이라 하는 상을 취하여도 곧 아와 인과 중생과 수자에 집착하는 것이기 때문이다. 왜냐하면 만일 법 아니라 하는 상을 취하여도 곧 아 · 인 · 중생 · 수자에 집착하는 것이기 때문이다. 그러므로 마땅히 법을 취하지 말며 법 아닌 것을 취하지도 말아야 한다. 그러한 뜻으로 여래는 항상 말하노니, 너희 비구는 나의 설법을 뗏목에다 비유한 것과 같이 알지니, 법도 응당 버려야 하거늘 하물며 법 아닌 것이랴!"

- 법륜 스님 《금강경 강의》 中 -

강물을 건너기 위해서는 뗏목(나룻배)이 필요하다. 먼저 상징 분석을 하자면 **강물**은 어머니의 자궁 속 **양수**를 상징하고 **뗏목**은 지금 생의 단계인 의식으로부터 과거의 생의 단계인 **무의식으로의 이동**을 상징한다. 그리고 **강을 건너는 행위**는 **죽음의 경험**을 상징하기도 한다.[153] 정신분석적으로 설명하자면 강을 건너는 행위는 죽음의 경험을 통해 어머니 자궁 속으로 회귀해서 진리(법)를 알기 위한 상징 행위이다. 그런데 인간의 무의식은 숭배나 복종 욕망 때문에 이러한 상징이나 비유를 무시하고 위대한 존재의 행위나 말 그 자체에 집착하게 된다. 종교에서 율법을 강박적으로 지키려고 하고 의례 자체를 중요시하는 이유도 이러한 이유 때문이다. 이렇게 위대한 존재의 행위나 말을 신성시하는 행위가 **'법상'**이다. 이러한 법상에 집착하게 되면 그 법이 말해진 목적이나 상황을 고려하지 않고 그 법(진리)을 맹목적으로 지키려고 한다. 그리스도가 안식일에 병자를 치료하고 전통을 따르지 않는 것도 이러한 법상(율법주의)을 깨뜨리기 위한 것이었다.[154] 니체의 비유를 빌리면 몸을 깨끗하기 위해서 목욕을 하는 것이 아니라 목욕을 하라는 규정 때문에 목욕을 하는 것이다.

p.49. 예를 들어 정해진 시간에 정해진 목욕을 하라는 규정이 있

153) p.149. 나룻배는 생의 한 단계로부터 다른 단계로의 이동을 상징한다. (중략). 나룻배를 타고 강이나 다른 좁은 시내를 건너는 것은 죽음을 상징한다.

- E. 애크로이드 《꿈 상징 사전》 中 -

154) p.169. 그러나 율법주의는 종교를 거짓되게 만드는 왜곡인데, …, 악이란 종교적으로 말해서 죄를 졌다는 의미라고 설명하기 때문이다. 그래서 율법주의자들은 잘못을 저지르지 않고 망가지지 않은 채 있으려고 하면서, 그 어떤 결핍도 그의 욕망의 문을 열지 않는 바위 속에서 종교적으로 풍성한 가운데서만 지내려고 한다. 예수 그리스도의 메시지 중 많은 부분은 그가 율법주의자들과 맞섰던 것에서 나왔다. 그리스도가 전한 메시지의 상징적이고 역설적인 비유들과 이야기들이 기존의 가치관을 뒤집어엎고 충격을 주는 것을 그 때문이다.

- A. 베르고트 《죄의식과 욕망》 中 -

다고 치자. 사람들은 몸을 깨끗이 하기 위해 목욕하는 것이 아니라, 목욕을 하라는 규정 때문에 목욕을 한다. 사람들은 불결 때문에 일어나는 실제적인 결과들을 피하는 법을 배우지 않고 목욕을 소홀히 한 것 때문에 생길 수 있는 신들의 불만을 피하는 법을 배운다. 사람들은 미신적인 불안에 쫓겨 (중략). 사람들은 불결을 씻어내는 행위에 제2, 제3의 의의를 부여한다. (중략) 그 결과 오늘날에도 여전히 우리는 인간의 감정이 고양되는 경우, 어떻게든 저 상상된 세계가 작용하고 있는 것을 보게 된다. 슬픈 일이다. (중략) 이러한 감정들은 너무 많이 망상과 불합리와 유착되어 있다.

- F. 니체 《아침놀(책)》 中 -

자기 자신을 알기 위해서는 석가모니나 그리스도의 가르침(뗏목)이 필요하다. 그런데 인간의 무의식은 가르침의 목적이나 의미가 아니라 가르침의 문자 그 자체에 집착한다. 강을 건너고 나서도 뗏목을 못 버리는 것이다. 그리고 그 뗏목을 숭배하고 그 뗏목에 제2, 제3의 의의를 부여한다. 뗏목이 지닌 제2, 제3의 의미는 이제 거꾸로 인간의 정신을 옭아매는 또 다른 법상으로 작용한다. 그리스도가 전통(사람의 계명)을 지키려는 바리새인들을 과도할 정도로 비판하는 이유도 법상에 대한 집착에서 **'온갖 미신과 망상과 불합리'**(악한 생각과 살인과 간음과 음란과 도둑질과 거짓 증언과 비방)가 만들어지기 때문이다.[155)]

155) p.25. 외식하는 자들아 이사야가 너희에 관하여 잘 예언하였도다 일렀으되

이 백성이 입술로는 나를 공경하되 마음은 내게서 멀도다

사람의 계명으로 교훈을 삼아 가르치니 나를 헛되이 경배하는도다 하였느니라 하시고

…

입으로 들어가는 것이 사람을 더럽게 하는 것이 아니라 입에서 나오는 그것이 사람을 더럽게 하는 것이니라

예를 들어 석가모니가 '마땅히 법(진리)을 취하지 말며 법 아닌 것을 취하지도 말아야 한다'라고 가르치면 전체 맥락을 무시하고 석가모니가 '선(善)한 행위도 하나의 수단에 불과하다'라고 가르쳤다고 오해한다.[156] 석가모니의 가르침은 선한 행위를 하지 말라는 것이 아니라 선한 행위를 할 때 그 행위가 옳다는 생각(아상), 타인이 그 행위에 고마워할 것이라는 생각(인상), 그 행위가 세상의 진리가 될 수 있다는 생각(중생상), 그리고 그 행위가 사람들을 구원할 수 있다는 생각(수자상)을 버리라는 뜻이다. 석가모니가 **'법도 응당 버려야 하거늘 하물며 법 아닌 것이랴'**라고 한 것처럼 악한 법(법 아닌 것)은 법 그 자체를 버려야 하고 선한 법은 법 그 자체가 버리라는 뜻이 아니라 그 법에 집착하려는 법상을 버려야 한다는 뜻이다.

그런데 이상하게도 석가모니는 진리 자체에 관해서 설명하는 것이 아니라 진리에 다가가는 방법(몟목)에 관해서만 설명한다. 그 이유는 이 세상에는 진리는 존재하지 않기 때문이다. 진리는 이 세상에 나오는 순간 그것을 보고 듣는 사람의 정욕이 투사되어 순식간에 왜곡되어 버리기 때

…

베드로가 대답하여 이르되 이 비유를 우리에게 설명하여 주옵소서

…

마음에서 나오는 것은 악한 생각과 살인과 간음과 음란과 도둑질과 거짓 증언과 비방이니

이런 것들이 사람을 더럽게 하는 것이요 씻지 않는 손으로 먹는 것은 사람을 더럽게 하지 못하느니라

- 《신약성서》「마태복음」 中 -

156) p.128. 불교의 이상에는 기본적으로 선과 악으로부터의 해방이 포함되어 있다. 불교의 가르침 안에 모든 도덕 그 너머의 세계에 대한 암시가 미묘하게 제시되고 있으며, 도덕 그 너머의 세계는 완벽한 상태와 동일한 것으로 여겨진다. 여기에 전제가 따른다. 선(善)한 행위까지도 오직 일시적으로만, 하나의 수단으로서만, 말하자면 모든 행위로부터 자유롭기 위해서만 필요할 뿐이라는 점이다.

- F. 니체 《권력 의지(부글)》 中 -

문이다. 그리스도가 **'하나님의 나라는 너희 안에 있다'**라고 말하는 이유도 우리 자신의 밖에는 진리가 존재할 수가 없다. 진리는 뗏목처럼 진리에 다가갈 수 있는 표상의 형태로 존재할 뿐이다. 따라서 진리에 다가가기 위해서는 표상의 형태로 된 진리에서 자신의 아상, 인상, 중생상, 수자상을 제거할 수 있는 지혜가 필요한 것이다. 예를 들어 그러한 지혜를 얻어서 재산에 집착하게 하는 아상을 극복한 결과는 재산에 집착하지 않는 것이 될 것이다. 이 의미는 무의식이 재산이 지닌 어머니 젖의 표상으로부터 자유로워졌다는 뜻이 된다. 따라서 인상, 중생상, 수자상을 극복한 궁극적인 결과도 무의식이 그 관념적 표상으로부터 자유로워지는 것이 될 것이다.

오해하지 말아야 할 것은 표상에 대한 집착을 끊는다는 의미가 금욕주의를 추구하라는 뜻이 아니다. 알코올 중독의 완전한 치료가 술의 유혹과 싸우는 것이 아니라 술에 무관심해지는 것처럼 표상에 대한 집착을 끊는다는 의미는 표상의 유혹과 싸우는 것이 아니라 표상에 무관심해지는 것이다. 니체의 표현을 빌리면 표상에 대한 신앙을 **'무의식으로서의 무신앙'**으로 바꾸는 것이다. 이렇게 유아적 관념(내사물)에 대한 몰두와 애착에서 벗어나는 과정에서 자신의 껍질(구멍)에서도 벗어나게 되고 자연스럽게 자신의 본질(새로운 정체성)을 발견할 수 있는 기회를 갖는다.[157)]

《신약성서》에서 그리스도는 이러한 관념과 표상의 분리를 **'카이사르의**

---

157) p.362. 치료 과정의 마지막 단계에서 치료자에 대한 환자의 애착이 애도되는 과정이 일어난다. 환자는 예전의 유아적 대상에 대한 애착과 내사물에 대한 몰두에서 벗어나게 되고, 그것은 치료 관계 안에서 해소된다. (중략)

치료 작업의 이 마지막 부분을 처리함으로써, 환자는 치료를 종결할 수 있으며, 그 과정에서 특히 핵심적인 치료적 동일시를 통하여 병리적 잔여물을 제거하고 새로운 정체감을 발전시킬 기회를 갖는다.

- W. 마이쓰너 《편집증과 심리치료》 中 -

것은 카이사르에게, 하나님의 것은 하나님께 바치라'라고 표현한다.[158] 율법과 전통처럼 화폐와 경제는 공동체의 유지를 위해서 필수적인 사회적 표상이다. 문제가 되는 것은 율법이나 전통이 인간의 정신을 지배하는 것처럼 화폐와 경제가 인간의 정신을 지배할 때이다. 카이사르의 세계에서는 인간이 화폐와 경제를 위해서 존재한다. 하지만 하나님의 세계에서는 화폐와 경제는 인간을 위해서 존재한다. 그리스도의 가르침은 카이사르의 세계를 없애라는 것이 아니다. 카이사르의 세계가 제공하는 표상에 대한 집착을 끊어야 한다는 것이다. 그렇게 되면 자연스럽게 하나님의 세계에 살게 되는 것과 같다.

3) 중생상 = 지배 욕망(결합 욕망)

아상이 자기에 대한 관념이고 인상이 대상에 대한 관념이라면 중생상은 중생에 대한 관념이라고 할 수 있다. 중생은 모든 사물과 현상, 즉 세계를 의미하므로 중생상은 세계에 대한 관념이라고 할 수 있다. 하지만 중생상은 아상이나 인상과 별개가 아니라 아상과 인상이 세계 차원으로 확장된 것이다. 아상이 세계 차원으로 확장되면 자신의 철학이 세계 질서가 될 수 있다는 **사상**으로 발전하고, 인상이 세계 차원으로 확장되면 초

158) p.37. 그러면 당신의 생각에는 어떠한지 우리에게 이르소서 가이사에게 세금을 바치는 것이 옳으니이까 옳지 아니하니이까 하니
예수께서 그들의 악함을 아시고 이르시되 외식하는 자들아 어찌하여 나를 시험하느냐
세금 낼 돈을 내게 보이라 하시니 데나리온 하나를 가져왔거늘
예수께서 말씀하시되 이 형상과 이 글이 누구의 것이냐
이르되 가이사의 것이니이다. 이에 이르시되 그런즉 가이사의 것은 가이사에게, 하나님의 것은 하나님께 바치라 하시니
그들이 이 말씀을 듣고 놀랍게 여겨 예수를 떠나가니라
-《신약성서》「마태복음」 中 -

월적인 존재가 정해놓은 섭리나 진리가 있다는 **신앙**으로 발전된다. 말하자면 중생상은 자신의 관념적 질서(아상 또는 인상)를 외부 세계에 투사해서 세계(자연)의 질서로 **오해**하는 것이다. 이러한 오해는 자신의 사고에 대한 지배가 거기에 대응하는 사물에 대한 지배를 허용한다는 **망상**으로 발전한다.

> p.140. 앞에서 인용한, 주술의 성격에 관한 타일러의 말, 즉 〈관념상의 관련을 현실의 관련으로 착각하기〉라든지, 이와 거의 동일한 프레이저의 말, 즉 〈사람들은 자기 관념의 질서를 자연의 질서로 오해하기 때문에 자기가 가지고 있는 것으로 보이는 사고에 대한 지배가 거기에 대응하는 사물에 대한 지배를 허용한다고 생각해 왔다〉는 것은 상당히 적절한 설명이었던 것으로 보인다.
>
> - S. 프로이트 《종교의 기원, 『토템과 터부』》 中 -

《금강경》 제7장에서 석가모니가 자신은 지혜(아뇩다라삼먁삼보리)를 얻은 바도 없고 타인에게 진리(법)를 설한 바도 없다고 말하는 이유도 세계에 대한 진리가 있다는 생각(중생상)이 오해이고 망상이기 때문이다.

제7장 無得無說分(무득무설분) : 얻을 것도 말할 것도 없는 진리

須菩提 於意云何. 如來得阿耨多羅三邈三菩提耶 如來有所說法僻 須菩提言 如我解佛所說義 無有定法 名阿耨多羅三邈三菩提 亦無有定法 如來加說 何以故 如來所說法 皆不可取 不可說 非法 非非法 所以者何 一切賢聖 皆以無爲法 而有差別

수보리 어의운하. 여래득아뇩다라삼먁삼보리야 여래유소설법야 수보리언 여아해불소설의 무유정법 명아뇩다라삼먁삼보리 역무유정법 여래가설 하이고 여래소설법 개불가취 불가설 비법 비비법 소이자하 일체현성 개이무위법 이유차별

p.135. "수보리여! 그대는 어떻게 생각하느냐? 여래가 아뇩다라삼먁삼보리를 얻었느냐? 여래가 설한 법이 있느냐?"

수보리가 대답하였습니다.

"제가 부처님께서 말씀하신 뜻을 알기로는, 정한 법이 있음이 없음을 이름하여 아뇩다라삼먁삼보리라 하며, 또한 정한 법이 있음이 없음을 여래께서 말씀하셨습니다. 왜냐하면 여래가 말씀하신바 법은 모두 가히 취할 수 없으며 설할 수 없고, 법이 아니며 법 아닌 것도 아니기 때문입니다. 왜냐하면 일체 현성이 다 무위법으로 차별이 있는 까닭입니다."

- 법륜 스님 《금강경 강의》 中 -

석가모니는 지혜를 얻었고 진리를 설했다. 그런데 석가모니는 진리도 취할 수 없고 설할 수도 없다고 말한다. 진리는 말해지는 순간 귀의 정욕이 투사되어 진리가 아닌 것이 되기 때문이다. 마찬가지로 석가모니라는 위대한 존재가 진리를 설하게 되면 그 진리에는 눈의 정욕이 투사되어 진리가 아닌 것이 되기 때문이다. 하이젠베르크의 **'불확정성의 원리'**처럼 인식하는 자와 무관한 인식은 존재하지 않는다.[159] 따라서 진리는 취할 수도 없고 말할 수도 없고 진리가 아니라고 말할 수도 없고 진리가 아닌

159) p.71. 인식하는 자와 무관한 인식이란 존재하지 않는다. (중략)

우리는 사물 자체에 대해 아무것도 말할 수 없다. 왜냐하면 우리는 인식하는 자, 즉 평가하는 자의 입장을 제거했기 때문이다.

- F. 니체 《유고(1872년 여름~1874년 말)》 中 -

것도 아니라고 말할 수도 없다.

이렇게 인간의 무의식 속에 형성된 가치판단(아상, 인상, 중생상, 수자상)은 참된 인식으로 다가가는 데 가장 큰 장애물이다. 따라서 진리를 알기 위해서는 자신의 아상, 인상, 중생상, 수자상에서 자유로워져야 한다. 표상으로부터 자유로워지기 위해서는 '가치에 대한 근원적인 회의를 통해 **한 번은 모든 가치판단을 전복하지 않으면 안 된다.**'[160] 현성(현인과 성인)은 자신의 모든 가치판단을 전복해서 자신의 아상, 인상, 중생상, 수자상에 머물지 않고 세상을 볼 수 있는 사람이다. 세상을 자유롭게 관조(觀照)할 수 있을 때 **무위의 진리**(무위법)를 알게 되고 그러한 정신 능력이 **지혜**(반야)이다. 심지어 《금강경》 제21장에서는 누군가 석가모니가 진리가 있다고 말했다고 주장한다면 그것은 **'부처를 비방하는 것'**이라고까지 말한다.

제21장 非說所說分(비설소설분) : 설할 것이 없는 설법

須菩提 汝勿謂如來作是念 我當有所說法 莫作是念. 何以故 若人言 如來有所說法 則爲謗佛 不能解我所說故 須菩提, 說法者 無法可說 是名說法

수보리, 여물위여래작시념 아당유소설법 막작시념. 하이고 약인언 여래 유소설법 즉위방불 불능해아소설고 수보리 설법자 무법가설 시명설법

爾時 慧命 須菩提 白佛言 世尊 頗有衆生 於未來世 聞說是法 生信心不 佛言 須菩提 彼非衆生 非不衆生 何以故 須菩提, 衆生衆生者 如來說 非衆生 是

---

160) p.83. 사람들은 사물이나 인간에 대한 통찰보다는 그것에 대한 가치판단을 제일 먼저 배운다; 이것이 참된 인식으로 다가가는 것을 방해한다. 자유로운 길을 얻기 위해 사람들은 가치에 대한 근원적인 회의를 통해 우선 언젠가 한 번은 모든 가치판단을 전복하지 않으면 안 될 것이다.

- F. 니체 《유고(1880년 초~1881년 봄)》 中 -

名衆生

이시 혜명 수보리 백불언. 세존 파유중생 어미래세 문설시법 생신심부불언. 수보리, 피비중생 비불중생 하이고 수보리 중생중생자 여래설 비중생 시명중생

p.373. "수보리여! 그대는 여래가 '내가 마땅히 말한 바 법이 있다'고 생각한다고 말하지 마라. 그렇게 생각하지 말지니, 왜냐하면 어떤 사람이 '여래께서 설한 바 법이 있다'고 한다면 이는 곧 부처를 비방하는 것이니, 내가 말한 바를 알지 못하기 때문이다. 수보리여! 법을 말한다는 것은 법을 가히 말할 수 없는지라 이 이름이 법을 말함이니라."

그때 혜명 수보리가 부처님께 여쭈었습니다.

"세존이시어! 자못 중생들이 저 미래 세상에 이 법 설하심을 듣고 믿는 마음을 내겠습니까?"

부처님께서 말씀하셨습니다.

"수보리여! 저들은 중생이 아니요 중생이 아닌 것도 아니니라. 왜냐하면 수보리여! 중생 중생이라 하는 것은 여래가 중생을 말함이 아니라 그 이름이 중생이기 때문이다."

- 법륜 스님 《금강경 강의》 中 -

누군가 석가모니가 '진리(법)를 말했다'라고 한다면 그 의미는 석가모니가 자신은 너그럽고 자애롭다는 생각(아상)과 세상에는 구원의 진리가 있다는 생각(중생상)에 매몰되어 다른 중생은 고통받고 불행하다는 생각(인상)과 그래서 자신의 진리로 중생을 구원해야 한다는 생각(수자상)에 집착하고 있다는 뜻이 된다. 즉 석가모니가 지혜를 얻고 진리를 설한 목

적이 '진리를 동기로 해서가 아니라 **타인보다 우월해지고 싶고 권력을 위한 것**'이라는 뜻이 되므로 석가모니를 비방하는 하는 것이 된다.

p.285. 진리에 달하는 방법이 발견되어온 것은, 진리를 동기로 해서가 아니라, 권력을, 우월해지고 싶어 하는 의욕을 동기로 해서이다.

- F. 니체 《권력에의 의지(청하)》 中 -

석가모니가 '중생이 중생이 아니요 중생이 아닌 것도 아니다'라고 말하는 이유는 자신은 너그럽고 자애롭다는 생각(아상)과 중생이 고통받는다는 생각(인상)에 집착해서 모든 중생을 구원하겠다는 생각(수자상)으로 중생을 **'특별히'** 구분하게 되면 중생은 구세주와 그 구세주가 말하는 진리를 정욕화(성애화)해서 오히려 중생에게 해를 끼치기 때문이다.[161)]《신약성서》에서 그리스도가 **'도무지 맹세하지 말라'**라고 말한 것도 진리에 집착(맹세)하는 것은 진리를 정욕화하는 상징 행위이기 때문이다.[162)] 이

---

161) p.464. 해리를 다룰 때, 치료자와 내담자 모두에게 가장 곤란한 경험은 성적인(성애화된) 전이와 외상적인 전이이다. 환자는 자신을 '특별히' 대해 달라는 강한 압력을 행사할 수 있으며, 여기에는 연인이 되어 달라는 압력도 포함된다. 그리고 이는 너그럽고, 자애롭고, 이타적으로 보이고 싶은 치료자의 자기애적인 욕구와 상호작용할 수 있다. 치료자가 자신 안에 환자에 대한 증오와 분노도 함께 있음을 인정하지 않은 채 구조자의 역할 혹은 이상화된 욕망의 대상을 행동화하려는 유혹을 느낄 때, 내담자를 어린아이 취급하고 해를 끼치는 장면을 재연하며 해리 반응을 악화할 수 있다.

- N. 맥윌리엄스 《정신분석적 진단》 中 -

162) p.7. 또 옛 사람에게 말한 바 헛 맹세를 하지 말고 네 맹세한 것을 주께 지키라 하였다는 것을 너희가 들었으나

나는 너희에게 이르노니 도무지 맹세하지 말지니 하늘로도 하지 말라 이는 하나님의 보좌임이요

…

러한 맹세는 구세주로서도 또 중생으로서도 자기애적 욕구를 위한 것이므로 **'세상의 한 터럭도 희고 검게 할 수 없다.'**

그런데 옳고 그름의 분별은 필요하다는 그리스도의 말은 불교의 가르침과 어긋나는 것처럼 보인다. 불교에서는 일체의 분별을 해서는 안 된다고 가르치기 때문이다. 하지만 이것도 석가모니의 의도가 아니다. 강을 건너기 위해서는 **제대로 된** 뗏목이 필요듯이 자신을 알기 위해서는 **제대로 된** 가르침이 필요하다. 그 가르침이 옳은지 아닌지에 대한 분별은 필요하다는 뜻이다.[163] 석가모니 가르침의 핵심은 분별하지 말라는 것이 아니라 그 분별에 집착해서는 안 된다는 뜻이다. 항상 잊으면 안 되는 것은 행위의 원인은 어떤 관념(가치 평가) 그 자체가 아니라 '**가치 평가가 이루어진 생각**(관념적 표상)'이다. 이러한 관념적 표상이 의식(뇌리)을 스치면 정신적 메커니즘이 오래된 연상 작용에 의해 자동적으로 움직이기 시작한다.[164] 《금강경》 제31장에서 석가모니는 이 점을 반복적

네 머리로도 하지 말라 이는 네가 한 터럭도 희고 검게 할 수 없음이라
오직 너희 말은 옳다 옳다, 아니라 아니라 하라 이에서 지나는 것은 악으로부터 나느니라

- 《신약성서》「마태복음」 中 -

163) p.88. 겔룩파는 명상적 통찰의 근거를 마련하기 위해서는 지적인 능력을 반드시 사용해야 하며, 명상적 이해를 수용하려면 '타당한 인지' 요소가 있어야 한다는 입장을 가지고 있다. 이것 없이는 현혹된 관점을 잘못 받아들이거나 명상에서 아무것도 얻지 못하는 위험에 빠질 수 있다. 이 학파의 기본 가르침은 다른 대부분의 학파에서도 채택되고 있는데, 공(空)에 관한 철저한 개념적 분석을 매우 주의 깊게 다루고 있다. 직접적인 체험과 실천을 강조하는 것으로 알려진 까규파의 깔루 린포체(Kalu Rinpoche) 또한 "자신이 하고 있는 일에 대해 아무런 개념적 이해가 없이 명상하는 사람은 열린 들판에서 길을 찾고자 하는 맹인과 같다. 그런 사람은 이리로 갈지 저리고 갈지 아무 생각 없이 헤맬 뿐이다."(Kalu Rinpoche, 1986, p.113)라고 이 관점을 긍정하였다.

- M. 엡스타인 《붓다와 프로이트》 中 -

164) p.76. 이때 항상 잊으면 안 되는 것은 가치 평가가 결코 행위의 원인이 아니라는 점이다; 오히려 가치 평가가 이루어진 표상이 뇌리에 스치면 메커니즘이 오래된 연상

으로 강조하고 있다.

제31장 知見不生分(지견불생분) : 지견을 내지 아니하니

須菩提 若人言 佛說我見人見衆生見壽者見 須菩提 於意云何 是人 解我所說義不 不也 世尊, 是人 不解如來所說義. 何以故 世尊說 我見人見衆生見壽者見 卽非我見人見衆生見壽者見 是名我見人見衆生見壽者見

수보리 약인언 불설아견인견중생견수자견 수보리 어의운하 시인 해아소설의부 불야 세존 시인 불해여래소설의. 하이고 세존설 아견인견중생견수자견 즉비아견인견중생견수자견 시명아견인견중생견수자견

須菩提, 發阿耨多羅三邈三菩提心者 於一切法 應如是知 如是見 如是信解 不生法相 須菩提 所言法相者 如來說 卽非法相 是名法相

수보리, 발아뇩다라삼먁삼보리심자 어일체법 응여시지 여시견 여시신해 불생법상 수보리 소언법상자 여래설 즉비법상 시명법상

p.469. "수보리여! 만일 어떤 사람이 말하되, 부처님이 아견 · 인견 · 중생견 · 수자견을 설했다고 한다면, 수보리여! 그대는 어떻게 생각하느냐? 그 사람은 내가 말한 뜻을 알았다 하겠느냐?"

"아닙니다. 세존이시여! 그 사람은 여래께서 말씀하신 뜻을 알지 못합니다. 왜냐하면 세존께서 말씀하신 아견 · 인견 · 중생견 · 수자견은 아견 · 인견 · 중생견 · 수자견이 아니라 그 이름이 아견 · 인견 · 중생견 · 수자견이기 때문입니다."

작용에 의해 자동적으로 움직이기 시작한다. 이것은 규칙적인 연쇄이지, 원인과 결과가 아니다.

- F. 니체 《유고(1880년 초~1881년 봄)》 中 -

"수보리여! 아뇩다라삼먁삼보리심을 발한 자는 일체 법에 응당 이와 같이 알고, 이와 같이 보며, 이와 같이 믿고 이해하여 법상을 내지 아니할지니라. 수보리여! 여래가 말한 법상이라는 것은 곧 법상이 아니라 그 이름이 법상이니라."

- 법륜 스님 《금강경 강의》 中 -

그리스도가 옳다 아니다의 분별에 지나는 것은 악(惡)으로부터 나온다는 의미는 애국심과 같은 선한 분별도 자기애적 욕구가 결부되면 악이 된다는 뜻이다. 예를 들어 자기 생각이 옳다는 생각(아상)이 집단으로 확장되면 자신이 속한 집단의 이데올로기가 옳다는 생각(아견)과 자신이 속하지 않는 집단의 이데올로기는 틀리다는 편견(인견)이 되고 이러한 생각은 자신이 속한 집단의 이데올로기가 세상의 질서가 되어야 한다는 생각(중생견)과 자기 집단의 이데올로기로 다른 집단을 구원해야 한다는 편견(수자견)으로 확대된다.[165] 이러한 아견, 인견, 중생견, 수자견이 광대한 범위로 확대되어 애국심(자기 숭배)이라는 미명 아래 다른 집단에게 강요한 것이 파시즘과 공산주의이고 국가사회주의이다.[166] 역사를 그토

165) p.33. 드러난 편집증 정신병리는 단지 빙산의 일각에 지나지 않으며, 그것의 큰 부분은 온 인류를 포함하는 광대한 범위로 확대된다. 사실, 편집적 과정의 영향은 가족 체계와 같은 사회적 단위에서, 그리고 보다 병리적인 형태의 상호작용이 일어나는, 일정한 조건에 대해 연구하고 이해할 수 있는 보다 큰 사회적 체계에서도 추적될 수 있다. 우리가 잘 알고 있는 예를 하나 들면, 정상적으로 잘 적응하는 사람들의 집단에서도 심각한 편견이 발견되며, 이성적이며 심리적으로 성숙한 보통 사람들의 집단에서도 일정한 촉발 조건만 주어지면 편견이 발생한다는 사실이다.

- W. 마이쓰너 《편집증과 심리치료》 中 -

166) p.757. 몇몇 나라에서 파시즘, 공산주의, 국가사회주의 등 새로운 세속적 이데올로기로 전향한 자들이 힘을 얻어 정권을 잡고 잔인한 박해 수단으로 그 이론과 실천을 강요했던 것이다. 그러나 이렇듯 노골적인 '집단적 권력'이라는 갑옷으로 무장한 인간의 해묵은 '자기 숭배'라는 병이 재발한 예만으로는 이병이 실제로 얼마나 퍼져나갔는지 그 정도를 알 수는 없다. 가장 중대한 징후는 민주주의와 그리스도교

록 폭력적으로 만들어 온 것은 옳다 아니다의 의견이 아니라 그 의견에서 지나서 **의견에 집착하는(매달리는) 것(신앙), 즉 신념** 때문이다.

> p.289. 역사를 그토록 폭력적인 것으로 만들어 온 것은 의견들의 투쟁이 아니라 의견에 대한 신앙, 즉 신념의 투쟁이다. 그러나 만약 자기 신념을 그토록 위대하게 생각하고 모든 종류의 희생을 그것에 바치며 그것을 위하여 명예, 육체, 생명을 아끼지 않았던 모든 사람들이, 자신이 어떤 정당성을 가지고 이러저러한 신념에 매달려 있으며 어떤 길로 거기에 이르렀는가 하는 문제에 대한 연구에 그들 힘의 절반만이라도 바쳤더라면 인류의 역사는 얼마나 평화롭게 보이겠는가!
>
> - F. 니체 《인간적인 너무나 인간적인(동서)》 中 -

인간의 이러한 법상(신념)은 소수의 뿔 달린 짐승에 의해서 언제든지 이용당할 수 있다. 소수의 뿔 달린 짐승은 인간의 법상을 이용해서 우리 집단은 우월하다는 생각(아견)과 타인 집단은 열등하다는 생각(인견)이 결합된 '엘리트주의적인 이데올로기'를 조합해냄으로써 인류를 재앙으로 이끌 수 있다.[167] 마르크스가 《자본론》을 쓴 것도 표면적으로는 다수 프

를 내세우고 있는 여러 나라에서 (중략), 이제 사실상 애국심이라는 미명 아래, 음침하게 숨은 공동 사회를 신(神)으로서 숭배하는 원시적 이교가 되어버리고 말았다는 사실이다.

- A. J. 토인비 《역사의 연구》 中 -

167) p.197. 둘째 일부 자기애적 성격장애 환자는 이상화된 방어적 가치 체계, 즉 종교적 신념이나 가치 체계를 발견하는데, 이는 이전에 그들이 가지고 있었던 관심사나 자기애적 분투의 실패, 중년기 상실에 대한 평가절하를 보상하기 위한 것이다. 예컨대 비교(祕敎)에 관심을 갖게 된 어떤 한 환자는 우주와의 신비로운 합일이라는 느낌과 소수의 선택된 자들만이 그 신비를 파악할 수 있다는 엘리트주의적인 이데올로기를 조합해냈다. 그런가 하면 어떤 환자는 모든 인류를 품는 이상을 갖는 것을 통해서

롤레타리아의 복지를 위한 것으로 보이지만 본질에서는 자신이 지적으로 우월하다는 생각(아상)과 자신이 신과 같은 존재로서 세상을 구원해야 한다는 생각(수자상)을 실현하기 위해서였다.[168)]

지금까지 역사 속에서 소수 엘리트는 다수 민중의 복지를 위해 일한다고 진지하게 믿고 인류 문명을 주도해 왔지만, 사실은 자신의 아견, 인견, 중생견, 수자견에 집착했던 것에 불과하다. 인류의 미래사에 등장하는 소수 엘리트 역시 순항 미사일과 최첨단 전투기를 동원해서라도 자신의 아견, 인견, 중생견, 수자견을 성취하려고 할 것이다.[169)] 《금강경》 제8장에서 석가모니가 **'다른 사람에게 사구게를 말해 주는 것이 가장 큰 복덕'**이라고 말하는 이유도 거의 모든 세계사적 재앙의 원인이 자신이 선하

실제로 겸비(謙卑)와 무아(無我)의 새로운 느낌을 발견할는지도 모른다; 흥미롭게도 전 일류에 대한 사랑은 흔히 환자가 직접 관계하는 사회적 환경에 대한 경멸과 결합되어 있다.

- O. 컨버그 《내면세계와 외부현실》 中 -

168) p.589. 하이네는 이렇게 썼다. "[사회주의자의] 미래에서 가죽 채찍과 피, 무자비와 응징의 냄새가 난다. 이런 흉악한 우상 파괴주의자가 힘을 갖게 될 때를 생각하면 나는 불안과 공포에 싸일 뿐이다. 완고한 나의 친구 마르크스는 하나님을 믿지 않고 자신을 신(神)이라고 생각하는 인간이다." 그리하여 하이네는 마르크스와 인연을 끊었다.

- P. 존슨 《유대인의 역사》 中 -

169) p.284. 하지만 제국의 엘리트 대부분은 자신이 제국 모든 주민의 일반적 복지를 위해 일한다고 진지하게 믿었다. (중략)

로마인들도 유사한 주장을 폈다. 자신들이 야만인들에게 평화와 정의와 교양을 전해주고 있다는 내용이었다. (중략)

기원전 3세기의 마우리아 제국은 몽매한 세계에 부처의 가르침을 퍼뜨리는 것을 사명으로 삼았다. 무슬림 칼리프들은 예언자 마호메트의 계시를 퍼뜨리라는 신의 명령을 받았다. (중략)

…. 오늘날 많은 미국인들은 자신들의 정부에게는 제3 세계에 민주주의와 인권의 혜택을 가져다줄 도덕적 의무가 있다고 주장한다. 그런 좋은 것들을 순항 미사일과 F16 전투기로 배달해야 하더라도.

- Y. 하라리 《사피엔스》 中 -

고 옳다는 법상(신념)에서 비롯된 것이었기 때문이다. 그래서 석가모니는 **'부처가 설한 법(불법)도 곧 불법이 아니다'**라고 말한다.

제8장 依法出生分(의법출생분) : 모든 법이 좇아 나온 진리

須菩提 於意云何 若人 滿三天大天世界七寶 以用布施 是人 所得福德 寧爲多不 須菩提言. 甚多 世尊 何以故 是福德 卽非福德性 是故 如來說福德多
수보리 어의운하 약인 만삼천대천세계칠보 이용보시 시인 소득복덕 영위다부 수보리언 심다 세존 하이고 시복덕 즉비복덕성 시고 여래설복덕다

若復有人 於此經中 受持乃至四句偈等 爲他人說 其福 勝彼 何以故 須菩提, 一切諸佛 及諸佛 阿耨多羅三藐三菩提 皆從此經出 須菩提 所謂佛法者 卽非佛法
약부유인 어차경중 수지내지사구게등 위타인설 기복 승피 하이고 수보리, 일체제불 급제불 아뇩다라삼먁삼보리 개종차경출 수보리, 소위불법자 즉비불법

p.151. "수보리여! 그대는 어떻게 생각하느냐? 만약 어떤 사람이 삼천대천세계에 가득한 칠보를 가득 채워 보시한다면 이 사람이 얻는 복덕이 얼마나 많지 않겠느냐?"

수보리가 대답하였습니다.

"매우 많습니다. 세존이시여! 왜냐하면 이 복덕이 복덕성이 아닌 까닭에 여래께서 복덕이 많다고 하셨기 때문입니다."

"만일 다시 어떤 사람이 이 경 가운데 내지 사구게 등을 받아 지

니고 다른 사람을 위해 일러주면 그 복이 저 복보다 더 뛰어나리라. 왜냐하면 수보리여! 모든 부처님과 모든 부처님의 아뇩다라삼먁삼보리법이 다 이 경에서 나왔기 때문이다. 수보리여! 이른바 불법이라는 것은 불법이 아니니라.”

- 법륜 스님 《금강경 강의》 中 -

《금강경》에서 사구게(四句偈)는 석가모니의 핵심적인 가르침을 함축한 4개의 구절이다.[170] 첫 번째 사구게는 이미 설명한 바 있는 《금강경》 제5장에 나오는 ‘무릇 상이 있는 바는 다 허망하니 만일 모든 상이 상이 아님을 본다면 여래를 보리라’라는 구절과 제26장에 나오는 “만일 색으로써 나를 보려 하거나 음성으로써 나를 구한다면 이 사람은 사도를 행함이라, 능히 여래를 보지 못하리라.”는 구절이다. 이처럼 모든 사구게는 인간이 인식하는 모든 생각과 행위는 허구이거나 허상임을 강조한다(다른 사구게는 이후에 별도로 설명한다).

4) 수자상 = 구세주 욕망

중생상이 자신의 아상이나 인상을 외부에 투사해서 세계를 해석하고 더 나아가 세계를 지배하고자 하는 욕망이라면 수자상은 자신의 아상이나 인상에 머물러 인류를 구원하려는 욕망이다. 따라서 중생상이나 수자상은 주로 전능 관념이 지배적인 소수 엘리트가 집착하는 관념이며 악

---

170) p.157. 사구게(四句偈)란 본래 네 개의 구절로 이루어진 게송을 뜻하지만 흔히 경전의 핵심 내용을 함축한 구절을 말합니다. 사구게를 수지(受持)한다는 말은 금강경을 손으로 받아서 늘 가지고 다닌다는 말입니다. 〈수(受)〉란 사구게에 담긴 소식을 듣고 ‘아, 그렇구나!’하고 깨달아서 마음으로 깊이 받아들이는 것을 의미합니다.

- 법륜 스님 《금강경 강의》 中 -

마의 세 번째 유혹이라고 할 수 있다. 소수 엘리트의 자신이 높은 존재라는 생각(아상)과 타인은 낮은 존재라는 생각(인상)은 세계에는 확고한 위계질서가 있어야 한다는 생각(중생상)과 자신이 그 위계질서의 최상위에 있어야 한다는 엘리트적 철학 체계(수자상)로 완결된다.[171] 중생상에 집착하는 사람이 자신의 가치 평가(선악 관념)에 집착해서 세계의 질서를 기호를 써서 총괄하고 간략화함으로써 세계를 자기 것으로 삼고자 시도하는 **사상가적 철학자**라면 수자상에 집착하는 사람은 자신의 가치 평가(선악 관념)에 세계의 질서를 맞추려는 **입법가적 철학자**이다. 간단히 말해서 전자는 위대한 사상 체계를 확립하려는 철학자이고 후자는 인류에게 '이러해야 한다'라고 명령하는 철학자이다.

> p.564. 철학자에게는 다른 두 종류가 있다고. 즉,
> 1. 가치 평가 (논리적 혹은 도덕적)의 무언가의 위대한 사실을 확립하고자 하는 의욕하는 철학자
> 2. 그러한 가치 평가의 입법자인 철학자
>
> 전자는 다양하게 발생하는 것을 기호를 써서 총괄하고 간략화함으로써, 현재 혹은 과거의 세계를 자기 것으로 삼고자 시도한다. (중략)
>
> 그런데도 후자는 명령자이다. 그들은 말한다, 〈이러해야 한다!〉라고. 그들이야말로 먼저 〈어디로〉와 〈무엇을 위하여〉를, 유용성을, 인간에게 유용한 것은 무엇인가를 결정한다. (중략). 이 제2종의 철

---

171) p.344. 철학의 모든 완결체계는 그 속에서 **어떤 충동**이 섭정을 하고 있다는 것, 어떤 **확고한 위계질서가 존립한다**는 것을 증명한다. 그리고 그것이 **'진리'**라고 일컬어진다.-거기에는 이 진리와 함께 내가 '인간'이라는 높이에 와 있다는 느낌, 타자는 적어도 인식하는 자로서는 **나보다 낮은 종류의 사람**이라는 느낌이 있다.

- F. 니체 《유고(1882년 7월~1883/84년 겨울)》 中 -

학자가 출현하는 것은 드물며, 또한 사실상 그들의 입장에나 위험에는 엄청난 것이 있다.

- F. 니체 《권력에의 의지(청하)》 中 -

일반적으로 표현하면 중생상에 집착하는 사람이 철학자라면 수자상에 집착하는 사람은 구세주이다. 구세주에는 두 종류가 있는데 하나는 초인과 같은 카리스마적 구세주인 **신인**(神人)이고 다른 하나는 그리스도와 같은 메시아적 구세주인 **인신**(人神)이다. 신인의 등장보다 인신의 출현은 매우 드문데 인신은 수자상을 극복한 인격이기 때문이다. 《금강경》 제9장에서 석가모니는 수자상에 집착하면 인신(人神)이 될 수 없다고 말한다.

제9장 一相無相分(일상무상분) : 일상도 본래 상이 없으니

須菩提 於意云何. 須陀洹 能作是念 我得須陀洹果不 須菩提言 不也 世尊 何以故 須陀洹 名爲入流 而無所立 不入色聲香味觸法 是名須陀洹

수보리 어의운하. 수다원 능작시념 아득수다원과부 수보리언. 불야 세존 하이고 수다원 명위입류 이무소입 불입색성향미촉법 시명수다원

須菩提 於意云何. 斯陀含 能作是念 我得斯陀含果不 須菩提言 不也 世尊 何以故 斯陀含 名一往來 而實無往來 是名斯陀含

수보리 어의운하. 사다함 능작시념 아득사다함과부 수보리언 불야 세존 하이고 사다함 명일왕래 이실무왕래 시명사다함

須菩提 於意云何. 阿那含 能作是念 我得阿那含果不 須菩提言 不也 世尊 何以故 阿那含 名爲不來 以實無不來 是故 名阿那含

수보리 어의운하. 아나함 능작시념 아득아나함과부 수보리언 불야 세존 하이고 아나함 명위불래 이실무불래 시고 명아나함

須菩提 於意云何. 阿羅漢 能作是念 我得阿羅漢果不 須菩提言 不也 世尊 何以故 實無有法 名阿羅漢. 世尊, 若阿羅漢 作是念 我得阿羅漢度 卽爲着我人衆生壽子

수보리 어의운하. 아라한 능작시념 아득아라한과부 수보리언 불야 세존 하이고 실무유법 명아라한 세존 약아라한 작시념 아득아라한도 즉위 착아인중생수자

世尊 佛說我得無諍三昧人中 最爲第一 是第一離欲阿羅漢. 世尊 我不作是念 我是離浴阿羅漢. 世尊 我若作是念 我得阿羅漢度 世尊 卽不說 須菩提 是樂阿蘭那行者 以須普提 實無所行 而名須菩提 是樂阿蘭那行

세존 불설아득무쟁삼매인중 최위제일 시제일이욕아라한 세존. 아불작시념 아시이욕아라한 세존 아약작시념 아득아라한도 세존 즉불설 수보리 시요아란나행자 이수보리 실무소행 이명수보리 시요아란나행

p.164. "수보리여! 그대는 어떻게 생각하느냐? 수다원이 '나는 수다원과를 얻었다'고 생각하겠느냐?"

수보리가 대답하였습니다.

"아닙니다. 세존이시여! 왜냐하면 수다원을 일러 흐름에 들어간다고 하지만 들어간 바가 없으니 빛과 소리와 향기와 맛과 감촉과 법에 들어가지 않으므로 이름이 수다원입니다."

"수보리여! 그대는 어떻게 생각하느냐? 사다함이 '나는 사다함과를 얻었다'고 생각하겠느냐?"

수보리가 대답하였습니다.

“아닙니다. 세존이시여! 왜냐하면 사다함을 일러 한 번 왕래한다고 하지만 실로 왕래함이 없으므로 이름이 사다함입니다.”

“수보리여! 그대는 어떻게 생각하느냐? 아나함이 ‘나는 아나함과를 얻었다’고 생각하겠느냐?”

수보리가 대답하였습니다.

“아닙니다. 세존이시여! 왜냐하면 아나함을 일러 흐름에 되돌아오지 않는다고 하지만 실로 되돌아오지 않음이 없으므로 이름이 아나함입니다.”

“수보리여! 그대는 어떻게 생각하느냐? 아라한이 ‘나는 아라한도를 얻었다’고 생각하겠느냐?”

수보리가 대답하였습니다.

“아닙니다. 세존이시여! 왜냐하면 실로 법이 있음이 없음을 일러 이름이 아라한이라 하기 때문입니다. 세존이시여! 만약 아라한이 ‘나는 아라한도를 얻었다’고 생각한다면 이는 곧 아 · 인 · 중생 · 수자에 집착한 것입니다. 세존이시여! 부처님께서 말씀하시되 제가 다툼이 없는 삼매를 얻은 사람 가운데 가장 제일이 됨이라 하시니, 이는 제일의 욕을 여읜 아라한입니다. 세존이시여! 저는 제가 욕을 여읜 아라한이라고 생각하지 않습니다. 세존이시여! 제가 만일 ‘내가 아라한도를 얻었다’고 생각한다면 세존께서는 ‘수보리는 아란나행을 기꺼워하는 자’라고 말씀하시지 않았을 것입니다. 수보리가 실로 행하는 바가 없으므로 수보리를 이름 하시되 ‘아라난행을 즐긴다’고 하십니다.”

- 법륜 스님 《금강경 강의》 中 -

수다원, 사다함, 아나함, 아라한은 깨달음의 단계를 말한다.[172] 이 중에서 아라한은 가장 높은 단계의 깨달음이다. 즉 아라한은 신인 또는 인신의 반열에 오른 인격을 말한다. 신인과 인신의 차이점은 신인은 '내가 아라한도를 얻었다고 **생각**하는 사람'이고 인신은 '아라난행을 **즐기는** 사람'이다. **'생각'**은 관념적 표상이므로 이러한 생각을 한다는 자체가 이미 수자상에 집착하고 있다는 뜻이 된다. 반면 **'즐김'**은 생각이라는 관념적 표상에 연결되어 있지 않으므로 수자상에 집착하지 않고 있다는 뜻이다. 행위는 하지만 행위의 동기가 없다는 뜻이다. 그래서 인신은 자신이 **'실로 행하는 바가 없다'**라고 말할 수 있다.

《신약성서》에서 그리스도는 바리새인을 수자상에 집착하는 사람으로 묘사한다.[173] 바리새인은 모세처럼 높은 자리에 앉아서 자신의 행위를 사람들에게 자랑하며 구세주(랍비)라고 불리는 것을 좋아하는 사람이다. 수자상이 정신병리인 이유는 자신에 대해 우월감을 느낀다는 것은 수치심을 방어할 필요성이 있다는 뜻이 되기 때문이다. 어린 시절 모욕을 당한 적이 없는 사람은 타인을 경멸할 필요성을 느끼지 못하는 것처럼 어린 시절 수치심을 느끼지 못한 사람은 타인보다 우월할 필요성을 느끼지 못한다. 이렇게 타인을 경멸하거나 타인에게 우월감을 느낀다는 것은 자신

---

172) p.167. 수다원은 성문사과 중 첫 번째 지위를 말합니다. 성문사과는 성문들이 얻는 네 단계의 깨달음으로, 수다원 · 사다함 · 아나함 · 아라한이 있습니다.

- 법륜 스님 《금강경 강의》 中 -

173) p.38. 서기관들과 바리새인들이 모세의 자리에 앉았으니

…

그들의 모든 행위를 사람에게 보이고자 하나니 곧 그 경문 띠를 넓게 하며 옷술을 길게 하고

잔치의 윗자리와 회당의 높은 자리와

시장에서 문안받는 것과 사람에게 랍비라 칭함을 받는 것을 좋아하느니라

그러나 너희는 랍비라 칭함을 받지 말라 너희 선생은 하나요 너희는 다 형제니라

- 《신약성서》 「마태복음」 中 -

의 과거의 고통을 현재의 대상에게 갚아주거나 자기애적 보상(심리적 승리)을 받으려는 상징 행위다.[174] 이와 반대로 자신을 경멸하고 자신에게 고통을 줌으로써 우월감을 느끼려는 마조히즘적 수자상도 있다. 대표적인 사람이 **고행자**와 **순교자**이다.

p.125. 우월의 추구는 이웃을 압도하려는 노력이다. (중략) 은밀히 열망 되는 [타인에 대한] 압도의 정도에는 긴 계열이 존재한다. (중략). 이 긴 사다리의 몇 단계만 이름을 들자면 다음과 같다. …, 이 사다리의 맨 꼭대기에는 **고행자**와 순교자가 있다. 이 경우 그는 사다리의 가장 아래에 있는 그의 대립자인 **야만인**이 그가 능가하고자 하는 타인에 가하는 바로 그 고통을 스스로 짊어진다. 이 경우 그는 우월에 대한 자신의 충동을 따른 것이며 그렇게 고통을 스스로 짊어지는 데서 최고의 쾌감을 느낀다. 자신에 대한 고행자의 승리, (중략). 그리고 이 고행자의 눈이 바깥 세계를 향하는 것은 자신의 화형식을 위해 그곳에서 장작을 모으기 위해서일 뿐이다. 우월에 대한 충동이 도달하는 이 최후의 비극, 거기에는 자기 자신 속에서 타버리는 한 인물이 있을 뿐이다.

- F. 니체 《아침놀(동서)》 中 -

고행자(바라문)처럼 마조히즘적 수자상은 다른 인간에 대한 정신적 우월감(오만)을 통해서 신 앞에서의 굴종이나 종교적인 겸손, 즉 열등한 자

---

174) p.52. 고통의 반전으로서의 증오는 대상에 대한 복수이자 승리의 기본적인 형태이다. 이는 투사적 동일시를 통해 성취된 위협하는 자기 표상에 대한 승리이자 과거의 고통에 대한 상징적인 복수이다.

- O. 컨버그 《인격장애와 성도착에서의 공격성》 中 -

신(자기부정)을 은폐하려는 욕망이다.[175] 이러한 우월에 대한 욕망은 스스로 지상의 신이 되고자 하거나 신과 일치되고자 하는 단계까지 이른다. 즉 인간의 **'최고의 소망은 신(불멸)이 되는 것'**이라고 할 수 있다.

> p.558. 나는 아직 현존하고 있지 않은 종류의 인간을 위해서 쓴다, 즉 〈대지의 주인들〉을 위하여.
>
> 플라톤의 『테아게스』편 가운데 다음과 같은 귀절이 있다. 〈우리들 가운데 누구나가 할 수만 있다면 모든 인간의 주인이 되고 싶어 하지만 최고의 소원은 신(神)이 되는 것이다.〉 이 성향은 현재 또다시 나타나지 않으면 안 된다.
>
> - F. 니체 《권력에의 의지(청하)》 中 -

신은 인간의 본질인 리비도의 불멸성이 외부에 투사되어 인격화된 표상이다. 신이 되는 것이 인간의 최고의 소망인 이유는 불멸이 인간의 가장 원초적이고 강렬한 본능이기 때문이다. 인간은 신을 믿기 때문에 불멸의 신앙을 가지게 된 것이 아니라 불멸을 믿기 때문에 신을 가지게 된 것이다.[176] 석가모니가 말하는 불성 또는 그리스도가 의미하는 신성도 **'현**

---

175) p.132. 신과 일치되고 스스로 신이 되는 것이 금욕과 자기부정을 수행하는 바라문의 목표이다. 그러나 이러한 환상적인 자기부정은 동시에 최고의 자신감, 최고의 자기만족과 결부되어 있다. 바라문은 태양 아래서 가장 오만한 인간들이며 스스로 지상의 신이고 이러한 신 앞에 다른 모든 사람은 무와 같다. 종교적인 겸손, 신 앞의 겸손은 일반적으로 인간에 대한 정신적인 오만을 통해서 항상 보상받는다.

- L. 포이어바흐 《종교의 본질에 대하여》 中 -

176) p.378. **불멸성**은 그 표상이나 교의나 이론에서 신에 대한 믿음에서 나오는 **결과일 뿐**이다. 그러나 **실천**에서 또는 진실에서는 **불멸 신앙**이 신에 대한 신앙의 **근거**이다. 인간은 신을 믿기 때문에 불멸을 믿는 것이 아니라 불멸을 믿고, 신에 대한 믿음 없이는 불멸 신앙의 근거를 제시할 수 없기 때문에 신을 믿는다. 외견상으로는 첫째가 신성이고 둘째가 불멸성인 것 같다. 그러나 실제로 **첫째**가 **불멸성**이고 **둘째**가 **신성**

재의 불멸성이 상상되고 실현된 미래의 인간 본질'을 의미한다.

신인 또는 인신은 자신 속에서 이러한 불멸성을 발견한 인격이다. 신인과 인신의 차이점은 신인은 타인에 대한 지배를 통해 자신의 불멸을 추구하지만, 인신은 자신의 희생을 통해 인류의 불멸을 추구한다. 그래서 신인은 불멸의 사회적 표상인 **국가** 또는 **종교**를 **창설**하지만, 인신은 불멸의 정신적 표상인 **천국(하나님의 나라) 또는 불국토**를 **제시**한다.《금강경》 제10장에서 석가모니는 수자상을 극복한 인신(보살)만이 불국토를 장엄할 수 있다고 말한다.

제10장 莊嚴淨土分(장엄정토분) : 정토를 장엄하다

佛告 須菩提 於意云何 如來 昔在燃燈佛所 於法 有所得不 不也 世尊 如來 燃燈佛所 於法 實無所得

불고 수보리 어의운하 여래 석재연등불소 어법 유소득야 불야 세존 여래연등불소 어법 실무소득

須菩提 於意云何 菩薩 莊嚴佛土不 不也 世尊 何以故 莊嚴佛土者 卽非莊嚴 是名莊嚴 是故 須菩提 諸菩薩摩訶薩 應如是生淸淨心 不應住色生心 不應住聲香味觸法生心 應無所住 而生其心

수보리 어의운하 보살 장엄불토부 불야 세존 하이고 장엄불토자 즉비장엄 시명장엄 시고 수보리, 제보살마하살 응여시생청정심. 불응주색생심 불응주성향미촉법생심 응무소주 이생기심

이다. 신성은 불멸성의 수단이 조건이 되는 한에서만 첫째일 뿐이다. 다른 말로 표현하면 신성이 첫째가 되는 것은 그것이 **인격화되고 독자화된 축복**과 **불멸성**이기 때문이며, **현재의** 본질로서 상상되고 실현된 미래의 인간 본질이기 때문이다.

- L. 포이어바흐《종교의 본질에 대하여》中 -

須菩提, 譬如有人 身如須彌山王 於意云何 是身 爲大不 須菩提言 甚大 世尊 何以故 佛說非身 是名大身

수보리 비여유인 신여수미산왕 어의운하 시신 위대부 수보리언 심대 세존 하이고 불설비신 시명대신

p.185. 부처님께서 수보리에게 말씀하셨습니다.

"그대는 어떻게 생각하느냐? 여래가 옛적에 연등불 계시던 처소에서 법을 얻은 바가 있느냐?"

"없습니다, 세존이시여! 여래께서 연등불 계시던 처소에서 실로 법을 얻은 바가 없습니다."

"수보리여! 그대는 어떻게 생각하느냐? 보살이 불국토를 장엄하느냐?"

"아닙니다, 세존이시여! 왜냐하면 불국토를 장엄하는 것은 곧 장엄이 아니라 그 이름이 장엄이기 때문입니다."

"그러므로 수보리여! 모든 보살마하살은 응당 이와 같이 청정한 마음을 내되, 색에 머물러 마음을 내지 말며, 소리와 향기와 맛과 감촉과 법에 머물러 마음을 내지 말지니, 마땅히 머무는 바 없이 그 마음을 낼지니라.

수보리여! 비유컨대 어떤 사람의 몸이 수미산왕만 하다면 그대는 어떻게 생각하느냐? 이 몸이 크다고 하겠느냐?"

수보리가 대답하였습니다.

"매우 큽니다, 세존이시여! 왜냐하면 부처님께서 몸이 아닌 것을 이름하여 큰 몸이라고 말씀하셨기 때문입니다."

- 법륜 스님 《금강경 강의》 中 -

석가모니가 지혜를 얻고 진리를 설하는 목적은 모든 인간이 부처가 되는 불국토를 성취하기 위해서이다. 하지만 자신이 지혜를 얻었다는 생각(아상)과 불국토를 성취할 수 있다는 생각(수자상)에 집착하게 되면 불국토를 만들겠다는 목적은 자기 자랑의 정욕을 만족시키기 위한 수단이 된다. 표면적으로 인류에 대한 사랑을 외치지만 근본적으로는 자신에 대한 사랑일 뿐이다.[177]

석가모니는 이러한 아상과 수자상의 관계를 일반 사람의 몸과 수미산만 한 몸에 비유한다. 수미산은 이 세계의 중심에 자리 잡은 가장 큰 산이다. 수미산만 한 몸은 일반적인 사람의 몸에 비교하면 아주 크다. 하지만 몸이라는 본질은 같다. 아상이나 수자상이나 본질에서는 똑같다는 뜻이다. 이때의 수자상이 병리적으로 되면 **편집증**(과대망상)이 된다. 아상이 수자장과 같은 과대망상으로 발달하는 이유는 전능 관념이 지배적인 주체는 **'자아(자존심)가 매우 강해서'** 심리적 외상도 더 강하게 느끼므로 리비도가 더 많이 집중되어 정욕(공격성)으로 변질되기 때문이다. **'정신병 발병의 출발점이 바로 여기에 있다.'**

p.323. "… 아무튼 저러한 편집광적인 놈은 물 한 방울을 큰 바다처럼 생각하기도 하고, 있지도 않는 것이 현실적으로 보이기도 하

177) p.102. 가장 강한 자, 가장 풍요로운 자, 가장 독립적인 자, 가장 용기있는 자들에게서는 '인류에 대한 **사랑**', '민중'과 복음과 진리와 신(神) 등에 대한 사랑으로서 : 동정으로서 ; '자기 **희생**' 따위를 압도나 제안, 자신을 봉사시킴 등으로서 ; 사람들에게 **방향을 그쪽으로 설정할 수 있게 하는** 큰 양의 권력과 자신을 본능적으로 같게 산정하는 것으로서 : 즉 영웅, 예언가, 카이사르, 구세주, 목자 등과 (-성적 사랑도 여기에 속한다 : 이것은 압도와 점유를 원하지만 헌신처럼 **보인다**……) 이것은 근본적으로는 단지 자신의 '도구', '말……' 등에 대한 사랑일 뿐이며, 이러저러한 것을 **사용**할 수 있는 자인 그에게, 사용되는 그것이 **속한다**는 그 스스로의 확신이다.

- F. 니체 《유고(1887년 가을~1888년 3월)》 中 -

는 것이니까……. (중략) 더구나 그는 광란 상태가 되어있는 우울증 환자인 데다가, 더군다나 정신이상이라 할 정도로 매우 자존심이 강한 사나이라 이 말이야! 어쩌면 그 발병의 출발점은 바로 여기에 있는지도 모른다. …"

- 도스토엡스키 《죄와 벌》 상 中 -

아상이나 인상에 집착하는 사람이 신경증 환자라면 중생상이나 수자상에 집착하는 사람은 정신병(편집증) 환자들이다. 또 아상과 수자상은 내적 질환이라고 할 수 있고 인상과 중생상은 외적 질환이라고 할 수 있다.[178] 특히 중생상이나 수자상에 집착하는 사람은 마치 물 한 방울을 큰 바다처럼 생각하거나 있지도 않는 것을 실재하는 것처럼 느낀다. 역설적으로 약한 자아가 **덜 심각한** 정신병리를 만들고 강한 자아가 **더 심각한** 정신병리를 만드는 것이다. 이 장에 나오는 사구게 중 하나인 '색에 머물러 마음을 내지 말며, 소리와 향기와 맛과 감촉과 법에 머물러 마음을 내지 말지니, **마땅히 머무는 바 없이 그 마음을 내라**'는 의미도 아상과 수자상에 집착해서 인류를 구원하겠다는 마음을 내면 자신을 알 수 없게 되고 자신을 알 수 없으면 정신병으로부터 자유로워질 수가 없다는 뜻이다.[179] 석가모니는 이렇게 편집증으로 고통받는 신인을 **'범부(凡夫)'**라고 부른다.

---

178) p.193. 불교 경전에서는 두 가지 질환에 대해 말하고 있다. 즉 불변하고 영원한 자아가 있다는 믿음으로 구성되는 내적 질환과 실재하는 대상이 있다는 믿음으로 그것을 잡으려고 하는 외적 질환이 그것이다.

- M. 엡스타인 《붓다와 프로이트》 中 -

179) p.194. 참으로 행복하고 자유로운 사람이 되고자 하는 보살이라면 마땅히 청정한 마음을 내어야 한다고 했습니다. 여기서 청정한 마음이란 더러운 마음과 반대되는 깨끗한 마음을 말하는 게 아닙니다. 더러움과 대립하는 깨끗함, 악에 대립하는 선을 말하는 게 아니라, 어떠한 상도 짓지 않고 무엇에도 집착하지 않는 걸림 없는 마음, 육근 경계에 머문 바 없는 마음을 청정한 마음이라고 이름 지어 부를 뿐입니다.

- 법륜 스님 《금강경 강의》 中 -

제25장 化無所化分(화무소화분) : 교화하여도 교화함이 없으니

須菩提 於意云何. 汝等勿謂 如來作是念 '我當 度衆生' 須菩提, 莫作是念 何以故 實無有衆生如來度者. 若有衆生如來度者 如來則有我人衆生壽者

수보리 어의운하. 여등물위 여래작시념 아당 도중생 수보리 막작시념 하이고 실무유중생여래도자 약유중생여래도자 여래즉유아인중생수자

須菩提 如來說有我者 卽非有我 而凡夫之人 以爲有我 須菩提, 凡夫者如來說 卽非凡夫 是名凡夫

수보리 여래설유아자 즉비유아 이범부지인 이위유아 수보리 범부자여래설 즉비범부 시명범부

> p.411. "수보리여! 그대는 어떻게 생각하느냐? 그대들은 여래가 '내가 마땅히 중생을 제도한다'고 생각한다고 말하지 마라. 수보리여! 그렇게 생각하지 말지니, 왜냐하면 실로 여래가 제도한 중생이 없기 때문이다. 만일 중생이 있어 여래가 제도한 것이라 한다면 여래가 곧 아 · 인 · 중생 · 수자가 있음이니라. 수보리여! 여래가 '아가 있다'고 말하는 것은 곧 '아가 있는 것'이 아니거늘, 범부는 '아가 있다'고 하느니라. 수보리여! 범부라는 것은 여래가 범부를 말함이 아니라 그 이름이 범부니라."
>
> - 법륜 스님 《금강경 강의》 中 -

범부는 우리가 전설이나 신화 속에 등장하는 세상을 바꾸고 인류를 구원하는 영웅이나 구세주로 부르는 사람들이다.[180] 하지만 그들은 **'자신이**

180) p.195. 영웅 탄생 신화의 심리학적 중요성은 어떤 정신적 질환과의 연관성을 강조

위대하다'라는 편집증(과대망상)으로 고통받는 범부에 불과하다.

p.61. 우리는 편집증 환자의 망상적인 상상을 잘 알고 있다. 그 망상은 환자가 자기는 위대하지만 고통을 받고 있다는 것인데, 너무도 전형적이어서 거의 단조롭기까지 한 형태로 나타난다.

- S. 프로이트 《정신병리학의 문제들》 中 -

이러한 자기애적 정신병리가 있느냐 없느냐의 차이가 범부(신인)와 부처(인신)의 차이를 만든다. 범부는 구제할 때에 오른손이 하는 것을 왼손이 알게 하는 인격이고 부처는 구제할 때에 오른손이 하는 것을 왼손이 모르게 하는 인격이다. 신인은 자신이 인류를 구원할 수 있다고 생각하고 인신은 모든 인류를 구원하겠다고 마음먹었지만, 자신은 한 사람도 구원하지 않았다고 생각한다. 신인은 모든 사람의 숭배(섬김)를 받기 위해서 으뜸이 되고자 한다면 인신(인자)은 모든 사람의 종이 됨으로써 으뜸이 된다.[181] 그래서 신인에 의한 구제(칼에 의한 구제)는 결코 궁극적인 구제를 성취할 수 없다.[182] 신인은 **'아상이 있다'**라고 말하기 때문이다. 자신이

하지 않고서는 완벽히 설명될 수 없다. 그리고 정신의학에 대한 지식이 없는 독자들은 이 연관성에 대해 충격을 받을 것이 틀림없다. 사실 영웅신화의 핵심적 특질들은 어떤 정신병 환자, 소위 편집증이라 불리는 학대망상과 과대망상으로 고통 받는 사람들의 망상적인 아이디어와 상당히 일치한다.

- O. 랑크 《영웅의 탄생》 中 -

181) p.72. 너희 중에 누구든지 으뜸이 되고자 하는 자는 모든 사람의 종이 되어야 하리라

인자가 온 것은 섬김을 받으려 함이 아니라 도리어 섬기려 하고 자기 목숨을 많은 사람의 대속물로 주려 함이니라

- 《신약성서》 「마가복음」 中 -

182) p.638. 세계 국가는 '칼에 의한 구제'의 소산이지만, 그와 같은 구제는 결코 궁극적인 구제를 성취하지 못한다. 우리가 바라는 것은 자유로운 여러 국민들이 자유로운 동의에 의해 더불어 사이좋게 살아가는 일이며, 또 이 이상을 실현하기 위해 빠뜨릴

타인의 주인이라는 이러한 아상(자만심)을 버릴 때 **'앞으로 다가올 인류의 장엄한 결합의 기초'**가 된다. 왜냐하면, 아상이 인상, 중생상, 수자상을 비롯한 모든 관념의 근원이기 때문이다.

> p.61. 나는 하인들에 관하여 이렇게 부언하고자 한다. 전에 내가 젊었을 적에 나는 하인들에게 자주 화를 내곤 하였다. '식모가 가져온 음식이 너무 싱겁다, 당번병이 옷을 깨끗이 털어놓지 않았다'는 이유에서였다. 그러나 어린 시절 형한테 들었던 말이 그때 갑자기 내 머리 속에 떠올랐다. '나는 과연 다른 사람에게 시중을 들게 하거나, 가난하고 무지하다고 해서 다른 사람을 함부로 부려먹을 자격이 있는가?' 이때 나는 이렇게 간단하고도 명료한 생각이 뒤늦게 머리 속에 떠오른 데 놀라지 않을 수 없었다. 하인 없이 세상을 살 수는 없겠지만, 그들을 하인이 아니었을 때보다 정신적으로 더욱 자유롭게 해줘야 한다. 하인들을 위해 주인 자신이 하인이 되어 그들에게도 이 사실을 깨닫게 하고, 주인 쪽에서는 자만심을 버리고 하인은 주인에게 불신을 갖지 않도록 하는 것이 어째서 불가능한 일인가? 그리고 하인을 자기 친척으로 생각하고 마침내 자기 가족으로 받아들이는데 기쁨을 느낀다는 것이 어째서 불가능한 일인가? 이것은 지금 당장이라도 실행에 옮길 수 있다. 그렇게 되면 이것은 앞으로 다가올 인류의 장엄한 결합에 기초가 되는 것이다.
>
> \- 도스토옙스키 《카라마조프의 형제》 중 中 -

《금강경》 제13장에서 석가모니는 다시 한번 아상과 수자상을 **'티끌과**

수 없는 조건이 있다면 그것은 광범위한 영역에 걸친 조정과 양보를 강제력 없이 행하는 일일 것이다.

\- A. J. 토인비 《역사의 연구》 中 -

세계'에 비유해서 설명하고 있다(제11장과 제12장에서는 사구게에 대한 중요성을 반복하고 있으므로 생략한다).

제13장 如法受持分(여법수지분) : 여법하게 받아 지니다

爾時 須菩提 白佛言 世尊 當何名此經 我等 云何奉持 佛告 須菩提 是經 名爲金剛般若波羅蜜 以是名字 汝當奉持 所以者何 須菩提, 佛說般若波羅蜜 卽非般若波羅蜜 是名般若波羅蜜.

이시 수보리 백불언 세존 당하명차경 아등 운하봉지 불고 수보리 시경 명위금강반야바라밀 이시명자 여당봉지 소이자하 수보리, 불설반야바라밀 즉비반야바라밀 시명반야바라밀.

須菩提 於意云何. 如來 有所說法不 須菩提 白佛言. "世尊 如來無所說 須菩提 於意云何. 三天大天世界 所有微塵 是爲多不 須菩提言 甚多 世尊 須菩提, 諸微塵 如來說非微塵 是名麻塵 如來說世界 非世界 是名世界

수보리 어의운하. 여래 유소설법부 수보리 백불언 세존 여래무소설 수보리 어의운하 삼천대천세계 소유미진 시위다부 수보리언 심다 세존 수보리 제미진 여래설비미진 시명미진 어래설세계 비세계 시명세계

須菩提 於意云何. 可以三十二相 見如來不 不也 世尊. 不可以三十二相 得見如來 何以故 如來說 三十二相 卽是非相 是名三十二相

수보리 어의운하 가이삼십이상 견여래부 불야 세존. 불가이삼십이상 득견어래 하이고 여래설 삼십이상 즉시비상 시명삼십이상

須菩提, 若有善南子善女人 以恒河沙等身命 布施, 若復有人 於此經中 乃

至 受持四句偈等 爲他人說其福 甚多

수보리 약유선남자선여인 이항하사등신명 보시, 약부유인 어차경중 내지 수지사구게등 위타인설기복 심다

p.224. 그때 수보리가 부처님께 여쭈었습니다.

"세존이시여! 마땅히 이 경을 무엇이라 이름하며, 저희가 어떻게 받들어 지녀야 하나이까?"

부처님께서 수보리에게 말씀하셨습니다.

"이 경 이름은 '금강반야바라밀'이니 이 이름으로 그대들은 마땅히 받들어 지녀야 하느니라. 왜냐하면 수보리여! 부처가 반야바라밀이라 말한 것은 반야바라밀이 아니라 그 이름이 반야바라밀이기 때문이라. 수보리여! 그대는 어떻게 생각하느냐. 여래가 법을 말한 바가 있느냐?"

수보리가 부처님께 말씀드렸습니다.

"세존이시여! 여래께서 말씀하신 바가 없습니다."

"수보리여! 그대는 어떻게 생각하느냐? 삼천대천세계에 있는 가는 티끌이 많다고 하겠느냐?"

수보리가 대답하였습니다.

"매우 많습니다. 세존이시여!"

"수보리여! 모든 가는 티끌은 여래는 가는 티끌을 말한 것이 아니라 그 이름이 가는 티끌이니라. 여래가 세계를 말한 것은 세계를 말한 것이 아니라 그 이름이 세계이니라. 수보리여! 그대는 어떻게 생각하느냐? 가히 삼십이상으로써 여래를 볼 수 있겠느냐?"

"없습니다. 세존이시여! 삼십이상으로써 여래를 볼 수 없습니다. 왜냐하면 여래께서 말씀하신 삼십이상은 곧 상이 아니라 그 이름이

삼십이상이기 때문입니다."

"수보리여! 만약 어떤 선남자선녀인이 있어 항하의 모래 수 같은 몸과 목숨으로 보시하여도 만일 다시 어떤 사람이 이 경 가운데 내지 사구게 등을 받아 지녀 다른 사람을 위해 설한다면 그 복이 더 많으리라."

- 법륜 스님 《금강경 강의》 中 -

《금강경》 제13장은 제2장부터 제12장까지의 가르침을 집약해서 표현하고 있다. 석가모니가 이 경의 이름을 '금강반야바리밀'이라고 부르라고 하면서도 자신이 설한 진리가 없다고 말하는 이유는 이 세상에는 진리는 없다는 것을 말하기 위해서이다. 이 세상에 진리는 표상의 형식으로만 존재한다. 진리는 보이자마자 또는 말해지자마자 감각기관의 정욕이 투사되기 때문이다. 인간은 이러한 가상성 또는 현상성이 포함된 표상의 매개를 통해서 생각하고 표상의 매개하에서 느낀다(마찬가지로 우리의 의식은 리비도의 의지를 그 자체로 인식하지 못하고 신과 같은 형이상학적 표상의 매개를 통해서 인식한다).[183] 외부 세계도 마찬가지이다. 외부 세계에는 이미 우리의 감각기관의 정욕이 투사되어 있으므로 세계 자체는 **'증명 불가능하고 접근 불가능'**하다. 세계는 단지 우리의 신체 기관에 의한 기만이고 생존과 번식과 같은 실용적인 목적을 위해 조작되고 단순화한 것이다.

p.425. 불교 신자가 전반적으로 현실을 부정하는 것(현상=고통)

183) p.255. 우리는 표상들의 매개를 통해서, 그리고 표상들의 매개하에서 느낀다. 따라서 우리는 고통, 쾌감, 삶을 그 자체로 인식하지는 못한다. 의지는 형이상학적인 어떤 것, 즉 우리가 표상한 근원적 환상의 자기 운동이다.

- F. 니체 《유고(1869년 가을~1872년 가을)》 中 -

은 일리가 있다. "세계 자체"라는 것의 증명 불가능성과 접근 불가능성, 거기에 적절한 범주들의 결여뿐만 아니라, "세계 자체"라는 개념을 끌어낸 절차 자체가 그릇되었다는 통찰이 있기 때문이다. "절대적인 현실"이나 "존재 자체"는 하나의 모순이다. 생성의 세계에서, 현실은 단순히 실용적인 목적의 단순화에 지나지 않거나, 어떤 신체 기관의 조잡에서 비롯된 기만이거나 생성 속도의 변화일 수 있다.

- F. 니체 《권력 의지(부글)》 中 -

따라서 티끌이나 세계나 본질에서 똑같다. 티끌이나 세계는 표상에 불과할 뿐이기 때문이다. 마찬가지로 아상과 수자상도 본질에서 차이가 없다. 아상만 있다고 해서 열등한 존재가 아니듯이 수자상이 있다고 해서 우월한 존재도 아니다. 부처가 몸에 우월한 특징(삼십이상)을 지녔다고 해서 부처가 아닌 것과 같다. 중요한 것은 이 세상이 표상의 세계인지를 깨달았느냐의 여부이다. 부처(인신)는 이 세상이 **표상으로서만 존재한다**는 것을 깨달은 사람이고 범부(신인)는 이 세상이 **실제로 존재한다**고 생각하는 사람이다. 부처는 이러한 진리를 깨달아 세상에 집착하지 않지만 범부는 이것을 깨닫지 못하고 세상을 탐하고 세상에 집착(탐착)한다.

제30장 一合理相分(일합이상분) : 하나로 합한 이치

須菩提 若善男子善女人 以三千大千世界 碎爲微塵 於意云何. 是微塵衆 寧爲多不 須菩提言 甚多 世尊 何以故 若是微塵衆 實有者 佛卽不說是微塵衆 所以者何 佛說微塵衆 卽非微塵衆 是名微塵衆. 世尊, 如來所說 三千大千世界 卽非世界 是名世界 何以故 若世界 實有者 卽是一合相 如來說 一合相 卽

非一合相 是名一合相

수보리, 약선남자선녀인 이삼천대천세계 쇄위미진 어의운하. 시미진중 영위다부 수보리언 심다 세존 하이고 약시미진중 실유자 불즉불설시미진중 소이자하 불설미진중 즉비미진중 시명미진중. 세존, 여래소설 삼천대천세계 즉비세계 시명세계 하이고 약세계 실유자 즉시일합상 여래설 일합상 즉비일합상 시명일합상

須菩提, 一合相者 卽是不可說 但凡夫之人 貪着其事
수보리, 일합상자 즉시불가설 단범부지인 탐착기사

p.459. "수보리여! 만일 선남자 선여인이 삼천대천세계를 빻아서 가는 티끌을 만들면 어떻게 생각하느냐? 이 티끌들이 많지 않겠느냐?"

"매우 많습니다, 세존이시여! 왜냐하면 만일 이 티끌들이 실제로 있는 것이라면 부처님께서 티끌들을 말씀하지 않으셨을 것입니다. 왜냐하면 부처님께서 티끌들이라고 말씀하신 것은 곧 티끌들이 아니라 그 이름이 티끌들이기 때문입니다. 세존이시여! 여래가 말씀하신 삼천대천세계는 곧 세계가 아니라 그 이름이 세계입니다. 왜냐하면 만일 세계가 실로 있다면 곧 일합상인 것이거늘 늘 여래께서 말씀하신 일합상은 곧 일합상이 아니라 이름이 일합상입니다."

"수보리여! 일합상이라는 것은 곧 말할 수 없거늘, 다만 범부들이 이것을 탐착하느니라."

- 법륜 스님 《금강경 강의》 中 -

《신약성서》에서는 아상을 **'티'**에, 수자상을 **'들보'**에 비유한다.[184] **'티'**는 이기주의를 의미하고, **'들보'**는 남에게 보이려는(외식하는) 이타주의를 말한다. 수자상에 집착하는 사람은 이기주의를 증오하며 이타주의를 숭배한다. 하지만 남에게 보이기 위한 이타주의 밑바탕에서는 자기 자신을 더 크게 자랑하려는 **'자기애적 책략'**이 있다. 이타주의는 자기 자랑의 정욕을 만족시키려는 이기주의의 특수한 형식이라고 할 수 있다.[185] 이렇게 수자상에 집착하게 되면 타인의 훨씬 작은 이기주의(**티끌**)만 보이고 자신의 훨씬 더 큰 이기주의(**대들보**)는 보이지 않는다.[186] 수자상이 정신병리인 이유는 수자상이 외부 현실을 왜곡시켜서 자기 자신을 **'맹인'**으로

---

184) p.9. 어찌하여 형제의 눈 속에 있는 티는 보고 네 눈 속에 있는 들보는 깨닫지 못하느냐

보라 네 눈 속에 들보가 있는데 어찌하여 형제에게 말하기를 나로 네 눈 속에 있는 티를 빼게 하라 하겠느냐

외식하는 자여 먼저 네 눈 속에서 들보를 빼어라 그 후에야 밝히 보고 형제의 눈 속에서 티를 빼리라

- 《신약성서》「마태복음」中 -

185) p.34. 이타적 이론과 실천을 우대하는 것 역시 마찬가지다. 이기심에 대한 증오는 그것이 그리스도교의 경우에서처럼 자기 자신의 이기심에 대한 것이든, 사회주의자들에게서처럼 타인의 이기심에 대한 것이든 간에, 복수심의 지배를 받는 가치판단으로서 생겨난다; 다른 한편으로는, 고통받는 자들의 상호 의존감과 연대감의 상승으로 인한 자기 보존의 책략으로서 생긴다……결국 이미 암시한 것처럼 원한이라는 감정이 이기주의(자신의 것이든 타인의 것이든)를 심판하고 배척하고 벌하는 일에서 방출되는 것 역시 얼뜨기들의 자기 보존 본능인 것이다. 요약하자면: 이타주의 숭배는 특정한 생리적 전제 하에서 규칙적으로 등장하는 이기주의의 특수 형식이다.

- F. 니체 《유고(1888년 초~1889년 1월 초)》 中 -

186) p.46. 투사의 방어적 사용은 다양한 형태를 띨 수 있다. (중략) 그것은 실제로 자기 혹은 자신의 집단 안에 속한 감정, 태도, 동기 등을 다른 사람이나 다른 집단에게 귀속시킴으로서 갈등을 해결한다. 이러한 투사의 사용은 상당한 정도의 부인을 포함하며 외부 현실을 심각하게 왜곡시킨다. 투사는 또한 주체가 갖고 있는 특성을 타인 안에 있는 것으로서 가정하고 강조하는 형태를 띨 수도 있으며, (생략). 올포트(Allport, 1958)는 이것을 "티끌-대들보" 투사라고 불렀다.

- W. 마이쓰너 《편집증과 심리치료》 中 -

만들기 때문이다. 이러한 수자상을 치유하기 위해서는 '자신 속에 **신의 관념을 파괴하는 것**'부터 착수해야 한다.

p.143. 그들은 모든 것을 파괴하고 식인(食人)으로 돌아갈 생각을 하고 있다. 바보같은 녀석들, 나한테 물어보지도 않고! 내 생각엔 아무것도 파괴할 필요가 없고 인간 속에서 신(神)의 관념만을 파괴하면 될 것 같아. 일은 여기서부터 착수해야 해! 시작은 바로 여기서부터야. 오오, 아무것도 모르는 장님들! 만약 모든 사람이 신의 존재를 부정한다면(그 시기가 지질학적인 시기와 비슷하게 찾아오리라는 것을 나는 믿고 있다) 이전의 모든 세계관, 특히 이전의 모든 도덕률은 식인주의의 야만적인 행위가 아니라도 저절로 없어질 것이고 모든 게 새로 나타날 것이다.

인간은 인생이 줄 수 있는 모든 것을 인생으로부터 얻기 위해 결합할 것이다. 그러나 그것은 오진 현세에 있어서 행복과 기쁨을 얻기 위함일 뿐이다. 인간은 신성하고 거인적인 자존심으로 위대해질 것이고, 그리하여 인신(人神)이 출현할 것이다. 인간은 시시각각으로 자기 의지와 과학으로 무한히 자연을 정복해 가면서 그때마다 그것으로 큰 희열을 느끼기 때문에 천국의 기쁨에 대한 인간의 옛 꿈을 보상해 줄 것이다. 인간은 누구나 죽으면 다시 살아나지 못한다는 것을 알고 있지만, 그래도 역시 신처럼 자존심을 가지고 조용히 죽음을 맞을 것이다. 그리고 인간은 이 자존심 때문에 인생이 순간적임을 불평할 필요가 없다는 것을 깨닫고 아무런 보상도 요구하지 않고 자기 동포를 사랑할 것이다. 그 사랑은 인생의 짧은 순간에도 만족을 줄 것이지만 사랑의 순간성을 인식함으로써 사랑의 불길을 더욱 강렬하게 할 것이다. 그것은 무덤 저편의 무한한 사랑을 꿈꾸던 시절에 훨훨 타오르던 사랑의 불길에 못지않을 것이다.

- 도스토옙스키 《카라마조프의 형제》 하 中 -

이반의 악마는 인류 문명이 식인의 시대로 되돌아가지 않기 위해서는 **'인간 속에서 신의 관념만을 파괴하면 된다'**라고 말한다. 여기서 신의 관념은 불멸을 의미하는 것이 아니라 자신이 신과 같은 존재라고 생각하는 **아상(전능 관념)**이나 외부에 신이 존재한다고 믿는 **인상(복종 관념)**을 의미한다. 인류의 진정한 결합을 위해서는 전능 관념이 지배적인 사람은 자신이 신과 같은 존재라는 **환상(아상)을 극복**해야 하고 복종 관념이 지배적인 사람은 외부의 신의 존재가 있다고 믿는 **정신착란(인상)**을 극복해야 한다. 인간이 자신 속의 신의 관념을 깨뜨린다면 **'이전의 모든 세계관, 특히 이전의 모든 율법과 전통은 저절로 없어질 것이다.'** 그리고 신의 관념 대신에 자신 속에 **'유적 존재로서의 본질'**을, 종교 대신에 세계는 표상에 불과하다는 **'교양'**을, 그리고 천상의 내세 대신에 우리의 무덤 위에 건설되는 지상의 미래, 다시 말해서 **'인류의 미래'**를 들여놓아야 한다.[187]

다시 말해서 인간이 자신 속에 있는 신의 관념을 깨트리면 자신이 신과 같은 존재라는 환상과 외부에 신이 존재한다고 믿는 착각에서 깨어나게 된다. 하지만 역설적으로 자신이 신과 같은 존재이며 불멸의 존재라는 사실도 깨닫게 된다. 이 의미는 인간 존재의 모순을 통찰하게 된다는 뜻이

187) p.395. 오늘날 우리에게 소원에 불과했던 것이 어느 날 성취될 수 있으며, 현재의 종교적 상상이나 종교기관의 몽매한 옹호자나 대변자들에게뿐만 아니라 현재의 사회적이고 정치적인 상태에서 불가능하게 여겨지는 무수한 것이 언젠가는 실현될 수 있을 것이다. (중략) 신(神) 속에서는 인간의 근거 없는 사치스러운 소원들만이 성취된다. 그러므로 우리는 신(神) 대신에 인간의 유 또는 본성, 종교 대신에 교양, 우리의 무덤 위에 있는 천상의 내세 대신에 우리의 무덤 위에 있는 지상의 내세, 다시 말하면 **역사적인 미래**에, 인류의 미래를 들여놓아야 한다.

- L. 포이어바흐 《종교의 본질에 대하여》 中 -

다. 인간은 개체로서는 필멸의 존재이지만 종으로서는, 즉 유적(類的) 존재로서는 불멸의 존재이다. 이러한 모순을 깨닫게 되면 인간은 불멸(신)에 집착하지 않고 인생의 무상함에도 불평하지 않게 된다. 인간은 자신이 다시 살아나지 못한다는 것을 알고 있지만, 그래도 신처럼 자존심을 가지고 조용히 죽음을 맞을 것이다. 이렇게 되면 인간은 가상의 불멸(신)을 위해서가 아니라 자기 자신을 위해서 살게 될 것이고 자신이 필요한 것을 신이 아닌 인간으로부터 얻기 위해서 결합할 것이다.

이러한 통찰을 통해서 인간은 신성하고 거인적인 자존심으로 위대해질 것이고, 그리하여 **인신(人神)**이 될 수 있다. 인신이 된 인간은 '자기 의지와 과학으로 무한히 자연을 정복해 가면서 큰 희열을 느끼기 때문에 이러한 기쁨은 **어머니 자궁 속(천국)이 줄 수 있는 기쁨**에 대한 인간의 **옛 꿈을 보상**해 줄 것이다. 또 정신병리가 치료됨으로써 사랑의 불길은 더욱 강렬하게 될 것이고 이러한 강렬한 사랑은 무덤 저편에서 기다리는 **어머니 신과의 무한한 사랑**을 꿈꾸던 시절에 훨훨 타오르던 사랑의 불길에 못지않을 것이다.

정신분석적으로 설명하자면 과대 자아(전능 관념) 또는 이상화된 부모 표상(복종 관념)에 지배되던 인간은 자신이 신과 같은 불멸의 존재도 아니며 부모와 같은 신도 존재하지 않는다는 것을 깨닫게 됨으로써 정신병리로부터 자유로워진다. 그 결과 전자의 경우 과대 자아에 집중되어 있던 **'자아 리비도'**는 해방되고 승화되어 **'지혜'**가 되고 후자의 경우 이상화된 부모 표상에 집중된 **'대상 리비도'**는 해방되고 승화되어 **'자비와 사랑'**이 된다[188](물론 전자도 자연스럽게 자비와 사랑을 베풀 수 있는 능력을 다

188) p.123. 정신분석에서도 그러하지만, 불교에서 역시 생의 에너지에는 두 가지 중요한 흐름이 있다고 가르치기 때문이다. 바로 지혜와 자비다. 이들은 깨달은 마음의 두 가지 속성으로, 명상을 통해 배양되고 깨닫는 그 순간 자연스럽게 발현된다. 티베트 불교의 학파에서 이어져 내려오는 신비주의적 탄트라 수행에서, 정신 신경조

시 찾게 되고 후자도 **천재성**까지는 아니지만. 어느 정도의 **관조적 지혜**를 얻게 된다). 자기 본질(본성)에 대한 **무지가 파괴되고** 진정으로 자신의 본질을 **알게 된 것**이다. 양자는 이제 자신의 본질과 자신의 성격이 더욱 조화되어 있음을 느끼게 된다.

이렇게 자신의 눈 속에서 들보(신의 관념)를 빼야 자기 자신을 밝게 볼 수 있고 이렇게 자신의 본질과 성격이 조화로운 존재인 인신이 된 후에야 타인과 인류의 눈에서 티끌을 빼줄 수 있다. 《금강경》 제14장에서 석가모니도 자신의 아상, 인상, 중생상, 수자상에 집착하는 상태를 **'어두운 데에 들어가 아무것도 볼 수 없는 것'**에 비유하고 자신의 아상, 인상, 중생상, 수자상으로부터 자유롭게 된 상태를 **'눈이 있어 광명이 비추어 여러 가지 모양을 보는 것'**에 비유하고 있다.

제14장 離相寂滅分(이상적멸분) : 상을 여의어 적멸함

須菩提, 如來所得法 此法 無實無虛 須菩提, 若菩薩 心住於法 而行布施 如人入闇 卽無所見 若菩薩 心不住法 而行布施 如人有目 日光明照 見種種色 …

수보리, 여래소득법 차법 무실무허 수보리, 약보살 심주어법 이행보시 여인입암 즉무소견 약보살 심부주법 애행보시 여인유목 일광명조 견종

직에 흐르는 두 가지 원초적 에너지의 흐름은 높은 수준의 명상에 도달하면 하나로 융합되는데, 이는 지혜와 자비의 힘과 언제나 확실히 일치한다. 정신분석에서 유아기 시절의 이 두 가지 흐름을 자아와 대상 리비도라고 표현하는 반면, 불교에서는 이 흐름을 승화된 상태, 즉 지혜와 자비로 보고 찬미한다. 지혜란 결국에는 승화된 자아 리비도다. 지혜란 뒤집어진 자기에 대한 투자며 나르시시즘의 전환이자 자기의 본성에 관한 무지가 파괴된 것이다. (중략) 자비는 승화된 대상 리비도라는 발상으로 이어질 수 있을 것이다.

- M. 엡스타인 《붓다의 심리학》 中 -

종색

p.241. "… 수보리여! 여래가 얻은 법에는 실다운 것도 없고, 헛된 것도 없느니라. 수보리여! 만일 보살의 마음이 법에 머물러 보시를 행하면 마치 사람이 어두운데에 들어가 아무것도 볼 수 없는 것과 같고, 보살의 마음이 법에 머무르지 않고 보시를 행하면 사람이 눈이 있어 광명이 비추어 여러 가지 모양을 보는 것과 같으니라. …"

- 법륜 스님 《금강경 강의》 中 -

《신약성서》에서 그리스도는 법상(전통)에 집착하면서 구원을 하는 바리새인을 **'맹인'**에 비유한다.[189] 이렇게 자신이 옳다는 생각(아상), 율법은 반드시 지켜야 한다는 생각(인상), 그렇지 않으면 신의 섭리에 따라 징벌을 받을 것이라는 생각(중생상), 그리고 자신이 인간을 천국으로 인도할 것이라는 생각(수자상)에 집착하게 되면 자신과 더불어 타인도 구덩이에 빠지게 된다.

《금강경》 제15장에서 석가모니는 자신의 아상, 인상, 중생상, 수자상으로부터 자유롭게 된 사람을 **'여래의 지혜**(아뇩다라삼먁삼보리)**를 짊어진 사람'**이라고 부르며 이러한 사람만이 다른 사람에게 진리에 관해 해설할 수 있다고 말한다. 다시 말해 자신의 눈 속에서 들보를 빼거나 자신의 아상, 인상, 중생상, 수자상을 깨뜨린 사람만이 다른 사람을 구원할 수 있다는 뜻이다.

---

189) p.25. 그냥 두라 그들은 맹인이 되어 맹인을 인도하는 자로다 만일 맹인이 맹인을 인도하면 둘이 다 구덩이에 빠지리라 하시니

- 《신약성서》 「마태복음」 中 -

제15장 持經功德分(지경공덕분) : 경을 받아 가지는 공덕

須菩提 以要言之 是經 有不可思議 不可稱量無邊功德 如來爲發大乘者說 爲發最上乘者說 若有人 能受持讀誦 廣爲人說 如來 悉知是人 悉見是人, 皆得成就 不可量 不可稱 無有邊 不可思議功德 如是人等 卽爲荷擔 如來 阿耨多羅三邈三菩提

수보리, 이요언지 시경 유불가사의 불가칭량무변공덕 여래위발대승자설 위발취상승자설 약유인 능수지독송 광위인설 여래 실지시인 실견시인, 개득성취 불가량 불가칭 무유변 불가사의공덕 여시인등 즉위하담 여래 아뇩다라삼먁삼보리

何以故 須菩提 若樂小法者 着我見人見衆生見壽者見 卽於此經 不能聽受讀誦 爲人解說

하이고 수보리, 약요소법자 착아견인견중생견수자견 즉어차경 불능청수독송 위인해설

p.262. "… 수보리여! 종요로이 말하건대 이 경은 생각할 수도 없고 헤아릴 수도 없는 한없는 공덕이 있느니라. 여래는 대승의 마음을 발한 자를 위해 말하며 최상승의 마음을 발한 자를 위해 말하느니라. 만일 어떤 사람이 능히 수지 독송하여 널리 다른 사람을 위해 설한다면 여래는 이 사람을 다 알며 다 보나니, 이 사람은 모두 헤아릴 수도 없고 칭할 수도 없으며 끝이 없는 불가사의한 공덕을 성취할 것이니라. 이와 같은 사람들은 여래의 아뇩다라삼먁삼보리를 짊어진 사람이니라. 왜냐하면 수보리여! 만일 작은 법을 즐기는 자는 아견과 인견과 중생견과 수자견에 집착함이니, 이 경을 듣고 받아

들여 독송하며 다른 사람을 위해 해설하지 못하느니라. …"

- 법륜 스님 《금강경 강의》 中 -

인간의 **'가장 뿌리 깊이 박혀있는'** 관념은 아상(자기애)이다. 이러한 자기애(아상)로부터 자신의 철학이 세계의 영원한 질서가 될 수 있다는 생각(중생상)과 자신이 구세주와 같은 존재라는 생각(수자상)이 발달하고, 이러한 자기애(아상)가 외부에 투사되어 외부에 영원하고 불멸하는 신이 있다는 인상이 발달한다. 따라서 자기 자신을 아는 것의 궁극적 목적은 자신 속에 **'가장 깊이 간직하고 있는'** 자신의 아상(**이상적 자아**)과 대면하는 것이다.[190]

아상의 핵심은 어머니의 자궁 속에서 형성된 자신이 영원하고 전지전능하고 불멸하는 신적 존재라는 **주관적 환상**이다. 다시 말하지만 이러한 환상은 모든 인간의 삶의 토대이고 원동력이다. 문제는 인간이 환상과 현실을 혼동해서 상징적 대체물을 통해서 이러한 환상을 실제로 실현하려고 한다는 점이다. 알료샤가 **'어두운 신비주의'**에 집착해서 **'맹목적인 사이비 애국주의'**에 매몰될 뻔한 것도 그의 무의식이 자신의 아상(관념)과 현실(표상)을 구분하지 못했기 때문이다. 석가모니가 반복적으로 사구게

190) p.180. 따라서 불교의 통찰 명상이 표적으로 삼는 자기애를 간직하고 있는 것은 자아 이상이라기보다는 이상적 자아이다. 불교에서 "본래적 존재"라고 부르는 것을 구성하는 주관적 느낌, 즉 견고함 · 영원함 · 불멸의 느낌 등을 갖게 만드는 것은 이상적 자아로서, 그것은 가장 뿌리 깊이 박혀있는 자아 이미지에 스며들어 있다. 하나에 집중하고, 자아 경계가 용해되며 일차 대상과의 융합 경험을 만들어 내는 명상 수행은 자아와 그 자아가 되고 싶어 하는 것과의 결합 욕망을 충족시킨다. 전통적인 불교심리학은 한편으로는 그러한 경험이 주는 안정적인 영향을 인정하지만, 오로지 그러한 상태만 추구하는 것을 거부한다. (중략) 마음챙김 수행의 궁극적인 목적은 가장 깊이 간직하고 있는 자아 이미지들과 대면하는 것으로, 이러한 대면은 대양적인 것보다 훨씬 더 놀랄만한 것일 수 있다.

- M. 엡스타인 《붓다와 프로이트》 中 -

를 강조하는 이유도 환상(관념)과 현실(표상)을 구분할 수 있게 되면 자연스럽게 진리를 알게 되고 자신의 본질을 알 수 있기 때문이다. 《금강경》의 마지막 장인 제32장의 대단원을 사구게로 끝맺은 이유도 결국 관념과 표상과의 구분이 자기 자신을 아는 데 있어서 가장 핵심적인 통찰이기 때문이다.

제32장 應化非眞分(응화비진분) : 상을 취하지 않으면 여여부동이라

須菩提 若有人 以滿無量阿僧祇 世界七寶 持用布施 若有善男子善女人 發菩薩心者 持於此經 乃至 四句偈等 受持讀誦 爲人演說 其福勝彼
수보리 약유인 이만무량아승지 세계칠보 지용보시 약유선남자선녀인 발보살심자 지어차경 내지 사구게등 수지독송 위인연설 기복승피.

云何爲人演說 不取於相 如如不動. 何以故 一切有爲法 如夢幻泡影 如露亦如電 應作如是觀
운하위인연설 불취어상 여여부동. 하이고 일체유위법 여몽환포영 여로역여전 응작여시관

p.477. "수보리여! 만약 어떤 사람이 무량 아승기 세계에 가득한 칠보로써 보시할지라도, 만일 선남자 선여인이 보리심을 일으켜 이 경을 가지거나 내지 사구게 등을 수지 독송하여 다른 사람을 위하여 연설하면 그 복이 저보다 승하리라. 어떻게 다른 사람을 위하여 연설하는가? 상을 취하지 않으면 여여하여 동하지 않으리라. 왜냐하면

일체 유위법은 꿈과 같고 꼭두각시와 같고 물거품과 같고 그림자

와 같으며 또한 이슬과 같고 번개와 같으니 마땅히 이와 같이 관할 지니라."

- 법륜 스님 《금강경 강의》 中 -

사구게의 마지막은 '**일체 유위법은 꿈과 같고 꼭두각시와 같고 물거품과 같고 그림자와 같으며 또한 이슬과 같고 번개와 같으니** 마땅히 이와 같이 관할지니라'라는 구절이다. 자신의 모든 유의(생각과 감정)가 일체의 관념(아상, 인상, 중생상, 수자상)에 **연결된** 실재하지 않은 **꿈**이고 **꼭두각시**이며 **물거품**이며 **그림자**이며 곧 사라진 **이슬**이고 **번개**라는 뜻이다.[191] 도스토옙스키의 표현을 빌리면 자신의 모든 사상과 감정은 실재하지 않는 **거짓**이고 **환상**이며 **환각**이며 **화신**이며 곧 사라질 **나의 일면**에 불과하고 잠시 동안 고통을 주는 **정신병**이다.

p.125. "단 한 순간이라도 나는 자넬 실재하는 것으로 생각한 적은 없어." 이반은 노한 목소리로 외쳤다. "자넨 거짓이야. 자넨 나의 병이야. 자넨 나의 환상이야. 단지 어떻게 하면 자넬 없애 버릴 수 있는지 그걸 모를 뿐이야. 그리고 얼마 동안 고통을 받아야 한다는 것도 알고 있어. 자넨 나의 환각이야. 단지 나의 일면…… 가장 더럽

---

191) p.310. 프로이트는 인간이 스스로 자기 경험과 행동을 결정하는 전능한 대리자라고 여기는 주관적 자기감각을 환상이라고 보았다. 의식하는 것들은 단지 빙산의 일각에 지나지 않으며 사고들과 감정들은 실제로 의식적인 성찰을 통해서는 접근하기 어려운 무의식적인 힘에 의해 결정된다고 주장했다. (중략) 이렇게 보면 프로이트의 체계에서 대리자로서의 사람은 사라져 버린다. 주체에 대한 의식적 감각은 환상이며, 진정한 의미에서 의식적 자기는 꼭두각시에 불과하다. 꼭두각시를 조정하는 줄은 다른 곳, 곧 무의식 속의 정신적 대리자들(이드와 자아 그리고 초자아)과 역동적 힘들(본능적 충동들과 방어들)이 장악하고 있다.

- S. 밋첼 & M. 블랙 《프로이트 이후》 中 -

고 바보 같은 내 사상과 감정의 일면의 화신(化身)일 뿐이야. 이런 면에서 볼 때 자넨 나한테 흥미거리가 될 수 있겠지. 나한테 자넬 상대한 시간만 있다면 말이야……"

- 도스토옙스키 《카라마조프의 형제》 하 中 -

반면 무위법은 일체의 유의(생각과 감정)가 자신의 관념(아상, 인상, 중생상, 수자상)이 만들어 낸 허구와 허상임을 **'보는 것(관하는 것)'**이다. 이러한 지혜를 얻지 못하면 표상의 세계, 즉 의식 속에 등장하는 무의식의 그림자만 보게 되고 자기 자신의 본질은 영원히 볼 수 없다. 더 정확하게 표현하면 현재에도 모든 인간은 자기 자신의 본질을 보고 있지만, 무의식적 관념이 보지 못하게 하고 있을 뿐이다. 석가모니가 진리에 대해서는 전혀 말하지 않고 아상, 인상, 중생상, 수자상에 대해서만 설하는 이유도 이미 인간은 자기 자신의 본질을 보고, 듣고, 냄새 맡고 느끼고 생각하고 있지만, 아상, 인상, 중생상, 수자상이 그것을 보지도 듣지도 냄새 맡지도 느끼지도 생각하지도 못하게 하고 있기 때문이다.

또 그리스도가 천국(하나님의 나라)에 대해서는 거의 말하지 않고 **'하나님의 나라는 우리 안에 있다'**라고 말하고 그곳에 들어가는 방법에 관해서만 이야기하는 이유도 이미 인간은 천국(하나님의 나라)에 와 있지만, 악마의 세 가지 유혹인 융합 욕망(아상), 숭배 욕망(인상), 지배 욕망(중생상) 또는 구세주 욕망(수자상)이 그것을 보지도 듣지도 냄새 맡지도 느끼지도 생각하지 못하도록 만들고 있기 때문이다. 그리스도(구세주)는 자기 자신이 천국에 있다고 전혀 느끼지 못하는 인간에게 '**자신이 천국에 있다고 느끼기 위해서나 자신이 불멸(영원)한다고 느끼기** 위해서 **어떻게 살아야만 하는지**에 대해 말해 주러 왔을 뿐이다. 이와 같이 그리스도의 구원은 하나의 '**새로운 길로의 심리적 전향**(변화)'이지 새로운 신앙이 아니다.

p.259. 구세주의 삶은 **이러한** 실천일 뿐이었다. (중략) 그는 신과 교통하기 위해 어떤 공식도 어떤 의식도 필요로 하지 않았다. (중략)

다른 형태로는 자기 자신이 '천국에 있다'고 전혀 느끼지 **않으며**, 자신이 '천국에' 있다고 느끼기 위해서나 '영원'하다고 느끼기 위해서는 어떻게 **살아야**만 하는지에 대한 심층적 본능 : 오로지 이것이 '구원'이라고 하는 것의 유일한 심리적 사실이다.–하나의 새로운 변화인 것이지, 새로운 신앙은 아니다……

- F. 니체 《안티크리스트(책)》 中 -

이러한 **'유일한 심리적 진리'**를 알게 되면 그 사실이 삶의 무상함과 자신의 유한성을 느끼게 하겠지만 그것을 이해하고 받아들이게 되면 인간은 개인의 삶을 초월한 유적 존재로서, H. 코헛의 표현을 빌리면, 인류의 **'영원히 지속되는 생명의 흐름에 잠시 참여한 자'**로서의 자신의 불멸성도 알 수 있게 되고 따라서 **'아무런 보상도 요구하지 않고 자기 동포를 사랑할 수 있게'** 됨으로써 인류의 진정한 세계적 결합과 인류 문명의 불멸을 성취할 수 있게 될 것이다. 이것이 석가모니가 의미하는 **'지혜'**이고 그리스도가 말하는 **'신의 온전함'**일 것이다.[192] 그렇지 않고 인간이 인류의 '**불멸을 확신하지 못하는 한** 인간은 (리비도의 의지 때문에) **서로의 사랑을 필요로 하면서도** (정욕으로 인해서) **서로를 계속 증오할 것이며**' 자신의 **'불멸 계좌'를 늘리기 위해서** 타인이 지닌 불멸의 상징적 대체물인 **재산, 여자** 그리고 **타인의 생명**을 약탈하는 '식인의 시대'가 계속될 것이다. 그

192) p.339. 지혜를 온전하게 이룬다는 것은 개인 존재의 무상함을 정서적으로 수용하는 것을 포함하는 것이라는 점에서, 우리는 지혜의 온전한 성취란 인간의 심리적 능력의 범위를 초월하는 것이며, 아마도 소수의 사람들만이 도달할 수 있는 가치라는 사실을 인정해야 할 것이다.

- H. 코헛 《자기의 분석》 中 -

래 봐야 얻는 것은 상징적 대용물에 불과한데도 말이다.[193] 그 뛰어난 지성에도 불구하고 **이 얼마나 불멸을 얻기 위한 비극적인 방식인가!**

193) p.254. 그리고 유진 이오네스코는 다음과 같이 아름답게 그것을 요약했다. "불멸을 확신하지 못하는 한 우리는 서로의 사랑을 필요로 하면서도 서로를 계속 증오할 것이다." (중략)

전쟁에 관련된 것은 식량이나 재산, 심지어 이데올로기가 아니다. (중략) 즉 불멸의 힘과 죽음을 초월하기 위한 인간의 자격인 것이다. 그리고 적이 많이 죽으면 죽을수록 정복자는 더 많은 불멸을 느낀다. (중략)

이 얼마나 우주 중심적 느낌을 얻기 위한 비참한 방식인가. 그래봐야 실제 초월을 향한 대용물에 불과하다.

- K. 윌버 《에덴을 넘어서》 中 -

참고도서

◎ **인문과학 분야**

- 《카라마조프의 형제(上, 中, 下)》, 도스토옙스키 저/김학수 역, 범우사, 1986
- 《카라마조프의 형제들 Ⅰ, Ⅱ》, 도스토옙스키 저/채수동 역, 동서문화사, 1987
- 《죄와 벌(上, 下)》, 도스토옙스키 저/이철 역, 범우사, 2009(上)/2014(下)
- 《악령(上, 中, 下)》, 도스토옙스키 저/이철 역, 범우사, 2007(上)/2011(中)/2010(下)
- 《백치(上, 下)》, 도스토옙스키 저/김근식 역, (주)열린책들, 2003
- 《백치》, 도스토옙스키 저/채수동 역, 동서문화사, 2017
- 《의지와 표상으로서의 세계》, A. 쇼펜하우어 저/권기철 역, 동서문화사, 2016
- 《철학적 인생론》, A. 쇼펜하우어 저/권기철 역, 동서문화사, 2016
- 《언어의 기원에 관하여 등》, F. 니체 저/김기선 역, 책세상, 2005
- 《비극의 탄생/반시대적 고찰》, F. 니체 저/이진우 역, 책세상, 2019
- 《유고(1870년~1873년)》, F. 니체 저/이진우 역, 책세상, 2015
- 《유고(1869년 가을~1972년 가을) 등》, F. 니체 저/최상욱 역, 책세상, 2014
- 《유고(1872년 여름~1974년 말) 등》, F. 니체 저/이상엽 역, 책세상, 2016
- 《바이로이트의 리하르트 바그너 등》, F. 니체 저/최문규 역, 책세상, 2017
- 《인간적인 너무나 인간적인 Ⅰ, Ⅱ》, F. 니체 저/김미기 역, 책세상, 2019
- 《유고(1876년~1977/78년 겨울) 등》, F. 니체 저/강용수 역, 책세상, 2015
- 《아침놀》, F. 니체 저/박찬국 역, 책세상, 2018
- 《유고(1880년 초~1981년 봄) 등》, F. 니체 저/최성완 역, 책세상, 2018
- 《즐거운 학문 등》, F. 니체 저/안성찬 외 역, 책세상, 2018
- 《차라투스트라는 이렇게 말했다》, F. 니체 저/정동호 역, 책세상, 2019
- 《선악의 저편/도덕의 계보》, F. 니체 저/김정현 역, 책세상, 2016
- 《바그너의 경우/우상의 황혼/안티크리스트/이 사람을 보라 등》, F. 니체 저/백승영 역, 책세상, 2018
- 《유고(1882년 7월~1983/84년 겨울) 등》, F. 니체 저/박찬국 역, 책세상, 2016

- 《유고(1884년 초~가을) 등》, F. 니체 저/정동호 역, 책세상, 2016
- 《유고(1884년 가을~1885년 가을) 등》, F. 니체 저/김정현 역, 책세상, 2017
- 《유고(1885년 가을~1887년 가을) 등》, F. 니체 저/이진우 역, 책세상, 2015
- 《유고(1887년 가을~1888년 3월) 등》, F. 니체 저/백승영 역, 책세상, 2014
- 《유고(1888년 초~1889년 1월 초) 등》, F. 니체 저/백승영 역, 책세상, 2017
- 《비극의 탄생/즐거운 지식/반그리스도교》, F. 니체 저/곽복록 역, 동서문화사, 2016
- 《인간적인 너무나 인간적인/선악을 넘어서/우상의 황혼》, F. 니체 저/강두식 역, 동서문화사, 2017
- 《차라투스트라는 이렇게 말했다/비극의 탄생/아침놀/도덕의 계보/이 사람을 보라》, F. 니체 저/곽복록 역, 동서문화사, 2017
- 《권력 의지》, F. 니체 저/김세영 외 역, 도서출판 부글북스, 2018
- 《권력에의 의지》, F. 니체 저/강수남 역, 청하, 1993
- 《큰글자성경전서》, (유)성서원, 2016
- 《한글킹제임스성경》, 말씀보존학회, 2019
- 《장자 1, 2》, 장주(莊周) 저/임동석 역, 동서문화사, 2011
- 《신통기》, 헤시오도스 저/김원익 역, (주)민음사, 2018
- 《그리스 로마 신화》, 토마스 불핀치 저/손명현 역, 동서문화사, 2016
- 《향연》, 플라톤 저/강철웅 역, 이제이북스, 2017
- 《오이디푸스 왕/안티고네》, 소포클레스 저/황문수 역, 범우사, 2014
- 《팡세》, B. 파스칼 저/이환 역, (주)민음사, 2018
- 《종교의 본질에 대하여》, L. 포이어바흐 저/강대석 역, (주)도서출판 한길사, 2013
- 《기독교의 본질》, L. 포이어바흐 저/박순경 역, 종로서적출판(주), 1987
- 《영웅전 II》, 플루타르코스 저/박현태 역, 동서문화사, 2016
- 《군중심리학》, G. 르 봉 저/민문홍 역, 책세상, 2017
- 《프랑스 혁명과 혁명의 심리학》, G. 르 봉 저/정명진 역, 도서출판 부글북스, 2018
- 《사회주의의 심리학》, G. 르 봉 저/정명진 역, 도서출판 부글북스, 2018
- 《아웃사이더》, C. 윌슨 저/이성규 역, 범우사, 1997
- 《달과 6펜스》, S. 몸 저/송무 역, (주)민음사, 2016

- 《종의 기원》, C. 다윈 저/송철용 역, 동서문화사, 2017
- 《인간의 기원 Ⅰ, Ⅱ》, C. 다윈 저/추한호 역, 동서문화사, 2018
- 《인간과 동물의 감정 표현》, C. 다윈 저/김홍표 역, 지식을만드는지식, 2014
- 《털 없는 원숭이》, D. 모리스 저/김석희 역, 문예춘추사, 2020
- 《연애, 생존기계가 아닌 연애기계로서의 인간》, G. 밀러 저/김명주 역, 동녘사이언스, 2009
- 《이기적 유전자》, R. 도킨스 저/홍영남 외 역, (주)을유문화사, 2020
- 《자본 Ⅰ》, K. 마르크스 저/강신준 역, 도서출판 길, 2017
- 《자본 Ⅲ》, K. 마르크스 저/강신준 역, 도서출판 길, 2012
- 《서구의 몰락 3》, O. 슈펭글러 저/박광순 역, 범우사, 2001
- 《서구의 몰락》, O. 슈펭글러 저/양해림 역, 책세상, 2019
- 《역사의 연구 Ⅰ, Ⅱ》, A. J. 토인비 저/홍사중 역, 동서문화사, 2016
- 《역사란 무엇인가?》, E. H. 카 저/이상두 역, 동서문화사, 2018
- 《문명의 충돌》, S. 헌팅턴 저/이희재 역, 김영사, 1997
- 《유대인의 역사》, P. 존슨 저/김한성 역, 포이에마, 2014
- 《세계사 편력 2》, J. 네루 저/곽복희, 남궁원 외 역, 도서출판 일빛, 2004
- 《권력과 광기》, 비비안 그린 저/채은진 역, 도사출판 말글빛냄, 2005
- 《역사의 역사》, 유 시민 저, 돌베개, 2018
- 《사피엔스》, Y. 하라리 저/조현욱 역, 김영사, 2015
- 《호모 데우스: 미래의 역사》, Y. 하라리 저/김명주 역, 김영사, 2017
- 《21세기를 위한 21가지 제언》, Y. 하라리 저/전병근 역, 김영사, 2019
- 《불복종에 관하여》, E. 프롬 저/ 문국주 역, 범우사 1996
- 《건전한 사회》, E. 프롬 저/김명익 역, 범우사, 2017
- 《프랑스 대혁명 1, 2》, M. 갈로 저/박상준 역, (주)민음사, 2017
- 《나폴레옹 1, 2, 3, 4, 5》, M. 갈로 저/임헌 역, (주)문학동네, 2017
- 《나폴레옹 평전》, 조르주 보르도노브 저/나은주 역, 도서출판 열대림, 2017
- 《루터의 두 얼굴》, 볼프강 비퍼만 저/최용찬 역, 도서출판 평사리, 2017
- 《나의 투쟁》, A. 히틀러 저/황성모 역, 동서문화사, 2017

• 《간디 평전》, G. 애쉬 저/안규남 역, (주)실천문학, 2010
• 《나의 인생관》 A. 아인슈타인 저/최규남 역, 동서문화사, 2015
• 《권위에 대한 복종》, S. 밀그램 저/정태연 역, 에코리브르, 2009
• 《우리 본성의 선한 천사》, S. 핑거 저/김명남 역, (주)사이언스북스, 2015
• 《특이점이 온다》, R. 커즈와일 저/김명남 외 역, 김영사, 2020
• 《당신의 뇌, 미래의 뇌》, 김대식 저, 해나무, 2019
• 《인공지능이란 무엇인가? 인간 vs 기계》, 김대식 저, 도서출판 동아시아, 2019
• 《프로테스탄티즘 윤리와 자본주의 정신》, M. 베버 저/김현욱 역, 동서문화사, 2016
• 《종교는 필요한가?》, B. 러셀 저/이재황 역, 범우사, 2013
• 《인간 붓다》, 법륜, 정토출판, 2019
• 《금강경 강의》, 법륜, 정토출판, 2014
• 《마조히즘, 권력의 예술》, N. 맨스필드 저/이강훈 역, 동문선, 2008
• 《유림 6권》, 최인호 저, 도서출판 열림원, 2016

◎ 정신분석 분야

• 《정신분석 강의》, S. 프로이트 저/임홍빈 외 역, (주)열린책들, 2017
• 《새로운 정신분석 강의》, S. 프로이트 저/임홍빈 외 역, (주)열린책들, 2016
• 《히스테리 연구》, J. 브로이어 & S. 프로이트 저/김미리혜 역, (주)열린책들, 2017
• 《꿈의 해석》, S. 프로이트 저/김인순 역, (주)열린책들, 2017
• 《일상생활의 정신병리학》, S. 프로이트 저/이한우 역, (주)열린책들, 2017
• 《성욕에 관한 세 편의 에세이》, S. 프로이트 저/김정일 역, (주)열린책들, 2017
• 《꼬마 한스와 도라》, S. 프로이트 저/김재혁 외 역, (주)열린책들, 2017
• 《늑대인간》, S. 프로이트 저/김명희 역, (주)열린책들, 2017
• 《정신병리학의 문제들》, S. 프로이트 저/황보석 역, (주)열린책들, 2017
• 《정신분석학의 근본 개념》, S. 프로이트 저/윤희기 외 역, (주)열린책들, 2017
• 《문명 속의 불만》, S. 프로이트 저/김석희 역, (주)열린책들, 2017
• 《종교의 기원》, S. 프로이트 저/이윤기 역, (주)열린책들, 2016
• 《예술, 문학, 정신분석》, S. 프로이트 저/정장진 역, (주)열린책들, 2017

- 《정신분석학 개요》, S. 프로이트 저/박성수 외 역, (주)열린책들, 2017
- 《정신분석의 탄생》, S. 프로이트 저/임진수 역, 주식회사 (주)열린책들, 2016
- 《끝이 있는 분석과 끝이 없는 분석》, S. 프로이트 저/임진수 역, (주)열린책들, 2014
- 《프로이트의 치료기법》, S. 프로이트 저/변학수 역, 세창출판사, 2017
- 《자아와 방어기제》, A. 프로이트 저/김건종 역, (주)열린책들, 2015
- 《아이, 가족, 그리고 외부세계》, D. 위니캇 저/이재훈 역, 한국심리치료연구소, 2018
- 《가정, 우리 정신의 근원》, D. 위니캇 저/김유빈 역, 한국심리치료연구소, 2017
- 《성숙과정과 촉진적 환경》, D. 위니캇 저/이재훈 역, 한국심리치료연구소, 2000
- 《박탈과 비행》, D. 위니캇 저/이재훈 외 역, 한국심리치료연구소, 2001
- 《놀이와 현실》, D. 위니캇 저/이재훈 역, 한국심리치료연구소, 1997
- 《소아의학을 거쳐 정신분석학으로》, D. 위니캇 저/이재훈 역, 한국심리치료연구소, 2011
- 《자기의 분석》, H. 코헛 저/이재훈 역, 한국심리치료연구소, 2002
- 《자기의 회복》, H. 코헛 저/이재훈 역, 한국심리치료연구소, 2006
- 《프로이트 강의》, H. 코헛 저/이천영 역, 한국심리치료연구소, 2018
- 《편집증과 심리치료》, W. 마이쓰너 저/이재훈 역, 한국심리치료연구소, 2003
- 《경계선 장애와 병리적 나르시시즘》, O. 컨버그 저/윤순임 외 역, (주)학지사, 2019
- 《인격장애와 성도착에서의 공격성》, O. 컨버그 저/이재훈 외 역, 한국심리치료연구소, 2008
- 《내면세계와 외부현실》, O. 컨버그 저/이재훈 역, 한국심리치료연구소, 2001
- 《성격에 관한 정신분석학적 연구》, W. R. 페어베언 저/이재훈 역, 한국심리치료연구소, 2003
- 《정신분석적 진단》, N. 맥윌리엄스 저/이기련 역, (주)학지사, 2019
- 《정신분석적 사례이해》, N. 맥윌리엄스 저/권석만 외 역, (주)학지사, 2018
- 《대상관계 이론과 정신병리학》, F. 써머즈 저/이재훈 역, 한국심리치료연구소, 2004
- 《정신분석적 발달이론의 통합》, P. 타이슨 외 저/박영숙 외 역, 산지니, 2013
- 《정신분석학적 대상관계 이론》, J. 그린버그 & S. 밋첼 저/이재훈 역, 한국심리치료연구소, 1999

- 《프로이트 이후》, S. 밋첼 & M. 블랙 저/이재훈 외 역, 한국심리치료연구소, 2002
- 《유아의 심리적 탄생》, M. 말러 등 저/이재훈 역, 한국심리치료연구소, 1997
- 《아동 정신분석》, M. 클라인 저/이만우 역, 새물결 출판사, 2011
- 《존 볼비와 애착이론》, J. Holmes 저/이경숙 역, (주)학지사, 2017
- 《정신적 은신처》, J. 스타이너 저/김건종 역, 눈 출판그룹, 2015
- 《참자기》, J. F. 매스터슨 저/임혜련 역, 한국심리치료연구소, 2000
- 《분열된 자기》, R. D. 랭 저/신장근 역, (주)문예출판사, 2018
- 《울타리와 공간》, M. 데이비스 & D. 월브릿지 저/이재훈 역, 한국심리치료연구소, 1997
- 《라캉과 정신의학》, B. 핑크 저/맹정현 역, (주)민음사, 2018
- 《욕망 이론》, J. 라캉 저/민승기 외 역, (주)문예출판사, 2017
- 《영웅의 탄생》, O. 랑크 저/이유진 역, 루비박스, 2016
- 《심리학을 넘어서》, O. 랑크 저/정명진 역, 도서출판 부글북스, 2015
- 《죄의식과 욕망》, A. 베르고트 저/김성민 역, (주)학지사, 2009
- 《붓다와 프로이트》, M. 엡스타인 저/윤희조 외 역, 도서출판 운주사, 2017
- 《붓다의 심리학》, M. 엡스타인 저/전현수 역, (주)학지사, 2018
- 《에덴을 넘어서》, K. 윌버 저/조옥경 외 역, (주)한언, 2014
- 《히틀러의 정신분석》, 월터 C. 랑거 저/최종배 역, 솔출판사, 1999
- 《나치즘, 열광과 도취의 심리학》, S. 마르크스 저/신종훈 역, 책세상, 2016
- 《라깡 정신분석 사전》, D. 에반스 저/김종주 외 역, 도서출판 인간사랑, 2004
- 《꿈 상징 사전》, E. 애크로이드 저/김병준 역, 한국심리치료연구소, 1997